QUAND LE SOLEIL
ÉTAIT CHAUD

DU MÊME AUTEUR

En collaboration avec Christine Clerc :

LA GUERRE DE MITTERRAND : LA DERNIÈRE GRANDE ILLUSION, Orban, 1991.

JOSETTE ALIA

QUAND LE SOLEIL ÉTAIT CHAUD

roman

BERNARD GRASSET

PARIS

Je remercie tous ceux qui, parfois involontairement, ont, par leurs écrits ou par leurs témoignages, inspiré ce roman où la fiction se mêle à l'Histoire. A ce sujet, il se peut que certains noms ou prénoms des héros de ce livre — choisis au hasard, mais dans un souci de vraisemblance patronymique — appartiennent, aussi, à des personnes existantes. Ce serait là, bien sûr, pure coïncidence.

PROLOGUE

Le Caire, 1989

Dès que Lola pénétra sous la voûte, elle reconnut l'odeur. L'encens, la douceur des lys, l'âcreté des cierges. Flottaient aussi, en suspens, la touffeur du vieux bois d'église et cette poussière de sable inséparable de l'été égyptien. Au même instant, comme si le chœur n'attendait qu'elle, les antiques chants sacrés éclatèrent, roulant sous les ogives, faisant vibrer les vitraux. C'était cette messe des funérailles qu'elle avait murmurée à l'enterrement de sa grand-mère, puis chantée si souvent avec les sœurs du Sacré-Cœur. La vieille liturgie grecque la bouleversa une fois encore par sa sauvagerie rugueuse. Lola se signa.

Maintenant, tout lui revenait. Son enfance, l'Égypte, le désert, le soleil fauve. Trente ans d'exil n'avaient pas dissipé dans son souvenir le chuchotis des confessions, le tintement des chapelets égrenés. Elle sentait encore la marque douloureuse du prie-Dieu sur ses genoux maigres d'adolescente en uniforme. L'église Sainte-Marie-de-la-Paix lui sembla plus petite qu'autrefois, plus sombre aussi. Quelque chose manquait. Les deux grands candélabres de l'autel. Mais sous la lueur des bougies disposées en couronnes, les couleurs chaudes de l'iconostase brillaient d'un éclat doux. Elle retrouva la silhouette familière d'un Saint-Georges terrassant un dragon verdâtre. Une Vierge hiératique la regardait de ses yeux byzantins.

Droite dans son fourreau noir, Lola remontait l'allée comme elle aurait remonté le temps, devinant sans les voir les assistants massés sur les côtés. Un jeune diacre en surplis s'avançait, tête inclinée sous la haute toque de soie, regard baissé, les mains jointes. A la hauteur du maître-autel il s'écarta soudain. Lola se retrouva seule devant le cercueil. Le cercueil d'Irène, sa sœur, sa sœur aimée et jalousée, cette sœur qu'elle n'avait plus revue depuis tant d'années. Irène, morte hier matin.

Tout s'était passé si vite. Elle savait bien qu'un jour elle retrouverait l'Égypte, mais elle avait imaginé ce retour comme une fête. Dans l'avion, son cœur s'était serré lorsqu'elle avait aperçu, par le hublot, Le Caire découpé en quartiers ocre et verts au milieu du désert. Sa ville folle, improbable, cernée de toute éternité par le sable, paradis de la dérision, royaume de l'éphémère, sans cesse au bord du gouffre, sans cesse renaissante. Le nouvel aéroport l'avait déroutée, trop blanc, trop propre, dans ce pays de poussière grise et de sable jaune. Où étaient les murs ocre crasseux, les comptoirs de bois, les hurlements, les portefaix attendant leur bakchich, les douaniers bonasses et mal fagotés? Et cet homme corpulent qui soudain s'emparait de sa valise, l'embrassait, l'entraînait. « Lola, ma chérie, je suis si content de te revoir. C'est bien d'être venue. » C'était Bob, son vieux Bob. « Tu ne m'as pas reconnu, n'est-ce pas? Ne nie pas, je t'ai vue hésiter. » Il s'était tapé sur le ventre. « Que veux-tu, l'ennui, la bouffe, le temps. Allons, passons par là, je connais le commissaire de l'aéroport. »

Dans le taxi elle l'avait enfin regardé. Sous le visage épaissi elle retrouvait les yeux bleus moqueurs de son ami, son frère, le complice de ses amours passées. Il se tourna vers elle : « *Enti kounti feyn ?* » Où étais-tu pendant tout ce temps? Instinctivement elle répondit en arabe : « *Aho, ana hena...* » Voilà, je suis là. Ils sourirent tous deux. Elle avait gardé son accent égyptien. Il lui sembla qu'elle n'était jamais partie.

A grands coups de klaxon le taxi se frayait un chemin dans les embouteillages de Mercedes cabossées, de charrettes chargées de poules, de chameaux portant des joncs. Lola reconnut mal, à cause des néons, Héliopolis et ses villas autrefois entourées de palmiers. Mokattam était toujours là, avec ses collines rondes et roses comme des seins de jeune fille. Par la vitre arrière à demi ouverte des senteurs d'épices et des bouffées de fritures les assaillirent. On traversait Khan Khalil. Bob tendit un mouchoir. Lola transpirait.

Le taxi débouchait sur la corniche, longeait le Nil. Un énorme soleil rouge tombant sur l'horizon allumait le ciel et le fleuve dans un bref embrasement. « C'est à Zamalek qu'Irène a voulu revenir quand elle a été vraiment mal, dit Bob, heureusement... » Lola regardait les eaux épaisses aux courts reflets d'or, les felouques d'un noir d'encre de Chine. Un bonheur l'habitait. « Heureusement? » Lola avait repris le mot en écho. « Oui, heureusement, poursuivait Bob. A Alexandrie elle n'avait plus rien dans son palais désert. Elle était ruinée. Nous l'avons su trop tard. Elle survivait en vendant le service en argent de la vieille princesse, cuillère après cuillère. Pour pouvoir manger. » Il lui tapota la main. « Elle n'aura plus jamais faim maintenant. Elle est morte dans son lit, chez elle, chez toi, chez vous, ce matin. Nous t'avons attendue avant... avant de fermer son cercueil. »

Le taxi tournait à l'angle des rues Ismaïl Mohammed et Hassan Sabri, passait devant la villa Curiel. Le onze. La maison. Intacte. Lola soupira. Pourquoi avait-elle craint de ne pas la retrouver? Les arbres avaient poussé. Les branches du cèdre bleu, à droite, touchaient maintenant les fenêtres du bureau de Charles. Le banian près de l'entrée lançait de longues racines qui retombaient en arceau au-dessus de la table de pierre où on dînait les soirs d'été. Elle s'y attarda un peu, caressa le tronc gris.

Heureusement, il faisait déjà nuit. Lola ne vit pas les lézardes du crépi vert de la large façade. Mais, en montant l'escalier, elle buta sur une marche cassée et elle sentit, sous sa main, la balustrade descellée. Elle devina que le temps avait dû ronger sa vieille maison d'enfance.

A l'intérieur quelqu'un alluma les lanternes du perron, ouvrit à deux battants la porte de l'entrée. Lola se précipita. Le grand vestibule, le vieux tapis persan sur le sol de pierre blanche et sur le côté cette étrange table aux pieds griffus sur laquelle le fidèle Hamza posait le courrier, rien n'avait bougé. La pendule de Jungans, avec sur son fronton la même devise « Demain est un autre jour ». La double porte en miroirs à droite sur le salon. Au fond, l'escalier de bois sombre montait en volute vers le premier étage. Lola revit en un éclair la mince silhouette de sa mère serrant autour de sa taille les plis d'un déshabillé blanc, se penchant par-dessus la rampe. Elle entendit sa voix. « Charles, Lola, que faites-vous? Montez vite vous coucher » lorsqu'elle s'attardait trop, enfant, dans le bureau de son père.

Elle s'appuya au mur. Cette voix... Aujourd'hui la maison muette l'angoissait. Plus de murmures, de bruissements d'enfants, d'aboiements de chiens. Elle reconnaissait ce silence, le silence suspendu qui suivait à Beyrouth les pires bombardements, le silence familier de la mort. Oh, disparaître, se laisser glisser dans l'eau noire du temps. Oublier les morts, les massacres inutiles, les femmes en deuil et les enfants blessés. A quoi bon y songer? « Viens, elle est là-haut », murmura Bob.

Il lui prit le bras, la poussa dans l'escalier, jusqu'à la chambre aux volets fermés. Les meubles étaient alignés contre les murs. A la tête du grand lit à colonnes de bois noir que Nadia avait fait sculpter à Alexandrie par un ébéniste italien, d'énormes cierges fumaient dans deux candélabres de cuivre. Au milieu du lit, sur la courtepointe de brocart blanc, allongée les mains sur la poitrine, Irène. Morte.

On l'avait habillée de son tailleur Chanel, bleu moucheté de mauve, celui qu'elle préférait, acheté à Paris au temps de la splendeur. Une blouse de soie rose était nouée en cravate mousseuse sous le menton, les manchettes qui dépassaient s'ornaient de boutons de perle. Les perles lui allaient bien, fines et laiteuses comme elle. Lola regarda sa sœur avec avidité. C'était bien Irène, pâle, diaphane comme un camée. Ses cheveux blonds étaient maintenant striés de fils argentés et formaient un casque autour du visage toujours beau. Même ovale délicat, même profil fin, même front bombé. Pourtant quelque chose en elle avait changé. Les traits s'étaient émaciés, les paupières veinées de bleu semblaient fripées. Un pli doux amer tirait la bouche aux lèvres blanches, en un étrange sourire. « Elle vendait une à une les petites cuillères d'argent. Pour manger. » Lola entendait encore les mots de Bob. Pourquoi Irène n'avait-elle rien dit? Pourquoi elle, Lola, n'avait-elle rien deviné? Irène, ma chérie, où es-tu? Où est ta beauté? Irène n'offrait plus aux regards que son nouveau visage, déjà lointain, enveloppé dans cette douceur songeuse que confère la mort.

Pourtant comme elle avait été belle, Irène. Lola la revit, courant sur la pelouse derrière leur frère Jean qui lui avait arraché sa ceinture de soie. C'était l'été, il faisait chaud. Le parfum des gardénias, ce jour-là, était presque trop lourd. Mlle Latreille, du haut du perron, appelait : « Irrrène, reviens! » Jean riait. Charles, en costume blanc, prenait des photos. Nadia dans un fauteuil d'osier soutenait sa joue dans sa paume, prenant la pose. Où étaient-ils tous aujourd'hui, tous les Falconeri? Rien jamais ne reviendrait, ni la légèreté de l'air, ni les rires à la plage, ni les petits souvenirs délicieux : Sami le cousin qui nageait si bien le crawl. Axel en short trop long. Philippe, son amant, son amour, en polo et pantalon blanc au Sporting de Guezireh. Ou presque nu, sur la plage, lorsqu'il courait vers elle, avec de loin ce geste de la main qui aurait dû être celui du destin, ce geste qu'elle reverrait avec précision même sur son lit de mort. Au dernier moment, à quoi avait pensé Irène? A qui?

Lola s'approcha du lit, elle se pencha, elle embrassa sa sœur. Mais sous ses lèvres la joue d'Irène avait la froideur du marbre. Cette statue figée ne pouvait pas être la superbe Irène crémeuse et rose. Sur ce lit, une fois de plus, c'était la mort que Lola retrouvait. La mort comme à Beyrouth.

Lola avait pleuré sans bruit, presque sans larmes, sur l'épaule de Bob.

D'une voix forte le jeune diacre entonnait, selon la tradition, la prière en arabe. L'assistance reprenait les répons. Lola n'avait pas besoin de se retourner pour reconnaître les témoins des bonheurs enfuis. Ce grand vieillard élégant, monoclé, c'était Viktor Mansour Semieka. La vieille dame à ses côtés, la belle Mimi, sa chère vieille Mimi. Autour de Lola s'ordonnait un étrange ballet d'ombres, assemblée de fantômes surgis d'un très lointain passé, frileusement rassemblés. La lente mélopée grecque-catholique commençait en un sourd grondement puis montait, déchirante, chargée de toutes les fidélités, des persécutions, des massacres et des résurrections de ces chrétiens d'Orient si longtemps oubliés, qui aujourd'hui s'éteignaient dans l'indifférence du monde. Ces Égyptiens raffinés et mondains, autrefois si frivoles, n'étaient finalement pas différents des rudes chrétiens du Liban. Eux aussi étaient restés sur leur terre ancestrale, malgré les humiliations, les revers et les avanies.

Dans un brouillard de larmes, Lola regardait le cercueil. Elle resterait au Caire. C'est ici qu'elle était née. Ici qu'elle devait reprendre sa place au terme d'une trop longue errance. Ici qu'elle vivrait, dans la maison désormais déserte des Falconeri, dérisoire vestige de ce qui avait été un monde si brillant, et qui n'était plus désormais qu'un continent à la dérive, une civilisation à demi engloutie.

LIVRE I

Les années de miel

1

Le Caire, 1952

« Lola, tiens-toi droite ! »

Lola se redressa, effaça ses épaules voûtées d'adolescente trop vite montée en graine, se regarda dans la grande psyché de sa mère. Était-elle belle ? Elle trouvait son nez un peu fort, ses joues trop rondes, ses bras maigres. Ni ses longs yeux dorés, ni sa bouche pulpeuse ne suffisaient à la consoler. Elle serait, elle en était sûre, le laideron de la famille. Elle ressemblait à Charles Falconeri, son père. Un homme grand, portant beau, et qui collectionnait les succès féminins, disait-on au Caire. Mais Lola eût préféré n'avoir pas hérité de son profil aigu et de son allure de condottiere. La mode, en cet hiver 1952, était aux filles-poupées, à la joliesse ronde. Il y aurait ce soir, au grand bal d'hiver des Tegart, événement de la saison du Caire, beaucoup de copies de Martine Carol ou de Brigitte Bardot, et Lola songeait avec désespoir que sa silhouette mince manquait cruellement de rondeurs.

« Lola, si tu continues à bouger je ne pourrai jamais ajuster ce corsage », marmonnait Mlle Latreille, la bouche pincée sur un bouquet d'épingles. Les années passées en Égypte n'avaient pu lui faire perdre l'accent chantant de son Saumur natal. En 1938, à la veille de la guerre, Charles et Nadia, au retour de Paris, l'avaient ramenée dans leurs bagages. Ils voulaient pour leurs filles une gouvernante anglaise lorsqu'ils découvrirent par hasard, chez les sœurs de la Visitation de la rue de Vaugirard, Simone Latreille, jeune fille catholique de bonne famille, qui ne savait rien faire que lire agréablement à haute voix, coudre, broder, prier, chanter et que de courtes études secondaires n'avaient pas, comme disait Nadia, « transformée en pimbêche ». En Égypte, au début, sa fraîcheur et sa blondeur firent sensation. Les cousins et oncles l'appelaient entre eux « mademoiselle joues roses ». Avait-elle eu des amours, des amants ? On l'aurait su dans ce petit monde clos de la bonne société syro-libanaise égyptienne.

Les joues roses s'étaient flétries, Mlle Latreille s'était desséchée sous le dur soleil africain. Mais elle avait conservé sa robustesse normande, son goût pour les rillettes qu'une lointaine cousine lui envoyait chaque année à Noël, et jamais sa bonne humeur ou sa piété ne s'étaient démenties. Elle admirait comme tout le monde Irène la belle, mais préférait secrètement Lola, son petit chat écorché, sa sauvageonne brune, dont les brusques accès de colère et de tendresse alternées faisaient battre son vieux cœur.

Mlle Latreille s'efforçait pour l'instant de donner forme à la robe d'organdi rose qui flottait, trop large, sur le corps de Lola. La couturière de la rue Kasr el Nil avait bien recopié un modèle de *Modes de Paris* mais, habituée aux formes épanouies de ses clientes orientales, elle avait vu trop grand. Sous l'œil critique de Nadia, Mlle Latreille pinçait le tissu, dessinant à petits traits d'épingles la cambrure du dos, le creux des reins, resserrant la taille sous les seins encore minces. « Je dois reprendre, ici et là. Madame, Lola a encore maigri ! » Assise sur un fauteuil bas, Nadia regardait sa fille. Comment avait-elle pu ne rien lui transmettre de son teint si pâle, de ses cheveux blonds, de ses yeux gris allongés vers les tempes, hérités d'une ancêtre syrienne ? Elle soupira, croisa le regard de Lola, déjà chargé d'orage. « Tu verras, ma chérie, ce sera très bien. »

Très bien ? Certainement pas. Lola, sombre, interrogeait le miroir. Inutile de se leurrer. Elle ressemblait à un pruneau tombé dans une glace à la fraise. Ce qu'elle aurait voulu ? Son rêve ? Porter un long fourreau rouge, avec des gants noirs et tous ses cheveux bruns basculés d'un côté. Comme Rita Hayworth ! Exactement ce que maman et Mlle Latreille détestaient et qualifiaient de « mauvais genre ». Plus tard, quand elle serait grande, ce serait son genre à elle. Tant pis pour le monde, pour la famille, et pour les mères du Sacré-Cœur.

Les mères du Sacré-Cœur ! L'humeur de Lola revenait au beau fixe. Elle oublia la robe rose, retrouva son rire clair de petite fille. « Tu te rends compte, maman, si la mère supérieure me voyait ! Si elle savait que je vais au bal ! » Nadia hocha la tête. A son avis la place d'une jeune fille de seize ans n'était pas dans une soirée mondaine. Mais contre Lola et son père elle n'avait pu résister. Ces deux-là se ressemblaient, se comprenaient sans mots et lorsqu'un gros chagrin faisait trembler le menton de Lola, Charles cédait. Toujours. Il détestait voir sa fille pleurer.

« Tu n'en parleras pas au Sacré-Cœur, tu me l'as promis ! Je n'en finirais plus avec sœur Magdalena. » Pauvre maman. Toujours inquiète, toujours terrorisée. Elle croyait que le couvent était encore celui de son enfance. Évidemment, les élèves portaient le même uniforme qu'autrefois, jupe et casaque de serge bleu marine ornée d'un col et d'une cravate caca d'oie l'hiver, blanche l'été, bas, chaussures et béret noirs. Rien de très folichon. Au réfectoire on mangeait en silence en écoutant des lectures édifiantes. Mais l'autre jour on avait servi du coca-cola au goûter ! Et les élèves, en pouffant, se montraient entre elles les billets timides qu'envoyaient parfois les frères ou les cousins. Un grand risque. Si une des filles était surprise, elle était renvoyée. Au grand désespoir

des familles. Le Sacré-Cœur n'était-il pas la seule antichambre convenable pour les jeunes chrétiennes en attente d'un mari?

Un pas léger résonna dans le vestibule, la porte de la chambre
s'ouvrit et Irène apparut. Lola s'assombrit. A dix-huit ans, Irène était
certainement une des plus jolies filles du Caire. Des hanches rondes, une
taille mince, des épaules douces et surtout de merveilleux cheveux
blonds, un visage fin éclairé d'immenses yeux bleu intense. Dès qu'elle
avait eu huit ans, tout le monde l'avait appelée « la belle Irène ».
Aujourd'hui, dans le contre-jour, Irène ressemblait plus que jamais à
une jeune madone. Le visage de Nadia s'illumina : « Irène! tu seras
prête? – Mais oui, maman. J'ai déjà essayé ma robe. Elle est parfaite. »
Irène sourit, rejeta d'un mouvement de tête une mèche blonde qui glissait sur son front en longue coulée de miel.

Cette mèche blonde, ce geste d'Irène pour l'écarter, cette douceur,
cette langueur... Ah, que n'eût donné Lola pour avoir cette désinvolture
et cette grâce. Elle s'y essayait parfois en secret, verrous tirés, devant la
glace de la salle de bains. Mais ses cheveux noirs, frisés en crans serrés,
semblaient animés d'une volonté d'indépendance. Elle avait beau les
serrer dans des chignons ou des barrettes, ils s'échappaient en boucles
insolentes. Lola détestait ses cheveux. Qu'allait-elle en faire, pour ce
bal? Les remonter sur les côtés avec deux nœuds de tulle rose, comme
sur le catalogue venu de Paris? Vulgaire... Elle regarda durement sa
trop jolie sœur. De toute façon, lorsqu'elles arriveraient au bal, tous les
regards seraient pour Irène. Irène, le joyau de la tribu Falconeri. La vie
était trop injuste...

Au second étage de la maison, dans l'appartement qu'occupait la
famille Cohen, on entendait des grésillements étranges, des sifflements,
des bruits de voix. Dans la chambre d'Abel Cohen, son frère Elie, Jean
Falconeri et son cousin Antoine Boulad écoutaient la radio. « Arrête de
triturer ces boutons, dit Abel à son frère, tu n'y connais rien. » On les
prenait souvent pour des jumeaux tant ils se ressemblaient, tous deux
taillés en force, larges de torse, bruns, poilus.

Soudain les grésillements cessèrent et une voix, comiquement
emphatique, sortit du haut-parleur « ... ce matin 24 janvier à sept heures
le général anglais Erskine a lancé un ultimatum aux forces auxiliaires
égyptiennes consignées dans leurs casernes d'Ismaïlia... » Quelques crépitements, puis la voix reprit : « En ce moment même nos braves policiers se battent sauvagement, à un contre mille. Vive la police! Vive les
" boulouk nizam " ! Vive l'Égypte! » Une musique militaire suivait le
commentaire. Abel coupa le son et les quatre garçons se regardèrent,
incrédules.

« Les boulouk nizam, contre les Anglais? Avec quoi? Leurs
matraques? Ils sont fous... ils feraient mieux de se rendre », s'indigna
Elie, surnommé Pepo à cause de son goût pour la mode italienne. Jean
Falconeri, agacé, se redressa de toute la hauteur de ses quinze ans.

« Nous sommes ici chez nous, les Anglais n'ont rien à y faire. Ils nous occupent, ils gardent le canal de Suez malgré les nouveaux traités, et maintenant ils s'attaquent à des policiers égyptiens. C'est un comble! Le roi devrait les chasser, prendre enfin le parti du Wafd, de l'Égypte! » Il marchait de long en large d'un air agité. Longs bras, longues jambes, comme il ressemblait déjà à son père! Elie insista : « Tu dis n'importe quoi. Moi je sais ce qu'il y a derrière cette révolte. Il y a les frères musulmans de Hassan el Bana. Des fanatiques. Tu verras, s'ils prennent un jour le pouvoir... Tout compte fait je préfère les Anglais. Au moins ils sont civilisés. » Antoine Boulad, un roux massif aux yeux gris, leva la main. « Laissez tomber. Rien de sérieux cette semaine sauf le bal des Tegart, vous le savez bien. C'est vrai que Lola y sera? »

Jean haussa les épaules. Il détestait les mondanités. En ces temps troublés n'y avait-il pas mieux à faire que d'aller danser? Et puis toutes ces histoires de filles l'assommaient. On lui avait si souvent demandé de jouer les messagers auprès d'Irène. Irène? Antoine n'avait pas parlé d'Irène, mais de Lola. Lola... encore une gamine, une petite sœur, un copain de jeux et de fous rires. Songeur, Jean regarda son cousin Antoine qui, la tête penchée, allumait une cigarette anglaise. A vingt et un ans, Antoine lui semblait très vieux, déjà un homme. Taciturne et secret il se livrait peu, sauf sur un point : il affirmait qu'il serait chirurgien. Pour l'instant il riait, fourrageant dans ses cheveux roux et bouclés, en écoutant Abel imiter Farouk. Antoine avait dû se tromper et penser à Irène.

D'Ismaïlia, la princesse Mervet avait téléphoné aux Tegart pour s'excuser. Elle serait sans doute en retard pour le bal. On se battait du côté du canal. Dieu seul savait quand elle arriverait au Caire. Avec ses larges rues bordées de palmiers et ses villas à portique entourées de jardins, Ismaïlia était pourtant, d'ordinaire, la ville la plus tranquille d'Égypte. Les étrangers et les fonctionnaires s'y ennuyaient en rêvant des nuits d'Alexandrie et des bordels du Caire. Place Champollion, sur les terrasses des cafés, on ne parlait que trafic du canal, et péages du port. Après-demain, comme tous les dimanches après la messe, les familles prendraient l'avenue de l'Impératrice, traverseraient le pont au-dessus du canal pour arriver au lac Timsah, le « lac du crocodile ». C'est là qu'on campait. On sortait des voitures les paniers d'osier. Les mères ôtaient leurs chapeaux, étalaient sur le gazon rare des nappes de lin, y disposaient les rôtis froids, les œufs de pigeon, les salades, les sandwichs de foul, les assiettes, les gobelets pour la bière calée dans des glacières. Le moment le plus délicieux était celui du dessert, lorsqu'on comparait les choux à la crème et les puits d'amour, spécialités de la pâtisserie Schmidt, au bord du grand lac d'un bleu de lapis-lazuli, enchâssé dans les sables du désert, sur fond de montagnes rouges.

Ce dimanche, pourtant, personne ne déjeunerait au bord du lac Timsah. Étienne Perrachon, irrité, marchait de long en large dans le salon, devant le canapé jaune où Mme Perrachon triait ses laines à broder. « Nous avons eu du bon temps, certes, ma chère amie. Mais aujourd'hui, voyez-vous, l'âge d'or est fini. Nous voici terrés derrière nos volets, les nationalistes de Nahas Pacha tiennent le haut du pavé et les Anglais ne sont même pas fichus de leur donner la leçon qu'ils méritent. Crédieu! Nos amis englishe se laissent tirer comme des lapins. Bientôt ce sera le règne des tarbouches, même nos barbarins ne nous respecteront plus. Et que faisons-nous? Rien. Paris s'intéresse à la Syrie, au Liban, que sais-je, sans voir que notre sort se joue ici et maintenant.

– Oui mon ami, c'est bien triste », soupira Élise Perrachon, en tressant ses écheveaux de couleur. Berrichonne comme Étienne, elle avait fini par ressembler à son mari, même nez un peu tombant, mêmes cheveux bruns bien lissés. Les discours d'Étienne la berçaient sans qu'elle y accordât une attention particulière – la politique l'ennuyait – mais elle eût pu, en bonne élève, répéter ses dernières phrases tout en pensant que la laine verte n'allait pas avec un fond bordeaux...

« J'en ai parlé l'autre jour au Cercle français, poursuivait Étienne encouragé, mais ils ne comprennent pas, ils ne voient pas ce qui se passe dans nos rues, sous nos fenêtres. Bien sûr, ces messieurs sont des fonctionnaires. Le canal paiera! m'a répondu hier soir cet imbécile de Chazal. Et moi, qui me paiera? Qui peut m'assurer que je garderai ma pharmacie? Qu'on ne viendra pas démolir mon officine? Pourrons-nous encore longtemps jouir de tout ceci? » D'un geste, il montrait le large salon aux canapés jaunes, les deux lustres de cristal, la commode Restauration héritée de sa mère et, sur le marbre blanc de la cheminée, la pendule Louis XVI « d'époque », précisait-il toujours, qui faisait son orgueil.

« Bien sûr, mon ami, tout va mal. Mme Schmidt me disait encore l'autre jour que son nouveau commis, qui vient pourtant du Caire, lui avait raté sa pâte à choux. Un samedi! Vous voyez bien que ces gens ne peuvent se passer de nous, qu'ils sont des incapables... »

Étienne Perrachon haussa les épaules. Inutile de parler politique avec Élise. Elle n'y entendait rien. Il se leva, écarta les tentures vertes retenues par des glands de passementerie. La rue était déserte sous le soleil. Pas une voiture. Pas un promeneur. Mauvais signe...

Perrachon n'avait pas tort. Depuis le 15 octobre, dans toute la zone du canal, les incidents s'étaient multipliés, plus inquiétants chaque jour. Au début, on avait volé des jeeps et de la nourriture. Puis il y eut trois attentats à la grenade contre les casernes anglaises de Port-Saïd. Les Égyptiens qui travaillaient pour les Anglais commencèrent alors à déserter les camps et les casernements sur un mot d'ordre qu'on disait venu de très haut. Sans doute de Fouad Serag Eddine lui-même, ce ministre de l'Intérieur que Perrachon tenait pour un fieffé ambitieux et qui donnait chaque soir des conférences de presse au Caire sur « la bataille du canal ». La bataille, quelle bataille? On aurait déjà dû mettre tout ce monde au pas, répétait chaque jour Chazal à la terrasse du café de la place Champollion. Perrachon lui répondait qu'il avait vu pire, que tout cela se tasserait.

Pourtant le 15 janvier, il avait dû reconnaître qu'on était passé à côté du désastre : des commandos hétéroclites, appuyés par des boulouk nizam, avaient attaqué la base de Tell el Kébir, un des plus grands dépôts d'armes et de munitions britanniques de tout le Proche-Orient. L'opération avait échoué mais désormais Perrachon regardait d'un autre œil ces boulouk, gardes champêtres municipaux suant dans leurs uniformes de drap kaki à boutons de cuivre, armés de matraques et de vieux fusils, dont on achetait la complaisance et les services pour quelques cigarettes. Si ceux-là se révoltaient, alors à qui se fier?

Il y avait de cela dix jours, et le malaise ne s'était pas dissipé. Au contraire, une menace planait sur la ville. Ce matin vers sept heures on avait entendu le canon du côté des casernes, et les roulements n'avaient plus cessé. Étienne tendit l'oreille. Les coups maintenant s'espaçaient, mais le vent rabattait vers la ville une odeur âcre qu'il reconnut aussitôt. L'incendie! des détonations sèches éclatèrent en bouquet. Des munitions, sans doute, qui devaient exploser. Perrachon regarda sa montre : onze heures trente. Il décida d'aller aux nouvelles.

Il y avait foule au Club français. Un des commissaires du canal attrapa Étienne par le bras. « Perrachon, mon vieux, buvons à la victoire. Les Anglais ont enfin cogné. Ils ont complètement rasé les casernes, les boulouk sont en fuite, ou prisonniers. Ah, ils ne recommenceront pas de sitôt. Ma foi, il était temps. Je vous avoue que je commençais à me faire du souci... » Autour d'eux, on se congratulait bruyamment. Étienne pensa, comme tout le monde, qu'on l'avait échappé belle et que l'orage était passé.

En Égypte le temps coule avec lenteur. Ce n'est qu'à cinq heures du soir que Fouad Serag Eddine apprit l'ampleur du désastre dont il était directement responsable. Le choc en retour, il le savait, risquait de secouer Le Caire. Il décida de recevoir les jeunesses wafdistes qui, enfin alertées, se bousculaient dans son antichambre. Il fallait leur lâcher quelque chose sans mettre le régime en péril. Qu'ils organisent, s'ils le voulaient, une grande manifestation antibritannique dans les rues du Caire. « A condition, ajouta-t-il, que cela ne dégénère pas en manifestation contre le roi. » Son poste était en jeu. Dieu seul savait comment allaient réagir ces jeunes excités! En raccompagnant la délégation sur le perron de la présidence, il regarda l'heure.

Déjà sept heures! Chez les Falconeri la tension montait. L'invitation était pour neuf heures et personne n'était prêt. La grande maison posée sur la pelouse comme une pâtisserie baroque brillait de toutes ses fenêtres. Dans le soir qui tombait le vert italien des murs s'estompait, faisant ressortir les moulures, les balcons et les balustres blancs. Personne n'avait songé à fermer les volets de la petite fenêtre à droite, celle du bureau de Charles, et on y voyait clairement les rayonnages de livres, la grosse lampe jaune, le bureau d'acajou encombré de dossiers. Charles lisait. Penché sur ses papiers il tortillait son long nez, comme toujours quand il travaillait. Dans une heure, il laisserait ce dossier et monterait s'habiller. Il savait qu'il trouverait sur son lit, soigneusement étalés par Samira, son smoking noir, une chemise à col cassé, des chaussettes de soie et un nœud papillon à pression. Il demanderait conseil à Nadia pour les boutons de manchettes. C'est toujours elle qui décidait de ce qu'il appelait « la touche finale ». Il se serait senti abandonné, si elle n'avait pas respecté les rites.

Au premier étage, sur la gauche, une porte-fenêtre découpait un rectangle de lumière sur une petite terrasse. Là se situait le domaine de Nadia, sa chambre, sa salle de bains, le dressing-room qu'elle venait de faire aménager. Ce soir, elle avait choisi de porter une longue robe noire, drapée sur le côté, au décolleté asymétrique retenu par une bretelle de strass. Penchée sur sa coiffeuse, Nadia hésitait. Quels bijoux ? Pas de perles, à côté du strass. Mais avec les seules boucles d'oreilles le décolleté serait trop nu. Elle ouvrit un écrin, fit glisser sur sa main un très beau collier où des émaux verts, sertis d'or, dessinaient un grand papillon aux antennes terminées par de petits diamants tremblants sur leurs tiges. C'était le dernier cadeau rapporté par Charles de Paris – un collier de Chaumet, ce qui devait cacher quelque chose, s'était-elle dit alors. Mais Nadia était trop fière pour s'autoriser les allusions perfides et trop raisonnable pour se laisser aller à la moindre jalousie. Ce collier serait très bien. Elle enfila ses bagues habituelles, redressa une boucle, se retourna devant la psyché. Parfait. Trop parfait peut-être. Nadia manquait de flamme et le savait. La passion lui était étrangère. J'ai une existence convenue, se dit-elle. Pourquoi accorder tant d'importance aux réceptions, aux fêtes, aux bals, aux ragots de la bonne société égyptienne ?

Le plus souvent elle répondait : « C'est pour Charles » en sachant qu'elle dissimulait ainsi l'essentiel. Certes il était important de figurer aux grandes soirées de la saison mondaine, de décembre à février, où chacun devait se montrer et tenir son rang. Les hiérarchies, si subtiles, y mêlaient le prestige, la naissance et l'argent. Mais Nadia savait bien que ce que Charles appréciait vraiment, c'étaient plutôt ces réceptions intimes, réservées à de rares élus, où les intellectuels du Caire se retrouvaient à l'occasion du passage de Malraux ou bien d'Audiberti, et où sur les terrasses au-dessus du Nil on brocardait le roi, la cour, le gouvernement. Nadia n'était pas à l'aise dans ce milieu brillant. Boula Henein, impérieuse beauté, fille d'un poète célèbre et femme d'écrivain, reine de ces soirées brillantes, la fascinait et l'effrayait. A côté d'elle, Nadia se sentait pâle et fade. Jalouse aussi, lorsque Charles, les yeux brillants, levait une coupe de champagne en regardant Boula.

Ce soir, pourtant, Nadia s'impatiente. Le bal des Tegart est connu pour ses fastes, pour la beauté de la maîtresse de maison, parce qu'on y rencontre des conseillers du roi, des hommes d'affaires, des diplomates, de grands propriétaires et des jeunes gens bien nés. Surtout, c'est là que se retrouvent chaque année les plus belles et les plus élégantes femmes du Caire. Or, Nadia a l'intention cette année d'y présenter Irène.

Irène est sa fille préférée. Non qu'elle n'aime pas Lola. Mais Lola la déroute. A seize ans, elle déclare qu'elle veut travailler, devenir avocate ou médecin. Médecin! Pour quoi faire? Qui voudra l'épouser? Le plus étrange c'est que Charles semble l'encourager. Il y a entre Lola et lui une complicité presque masculine, une liberté de parole et de pensée, des attitudes, des réflexes si semblables, que Nadia se sent parfois exclue du petit monde vif et gai que forment Charles, Lola, Jean et ses cousins. Alors qu'avec Irène, Nadia se retrouve. Trop belle, un peu secrète, douce, timide, Irène vit en retrait. Elle semble ignorer l'effet qu'elle produit. Qu'attend-elle, que veut-elle? Nadia le devine : une vie rassurante et calme, des enfants blonds, un mari capable de lui assurer un bonheur confortable. Il l'aimera, naturellement. Qui n'aimerait pas Irène? Au moment de lancer sa si jolie petit fille dans la course annuelle des filles à marier, Nadia veut se rassurer. Irène ce soir sera la plus belle.

Il faudrait aller voir où en sont les préparatifs de ces demoiselles. Un froissement de soie, des petits rires étouffés, des chuchotis où pointe la note chantante de Mlle Latreille. Nadia ouvre la porte. Au milieu de la pièce Irène rayonne, droite dans sa robe de satin bleu glacier dont les plis s'arrondissent en une jupe très large qui fait ressortir la finesse de la taille. Du corsage décolleté émergent les épaules nacrées, le cou lisse, la tête petite mais fermement dessinée. Les grands yeux sont plus bleus que jamais. Mlle Latreille, éblouie, joint les mains devant Irène comme devant la Sainte Vierge. « Madame, on dirait Michèle Morgan! » Puis, prenant soudain son élan et son souffle, elle ajoute en rougissant : « Mais ce petit rang de perles ne suffit pas. Il faudrait... si j'osais, madame, il faudrait votre double sautoir. » Nadia sourit. Cette pauvre Latreille perd la tête. « Non, un rang de perles seulement. A son âge! Mais j'ai apporté mes boucles d'oreilles. Ce sera plus éclatant. » Elle s'approche, pince le lobe délicat, y ajuste une des boucles blanches en forme de poire. Lève les yeux vers le grand miroir.

Derrière Irène blonde et bleue, Nadia découvre avec un petit serrement au cœur la silhouette enfantine de Lola perdue dans son organdi rose. Melania, la femme de chambre triestine, jure en italien contre un jupon rétif qu'elle ne peut fermer. Les joues en feu, l'œil noir et la frisette en bataille, Lola émerge enfin des flots d'organdi. Melania, rouge comme un coq elle aussi, ferme un par un les boutons du dos, serre la taille, fait bouffer la jupe qui gonfle, gonfle, puis d'une tape experte elle remonte les manches ballon froncées au-dessus du coude. Mlle Latreille, sur la pointe des pieds, fixe dans les cheveux de Lola deux nœuds de tulle rose montés sur barrette.

D'un coup de reins brusque, Lola se retourne, contemple son image. Un sanglot lui monte à la gorge. Non, elle ne pleurera pas. Elle est laide, brune, mauricaude. Aucun garçon, jamais, ne voudra d'elle. Eh bien, elle travaillera, elle les éblouira tous, elle soignera les blessés sur les champs de bataille, elle vivra comme un homme. Elle serre les dents, se regarde à nouveau, à côté de la splendide Irène. La comparaison est trop cruelle. Lola brusquement redevient une enfant. Elle éclate en sanglots, elle crie : « Maman, je ne veux pas y aller. J'ai l'air d'une guenon... »

En une seconde, Nadia a déboutonné la robe rose, soulevé et arraché l'organdi qui tombe à terre en gros flocons. Débarrassé de la robe, nu, en petite culotte, le corps de Lola a la grâce des statuettes d'argile brun. Ses jeunes seins retroussés, ses longues cuisses sculptées par la natation, ses hanches étroites dessinent une silhouette d'une beauté saisissante. Nadia, Mlle Latreille, Irène et Melania se figent. Lola elle-même découvre, étonnée, dans le miroir, cette fille inconnue dont la culotte blanche tranche vigoureusement sur la peau dorée.

« Melania, va chercher ma robe ivoire en soie, tu sais, celle qui est toute plissée, que je portais à Alexandrie l'été dernier. » Sur Lola figée la soie coule, fluide, souligne les hanches et la taille. Du corselet plat partent deux plissés audacieux qui, noués autour du cou, s'enflent sur les seins, les découvrant très bas. Fermeture Éclair sur le côté : le dos est nu, lisse et ferme comme un galet.

Lola, la bouche ouverte, ne se reconnaît pas. « Oh ! s'exclame Mlle Latreille, rouge jusqu'à la racine de ses cheveux gris, le dos, madame, le dos ! ce n'est pas possible... » Melania a couru à la lingerie, est revenue avec sa cousine Zina, chargée de repasser le plastron de M. Charles. Dans leur excitation elles se sont mises à parler leur incompréhensible patois triestin aux inflexions aiguës. Zeinab elle-même est montée des cuisines et tend le cou, du couloir, pour mieux voir. « Bella, bellissima... » s'exalte Melania.

C'est vrai, se dit Lola, je suis belle. Belle ! La chaleur lui vient aux joues. Elle sait, à cet instant, qu'elle sera aimée, parce qu'elle a un charme étrange, rare, au-delà des modes et des genres, avec sa crinière brune, sa large bouche, ses pommettes asiates et ses yeux dorés, fendus comme ceux des chats. Nadia décroche le collier de Chaumet, le pose sur la poitrine encore plate de sa fille, comme pour la consacrer femme. Sur la peau bronzée, l'or et l'émail vert prennent tout leur éclat. « Voilà. Rien de plus. Laisse tomber tes cheveux sur les épaules. Tu es magnifique... – Et toi maman ? murmure Lola d'une toute petite voix. – Moi ? Ne t'inquiète pas. Je mettrai mon pendentif de diamant, comme d'habitude. Mais faisons vite. Ton père doit déjà attendre et tu sais qu'il déteste cela. »

Devant le perron, le chauffeur ouvre les portes de la Mercury blanche. Nadia monte la première. Irène, serrant contre elle les plis bruissants de sa robe, glisse sur le velours bleu des coussins. A ce moment, Charles descend en courant l'escalier. Il s'arrête devant Lola. « Lola ! Je ne te reconnaissais pas ! » Le cœur de Lola bat plus vite. Son père va-t-il accepter, ou se fâcher ? Charles tique un peu en voyant le collier-papillon. « Ce n'est pas de ton âge. » Surprenant l'inquiétude dans les yeux de sa fille préférée, il allonge la main, saisit son épaule nue. « Mais c'est très joli. Il fait un peu frais, tu aurais dû te couvrir. » Il trace, du pouce, une petite croix rapide sur le front de Lola. « Tu es belle, ma chérie, tu es mon Égyptienne... »

2

Le Nil sentait la vase. Le vent apportait des odeurs de thé noir et de poisson grillé. Dans un crissement de chaînes, les felouques amarrées pour la nuit balançaient doucement, toutes voiles repliées, sur les eaux noires du fleuve. Enroulés dans des hardes, les bateliers dormaient. Plus haut, sur la berge, un homme qui flânait s'assit en tailleur, s'adossa à un jacaranda. Confondu avec le tronc, noyé dans l'ombre, il ne voulait rien perdre du fabuleux spectacle que lui offrait cette nuit.

Entre les terrasses du Sémiramis et le vaste parc de la villa Wahba, la maison des Tegart brillait comme un paquebot de luxe. Devant le perron éclairé glissaient les Lincoln et les Rolls. Les chauffeurs ouvraient les portières, des couples descendaient, des photographes mondains prenaient leurs clichés, et dans les éclairs des flashes, le claquement des portières refermées, les femmes en robe longue accompagnées d'hommes en habit laissaient derrière elles des sillages légers.

En haut des marches deux souffragi vêtus de caftans bleus soutachés d'or se tenaient de chaque côté des portes, ouvertes à deux battants. Le regard de l'homme accroupi dans l'ombre se fit plus brillant. Que pouvait-il penser en voyant le hall, le grand lustre de Murano, les écharpes de soie frémissant sur tant d'épaules nues, en entendant la musique et les rires? Spectateur venu d'un autre monde, il restait immobile, fasciné.

Un taxi, gêné par le défilé des voitures, ralentit, s'arrêta un instant. « Le bal! dit, goguenard, un des deux passagers, un jeune officier qui se pencha en avant pour mieux voir. Un bal, après ce qui s'est passé aujourd'hui à Ismaïlia! – C'est le bal Tegart, précisa le chauffeur en haussant les épaules. – Je sais, reprit l'officier, leur fameux bal d'hiver... – C'est de la provocation! marmonna son compagnon, furieux. – Même pas... reprit le plus jeune, ils se croient tout permis, tout... Ali Sabri a demandé que l'on photographie les bijoux, les fourrures, les buffets, le caviar, les fleurs, les plaques des voitures. Et tous les plats fabuleux

23

commandés à Paris... Tegart a accepté, cela flatte sa vanité... Ali attend les clichés pour cette nuit. » Le taxi repartit.

Charles ne put réprimer un mouvement d'orgueil en regardant sa femme et ses filles monter l'escalier. Nadia en fourreau noir se tournait vers Irène qui d'une main légère relevait sa jupe de satin bleu pâle. Même charme, même blondeur, cendrée chez Nadia, dorée chez Irène, avec l'aura, le halo un peu flou de la grâce. Mais le plus étonnant, pensa Charles, c'était la transformation de Lola. Troublé, il découvrait ce corps de nymphe que la soie ivoire révélait plus qu'il n'eût fallu. Puis, s'apercevant qu'elle restait plantée là, sur une marche, sans pouvoir bouger, il réalisa que Lola n'avait jamais porté de robe longue et qu'elle était sans doute paralysée de frayeur. Il la prit sous le coude, murmura : « Relève un peu plus ta robe, vas-y, je te tiens. » Il lui souriait. Lola, grisée, leva le menton, s'appuya sur le bras de son père, et fit une entrée très digne. Pour la première fois de sa vie elle se sentait une dame.
« Nadia, ma chérie, quelle joie de recevoir enfin tes deux charmantes filles ! » Djehanne, la maîtresse de maison, s'avançait mains tendues. Tout en elle était noir. Noire, la robe de sirène, noirs les cheveux en chignon lourd, noirs les yeux ourlés de khôl. Sur ce fond tragique, son visage pâle, sa peau et ses bras blancs ressortaient, translucides comme l'albâtre. Irène plongea en une légère révérence, Lola resta droite, hypnotisée par ce décolleté où brillait l'extravagant collier d'émeraudes et de diamants de Djehanne. Derrière, le mari, poussah râblé et sans élégance malgré un strict smoking anglais, semblait n'être qu'un faire-valoir pour Djehanne et son collier.
On se bousculait déjà dans le premier salon. Devant un miroir vénitien, Nadia rajustait une boucle sur son front. Un bruissement de conversations, d'éclats de rires et de tintements de verres parvenait dans l'entrée. Des serveurs portant haut leurs plateaux chargés de petits fours se frayaient un chemin à travers la foule. Lola ne connaissait personne. Nadia lui tapota la main. « Tu es magnifique, ma chérie. » L'angoisse de Lola s'envola. Elle entra dans la première salle, à la suite de sa mère et d'Irène.
Tout Le Caire était là. Lita Galad, au centre d'un groupe bruyant et coloré, leur fit signe de la main. Isis Tahmy portait une curieuse tunique, droite, brodée, ceinturée haut. Isis était copte et elle se rattachait volontiers à la lignée des rois de Thèbes, expliquant aux étrangers que seuls les coptes étaient les vrais habitants des anciens royaumes d'Égypte. Et, en effet, elle ressemblait ce soir, avec ses cheveux noirs coupés court, sa frange et son nez droit, à une jeune pharaonne. On s'embrassait, on se pressait devant deux grands buffets dressés devant les fenêtres. Sur les nappes damassées alternaient chandeliers d'argent et grandes coupes de fruits couronnées par des ananas aux feuilles raides. Au centre, des faisans aux plumes chatoyantes, posés sur des socles, entouraient un présentoir d'argent où une coupe emplie de

caviar gris s'encastrait dans la glace. Chaque année, le bal des Tegart apportait sa surprise. Cette fois, tout était venu en avion de Paris, de chez Maxim's, le matin même, avec un maître d'hôtel français. Pendant que Nadia bavardait avec Andrée Chebib, Charles rejoignait dans l'embrasement d'une fenêtre un groupe d'hommes d'affaires qui, loin des dames, en profitaient pour fumer le cigare. On parla un peu de l'événement du jour, de ce qui s'était passé à Ismaïlia, et beaucoup des cours de la bourse du coton. En cette dernière semaine de janvier tout allait bien. Les titres étaient en hausse. Les rumeurs aussi. Mais que serait l'Égypte sans ses rumeurs...

Irène, très entourée, grignotait délicatement un petit four. Elle portait sa robe avec une telle aisance qu'on l'eût dite dessinée sur elle. Le collier de perles prenait sur sa peau un éclat étonnant. Elle se tourna vers son cavalier avec un sourire si charmant que celui-ci en demeura fasciné et stupide, le bras levé pour lui offrir une coupe.

Lola, crispée, regardait. Comment Irène la secrète, la timide, pouvait-elle se métamorphoser en reine de la nuit? Dans sa robe blanche si légère, Lola se sentait impudique. Pourtant il lui arrivait parfois de se promener nue dans sa chambre, et les nuits d'été elle ôtait sa chemise de nuit – au grand scandale de Mlle Latreille qui avait un jour découvert cette « mauvaise habitude ». Lola aimait son corps qu'elle savait beau, le voir bouger et vivre lui semblait naturel. Était-ce péché que de caresser sa jeune poitrine et de se masser longuement les cuisses en rentrant du tennis? Sûrement pas. Elle ne l'avait jamais dit en confession et les sottes allusions des mères du Sacré-Cœur aux « tentations de la chair » la faisaient toujours rire. Mais ce soir, soudain, son assurance l'avait quittée. Comment cacher les pointes brunes de ses seins qu'on devinait à travers le plissé du tissu? Comment oublier son dos dénudé jusqu'au creux des reins? Déjà elle avait lu dans l'œil de François Tegart, tout à l'heure, un éclair inattendu. Était-elle jolie ou seulement ridicule?

Heureusement, tous les regards se tournèrent vers Gaby Halim, qui venait de faire, comme à son habitude, une entrée époustouflante. Moulée dans une robe de lamé or, elle avançait d'un pas royal, suivie par un jeune banquier italien au regard de biche, qu'on disait son amant. Souveraine, elle passait d'un groupe à l'autre, posant parfois légèrement une main aux ongles rouges sur l'avant-bras de son bel Italien, ou le couvant d'un œil possessif qui ne laissait place à aucun doute.

Un mumure s'éleva des fauteuils où s'agglutinaient les dames. La vieille Mme Toussoun, les yeux ronds et la bouche pincée, allongea le cou pour mieux voir, puis se pencha vers sa voisine, une cousine des Tegart, recueillie chez eux par charité, après la mort d'un mari qui l'avait trompée et ruinée. Gaby avait toujours dépassé les bornes. S'afficher ainsi... certes, les aventures amoureuses étaient du dernier chic et on pouvait se permettre certains écarts, lorsqu'on était mariée. A condition d'y mettre les formes. Or ce soir Gaby avait visiblement décidé de provoquer. Serait-elle encore reçue? Évidemment, chuchota Mme Toussoun, puisqu'elle était princesse et cousine du roi. Mais où allait-on, Seigneur?

Lola regardait Gaby avec admiration. Aurait-elle un jour cette aisance, cette allure, et le courage de braver les commérages ? Elle se redressa, pointa le menton en l'air comme Gaby, rejeta ses cheveux en arrière en cambrant le buste. Le grand miroir, derrière le buffet, lui renvoya l'image d'une fille à la crinière noire annelée, à la peau d'abricot, aux longs yeux dorés. Le collier vert brillait entre les bretelles de soie blanche, la robe plissée dessinait sa taille fine avant de s'évaser légèrement sur les hanches. Lola sourit, tête renversée, lèvres entrouvertes, yeux brillants, comme elle l'avait vu faire aux mannequins des magazines.

Soudain elle sentit sur sa nuque comme une sorte de gêne : on l'observait. Dans le miroir, elle intercepta le regard malicieux d'un jeune homme inconnu. Confuse, furieuse, elle se sentit rougir, tandis que le sang lui battait aux oreilles. Le jeune homme sourit. Lola était sûre de ne l'avoir jamais vu. Il était grand, très brun, et une mèche raide retombait sur son front. Il y avait en lui quelque chose d'étranger. Peut-être la coupe de son smoking, moins cintré, plus large aux épaules que ne le voulait la mode du Caire ? Ou son visage rasé de près, sans moustache, avec un pli dédaigneux de la lèvre inférieure ? Le choc venait de ses yeux vert clair, ourlés de longs cils noirs. Des cils de fille. Lola en fut troublée. Elle ne comprenait que trop bien ce regard. Il la jugeait, la caressait, suivait la courbe de ses hanches. Elle s'empourpra. Comme c'était agaçant, cette onde de chaleur qui la prenait de la poitrine au front à chaque émotion forte. A travers la foule, le séduisant inconnu se frayait un chemin vers elle. Lola, affolée, glissa le long du buffet, et d'un mouvement tournant elle rejoignit sa mère, qui bavardait avec Léa Boutros.

Devant le visage brûlant de sa fille, Nadia s'inquiéta. Était-ce l'effet du champagne ? Lola n'avait pas l'habitude de boire. Le mieux était de l'accompagner dans la salle de bal, à côté, où elle retrouverait ses cousins et son frère.

Dans le second salon, plus de tapis mais un parquet ciré. Au fond, devant un rideau rouge, un orchestre de jazz jouait sur une estrade. Les boiseries blanches aux moulures or pâle brillaient sous la lumière des lustres. Les couples étaient plus jeunes. On dansait. Au centre, Irène, aux bras d'Antoine Boulad, s'envolait en glissant, sa robe de satin tournant lentement derrière elle.

« Lola ? je ne t'aurais pas reconnue. Superbe ! » Le cousin Pepo s'inclinait, la main droite sur le cœur. « Mademoiselle, me feriez-vous l'honneur d'une danse ? » Farceur ou sincère ? Déjà Pepo enlaçait Lola, lui murmurant à l'oreille : « *Passeport to paradise*, tu reconnais ? un air de circonstance ce soir. Comme tu es belle ! » Était-ce le contact sur son dos de la main de Pepo ? Lola se revit telle qu'elle s'était découverte tout à l'heure dans le miroir. Une femme, une jolie femme. Jamais encore elle n'avait flirté, ni embrassé un garçon. C'était peut-être un plaisir inouï, peut-être vaguement dégoûtant... Le souvenir de l'inconnu aux yeux verts, juste à ce moment, l'assaillit avec force. Elle n'écouta plus la musique, fit un faux pas, se raccrocha à l'épaule de Pepo, qui rit : « Ne me dis pas que tu as déjà bu ? » Non, mais elle se sentait ivre. Les vitres des hautes fenêtres lui renvoyaient l'image d'un jeune couple : Pepo aminci par le noir du smoking et une fille inconnue, à la chevelure sombre, au corps de liane blanche. Était-ce bien elle ? Ils tournèrent de plus en plus vite, dans les éclats des trompettes, des lumières et des lustres.

Minuit. Les buffets étaient déjà à demi dévastés. Un orchestre italien jouait maintenant des slows langoureux. Épuisée, Irène se jeta sur un canapé blanc, des flots de satin étalés autour d'elle. Bob Cariakis s'était précipité : voulait-elle du champagne ? Oui ? Se faufilant à travers les danseurs, il partit en chercher. Viktor Semieka en profita pour prendre place aux côtés d'Irène. Avec les femmes, Viktor gagnait toujours. Il était beau, drôle, il jouait au polo avec le prince Philippe d'Édimbourg, il était l'amant d'une grande-duchesse russe, ses amours, ses chasses au Kenya, ses relations faisaient de lui la vedette obligée de toutes les grandes soirées. Irène, flattée, lui sourit, leva vers lui un regard bleu candide. Trop candide. « Jolie fille, pensa Viktor, mais candidate au mariage. Pas pour moi. Pourquoi ne pas lui présenter Magdi Wissa, le célibataire le plus courtisé, le rêve de toutes les mères ? J'aurai peut-être, plus tard, ma chance. »

Bob revint, sa coupe à la main. La place était prise. Lutter contre son copain Viktor, pas la peine. Autant se consoler auprès de Paul Capodistria, autre vieux complice. Paul était de toutes les fêtes bien qu'il n'eût plus un sou depuis que son beau-père, lassé par ses frasques, lui avait coupé les vivres. On l'invitait quand même, pour son esprit, sa culture. Mais aussi parce qu'il faisait partie d'un petit clan intellectuel et mondain qui flattait l'amour-propre de ces négociants enrichis par la guerre, auxquels manquait encore le vernis des bonnes manières et le ton léger de l'humour. Paul était grec, Viktor, copte et Bob, juif. Aucun d'eux n'y pensait. Ils avaient les mêmes références, courtisaient les mêmes jeunes filles, appartenaient aux mêmes clubs, plaisantaient en langage codé. Une soirée sans eux n'était pas une soirée réussie. Ils le savaient, s'en amusaient. Paul, qui cultivait sa ressemblance avec Gary Cooper, montra à Bob, dans la poche de son smoking usé mais coupé à Londres, deux boîtes de caviar. « Tu en veux ? Je suis passé par les cuisines. C'est pour mon petit déjeuner demain matin. Ils ne savent pas, ces ploucs, que le caviar est meilleur au réveil. »

Minuit et demi. Personne n'avait remarqué un maître d'hôtel qui glissait, la mine grave, dans la foule des invités. Il cherchait Karim Tabet Pacha. Celui-ci dissertait au centre d'un groupe. On l'écoutait avec respect. Karim n'était-il pas proche conseiller du roi ? Le maître d'hôtel s'approcha, lui murmura quelque chose à l'oreille. Karim Tabet fronça le sourcil et fila discrètement. Le maître d'hôtel continuait son manège. Andreous Pacha lui aussi quitta précipitamment la soirée.

Sous les lustres vénitiens de la salle de bal, Gaby faisait une démonstration de jitter bug. L'orchestre enchaîna avec le nouveau titre de Sidney Bechet, *Les Oignons*. Irène et Magdi, réunis sur le canapé blanc par les bons soins de Viktor, ne dansaient pas mais discutaient avec animation. Nadia, tout en prêtant une oreille distraite aux paroles de l'attaché militaire anglais, les surveillait de loin. Que pouvaient bien se raconter Irène et Magdi qui, une heure auparavant, se connaissaient à peine? Les sens en éveil, Nadia murmurait : « Yes, yes... » sans écouter le discours de ce petit blondinet. La chose était trop sérieuse. Il s'agissait, au cours de la saison, de bien marier Irène. Magdi Wissa pouvait être considéré comme un très beau parti. Sa famille possédait des milliers de feddans de coton, des immeubles à Alexandrie, un village dans le Delta. Mais il était copte-orthodoxe. Et Irène, grecque-catholique. Dans le monde, cela n'avait aucune importance. Mais s'il s'agissait de mariage... il fallait mettre le holà. La famille ne comprendrait pas qu'Irène épousât un schismatique. Nadia s'interrogeait. Irait-elle vers Irène pour interrompre ce trop long dialogue que les vieilles chipies, au fond de la salle, devaient déjà commenter?

A son tour, le prince Toussoun, abordé par le maître d'hôtel, s'éclipsa. Il n'y eut bientôt plus un conseiller royal, plus un ministre du gouvernement. Seul François Tegart, en sa qualité de maître de maison, savait ce qui se passait. Tout allait mal sur le canal de Suez. On disait que les Anglais, furieux de la résistance de la garnison égyptienne d'Ismaïlia, marchaient déjà sur Le Caire. Le premier ministre Nahas Pacha réunissait en pleine nuit un conseil extraordinaire au palais Chivakiar, siège du gouvernement. Il proposait de rompre les relations diplomatiques avec Londres, de faire appel au Conseil de Sécurité et d'arrêter à l'aube quatre-vingts personnalités de la colonie britannique du Caire, qui seraient gardées en otages. Le prince Toussoun, sous le sceau du secret, avait révélé à François Tegart, avant de quitter la soirée, que le roi répugnait à donner son accord. On avait, non sans mal, fait sortir Farouk de sa boîte de nuit favorite où dansait Samia Gamal, et il était de fort méchante humeur. « En ce cas, qu'allez-vous faire? questionna François Tegart, inquiet. – Le roi se méfie de tout, il ne fait plus confiance à personne sauf à son chauffeur, qu'il a nommé pacha et à son coiffeur grec, avait répondu Toussoun. Il paraît qu'il a finalement choisi... d'aller se coucher. Sans prendre aucune décision. Nous sommes dans de beaux draps, mon cher... Ne dormez pas, je vous donnerai des nouvelles dès la fin du conseil. Et vous agirez pour le mieux, n'est-ce pas? » Tegart avait compris. Une telle agitation ne pouvait que nuire au redressement des cours du coton. Demain matin, il lui faudrait réagir dès l'ouverture de la Bourse.

« Eh bien, François, vous ne vous amusez pas? » Djehanne, plus marmoréenne que jamais, surgissait aux côtés de son mari, songeur. Elle le conduisit dans la salle de bal, fit signe à l'orchestre qui glissa du jitter bug à la valse. Tegart ne savait pas danser autre chose. Djehanne lui sourit, attendant une invitation qui ne venait pas. « François? » Brusquement rappelé à l'ordre, il enlaça sa femme et se lança, plus légèrement qu'on ne l'eût cru, sur la piste de danse.

Lola cherchait sa mère. L'enchantement du bal et l'ivresse de la musique se dissipaient peu à peu. Elle ne savait pas danser le jitter bug, d'ailleurs l'eût-elle su qu'elle n'eût pas osé, avec cette robe moulante. Elle avait épuisé la série des cousins et des amis de son frère. On lui avait fait compliment de sa beauté nouvelle, Antoine Boulad, son préféré, s'était même risqué à lui chatouiller le cou de sa courte moustache. Mais elle se rendait compte que les hommes ici ne s'intéressaient qu'aux très jolies filles, comme Irène, ou aux femmes mariées qui pouvaient, elles, jouer librement au jeu des amours parallèles.

Pour se donner une contenance, elle se dirigea vers le buffet. Il restait des petits macarons délicieux, roses à la framboise, bruns au café, marron au chocolat. En piquant dans le plateau, Lola songeait qu'elle aimerait bien boire aussi un peu de champagne, mais comment le demander au barman solennel qui officiait très loin et qui, visiblement, avait décidé d'ignorer cette petite fille abandonnée?

« Vous dansez? » Lola sursauta, se retourna. L'inconnu de tout à l'heure était là. Moqueur, faussement nonchalant, avec une petite lueur dans l'œil. C'était bien elle qu'il invitait. Sa première pensée fut de cacher le macaron au chocolat qui lui avait un peu barbouillé les lèvres et les doigts. Pas de serviette. L'inconnu sourit, lui rendit sa pochette. Furieuse de s'être ainsi laissé surprendre, Lola lui arracha presque le mouchoir des mains sans même le remercier : « Vous dansez? » La voix avait des inflexions chaudes, un léger accent, chantant, comme celui de Mlle Latreille. Était-il français? Qu'importe. Il fallait dire « non ». Nadia avait fait la leçon : Lola était trop jeune, elle ne devait danser ce soir qu'avec son frère et ses cousins.

Mais les yeux verts fascinaient Lola. Danser? « Oui! » s'entendit-elle répondre. Un rapide coup d'œil tout de même du côté de sa mère... personne en vue. Déjà le jeune homme l'entraînait, l'enlaçait. Son micro sous le nez, le chanteur susurrait : « Quand il me prend dans ses bras, qu'il me parle tout bas, je vois la vie en rooooose. » C'était parti. Parti pour longtemps, se dit tout bas Lola. Elle eut une prescience. Ces yeux verts représentaient pour elle un danger. Elle en était certaine, jamais elle ne les oublierait.

« Je m'appelle Philippe, Philippe de Mareuil. Je viens d'arriver en Égypte comme attaché culturel à l'ambassade de France. » Un Français! Lola en était sûre. Un Français! « Et vous? » Lola se taisait. « Faut-il vous appeler mademoiselle Papillon vert? – Je m'appelle Lola, Lola Falconeri », répondit précipitamment Lola qui, d'émotion, se mit à rouler les « r ». Elle se reprocha son manque de repartie. Elle aurait dû, comme les autres filles, battre des cils, faire des mystères, mais non, elle restait là stupide, déjà subjuguée. Il la prit par la taille, emprisonna sa main droite dans son poing, la posa sur son plastron blanc, et avec autorité l'entraîna sur la piste.

Comme elle se sentait bien! Jamais elle n'avait dansé ainsi avec ses cousins. Cette chaleur, cette douceur. La musique la transportait, la salle de bal tournait, tournait... L'inconnu aux yeux vert pâle parlait, elle n'écoutait pas. Il sentait bon. Un parfum de géranium, insistant et chaud, avec un soupçon d'ambre, ou de lavande peut-être...

Lola se surprit à sourire. Un frisson le long de son dos. Mais... c'était la main de l'inconnu. Elle descendait doucement. Maintenant, il plaquait une paume ferme et douce, en bas, bien trop bas, à la naissance des reins. Lola se raidit. Il la serra plus fort contre lui, se pencha vers son oreille : « N'ayez pas cet air effarouché. Ce n'est qu'un slow... » Ses yeux ressemblaient à des flaques vertes.

Le crooner s'était penché sur son micro : « Il est entré dans mon cœur une part de bonheur dont je connais la cause... C'est lui pour moi, moi pour lui dans la vie... » Les paroles auraient fait rire Lola tout à l'heure. Maintenant elle en était émue. Elle, la petite dernière, le laideron de la famille, dansant avec le plus bel homme de la soirée. Car il était beau, différent de tous les autres, oui, très beau... Lola oublia tout et se laissa porter par le bonheur.

Le slow était terminé. Philippe s'arrêta au milieu de la piste de danse, sans relâcher son étreinte. Lola s'affola. Que faisait-elle là, immobile, dans les bras d'un inconnu? Les vieilles dames allaient jaser. Heureusement l'orchestre enchaînait sur une valse. Sans même poser de question, Philippe continuait à danser. Lola se rendit compte qu'elle acceptait déjà tout ce qu'il décidait.

Il la serrait de plus en plus fort. La jupe plissée s'enroulait autour de leurs jambes. Jamais Lola ne s'était sentie plus légère. Le bal, les salons, les autres invités, tout lui semblait lointain. Enveloppée dans les bras de son séduisant cavalier, comme elle paraissait fragile. Philippe de Mareuil fut frappé de l'innocence du regard doré qui se levait vers lui. Il avait été trompé par la robe décolletée, le lourd bijou, par l'allure libre et sauvage de cette jeune fille esseulée. Quel âge avait-elle? Très jeune, en tout cas. Le contraste entre ce corps de femme, excitant, troublant, et l'aspect enfantin du visage l'inquiéta tout d'abord. Il avait l'habitude des femmes mariées, moins celle des jeunes filles. Celle-ci était vulnérable. Dans un mouvement de tendresse qui le surprit lui-même, il effleura rapidement de ses lèvres la main droite de Lola, qu'il tenait contre lui. Il aurait aimé l'embrasser sur la joue, lui caresser les cheveux, la calmer comme on calme une pouliche effrayée. « Voyons, n'ayez pas peur. »

Lola n'avait pas peur, elle était bouleversée. Jamais elle n'eût imaginé un tel plaisir. Étonnée aussi. Ainsi on pouvait s'intéresser à elle. Mais peut-être se moquait-il, comme tout à l'heure Pepo? Et puis, dès qu'il verrait Irène, il serait subjugué, comme tous les autres. Pourtant, ce baiser sur sa main... était-ce une habitude française? En valsant, elle le regardait. Sans savoir qu'avec ses joues rosies par l'émotion, ses boucles noires collées à son front par une légère moiteur, ses yeux émerveillés, elle était plus belle et plus émouvante qu'elle ne l'imaginait. Pourvu que cette valse dure!

François Tegart, discrètement, fit un signe à sa femme. Il était tard et les événements de cette nuit, lui seul le savait, risquaient de se précipiter. Sur les buffets vides, les serveurs commençaient à enlever les assiettes, à ramasser les papiers froissés des petits fours, à passer des brosses d'argent sur les nappes tachées. Djehanne comprit, demanda au maître d'hôtel d'envoyer les plateaux d'alcool, de café et les derniers rafraîchissements.

L'assistance s'était éclaircie. L'orchestre jouait maintenant *Petite Fleur*, le dernier succès de Sidney Bechet. Lola et Philippe n'avaient pas un instant interrompu leur danse. Au rythme du slow, leurs corps s'étaient encore rapprochés.

Mme Toussoun l'avait depuis longtemps remarqué : « Quel est ce garçon qui ne quitte plus la petite Falconeri ? » Personne ne connaissait le nouveau venu. De loin, Pepo fit à Lola un signe que Lola ne vit pas. Nadia la cherchait. Philippe, averti par une longue habitude, comprit que des complications risquaient de surgir. Il était arrivé au Caire en espérant y trouver quelques aventures sentimentales agréables, il s'était même juré d'avoir, malgré les mises en garde de ses collègues de l'ambassade, une maîtresse égyptienne. Mais cette petite fille à l'accent roucoulant, déjà si visiblement amoureuse, l'effrayait un peu, même si elle lui plaisait. Dans quoi s'embarquait-il ?

La danse s'achevait. « Je veux vous revoir, ma petite reine de Saba. Quand ? Où ? » murmura-t-il à son oreille. Lola ne sut que dire. Nadia mettait le cap sur eux, avec une allure décidée qui ne trompait pas. Philippe aussi l'avait vue : « Votre mère ? » Lola hocha la tête sans un mot. Déjà il s'était retourné, se penchait sur la main de Nadia, se redressait, se présentait. Nadia sourit. Sur elle aussi, les yeux verts agissaient. Et puis, un diplomate français... Trois heures du matin. Il fallait vraiment partir. Nadia écourta les adieux.

La grande maison des Falconeri était sombre maintenant. Mais personne n'y dormait. On y rêvait de musique, de projets et d'amour, de mariages en robe longue et de la vie qui glissait si aimable et si douce, de cette douceur égyptienne que rien ni personne, jamais, ne pourrait entamer. Dans la tête de Lola, enfoncée dans l'oreiller, tournoyaient les lumières des lustres. Elle entendait la musique. Elle sentait encore sur elle l'odeur de Philippe. Qu'il était beau ! Elle entendait sa voix. Que lui avait-il dit ? que lorsqu'il rêvait de l'Égypte, en France, c'est elle qu'il imaginait. Que ses cheveux sentaient le jasmin. Que... elle eut un sursaut de bon sens. C'était sans doute la manière française de faire la cour à une femme. Ce garçon la connaissait à peine. Pourtant, ce baiser sur sa main... Lola se retournait dans son lit sans trouver le sommeil. Elle imaginait des choses, elle était folle. Ce beau Français n'était pas pour elle. Pourquoi pas? protestait une petite voix intérieure. Le coup de foudre, cela existe, non? Jamais on ne lui avait parlé ainsi, jamais Lola n'avait connu cette allégresse de tout son être. Une pensée la traversa en un éclair: « Mais je l'aime! » Oui, elle l'aimait. Il ne ressemblait à personne, et à cet instant elle sut, non pas comme une enfant, mais comme une femme, que sa vie venait de basculer. Elle aimerait Philippe et aucun autre, et elle en souffrirait. Parce qu'il était trop beau, trop sûr de lui. Parce qu'il savait trop bien jouer de son charme et de ses yeux verts. Parce qu'il y aurait toujours et sans cesse d'autres femmes. Elle aurait dû se préserver du danger, élever des barrières entre elle et lui, ne pas s'abandonner si vite et si complètement à cet amour qu'elle devinait impossible. Trop tard. Sa main sous l'oreiller serrait la pochette tachée de chocolat. Elle s'endormit d'un coup et retrouva dans le sommeil son visage de bébé.

Charles Falconeri, lui, marchait dans son bureau. Il s'inquiétait. Avant de partir Andreous Pacha lui avait confié que demain il y aurait du nouveau, que ses espions lui avaient fait leur rapport, et que le moment était venu de « trancher dans le vif ». Charles n'aimait pas l'expression. Le pays était à bout, entre un roi suicidaire, un occupant anglais arrogant et une armée peu sûre. Souvent, dans le passé, on avait annoncé le déclin de l'Égypte et rien, jamais, ne s'était vraiment produit. Mais, après cette soirée, Charles se sentait mal à l'aise. Trop de misère, trop de luxe, trop d'inconscience et trop d'aveuglement. Chez les Tegart ce soir, quand les hommes discutaient entre eux de la beauté des femmes, de leurs affaires, de leur argent, dans l'odeur des cigares, il avait vu une ombre noire passer sur les dorures. Il se souvenait des papotages de Nadia et d'Irène, dans la voiture du retour, de leurs commentaires puérils sur les robes, les bijoux, les buffets. N'était-ce pas ainsi que devaient bavarder les aristocrates français, avant qu'ils ne montent dans la dernière charrette?

3

Le lendemain du bal, lorsqu'elle ouvrit les yeux, Mimi Williamson vit un rayon de soleil tomber droit sur son lit par la fente des rideaux. Elle oublia aussitôt que la veille, elle s'était couchée avec un début de migraine. Elle bondit, écarta les tentures, ouvrit la fenêtre. L'air était léger et doux, presque chaud.

« Darling, cria-t-elle de sa voix un peu cassée dont elle faisait un charme, n'est-ce pas un bon jour pour aller déjeuner aux Pyramides? Nous sommes samedi, n'est-ce pas? »

Mimi, fine et brune, prenait un vif plaisir à harceler de questions inutiles son mari anglais – un mari tout neuf, style armée des Indes, disait-elle fièrement à ses amies. John avait tout de suite craqué devant les grands yeux noirs malicieux, le sourire en coin, la gaieté de Mimi. Elle avait été séduite par son humour froid. « Il m'a eue par le rire », expliquait-elle souvent à ses amoureux déçus.

Mais ce matin-là Johnny était sérieux. Il sortit de la salle de bains, croisa soigneusement son peignoir blanc. Avec ses cheveux mouillés par la douche, ses chaussettes et ses mules noires, il ressemblait tellement à un petit garçon que Mimi fut émue. Elle se haussa sur la pointe des pieds, l'embrassa. Lui la garda un moment dans ses bras, éprouvant sous ses paumes la douceur de sa peau sous la chemise de soie.

« Mimi, j'ai réfléchi. Tu voulais que cette maison soit à toi et moi, par stupide orgueil de mâle britannique, j'ai toujours refusé. Mais ces meubles sont ceux de ta mère, ces tableaux appartiennent à ta famille, tout ici te ressemble et doit te revenir. Je t'en prie, va ce matin même chez maître Abdel Maher, fais changer le contrat et mets-le à ton nom. J'ai déjà signé les papiers, ils sont là, sur la cheminée. Fais-le tout de suite, tu me feras plaisir. »

Mimi s'inquiéta. Jamais encore elle n'avait vu John aussi solennel.

« Mais ce matin, Johnny, je dois aller chez le coiffeur.

– Oh, essentielle occupation, yes. Mais commence par l'avocat. Tu iras chez le coiffeur ensuite, pendant que je serai au Turf Club pour un billard. Rejoins-moi chez Groppi, vers une heure. OK? »

Mimi balançait du bout du pied sa mule rose. C'est vrai qu'elle avait toujours voulu posséder cette maison. Mais pourquoi ce matin? Si vite? Que se passait-il? Enfin, puisqu'il semblait y tenir... elle verrait Abdel Maher. Son coiffeur l'attendrait, il avait l'habitude. Elle leva son visage vers John, lui sourit : « Yes, sir. Vos désirs sont des ordres... »

Il était huit heures du matin. Assise dans la cuisine de son appartement de Zamalek, Isis discutait avec Ahmed, le cuisinier soudanais. Ahmed, qui avait servi à l'ambassade d'Allemagne, en gardait un goût pour les choux et les potages qui agaçait Isis. Elle donnait un grand dîner ce soir et tout devait être parfait : il y aurait Mustapha Amin, le directeur de *Akbar el Yom*, Hassanein Heykel éditorialiste à *El Ahram*, le nouveau conseiller de presse de l'ambassade de France, bref, le gratin de la presse cairote. Isis faisait ses débuts de chroniqueuse mondaine à *Akbar el Yom*. Mustapha Amin était sensible à son charme de brune bien en chair, il appréciait son style de jeune fille de bonne famille, capable d'écrire des articles amusants, légers, émaillés d'anecdotes et de rendre compte de la vie mondaine sans compromettre personne. Mais Isis avait d'autres ambitions. Elle visait le « billet d'humeur » encadré à la une, qui permettait d'aller plus loin que les mondanités, d'égratigner parfois, de louer le plus souvent, et qui assurait à son titulaire un indéniable pouvoir. Le dîner, ce soir, devait prouver à ses hôtes qu'elle était aussi une femme qui savait recevoir.

« Pourquoi pas un potage de queue de bœuf? »

Isis jeta à Ahmed un regard méprisant.

« Pas de potage, voyons. »

Elle réfléchissait. Du saumon fumé en entrée, c'était la mode. Puis des pigeons rôtis avec du riz safrané. Un peu populaire, peut-être, mais Mustapha Amin aimerait. En ce cas, prévoir des rince-doigts. Quelle nappe? La blanche. L'argenterie de maman. Les grands bougeoirs anglais. Ne pas oublier les fleurs. Quelques pétales de rose sur l'eau des rince-doigts. Et le dessert? Peut-être des sorbets à la mangue de chez Lappas, et des chocolats de chez Groppi dans une coupelle d'argent, pour servir avec le café. Bon. Cela signifiait qu'elle devait aller en ville dès ce matin. Elle monta dans sa chambre et fit couler son bain.

Au même moment, à Guizeh, une petite foule envahissait le campus de l'université du Caire. Il y avait là des wafdistes, des frères musulmans, des communistes, qui commençaient à dérouler comme chaque jour des banderoles réclamant le départ des Anglais de la zone du Canal. Mais, ce samedi 26 janvier, le rassemblement prit très tôt une étrange tournure. Une centaine de boulouk nizam, qui avaient quitté leur caserne d'Abbasieh dès l'aube, commençaient à affluer et se mêlaient aux étudiants. Avec leurs uniformes grossiers, leurs lourdes godasses et leur teint cuivré, ils apparaissaient pour ce qu'ils étaient, des paysans de la vallée du Nil, des fellahs à peine dégrossis, un peu lents, aux visages larges et plats éclairés par de longs yeux noirs, des yeux de « gamouse », ces bœufs placides que rien n'étonne. A côté d'eux, les étudiants si visiblement citadins se sentirent d'abord un peu déroutés. Qu'avaient-ils en commun avec les boulouk ? Un jeune communiste, fils de banquier, sauta sur un banc et se lança dans un long discours sur le rapprochement nécessaire avec le peuple, sur la jonction historique entre intellectuels et ouvriers, la lutte commune contre l'impérialisme. Les boulouk, interdits, écoutaient sans comprendre. Un silence se fit.

« Nous voulons des armes pour nous battre au Canal », s'écria enfin un jeune sous-officier, en avançant d'un pas devant l'orateur toujours juché sur son banc. « Des armes, des armes, reprirent alors les boulouk, soudain furieux, des armes pour venger la mort de nos frères livrés au couteau du boucher anglais. » Le cri se répercuta, envahit le campus. Maintenant, tout le monde criait, la foule s'agglutinait, commençait à piétiner en rond.

Discrètement, deux officiers de l'armée, le capitaine Abdel Negm Eggine et le lieutenant Raffaat Baghat, se glissèrent dans les remous. Le moment était venu d'agir. Ils appartenaient au groupe des mystérieux « officiers libres » dont on parlait à voix basse dans les cercles militaires depuis qu'un certain général Neguib avait ridiculisé le roi en se faisant élire, quinze jours auparavant, au club des officiers contre le candidat de Farouk, Sirry Amer. Leurs consignes, ce matin-là, étaient claires. Il s'agissait de canaliser la manifestation et d'entraîner les protestataires vers le centre du Caire. « En avant, chez le zaïm, chez Nahas Pacha. » « Chez Serag Eddine ! » s'écria Raffaat qui avait une belle voix de commandement. La troupe s'ébranla. Ils étaient déjà trois mille, lorsqu'ils franchirent, vers onze heures, le pont de Guizeh.

Ahmed le Soudanais astiquait l'argenterie avec mauvaise humeur. Servir Isis lui déplaisait. N'était-ce pas déchoir que de recevoir des ordres d'une femme aussi jeune, qui vivait seule de surcroît, au lieu de travailler dans une grande famille de la bonne bourgeoisie du Caire, dirigée d'une main ferme mais discrète par une dame qui connaîtrait les usages, régnerait sur les soubrettes, gouvernante, souffragi, qui lui témoignerait du respect à lui Ahmed le cuisinier, roi dans son office et maître des fourneaux ? D'un revers de manche, il essuya son front noir où perlait la sueur, puis il rajusta son turban qu'il choisissait bleu pâle, c'était sa coquetterie. Encore douze couteaux à frotter. Il changea de chiffon, préleva de la pâte à briller. Astiquer n'était pas son travail. Combien de temps encore devrait-il tout faire dans cette maison ? Lorsque Isis descendit enfin, et qu'elle se précipita dans l'entrée en criant comme d'habitude : « Ahmed, sais-tu où sont mes clés ? », il se retourna et fit mine de tout ignorer.

Les manifestants traversaient Garden City, et marchaient vers le palais Chivekiar, siège de la Présidence du Conseil. Quelques curieux s'étaient mis aux fenêtres. Encore une manifestation. Tiens, cette fois-ci, il y avait des militaires dans le cortège. A la Présidence, on cherchait un responsable. Nahas Pacha? Le zaïm restait introuvable. On finit par apprendre qu'il était chez sa manucure dont on ignorait l'adresse. Le directeur de cabinet, sans trop s'affoler, fit appeler le ministre de l'Intérieur, Fouad Serag Eddine, celui-là même qui avait si allègrement, la veille, donné l'ordre aux boulouk nizam de mourir sur place à Ismaïlia. Le ministre était attendu à onze heures trente chez son avocat, pour signer l'acte de vente d'un énorme immeuble qu'il venait d'acheter à Héliopolis. Il était presque midi et Serag Eddine n'était pas encore arrivé, ce qui n'avait rien d'étonnant quand on connaissait la flexibilité infinie des horaires cairotes. Il fallait pourtant quelqu'un au balcon pour parler aux manifestants dont la masse sombre emplissait déjà l'extrémité de la rue Kasr el Aini. Le ministre des Affaires sociales, Abdel Fattah Hassan, arriva enfin. Avocat brillant, wafdiste, il se savait populaire et ne doutait pas de maîtriser la foule.

Il n'en eut pas le temps. A peine avait-il lancé sa première phrase : « Ce jour est votre jour! Vous serez vengés! Et nos poitrines alors seront au premier rang... » qu'un boulouk complètement dépoitraillé, sa tunique kaki ouverte, sauta sur le perron et montrant ce qu'on crut être une blessure, s'écria d'une voix rauque : « Assez de paroles, des armes, des armes! » La foule déjà vibrante reprenait : « Des armes, des armes ». Abdel Fattah tenta un ultime effort :

« Où les prendre, ces armes? Faudrait-il donc les demander aux Russes?

– Oui, oui », hurlèrent des milliers de voix.

Abdel Fattah n'était pas sot. Il comprit que le Wafd, croyant discréditer le roi en suscitant l'émeute, avait joué avec le feu et qu'il avait perdu. Devant lui la colère enflait comme un torrent en crue. Le ministre reconnut la folie qui parfois s'emparait de l'Égypte, jetant le peuple le moins belliqueux du monde dans des violences inouïes. Enfant, il avait vu, dans le village du Delta, propriété de son père, les paysans se soulever, s'armer de couteaux et de haches, et se jeter pris de frénésie sur la maison du maire qui avait été promptement égorgé, puis pendu par les pieds. Il en avait gardé un souvenir terrifié. Aujourd'hui que pouvait-il faire? Parlementer? Déjà un groupe mené par des frères musulmans quittait la place, se dirigeant vers l'Opéra en criant : « Mort aux Anglais! » Prudemment, Abdel Fattah Hassan quitta le perron, monta dans son bureau et téléphona chez lui : il serait en retard pour le déjeuner.

Les manifestants revenaient vers la place Soliman Pacha, lorsqu'une autre troupe, dépenaillée celle-là, visiblement venue des quartiers populaires d'El Azhar et de Khan Khalil, aborda la place de l'Opéra. Comment étaient-ils arrivés ici? Que criaient-ils? Qui les commandait? les frères musulmans? Les deux officiers, au milieu des étudiants, n'eurent pas le loisir de se poser ces questions. Devant le café-concert Badia, un policier qui buvait un whisky à la terrasse en compagnie d'une danseuse de l'établissement, fut en quelques instants jeté à terre et battu à mort. Un inconnu en galabieh sale sauta sur une chaise, une torche enflammée à la main : « El nar, le feu! Le feu pour les impies pour les étrangers et pour les incroyants! » La foule rugit de joie, scandant : « Le feu, le feu! » On entendit se dérouler dans des grincements poussifs les premiers rideaux de fer. Déjà les flammes léchaient les murs.

Isis gara sa voiture rue Emad Eddine, pas très loin de chez Groppi. Elle achèterait d'abord les chocolats et ensuite les sorbets chez Lappas. Au moment où elle fermait sa portière un jeune homme passa en courant et lui cria : « Rentrez chez vous, vite. – Pourquoi? – Vous ne voyez pas que le cinéma Rivoli brûle? » En effet une épaisse fumée noire s'élevait au coin de la rue. Isis s'avança, jeta un coup d'œil. De la façade du Rivoli s'échappaient de longues flammes orange. Sur les trottoirs une foule hurlante s'agitait. Aucune voiture de pompiers en vue pour stopper le sinistre. Isis hésitait. Il lui fallait au moins des glaces, peut-être qu'en contournant, en passant par la rue Kasr el Nil... Une dame âgée, du haut de sa fenêtre, lui cria : « Partez donc! Ils sont en train de mettre le feu partout » et comme Isis ne bougeait pas, pensant à son dîner, la vieille dame se mit à l'invectiver en arabe : « Tu veux mourir? Rentre chez toi, la place d'une femme n'est pas dans les rues aujourd'hui. » Isis remonta en voiture, fit demi-tour, repartit vers Zamalek. Comme dessert, elle trouverait autre chose.

Yvette Farazli, ce samedi matin, avait ouvert à dix heures sa librairie de la rue Kasr el Nil. Les premiers clients n'arriveraient pas avant midi, mais Yvette la rousse mettait un point d'honneur à travailler dur. Il s'agissait de prouver à sa mère qu'on pouvait être femme et réussir tout en appartenant à la bonne société syro-libanaise d'Égypte, la plus snob qui soit. Après la défaite de Palestine en 1948, Yvette avait bien cru perdre toute sa clientèle juive – et certains clients en effet avaient discrètement « quitté », comme on disait alors. Mais d'autres les avaient remplacés, des Français, des Grecs, des musulmans, et sa petite librairie française où on trouvait Claudel, Jean-Paul Sartre et *France-Observateur*, n'avait jamais désempli. Onze heures. Yvette buvait son café turc mazbout, sans sucre, lorsque son cousin Georges lui téléphona : « Il y a des troubles en ville, chérie, tu devrais rentrer à Héliopolis. – Mais je n'ai pas de voiture, ma Mercedes est en panne. – Je passe te prendre dans un quart d'heure, OK ? » Après tout, c'était samedi et il faisait beau. Yvette décida de fermer le magasin et de rentrer chez elle. Elle aurait le temps de faire une partie de tennis avant le déjeuner, ce qui serait bon pour sa ligne. Des troubles en ville ? Ce n'était pas la première fois. Maalesh. Demain était un autre jour.

Ce samedi 26, le Nil séparait non pas une ville, mais deux mondes. Dans l'île de Guezireh et dans les quartiers résidentiels, on ne savait pas au début de l'après-midi que le centre du Caire était en feu. Les servantes en parlaient et, du haut des terrasses, se montraient les fumées noires. Mais la nouvelle n'était pas encore parvenue aux salons ou dans les chambres closes où on faisait la sieste. A Garden City, dans la belle maison des Sednaoui, Sami, le fils aîné, recevait à seize heures un coup de téléphone d'un ami anglais. « Sam, on se retrouve au match de hockey ce soir ? » Sami avait hésité. « Le chauffeur de papa vient de nous dire qu'il y avait des émeutes en ville... – Des émeutes ? Bof. Le match ne saurait être annulé pour si peu. »

Bob Cariakis, à Meadi, aurait pourtant dû être alerté. La veille, le beau-frère de son cuisinier, un policier des services secrets que Bob rétribuait régulièrement, était venu l'avertir : « Ne sors pas tes autobus demain en ville. » Bob, qui était propriétaire de la ligne Meadi-Le Caire, avait haussé les épaules : « Un samedi, supprimer des autobus, tu n'y penses pas ! » L'autre avait insisté, en arabe : « Écoute, crois-moi, éloigne-toi du mal, et chante. » Bob connaissait assez son Égypte pour, cette fois, prendre la chose au sérieux. Il avait décidé de ne faire circuler qu'un autobus sur deux. A quatorze heures, un des chauffeurs avait appelé d'un café. « On ne peut plus passer par l'Opéra, ya bey. Ils brûlent Baadia. » Brûler Baadia, quelle idée ! C'est un cabaret égyptien, pas anglais, avait simplement pensé Bob. Fallait-il arrêter les bus ? sans doute. Mais le chauffeur sûrement exagérait. Ce ne devait pas être très grave. On le saurait.

C'était très grave. Aux incendies et aux pillages s'ajoutaient des chasses à l'étranger et des assassinats. La foule qui avait envahi le cinéma Rivoli à midi ne s'était pas contentée d'enfoncer les portes, de casser les fauteuils et d'y mettre le feu. Elle cherchait « l'Anglais », le directeur, John Smeeden. Pourchassé, fuyant les flammes, l'Anglais s'était enfermé dans une soupente pendant plus de deux heures avant de s'échapper par les toits, tandis que la foule hurlait en bas : « Il est là, attrapez-le, tuez-le. » Dans les rues des petits groupes très organisés, armés de barres de mine, forçaient les rideaux de fer des grands magasins, lançaient à l'intérieur des cocktails Molotov hâtivement fabriqués dans des bouteilles de coca-cola, avant de se ruer pour piller au milieu des ruines brûlantes. Les cinémas, les bars, les boutiques de luxe, flambaient presque en même temps. Les vitrines chauffées à blanc éclataient, la foule en folie criait, pillait, tuait, sans se soucier du ronflement des flammes, s'écartant à peine lorsque des pans entiers d'immeubles s'effondraient, dévorés par le feu.

Perdu dans cet enfer, Spiro Critti, reporter au *Progrès égyptien*, était mort de peur. Courant, rasant les murs, il avait vu brûler le Baadia, le Rivoli, le Metro, puis dans la rue Elfi Bey le restaurant Saint James et le Parisiana. Comme il aurait aimé faire demi-tour et s'enfuir vers son douillet studio de la rue Ismaïl Pacha! Mais il avait rendez-vous à treize heures à l'hôtel Shepheard's avec une actrice française, Simone Delamare. Un rendez-vous est un rendez-vous. Et puis, pas question de perdre la face, surtout devant une Française. Au Shepheard's Simone Delamare, terrorisée, attendait Spiro, enfermée dans sa chambre. Elle l'avait attiré devant sa fenêtre :

« Regardez, c'est horrible! »

En bas, les émeutiers balançaient dans la rue les meubles, les vêtements, en faisaient des brasiers crépitants. Les incendiaires tournaient autour de l'hôtel, une fois, deux fois. Brusquement, une immense clameur monta. Simone Delamare saisit Spiro par le bras.

« Ils ont forcé l'entrée. Oh, monsieur, sauvez-moi! Nous allons tous mourir. »

La fumée avait déjà envahi l'escalier principal. Spiro, jouant les héros, prit Simone Delamare par le bras, fonça, dévala l'escalier de service. Ils se retrouvèrent en bas dans une petite cour où s'entassaient déjà une soprano italienne, le maestro Pellazia, des souffragi, des enfants, des femmes de chambre, toute une troupe lyrique, et la concertiste Jeanine Andrade qui se désolait d'avoir laissé dans sa chambre ses deux violons, sa garde-robe et ses bijoux. Il s'agit bien de bijoux, se dit tout bas Spiro. Elle ne se rend pas compte de ce que nous risquons, coincés entre le feu et les hautes grilles derrière lesquelles une foule menaçante conspue les « étrangers » et leur promet, en arabe, de terribles supplices que lui-même, hélas n'imaginait que trop bien. Que faire? la grille cédait sous la pression. Spiro respira un grand coup, prit Simone par l'épaule et plongea dans la foule en criant en arabe :

« Elle est française, elle est française, pas anglaise! »

— Et toi, es-tu étranger ou bien égyptien? lui avait demandé un malabar armé d'un gourdin.

— Je suis grec, grec d'Égypte », balbutia le malheureux Spiro en se demandant s'il ne signait pas son arrêt de mort. Mais non. Finalement, un grand type sec qui semblait un chef avait fendu la foule.

« Laissez-les partir. Je le connais. » Ils s'étaient enfuis tous deux en courant, les cheveux noirs de suie, sans demander leur reste.

« Enfin c'est insensé, où étaient les policiers, où était l'armée? Comment le gouvernement a-t-il pu se laisser ainsi déborder? »

Dans le salon jonquille des Falconeri, Charles tenait conseil avec Elie Cohen, son voisin, et André Nametallah, son ami le plus proche. En haut, sur la terrasse, les femmes de la maison et les domestiques regardaient brûler Le Caire, de l'autre côté du fleuve. Dans le soir qui tombait, de grosses volutes de fumée noire montaient dans le ciel rose, parcouru par les crépitements d'étincelles de feux brusquement ranimés.

« L'armée? elle est restée dans ses casernes, l'arme au pied, attendant des ordres qui ne venaient pas, lança négligemment André Nametallah, en secouant les glaçons dans son verre de whisky, je le sais, mon oncle m'a tout raconté. Le roi avait convoqué dans son palais d'Abdine tous les officiers pour un grand banquet de six cents couverts, aujourd'hui à midi. Il a donné l'ordre de ne laisser entrer personne. On dit que le ministre de l'Intérieur lui-même, cet imbécile de Serag Eddine, n'a pu se faire ouvrir les portes du palais, et que le commandant en chef Haydar Pacha n'a pas été autorisé à quitter le déjeuner royal pour donner aux militaires l'ordre d'intervenir en ville. Étrange, non? »

Charles Falconeri fronça les sourcils.

« Plus qu'étrange, incompréhensible. A moins que...

– A quoi penses-tu, Charles? » Elie Cohen s'était levé et marchait dans la pièce, très agité.

« Je pense la même chose que toi, répondit Charles lentement, je crois que Farouk a tout combiné, y compris ce banquet, pour laisser se détériorer la situation et pouvoir enfin se débarrasser de Nahas Pacha et du Wafd qu'il déteste. Vous verrez que d'ici peu nous aurons un autre premier ministre. »

André éclata de rire.

« Mes amis, vous avez raison. Plus que vous ne le pensez. Le nouveau premier ministre vient d'être nommé. Savez-vous qui c'est? » Il se balançait dans son fauteuil, l'œil brillant. « C'est mon oncle, Aly Maher. Le pauvre est mort de frousse. En ce moment il essaie de former son gouvernement mais il doit se déplacer caché dans une ambulance, de peur d'être reconnu et lynché! » Il tapait sur le bras du fauteuil comme s'il s'était agi d'une bonne plaisanterie.

« Pas de quoi rire, gronda Elie Cohen; dites-vous bien que nous avons eu de la chance d'habiter Guezireh. Les émeutiers visaient qui? les Anglais et les juifs, comme d'habitude, mais aussi les riches, les commerces de luxe, les étrangers, c'est-à-dire vous et moi, ou du moins ce que nous représentons aux yeux des musulmans. La prochaine fois, ça risque d'aller plus loin. Vous verrez que... »

Le téléphone posé sur un guéridon du salon se mit à sonner. Charles décrocha.

« Oui, je connais Mme Williamson. Vous êtes le commissaire de Soliman Pacha? Bien, passez-la-moi... » On entendit distinctement une voix stridente, haletante, hurler quelque chose d'incompréhensible. Charles se leva, porta la main à son front comme pour parer un coup.

« Le mari de Mimi a été tué cet après-midi. Je vais la chercher tout de suite. Surtout, ne dites rien à personne. »

Minuit sonnait à la pendule Empire. Étendue sur le canapé jaune, Mimi, la tête sur les coussins, toute blanche, les cheveux collés sur le front, ressemblait à une poupée cassée. Nadia lui tenait la main, Lola et Irène étaient assises à ses pieds. Mimi parlait d'une voix brisée. Elle était chez le coiffeur de la rue Kasr el Nil ce matin, à onze heures et demie, et elle discutait avec Loulou, lorsqu'un homme était entré en criant : « Il y a le feu au British Council ! » Naturellement elle avait pensé qu'il voulait dire le Turf Club, où était John. Elle était sortie en courant et elle était partie avec Mahmoud le chauffeur pour aller voir là-bas. Oh, c'était horrible, il y avait partout des flammes, tout brûlait, on n'avançait pas dans la foule... Ils avaient abandonné la voiture, ils s'étaient précipités jusqu'au club. Et là... là tout flambait. Elle avait vu des hommes en galabieh tachées de sang qui entraient avec des couteaux, des haches, qui criaient en arabe : « Allah akbar ! » et « Tuez les Anglais ! » Elle voulait s'avancer, elle appelait « John, John ! » mais Mahmoud la retenait par le bras... Alors elle avait insulté en arabe les émeutiers, elle leur avait dit qu'ils étaient des lâches, des assassins, des...

Mimi pleurait, souffle coupé, en gros sanglots qui secouaient son corps si léger, son corps d'oiseau de soie. Penchée sur elle, Nadia lui caressait les cheveux.

« Mahmoud... c'est lui qui m'a sauvée. Pendant que je criais, que je me débattais pour entrer au Turf, un type s'est approché de moi par derrière avec un couteau de boucher. Il a dit : " Elle aussi c'est une Anglaise ! il faut la tuer. " Mahmoud a répondu que j'étais égyptienne comme eux, qu'il voyait bien que je parlais l'arabe. Et moi je hurlais, je voulais qu'il me tue puisqu'ils avaient assassiné John, mon mari, mon amour... Après je ne sais plus, je me suis évanouie. Mahmoud m'a emmenée au poste de police. Ils m'ont gardée longtemps. Je ne pouvais pas sortir. Le commissaire m'a cachée dans un cagibi. Lui aussi avait peur. Mon Dieu, ce sont des bêtes sauvages, si vous aviez vu... Sont-ils devenus fous ? Pourquoi ont-ils tué John ? »

Elle s'arrêta brusquement, et porta la main à son cou, où les veines se dessinaient en bleu comme des cordes tendues. Nadia lui tamponnait le front avec un mouchoir imbibé d'eau de Cologne en murmurant : « Ma chérie, ma chérie, calme-toi. » Alors Mimi soupira, ramena sur sa mince poitrine son poing fermé, l'ouvrit, et l'on vit briller sur sa paume deux petits ronds d'or.

« C'est tout ce qui me reste. Tout ce qu'ils m'ont donné. Ses boutons de manchettes... »

Bouleversés, les Falconeri se taisaient. La mort venait d'entrer dans le salon jonquille. Mimi commença à trembler, ses dents s'entrechoquèrent à petit bruit.

« Ma chérie, dit Nadia, ton cauchemar est fini. Tu resteras ici. »

Le lendemain, Charles et Nadia partirent très tôt pour l'Ezbekieh où habitait Mimi. Il fallait rassembler ses vêtements, ses objets de toilette, du linge. Charles, prudent, avait interdit de sortir la grosse Mercury, trop voyante, et préféré le petit break qu'on utilisait pour les départs en vacances. Assise à l'avant, sur les sièges hauts et raides qui lui brisaient le dos, Nadia regardait sa ville. Où était Le Caire brillant et coloré, si élégant, si gai, Le Caire qu'elle aimait? La rue Fouad n'était plus qu'une coulée noire, bordée de pans de murs rongés par le feu. Cicurel, un amas de gravats. Robert Hugues, Adès, les bars, les restaurants s'ouvraient en brèches béantes comme des plaies toutes fraîches. Nadia poussa un cri devant le Shepheard's. De l'élégante façade ne restait que quelques arceaux, un demi-étage encore debout, des fenêtres calcinées ouvrant sur un ciel vide. Rue Kasr el Nil, dans la foule des badauds qui déjà s'amassaient, ils aperçurent Yvette Farazli. Sa librairie, par miracle, n'avait pas complètement brûlé, mais les livres flottaient dans l'eau jaillissant des canalisations rompues. Yvette, une pompe à la main, pantalon retroussé au-dessus des genoux, aspirait vaillamment, secouant un par un les livres trempés qu'elle posait sur une caisse. Elle eut un petit signe joyeux en réponse au salut de Charles. «Quel caractère, » dit Charles. Lorsque la voiture passa devant le Turf Club dont la façade noircie tenait encore debout et que gardaient des policiers à cheval, Nadia se signa. Dans les ruines, des militaires continuaient à écarter des poutres effondrées, à dégager... quoi, des corps, encore? Nadia détourna la tête. Son monde bien ordonné s'effondrait. En un après-midi tout ce qui faisait la douceur et la chaleur de la vie s'était anéanti. Plus jamais elle n'aurait confiance, plus jamais elle ne pourrait se laisser aller à rêver d'un avenir prospère et paisible. Mais que faire? en parler à Charles? il essaierait de la rassurer avec les mots qu'on réserve aux enfants malheureux. Partir, quitter ce pays où elle était née, qui venait de la trahir et qui demain risquait de la rejeter? Rien ne l'y avait préparée. Elle pensa à ses filles. Elles, peut-être, sauraient s'adapter à une vie nouvelle. Pour Nadia, c'était trop tard. Elle décida de vivre. Et d'oublier.

4

Ce fut Viktor Semieka qui relança la saison mondaine. Une semaine après l'incendie, il donna une grande « party » pour son anniversaire, sur le roof du Sémiramis. Le bristol gravé envoyé pour l'occasion précisait qu'il y aurait le célèbre orchestre latino-américain Lecuana Cuban Boys et que l'on danserait. Il eût été grossier de refuser. D'ailleurs, personne n'y songea. Plus élégant que jamais, Viktor reçut ses invités vêtu d'un nouveau smoking non pas noir, mais bleu nuit, expédié en urgence par son tailleur italien. On dîna par petites tables, éclairées aux bougies. Les femmes étaient encore plus belles, les hommes un peu moins fastueux mais ils comptaient vite se refaire. Certains prenaient leurs précautions. Roger Matras avait déjà opéré ses premiers versements sur comptes numérotés dans une banque suisse. Quelques familles juives et quelques princes commençaient à faire discrètement sortir des bijoux de famille et transféraient des fonds. Mais ni les Falconeri, ni les Boulad, ni les Sednaoui, ni les Tegart ou les Galad ne se sentaient menacés. Lorsque les serveurs du Sémiramis, portant sur leurs épaules un grand gâteau blanc et rose à trois étages, apparurent au dessert, il y eut un « hourra » général tandis que les Cuban Boys secouant leurs maracas chantaient un *Happy birthday to you* repris en chœur par toute l'assistance. Bob, incorrigible, se pencha vers André et lui murmura « Bienvenue sur le Titanic! ».

Lola ne sortait plus. Elle craignait de croiser Philippe sur le chemin du Sacré-Cœur. Et s'il allait la reconnaître dans cet affreux uniforme bleu marine qui lui jaunissait le teint? Elle n'y survivrait pas. Imagine-t-on une reine de Saba un cartable sous le bras? Mieux valait rester à la maison où elle avait désormais une nouvelle amie : Mimi avait emménagé dans l'appartement des Falconeri. Il n'était pas convenable qu'une si jeune veuve vive seule, il lui fallait une famille. D'ailleurs, Mimi n'était-elle pas une cousine lointaine de Nadia, par les Diamantakis d'Alexandrie? Depuis la mort de John, Mimi n'avait pas quitté sa chambre. Elle se remettait lentement et Lola, dès qu'elle le pouvait, lui tenait compagnie. Elles avaient de longues conversations qui les épuisaient toutes deux. Lola se consumait. Des cernes marquaient ses yeux. Serait-elle amoureuse? se demandait Nadia qui rongeait son frein et surveillait sa fille.

Contre toute attente, ce fut d'Irène que vint le scandale. Un soir, elle entra dans le salon jonquille avec un air décidé qui ne lui ressemblait guère.

« Maman, dit-elle presque froidement, je veux me marier. Avec Magdi Wissa.

— Madgi Wissa! Mais c'est un schismatique! s'écria Nadia horrifiée, dans un grand cri du cœur. Il est copte!

— Et alors? Je l'aime et il m'aime.

— Comment, comment, bredouilla Nadia prise de court, qu'est-ce que c'est, cette histoire? Depuis quand le connais-tu? Comment avez-vous décidé cela?

— Depuis le bal des Tegart. Nous nous sommes revus, nous nous sommes parlé. Je veux l'épouser.

— Impossible, Irène. Nous sommes grecs-catholiques, il est copte-orthodoxe. Songe à ton grand-oncle qui est dominicain! Ton père refusera, c'est certain.

— J'aime Magdi. D'ailleurs... » Irène prit son air le plus innocent, baissa un peu la tête et s'assit sur un pouf, sa mèche blonde retombant sur son nez. « ... D'ailleurs, nous sommes amants. »

Amants. Lola roulée en boule sur le canapé en perdit le souffle. Elle n'osait imaginer ce qui allait se passer. La colère de leur père serait terrible. Comment Irène avait-elle pu? Nadia agrippa son collier, regarda fixement Irène. Amants. Le mot résonnait étrangement, se heurtait aux pendeloques de cristal des grands chandeliers, venait se fracasser sur le portrait du grand-père Falconeri, peint en pied et en majesté, en stambouline et tarbouche rouge, au-dessus de la cheminée. Amants. C'était incongru, énorme, impensable. Pourtant... Nadia se sentit soudain transportée dans le passé. A seize ans, comme elle avait aimé son cousin Georges, celui dont on ne parlait qu'à voix basse et qui un jour était parti pour le Venezuela, la laissant seule avec son amour jamais avoué. De lui elle ne revoit qu'un sourire éclatant, un sourire qui ne lui était jamais destiné à elle, trop pâle adolescente. Obéissante jeune fille, qui n'avait quitté le Sacré-Cœur que pour entrer dans la famille Falconeri par un mariage arrangé. L'église, l'odeur d'encens... Son effroi le soir, dans la cabine du paquebot lorsque Charles s'était approché d'elle, en pyjama de soie. Un pyjama rouge à liséré noir. Avait-elle aimé Charles? Elle ne s'était pas posé la question. En 1929, dans les familles syro-libanaises, les jeunes filles ne posaient pas de questions. Les Zananiri s'alliaient aux Falconeri, voilà tout. Après leur voyage de noces, il y avait eu un grand banquet pour « Monsieur et Madame Charles Falconeri, de retour d'Europe »... banquet interminable, où elle avait ressenti ses premières nausées. Il avait fallu la naissance d'Irène pour qu'elle éprouvât un émoi charnel, un élan d'amour pour cette toute petite fille qui la première nuit, dans le berceau près de son lit, lui avait tenu avidement le doigt dans sa main minuscule... Et maintenant Irène, sa douce Irène qu'elle avait crue faite à son image, Irène avait un amant. Nadia secoua la tête, respira un grand coup et posa malgré elle la seule question qu'elle voulait éviter :

« Madgi Wissa ? Mais enfin, qu'est-ce que tu lui trouves ? »

C'est vrai, pensait Lola, Magdi Wissa n'était pas vraiment beau. Basané, noir de cheveux, haut et large, il semblait taillé à la hache. Et puis, il avait... trente ans au moins. On disait qu'il jouait au poker avec le roi et qu'il le laissait gagner. On disait qu'il était très riche mais que sa mère était terrifiante. On disait qu'il ne se marierait jamais. Et pourtant, Irène et lui... Lola regardait sa sœur avec d'autres yeux. Elle l'admirait et en même temps elle était saisie par le sentiment de sa propre lâcheté. Aurait-elle un jour le courage de... de quoi ? Elle pensa à Philippe et rougit. Irène s'était redressée sur son pouf. Le dos raide, la tête bien droite, elle faisait face à sa mère. Sans parler mais avec un défi dans les yeux.

Qu'aurait-elle pu dire ? Avouer qu'elle bluffait, que Magdi en vérité n'était pas son amant ? Qu'elle avait imaginé ce stratagème pour forcer la main de son père ? Non, car elle voulait Magdi. Elle savait qu'avec ses gestes gauches, il était l'homme qu'il lui fallait. Il l'aimerait et la protégerait. Il lui apporterait enfin une sécurité qui lui avait toujours manqué. Car Irène, la belle Irène, n'avait jamais vraiment cru qu'elle était jolie. Ses prétendants avaient beau se dire fous d'amour, menacer de se suicider pour elle, l'étourdir de leurs déclarations, Irène restait méfiante. Ces jeunes gens ne pouvaient pas l'aimer puisque son père, Charles, lui préférait Lola. Ce qui l'avait séduite en Magdi c'est qu'il n'avait pas parlé de sa beauté ni déclaré sa flamme. Posément, il lui avait pris la main, l'avait emmenée chez lui en secret deux ou trois fois, lui avait lu ses poésies devant le grand feu de bois de son studio de célibataire. Il lui parlait de Paris, mais aussi de la grande maison du Delta où il la conduirait dès qu'elle serait sa femme. Il avait su ne pas la brusquer, ne pas l'effrayer et cacher son désir. Quelques baisers, quelques caresses l'avaient vite persuadé qu'Irène n'était pas une sensuelle. Ce qu'elle cherchait, il l'avait compris, c'était un mari et un père. Un rôle qui lui convenait, se disait-il. Qu'il était disposé à assumer, puisqu'il l'aimait.

« Que faire ? gémit Nadia, assise dans le grand fauteuil anglais du bureau de Charles.

– Les marier naturellement, grommela celui-ci, et vite. Sous quel régime ? Il faut voir les Wissa, négocier avec eux. Obtenir l'accord du patriarche... Appelons le père Annawati. »

Le père Annawati, dominicain, avait quatre-vingt-un ans et il connaissait tous les hauts dignitaires des Églises d'Égypte, grecque-orthodoxe, grecque-catholique, arménienne, syriaque, copte-orthodoxe, copte-catholique, sans oublier évidemment le nonce apostolique et le recteur d'El Azhar. Ses travaux sur les chrétiens d'Orient et leurs rapports avec l'islam lui avaient donné une notoriété qu'il accueillait dans l'indifférence. Petit, presque chauve, il passait son temps à fureter dans la bibliothèque, au deuxième sous-sol du couvent des dominicains, à Abassia, et à vérifier que tous les livres portaient bien la bonne cote. Il avait deux vices cachés. Le vieux porto, dont il conservait une bouteille sous son bureau. Et la lecture du grand Livre d'Or du couvent qu'il parcourait, péché d'orgueil, pour y lire ses propres louanges lorsqu'il se sentait trop vieux ou trop fatigué. « Cela me requinque », avouait-il régulièrement à son confesseur qui avait depuis longtemps renoncé à l'amender. Il était naturellement cousin lointain des Falconeri, par les Zananiri d'Alep.

Lorsqu'il s'extirpa, minuscule silhouette blanche, d'un antique taxi, toute la famille Falconeri l'attendait sur le perron. Avant qu'il ait eu le temps de poser le pied sur la première marche, Jean se précipita pour lui tendre le bras. « Merci petit mais je fonctionne encore », lui lança le père dans le français gouailleur qu'il affectionnait pour montrer qu'il avait fait ses études à Paris. Il soufflait pourtant un peu en arrivant en haut. On passa au salon vert, réservé aux grandes circonstances. Un porto ambré trônait dans une carafe de cristal sur un petit guéridon. Le dominicain eut un pétillement dans l'œil. Le déjeuner serait bon.

Ce fut long. Il fallait attendre, pour transmettre les conditions et les messages compliqués du patriarche copte et de Mme Wissa mère, que les domestiques soient sortis, entre soufflé et cailles farcies à la damiettoise. Irène, que personne ne consultait, piquait du nez vers son assiette et ne disait mot. Elle avait adopté depuis son coup d'éclat cet air distant et indifférent qui impressionnait Lola. Mimi, vivement intéressée, avait mis le coude sur la table et soutenait son menton dans la paume de la main pour mieux écouter, ce qui lui valut un regard noir de Nadia. Lola suivait, fascinée et muette, les méandres de la négociation menée par Charles et le dominicain. Lui avait-on dit qu'Irène et Magdi étaient... amants ? se demandait-elle. Sûrement pas. Un prêtre ! Quoique en confession il ait dû en entendre ! Mais à son âge, confessait-il encore ? Comme s'il avait deviné sa pensée, le père se tourna vers elle et s'enquit de ses études, de ses rapports avec les mères du Sacré-Cœur et lui demanda qui était son confesseur. Lola y vit une prescience quelque peu diabolique et cessa aussitôt de penser à des sujets frivoles.

Les modalités du mariage furent définitivement fixées au moment des sorbets. Irène pourrait rester grecque-catholique et épouser Magdi selon le rite copte, si elle prenait l'engagement de faire baptiser ses enfants dans la Foi du Seigneur. Magdi Wissa l'acceptait, contre le vœu de sa mère. La vieille dame en revanche exigeait que le mariage fût célébré dans la grande église copte d'Alexandrie, qu'elle considérait comme une annexe de son propre palais. Elle eût préféré que la cérémonie se déroulât chez elle comme autrefois. Heureusement le patriarche avait refusé. Il avait pourtant fallu transiger avec elle sur des points importants. Deux patriarches au moins assisteraient à la cérémonie, on ferait venir les enfants de chœur de Wadi Natrum, réputés pour leur voix, les dragées seraient de chez Fluckiger et non de chez Groppi. Elle n'avait confiance, pour les douceurs, que dans les maisons d'Alexandrie. L'affaire de la dot d'Irène fut réglée en cinq minutes, à voix basse, entre Charles Falconeri et le dominicain, avant petits fours et café. La fin du repas fut recueillie, comme il est de coutume lorsqu'on reçoit un religieux. Le dominicain récita les grâces, fit un rapide signe de croix, et chacun se leva. Sur le perron on fixa la date du mariage. Avril. Nadia eût préféré plus tôt, car elle craignait le pire. Mais les patriarches n'étaient libres qu'après Pâques. Nadia s'inclina.

Le jour du mariage Falconeri-Wissa resta dans les annales. Sous un ciel déjà très bleu Alexandrie la blanche déployait ses fastes de cité grecque, ses palais à l'italienne, ses minarets turcs, ses cathédrales baroques, ses longues promenades bordées de palmiers, dans l'ordonnancement d'une ville méditerranéenne somptueuse et barbare. L'église copte, portes largement ouvertes, attendait la mariée, et les badauds sur le parvis tendaient le cou pour mieux voir les roses en buisson, les lys, les jasmins, les glaïeuls en gerbe, les tubéreuses blanches et les gardénias qui faisaient de la nef un jardin en folie. Devant l'iconostase les prélats assis sur des stèles de bois sculpté ressemblaient aux icônes peintes, avec leurs robes de soie rouge, leurs longues barbes et leurs turbans noirs finement plissés. Au milieu de l'allée, deux prêtres en surplis d'or donnèrent le signal des premiers chants que les enfants de chœur de Wadi Natrum commencèrent à rythmer avec des triangles et des cymbales au son clair et joyeux.

Irène, pâle dans ses dentelles blanches, descendit de la première limousine et prit le bras de son père. Elle ne vit d'abord qu'un nuage de fleurs, avant d'apercevoir Magdi qui venait à sa rencontre, encore plus massif que d'habitude, dans son habit noir. Elle eut un moment de panique lorsque les cloches se déchaînèrent. Saurait-elle se souvenir des gestes à faire, des répons, des prières? Magdi lui avait tout expliqué mais cette liturgie copte était si compliquée.

Magdi, à côté d'elle, chuchotait : « Penche-toi. » Leurs fronts se touchèrent presque pendant que les prêtres déposaient sur leurs têtes des couronnes d'or. Un moine s'approcha, tenant à bout de bras une longue cape brodée d'or qu'il posa sur les épaules de Magdi. Un autre tenait un coussin de velours rouge sur lequel brillaient les alliances. Les psalmodies se déroulaient lentement en copte, en grec et en arabe. Irène, qui ne supportait pas le parfum lourd montant des encensoirs, crut vingt fois qu'elle allait s'évanouir. Sa ceinture la serrait. Ses cheveux tirés en chignon sous le voile de tulle lui meurtrissaient les tempes. Enfin, ce fut l'alléluia final.

Dehors, Irène retrouva le sourire. Les moines barbus distribuaient des brioches rondes, marquées de la croix copte, et le soleil faisait briller les bonbonnières d'argent garnies de dragées roses et blanches, que les enfants de chœur lançaient à la volée. Sur le parvis, dans la foule des invités, Fargalli Pacha, Yahia Pacha et Khouri Bey, les trois rois du coton, bavardaient en attendant leurs voitures. On entendait des cris aigus, des bribes de conversations en français, en grec, en italien, en anglais, des ordres lancés en arabe. Un murmure parcourut la foule lorsque apparurent les consuls et les ambassadeurs. À leur nombre, à la présence de toutes les grandes familles coptes, grecques ou italiennes, on mesurait la splendeur du mariage. L'ambassadeur de France dominait tout le monde de sa stature d'échassier. Lola saisit le bras de Mimi. Derrière l'ambassadeur suivaient quelques conseillers et parmi eux Philippe. Une bouffée d'orgueil saisit Lola. Comme il était élégant! La verrait-il? Sur les conseils de Mimi, elle avait choisi un ensemble imprimé de grosses marguerites et un minuscule chapeau de paille bleue ennuagé d'une voilette qui devait lui donner l'air d'une « vraie femme » mais dont elle découvrait à l'instant qu'il la déguisait un peu. Philippe parcourait l'assemblée du regard, semblant chercher quelqu'un, ou bien rêvait-elle? L'ambassadeur s'était retourné, faisait signe à Philippe de monter avec lui dans la grosse limousine noire au fanion bleu, blanc, rouge, qui attendait au pied du parvis. Philippe s'empressa. La voiture démarra, longea la corniche et prit la route du Caire sous l'œil ébloui de Lola.

« Vous êtes ici depuis peu, n'est-ce pas? » Le ton était monocorde et las mais il ne fallait pas s'y tromper. Philippe savait que sous une nonchalance feinte son ambassadeur l'observait d'un œil aigu. Pas de doute, il subissait un examen de passage.

« Depuis trois mois, monsieur. » Un silence lourd s'installa dans la voiture aux sièges de velours gris. L'ambassadeur déplia ses longues jambes, regarda défiler à travers les vitres de belles demeures qui semblaient désertées, persiennes fermées, jardins à l'abandon. Tiens, pensa-t-il, je ne savais pas que tant de juifs étaient déjà partis. On longeait enfin la mer.

« Êtes-vous parent du colonel de Mareuil qui servit en Syrie sous Catroux?

– C'était mon père, monsieur. Il est mort à Damas en 1942. »

La route grimpait et brusquement on vit le lac Mariout brillant sous le soleil.

« Hum... j'ai rencontré votre père à Londres. Excellent officier. Vous appartenez au corps d'Orient, je crois?

– Oui, monsieur.

– Vous parlez donc l'arabe. Bien. Mareuil je voudrais vous charger d'une mission, disons, délicate, où vous aurez l'occasion de démontrer votre habileté. »

La voiture s'arrêta. Un homme en treillis vaguement militaire sortit d'une cahute pompeusement signalée comme « Poste Contrôle du Désert ». Il s'avança, fit un signe de la main, nota le numéro minéralogique de la limousine sur un carnet crasseux, en suçant la pointe de son crayon avec application. L'ambassadeur eut une moue dégoûtée, un peu de rose lui monta aux joues. Il semblait pourtant, dans son costume noir et son col strictement fermé, ne souffrir ni de la chaleur ni du terrible vent de khamsin qui déjà commençait à souffler en soulevant le sable du désert. D'un geste élégant il rajusta sa pochette.

« Contrôler la voiture de l'ambassadeur de France! C'est intolérable! Ce pays fout le camp. Faites-moi penser à adresser une protestation au palais dès notre arrivée... Que disais-je? oui je parlais... » Un mince sourire étira ses lèvres. « ... de votre nouvelle mission. Si l'opération échoue on pourra toujours mettre cela sur le compte de votre jeunesse et de l'inexpérience. En début de carrière quelques faux pas sont autorisés. » Il se tut, réfléchit. Philippe sentit la sueur couler sous son plastron. Dans quel traquenard allait-on l'enfermer?

« Ne soyez pas inquiet. Je vous demande simplement de – dirons-nous – " doubler "? oui, doubler, mon conseiller de presse. Les revues de la presse arabe qu'il me donne le matin ne me satisfont pas. Tonalité trop optimiste. Je suis sûr qu'il se passe dans ce pays d'obscurs complots, que de grands changements politiques se préparent. Les Anglais n'abandonneront jamais leur base de Tell el Kébir qui commande tout leur dispositif de défense pour le Moyen-Orient. Mais pour y rester il leur faut l'accord des Égyptiens, je parle évidemment du roi et de Nahas Pacha, et l'appui des Américains. Or Londres a perdu ici tout crédit depuis l'incendie du Caire, dont on affecte de croire qu'il n'a été qu'un regrettable défoulement populaire alors que j'y vois un tournant politique décisif. Quant aux Américains... vous savez bien, Mareuil, que mon collègue Jefferson Caffery est loin d'apporter aux Anglais l'assistance qu'ils sont en droit d'attendre de Washington. Je viens d'en avoir confirmation ce matin. Tenez, lisez ce télégramme. »

Jamais Philippe n'avait entendu son ambassadeur parler si longuement. Étonné, il prit le papier rose qui lui était tendu. C'était la copie d'un télégramme adressé à sir William Elliot, Air Marchal américain, par les chefs d'état-major anglais. Les militaires ne mâchaient pas leurs mots. « L'éventualité d'une épreuve de force entre l'Égypte et nous devient réelle et imminente... La politique américaine en cas d'affrontement semble être maintenant de se dissocier de toutes les façons, en d'autres termes de nous laisser tomber froidement et de passer du côté égyptien... On voit mal quelle influence les Américains espèrent garder en Égypte ou dans les pays arabes s'ils sabotent la situation des Anglais au Proche-Orient. C'est une illusion d'espérer que l'influence du dollar ou des fournitures d'armes puissent être efficace auprès de gens qui ne respectent que la force, s'ils voient l'un des deux pays occidentaux qui comptent vraiment en termes militaires soutenir publiquement l'Égypte, et rendre impossible toute présence anglaise au Proche et au

Moyen-Orient. » Philippe replia la mince feuille rose, la rendit à son ambassadeur.

« Ils n'ont pas tort, monsieur. Mais qu'y faire? En quoi sommes-nous concernés en tant que Français? » Il faillit ajouter : « Et qu'y puis-je? » mais il se tut devant le regard glacé de l'ambassadeur qui ne transpirait même pas dans cette fournaise.

« Je suis de votre avis, Mareuil. Nous ne devrions jamais, nous amis traditionnels de l'Égypte, être entraînés dans les conflits qui s'annoncent. Mais nous y serons contraints, croyez-moi, ne serait-ce que pour respecter la sacro-sainte solidarité occidentale. » Il avait mis dans ces derniers mots une ironie qui céda vite à la gravité. « D'ailleurs cette solidarité n'existe déjà plus. Entre les Américains et les Anglais il nous faudra choisir un jour. Et aucun choix ne peut être le bon.

– Qu'attendez-vous de moi, monsieur?

– Des informations sérieuses sur ce qui se passe vraiment en Égypte. Ne sursautez pas. Je ne vous parle pas de renseignements. Nous avons des services pour cela, pas fameux d'ailleurs, et un attaché militaire compétent. Mais les uns et les autres font rapport à leurs supérieurs de l'Intérieur ou de la Défense. L'ambassadeur en poste, vous le savez bien, est toujours le dernier informé. Alors, informez-moi. Fouillez la presse arabe. Lisez-la avec intelligence. Liez-vous d'amitié avec les journalistes, en particulier ceux dont les articles sont souvent censurés. Sortez. Écumez les cocktails, fêtes nationales, dîners privés. Soyez de toutes les « partys ». Je sais, ce sont des corvées, mais vous avez l'esprit vif et surtout un œil neuf. Vous êtes passé par le prytanée de La Flèche, n'est-ce pas? puis Saumur? C'est aussi pour cela que je vous ai choisi. Le Quai d'Orsay m'envoie des mondains, les Langues O des érudits et cette nouvelle ENA fabrique des technocrates. J'ai besoin d'une jeune tête politique qui ait le sens de la discipline et du devoir militaire, mais sans galons ni képi. J'ai aussi pensé à votre père, aux services qu'il nous a rendus en Syrie.

– Très bien, monsieur. Je ferai de mon mieux.

– Ne froissez personne, hein? Pas de problèmes de susceptibilité. Ménagez l'attaché militaire. Et soyez discret évidemment. Il n'y aura ni notes spéciales, ni directives. Simplement cette conversation. Vous ferez rapport quand je vous convoquerai. »

Brusquement, devant Philippe interdit, l'ambassadeur défit sa cravate, déboutonna son col cassé. « Vous ne voulez pas vous mettre à l'aise, Mareuil? Il fait ici une chaleur d'enfer. »

Sur l'étroite route du désert les voitures ne pouvaient se croiser sans ralentir. Or face à la limousine de l'ambassade de France une petite Vauxhall fonçait à grande allure. Le chauffeur, en pestant, eut juste le temps de se ranger sur le côté tandis que la Vauxhall s'éloignait dans un nuage de poussière jaune. Philippe entrevit le conducteur imprudent, un jeune homme mince et très brun à la peau basanée, portant une fine moustache. Ce visage ne lui était pas tout à fait inconnu. Qui était-ce ? Il chercha un moment. Il avait croisé cet homme dans une salle de rédaction ou plutôt dans les couloirs d'un journal. N'était-ce pas à *Rose el Youssef* ? Mais il ne pouvait se souvenir de son nom. Il pensa avec agacement qu'il lui faudrait désormais être plus attentif s'il voulait remplir sa tâche. Travail ingrat, à la limite de ce qu'on pouvait décemment demander à un diplomate de carrière. Pourquoi l'ambassadeur l'avait-il choisi ? Parce qu'il était jeune et pouvait prendre des risques ? L'argument ne tenait pas. On confiait d'habitude les missions délicates à des agents chevronnés. En souvenir de son père ? Philippe n'en croyait rien. La sensiblerie ou simplement l'émotion n'étaient pas le genre de son ambassadeur. Il y avait autre chose. En cherchant bien il finit par se dire qu'il était sans doute celui qui attirerait le moins les soupçons. On le chargeait de jouer les mondains parce qu'il avait le profil du rôle. Beau gosse, play-boy, combien de fois avait-il entendu ces qualificatifs proférés sur un ton ricanant par ses condisciples autrefois, par ses collègues aujourd'hui. Au prytanée, un certain Bernard Loyère l'avait appelé « fifille » et les deux garçons s'étaient finalement battus avec une telle fureur que Loyère avait eu l'arcade sourcilière fendue. Philippe avait failli être renvoyé mais l'évocation de son adversaire titubant et saignant comme un bœuf restait un de ses meilleurs souvenirs. Se pouvait-il que son ambassadeur n'ait vu en lui qu'un joli cœur juste capable de courir les cocktails et de baiser la main des dames ? Une colère sourde l'envahit. Comme ce serait bon de repousser son offre, de lui lancer à la figure un refus méprisant ! Un regard suffit à dissuader Philippe. L'ambassadeur l'observait, impavide. Son visage de cire et son œil glacé décourageaient toute révolte et toute discussion.

Le conducteur de la Vauxhall était pressé. Il avait rendez-vous à six heures, ce soir, à l'Automobile Club de Sidi Bishr, la plage chic d'Alexandrie, avec Youssouf Rachad, médecin du roi. Les deux hommes s'étaient connus en prison. Youssouf était médecin militaire, l'autre, jeune officier, avait été incarcéré sous l'inculpation de complicité d'assassinat du ministre Amin Osman. Youssouf était devenu médecin du Palais, l'autre avait été libéré sur un non-lieu et avait été envoyé en poste à Rafa. Il s'appelait Anouar el Sadate.

D'une main Sadate tenait fermement le volant de la Vauxhall, durement éprouvée par les cahots de la piste, de l'autre il cherchait ses cigarettes anglaises dans la poche de sa veste de toile. Qu'allait-il dire à Youssouf ? Son rôle était de recueillir le maximum de renseignements sur l'état d'esprit du roi et d'intoxiquer le Palais par l'intermédiaire de Youssouf. Naturellement celui-ci ignorait que son ami Sadate était un de ces « officiers libres » qui depuis 1948 organisaient dans la clandestinité la chute de Farouk. Pourtant, contrairement à ce que croyaient la police secrète et l'intelligence service britannique, l'incendie du Caire avait pris de court les officiers libres. Lors de leur dernière réunion, en janvier, ils avaient décidé que la révolution ne pourrait avoir lieu avant 1955. Il leur fallait au moins trois ans pour rallier à leur cause les officiers disposant de commandement, c'est-à-dire de troupes de combat. Aujourd'hui, combien étaient-ils? une poignée d'officiers presque tous rattachés à l'état-major, comme Gamal Abdel Nasser, Kamal Eddine Hussein, Amer. Salah Salem appartenait au cabinet du ministre de la Guerre, ce qui était utile pour se tenir au courant des projets de Farouk, mais ne représentait rien dans les casernes. Khaled Mohieddine était major sans commandement. Sadate, officier de transmission exilé loin du Caire, en plein désert, à Rafa. Les trois autres, Hassan Ibrahim, Gamal Salem et Abdel Latif Boghdadi, étaient des aviateurs. Pouvait-on envisager un coup d'État militaire sans blindés, sans infanterie, sans artillerie? Évidemment non.

Pourtant, depuis l'incendie et l'explosion populaire, la situation s'était dégradée si vite que le petit groupe avait décidé d'agir. On trouverait des troupes. Gamal s'était chargé de convaincre un de ses amis, le commandant Chafei, de participer à l'aventure avec son régiment de blindés. Dans l'infanterie, le colonel Ahmed Chawki était revenu de Palestine ulcéré par l'incurie, la corruption de l'administration royale et il ne se gênait pas pour le faire savoir. Certes il était fils de pacha et noceur invétéré, mais Nasser et Sadate pensaient qu'il était « mûr », qu'on pouvait l'enrôler. Restait l'artillerie. Les officiers du comité avaient prévu d'approcher le colonel Rached Mehanna, chef prestigieux, proche des frères musulmans. A cette évocation Sadate fronça les sourcils. Il n'avait aucune confiance en Mehanna. Celui-ci avait accepté, puis refusé, puis semblait revenir. C'était suspect. De quoi éventer le complot. Il fallait obtenir de Youssouf des renseignements sur lui. Avait-il trahi? Le soupçonnait-on? Était-il vrai que le roi l'avait nommé à El Arich et pourquoi?

La Vauxhall se rangea dans le parking de l'Automobile Club. Mince, presque trop élégant dans son costume clair, Sadate se dirigeait vers le fumoir. Youssouf Rachad était déjà là, faisant tinter les glaçons de son whisky du soir, tout en regardant la plage de Sidi Bishr qui coupait d'un trait blanc une mer vert turquoise. Les deux hommes s'embrassèrent à l'égyptienne, se tapant sur le dos avec des gestes larges. Sadate riait, de toutes ses dents si blanches dans sa face brune, avec une allégresse de faune.

« Qu'est-ce que tu as? Tu en fais une tête! Ton gros Farouk est malade? Attention, s'il ne guérit pas on te coupera le cou... » Leurs entretiens commençaient toujours par cette plaisanterie rituelle. Mais Youssouf ne souriait pas. La mine sombre, il sortit de sa poche des feuillets froissés.

« Regarde. Voilà ce qui rend Farouk malade. Encore une proclamation des officiers libres. Écoute ça : " Nous n'allons pas tirer sur les manifestations populaires... On veut vous forcer chers officiers à réprimer pour compromettre l'armée, etc., etc. " Je passe... " Nous sommes avec le peuple aujourd'hui et pour toujours... " Quelle littérature! mais qui sait ce qu'il y a derrière...

– Ne me dis pas que le roi prend ces élucubrations au sérieux. » Anouar repoussait son verre d'un air vertueux. « Moi je sais d'où viennent ces tracts et je te le dirai si tu me jures le secret. Ils sont tous inspirés par un seul officier connu, un mégalomane, et, crois-moi, nous en rions dans les mess.

– Et les articles de *Rose el Youssef* signés : « le soldat inconnu »? et ceux du *Misr* qui ont été interdits? Tout cela vient du même type? Je n'y crois pas.

– Mon cher, lança Sadate, plus sérieux qu'il n'y semblait, je t'assure qu'un coup d'État militaire ne se fait pas par voie de presse. Il y faut aussi des troupes, et je ne vois pas l'armée bouger. D'ailleurs, elle en aurait eu l'occasion pendant l'incendie, n'est-ce pas? Or...

– Tu sais bien ce qui s'est passé ce jour-là, murmura Youssouf, ils étaient tous à déjeuner chez le roi. Mais depuis le climat a changé. Je peux même te dire en confidence que le roi a déjà établi la liste de tous ceux qui, en cas de malheur, l'accompagneront en exil. J'y figure, hélas! Et il prend ses dispositions : Hassan Akef, son pilote, a fait trois fois le voyage de Genève cette semaine. Il transportait des lingots d'or et les bijoux des reines et des princesses. Mauvais signe, non? »

Sadate ne put s'empêcher de sourire et malgré l'impeccable chemise blanche, la cravate noire, son visage malin ressembla à celui d'un fellah du Nil. Il se pencha, tapota le bras de Youssouf.

« Allons, chasse ces idées sombres et verse-moi un verre. Nous irons ensuite dîner au San Stefano. Il paraît qu'Om Kalsoum y chante ce soir, pour un grand mariage. »

Il faisait nuit maintenant. A l'hôtel San Stefano, sur la corniche, on dînait par petites tables. Mais dans la salle à manger principale qui donnait sur la mer, un repas d'apparat était dressé pour les cent cinquante invités du mariage Falconeri-Wissa. Dans un joyeux brouhaha de rires et de cristaux heurtés, les garçons en veste blanche glissaient derrière les convives, portant sur des plats d'argent des langoustes dressées. Près des portes les maîtres d'hôtel s'affairaient autour des chariots d'acajou, et commençaient à découper les agneaux rôtis. Au centre, Irène avait ôté son voile et dénoué ses cheveux. Elle souriait, riait, rayonnait de blondeur. Les massifs de fleurs blanches s'affaissaient, le parfum des gardénias s'était alourdi, les fumets de viande se mêlaient aux odeurs de cigare, les gestes s'alanguissaient, les femmes penchaient leurs décolletés troublants vers les plastrons blancs des hommes aux joues un peu trop rouges et aux yeux trop brillants. On s'exclama à l'arrivée de la pièce montée d'où s'échappèrent sous les bravos deux tourterelles affolées. Irène, debout, entreprit de couper le gâteau avec un grand sabre qu'elle ne pouvait soulever. Magdi se leva, lui prit l'arme des mains, trancha dans l'édifice comme s'il avait abattu un arbre. La meringue s'écroula au milieu des rires.

On pouvait croire au bonheur. Un murmure s'élevait dans le fond de la salle. De discrets accords, les vibrations d'un luth cherchant le son, les raclements des violons. Le rideau qui cachait une petite scène s'écarta, un silence se fit. Une grande femme au chignon noir et aux yeux immenses, pas très belle mais majestueuse, attendait sans bouger, les mains croisées sur sa vaste poitrine. Un soupir balaya le public, un nom murmuré, Om Kalsoum. Premiers accords, pour attendre le silence. Enfin, la voix monta d'un trait, ferme et puissante, « ya habibi, ya habibi ya... » Le son s'enroulait, la mélodie se cassait en un decrescendo qui vous broyait le cœur, puis la voix à nouveau s'allongeait, s'étirait, s'amincissait comme un fil, avant de reprendre sa montée en puissance, d'éclater en une envolée magnifique que l'orchestre déchaîné accompagnait enfin. Des cris fusaient : « Ô rossignol ! » « Ô lune, ô déesse ! » Les femmes jetaient des fleurs, des écharpes de soie. Des hommes se levèrent. Om Kalsoum chantait. Un vertige s'emparait peu à peu de l'auditoire, drogué par la lancinante répétition de cette mélodie en boucles toujours semblables et sans cesse renouvelées. Om Kalsoum chantait sans bouger, comme si le sortilège émanait d'elle par un mystérieux hasard.

Tassée sur sa chaise Mimi pleurait sans honte dans les bras de Lola. Déchirée par cette voix bouleversante, elle pleurait son amour mort, sa jeune vie brutalement rompue. « Il était si beau, Lola. Je l'aimais tellement. Tu ne sais pas toi ce qu'est l'amour d'un homme. C'est bon, c'est fort, c'est... c'est la vie, la joie. » Lola, la gorge serrée, caressait sans rien dire les cheveux de Mimi. Était-ce donc si difficile, l'amour ? Si profond, si déchirant ? Elle se jura de connaître cela, de vivre avec passion, sans se ménager, d'aimer avec fureur, quoi qu'il puisse en coûter.

La fête était finie. Dans sa chambre, pieds nus et en chemise de nuit, Lola regardait Alexandrie la nuit. Dans les jardins de l'hôtel scintillaient des lucioles. Au large résonnaient assourdies les cornes de brume des paquebots quittant le port. On devinait des ruelles creusées dans l'ombre, des chats miaulants sautaient par-dessus des mendiants roulés en boule sous les arcades. Des cafés ouverts en carrés lumineux sur la rue montaient le claquement du tric-trac, les rires des marins, les plaintes de la musique arabe recrachée par des radios vétustes. Lola pouvait deviner chaque mouvement de la nuit, respirer les odeurs du port, elle se sentait vivre au rythme de cet Orient fabuleux et sordide qui battait à ses pieds. Elle pensa à Philippe. Son beau Français. Trop beau. Trop français. Si étranger à ce monde bruyant et misérable qui lui tenait chaud au cœur, à ce monde qu'elle aimait. « Ya habibi, ô mon amour perdu... » Elle entendait encore la voix d'Om Kalsoum et sans savoir pourquoi, elle frissonna.

5

Journal de Lola

« 20 avril 1952

« Je commence aujourd'hui ce journal. Depuis le départ d'Irène je ne sais plus à qui me confier. Mimi a un accès de désespoir et elle pleure tout le temps. Maman la console. Personne ne s'occupe de moi. Sauf papa. Il m'a fait venir solennellement dans son bureau l'autre jour, pour me dire : "Tu quittes le Sacré-Cœur. Pendant trois mois, le père Pironi viendra chaque jour te faire travailler la philo, le latin et le grec. Tu veux passer ton bac, faire des études, travailler ? D'accord. Mais j'y mets une condition. Il faut que tu sois très brillante. Mention au bac d'abord. Ensuite, l'Université américaine si tu veux, mais pas en amateur. Tu es une fille, tu devras pour t'imposer être la meilleure, bien meilleure que ton frère par exemple. C'est injuste mais c'est ainsi. Je ne m'inquiète pas trop, tu as de la volonté et tu ne manques pas d'orgueil. Tu réussiras." Il a ajouté d'une voix plus tendre : "Tu tiens de moi", en souriant et en tirant sur son nez parce qu'il était ému, et il a terminé : "Garde cette dernière réflexion pour toi, hein ?"

« Pauvre cher papa ! je sais bien que je suis sa fille préférée. Pas seulement parce que je lui ressemble physiquement – nous sommes les deux grands bruns maigres de la famille – mais parce qu'il trouve Jean trop faible et Irène trop douce. Moi je suis dure et mauvaise tête, comme mon arrière-grand-père paternel qui est arrivé de Naplouse en babouches, balluchon sur le dos, et dont papa est si fier. Combien de fois m'a-t-il raconté cette histoire ! Combien de fois m'a-t-il parlé de son grand-père apprenant son droit dans l'arrière-boutique de l'épicerie familiale, entre deux caisses de savon de Marseille et de raisins de Smyrne. Papa prétend que les Falconeri ont fait fortune grâce à leur sens des affaires, alors que dans la famille de maman, les Zananiri, on naissait depuis le XVIe siècle avec une cuillère d'argent dans la bouche. C'est un vieux débat qui ne sera jamais tranché. Moi, bien sûr, je veux travailler, pour être indépendante, libre. Mais aussi parce que je sais que je ne suis pas très belle. Jamais je n'égalerai Irène ni même maman. Heureusement que papa me comprend à demi-mot. Pour lui montrer que j'acceptais ses conditions j'ai fait le signe qui marquait autrefois nos complicités, index croisés, croix de bois, croix de fer, si je mens je vais en enfer.

« Il est resté sérieux. Il avait autre chose à me dire : "Sache aussi que les hommes de chez nous n'aiment pas les femmes trop brillantes ou trop autoritaires. Elles leur font peur. En Orient on préfère les épouses soumises, occupées de soucis futiles ou domestiques. Leurs maris ont le sentiment d'être plus virils, plus actifs, plus protecteurs, bref, cela les valorise. Ne l'oublie pas. Les Orientaux détestent les femmes qui leur font sentir leurs propres faiblesses." Je lui ai fait remarquer qu'il n'avait pas de faiblesse et que pourtant maman était une femme très brillante. Il m'a répondu que le problème n'était pas là. "Oui ta mère est très belle, mais... elle ne travaille pas. Qu'aurais-je fait si elle avait été avocate comme moi? Je ne sais pas. D'ailleurs à notre époque une femme avocate, en Égypte, c'était simplement inimaginable. Mais toi, Lola, tu connaîtras ces problèmes. Pour qu'un homme accepte d'épouser une femme indépendante il faut qu'il soit très sage, très généreux ou très amoureux. – Tu veux dire que je suis laide, qu'on ne peut pas m'aimer, n'est-ce pas? Je le sais bien. – Mais non, ne prends pas cet air de chat en colère, ma chérie." Il m'a jeté un coup d'œil bizarre en fronçant comiquement un sourcil. "Tu seras une très belle femme, différente des autres. Pas une beauté classique, peut-être, mais typée. Tu m'as surpris l'autre soir au bal. Je me suis dit : 'fichtre!'. Eh bien, au cours de ta vie, beaucoup d'hommes se diront en te voyant : 'fichtre!' Allons, ne te monte pas la tête. Assez sur ce sujet. Tu prendras rendez-vous demain avec le père Pironi. Avec lui au moins tu ne crains rien."

« J'étais à la fois étonnée et rassurée. Ainsi, il m'avait trouvée belle! j'avais envie de chanter. Quant au père Pironi, papa a raison, il est tellement laid qu'il en devient sympathique. Je n'ai jamais vu un homme plus gros et plus rose. Ses joues sont comme des jambons frais. Il a toujours des bonbons dans ses poches. Des caramels qu'il m'offre généreusement. Quel parfum, mademoiselle Lola? café, vanille, chocolat? Je déteste les caramels, comme tous les bonbons d'ailleurs. Quand je le lui ai dit il a semblé peiné et il a murmuré en latin quelque chose sur les douceurs de la vie. J'ai fait semblant de comprendre. En tout cas je n'ai jamais aussi bien travaillé, je ne me suis jamais autant amusée. Entre deux caramels il arrive à me passionner, à me faire découvrir des idées nouvelles qui tournent ensuite dans ma tête. Il connaît tout, me parle de tout comme si j'étais un garçon. Il m'a lu des passages de Camus et nous avons même étudié Gide l'autre jour. Si les mères du Sacré-Cœur l'entendaient! Quel drôle d'ecclésiastique. Je suis sûre que papa l'a choisi exprès pour me décrasser l'esprit. Il a tout à fait réussi. »

« *25 avril*

« Je l'ai revu! J'ai revu Philippe! Je ne peux plus penser à autre chose. Mais commençons par le début. Hier matin maman m'a trouvée trop pâle et s'est fâchée. Cette petite doit sortir, bouger, faire un peu de sport. Elle va tomber malade avant son bac si elle passe son temps à lire dans sa chambre. Maman a toujours pensé que la lecture était malsaine. Enfin, ordre de maman, j'irai chaque matin de bonne heure au tennis de Guezireh. Avec Jean naturellement, en principe comme partenaire, en fait comme chaperon. Ce matin nous étions donc les premiers arrivés au club. Jean était de mauvaise humeur. Il déteste se lever tôt. Il jouait comme un pied et ratait toutes les balles. Exprès. J'étais furieuse et j'allais l'insulter quand j'ai entendu une voix derrière moi : "Mais c'est mademoiselle Papillon, pardon, Lola! Me ferez-vous l'honneur d'une partie de tennis?" Avant même de le voir j'avais reconnu sa voix. Comment l'aurais-je oubliée? Cet accent léger, un peu traînant, moqueur. J'ai eu un coup au cœur.

« Il venait vers nous du fond du court. Il portait un short et une chemisette blanche, des socquettes blanches, des tennis, et il balançait légèrement sa raquette. Est-ce le short, coupé à la française, ou bien son teint bronzé, ou bien ses longues jambes? Il m'a semblé plus grand, plus mince, plus large d'épaules, que l'autre soir au bal. Le soleil levant faisait vibrer les couleurs et même de loin je voyais le trait vert de ses yeux. Oh, je ne pourrai jamais oublier cette image. Il me suffit de fermer les yeux pour la retrouver dans tous ses détails. Ses cheveux noirs. Son sourire si blanc. Ce geste de la main, pour me saluer. Je sais que je ne me suis pas trompée, que ce n'est pas un rêve de petite fille ou l'effet d'une valse. C'est cet homme-là que je veux, c'est lui que j'aime et que j'aimerai.

« Jean a bougonné. "Qui est ce type? Comment le connais-tu?" Il m'énerve quand il prend cet air protecteur avec moi. Après tout il n'a que quinze ans et moi seize et demi! J'ai répondu : "Tais-toi, idiot, il a été présenté à maman et à moi au bal des Tegart." Ce qui n'est pas tout à fait vrai mais Dieu soit loué Jean n'était pas au bal. Philippe arrivait, il m'a saluée en se penchant un peu sur ma main comme s'il allait l'embrasser mais non. Ces habitudes françaises me déroutent. Je lui ai présenté Jean qui faisait sa plus belle tête de mule. "Pourquoi jouez-vous à une heure si matinale? Moi, pauvre travailleur, je dois pointer dès neuf heures du matin à mon ambassade, mais vous? – Moi, ai-je répondu avec peut-être un peu trop d'emphase, je travaille aussi. Je passe mon bac en juin. – Philo? – Oui." J'ai bien vu que je l'intéressais. Je me demande si je lui plais. Heureusement que j'ai quand même, depuis deux mois, bronzé sur ma terrasse. Pas au point de ressembler à une mauricaude, comme me le répète aimablement Jean chaque été. Disons que je suis brune abricotée et que le blanc m'avantage. La jupe de tennis aussi parce qu'elle est très courte et que j'ai de longues jambes. Des jambes que Philippe regardait avec une chaleur que je n'ai encore jamais vue dans le regard d'un homme. Peut-être parce qu'il est français... Comme c'est agréable d'être admirée!

« Jean a tout gâché comme à son habitude. "Viens, Lola, on s'en va, je suis fatigué." Philippe a saisi l'occasion : "Reposez-vous, je vais jouer avec Lola. D'accord ? " Plus de " mademoiselle ", Lola tout court. Bien. J'allais lui montrer ce que je savais faire, lui prouver que je n'étais pas la petite nunuche qui ne savait dire que oui ou non à ses danseurs. J'ai joué comme jamais ! Je me sentais si heureuse, je courais, je volais. J'ai gagné, évidemment. Mais j'étais en sueur, à bout de souffle. Finalement il a pris sa serviette, s'est épongé le front. " Vous jouez drôlement bien ! Quelle vitalité ! Il va falloir que je m'entraîne si je ne veux pas être largué. On recommence demain ? " Il souriait et pourtant il n'était pas gai. J'ai pensé trop tard aux paroles de papa. Pauvre idiote, triple sotte, je veux toujours trop bien faire. J'aurais dû le laisser gagner, au moins un peu. Nous nous sommes quittés vite, assez froidement.

« Ce soir, comme je regrette d'avoir été si bête. Il s'agit bien de gagner au tennis. Et maintenant j'ai déjà besoin de lui. Pense-t-il à moi ? Parfois il me regarde en coin et je me sens réchauffée, protégée, quand ses yeux verts s'adoucissent. Et puis brusquement il redevient ironique ou froid. Qu'est-ce que je dois faire ? Comment faut-il s'y prendre pour séduire un homme ? A qui le demander ? A Mimi peut-être. Oui, demain j'en parlerai à Mimi. Elle ne rira pas. Elle m'apprendra. »

« *27 avril*

« Il se passe des choses mystérieuses dans la maison. Les Cohen, comme chaque année, préparent leurs vacances en Europe. Ils n'iront pas à Vichy mais en Suisse, à Genève. Normalement les deux garçons auraient dû partir en juin avec leur mère. Leur père les rejoint en général début juillet. Mais hier Mme Cohen est venue dire au revoir à maman en pleurant. Elles sont restées longtemps toutes les deux. Ensuite il y a eu tout un trafic de malles, de robes. Mme Cohen a descendu chez nous son manteau de fourrure qui sentait la naphtaline en disant : " Avec cette chaleur je ne peux tout de même pas le porter, ce n'est pas vraisemblable. – Si, emmenez-le, a répondu maman, il fait si froid à Genève. " Froid à Genève, en été ? A midi, Mme Cohen est partie seule pour Alexandrie où elle doit prendre le bateau. Elle avait une quantité de malles. Elle, si gaie d'habitude, semblait complètement abattue et elle ne m'a pas dit au dernier moment : " Lola, qu'est-ce que je te rapporte d'Europe ? ", mais elle m'a embrassée et serrée sur son cœur en me disant : " pauvre petite, pauvre chérie ". Pourquoi pauvre ? Je n'ai pas l'air misérable, je suis même en pleine forme.

« J'ai tout compris l'après-midi. Abel s'est penché par-dessus la rampe du second étage et il m'a sifflée doucement, comme il le fait toujours pour m'appeler sans que personne le sache. Il m'a fait signe de monter, j'ai grimpé. Chez lui, tout était sous les housses. Il m'a pris le bras, m'a regardée avec un air si bizarre que j'ai eu peur. Il m'a entraînée vers sa chambre et là j'avais encore plus peur. Allait-il m'embrasser ? Non, il a ouvert la porte et m'a dit d'une voix étrange : " Lola, je veux que tu choisisses ici quelque chose qui te plaise, n'importe quoi, ce que tu voudras, et que tu le gardes toute ta vie. " Je ne comprenais rien, je restais là, stupide. " Lola je t'en prie. Prends quelque chose et garde-le en souvenir de moi. C'est un secret, j'ai juré de ne pas en parler mais avec toi c'est différent, je sais que tu ne diras rien. Nous partons définitivement. Nous quittons l'Égypte. maman ne reviendra plus et nous allons la rejoindre les uns après les autres en profitant de l'été. " J'étais stupéfaite. " Pourquoi? Ton père a fait faillite? "

« Il a souri. " Non. Au contraire. Le problème c'est de sortir l'argent et tout ce que nous avons sans que cela se sache. Il ne faut pas créer de panique tu comprends. " Je ne comprenais toujours pas. " Quelle panique? Personne ne part. Est-ce à cause de l'incendie? mais c'est fini... – L'incendie et le reste. Nous sommes juifs, Lola. Je sais bien que pour toi cela ne veut rien dire de particulier. Pour nous, si. Depuis la guerre de Palestine, mes cousins de Genève nous supplient de partir. Ils disent que nous sommes fous de rester ici, dans un pays arabe. Que tout cela finira mal pour les juifs. Papa leur a toujours expliqué qu'en Égypte les juifs ne craignaient rien. Que les chrétiens, les musulmans, les Grecs, les Italiens, les juifs, vivaient ensemble sans qu'on mette des étiquettes sur le dos des gens. – Il a raison, Abel! quelle différence pour moi, que tu sois juif ou pas? – Pour toi, pour tes parents, aucune différence. Pour les musulmans, si. A cause d'Israël. Qu'est-ce qu'ils ont incendié, en ville, en criant : ' Allah akbar '? Tous les magasins juifs. – Tu sais bien qu'ils cherchaient les Anglais; d'ailleurs ce sont des Anglais qu'ils ont tués au club. Les Anglais, comme le mari de Mimi. – Oui, pour l'instant. Ensuite, après les Anglais, ils s'en prendront aux juifs. Crois-moi, nous avons une vieille expérience des persécutions. Je ne peux pas t'expliquer pourquoi, mais je suis certain que mes cousins ont raison. Nous sommes étrangers en Égypte, et les Égyptiens n'aiment pas les étrangers, ils l'ont crié dans les rues en janvier. D'ailleurs vous autres chrétiens êtes aussi des étrangers. La différence avec les juifs, c'est que les juifs le savent et en tirent les conséquences. Vous, vous ne voulez rien voir, rien savoir, rien comprendre. Dieu rend aveugles ceux qu'il veut perdre... "

« Jamais Abel n'avait parlé avec tant de passion, comme s'il voulait me convaincre de partir avec lui. Il s'est rapproché de moi, m'a poussée contre le chambranle de la porte, m'a prise dans ses bras et m'a embrassée. C'était bizarre, ses lèvres sur les miennes, et le chatouillis de cette petite moustache tout contre mon nez. Mon premier baiser! J'ai fermé les yeux, mais rien. Je ne sentais que ses dents qui me faisaient mal. Il m'a relâchée en soupirant : " Tu ne m'aimes pas, je le savais. Moi j'aurais voulu t'aimer. Heureusement, je vais partir. J'essaierai d'oublier ce pays puisque l'exil semble être depuis toujours notre seule perspective. Pense à moi, Lola. Si un jour tu as besoin de quelque chose, cherche-moi, appelle-moi, n'importe où dans le monde. Je t'aiderai. "

« Il a soupiré et s'est mis à rire : " Je t'avais promis un cadeau, et tout ce que je sais faire c'est t'effrayer. Allons, Lolita, ne fais pas cette tête-là! Veux-tu ce petit cadre en argent? Mon porte-cigarette? Plutôt le petit cadre en argent. Il est ancien, il vient de mon grand-père qui l'avait apporté d'Istanbul. Tu y mettras la photo de ton fiancé ou celle de tes enfants. Prends-le, je t'en prie. Pour me prouver que tu me pardonnes. Pour que tu ne m'oublies pas... "

« Maintenant le petit cadre est dans ma chambre, je le regarde en écrivant. Il est joli mais un peu chargé, dans le goût turc, avec une guirlande de roses qui court autour et un nœud de ruban en argent sur le dessus. Le fond est en moire vert pâle. Je l'ai posé sur mon bureau. J'y mettrai une photo de Mimi, je dirai qu'elle me l'a offert pour couper court à la curiosité de Mlle Latreille qui va sûrement me poser des questions. Quelque chose me trouble. Se peut-il qu'Abel ait raison? Étrangers en Égypte, nous, les Falconeri, les Zananiri, les Boulad? Nous sommes ici depuis si longtemps. Je n'imagine même pas vivre ailleurs qu'au Caire. Évidemment il y a eu l'incendie. Mais moins d'une semaine plus tard la vie a repris comme avant. Hier je suis passée rue Soliman Pacha après le tennis et nous avons acheté à l'Américaine des chocolats fourrés pour maman. Le magasin a été refait, flambant neuf et c'est toujours Abdel Hamid qui sert les glaces. Les mêmes nubiens en caftan derrière les comptoirs. Qui est chrétien, qui est musulman? Pour la première fois je me suis posé la question. Je n'ai pas pu y répondre. Abdel Hamid criait-il " à mort les étrangers " le jour de l'incendie? J'ai reçu ce matin une invitation au bal donné la semaine prochaine pour les dix-huit ans de Leïla, une amie de collège d'Irène. Leïla est copte. Nous considère-t-elle comme des étrangères?

« Pourtant c'est vrai, nous vivons entre chrétiens. Il y avait très peu de musulmanes au Sacré-Cœur. Et je me souviens du petit scandale déclenché l'année dernière par Sami Sednaoui. Il était arrivé au club avec un garçon musulman, très beau, qui nageait comme un dieu. Il s'appelait Raouf et toutes les filles étaient folles de lui. Ma cousine Liliane surtout. Elle a voulu l'épouser et son père l'a envoyée en Syrie pendant des mois, mais elle n'a pas oublié Raouf qui lui aussi l'attendait. Finalement ils se sont mariés et ont été plus ou moins acceptés dans la société. Maman disait : " C'est une si belle histoire d'amour! " et papa répondait : " Peut-être mais il est musulman et sa femme vivra sous le statut de femme répudiable. Je ne voudrais pas cela pour mes filles, jamais! " Il avait son ton des grands jours que nous appelons le ton d'interdiction totale. Maman a rétorqué : " Musulman, peut-être. Mais sa mère est française et son père est très riche. " Je me demande où ils sont aujourd'hui. On ne les voit plus au club. Sont-ils eux aussi partis pour Genève ou pour Paris? »

« *10 mai*

« Les journaux annoncent ce matin que selon la tradition la cour s'installe le 15 mai à Alexandrie. Du coup tout le monde suit. Sauf nous. Ce matin au petit déjeuner papa a annoncé que la famille resterait au Caire jusqu'en juin et que nous attendrions les résultats du bac pour partir dans notre maison d'été à Agami. Jean a protesté bruyamment en disant qu'il ne voulait pas être privé de plage à cause de moi. Il partira donc avec maman et la moitié des domestiques. Papa, Mlle Latreille, le chauffeur et une femme de chambre resteront ici avec Zeinab la cuisinière. J'ai eu un choc. Si Jean s'en va, qui me servira de chaperon au club? J'ai regardé Mimi qui a tout de suite compris. Elle a assuré d'une voix décidée qu'elle ne se sentait pas encore capable d'affronter les mondanités de l'été mais que si maman voulait bien, elle pouvait rester au Caire avec moi. Ouf! je l'aurais embrassée. Je lui parlerai dès ce soir. »

« *11 mai*

« Mimi savait tout. Jean lui a dit que mes parties de tennis n'étaient que des prétextes pour rencontrer un étranger brun, français, assez antipathique, et qu'il en avait marre de jouer les paravents. Charmant! Je n'ose même pas imaginer le genre de vie qu'il va mener à Alexandrie sans la surveillance de papa. Évidemment lui c'est un garçon et tout lui est permis. Je me sens l'âme féministe et j'en ai même parlé au père Pironi. Il m'a prêté en cachette un nouveau livre de Paris, *le Deuxième Sexe* par Simone de Beauvoir, à condition que cela ne me détourne pas du latin et du grec. Pour l'instant c'est Mimi qui le lit en poussant de grands cris : " comme elle a raison! Quelle femme étonnante! " ou " oui, c'est bien beau, mais la France n'est pas l'Égypte, quoi que nous en pensions. "

« Il y a quand même un obstacle à mes projets. Mimi ne veut pas se lever tôt. " Ce n'est pas que je ne veux pas, je ne peux simplement pas ", corrige-t-elle. Alors elle a imaginé de remplacer le tennis par la piscine, en fin d'après-midi. " Tu es mieux en maillot qu'en jupe. Ta séduction c'est ton corps, affirme-t-elle, et puis la natation développera tes seins. Les gros seins, les hommes adorent... » J'ai rougi et elle a ri. Il a fallu convaincre le père Pironi de venir dès neuf heures. Il a grogné qu'il devrait en ce cas dire sa messe aux aurores, mais il a accepté sans demander trop d'explications. Devine-t-il quelque chose? En tout cas il fait tout ce que je veux. »

« *15 mai*

« L'idée de la piscine est géniale. Nous y avons retrouvé tous les amis et Mimi m'a prêté son maillot deux-pièces blanc, drapé sur la poitrine, très Esther Williams. J'ai beaucoup nagé en pensant à mes seins. Puis nous nous sommes installés sous la véranda pour boire des orangeades et du coca-cola. J'ai appris les derniers potins du Caire. Il paraît que la reine Narriman a eu une très sérieuse querelle avec Andreous Pacha et que le roi a tranché en faveur de son ministre. " S'il y a une chose à éviter, c'est pourtant d'attaquer notre vrai gouvernement, a iro-

nisé Sami. – Comment, vrai? a lancé quelqu'un. – Eh bien oui, Mohammed Hassan, Abdel Aziz, Helmy Hussein, Antoine Pulli, Andreous
Pacha, Hassan Akef. " Tout le monde a ri, sauf moi qui ne connais pas
les ragots de la cour. " Hassan est son valet de chambre, Aziz son maître
d'hôtel, Hussein son chauffeur qu'il a nommé colonel. Pulli le ravitaille
en femmes, Andreous fait exprès de perdre au jeu pour que le roi puisse
gagner sans tricher, Akef est son pilote, m'a expliqué tout bas Antoine
Boulad, ce sont ces gens-là qui gouvernent de par son bon plaisir et... ",
il s'est tu brusquement parce que Leila Tabet approchait. Leila est très
jolie, elle ressemble à Sophia Loren, son père est un pacha proche du
roi, elle a ses entrées à la cour. Il faut faire attention à ce qu'on dit
devant elle.

« Je désespérais de voir Philippe lorsqu'il est enfin arrivé. " Juste
pour un verre ", a-t-il dit à la ronde. Il semble déjà connaître tout le
monde. " J'ai un cocktail extrêmement amusant à assumer ce soir à
l'ambassade de Belgique, puis un dîner encore plus drôle en l'honneur
de la reine Zein de Jordanie. " Dans son costume blanc il était magnifique. Il m'a saluée avec politesse mais sans chaleur particulière, comme
s'il me connaissait à peine. Ce qui m'a glacé le sang. Brusquement ce
gazon si vert, cette piscine si bleue, le bruit des balles derrière les arbres
sur les courts de tennis, le bruissement des palmes au-dessus de nos
têtes, tout m'a semblé factice. J'ai pensé : nous jouons une scène de film
du genre *la Route des Indes*. Tellement délicieusement britannique, tellement colonial! Les paroles d'Abel Cohen me sont revenues en
mémoire. Il a sûrement raison. Nous vivons en étrangers de passage.
Autour de moi on parlait de polo, on se donnait l'adresse d'un bottier à
Londres. Est-ce cela l'Égypte? Que peut bien en penser Philippe?
Comme s'il m'avait devinée, il est venu vers moi. " Lola! je croyais que
vous pâlissiez sur vos thèmes latins. Que faites-vous parmi ces charmants jeunes gens? " Le ton, ironique, m'a blessée. Je me suis levée. " Si,
je travaille. Ici ce n'est qu'une courte détente. Je retourne à mes bouquins. – Ce bac, pour bientôt? – Dans trois semaines. – Prévenez-moi, il
faudra fêter cela... ensemble. " Il a eu un sourire mondain que démentait
l'éclat de ses yeux. Comme il est maître de lui! Je ne sais s'il m'aime
mais mon instinct me dit que je suis pour lui différente des autres. Je le
sens amusé et complice. C'est ma chance. »

« *15 mai*

« J'ai eu trop de travail pour continuer à tenir ce journal, mais
maintenant c'est fini, hourra, je suis reçue au bac. Avec mention très
bien! J'éclate d'orgueil et de joie. Papa m'a offert un ras-de-cou en
perles noires et blanches. Il sait choisir les bijoux. Mimi a pleuré,
Mlle Latreille avait brodé deux douzaines de mouchoirs pour mon

trousseau. Maman a téléphoné d'Agami pour me féliciter. Même Jean a grogné " bravo " avant de raccrocher. Irène a envoyé un télégramme de sa maison du Delta et annoncé son retour prochain. Le père Pironi a insisté pour que je signe son " livre d'or ", c'est-à-dire le registre qu'il tient des succès de ses élèves préférés, qu'il appelle ses poulains. Il m'a fait remarquer que je suis le premier « poulain » de sexe féminin. Ce n'est pas une mince gloire. Mais je dois noter mes deux plus grands bonheurs. Dans *la Bourse égyptienne* d'hier après-midi, un entrefilet indique : " Son Excellence l'ambassadeur de France part pour Paris le 2 juillet. L'intérim sera assuré par M. Éric de Carbonnel, chargé d'affaires, qui rejoindra la résidence d'été, à Alexandrie. " Ce qui veut dire que Philippe sera là-bas lui aussi. Dans le même courrier, pour moi, une enveloppe, grande et large écriture. À l'intérieur, une rose jaune un peu écrasée mais qui sentait si bon! Et un petit mot : " Félicitations, chère Lola. A bientôt sur la plage, je l'espère, à Agami ou à Alexandrie. " C'était signé d'un grand paraphe " Philippe de Mareuil ". J'ai embrassé la rose et glissé l'enveloppe sous mes chemises de nuit, dans le tiroir de ma commode. Il faudrait trouver une meilleure cachette pour mes lettres d'amour et surtout pour ce journal intime. J'ai une idée. Je vais le rouler et l'enfiler dans le montant de mon lit de cuivre après avoir dévissé la boule qui le ferme. J'ai vu cela dans un film policier. Mes secrets seront tout près de moi et à l'abri de la curiosité de Mlle Latreille.

« Ce soir je me sens invincible! Philippe m'a écrit! donc il pense à moi. Lola, quelle chance tu as d'aimer et d'être aimée! »

6

A quarante-huit ans, Leila Wissa était toujours belle. Dans son visage brun aux pommettes sculptées s'allongeaient ces yeux de satin noir, profonds et un peu fixes, qui lui avaient valu le surnom de « la Pharaonne » dans les salons d'Alexandrie. Depuis son veuvage, dix-neuf ans auparavant, elle avait pourtant abandonné toute coquetterie. Sereine, peut-être délivrée, elle vivait retirée du monde, au dernier étage du palais des Wissa. Avait-elle aimé ce mari, joueur de poker et amateur de femmes, qui s'était tué dans un concours hippique à Vienne ? Elle n'avait manifesté à sa mort qu'un chagrin de bon aloi. Puis, définitivement vêtue de noir, elle s'était installée dans le bureau de son époux disparu, avait accroché son portrait – pull jaune, foulard de soie bleu marine noué autour du cou, cheveux plaqués – dans un cadre doré surmonté d'une croix copte qui jurait furieusement avec l'image de ce dandy des années trente. Ultime vengeance d'une épouse trompée ou innocence chrétienne ? Leila Wissa n'était pas femme à faire des confidences. Elle prit en main les propriétés, les titres, la fortune des Wissa et les fit fructifier avec l'énergie d'un homme. On ne lui connaissait que deux passions. Son fils Magdi, et le coton.

De sa longue et sévère éducation anglaise, Magdi avait gardé une réserve inhabituelle pour un Alexandrin. Avare de paroles, il laissait planer un aimable flou et ne tranchait jamais. Timidité, expliquaient ses amis. Hypocrisie, pensaient les autres, sans oser le dire à voix haute, car Magdi Wissa était un homme puissant. Lui se sentait curieusement étranger à sa ville, trop frivole et trop cosmopolite, bizarre, tordue, capable – comme une femme, pensait-il – de toutes les séductions, de toutes les trahisons. Les mondanités l'ennuyaient. Le pouvoir lui semblait dérisoire. Il était pourtant de toutes les fêtes, pour y jouer son rôle et y tenir son rang, non sans désinvolture. On lui connaissait des maîtresses, mais aucune liaison sérieuse et les mères à la recherche d'un beau parti avaient dû renoncer, les unes après les autres. A vingt-huit ans, Madgi Wissa restait désespérément célibataire. Déjà, des rumeurs couraient.

C'est alors qu'Irène apparut. Blonde, belle, certes, mais grecque-catholique! La haute société copte s'émut. Qu'avait-elle donc, cette Falconeri, que n'avaient pas les jeunes filles coptes de bonne famille que Madgi avait toujours refusées? Magdi n'aurait su le dire clairement. Il était tombé amoureux d'Irène dès le premier soir, chez les Tegart, lorsqu'il l'avait **vue** si pure et si fine, dans sa robe bleu pâle, sur le canapé blanc. Pourquoi avait-il tout de suite su qu'elle serait sa femme? Ils avaient parlé de choses banales, de ses voyages à lui, de Paris, de l'Égypte. Irène ne connaissait que Le Caire, Alexandrie et Port-Saïd. Cela l'avait frappé. Il lui avait raconté sa maison du Delta, les oasis du Fayoum, la splendeur de la Haute-Égypte et il avait vu ses yeux briller. Est-ce à ce moment qu'il décida de l'épouser? Plus tard il convint que oui. A elle, si proche et pourtant étrangère, il pourrait dévoiler ses préoccupations secrètes sans crainte d'être raillé. Il oserait lui lire les courts poèmes qu'il griffonnait au bureau sur des feuilles vite froissées, au lieu de s'intéresser aux fluctuations de la bourse du coton. Il pourrait surtout lui expliquer ce qui faisait à la fois son orgueil et sa peur : le sentiment aigu d'être le dernier descendant d'un peuple brillant mais oublié. D'une famille différente et restée miraculeusement intacte, comme un fleuve d'eau douce au milieu de la mer. La plus ancienne, la plus mystérieuse, la moins reconnue des lignées égyptiennes, la grande lignée copte. Il était sûr qu'elle comprendrait.

« Sais-tu quel est mon nom? lui avait-il dit le premier soir, dans leur chambre nuptiale. Je m'appelle Magdi Wissa Ebeid Morcos Wissa Morcos Akhnonkh el Zordogu. » Irène avait ri.

« Je t'assure que c'est vrai! C'est mon nom tel qu'il découle de notre arbre généalogique, qui ne remonte qu'au XIIᵉ siècle de manière certaine, mais dont les racines sont vieilles comme l'Égypte. Et sais-tu ce que signifie Wissa? C'est une déformation de Bès, le dieu Bès de l'Égypte ancienne, celui qui fait rire les dieux et fuir les démons, un dieu nain aux jambes torses et au phallus énorme! » Irène, qui avait ôté son voile de mariée mais conservé sa robe, rougit.

« Ne sois pas stupide, ma chérie. Ce n'est pas une allusion grivoise... » De ses larges mains, très douces, il entourait le visage d'Irène, scrutait les yeux bleus où perçait l'inquiétude. « Rien ne nous oblige à faire l'amour cette nuit. Nous avons toute la vie. Je t'aime trop pour ne pas attendre que tu le souhaites vraiment. Dormons, tu es fatiguée. Ce dîner m'a épuisé moi aussi. Demain, nous partirons tôt. Je ne t'emmènerai pas en Europe, je ne t'offrirai pas des bijoux à Paris ou des fourrures à Londres. Du moins, pas maintenant. Je t'enlève d'abord et nous allons chez moi, à Kharm Abu Khirg, en Haute-Égypte, loin, très loin d'ici. C'est le plus beau cadeau de mariage, en tout cas le plus sincère, que je puisse te faire. »

Ils avaient depuis longtemps quitté Alexandrie. Tournant le dos à la mer, la grosse voiture fonçait vers le sud, vers le désert, soulevant derrière elle un nuage de poussière. Magdi conduisait, les mains bien à plat sur le volant de la Mercedes. Irène avait déployé une carte sur ses genoux. Elle suivait du doigt les routes dessinées, dérapait vers Louxor, Abu Simbel, Karnak. Jamais les Falconeri n'auraient pensé visiter l'Égypte, du moins cette Égypte-là, celle des dunes de sable, des oasis, des pierres et du limon. Pour eux, qui vivaient entre Alexandrie et Le Caire, l'évasion c'était l'Europe et parfois, plus provinciale, plus familiale, Beyrouth. Irène avait acheté à Paris et à Cannes ses robes de jeune fille, elle avait fait du ski à Villars et aux Cèdres, au Liban, dans la montagne où vivait un grand-oncle originaire de Damas, féru de généalogie, qui recensait à travers le monde d'innombrables cousins immigrés en Afrique, au Canada ou au Venezuela. De l'Égypte des pharaons, de l'Égypte du Nil, elle ignorait tout, ou presque. Magdi pensa avec exaltation qu'il allait lui ouvrir un monde fabuleux.

Au désert pierreux succédaient des marécages et la route maintenant s'enfonçait, étroite piste de terre, entre des étendues molles, vertes, boueuses, d'où s'envolaient parfois des étourneaux ou, dans un grand bruit d'ailes, becs tendus, un triangle de flamants roses. Peu à peu, la terre gagnait sur l'eau. Des parcelles carrées, soigneusement découpées, émergeaient des canaux d'irrigation, s'organisaient en un paysage de plus en plus solide, cultivé, civilisé. Au détour d'un chemin, apparut une felouque chargée de sacs de jute qui semblait naviguer non pas sur le canal mais au milieu des champs. Irène, étonnée, poussa un petit cri et Magdi fut ravi.

« Nous approchons du village, notre village. Kharm Abu Khirg. Reboutonne ta robe. » Sans protester, Irène ferma haut son décolleté.

Kharm Abu Khirg ressemblait à une forteresse basse, avec ses maisons ocre, bosselées, soudées les unes aux autres, comme pétries dans le même limon séché. Autour du village des bouquets de palmiers aux feuilles jaunies par le sable se balançaient au vent. La ligne de vie, la veine jugulaire, était le large canal d'irrigation qui longeait la route et où toute la population semblait s'être rassemblée. Les femmes en robe noire y lavaient leur linge dans les eaux boueuses, les enfants couraient, nus sous leurs galabieh déchirées, un âne avançait tranquille, chargé de cannes à sucre. On approchait. « Regarde! s'écria Irène en montrant une maison couverte de dessins violemment coloriés.

— L'homme qui habite ici a fait le pèlerinage en Terre Sainte, expliqua Magdi, et ces dessins racontent son voyage. Voici la voiture, le bateau, l'avion. Ces traits bleus ondulés représentent les eaux du Jourdain dans lequel il s'est immergé. C'est cela, notre pèlerinage copte.

— As-tu été toi aussi te baigner dans les eaux du Jourdain?

— Oui, bien sûr, avec ma mère, avant la guerre. Nous y avons passé trois jours. Tu verras les mêmes dessins chez nous, sur le mur extérieur.

Il me faudra avant d'entrer y réciter une prière de commémoration. Sinon, ils ne comprendraient pas... »

On débouchait sur une petite place. A droite une église blanchie à la chaux arborait la croix copte. Derrière, à la limite du village, un minaret pointu dominait les palmiers. Magdi ralentit. Devant l'église se tenait un étrange personnage, noir de la tête aux pieds, de la soutane au turban rond. Il regardait Irène d'un œil vif, dans le moutonnement soyeux de sa longue barbe, de ses cheveux bouclés et des sourcils broussailleux. « C'est notre gommos, notre curé », murmura Magdi. A la surprise d'Irène, il descendit, s'inclina, baisa la main du prêtre, avant de venir la chercher. Que devait-elle faire? S'incliner aussi? Elle se sentait incapable d'embrasser cette main sale. Ce ne fut pas nécessaire. Le gommos déjà la bénissait : « Sois le bienvenu mon fils et toi aussi ma fille! Que Dieu vous garde et vous protège! – Bénédiction, bonheur pour le village, bonheur à tous! » crièrent les enfants accourus, suivis de poules, de chiens jaunes et d'une chèvre noire. Un homme, assis sous un arbre, dans un fauteuil de rotin, se leva et vint saluer Magdi. Lui aussi se pencha, lui baisa la main gauche. « Salut, Magdi Bey. Sache que j'ai l'œil sur ce village. Tout va bien. Puis-je t'accompagner? – Monte », répondit Magdi, un sourire dans le regard.

On repartit, doucement cette fois, en suivant ce qui semblait être la rue principale.

« Ya Salah, quoi de neuf? interrogea Magdi.

– Samira la sage-femme a mis au monde sept garçons et quelques filles depuis ton dernier voyage. Des filles sont mortes mais, Dieu soit loué, tous les garçons ont survécu. Les impôts sont trop lourds, ya bey, mais cette année le coton sera beau. Des Bédouins sont venus, ils ont acheté de la canne à sucre. Mais ils n'ont rien volé, les chiens! J'y ai veillé.

– Qui est-ce? » murmura Irène à l'oreille de Magdi, le plus discrètement possible. Salah avait entendu.

« Moi, madame? Police secrète, pour vous servir », répondit-il, la main droite sur le cœur.

« Voici la maison », annonça Magdi. Il était soudain tendu. Irène le regarda. Cet homme à son côté, son mari, lui était inconnu. Rien en lui ne rappelait plus l'élégant homme d'affaires d'Alexandrie. Il lui parut plus massif, plus brun, plus opaque que jamais. Ce n'était pas par hasard qu'il avait choisi de l'amener d'abord à Kharm Abu Khirg. Ici étaient ses racines, sa vraie vie. Pourrait-elle s'y adapter? Elle eut un moment d'angoisse. Elle savait ce que Magdi attendait d'elle : qu'elle appartienne comme lui à cette terre. Qu'elle se dépouille d'habitudes passées, qu'elle oublie ses réflexes d'enfance. Qu'elle renonce... à quoi? Elle se sentait si loin du Caire. Cette Égypte lente et douce, simplement traversée, la fascinait déjà. Magdi attendait en silence, les mains sur le volant. Elle se décida. Oui, elle adopterait leurs coutumes, elle comprendrait. Elle serait patiente, elle apprendrait cette Égypte inconnue, celle des champs et des déserts, du Haut-Nil, du coton et du vaste Delta.

L'Égypte copte déchirée, elle le devinait en regardant Magdi, entre l'orgueil, la révolte et la peur.

Elle mit la main sur sa main, murmura : « Ta maison me plaît beaucoup. » Le visage de Magdi s'éclaira, son corps se détendit, il tourna vers elle un regard chaleureux. « C'est notre vieille ezba. J'espère que tu l'aimeras. »

La maison, vaste comme un hameau, était entourée de murs de pierre entrecoupés de pigeonniers aux quatre extrémités. Le portail de bois de palmier s'ouvrit en grinçant, poussé par des serviteurs en galabieh rayée. A l'intérieur, dans une grande cour carrée, une centaine de femmes, enfants, fellahs formaient un large cercle. Un concert de youyou stridents s'éleva lorsque Irène, descendant de voiture, posa le pied sur les tapis épais disposés au bas d'un perron. Elle ne distinguait pas nettement le rez-de-chaussée caché par la foule, mais sur tout le premier étage courait une véranda soutenue par des colonnes et bordée de balustres de bois. Des jasmins grimpants s'y enroulaient en grosses masses vertes piquées de minuscules fleurs, comme autant d'étoiles blanches. Irène, qui n'attendait pas un tel accueil, ne savait que dire et restait là, hésitante. On s'empressait autour d'elle.

« Voici tes deux femmes de chambre, Myriam et Hoda. Ne leur en demande pas trop, ce ne sont pas des filles de la ville. » Myriam, toute menue et très jeune, se tortillait de gêne et froissait dans sa main un pan de sa robe à fleurs rouges. Hoda était si grosse qu'on n'imaginait pas qu'elle puisse bouger. Elle roulait des yeux blancs et sa peau de bronze avait des reflets mauves.

Ce fut elle pourtant qui, avec une agilité surprenante, se précipita sur les valises d'Irène, les souleva comme des plumes et se dirigea vers le grand escalier. Myriam, tête baissée, trottinait derrière. Irène se dit que c'était avec Hoda qu'il faudrait compter. Au premier étage, un grand lit de fer à baldaquin enveloppé d'une moustiquaire trônait au milieu d'une vaste chambre blanchie à la chaux. Une armoire d'acajou, une commode Boulle posée devant la fenêtre, un fauteuil à bascule, des coiffeuses anglaises et des tapis persans jetés çà et là sur le sol de marbre ne parvenaient pas à meubler l'espace. Lorsque Magdi lui fit visiter le reste de la maison, Irène eut la même impression d'un palais inachevé, où étaient répartis au hasard quelques meubles turcs, des coffres et des fauteuils syriens, des canapés anglais en cuir tanné recouverts de châles de Damas, des tables rondes et des lampes de cuivre posées au hasard sur des guéridons branlants. Cet assemblage hétéroclite semblait établi de toute éternité. Il était clair que personne n'y pourrait rien changer.

Le soir tombait. Sur la véranda les serviteurs allumaient les bougies, disposaient des coussins et dressaient une table basse pour le dîner. La vaisselle était simple mais les couverts d'argent, les verres et les carafes brillaient. Un serviteur nubien apporta du jasmin fraîchement coupé qu'il répandit sur la nappe de lin. Des servantes montèrent des cuisines des pigeons grillés, une grosse oie du Fayoum, des lapins rôtis, deux gigots fumants, un ragoût brun, des feuilles de vigne, des courgettes farcies, enfin du riz au lait caramélisé, onctueux, parfumé à l'amande, dans un grand plateau rond.

Les invités arrivèrent avec la nuit. Le premier fut le maître d'école Saïd Bestavros, un jeune homme très brun en strict costume noir. Dans l'obscurité, Irène vit d'abord son sourire blanc et le gardénia immaculé piqué à sa boutonnière. Il semblait inquiet, peut-être intimidé. Magdi l'accueillit sur le seuil et Irène se félicita d'avoir choisi une robe stricte pour honorer ses hôtes. Puis une antique voiture déposa dans la cour le maire du village, l'omdeh, qui monta péniblement l'escalier en balançant son ventre pachydermique. Son complet blanc tirait de partout, un tarbouche lie-de-vin s'inclinait avec coquetterie sur son oreille droite. Un garçon fluet l'accompagnait, qu'il présenta brièvement : « Mon fils Boutros », en le poussant devant Magdi comme s'il se fût agi d'un jeune buffle à la foire.

La cérémonie du lavage des mains se fit dans la cour. Deux domestiques versèrent de l'eau parfumée à la fleur d'oranger pendant qu'un troisième tendait un savon jaune et un quatrième une serviette. Puis tout le monde passa à table. Il y eut d'innombrables salutations, vœux de bonheur, échanges de politesses et courbettes en direction d'Irène. Un Nubien versait dans les verres du zibib, du vin ou du whisky. Saïd Bestavros tout à coup s'enflamma. A Nagara, village voisin, on avait découvert au matin le nouveau curé, le gommos Morcos, assassiné sur le parvis de son église. Ce qui irritait surtout Saïd Bestavros, c'est qu'on lui avait ouvert le ventre comme à un vulgaire porc. Magdi fit remarquer que l'égorger comme un mouton n'eût pas été moins condamnable mais les convives ne relevèrent pas, par politesse. De toute évidence l'égorgement leur semblait préférable. Évidemment, la police n'avait pas retrouvé les assassins du gommos. Tout le village les connaissait pourtant, assurait Saïd. Ils venaient d'au-delà du Canal. Qu'est-ce qu'on attendait pour organiser une expédition punitive ?

Magdi s'informait : pourquoi s'en prendre à un pauvre gommos comme Morcos ? Le maire se pencha. Magdi Bey devait pourtant savoir que les musulmans, ces chiens, avaient voulu, par cet assassinat, empêcher la construction d'une seconde école copte à Nagara. Maintenant, c'était partout ainsi. Les coptes n'étaient plus protégés. Pourtant ils avaient le droit, de par la loi et de par le Coran, de posséder leurs propres lieux d'enseignement et de culte. Si on commençait à limiter le nombre des écoles, on finirait par brûler les églises et assassiner les chrétiens. Que faisaient le roi et le gouvernement ? On n'aurait pas vu cela du temps de Fouad, encore moins sous Mohammed Ali. La question visiblement s'adressait à Magdi, qui hocha la tête d'un air découragé.

« Vous savez bien quelle est notre situation. Le roi n'aime pas les coptes. Nous qui étions dans notre propre pays les scribes et les viziers, et les contrôleurs du budget, parce qu'on nous a toujours considérés à juste titre comme intègres et justes, nous voici écartés. Au profit de qui ? au profit d'étrangers, des... » Il allait dire des Syro-Libanais mais il se reprit à temps en pensant à Irène. « ... de quelques individus sans scrupules qui forment son entourage. Disons-le clairement puisque nous sommes ici entre amis. » Il insista sur amis et regarda Irène. « Nous avons fait la grandeur de ce pays, nous sommes les vrais " gypt ", les Égyptiens depuis des millénaires. Notre religion copte est la plus ancienne de toutes les religions chrétiennes du Moyen-Orient. Mais aujourd'hui nous sommes menacés dans nos croyances, nos personnes, nos biens, notre identité même. Nous devons réagir. Et pas par quelques misérables vendettas de villages... » Jamais Irène n'avait vu son mari aussi exalté. Le jeune Boutros, fasciné, le regardait avec des yeux brillants.

Le gros maire se pencha en avant de toute sa masse, au risque de renverser la table.

« Ya bey, comme tu as raison! il faut combattre ces musulmans. Pourquoi ne pas nous unir avec les chrétiens de Syrie et du Liban? Ils sont schismatiques mais chrétiens quand même et tout vaudrait mieux que de subir le joug comme des buffles qu'on mène aux abattoirs. Tous les chrétiens devraient être alliés et non ennemis. Qu'est-ce qui nous sépare?

– Le fait qu'au Liban ils sont chez eux, qu'ils y ont le pouvoir. Les maronites se sont battus pour être libres. Aujourd'hui les chrétiens libanais, maronites, orthodoxes, arméniens, grecs-catholiques ou syriaques sont la majorité là-bas. Personne ne les menace... »

Boutros intervint brusquement :

« Est-ce que nous autres coptes nous n'aurions pas pu faire la même chose et nous battre au lieu de courber l'échine, depuis des siècles et des siècles? » Son père se tourna vers lui, l'air fâché. Avait-on idée d'interrompre Magdi Bey pour lancer des sottises?

« Depuis Byzance, les croisés d'Occident, les Turcs avec leurs janissaires, les musulmans avec leur djihad nous ont toujours maintenus en statut diminué, reconnut Magdi. Mais nous avons sauvé notre identité. Connaissez-vous un autre pays d'Orient où les chrétiens soient aussi nombreux, aussi authentiques, où ils aient aussi bien préservé leur religion et leurs coutumes? C'est cela qui compte. Et puis, frère Boutros, nous ne sommes en Égypte que quatre ou cinq millions de coptes. Que pouvons-nous faire face à trente millions de musulmans?

– Je ne sais pas, grommela Boutros sans regarder son père. Mais j'enrage quand j'entends ce qu'ils chantent là-bas à Khatara, de l'autre côté du Canal. Savez-vous ce qu'ils disent? " Vive Nagada, elle a tué un chien de chrétien. La viande du chrétien vaut 6 piastres et sa graisse 2 piastres mais moi je le mangerai pour rien. " »

Magdi réfléchissait. Il aurait voulu, ce premier soir, épargner à Irène un dilemme aussi vieux que l'Égypte. Mais au fond, mieux valait qu'elle sache. Qu'elle comprenne leurs tourments, leur lancinant problème. Fallait-il se soumettre ou bien se révolter au risque de disparaître? Assimiler la culture des envahisseurs pour mieux se fondre dans le paysage ou bien la refuser et se désigner ainsi à leur vindicte? La sagesse ou la lâcheté l'emportait en général. Mais des révoltes sporadiques éclataient de loin en loin, comme pour démontrer que le feu couvait sous les braises. Les jeunes, comme Boutros, n'avaient pas toujours l'échine souple. Un souverain compréhensif et éclairé aurait pu tenir la balance à peu près égale, donner aux chrétiens minoritaires le sentiment de n'être ni menacés ni humiliés. Mais il y avait peu à attendre du gros Farouk, tout entier attaché à ses folies et ses plaisirs. Allons, il n'allait pas laisser ces pensées sombres gâcher leur première soirée dans la vieille maison. Il se tourna vers Irène.

« As-tu peur du désert? Non? Alors demain nous sellerons les chevaux et nous irons au monastère de Wadi Natrum. Tu comprendras tout. Pour ce soir, assez de paroles. Habib, appelle les musiciens. »

Habib claqua dans ses mains. Trois musiciens accroupis dans la cour lancèrent vers le ciel étoilé le chant sauvage des quasidas, les pèlerins du désert, alternant le grincement de la viole, le son aigu du naj et l'âpre puissance des voix. Dans la nuit les bougies tremblaient. Irène se sentait à mille lieues de chez elle mais rien ne l'effrayait. Elle dépouillait son passé comme un serpent se dépouille de sa peau à la mue de printemps. Le Caire était bien loin.

Étendue au milieu du grand lit, Irène prêta l'oreille. Par la fenêtre ouverte montait le parfum du jasmin. Un bruit de pas sur les dalles du couloir. La porte s'ouvrit sur Magdi, vêtu seulement d'une longue galabieh de soie blanche qui faisait ressortir sa peau brune. Un seigneur du Nil, pensa-t-elle soudain. Il écarta la moustiquaire, s'allongea contre elle, son grand corps maintenant couché contre son flanc. Il la caressait, l'apaisait de ses mains douces comme on flatte un cheval rétif. Elle sentait contre sa hanche un sexe long et dur mais Magdi attendait, et sous ses doigts elle se détendit, s'ouvrit. Lorsque enfin il la prit elle eut un cri très bref. Était-ce donc cela l'amour?

Maintenant Magdi dormait. Dans son sommeil il avait étendu le bras et sa large main plate, étonnamment chaude et douce, reposait sur le sein d'Irène. Elle regardait cette main brune sur sa peau blanche et n'osait pas bouger. Qu'est-ce qui l'avait poussée si vite dans les bras de cet homme? Normalement elle aurait dû être, pendant une ou deux saisons, la star des plages d'été puis celle des bals d'hiver, avant d'épouser un banquier libanais ou un homme d'affaires alexandrin. Elle aurait passé sa nuit de noces à Paris, au Crillon ou au Ritz. Au retour, ses amies se seraient extasiées devant les robes, les chaussures, les bijoux achetés par son généreux mari, preuves évidentes de sa valeur marchande, à elle. Un ou deux ans plus tard, elle aurait eu des enfants, puis des amants.

Elle avait échappé à cette voie toute tracée. Le regrettait-elle? Non, au contraire. Elle avait voulu cet homme qui dormait dans son lit, elle l'avait désiré avec une obstination dont elle seul connaissait la vigueur. La douce Irène... Elle sourit pour elle-même. Ce qu'elle aimait en Magdi c'était sa haute carcasse anguleuse, émouvante de gaucherie, attirante par ce qu'elle y devinait de tendresse retenue, de pudeur masculine. Comme elle, Magdi n'était pas expansif. Lui avait-il jamais dit qu'il l'aimait? Cette nuit, une seule fois. Pourtant elle devinait un amour solide et sûr. Elle savait ce qu'elle voulait. S'ancrer enfin quelque part, être admise, adoptée, dans un monde où rien n'avait bougé depuis des millénaires. Être un point fixe, s'enchâsser pour toujours dans une famille lourde, immémoriale. Les Wissa d'Égypte! En finir, enfin, avec le passé des Falconeri, fait d'errances, de départs brusqués, de batailles pour survivre, de cousins lointains, d'exils tragiques et de retours précaires. Ce soir elle avait réalisé son rêve. Un grand mari copte, la maison du Delta, des fellahs immuables, des paysages sans âge, l'Égypte enfin, et le parfum du jasmin.

7

La maison des Falconeri à Agami se voulait simple, fonctionnelle et moderne. Charles l'avait fait construire tout de suite après son mariage, alors que les terrains du bord de mer appartenaient encore aux deux grandes familles, les Bianchi et les Bless, qui avaient lancé la mode de cette immense plage de sable blanc aux environs d'Alexandrie. Ensuite on avait dessiné la grande avenue très large, bordée de bougainvilliers violets et roses, que Charles appelait « les Champs-Élysées d'Agami », et qui débouchait sur une mer d'un bleu turquoise souvent agitée en été de courtes vagues blanches. En quelques années, Agami était devenu la résidence d'été des grandes familles du Caire ou d'Alexandrie. Derrière les pins et les eucalyptus se cachait la maison des Chebib, avec sa piscine bleue entourée de « cabanes » en palmier tressé. La villa Marchesi était crépie d'ocre rose à l'italienne. La villa d'Edgar Messadi, avec son dôme blanc, jouait les andalouses. On ne voyait pas, de la route, la maison des Zananiri, mais on savait qu'ils étaient là lorsque le grand portail de fer forgé était ouvert à double battant, révélant une allée sinueuse bordée de pins et de cyprès noirs.

Charles Falconeri avait lui-même dessiné les plans de sa villa d'été. Avec ses pierres blanches taillées, son toit carré, ses terrasses et ses vérandas bordées de briques rouges, ses vastes pelouses très vertes et ses allées de sable blanc, la maison Falconeri ressemblait à une hacienda. On vexait Charles en le lui faisant remarquer. Se prenant pour un pionnier, il avait décidé d'adopter un style « rustique », aussi n'avait-il installé au début ni l'eau ni l'électricité. Pour pomper l'eau du puits, acheter les pains de glace, transporter les seaux, il avait fallu se doter de toute une domesticité. Charles avait fait construire dans le fond du jardin une cabane cachée par des figuiers, il avait engagé Ahmed, un Bédouin qui gardait la maison en hiver, arrosait la pelouse et les fleurs en été. Le fils, Fathi, pompait sans relâche, la fille, Souad, courait alimenter les glacières. Finalement Nadia excédée avait fait cesser ce trafic. On avait modernisé, installé des salles de bains et des douches, une cuisine où ronronnait un énorme frigidaire aux formes arrondies. Les vieux tubs en zinc servaient de bacs à fleurs. Charles se contentait de jouer au planteur anglais en se balançant à l'intérieur de la véranda, un whisky à la main, dans sa chaise à bascule en rotin verni.

Ce soir de juin, installée sur un tabouret à côté de son père, Lola disait qu'elle n'avait plus dix ans, que les parties de ballon sur la plage avec Fathi et les tours de bicyclette autour de la maison n'étaient plus de son âge. Maintenant qu'Irène était mariée, pourrait-elle donner elle-même des parties, danser, inviter des amis? Charles ronchonna. Des amis, lesquels? On connaissait tout le monde ici et les enfants des voisins avaient tellement l'habitude d'entrer et de sortir, de picorer dans la cuisine ou de plonger dans le réfrigérateur qu'il ne voyait pas pourquoi il aurait fallu désormais ajouter à ces désagréments celui de soirées organisées et bruyantes. Lola se tut, réfléchit, les genoux sous le menton. Comment inviter Philippe? Comment le retrouver, l'inclure dans leurs cercles de plage, le présenter, qui sait? à la famille. Elle comptait sur l'entregent de Mimi qui trouvait Philippe « superbe ». Mais Charles allait poser quantité de questions... Qui était ce garçon, que faisaient ses parents, où était-il né, peut-être même, horreur, quelles étaient ses « intentions ».

Or, elle ne savait pas grand-chose de Philippe. Elle était amoureuse. L'évocation de son sourire, de son regard, suffisait à lui chavirer l'esprit. Mais encore? Ils s'étaient quittés sur un malentendu. Chaque soir, dans son lit, elle se rejouait la scène de leur dernière rencontre à Garden City. Il y avait ce jour-là, autour de la piscine, trop de filles superbes à la peau soyeuse, trop de rires haut perchés, trop de flirt dans l'air. Philippe s'empressait auprès de Leila Tabet, lui dédiait un sourire charmeur, lui apportait un verre. Une jalousie sauvage avait emporté Lola. Elle s'était levée, lui avait lancé : « Adieu, je vois que vous n'avez pas besoin de moi », et elle était partie comme une folle, en oubliant la serviette de bain de Nadia, une serviette Hermès que Mimi avait heureusement récupérée plus tard. Comme Mimi l'avait grondée! « Tu es idiote de faire des scènes, les hommes détestent ça. » Elle avait raison. Plus aucune nouvelle de Philippe depuis ce jour fatal. Pourtant il allait venir à Agami, il l'avait dit, il serait là bientôt. Il s'agissait d'être intelligente. Elle se promit non pas de le séduire – elles s'y essayaient toutes – mais de l'intéresser. Il était diplomate, la politique semblait le passionner? Elle lirait les journaux. Il aimait l'équitation? Elle irait dès demain matin retenir un cheval au manège voisin de Dekkeila et elle monterait chaque jour.

Une phrase du père Pironi lui revint : « Quoi qu'il arrive soyez vous-même, Lola, et fière de l'être. L'authenticité est votre meilleur atout. » Qu'avait-il voulu sous-entendre ou conseiller? Pouvait-on faire confiance, en affaires d'amour, à un ecclésiastique? Quelque chose lui disait que oui. Devenir l'ombre de Philippe, s'adapter à lui et le suivre en tout, n'était sûrement pas la meilleure tactique, affirmait Mimi. Lola en convenait, mais n'osait pas imaginer autre chose. Pour conquérir Philippe, elle était prête à tout accepter. Il allait bouleverser sa vie, la saccager peut-être. Diplomate, il partirait un jour. Français, il ne saurait être fidèle et il ne résisterait pas aux tentations du Caire. Elle serait malheureuse. Tant pis. En toute lucidité, elle avait décidé de prendre ce risque. Déjà ses pensées, ses gestes, ses projets étaient liés à lui sans qu'elle pût s'en défendre. Il ne lui restait qu'à aimer son beau Français et à s'en faire aimer.

Dix heures du matin, et il faisait chaud à crever! Philippe prit la route de Guizeh, se gara devant la façade rose crevette de l'ambassade de France. Quand il la reprendrait tout à l'heure, cette voiture serait un vrai four. Mais il n'avait pas encore son immatriculation corps diplomatique, et le gardien refusait obstinément de le laisser accéder au parking intérieur, côté ombre. Il escalada le perron, frappa à la petite fenêtre du poste de garde pour appeler le gendarme qui se préparait un café. Avec un bruit de ferraille, l'un des deux vantaux de la porte cloutée s'entrouvrit. Le sas de l'entrée paraissait sombre mais il s'éclaira brutalement lorsque le gendarme ouvrit une seconde porte donnant sur le patio intérieur dont le marbre blanc inondé de lumière faisait cligner les yeux. Ce soleil! Philippe tourna les talons et suivit le large couloir qui, sur la droite, conduisait à son bureau. Les fenêtres à vitraux dessinaient sur le sol noir et blanc des ogives claires. Dans la pénombre on devinait, rangés le long du mur, de gros fauteuils syriens en bois sombre incrustés de nacre irisée. Philippe avançait toujours. Qu'est-ce qui pouvait bien lui rappeler, dans ce bâtiment des années trente, l'hôtel Terminus de la gare Saint-Lazare? La largeur des couloirs, le côté salle d'attente, ou le bruit des pas résonnant sous les voûtes?

Demi-tour, droite! La porte de l'attaché militaire était ouverte et le colonel Spatz lui-même était là, debout devant son bureau, le nez levé vers une carte d'état-major épinglée au mur. Impossible de ne pas entrer le saluer. Les ordres de l'ambassadeur étaient clairs : ménager Spatz.

« Mon colonel! bonjour. » Malgré lui Philippe avait retrouvé le ton et le claquement de talons qu'on lui avait inculqués au prytanée. Le colonel apprécia. Pas tous les jours qu'un deuxième secrétaire respectait les us et coutumes de la vie militaire.

« Entrez, jeune homme, entrez. » Le colonel tendait vers la carte d'état-major une longue baguette. « ... content de vous voir. J'aimerais discuter avec vous. Vous voyez cette route qui va du Canal à Suez? je viens d'apprendre qu'une brigade égyptienne y a envoyé des éclaireurs. Pourquoi, à votre avis?

– Je ne sais pas, mon colonel. Mais cela semble contraire aux accords anglo-égyptiens. En principe, les troupes anglaises stationnées dans la zone du Canal doivent avoir toute liberté de mouvement.

– Je ne vous le fais pas dire! Tout ceci n'est pas clair. Les Anglais auraient dû intervenir le 23 janvier, le jour de l'incendie, pour rétablir fermement l'ordre avant que l'émeute ne dégénère. Après tout, ils ont eu des morts au Turf Club! Croyez-moi, Mareuil, cette erreur va leur coûter cher. Et à nous aussi, peut-être. Le roi vient encore de faire un caprice. Il renvoie Hillaly Pacha, son Premier ministre, qui voulait épurer l'entourage. Nous entrons dans une crise qui risque de tourner mal... Au moins, j'aurais prévenu... Mais je vous retarde. Filez à votre bureau, Mlle Vicky vous y attend... et réunion chez l'ambassadeur dans une demi-heure! »

Le colonel rêvait toujours d'interventions militaires. L'Indochine ne l'avait pas guéri. Philippe, lui, ne croyait pas aux démonstrations de force. Trop tard! La politique de la canonnière avait fait son temps. Mais il devait être, à l'ambassade, seul de cet avis. Aussi se taisait-il. Pas très courageux comme attitude, évidemment. Où était le temps, pas si lointain, où il flirtait avec le communisme?

C'était à Sciences-Po, en première année. Il était tombé amoureux d'une très jolie fille, une Alsacienne blonde, brillante, communiste militante. Ébloui par l'éclat de sa peau, il avait été jusqu'à l'accompagner une fois dans une réunion du Parti. Elle l'avait présenté aux camarades. Horrible souvenir. On l'avait d'emblée détesté. « C'est toi, de Mareuil? » en insistant lourdement sur le « de ». On lui avait demandé des gages, des déclarations, des preuves d'engagement militant et autres fariboles. A la sortie, furieux, il avait accusé Michèle – tiens, c'est vrai, elle s'appelait Michèle – de l'avoir attiré dans un traquenard. Elle, le feu aux joues, l'avait alors traité d'aristocrate décadent et il avait répondu méchamment : « Que veux-tu, tout le monde ne peut pas être fils de gendarme. » Elle avait pleuré et elle était si belle avec ses lèvres gonflées et ses grands yeux humides qu'ils avaient échangé leur premier baiser. Aujourd'hui encore il sentait la douceur de cette bouche et l'odeur de ces joues fraîches. Odeur de pomme verte. Mon Dieu, comme il l'avait désirée. Mais même en la caressant il entendait la voix sèche de sa mère : « Cette fille n'est pas de notre monde, Philippe, ne sois pas sot. » Et il savait, oui il savait dès le début, qu'il allait fuir sans gloire.

Ce qu'il avait fait finalement, s'inscrivant à une autre conférence à la rentrée suivante dès qu'il avait lu, affiché dans le hall, le nom de Michèle Tanguy dans le même groupe que lui. Lâcheté? A l'époque il pensait : réflexe de survie. N'empêche que cette Michèle avait laissé dans sa vie, outre l'impérissable souvenir du parfum de pomme verte, quelques idées de gauche qui s'accommodaient assez bien d'un scepticisme lassé alors en vogue à l'institut de la rue Saint-Guillaume. Quand il avait rompu, sa mère avait sûrement deviné quelque chose car elle l'avait ensuite embrassé avec plus de chaleur.

Sa mère! Philippe eut une bouffée de tendresse. Il revit son visage, lorsqu'elle venait le chercher le samedi après-midi au prytanée, chapeautée de noir, austère mais si belle. Ils allaient toujours déjeuner au Lion d'Argent, le meilleur restaurant de La Flèche, pourtant trop cher pour elle en ces temps de guerre et de rationnement. Elle soupirait en réglant l'addition et laissait sur la soucoupe du service les tickets de viande et de pain de leurs deux repas. Ils partaient ensuite pour Mareuil, où le taxi du village les déposait devant la grille de leur petit château de Montaupin. Invariablement, sa mère levait alors les yeux, scrutait la façade de la propriété familiale et disait d'un ton décidé : « Il faudra tout de même refaire un jour la toiture de l'aile gauche. Il pleut dans le bureau de ton pauvre père. » Où en était l'aile gauche aujourd'hui ? En entrant dans son bureau, Philippe se promit d'écrire avant ce soir.

Mlle Vicky l'attendait depuis un bon moment. Posée sur une chaise, assise de guingois comme toujours, elle avait déjà préparé sa revue de presse, traduit les principaux articles d'*El Ahram*, du *Misr* et de *Akbar el Yom*, ceux en particulier qui lui semblaient les plus acerbes et les plus subversifs. Elle avait bu deux café turcs et fumé la moitié d'un paquet de cigarettes au parfum douceâtre, ces plates cigarettes égyptiennes qu'elle affectionnait et qui donnaient à la salle des archives des senteurs de boudoir.

« Quoi de neuf ce matin ? » Mlle Vicky leva vers lui son museau brun, fripé par les ans.

« Hillaly Pacha est renvoyé par le roi. Des insurrections de fellahs ont éclaté sur les terres de Badrawi Achour, près de Mansourah et à Inchass sur les propriétés royales. Il paraît que la répression a fait quatorze morts parmi les paysans...

– Vous avez lu cela dans la presse ? s'étonna Philippe qui savait qu'on ne pouvait parler de la personne du roi sans encourir de lourdes peines.

– Non, convint Mlle Vicky, mais c'est ce qui se dit. Et pour les incidents d'Inchass, j'en suis certaine. Mon oncle est employé au palais royal de Montaza et on ne parle que de cela là-bas. »

On pouvait faire confiance à Mlle Vicky. Elle était arménienne, donc non concernée, et de nationalité française, donc protégée, de par la grâce d'un ambassadeur dont personne n'avait rien retenu, sinon qu'il avait apprécié autrefois les charmes de Mlle Vicky, au point d'en faire une secrétaire de presse efficace. Il était parti depuis vingt ans. Elle était restée dans les meubles.

« Cela vous semble sérieux, mademoiselle ?

– Plus que vous ne le pensez, monsieur. » Elle s'était penchée en avant, ses yeux noirs brillaient sous sa frange frisée. « Nous avons aussi le scandale des armes de Palestine, que le roi voudrait étouffer parce que le général Sirry Amer y est compromis, et le scandale du coton dans lequel a trempé son conseiller Pulli. Sans compter la révolte qui gronde au club des Officiers depuis que le roi a décidé de remplacer le président du club, le général Neguib, par Sirry Amer. » Philippe eut un geste désinvolte. « Ne haussez pas les épaules, monsieur, c'est très grave. Je le sais parce que mon beau-frère, le mari de ma jeune sœur, est jardinier au club... »

Philippe parcourut les dépêches, classa les articles, en sortit un du lot et griffonna en travers : « A l'attention de M. le premier conseiller. » Que faire des informations de Mlle Vicky ? les évoquer à la réunion chez l'ambassadeur ? Il faudrait donner ses sources et il vexerait le colonel qui, étant l'antenne du SDECE – secret de polichinelle –, prétendait tout savoir. Pas de vagues. Ses papiers sous le bras, Philippe repartit par le long couloir, contourna le patio brûlant comme on évite un feu de brousse, arriva à onze heures pile devant le bureau de l'ambassadeur. Tous les conseillers et secrétaires étaient déjà là. On entra, on fit cercle. L'ambassadeur se souleva précautionneusement de son fauteuil, fit un signe de tête, se rassit comme si le moindre mouvement lui eût demandé un effort immense. Il annonça, morose, la répartition des vacances d'été. Lui partirait pour la France le 2 juillet. Éric de Carbonnel assurerait l'intérim et il s'établirait évidemment à Alexandrie, où était déjà installée la cour. Comme d'habitude, le service du matériel affréterait un train spécial chargé des bagages diplomatiques, valises, malles et cantines, dossiers et machines. On y joindrait de la vaisselle supplémentaire puisque, semblait-il – l'ambassadeur agitait ses longues mains blanches comme des ailes d'oiseau –, le personnel des cuisines se plaignait de ne pouvoir assurer convenablement les réceptions d'été. « Tout ceci sous votre responsabilité, mon cher », ajouta-t-il avec une ironie glacée en se tournant vers Carbonnel accablé. Les assistants, deuxième secrétaire inclus, se permirent un sourire. On connaissait la répulsion de Carbonnel pour les mondanités. Qu'il devrait, de plus, assumer seul cet été : les femmes quittaient Le Caire dès le mois de mai.

« Passons aux choses sérieuses. Je ne vous étonnerai pas, messieurs, en vous disant que le pays me semble... euh... troublé. Le roi a perdu tout prestige et toute autorité, on clabaude sur le Wafd, les scandales se succèdent, l'armée est peu sûre, le gouvernement vient d'être renvoyé et on ne voit pas qui pourrait succéder au pauvre Hillaly Pacha pour redresser la situation. Naturellement, nos télégrammes ont déjà répercuté tout cela. Mais... vous savez ce que c'est. Paris est très préoccupé par ce qui se passe à Berlin. Un de nos avions a été récemment abattu par les Russes, sous prétexte qu'il survolait une zone interdite. Je crois, pour ma part, que les Allemands de la zone est auront d'ici peu élevé en travers de l'Europe un véritable rideau de fer, afin d'interdire complètement le passage d'une Allemagne à l'autre. On estime au Quai qu'une crise au Caire ne ferait qu'aggraver nos soucis au cas, très improbable, où nous y serions en quoi que ce soit impliqués. Laissons donc ce problème à nos amis anglais et américains. Je pars tranquille, puisque M. le chargé d'affaires reste. D'ailleurs, on pourra me joindre à tout moment. Mais je souhaite laisser au Caire une sorte d'antenne, de cellule diplomatique, plus importante que prévu. »

Un murmure s'éleva. Rester au Caire en plein été ! Philippe comprit tout de suite. Il était le dernier arrivé, le plus jeune, le moins élevé en grade. Il s'attendit au pire. Le premier tour de garde fut pour lui. Affecté au Caire du 15 au 30 juillet. Son ami Axel Houdayer, premier secrétaire, n'était pas mieux loti. Il prendrait la suite, du 1er au 15 août. Il commençait mal, cet été 1952 !

Rentré dans son bureau aux murs jaunes et aux classeurs de bois – la chancellerie n'avait pas droit aux fastes de la Résidence – Philippe saisit une enveloppe, écrivit : « Madame de Mareuil, château de Montaupin, Mareuil, Sarthe, France », puis commença une lettre :

> « *Chère Mère,*
>
> « *Vous me dites que votre séjour à Dax vous a fait du bien, je m'en réjouis. Il fait ici une chaleur infernale, quarante degrés à l'ombre et je pense avec nostalgie à nos déjeuners d'été, sur la table de pierre, à l'ombre du grand marronnier. Comment se porte notre chère vieille demeure ? Donnez-moi des nouvelles détaillées car je ne pourrai y venir cette année. On me consigne au Caire jusqu'à la fin juillet. Je passerai le reste de l'été à Alexandrie ou plutôt à Agami, une plage proche, où je pense partager une villa avec mon ami Axel. Pourriez-vous m'envoyer par la prochaine valise ma tenue d'équitation d'été et la cravache de papa ? J'en prendrai soin... »*

Il leva le nez. Agami, voyons Agami... A qui avait-il donné rendezvous ? A oui, à cette petite brune à la toison de lionne, Lola. Une fille curieuse. Pas vraiment belle mais intéressante. Et bien faite, ma foi.

A Alexandrie, le khamsin de printemps avait cessé de souffler. La saison pouvait commencer. Le Grand Trianon, sur la Corniche, avait déployé ses terrasses, les canots et les hors-bord se balançaient doucement sur les eaux clapotantes du Yacht-Club. On parlait de chevauchées matinales et de sorties en mer. Dans la pénombre du bar de l'hôtel Cecil, derrière une des grosses colonnes rondes, un diplomate belge faisait ses adieux à sa maîtresse officielle, une flamboyante Alexandrine. Il sortit un écrin de sa poche, l'ouvrit, en retira discrètement une grosse bague carrée, la posa dans la paume brune qui se tendait vers lui.

« Tu aimes ?

– J'adorrrre... ce sera mon diamant sport ! »

Pauvre chérie, pensa le Belge, elle est vraiment bête comme une pierre. Mais elle a de si beaux seins !

Le long du littoral les plages se piquaient de parasols. Sidi Beach, Stanley, Agami. Les baigneurs dépliaient des serviettes, les filles en maillot se promenaient par groupes, se tenant par le bras. Des petits marchands ambulants proposaient de fines gaufrettes à la confiture en criant : « freska ! freska ! ». A l'entrée du casino San Stefano un garçon collait une grande affiche. Programme des festivités de l'été. 12 juin, concours des plus jolies jambes. 19 juin, élection de la plus belle passagère de Miss Air. 29 juin, élection de Miss Égypte 1952. 13 juillet, élection de Miss Ondine. 19 juillet, concours de la plus jolie jambe d'Alexandrie. 26 juillet, gala des amateurs imitateurs. 31 juillet, bal de fin de saison et feu d'artifice. Le garçon recula pour juger de l'effet. L'affiche flamboyait, jaune et rouge, à côté du portail. On ne pouvait pas la manquer. Sous un parasol, à Stanley bay, quatre jeunes femmes en maillots fleuris discutaient en riant : « Je sais bien que Pierre est ton amant, mais depuis si longtemps! Si tu me le prêtes seulement un soir, je te donne ma robe en lamé argent. » L'été ne faisait que commencer.

Seule la plage de Montaza était vide. Réservée au roi. Justement, Farouk était là, sur la terrasse du palais. Il emplissait de sa masse un large fauteuil de rotin. Les replis de son ventre reposaient sur d'énormes cuisses blanches. Derrière ses lunettes noires, abrité du soleil par un grand panama, le roi regardait la mer.

Il était furieux. Pire, inquiet. Son instinct de joueur lui disait qu'il était en train de perdre la partie engagée en janvier. L'incendie du Caire l'avait débarrassé de son vieil ennemi Nahas Pacha, le leader du Wafd, dont le but avoué était de renverser la monarchie. Mais l'émeute avait aussi montré que l'armée était désormais l'arbitre de la situation. Or, depuis six mois, l'armée lui échappait. Ce ridicule incident du club des officiers relevait de la provocation. Comment les militaires avaient-ils pu élire le général Neguib malgré une interdiction royale clairement formulée? Comment avaient-ils osé, surtout, exclure les officiers des régiments de garde-frontières, les seuls qui soient restés fidèles au roi? Que faisait donc le général Hayder? Il l'avait pourtant prévenu. Il fallait fermer le club, arrêter ce Neguib trop populaire et une douzaine d'officiers séditieux qui, lui avaient dit ses informateurs, complotaient contre lui. Hayder s'était contenté de répondre qu'il allait enquêter...

Il s'agissait bien d'enquêter! Le temps pressait. Hayder était un incapable, il allait s'en débarrasser. Mais sur qui compter? Mortada el Maraghi, ministre de l'Intérieur de tous les gouvernements successifs, lui était certes dévoué. Un dévouement qui coûtait cher, mais avait fait ses preuves. Mortada ne venait-il pas de dissoudre cette police incapable qui laissait conspuer le roi dans les rues du Caire? Oui, il pouvait compter sur Mortada. Mais encore? Les pachas? Farouk soupira. Les pachas eux-mêmes n'étaient plus sûrs. Les chiens! Ils lui devaient tout. Et ils n'avaient même pas la reconnaissance du ventre. Ah, s'il avait été plus alerte, il les aurait mis au pas, tous. Était-il trop tard?

Il frappa dans ses mains. Un souffragi portant le caftan blanc soutaché de rouge et la ceinture drapée aux couleurs royales accourut aussitôt. Il poussait devant lui, sur une table roulante à deux étages, un verre de cristal sur un plateau d'argent, une coupelle emplie de chocolats, et une quantité de coca-cola, sodas, eaux minérales, orangeades, dans des pichets embués de glace. Le roi exigeait qu'on lui servît au moins quinze litres de soda par jour. Mais, pour une fois, le roi ne désirait pas boire.

« Appelez-moi Pulli. » Le souffragi partit à toutes jambes.

Pulli, l'électricien italien du palais, était devenu le premier conseiller du roi et cette promotion, due à ses qualités d'entremetteur plus qu'à ses mérites, le terrifiait plus qu'elle ne le flattait. Vêtu d'un impeccable costume blanc, il remontait des cuisines et courait vers la terrasse où l'attendait Farouk, ce tyran, ce porc, pensait-il en s'épongeant le front. Qu'avait-il encore inventé pour distraires son ennui? Quelque nouvelle fête? Une autre danseuse? Une partie de poker qu'il faudrait perdre avec le sourire? Pulli en avait plus qu'assez de sa situation privilégiée, mais que faire? A Montaza il était absolument impossible d'échapper, fût-ce pour une heure, à l'écrasante surveillance du monarque fou.

Pulli se trompait. Farouk n'était pas fou. Spectateur averti et conscient de sa propre déchéance, le roi se savait sans volonté, boulimique, obsédé sexuel et pourtant à demi impuissant. Incapable de se reprendre en main, et donc de gouverner, il avait vu s'effondrer sa formidable popularité d'autrefois. Le jeune prince adulé devenu un roi détesté, était d'une méfiance pathologique. Il ne s'entourait plus que d'une camarilla de courtisans domestiques qu'il pouvait mépriser, renvoyer d'un claquement de doigts, trop haïs du petit peuple pour représenter un quelconque danger.

« Pulli! Non, ne reste pas debout. Assieds-toi. Où? Par terre, imbécile! Tu n'as pas la prétention de m'obliger à lever la tête pour te parler, non? »

Pulli prit un coussin, s'assit aux pieds du roi.

« Tu as des nouvelles de Samia? Quand vient-elle? Je veux qu'elle quitte l'auberge des Pyramides pour danser ici, à Alexandrie. Je lui ai envoyé un billet. Pourquoi n'a-t-elle pas répondu? »

Pulli sourit largement. « Si, si, Maesta... » Il disait toujours *Maesta*, à l'italienne, ce qui flattait Farouk et permettait à Pulli de sauver la face, en tout cas vis-à-vis de lui-même. Il s'imagina un instant jouant un rôle de comédie sur une scène irréelle. « Si, mais... elle n'a pas compris le billet. Vous aviez signé F.F. et elle me disait " Ce n'est pas lui, FF. Pulli, tu te moques de moi... " »

Farouk partit d'un gros rire.

« FF. Cela veut dire Foutu Farouk! Oui, foutu, je suis foutu! Et on va fêter ça. Ne fais pas cette tête-là, Pulli. Tu sais très bien que je t'emmènerai avec moi. Je ne laisserai pas la foule te lyncher. Parce que c'est ce qui va m'arriver un de ces jours, qu'en penses-tu? Ils me lyncheront s'ils le peuvent...

— Maesta, ne dites pas des choses pareilles. Le peuple vous aime. Il déteste les politiciens et les pachas avides, c'est vrai, mais vous...

— Oh, moi, je sais encore parer les coups. Tiens, je cherchais justement par qui remplacer cet Hillaly qui voulait des réformes, l'imbécile! Comme si les réformes n'avaient pas abouti, il y a trois ans, à donner le pouvoir aux wafdistes... Qui sera mon prochain premier ministre? Toi, Pulli?

— Maesta! non, pas moi, je vous en prie. Vous vous moquez...

— Évidemment je me moque. Pulli premier ministre, ce serait peut-être drôle. On verra plus tard. Pour l'instant que penserais-tu de Hussein Sirry?

— Maesta! Lui aussi demandera des réformes. Et puis souvenez-vous, il avait refusé de proposer un projet de loi vous exemptant de tout impôt sur le revenu. Comme si on imposait le roi! C'est un subversif, ce Sirry. Je ne le vous conseillerai pas...

— Tu as surtout peur qu'il impose les conseillers du roi, hein? Allons, ne t'inquiète pas, je l'ai fait exclure de tous les conseils d'administration, je l'ai réduit à rien. Il sait maintenant que je peux l'écraser d'un geste, comme un moustique, comme ça! » Farouk, hilare, claqua sa grosse cuisse dont la graisse tremblota. Pulli s'esclaffa, à tout hasard. Il fallait toujours suivre l'humeur du prince.

Mais Farouk se rembrunit. « Subversif, subversif? Tu crois qu'il oserait? » Pulli sentit un frisson froid lui grimper dans le dos. Ces discussions politiques le mettaient mal à l'aise. Savait-on jamais jusqu'où pourrait aller ce gros fou suicidaire? Mieux valait détourner son esprit vers d'autres préoccupations.

« Maesta, Hussein Sirry à mon avis fera ce que vous voudrez. Qui le soutient? personne. Il n'a pas de parti derrière lui. Mais je vais tout de suite téléphoner à Samia...

— Attends, je veux régler cette affaire d'abord. Donc je prends Sirry comme premier ministre. Mais pour le surveiller je lui colle sur le dos Karim Tabet, comme ministre d'État. Qu'en penses-tu?

— Génial! » Pulli n'eut pas le courage d'en dire plus. Il détestait Karim Tabet, un vrai pacha de grande famille qui méprisait Pulli et l'avait publiquement traité de « bouffon du prince ». Naturellement Farouk n'ignorait rien de cette haine. Allons, il pouvait encore s'amuser en dressant ses courtisans les uns contre les autres.

« Et puis, je vais mettre les officiers au pas. Depuis qu'ils ont perdu la guerre de Palestine ils cherchent des boucs émissaires. Je leur imposerai comme ministre de la Guerre mon beau-frère le colonel Chirine. Il s'est bien battu, il m'est tout dévoué et c'est le mari de ma chère Fawzia. Oui, Chirine, une bonne idée. Mais n'en parle à personne, Pulli. Je vais leur jouer cela en trois coups. Chirine est une carte dans ma manche. Motus! »

Pulli avait horreur des secrets d'État. Il préférait le rôle moins glorieux mais moins dangereux de maître des plaisirs du roi.

« Et Samia, Maesta, je la fais venir?

— Oui, envoie la voiture tout de suite, je veux qu'elle soit là ce soir. On s'ennuie ici. Ah, sacré Pulli, toujours les femmes, hein? Je convoquerai Sirry pour... le 27 juin, dans cinq jours, c'est bien suffisant. Amusons-nous un peu. Après tout, la révolution n'est pas pour demain.

— Non, Maesta, pas pour demain », répéta Pulli d'une voix blanche.

En s'éloignant, il se félicita d'avoir déjà expédié vers Rome ses lingots d'or et trois caisses d'argenterie. Devait-il se défaire dès maintenant de ses plus précieux bijoux, ceux qu'il gardait dans un coffre? Il décida que oui. En voulant imposer Karim Tabet et le colonel Chirine, Farouk courait à l'épreuve de force avec l'armée. En sortirait-il vainqueur? Rien n'était moins sûr. Pulli traînait suffisamment dans les bars et les cafés d'Alexandrie pour savoir que le peuple en avait plus qu'assez des maladresses, des folies, de la corruption et de la grasse insolence de ce monarque coupé du monde. Dès demain, il irait voir le pilote du roi et lui confierait – il croisa les doigts – le sac de cuir contenant ses écrins. La révolution pourrait bien être pour demain.

« Regardez, c'est le roi, là-bas, sur sa terrasse! » A bord du bateau, Mimi, allongée sur le pont, leva à peine la tête. « Si vous croyez, mon cher Philippe, que je vais gâcher mon bronzage pour notre glorieux souverain, merci bien! » Lola bondit sur ses pieds et s'accrocha à la rambarde du cotre. Pas vraiment pour voir le roi. Mais parce que Philippe lui tendait les jumelles.

« Où est-il? Je vois une mouette sur l'eau, c'est tout », lança-t-elle d'un ton dépité. Philippe passa derrière elle, l'entoura de ses bras et, se penchant, mit les jumelles au point tout en embrassant doucement Lola tout au creux de la nuque, là où les cheveux noirs soulevés par le vent se recroquevillaient en toutes petites boucles. Lola eut un frisson. Si on les voyait? Mais Axel tournait le dos. Mimi était toujours étendue et le marin fourrageait dans une boîte à l'avant du bateau. Philippe avait le génie, ou l'habileté, de toujours saisir le moment opportun pour la toucher, la caresser furtivement, l'effleurer d'un baiser. Et Lola à chaque fois se sentait défaillir.

Comme tout s'était passé vite! Le mois de juin avançait et Lola désespérait d'avoir des nouvelles de Philippe. Lui en voulait-il encore de sa stupide scène de jalousie ou était-il en vacances en France? Jean avait, sans le vouloir, annoncé la bonne nouvelle, un soir au dîner. « J'ai vu Axel Houdayer tout à l'heure. Il sortait des valises de sa voiture et il m'a dit qu'il louait pour l'été la villa Cardoni. Je me demande s'il fera du bateau... » Cette nuit-là Lola n'avait pas dormi.

Trois jours plus tard, Mimi et elle, étendues sur des serviettes de bain, s'enduisaient mutuellement d'huile de Chaldée, une nouvelle crème à bronzer qui faisait des miracles mais qui laissait sur les paumes une tenace couleur rouge. Lola, couchée sur le ventre, le nez dans le tissu-éponge, se laissait aller à la volupté de sentir la main légère de Mimi lui masser les épaules lorsque soudain la main se fit plus lourde, ferme et insistante, descendant vers ses reins, remontant sur le dos, tout comme... comme au bal des Tegart!

« Philippe! » Elle avait crié son nom avant même de le voir et il était là, au-dessus d'elle, penché comme pour l'embrasser. Il riait, ses yeux

brillaient dans le soleil. Avant qu'elle ait pu ajouter un mot il fit une grimace en montrant sa main rougie. « Pouah! quelle couleur! comment
pouvez-vous supporter cette colle! Je vais vous faire envoyer une autre
crème de Paris. » Mimi, désarçonnée, ne savait que dire mais Lola ne
put cacher sa joie. Il était là. Une onde de chaleur lui emplit la poitrine.
A l'intensité de son bonheur elle comprit à quel point elle avait eu peur
de le perdre et elle se promit de ne plus jamais encourir sa colère. La
jalousie était un supplice mais vivre sans Philippe était la pire souffrance. Elle s'en souviendrait.

Ensuite, le mois de juin était devenu une fête perpétuelle. Philippe
et Axel s'étaient intégrés au cercle des amis. Philippe avait même fait la
conquête de Nadia, dont il portait le parasol et le sac de plage. Charles
restait réticent. Lola ne s'en souciait guère. Elle savait que cet été 1952
serait le plus beau de sa vie.

8

Ce matin-là, Lola se leva à six heures, enfila un pantalon de toile, une chemisette blanche, mit ses bottes et partit en courant vers la plage, jusqu'à la petite crique où attendaient les chevaux. Elle était toujours la première. Le palefrenier du club hippique, Ahmed, lui réservait chaque jour la même pouliche noire. Philippe choisit le cheval bai aux yeux fous qu'il préférait à tous. Un cheval que Lola, moins experte que lui, n'aurait jamais osé monter.

Ils étaient seuls sur la plage. Au ras de l'eau, ils prirent un léger trot. L'air était encore frais mais une brume de chaleur déjà montait de la mer, brouillant les lignes, confondant dans la même stridence le bleu profond de l'eau et le bleu pâle du ciel. Ils se lancèrent au galop vers l'horizon en suspens. Brusquement, la brume se leva comme un voile qui se déchire, révélant les reliefs de la côte, la phosphorescence des vagues, l'éclat rose du ciel. « Regarde, dit Philippe, désignant le large, c'est beau. » Lola hocha la tête sans pouvoir parler. C'était un matin de commencement du monde.

Maintenant les chevaux allaient au pas, tranquillement, laissant dans le sable humide l'empreinte fugace de leurs sabots. Philippe se pencha sur sa selle, regarda Lola. Comme elle avait changé en quelques mois. Ici, les cheveux au vent et les yeux brillants, brune et soyeuse, elle était tellement plus jolie qu'au Caire. Elle détourna la tête. Le regard de Philippe, ce matin, la gênait. Elle sentit ses seins brusquement tendus sous le chemisier blanc, et pressa son cheval pour prendre les devants.

« Lola, arrête-toi. » Philippe, revenu à sa hauteur, tirait sur les rênes. Cette fois, Lola le regarda bien en face. Il était grave. « Viens, descends. » Il se laissa glisser, attacha les chevaux. Elle sauta à terre.

Ils marchèrent en silence, escaladèrent un vallonnement de sable. La main de Lola tremblait dans la main de Philippe. Avec ces yeux bruns légèrement égarés, elle ressemblait à sa pouliche noire, se dit-il, ému. Derrière la villa Grandguillot, une cabane de palmes tressées se cachait au milieu des figuiers. Il y entra, repoussa la porte de bois, prit furieusement Lola dans ses bras, l'embrassa longuement et sans dire un mot commença à déboutonner le chemisier, à chercher ses seins, avant de la renverser sur le sable.

Elle l'attendait. A travers les palmes, le soleil maintenant trouait l'obscurité, chauffait l'odeur sucrée des figues trop mûres écrasées sur le sol. Dans un vertige, Lola vivait un bonheur déchirant, douleur et plaisir, éblouissement, chaleur délicieuse qui lui prenait les reins et l'amollissait tout entière. Une fulgurance lui arracha un cri, puis elle gémit. Le nez dans son cou, Philippe haletait, bredouillait : « Lola, pardonne-moi... J'avais tellement, tellement envie de toi... depuis des jours et des jours... tu es merveilleuse. Tu es douce, si douce... » Elle ne sentait plus que le poids de ce corps pesant sur elle. Elle découvrait ces hanches étroites, ce ventre creux, ces fesses dures. Le parfum des figues se mêlait aux odeurs de l'amour. De près, les yeux de Philippe semblaient des malachites. Sans raison Lola se sentit soudain responsable de lui, comptable de ses faiblesses présentes et à venir. Oui, elle aimait cet homme du fond de son âme, sans calcul et sans retenue. Elle étendit sa main, égrena sous ses doigts le sable rugueux du sol, elle ferma les yeux et sentit danser sous ses paupières les taches de soleil. Jamais elle n'oublierait l'odeur des figues mûres. Jamais elle n'oublierait ce matin de commencement du monde.

9

Deux heures. Philippe rangea ses papiers, essuya son front moite d'un revers de main. Au plafond les grandes pales des ventilateurs brassaient un air brûlant. Le Caire en juillet, c'était l'enfer. Par la haute fenêtre de son bureau il regarda les eucalyptus de l'avenue avec l'illusion d'y trouver un semblant de fraîcheur. Mais leurs feuillages gris-vert, jaunis par l'impalpable poussière de l'été, ne bougeaient pas plus que s'ils étaient dessinés à l'encre de Chine sur un fond de ciel blanc. Prendre maintenant la route pour Alexandrie, c'était de la folie, surtout un mardi, et particulièrement quand on était de garde. Mais il avait donné rendez-vous à Lola. Ce soir, six heures, sur la plage. Elle l'attendrait. L'image de ses jambes fuselées lui revint en mémoire avec une telle précision qu'il ferma les yeux. Au diable l'ambassade! Il ne se passait rien. Il coucherait cette nuit à Alexandrie chez Axel, et il reviendrait au Caire très tôt demain matin, voilà tout. L'essentiel était de quitter la chancellerie sans se faire repérer par le colonel qui, fidèle au poste, avait décidé de rester au Caire pour des raisons qu' « il ne pouvait dévoiler ».

La veille, le colonel, qui s'ennuyait, avait invité Philippe à dîner sur une péniche au bord du Nil, en face du palais Loutfallah. L'air était humide et lourd. Les moustiques montaient du fleuve en bataillons serrés et grésillaient dans les photophores où ils agonisaient. Philippe détestait les moustiques, particulièrement ceux du Nil. Le homous était huileux, les pigeons trop grillées. La conversation avait roulé sur les campagnes du colonel, Syrie, division Leclerc, Indochine. Philippe n'avait pas eu à prononcer trois phrases. Il pensait à Lola. Elle lui manquait. Il avait besoin d'elle. Trop, beaucoup trop besoin d'elle. Quelque chose en lui se crispa. Le vieux réflexe de survie qui jouait. Il n'allait pas se laisser prendre au jeu, se retrouver coincé, comme disait Axel. Il sursauta en entendant le colonel lancer d'un ton sans réplique : « Alors demain soir, même endroit, même heure? Bonsoir, cher ami. » Trop tard pour réagir. D'ailleurs le colonel était déjà parti.

Sa veste sur le bras, Philippe glissait sans bruit dans le couloir, en étouffant ses pas. Il passa devant la porte du colonel, négocia son virage, força l'allure pour atteindre le portail. La sortie était en vue! Mais non. Rouge, essoufflée, Mlle Vicky débouchait, le cheveu en bataille, courant sur ses hauts talons, et criant à pleins poumons : « Monsieur de Mareuil, ne partez pas, ne partez pas! J'ai quelque chose à vous dire! » Il se composa un visage exaspéré et se retourna, prêt à l'attaque. Cette folle allait le faire repérer.

« Monsieur de Mareuil... oh, heureusement que je vous ai rattrapé. » Elle l'agrippa par sa manche de chemise. Sa petite main noiraude, surchargée de bagues dorées, ne le lâcherait plus. « Je ne sais pas si je dois le dire, mais je préfère vous en parler à vous plutôt qu'au colonel, parce qu'il me demande toujours : d'où tenez-vous cela? Qui vous l'a dit? Alors que vous, monsieur de Mareuil... » Elle roulait comiquement des yeux, battant des cils comme une vieille petite fille. Philippe s'énervait.

« Mon Dieu, mademoiselle, que se passe-t-il? J'ai un rendez-vous, je suis pressé, je dois partir...

– Oh, vous ne pouvez pas, monsieur! Il se passe des choses, si vous saviez, des choses extrêmement graves, oui très grrraves. » Elle s'était mise à rouler les « r » à l'égyptienne, signe chez elle d'un vrai désarroi. Vaincu, Philippe se laissa tomber sur un des fauteuils syriens, raide comme une cathèdre.

« Dites vite.

– Eh bien, monsieur, ils vont le faire, oui, c'est pour aujourd'hui.

– Mais qui, ils? Faire quoi?

– Les officiers, vous savez bien, ceux du club, je vous en ai parlé l'autre jour, je le tenais de mon beau-frère...

– Mon Dieu, mademoiselle, expliquez-vous clairement! Et rapidement! » Le ton de Philippe vibrait d'irritation contenue, ce qui eut pour effet de troubler Mlle Vicky. Elle se mit à bégayer.

« Mon beau... beau-frère a tout en... entendu. Ils ont des plans pour prendre la radio et pour renverser le gou... gouvernement. Je vais vous raconter. Si vous n'en parlez pas au colonel, naturellement, parce que alors il me... »

Philippe sauta sur ses pieds, attrapa par le bras Mlle Vicky.

« Bon, mais ne restons pas ici. Venez, j'ai ma voiture en face. Je vous offre un jus de mangue chez Lappas, nous parlerons là-bas. » L'essentiel était de sortir de l'ambassade, quitte à embarquer cette bavarde. De toute façon Lappas était sur le chemin d'Alexandrie. Il suffirait de faire vite.

Une heure plus tard, Philippe et Mlle Vicky étaient encore chez Lappas, pratiquement désert pendant l'heure sacrée de la sieste. Un grand garçon maigre, assis entre eux, parlait sur un ton de confidence. Philippe, la mort dans l'âme, écoutait en se disant qu'il lui fallait rester au Caire ce soir. Si Georges, le fameux beau-frère, disait vrai, la situation était en effet explosive, cet après-midi du 22 juillet.

« J'y étais, monsieur, j'arrosais les rosiers. Ils se sont assis près d'une fenêtre et ils ont parlé à voix basse, mais j'ai très bien entendu. Il y avait Khaled Mohieddine, Boghdadi, Abdel Hakim Amer et Gamal Abdel Nasser. Je les connais, ils forment un petit groupe très assidu au club. Nasser disait : " Tout se précipite. Hussein Siry démissionnera demain et le roi a l'intention de nommer Hillaly premier ministre. D'après mon informateur la nomination de Hillaly doit êre immédiatement suivie de l'arrestation de quatorze d'entre nous. " " A ce moment, Mohieddine a insulté Farouk. Nasser l'a fait taire. Il fallait agir plus vite que prévu, disait-il. Demain, au plus tard après-demain. Là-dessus Boghdadi a crié qu'on devait attendre le 5 août, parce qu'on ne pouvait pas faire un coup d'État sans infanterie et que le 13ᵉ régiment rentrait ce jour-là de Palestine. Mais Nasser tenait bon. " " Pas question d'attendre, a-t-il dit. Farouk va nous court-circuiter. Nous ferons le coup avec les tanks de Chawki, voilà tout. Rappelle d'urgence Sadate, à Rafa. Qu'il arrive par le premier train. Salah et Gamal Salem resteront à El Arich pour contrôler l'armée du Sinaï. Tous les autres, réunion chez moi, à Manchiet el Bakri, aujourd'hui à seize heures. Je crois que nous devrions agir dans la nuit du 22 au 23, à minuit. " Ensuite ils sont partis, Nasser le dernier dans sa petite Morris... »

Philippe regarda sa montre. Il était trois heures et demie de l'après-midi et c'était aujourd'hui le 22. Il fallait tout de suite filer à l'ambassade, informer le colonel, alerter Carbonnel à Alexandrie et pour cela retrouver le chiffreur qui devait faire la sieste. Mon Dieu, et Lola? Comment la prévenir? Les Falconeri n'avaient pas le téléphone. Mettre Axel dans la confidence? Trop risqué. Tant pis, il expliquerait plus tard à Lola que c'était important. Car il ne doutait pas un instant de la véracité du récit de Georges – trop intelligent à son avis pour un vrai jardinier. D'ailleurs pourquoi se confiait-il si opportunément à lui? Le prenait-il pour un agent français? Le plus urgent était de joindre le colonel et d'essayer de savoir qui étaient ces officiers factieux dont les noms, qu'il avait notés sur la nappe en papier, lui étaient totalement inconnus. Il devait regagner tout de suite l'ambassade et partager avec le colonel son encombrant secret.

Depuis vingt minutes, huit jeunes militaires en bras de chemise étaient réunis autour d'une table de salle à manger dans un pavillon de la banlieue du Caire, à Manchiet el Bakri. L'un d'eux, Abdel Hakim Amer, long et maigre comme le sont souvent les Égyptiens du Saïd, lisait à haute voix un texte dactylographié de six pages. Le plan du soulèvement militaire tel qu'il avait été prévu pour la nuit du 5 au 6 août. Il reposa enfin ses papiers sur la table et un silence se fit.

« Il va falloir modifier tout cela, murmura Nasser d'une voix sourde. Comme vous le savez les éléments du 13ᵉ régiment d'infanterie ne sont pas encore revenus au Caire, nous devons donc compter uniquement sur les chars. Voyons, combien avons-nous d'hommes? »

Amer fit les comptes sur un petit carnet.

« Le régiment de blindés de Chafei, le bataillon d'automitrailleuses de Khaled, une seule compagnie du 13e régiment d'infanterie et quelques sections... Un peu moins de trois mille hommes en tout. »

Les visages s'allongèrent. Trois mille hommes face à une armée de quatre-vingt mille, c'était bien peu. Nasser sentit le découragement le gagner mais il se reprit, secoua la tête.

« Ce n'est pas un problème de nombre mais d'organisation. Nous avons quatre-vingt-dix-neuf chances sur cent de réussir. » Ils reprirent le plan, l'annotèrent, discutèrent. On se réunirait à minuit. Vers une heure du matin, l'infanterie encerclerait l'État-Major et le 1er bataillon motorisé de Youssef Saddik passerait à l'attaque. Les blindés de Mohieddine tiendraient l'aéroport, ceux de Hussein Chaffei occuperaient la radio, le central téléphonique, la gare.

« Hum... grommela Amer, sur le papier c'est possible. Mais comment réagiront les troupes au Caire et dans tout le pays, surtout à Alexandrie où le roi dispose d'une garde fidèle, sans compter la marine?

– Maalesh, ça ne fait rien, il faut tenter notre coup maintenant ou jamais. Quelqu'un est contre? » La voix de Nasser se fit coupante. Personne ne répondit. Il se leva, passa la main sur sa moustache. « Bon. Il est dix-huit heures, rendez-vous dans six heures, à minuit. »

Philippe avait réussi à joindre le colonel. Dans son bureau, ils compulsaient fiévreusement un annuaire des membres du Club de l'Armée.

« Je les connais presque tous, murmurait le colonel surexcité, sauf celui-ci, Gamal Abdel Nasser. Que dit cet annuaire? Abdel Nasser, Gamal, officier d'état-major. A fait la guerre de Palestine et a été en poste au Soudan. Bof! Non, pour moi, le vrai chef, le plus dangereux, c'est le général Neguib. Lui seul est assez connu du public et assez populaire dans l'armée pour se permettre un coup d'État militaire. Ceux dont vous me donnez les noms, s'ils sont seuls, n'ont pas beaucoup de chances. Ils diposent de commandements mais de très peu d'hommes. Le plus gros de l'armée égyptienne stationne soit dans le Sinaï, soit au Soudan, soit en Palestine à Gaza. Je ne vois pas cela bien parti, Mareuil! Peu sérieux à mon avis...

– Pourtant vous disiez l'autre jour que des éléments égyptiens avaient pris position sur la route du Canal, souvenez-vous. Ne serait-ce pas pour prévenir une éventuelle intervention des Anglais stationnés à Port-Saïd et à Ismaïlia? Ils pourraient être au Caire en trois heures.

– Vous avez raison. Il faudrait d'abord savoir ce qui se passe sur la route du Canal. Je ne vois qu'un moyen, y aller cette nuit.

– Sans prévenir personne? Vous n'y songez pas, mon colonel. Je vais envoyer un message à Paris, un autre à Carbonnel si j'arrive à mettre la main sur ce sacré chiffreur.

— Moi, je vais sonder un peu mes collègues anglais et américains... si je les trouve. Tout le monde est à la plage avec cette chaleur. » Le colonel se redressa de toute sa petite taille. « En tout cas, Mareuil, rendez-vous ici à dix heures ce soir. Je vais prévenir le planton. Nous prendrons ma voiture et nous ferons un tour en ville aux environs de minuit avant de nous lancer sur la route du Canal. » Le ton n'admettait aucune discussion. « Moi je reste ici. Je vous attends. A tout à l'heure! »

Au moment où Philippe atteignait la porte du bureau, il eut la surprise de sa vie en entendant Spatz ajouter dans son dos.

« Désormais, Mareuil, ne me donnez plus mon grade. Soyons discrets! Appelez-moi simplement Paul... »

Dans l'antichambre dallée de marbre blanc du palais Ras el Tine, à Alexandrie, quinze messieurs en redingote grise attendaient sur des fauteuils dorés le bon plaisir du roi. Les membres du nouveau gouvernement Hillaly, venus prêter serment avant leur prise de fonction, s'éventaient, enlevaient leur tarbouche, pour s'essuyer le front. Hillaly passa un doigt dans son col cassé. A seize heures trente, deux souffragi ouvrirent enfin les portes du cabinet royal. Le roi, boudiné dans son uniforme d'été, caché derrière ses éternelles lunettes noires, les attendait assis dans un vaste fauteuil. Un second personnage en jaquette se tenait derrière lui. Lorsque le gouvernement entra, il vint se joindre au groupe.

« Sire, que fait parmi nous le colonel Chirine? demanda Hillaly Pacha en s'inclinant.

— Il sera votre ministre de la Guerre, lança Farouk. Avez-vous quelque chose à objecter à ma décision? »

Hillaly se tut. Chacun prêta serment.

A la sortie du palais, les nouveaux ministres faisaient grise mine. Aux journalistes, hâtivement convoqués, qui se pressaient sur le perron, Hillaly se contenta de lancer : « Nous vivons des heures critiques... La situation est désormais très tendue. »

Au même moment Farouk, en maillot noir, sortait par une autre porte, descendait sur la plage en compagnie de ses gardes du corps en slip, et d'un domestique portant des serviettes. C'était l'heure de son bain du soir.

Nasser sursauta lorsque le téléphone sonna. Allait-il répondre? La consigne était, sauf extrême urgence, de refuser toute communication. La sonnerie s'arrêta, reprit trois fois. Le signal convenu. Inquiet, Nasser décrocha.

« Ici capitaine Saad Tawfik... Gamal, c'est grave. Tous les officiers supérieurs sont convoqués au quartier général à dix heures ce soir. Et les troupes viennent d'être consignées. A mon avis, c'est fichu, nous sommes dé...

— Tais-toi ! On commencera plus tôt, à onze heures.

— Mais les journalistes sont déjà au courant de nos projets. Ce salaud de Mortada a organisé des fuites...

— Pas d'affolement. On avance l'opération d'une heure. Ainsi nous les prendrons tous dans notre filet. Préviens tes correspondants, moi je vais joindre les miens. »

Nasser raccrocha. Plus question de reculer. Avec une sage lenteur, il sortit sa petite Morris et partit battre le rappel des officiers conjurés. Il les trouva tous, sauf un. Anouar el Sadate.

Sadate, dans son lointain poste de Rafa, avait pourtant bien reçu le message. Le 21 juillet Hassan Ibrahim lui avait remis un billet signé Abou Menkar, nom de code de Nasser. Ordre de rejoindre Le Caire aussitôt. Mais Rafa, c'était le bout du monde. Anouar n'avait pu partir que le lendemain matin et ce 22 juillet il était dans le train poussif qui traverse le désert du Sinaï avant de longer le Canal. Au milieu des paysans avec leurs cages à pigeons, des Bédouins au regard sombre, des militaires en permission et de quelques popes grecs revenant de Sainte-Catherine, Sadate rêvait. Il pensait au chemin parcouru depuis que Nasser, Mohieddine et lui, avaient prêté serment un soir de 1938 sur la colline de Mankabad. Ils avaient juré de « délivrer la patrie de l'occupation anglaise, de réformer l'armée et d'épurer l'État ». Que pouvaient faire trois jeunes cadets frais émoulus de l'école militaire d'Abassieh, sans fortune, sans influence, simples sous-lieutenants ? Les affectations les avaient séparés. Nasser s'était bien battu en Palestine. Lui, Sadate, avait payé son tribut et passé de longs mois en prison avant d'être libéré, puis exilé dans le Sud. Et maintenant, le grand jour était là !

Dans un hoquet de vapeur, la locomotive laissa échapper son dernier sifflement. On arrivait en gare du Caire. Anouar sauta sur le quai, chercha des yeux Nasser ou Mohieddine. Personne. Il était cinq heures. Que faisaient-ils ? Quelles étaient les consignes ? Il était sans doute en avance. Là-bas, une toute jeune femme fendait la foule en appelant « Anouar ! Anouar ! » Sa femme, Jehanne. Il l'embrassa fougueusement. Peut-être la voyait-il pour la dernière fois ?

« Qu'est-ce qui se passe, Anouar ? Déjà en permission ? Mais tu venais de rejoindre Rafa...

— Ne t'inquiète pas. Si on allait faire un tour sur la route des Pyramides avant de rentrer à la maison ? »

Dans la voiture, Jehanne observait son mari du coin de l'œil. Il fumait cigarette sur cigarette. Jamais elle ne l'avait vu si nerveux. Lorsqu'ils atteignirent le désert, il se tourna vers elle.

« Jehanne, te rappelles-tu la promesse que j'ai faite à ton père de rester désormais à l'écart de la politique ? Eh bien, je dois te confesser que cette promesse... je ne l'ai pas entièrement respectée. J'ai...

93

– Anouar, je ne veux pas le savoir. Après tout, qui m'a demandé mon avis, à moi? Personne. Tu n'es pas un mari comme les autres et je t'aime comme tu es. »

Sadate sourit et Jehanne pensa qu'il était séduisant avec sa fine moustache, son teint si brun et ses yeux légèrement bridés.

« Jehanne, tu es un ange. Et si on invitait tes parents au cinéma ce soir? »

Dans le sable, les genoux sous le menton, Lola regardait la mer. Cet après-midi, pendant la sieste, elle avait passé des heures à enfiler ses maillots avant de choisir celui-ci, le blanc drapé. Puis elle avait essayé des coiffures inédites pour finalement revenir à ce que Philippe aimait, les cheveux bouclés rejetés sur le côté. Depuis qu'il avait dit qu'il détestait les franges, elle retenait la sienne avec une barrette. Quand ces sacrés cheveux allaient-ils repousser? Elle allongea ses jambes. A quoi bon s'être si minutieusement préparée? Philippe n'arrivait pas. Elle regarda sa montre. Huit heures. Il fallait chasser de son esprit les images torturantes. Où était-il? Que faisait-il au Caire, hors de portée de son regard, loin d'elle, débarrassé de sa présence sans doute trop insistante? Allons, elle devait se calmer. Penser à autre chose. Quelle robe mettrait-elle pour la party d'anniversaire de Mimi, demain?

Inutile de se leurrer. Il y avait une autre femme. Peut-être cette secrétaire de l'ambassade, une blonde aux cheveux très courts, qu'elle avait aperçue un jour chez Axel. Elle imagina Philippe à côté d'elle, Philippe se penchant sur elle avec un sourire qu'elle ne lui connaissait pas, Philippe l'embrassant sur la bouche... puis couché, lui faisant l'amour.

Est-ce qu'elle devenait folle? Pourquoi avait-elle tout à coup envie de crier, de mordre, de tuer? Cette fille était l'amie d'Axel. Alors, peut-être était-ce la femme du second conseiller, qui, sous prétexte d'un départ imminent, était restée au Caire? Une blonde elle aussi, comme par hasard. Philippe aimait les blondes, c'était évident. Et si elle se décolorait les cheveux? Jamais Nadia ne le permettrait. Peut-être qu'en commençant par des mèches... A nouveau, elle voyait Philippe, rieur, tenant par le cou la fille aux cheveux courts, l'embrassant. Lola recommença à trembler. Une nausée la prit. Surtout, se contrôler. Ne pas s'abaisser à souffrir. Elle serra les poings.

Le soleil tombait à présent dans un embrasement rouge qui faisait flamber la mer. Les touffes d'herbe à chameau, à la lisière de la plage, devenaient mauves puis noires. Il fallait rentrer pour le dîner. Pas tout de suite, pas maintenant, avec cette peine au cœur. Lola se retourna sur le ventre, s'allongea sur le sable encore chaud, et lui revint le souvenir de la cabane de palmes, des grains collés sur son dos, sur ses seins, l'odeur de la peau de Philippe, la douceur de ses mains. La tête enfouie dans ses bras croisés elle se mit à pleurer.

Il était vingt-trois heures trente. Nasser et Amer se dirigeaient vers les casernes de Kasr el Nil. Des policiers en gardaient l'entrée.

« Ils ont été prévenus, murmura Nasser. Allons vers la base aérienne, nous y trouverons peut-être Mohieddine et ses troupes. »

La Morris fit demi-tour, fonça dans la nuit en direction d'Héliopolis. La route était déserte. Soudain des phares puissants trouèrent la nuit.

« Gamal, tu vois toutes ces voitures qui vont vers Le Caire? C'est bizarre, non! » La Morris freina à mort, se rangea sur le côté de la route, sous l'ombre noire des palmiers. Nasser coupa le contact.

« Ce sont des voitures blindées, regarde la hauteur des phares. » Une colonne de tanks légers se profilait maintenant clairement, trois cents mètres devant. « Sont-ils avec nous ou contre nous? »

Derrière la Morris, la Simca sport vert foncé du colonel Spatz avait elle aussi freiné avant de se rabattre sur le bas-côté. Philippe, brutalement projeté en avant, se retint au tableau de bord en étouffant un juron. Mais Spatz rayonnait.

« Mareuil, ça y est! Ce sont des blindés en formation d'attaque. Ils se dirigent vers Le Caire. Ce doit être... » Le colonel attrapa ses jumelles. « Je n'y vois pas grand-chose. En tout cas, nous sommes en plein dedans! Bravo, mon vieux, on est aux premières loges!

– Mon colonel... euh, Paul, on ne peut pas rester là. Ils vont nous épingler... mais qu'est-ce qui se passe là-bas? »

Cinq militaires en treillis, armés de tommy guns, venaient de sauter des premiers véhicules du convoi maintenant arrêté. Ils couraient vers les palmiers, menaçant, armes pointées, et ramenaient deux hommes qui, on le voyait de loin dans la lumière des phares, semblaient être des officiers de l'armée égyptienne. Les deux officiers, mains en l'air, s'avançaient au milieu de la route. Spatz agrippa Philippe d'une main nerveuse.

« Merde, qu'est-ce que c'est que ce bordel? »

Nasser et Amer, devant les fusils dirigés vers eux, se regardaient avec la même question dans les yeux. Fallait-il se rendre? Tirer, avant d'être désarmés? Une voix familière s'éleva :

« Salut, frères! nous avons déjà capturé le commandant du régiment et son second! » C'était Youssef Mansour! Pourquoi était-il là, bien plus tôt que prévu? Déjà Mansour étreignait Nasser.

« Youssef! Combien d'hommes as-tu? interrogea Amer.

– Quatre-vingts. Le reste du régiment n'est pas arrivé à temps. Ils sont encore en Palestine. Alors j'ai foncé.

– Vite, filons à l'État-Major. Chawki nous attend là-bas. Je te montre la route. Il ne faut plus perdre de temps. Chaque minute compte maintenant. »

« Je n'y comprends plus rien, grogna Spatz. D'où sortent ces deux-là ? En tout cas, ils ont un objectif. Le palais ? Il est vide, le roi est à Alexandrie. Attendons un peu... On va les suivre de loin. Des tanks en ville, à minuit, ça n'est pas catholique. Regardez, ils foncent. Pourquoi prennent-ils le pont de Koubeh ? Pourvu que je ne les perde pas. Mais... oui, bien sûr, le quartier général ! Mon petit vieux, nous sommes en train d'assister à un coup d'État militaire en direct. Formidable ! Jamais vu ça ! Je me demande... ils sont trop peu nombreux, l'opération va tourner en eau de boudin. On va s'arrêter là, au coin de la rue. Suivez-moi et motus, hein ! »

Le colonel et Philippe s'étaient glissés, le long d'un mur, jusqu'au tournant de la rue qui donnait sur la place. Collé contre le tronc d'un oranger, Spatz tendait le cou pour mieux voir. Au premier étage du quartier général quatre fenêtres éclairées s'ouvraient largement sur la fraîcheur du soir. On apercevait les lustres, et des silhouettes autour d'une longue table.

Soudain, des coups de feu éclatèrent. Nasser, Amer, Youssef Saddik et une trentaine de soldats s'étaient précipités, avaient ouvert les portes et pénétraient dans l'immeuble en tirant au hasard. Philippe s'écrasa contre le mur. Un coup d'État en direct, Spatz avait raison ! Il sentit une excitation le gagner et attendit, tous les sens en éveil. Le moment était historique, il ne fallait rien manquer. Avait-il peur ? Non, au contraire. A nouveau les mitrailleuses crépitèrent. Calmement Philippe se rapprocha, gagna l'abri d'un tronc. Ils étaient trop occupés, là-bas, pour repérer ces deux spectateurs prodigieusement intéressés. Que se passait-il à l'intérieur ? Difficile de le savoir. On entendait des ordres, des cris, puis trois coups de revolver claquèrent dans un moment de silence. Enfin, après quelques minutes, apparurent des officiers, les mains en l'air, gardés par les soldats qui les poussaient dans des jeeps. Spatz jura en reconnaissant le général Aly Neguib, le frère de Neguib.

« Bon sang, Mareuil, c'est incroyable mais ils ont gagné ! j'ai l'impression qu'ils embarquent tout l'État-Major. » En bon professionnel il regarda sa montre : il était minuit. Philippe inconsciemment fit un pas en avant, puis recula sous le regard du colonel furieux.

« Ne bougez pas, voyons ! Vous voulez nous faire arrêter comme espions ? Attendons que tout soit fini. Ensuite nous partirons. »

Une voiture civile arrivait à toute allure, stoppait et un officier en surgit. Aussitôt la sentinelle abaissa son fusil.

« Mais laisse-moi passer, imbécile, je suis le lieutenant-colonel Sadate, tu me connais, tu as été sous mes ordres à Rafa.

— Oui, mon colonel, mais vous n'avez pas le mot de passe et moi j'ai reçu des ordres. Personne n'approche du QG ce soir sans y être autorisé.

— Mais... » Sadate croyait devenir fou. Pourquoi avait-il eu l'idée farfelue d'aller au cinéma ce soir? Il avait trouvé chez lui en rentrant un mot de Nasser et son sang n'avait fait qu'un tour. Il allait manquer la révolution! Et cet idiot, maintenant, qui voulait l'empêcher de passer. Il porta la main à son revolver. Là-bas, sous les arbres, le colonel et Philippe retenaient leur souffle. Un officier se pencha par la fenêtre, l'arme au point. Amer!

« Abdel Hakim, c'est moi, Sadate! Dis à ce type de me laisser entrer... »

Dans le bureau du chef d'État-Major, déjà Nasser distribuait les rôles.

« Anouar! enfin! Où étais-tu? Descends vite au standard et appelle les commandants d'unité. Préviens-moi si tout ne marche pas comme prévu. »

Au rez-de-chaussée, dans le standard désert, Sadate appelait le Sinaï, El Arish, Marsa Matrouh, Alexandrie, El Kantara, Rafa. Partout les garnisons se ralliaient. A deux heures du matin, Sadate épuisé posa ses écouteurs. C'était gagné. L'armée suivait les conjurés. Douze généraux récalcitrants avaient été faits prisonniers, Khaled Mohieddine contrôlait la zone d'Héliopolis, les chars de Chafei descendaient en ville, occupaient la radio, le central téléphonique, les aéroports, la gare.

A l'ambassade de France, route de Guizeh, une seule fenêtre était allumée. Celle du bureau du chiffre. Spatz envoyait un message au ministère de la Défense à Paris, pendant que Philippe rédigeait un télégramme pour le Quai d'Orsay. Il n'avait pu joindre Carbonnel à Alexandrie. Les lignes téléphoniques semblaient en dérangement. Peut-être l'armée les avait-elle coupées. Le stylo en l'air, Philippe hésita sur un adverbe. Superflu... il coupa. C'était son premier télégramme, et en quelle occasion! Il s'agissait d'être clair, bref, percutant sans exagération, assez précis pour alerter, assez prudent pour se couvrir. Le coup d'État pouvait encore échouer. Mais la conviction de Philippe était faite. En Égypte, la monarchie venait de sombrer comme une barque pourrie, et personne ne pouvait encore dire quel régime allait lui succéder. Il fallait pourtant conclure. Le chiffreur attendait.

10

Pendant tout le dîner Lola avait feint l'indifférence sous le regard inquiet de son père. Elle s'était bassiné les yeux à grande eau pour effacer les traces de larmes. Son nez demeurait luisant et rouge, mais ce pouvait être un effet de soleil.

« Lola, de la salade d'oranges ?

— Non merci, je n'ai pas faim.

— Mais tu vas dépérir, maigre comme tu es ! » Mlle Latreille était navrée. Toute rajeunie par sa tenue de plage, chemisier rose et large jupe de coton blanc, elle retrouvait à Agami un peu de sa fraîcheur passée. Mais ce soir sa « petite » avait une pauvre mine et les yeux trop brillants. Lola baissa la tête pour échapper à cette sollicitude inquiète. Brave Latreille, que pouvait-elle comprendre à un chagrin d'amour ? La salade d'oranges, ambrée et dorée dans sa coupe de cristal, fit une seconde fois le tour de la table. Enfin, Nadia se leva, suivie par Charles. Ils passèrent sur la véranda pour la tisane du soir. On pouvait disparaître.

Dès qu'elle fut dans sa chambre, Lola se jeta sur son lit. Se souvenant de son malheur, elle recommença à pleurer un moment, puis, à court de larmes, elle se moucha et réfléchit. Philippe la trompait sans doute, se moquait d'elle peut-être. Et elle, elle était amoureuse d'un homme qu'elle devinait déjà inconstant et fuyant. Elle allait souffrir. Et alors ? Maintenant elle était sa maîtresse. Sa femme. Au nom de quoi refuser ce feu dévorant ? Par prudence ? La prudence, le confort ne seraient pas son lot. Elle pensa à Irène. Sa tendre sœur avait choisi la soumission, la tendresse et la sécurité en épousant Magdi. Lola préférait prendre des risques. Après tout, elle était une Falconeri, elle ressemblait à son grand-père aux mains dures, au sourire de brigand. On lui avait toujours dit qu'elle tenait de lui ses cheveux fous et son nez un peu fort. Ce soir, elle sait qu'elle a aussi hérité de son fichu caractère. Elle veut Philippe. Trop beau pour elle ? Trop français ?

Étranger? Partira un jour? L'abandonnera? Bien. Mais avant, vivre, épuiser sa passion et, s'il le faut, en souffrir et payer.

Maintenant Lola se sentait apaisée. Elle se pencha à la fenêtre, ouverte sur la nuit. On entendait le ressac. Un vent salé venait de la mer. Elle eut une pensée sacrilège. « Je suis prête à tout accepter, tous les péchés, toutes les compromissions, pour que Philippe m'aime. Accordez-moi cette grâce, mon Dieu, vous le pouvez. Ensuite... ensuite je ferai pénitence, tant que vous le voudrez. »

Le soleil du petit matin l'éveilla : elle avait oublié la veille de fermer ses volets. L'air était léger. On apercevait les palmiers des jardins voisins, la piscine turquoise des Chebib, on entendait le bruissement sec des eucalyptus. Les angoisses et les dilemmes de la nuit s'étaient envolés. De la cuisine montait une odeur de café. Lola se rendit compte que depuis la veille elle n'avait rien mangé.

Dans la salle à manger, la famille était rassemblée autour d'un poste de radio. Lorsque Lola entra bruyamment, Jean, de la main, fit « chut ». Une voix inconnue, cordiale mais solennelle, prononçait un étonnant discours.

« Je supplie mes concitoyens de ne pas écouter les rumeurs mal intentionnées, car le calme règne partout. Puisse le Dieu tout-puissant nous venir en aide ! » Le temps semblait suspendu. Lola n'eut pas le loisir de s'étonner. Déjà son père avait tourné le bouton de bakélite, la radio se tut. Un lourd silence tomba. Nadia réagit la première.

« Qu'est-ce que cela veut dire?

— Ma chère, c'est simplement l'annonce d'un coup d'État, répondit sèchement Charles en repoussant sa chaise. Les militaires ont pris le pouvoir cette nuit. Pendant que nous dormions... Le chef semble être le général Neguib. Rien d'étonnant. C'était lui, ou le roi. Il fallait bien que cela craque un jour, n'est-ce pas? Eh bien, nous y sommes...

— Mais, qui est ce Neguib?

— Je le connais un peu, c'est un patriote, un homme honnête. Il remettra sans doute un peu d'ordre dans le pays. Mais qui est derrière lui? Que vont-ils faire du roi? Le juger? Le fusiller? L'exiler? En tout cas, mes enfants... » Il se tourna vers Jean et Lola : « C'est la fin d'une époque. »

Nadia serra autour de sa taille mince les plis de sa robe de chambre bleu ciel. Ses yeux s'étaient agrandis.

« Charles, est-ce dangereux pour nous? Ces... officiers ont-ils quelque chose à voir avec les voyous qui l'hiver dernier ont incendié Le Caire et tué le pauvre Williamson? Charles, j'ai peur... »

Charles Falconeri embrassa d'un coup d'œil sa femme inquiète, ses enfants éberlués et sa servante bédouine qui restait figée, la cafetière à la main. Ce jour d'été s'était assombri. Fallait-il avoir peur, comme Nadia? Il avait trop critiqué la corruption, les folies et les bassesses du régime pour avoir pitié du gros roi dont le destin lui semblait désormais scellé. Comme beaucoup d'intellectuels égyptiens, il n'avait que mépris pour Farouk. Mais Nadia, pensa-t-il avec quelque étonnement, ne manquait pas d'intuition politique. La colère populaire, si elle se déchaînait, ne frapperait pas seulement le roi. Comme toujours, elle chercherait et trouverait des boucs émissaires. Les conseillers de Farouk, ces étrangers honnis, seraient sans doute les premiers pendus, en tout cas les premiers arrêtés. Or, n'étaient-ils pas, ces grecs, Italiens, Libanais, Syriens, comme par hasard, chrétiens? Comme était chrétienne toute la bonne société égyptienne... celle qui détenait le pouvoir, le prestige et l'argent. Jusqu'où pourrait aller une révolte populaire, qui comme en janvier dernier jetterait dans la rue des bandes incontrôlées? Il savait, lui, pour avoir plaidé depuis six mois dans les multiples procès en dommages et intérêts, que le terme « incontrôlé » convenait mal. Qu'il y avait parmi les incendiaires et les pilleurs de magasins des groupuscules organisés, dirigés en sous-main par les néo-fascistes, et les frères musulmans.

Sinistre perspective. Charles frissonna. Les Falconeri, pas plus que les autres chrétiens, ne pouvaient oublier les grandes persécutions qui à la fin du siècle les avaient chassés des montagnes libanaises ou des plaines syriennes et jetés sur le rivage égyptien. Était-ce la fin du répit, le retour des massacres, des chasses à l'homme, des fuites éperdues, des exils forcés? Charles soupira. Tous le regardaient. Non, impossible. L'histoire ne se répète pas. Comme pour se rassurer il exprima tout haut sa pensée secrète.

« Il n'y a rien à craindre. L'armée va assurer l'ordre, et rétablir un régime plus juste, j'en suis persuadé. Je pars pour Le Caire. Attendez tous ici. Jean, je compte sur toi pour prendre soin de ta mère. Où est le chauffeur? »

Déjà Charles enfilait sa veste, boutonnait ses manchettes, prenait son panama à ruban bleu, descendait le perron et se dirigeait vers le garage. Lola tout à coup prit la mesure de la situation. Le gros roi serait peut-être pendu. Elle eut peur, comme Nadia. Elle revit les ruines calcinées et fumantes, au lendemain de l'incendie du Caire. Elle se souvint du visage défait de Mimi, couchée sur le canapé du salon, racontant l'horreur et pleurant la mort de son mari. Une angoisse la prit. Philippe devait être à l'ambassade, au Caire. Que s'était-il passé là-bas? Tout à l'heure, quand son père aurait pris la route, elle irait voir Axel. Peut-être aurait-il des nouvelles.

Bob Cariakis détestait la chaleur, l'été, et tout particulièrement la chaleur du Caire en été. Il était persuadé que le soleil abîmait ses yeux bleus et sa peau claire de blond, éléments essentiels de sa réputation de séducteur. Aussi, abrité derrière d'énormes lunettes noires, vêtu de lin blanc, chaussé d'escarpins légers, il avançait en pestant dans la rue Kasr el Nil. Cette idée de déclencher un coup d'État en plein mois de juillet! S'il n'avait tenu qu'à lui, il observerait tout cela de loin, en ce moment. De la plage de Sidi Bishr, par exemple, en commentant agréablement les derniers événements au centre d'un auditoire féminin, suspendu à ses lèvres. Mais Blandine lui avait demandé de venir d'urgence et il ne savait rien refuser à Blandine. Elle était belle, d'abord. Brune, les lèvres ourlées sur des dents magnifiques, avec un air de jeune lionne affamée qui l'avait long-temps fait rêver. Elle était riche aussi, mais sans ostentation. Elle ne portait jamais de bijoux, ce qui pour Bob était le comble du chic. Enfin, elle était la nièce aimée du grand Galad Pacha, directeur de *la Bourse égyptienne* et à ce titre patron de Bob, qui publiait régulière-ment dans ses colonnes des chroniques littéraires. Pour résumer, se disait-il en progressant sur le trottoir dallé et en évitant habilement les jambes allongées du mendiant de service au coin de Soliman Pacha, il aimait bien Blandine. Et quand Blandine avait besoin de lui, il accourait.

Cette fois, la mission était délicate. Galad Pacha avait été arrêté le matin même, au saut du lit, ainsi que d'autres dignitaires de ce qu'on appelait déjà, depuis quelques heures, l'Ancien Régime. Pour Bob, ces arrestations matinales constituaient la première faute de goût des nou-veaux maîtres de l'Égypte. Jusque-là tout s'était plutôt bien passé : les « officiers libres » promettaient davantage de vertu sans pour autant faire peur et ils avaient rassuré les étrangers, sans lesquels l'Égypte perdrait son charme et sa saveur. Pour marquer l'événement, *la Bourse égyptienne* du matin avait fait un titre de cinq colonnes à la une et changé ses photos de couverture. Au lieu des habituelles bro-chettes de pachas en stamboueline et tarbouche, alignés sur les marches du palais, on avait publié en gros plan des photos du général Neguib, jovial sous sa casquette, embrassant des enfants ou serrant dans ses bras l'amba Youssab, patriarche copte orthodoxe, puis l'amba Marcos II, patriarche copte catholique. Il en faut pour tout le monde... pensa Bob sarcastique : ce festival de coiffures, casquettes militaires, turbans ou toques des patriarches, évoquait un dîner de têtes plutôt qu'une révolution. Dans des circonstances aussi histo-riques, *la Bourse* aurait pu s'offrir une « une » un peu moins déri-soire... Mais quoi, c'était l'Égypte, ce don de rire de soi, l'Égypte aimable et gaie, folle et sans mémoire, que Bob aimait par-dessus tout...

Pourtant, depuis le coup de fil de Blandine, Bob se sentait dérouté. Qu'est-ce qui leur avait pris, d'arrêter les pachas? Karim Tabet, d'accord, il avait été le mauvais génie de Farouk. Les autres s'étaient simplement enrichis, en abusant parfois de leur autorité... mais si peu, et si allègrement! Galad Pacha, par exemple, que lui reprochait-on? Bob aimait bien le vieil Edgar Galad, tout en ron-deurs, gros bébé sous son tarbouche rouge. Qu'on ait pu l'arrêter était inconcevable.

Ouf, un peu de fraîcheur! Bob s'engouffra dans le grand hall de marbre de l'immeuble Galad, grimpa l'escalier monumental. Au premier étage, la porte était ouverte, Blandine l'attendait. Elle avait pleuré.

« Bob, explique-moi. Des militaires sont arrivés à l'aube, ils ont emmené mon oncle sans même lui laisser le temps de s'habiller. Qu'a-t-il fait? Que se passe-t-il?

– Je ne sais pas, mon chou. Il y a eu un coup d'État cette nuit. Je pense qu'ils ont dû procéder à des arrestations préventives.

– Peux-tu lui apporter au moins quelque chose à manger? Il paraît qu'ils sont dans une caserne ou une école à Héliopolis.

– Je sais, j'ai obtenu un laissez-passer. Je pars pour Héliopolis dans une heure, avec Ahmed Aboul Fatah. »

Un souffragi arrivait, portant un panier recouvert d'une serviette blanche damassée.

« Qu'est-ce qu'il y a là-dedans? Pas une bombe, j'espère, plaisanta Bob qui, devant le visage bouleversé de Blandine, redevint sérieux. Ne t'inquiète pas, nous allons tout faire pour qu'il soit libéré. C'est sûrement une erreur. Je l'embrasserai pour toi. A mon avis, il sera là demain. »

Dans la jeep qui les emmenait à Héliopolis, Bob et Ahmed Aboul Fatah étaient moins optimistes. Les militaires qui les entouraient, casqués, armés, muets, n'avaient pas l'air de soldats d'opérette.

« Ces types-là ont fait la guerre de Palestine et, manifestement, ils n'ont pas digéré la défaite, murmura Ahmed dont l'œil de journaliste avait déjà remarqué les insignes et les grades de leurs accompagnateurs musclés. Mais dis-moi, comment as-tu pu te procurer, toi, un laissez-passer aussi vite? Tu es de cette aventure?

– Je connais Neguib, pour une raison banale : tu sais que je suis aussi – il faut bien vivre! – concessionnaire pour l'Égypte des voitures Chrysler. Neguib a acheté récemment une voiture chez moi, il me doit même encore pas mal d'argent. Et puis c'est un brave type qui s'y connaît en mécanique aussi mal que moi. Alors il vient souvent et pendant que les ouvriers s'occupent de sa voiture, on discute...

– Eh bien, mon vieux, tu as là un ami précieux. D'après ce qu'on dit, il est le chef des conjurés militaires... »

La jeep prit un virage, entra dans la cour d'un bâtiment bas et freina sec. Bob fut suffoqué : ils étaient dans une grande cour d'école, entourée de classes et de préaux. Et là, dans un cadre qui ne leur convenait guère, étaient rassemblés tous les puissants d'hier, les pachas, les conseillers du roi, les grands bourgeois, ceux qui dînaient dans les ambassades et soupaient à la cour. Ce matin, ils avaient été arrachés à leur lit, et ils faisaient piètre figure. Le redoutable Elias Andraos, conseiller du roi, adossé maussade contre un mur gris, serrait les poings dans les poches de sa robe de chambre rouge. L'élégant Djennaoui se promenait vêtu d'un short kaki flottant, avec des souliers, des chaussettes noires et des fixe-chaussettes, comme si on ne lui avait pas laissé le temps de passer un pantalon décent. Plus loin, sous un préau, Karim Tabet était accroupi par terre, une capote militaire jetée sur les épaules. Il avait droit à une garde spéciale : un soldat en tenue de combat se tenait à son côté, le fusil à la main. Enfin Edgar Galad s'avança, en pyjama bleu ciel lui aussi, l'air légèrement désorienté. On le serait à moins, se dit Bob, sensible au burlesque tragique de la situation. Que faisaient ici ces vieux petits garçons, brusquement démunis, si peu adaptés à cette adversité? Où étaient les domestiques, les courtisans, les amis, les solliciteurs, qui les accompagnaient partout comme des nuées de mouches en été?

« Voici ce que vous envoie Blandine, Galad Bey.

– Mais enfin Bob, peux-tu me dire ce qui se passe? Pourquoi sommes-nous ici? Allons-nous être jugés? Y a-t-il d'autres nouvelles?

– Les nouvelles sont les mêmes... » se hâta de répondre Bob à voix basse, car déjà un soldat criait : « On ne parle pas! » Edgar souleva la serviette, découvrit des petits pains ronds au sésame, du coca-cola, des œufs durs, de la do'a et du vin. Blandine avait pensé à tout, même aux cigarettes qu'Edgar rejeta d'un geste vif : « je ne fume pas, elle le sait bien ». Ce sera pour les gardes, se surprit à penser Bob qui avait retrouvé, en un instant, ses réflexes d'ancien correspondant de guerre. Autour d'eux, les prisonniers s'agglutinaient et les questions fusaient : « Aurons-nous des avocats? » « Qui nous détient ici? »

Les pachas savaient-ils que leur règne venait de prendre fin? Ahmed Aboul Fatah, qui parlementait avec le commandant du camp, revenait vers la jeep. La visite se terminait.

« Remercie Blandine! » cria Edgar. Bob leva la main, ébaucha un sourire qui se voulait rassurant. Il cherchait une plaisanterie, une nokta à l'égyptienne, mais il ne put que dire à voix presque basse : « Que Dieu vous garde! »

La jeep soulevait un nuage de poussière rouge qui gâcherait irrémédiablement le costume blanc de Bob. Silencieux, celui-ci essuyait ses lunettes noires avec sa belle cravate. Quelque chose le gênait. Un malaise indéfinissable, une impression de déjà vu. Cette cour d'école, ces prisonniers en caleçon, en petite tenue, lui rappelaient un souvenir de guerre, mais lequel? Soudain, comme en écho à ses péoccupations, Ahmed Aboul Fatah explosa :

« Mais enfin, pourquoi les traiter ainsi? Ils sont corrompus, ridicules, d'accord, mais ils ne sont pas dangereux. Les militaires veulent les humilier. C'est clair. Pourquoi? » Pourquoi? Bob se posait justement la question. Il connaissait assez Neguib pour savoir que ce n'était pas son style. Alors, qui? Ahmed avait raison : il y avait là une volonté délibérée d'abaisser ceux qui hier étaient au pinacle. Volonté de revanche? L'idée, mesquine, ne semblait pas en accord avec les premières déclarations du nouveau pouvoir. Acte révolutionnaire? Les ex-ci-devants auraient été jetés dans un cachot avant d'être jugés, et non pas déposés honteusement dans une cour d'école. Non. Bob pressentait autre chose. Une hypothèse lui trottait dans la tête, sans qu'il puisse vraiment la saisir. La chaleur, peut-être...

L'idée se précisa quelques jours plus tard, chez Groppi, pendant l'apéritif vespéral. Bob, Viktor Semieka, Adli Andraos, Elfi Bey et Édouard Cosseiry commentaient avec la férocité joyeuse des Égyptiens bien-nés les derniers événements. « Sais-tu que Farouk a dû s'y reprendre à deux fois pour signer son acte d'abdication tant sa main tremblait ? – Moi je peux vous le dire, j'y étais, son départ a été ridicule. Son uniforme blanc d'amiral était tellement serré – il grossit chaque jour – qu'un bouton doré a sauté lorsqu'il a saisi la rambarde de son yacht. Il voulait saluer, mais l'incident l'a déstabilisé. – Toi, tu connais quelqu'un, en dehors de Neguib, parmi ces officiers libres ? – Oui, un certain Anouar el Sadate, il a travaillé un moment avec Ahmed Aboul Fatah, à *Rose el Youssef*. Il n'écrit pas mal, mais il paraît que c'est un sympathisant nazi. – Non, il est proche des frères musulmans... Que ce soit l'un ou l'autre, c'est plutôt inquiétant... »

« Moi, mes amis, ce n'est pas cela qui m'intrigue, interrompit tout à couyp Elfi Bey. Regardez donc la liste des douze officiers libres, nos nouveaux maîtres : il n'y a pas un seul chrétien parmi eux. Étonnant, non ? »

Personne ne releva. Ces distinctions confessionnelles semblaient aux cinq amis indignes d'être prises en considération. Mais dans l'esprit de Bob quelque chose fit tilt : là-bas, à Héliopolis, il s'en rendait compte maintenant, il n'y avait, parmi les pachas arrêtés, pas un seul musulman.

Coïncidence ? Bob était certain que non. Ainsi, même dans la révolution, il y aurait en Égypte une discrimination religieuse ? Pourquoi pas ? L'Égypte de Farouk, brillante et cosmopolite, devait logiquement disparaître avec lui. D'où venaient les nouveaux maîtres ? De l'armée, c'est-à-dire d'une Égypte de paysans, de petits fonctionnaires, une Égypte encore enfoncée dans le limon du Nil, une Égypte qui ne parlait que l'arabe et ne connaissait que l'islam. Au Caire la bonne société pouvait se gausser des maladresses et du côté rustique des nouveaux dirigeants. N'avait-elle donc rien senti, rien compris ?

Le cœur de Bob se serra. Comment imaginer que puisse être menacé ce doux pays où les femmes s'habillaient à Paris et les hommes à Londres, où on pouvait pratiquer la dérision en cinq langues – français dans les salons, grec chez le coiffeur, italien chez le bottier, anglais aux matchs de polo, arabe dans les cuisines ?

« Allons, se dit Bob, je suis trop pessimiste. Encore un effet de ma vieille angoisse juive ! En tout cas, quoi qu'il arrive, une chose est sûre : je suis depuis trop longtemps ici, mes ancêtres y sont nés et y ont inscrit leur glorieuse histoire depuis trop d'années, pour que je puisse, ne fût-ce qu'un instant, imaginer vivre ailleurs. D'ailleurs, où aller ? Où trouver cette douceur, cette joie, et ce goût si particulier d'aimable décadence qui m'est aussi nécessaire que l'air que je respire ? »

Les années de miel

Entre les tables se glissait un gamin brun en galabieh couleur de crasse, qui vendait des colliers de jasmin fraîchement enfilés, pour parfumer la nuit. Bob fit un signe et déjà sur la table se déversaient les fleurs blanches, en masse odorante. Dans la rue, quelqu'un chantait. Une femme à la voix pointue prenait Dieu à témoin de ses malheurs. Une radio égrenait des versets du Coran. Pourquoi s'inquiéter? L'Égypte serait toujours l'Égypte. Le Groppi était éternel.

11

Journal de Lola

« Le 1ᵉʳ juin 1956

« J'ai retrouvé ce cahier dans le haut d'une armoire, soigneusement plié sous ma robe de communiante. Drôle d'idée... 1952! Mon journal de jeune fille! Comme j'étais naïve. Pas stupide pourtant... j'avais déjà compris que Philippe serait l'homme de ma vie. Or, depuis quatre ans, qu'ai-je fait d'autre que de t'aimer, Philippe?

« A seize ans j'étais bouleversée par un premier amour. Aujourd'hui, j'ai vingt ans. Je devrais être plus lucide, peut-être désenchantée. Quatre ans, c'est long. Quatre ans de secrets, de contraintes. S'aimer, oui, mais que cela ne se sache pas, que notre amour reste secret. Pourquoi? Pour ne pas me compromettre, dis-tu. J'accepte sans discuter. Aux yeux du monde nous nous comportons comme de vieux amis, des partenaires de tennis et de jeux, liés par une si longue complicité qu'elle ne saurait recouvrir un attachement profond, encore moins une passion. Parfois, j'ai peur que notre amour ne sombre dans les habitudes meurtrières, même lorsque s'y ajoute le piment de la clandestinité. Notre territoire est si bien balisé! Depuis que tu as loué cet appartement meublé, à Guezireh el Wosta, sur l'autre branche du Nil, nous vivons dans une bulle. Je sais quand je dois te rejoindre, en général après la sieste, vers quatre heures. Je me fais déposer en taxi dans une rue adjacente, je tourne le coin de la rue en marchant d'un air affairé comme si j'étais une habituée du quartier. Mais une seule pensée m'occupe. Le rideau rouge, là-haut, à la fenêtre du troisième étage, est-il bien tiré? C'est notre signe. Souviens-toi, au début, tu avais imaginé de mettre un mouchoir dans le tronc du premier eucalyptus de l'avenue pour signifier que la voie était libre. Jusqu'au jour où quelqu'un a volé le mouchoir. Tout est bon à prendre au Caire, et surtout un mouchoir brodé.

« Ce rideau rouge, est-ce bête, m'émeut toujours comme la première fois. J'avais si peur en arrivant devant cet immeuble inconnu. Il fallait passer devant le gardien, le baouab, assis en bas de l'ascenseur. Tu m'avais recommandé de ne pas m'inquiéter, de l'ignorer. D'ailleurs tu l'avais payé pour qu'il se taise et tu le prévenais de mes visites en accompagnant ton " lala, bokra " " madame, demain " – d'un billet de cinq piastres. Mais tu ne m'avais pas dit à quel point ce baouab était noir et énorme, aussi immobile et massif sur son tabouret qu'un rocher de granit bleu. Je n'ai jamais pu m'habituer à lui. Il ne bouge pas d'un pouce mais il me suit de ses gros yeux globuleux avec une attention qui me met mal à l'aise. Je suis sûre que c'est un mouhabarat, un indicateur. Comme tous les baouabs, il doit faire rapport à la police sur ce qui se passe dans l'immeuble. Tu ris. Tu prétends que cela n'a aucune importance parce que la police ensuite égare les rapports ou les entasse par milliers dans des caisses et qu'on a retrouvé des documents confidentiels dans les bennes à ordures. Mais je n'ai jamais pu me défaire d'un trouble qui ne se dissipe que lorsque j'arrive sur le palier du troisième, et que je vois ta porte entrouverte. Ensuite tu es là et plus rien d'autre ne compte.

« Allons, courage, il faut que je me lance. Si j'ai repris ce cahier c'est parce que j'ai envie de t'écrire, de tout te raconter. Te dire à quel point tu m'habites. Jusqu'où je peux souffrir, jusqu'où je peux t'aimer.

« Tu m'as appris l'amour, le plaisir, tu m'as révélé mon corps. D'abord te le dire comme on chante un cantique. Merci, Philippe! Il est normal que toute ma vie, pendant ces quatre années qui viennent de s'écouler, se soit orientée en fonction de toi. Parce que tu es français, j'ai renoncé à devenir avocate et je me suis inscrite à l'université du Caire pour y étudier la littérature de ton pays. Tu aimes les chevaux, je me suis passionnée pour l'équitation. La politique t'intéresse? je me précipite chaque matin chez Yvette Farazli pour acheter *le Monde*, *l'Express* et *France-Observateur*. Je lis tout sur la France, je suis les débats du palais Bourbon sur la guerre d'Indochine. J'ai pleuré lorsqu'un de tes amis a trouvé la mort à Diên Biên Phu. Je défends Mendès France, je déteste Guy Mollet. Nous parlons de Bourguiba, de la Main Rouge en Tunisie, du Sultan du Maroc. Je dois dire que cet exercice, commencé comme un jeu, m'amuse et me passionne. Philippe, merci, tu m'as aussi appris le monde.

« Moi, je t'ai appris l'Égypte. Te souviens-tu de ce glorieux matin où nous avons découvert Le Caire, du haut du Mokattam? Tu ne souhaitais qu'une chose, retrouver l'endroit d'où Bonaparte, ton héros favori, avait fait donner le canon sur la ville en révolte. Je t'ai persuadé de grimper plus haut, jusqu'à la citadelle turque de Mohammed Ali. C'est de là qu'on comprend vraiment Le Caire, avec ses splendeurs et sa misère, ses terrasses ocre, ses quartiers populaires ponctués de tours, de minarets graciles et de bulbes gonflés. Dans cet océan jaune aux cinq cents mosquées – tu ne voulais pas le croire, mais il y en a cinq cents – coule le Nil, brillant sous le soleil, et je t'ai montré les palais entourés de palmiers, les felouques posées comme des jouets. Puis, au-delà, sur l'horizon poudré d'or, la ligne mauve des trois pyramides et la silhouette du sphinx si petite dans le désert. Je me souviens qu'avec le sphinx tu as repris l'avantage. Comment, moi, l'Égyptienne, je ne connaissais pas mieux l'épopée de Bonaparte, la bataille contre les mamelouks, les savants, le baron Vivant Denon crayonnant les ruines, avant le combat ? Toi tu ignorais que ton cher Bonaparte avait appris l'arabe et que des généraux français s'étaient convertis à l'islam.

« Nous avons si souvent, et si passionnément, échangé nos passés. Tu m'as montré tes photos de petit garçon sage en uniforme bleu marine. Tu faisais déjà du charme, penchant la tête en souriant, ta mèche sur l'œil, avec des fossettes dans des joues bien rondes. Comme j'ai aimé ce petit garçon ! Toi tu voulais tout savoir de ma famille, de l'histoire compliquée des Falconeri et des Zananiri. J'ai dû t'expliquer pourquoi les croisades nous avaient laissé un si mauvais souvenir, comment les croisés francs avaient massacré nos ancêtres byzantins, pourtant chrétiens comme eux, et te raconter les horreurs du sac de Constantinople, d'où date la grande rupture entre l'Orient et l'Occident chrétien. Quoi, toi, si bon catholique, tu continuais à prendre Louis IX pour un saint et les féroces croisés pour de doux agneaux ? Tu as ri : " Vous autres chrétiens d'Orient vous n'apparaissez pas dans notre catéchisme. Sauf comme des schismatiques. "

« Je n'ai aucun souvenir qui ne soit lié à toi. Mon premier bijou... Nous étions dans le souk des antiquaires, à Khan Khalil. Tu voulais acheter une opaline turque pour ta mère et nous regardions les photophores gravés, les verres de Bohême teintés de rouge à filet d'or, les lustres à pampilles, les porcelaines de Limoges fabriquées pour l'Orient. Tout à coup j'ai aperçu sur une autre table un collier d'ambre et d'argent, rien à voir avec les opalines, mais l'ambre vibrait si doucement dans l'ombre de la boutique que j'ai tendu la main pour le caresser. Je caresse toujours l'ambre. Ensuite, au café Fichaoui, pendant que nous buvions un thé devant les énormes miroirs à demi effacés, tu as sorti ce collier de ta poche et tu l'as accroché à mon cou en disant : " Pour une fois que je trouve quelque chose qui te plaît... " Ce jour-là j'ai failli pleurer comme une midinette.

« J'aime feuilleter nos images.

« Il pleut, un jour d'hiver. Tu m'attends dans ta voiture, assez loin de la sortie de l'Université, et je devine ton profil à travers la vitre embuée.

« Un soir dans le jardin du palais Manyal, il fait sombre, nous nous promenons sous les arbres énormes, tu t'arrêtes sous un banian, tu m'embrasses sur les lèvres très profondément, très amoureusement. C'est la première fois que tu m'embrasses en public. Nous sommes un peu ivres. Tu me prends par les épaules, me regardes d'un air sérieux : " Sais-tu que c'est grave, ce que nous faisons ? Sais-tu que je suis fou, oui fou de toi, pour en arriver à embrasser en public une jeune fille égyptienne ? – Qu'est-ce que ça change que je sois égyptienne ? " On s'est mis à marcher. " Ça change beaucoup de choses. L'ambassadrice m'a dit l'autre jour, en forme de boutade, mais je suis certain qu'il s'agissait d'un avertissement, que cela ne se faisait pas ici de flirter trop ouvertement avec les jeunes filles du pays. – Que peut-elle faire ? – Oh, rien... n'y pense plus. " Tu m'as reprise dans tes bras et nous nous sommes embrassés à nouveau, longtemps, sous un lampadaire.

« Pourquoi et comment m'as-tu amenée, une nuit où tu étais de garde, dans ton bureau de l'ambassade? Je voulais le voir, connaître le cadre où tu travaillais. A vrai dire, je l'ai trouvé sinistre, ce bureau dont tu me parlais si souvent. Tu as tenté de me basculer sur ce grand divan de cuir un peu défoncé sur lequel était jeté un plaid. L'idée de faire l'amour en cet endroit me terrorisait. Je me suis débattue comme si tu allais me violer en criant : " Non, pas ici, pas ici! " En même temps je dois t'avouer qu'une pensée me taraudait : je n'étais peut-être pas la première fille que tu renversais sur ce canapé. Ce n'était pas une chose à te dire. Je me suis tue. Ma jalousie t'a toujours exaspéré.

« Dans un lit, par un après-midi d'été. La fenêtre qui donne sur le Nil est ouverte mais tu as tiré le rideau de cretonne, pour la fraîcheur et pour l'obscurité. En laissant un rayon de lumière, parce que tu veux voir mon corps, dis-tu, et que j'aime scruter ton visage qui se durcit brusquement quand tu vas jouir en moi. Les rues sont vidées par la sieste, aucun bruit, nous sommes seuls dans la ville. Je regarde ton dos, ta hanche, je sens ton odeur, je caresse ton épaule. Parfois il me semble que l'homme c'est moi. Que je t'aime comme un homme aime une femme quand il l'a " dans la peau ". Cette idée t'amuse, moi elle me trouble. Cette faim de toi, ce besoin de te toucher sans cesse, ce n'est pas normal, n'est-ce pas? Pourtant je n'ai jamais le moindre sentiment de culpabilité quand nous faisons l'amour. Rien ne me semble plus beau que de se fondre en un seul corps au même moment. C'est la meilleure chose au monde. Quand je te dis cela, tu ris, tu répètes : " Oui, c'est la meilleure chose au monde ", comme un enfant qui parlerait d'un gâteau ou d'une sucrerie. Pour moi c'est une phrase grave mais je n'ose pas insister. Peur de te déplaire, d'exagérer, de te faire fuir par mon exigence, de t'effrayer par ma passion.

« Tu es couché sur le dos, tu t'endors et dans ton sommeil tu tends le bras pour que je pose ma tête dans ce creux, au niveau de ton cou. Un endroit très doux. Ce jour-là, tu as dormi longtemps, en ronflotant parfois. Je t'ai regardé. Sais-tu quel bonheur tu m'apportes, joie, plaisir et tendresse mêlés? Tu es mon bel indifférent, mon amant, mon amour fugace, ma passion qui va peut-être disparaître sans laisser de trace, si j'en crois Mimi qui me répète sans cesse : ne te laisse pas subjuguer, garde la tête froide. Il est étranger, il partira un jour. Et pas avec toi... Je le sais. Le nez enfoui dans ton cou je m'offre quand même le luxe de rêver. Nous sommes sur un bateau, au large d'Alexandrie. Accoudés au bastingage, nous regardons s'éloigner la côte que borde la ville blanche. Tu es vêtu du costume beige, à la coupe tellement française, que je préfère à tous. Moi j'ai une robe rouge, comme le feu, comme la passion. Nous partons vers la France, vers Paris. Nous allons vivre ensemble. Où habiterons-nous? Chez toi en Touraine? J'ai du mal à imaginer la Touraine. Sommes-nous mariés? Voilà la question qu'il ne fallait pas poser. Je la repousse. J'essaie de remonter sur le bateau, de sentir ton bras autour de mes épaules. La magie n'agit plus. Tant pis. Ces avenirs impossibles me font sentir encore plus vivement la douceur de nos moments précaires.

« Tu bouges, tu ouvres un œil attentif et tendre, ta main caresse mon bras. Je voudrais te dire merci mais tu n'aimerais pas. Alors je murmure tout bas, je chante dans ma tête, merci mon amour pour ta tendresse, pour ce bonheur fragile et qui pourtant dure depuis si longtemps. Grâces te soient rendues pour ces heures passées mon corps contre le tien, collé, enserré dans tes bras qui me prennent par-derrière, me serrent contre ton ventre, pour ces moments d'exaltation où le même désir éclate dans nos corps et jusque dans nos têtes. Merci de dormir pendant que je fantasme. Tu es là, je t'aime, je te verrai demain. »

« *Le 18 juin 1956*

« Pas aperçu Philippe depuis cinq jours. Il se dit surchargé de travail. Les dernières troupes anglaises évacuent le Canal, et nous sommes submergés par les festivités. Se peut-il que se termine ainsi la longue querelle entre l'Angleterre et nous? On parle d'un accord conclu avec Londres, mais la grande affaire est de savoir qui, des Américains ou des Russes, financera la construction du Sad el Ali, le grand barrage d'Assouan dont je vois partout les maquettes. La France et l'Angleterre, disent les journaux, travaillent contre l'Égypte. L'Angleterre je comprends, mais la France, pourquoi? Il y a trois mois, en mars, le ministre français des Affaires étrangères, Christian Pineau, est venu au Caire en visite officielle. Grand branle-bas de combat à l'ambassade. Philippe m'a dit ensuite que la rencontre avec Nasser s'était très bien passée, que le ministre était parti en déclarant que toute attitude d'hostilité envers l'Égypte serait simplement absurde. Or, ce matin dans *le Progrès* on reprend une déclaration de Pineau qui, revenant de Washington, prétend avoir " éclairé Dulles sur la duplicité de Nasser ". Bizarre...

« Philippe affirme que l'atmosphère à Paris est extrêmement tendue, que le gouvernement de Guy Mollet, empêtré dans l'affaire algérienne, diabolise Nasser, inspirateur et soutien du FLN. A mon avis, Nasser est surtout préoccupé de la réalisation de son grand barrage. Peut-on considérer que le petit bureau arabe où se réunissent les Algériens a un réel impact sur les événements du Maghreb? J'ai croisé l'autre jour un grand type frisé aux joues rondes, dans la librairie de Lotfallah Soliman, rue Saroit Pacha. Il s'appelle Ahmed Ben Bella et il paraît qu'il est un des chefs de la révolution algérienne. Il m'a donné le sentiment d'être très gentil, plutôt doux, pas du tout terroriste. Est-ce vraiment à cause de gens comme lui que la France nous en veut? »

« *20 juin 1956*

« Papa ne décolère pas. Depuis la suppression des tribunaux confessionnels, il ne peut plus, dit-il, assurer normalement la défense de ses clients. " Nous allons nous retrouver un jour sous la législation musulmane et c'en sera fini de la liberté pour les minoritaires en Égypte ˮ, a-t-il affirmé l'autre soir au dîner. Le père Pironi a raconté une étrange histoire. Il paraît que les coptes abandonnent les prénoms traditionnels coptes, Isis, Sesostris, Boulos, Boutros... et prennent des prénoms musulmans. Pas Mohammed ou Ahmed, évidemment, mais tout ce qui peut jouer sur l'ambiguïté, comme Mounira au lieu de Claire ou Mansour au lieu de Victor. ˮ C'est un signe qui ne trompe pas, a dit le père Pironi. Historiquement, ce genre de mode a toujours précédé les grands retours de l'islam. Préparons-nous, mes amis. Il va falloir défendre notre foi. ˮ Papa a rétorqué que la nouvelle Constitution votée en janvier dernier donnait des garanties aux minorités religieuses. ˮ Foutaises! s'est écrié le père Pironi qui a son franc parler, oubliez-vous que l'islam est toujours religion de l'État? Je vous dis que nous allons devoir nous défendre, d'ailleurs nos écoles sont soumises à des pressions continuelles. On va nous obliger, paraît-il, à enseigner le Coran aux élèves musulmans. Croyez-moi, ce n'est pas le moment de relâcher notre vigilance. Je sais que certains prêtres pensent que les persécutions ont leur utilité pour renforcer la foi. Moi je préfère la liberté de culte. Pour nous autres, chrétiens des pays d'Orient, c'est la seule garantie. ˮ Il s'est retourné vers moi. ˮ Lola, je sais que vos études se déroulent bien, mais il y a longtemps que je ne vous ai entendue en confession. Vous n'étiez pas à l'église pour Pâques. Nous devrions avoir une conversation... ˮ Il avait l'air plus innocent que jamais mais je le soupçonne de savoir quelque chose. J'espère qu'il ne devine pas que je vis dans le péché. Et que je m'y sens bien. »

« *20 juillet 1956*

« Hier, à la télévision nous avons vu un Nasser sombre et décomposé arriver à l'aéroport, de retour de Brioni. Pendant qu'il s'entretenait avec Nehru et Tito, le Département d'État américain a officiellement annoncé que les États-Unis ne financeraient pas le haut barrage. Les Britanniques ont suivi et la Banque mondiale aussi. Les commentateurs se déchaînent dans la presse arabe. Ils parlent d'un ˮ affront ˮ sans précédent et si les attendus cités sont exacts – l'économie égyptienne est en ruine, le régime est politiquement instable, on aurait dû obtenir l'accord préalable du Soudan, de l'Ouganda, de l'Éthiopie –, ils ont raison d'être furieux. De quel droit ces Américains après nous avoir soutenus viennent-ils nous donner des leçons et nous refuser avec arrogance ce qu'ils promettaient hier? L'idée de demander l'autorisation de l'Ouganda pour élever le barrage et irriguer nos terres m'agace particulièrement. J'espère que les Russes prendront le relais.

« On ne parle plus dans les rues du Caire que du camouflet infligé au raïs. Il paraît que Nasser aussitôt arrivé s'est enfermé chez lui avec quelques conseillers et qu'il prépare une riposte. Je sens que nous allons basculer du côté de Moscou, ce que Philippe ne veut pas croire. Il sous-estime la fierté égyptienne. Pour l'instant, personne ne bouge. Il faut dire qu'il fait vraiment trop chaud pour manifester. La famille est à Agami comme d'habitude, mais papa a voulu rester au Caire. J'ai prétexté des examens en septembre pour y rester moi aussi. Nous voulons tous les deux être là pour voir ce qui va se passer. Nous ne sommes pas les seuls. Jean Lacouture est venu dîner à la maison hier soir. Il dit que les envoyés spéciaux des journaux arrivent du monde entier. »

« *21 juillet 1956*

« Cette fois, c'est la catastrophe. Un ministre soviétique dont j'ai oublié le nom vient de déclarer que son gouvernement n'envisageait pas de financer le haut barrage. Je suis inquiète, comme tout le monde. Nasser ne renoncera pas au barrage. Surtout qu'il lui faut maintenant réagir brutalement s'il veut rester au pouvoir. Mais la presse française délire! On croit à Paris que l'Égypte est au bord d'un coup d'État et que les Égyptiens sont prêts à descendre dans la rue pour renverser le régime. Invraisemblable! Je continue à lire *le Monde* mais je ne comprends plus. Les Français, qui applaudissent bruyamment aux refus américains et soviétiques, ne voient-ils pas que le peuple égyptien dans ces circonstances soutiendra son leader?

« Sous le sceau du secret, Philippe m'a raconté quelque chose qui m'a fait plaisir. Il paraît que Couve de Murville, qui est maintenant ambassadeur à Washington, a envoyé au Quai un télégramme pour dire son désaccord avec la politique suivie et pour mettre en garde contre une crise possible. Voilà quelqu'un qui connaît l'Égypte! Il est vrai que les ambassadeurs semblent peser bien peu en ce moment sur leurs gouvernements. Je ne sais pas ce qu'en pense l'ambassadeur de France, Armand du Chayla. Philippe affirme qu'il croit, comme Couve, à une monumentale erreur de la diplomatie française, ou plutôt de Bourgès-Maunoury. Quant à ce pauvre M. Byroade, l'ambassadeur américain qui était si sympathique, il a été brutalement rappelé à Washington. Je n'ai pas pu m'empêcher de dire à Philippe que si les diplomates dans les circonstances délicates n'étaient pas écoutés, à quoi servaient-ils? Il m'a lancé un de ses regards les plus verts – ses yeux deviennent phosphorescents quand il est en colère. " Tu sais bien que nous ne sommes bons qu'à faire des ronds de jambe et à prendre le thé! " Je crois l'avoir sérieusement vexé. »

« *26 juillet 1956*

« Il est très tard, minuit. Je suis si bouleversée que je ne peux pas dormir. En fin d'après-midi, vers six heures, Philippe m'a téléphoné. Il doit rester à l'ambassade pour y écouter le discours que Nasser prononcera à Alexandrie à sept heures ce soir. Nous avions rendez-vous, mais il me rejoindra, dès la fin du discours, chez Lotfallah Soliman qui réunit quelques amis dans sa librairie. Pourrais-je l'attendre là-bas ?

« Lotfallah est un ami des Henein, de Bob, de mon père. Je ne le connais pas beaucoup. Il m'a toujours impressionnée avec son côté révolutionnaire de charme, son allure de loup efflanqué et ses yeux qui pétillent derrière des lunettes hublots. Il me traite avec une désinvolture amusée quand j'entre dans sa librairie qui est aussi le lieu de rendez-vous de la gauche égyptienne. Ce soir je ne suis pas invitée mais la circonstance est assez exceptionnelle pour autoriser toutes les audaces.

« D'ailleurs, je me vantais. Quand j'arrive rue Saroit Pacha, la librairie et l'arrière-boutique sont déjà pleines d'une petite foule surexcitée et personne ne remarque mon arrivée. Il fait une chaleur de four. Je me glisse au premier rang, devant le poste de radio que Lotfallah règle sur un son maximum. Silence recueilli. Le discours commence. Combien sommes-nous, vingt, trente ? La harangue s'écoule. Comme à l'accoutumée Nasser se lance dans un long historique, dans les imprécations habituelles contre " ceux qui ne veulent pas respecter notre libre choix ". Autour de moi les mines s'allongent. Lotfallah enlève ses lunettes d'un geste las et murmure : " Ce n'est pas bon. Ce n'est pas la riposte fulgurante que le peuple attend.

– Qu'est-ce qu'il veut, le peuple ? Tu le sais toi ? " interroge son voisin. Lotfallah hausse les épaules.

" Ce que nous voulons c'est... la lune. Attention, Nasser ! pas moins que la lune ! "

« Nous sommes serrés les uns contre les autres, et les nouveaux arrivants qui affluent par petits groupes nous repoussent vers le fond. On étouffe. Soudain le ton de Nasser change, se fait familier, presque plaisant. " Et maintenant, je vais vous raconter mes démêlés avec les diplomates américains... " Dans la librairie on se regarde, étonnés. Jamais le raïs n'a parlé sur ce mode badin. On entend en arrière-plan les rires de la foule qui, là-bas à Alexandrie, souligne chaque effet comique. Lotfallah s'est levé, intrigué. Qu'est-ce que ce nouveau style ? Soudain une phrase siffle. " Je regardais Black et je m'imaginais assis devant Ferdinand de Lesseps... " Nasser prononce : " dé lissipce ", à l'égyptienne. Lesseps ? Lesseps ? Avons-nous bien entendu ? Lotfallah prend la main de son voisin de droite, et ma main à moi, sur sa gauche. Nous sommes tous debout maintenant. Lesseps, Lesseps, c'est le Canal ou quoi ? Oui, c'est le canal ! " ... et je vous annonce qu'à cette heure même où je parle, les agents du gouvernement prennent possession des locaux de la Compagnie de Suez ! " Une seconde de silence suspendu. La nouvelle est énorme, le geste provocateur. Tout à coup, événement improbable, la radio rit. Oui, un rire, éclatant, énorme, irrépressible, le rire de Nasser qui poursuit : " C'est le Canal qui paiera pour le barrage... Il y a quatre ans ici même, Farouk fuyait l'Égypte. Moi, aujourd'hui, au nom du peuple... je prends la Compagnie ! " A Alexandrie, des hurlements de joie couvrent la fin de la phrase. J'entends vaguement : " notre canal égyptien... dirigé par des Égyptiens ". Dans la petite pièce, tout le monde pleure, rit, crie, s'embrasse. Lotfallah me prend dans ses bras sans me voir, me secoue par les épaules.

« " Tu as vu ? La lune, il nous a donné la lune ! Nous n'étions qu'une foule. Nous venons de naître peuple. Peuple d'Égypte ! "

« Moi aussi je pleure et comme toujours dans les émotions collectives, j'ai des frissons dans le dos. Nous savons tous qu'une page d'histoire est tournée. Il fallait ce geste fou, ce rire surtout, pour que l'austère Nasser devienne en quelques instants un héros national. Je me retrouve criant et riant, buvant de la bière avec des inconnus, assise sur une table, hurlant : " Bravo, il a bien fait ! Il a roulé les Américains, il a sauvé l'honneur ! " Il est onze heures lorsque, en sortant, j'aperçois, le long du trottoir, la voiture de Philippe. Mon Dieu, je l'avais oublié ! Il écoute la radio, l'air concentré. Quand je monte à côté de lui, il me regarde étonné : " Qu'est-ce que tu as ? Pourquoi ris-tu ?

– Mais Philippe, c'est formidable. Nasser nationalise le Canal, tu te rends compte, le Canal.

– Oui, j'ai entendu. Il est fou. Cela ne marchera pas. Nous avons eu Paris. Mollet et Pineau sont déchaînés. Ils parlent de blocus, d'ultimatum, ils affirment qu'ils vont régler son compte à ce nouvel Hitler. Je crains le pire.

– Le pire, qu'est-ce que cela signifie ? Que peuvent-ils faire, tes Mollet, tes Pineau ?

– Je n'en suis pas sûr et je souhaite me tromper. Mais ils peuvent faire la guerre.

– La guerre contre l'Égypte ? La France ? C'est impossible.

– La guerre contre Nasser. Il ne manquait qu'un détonateur. La nationalisation du Canal de Suez ! Maintenant tout est en place. La mèche est allumée. " »

* * *

Le Caire, été 1956

Révolution ou pas, il faisait trop chaud pour demeurer au Caire. Le 30 juillet, Charles et Lola partirent pour Agami.

Ils arrivèrent en fin d'après-midi. En apparence, rien n'avait changé à Alexandrie. Les familles traînant des parasols remontaient de la plage, des affiches jaunes et noires annonçaient un gala et le retour de Georges Themeli « après une absence de quinze mois ». Assise à côté de son père qui conduisait lui-même, Lola ne soufflait mot. Agami sans Philippe... Elle eut à peine un regard en passant devant le palais déserté par Farouk. Les grilles étaient ouvertes sur le parc où les palmiers ondoyaient mollement. Un jardinier arrosait les pelouses vertes et les massifs de roses. Le perron et les colonnes de marbre blanc brillaient sous le soleil. Plus de gardes. On aurait pu entrer. Lola se dit que c'était peut-être cela, la révolution. Ouvrir les grilles. Mais les passants, retenus par une vieille crainte, se contentaient de jeter un coup d'œil, de loin, sur le décor irréel de leur ancienne monarchie d'opérette.

En arrivant devant la maison, Charles eut un geste d'irritation. Quelqu'un l'attendait sur le balcon de bois de la véranda. Un homme assez corpulent, en costume blanc, qui se balançait dans un des fauteuils de rotin. Nadia debout lui versait un verre de limonade.

« Mon Dieu, Perrachon! quelle tuile!

– Qui est-ce? Je le connais?

– C'est Perrachon, un pharmacien de Port-Saïd, un lointain cousin de ta mère. Très fier d'être un Français de France, comme il dit. Je me demande... enfin! il va falloir le garder à dîner. »

« Savez-vous, maître, que nous n'osons même plus sortir le dimanche pour notre promenade? Les Arabes se plantent tout le long du canal comme s'ils ne l'avaient jamais vu! Ils comptent les bateaux et calculent – tiens, douze, ça doit faire des milliers de piastres. Ils croient que l'argent maintenant va leur tomber du ciel. » Écrasé par la fatalité, les coudes sur la table, Perrachon avait, en deux heures, perdu sa prestance et ses bonnes manières. Comment expliquer à ces inconscients ce qui se tramait là-bas, à Port-Saïd et à Ismaïlia? Comment raconter la fin d'un monde, l'effondrement d'un rêve, l'angoisse des fonctionnaires menacés dans leur vraie patrie, la Compagnie?

« Voyons Étienne, ne dramatisez pas. J'ai lu ce matin dans la presse que le colonel-ingénieur Mahmoud Younès avait donné aux pilotes et aux employés du Canal toutes les garanties possibles. On ne touchera pas à leurs droits acquis, ni à leur traitement, ni à leur retraite et personne ne sera licencié. Que voulez-vous de plus? Sur le plan juridique, croyez-moi, le personnel de la compagnie ne craint rien...

– Maître, maître Falconeri! Vous y croyez une seconde, aux assurances prodiguées par ces bandits? Nous en avons discuté au club, vous pensez. Nous avons consulté les pilotes. Ils estiment que la circulation sur le canal ne pourra pas être assurée sans eux. Mais le problème n'est pas là. Le problème, c'est que tout le monde s'en va. Pour ceux qui peuvent demander une affectation en France c'est relativement facile. Mais pour moi, maître? Comment puis-je liquider mes biens? Faut-il vendre mon officine? Et si je trouve acquéreur, comment sortir l'argent? Avant, l'année dernière, j'aurais pu acheter un visa, trouver une filière. C'était cher, mais possible. Ah, j'aurais dû! Hélas! Conseillez-moi. A ma place que feriez-vous aujourd'hui? »

Charles se balance sur sa chaise, se pince le nez. Perrachon l'agace mais il faut avouer qu'il n'a pas tort. Les garanties offertes par les nouveaux maîtres du canal semblent bien fragiles. L'idéal serait qu'un accord international puisse être conclu, peut-être par l'intermédiaire de l'ONU, entre le gouvernement égyptien et les anciens actionnaires, pour réviser la convention de 1888. Mais la négociation s'engage mal. Et ce n'est pas ce genre de considération qui va calmer Perrachon.

« Voyons Étienne, ne pouvez-vous déléguer, ou plutôt vous associer à un de vos employés, un Égyptien si possible ? – Un Arabe, vous voulez dire ? Mais je n'ai jamais employé d'Arabe chez moi ! Seulement des khawagat, des chrétiens. Même pas des coptes ! » Perrachon se prend la tête entre les mains. Va-t-il pleurer ? se demande Lola intéressée. Il pleure.

« Charles, Nadia, où est notre Égypte ? »

Tristes vacances. Il avait fallu rassurer Mlle Latreille qui prétendait avoir perçu une menace de mort dans les yeux d'Ahmed le Bédouin. On vivait au rythme des informations les plus fantaisistes, des proclamations tonitruantes lancées par des speakers en plein délire nationaliste. Grève générale pour « appuyer la juste position du raïs », conférence militaire au Caire, recrutement tapageur des « combattants volontaires » pour l'Armée Nationale de Libération. les coptes d'Égypte réunis en congrès à Alexandrie déployèrent dans les rues de la ville des banderoles peintes « soutien total à la politique du président Abdel Nasser »; « nous mobiliserons toutes nos ressources pour la défense du pays contre toute agression ». Charles qui passait par là eut un ricanement de mépris « toujours l'échine pliée, ces coptes... » Il s'en voulut aussitôt en pensant aux prédictions du père Pironi. Elle était belle, la solidarité chrétienne.

Lola ne ressentait qu'un immense ennui. L'été ne serait plus jamais le glorieux été de son amour naissant. Philippe, en vacances en France, n'envoyait pas de nouvelles et Axel ne quittait plus Le Caire depuis que son ambassadeur avait été rappelé à Paris. Chaque matin Lola marchait longtemps sur la plage désertée. Aujourd'hui la mer et le ciel, comme ternis, avaient pris leurs couleurs de septembre. Pas un souffle de vent. Cet air immobile annonçait le khamsin, qui allait subitement monter du désert et rouler à travers la ville ses tourbillons de sable et de poussière.

Ce ne fut pas le khamsin mais un ouragan qui s'abattit sur l'Égypte à l'automne. Tout le monde l'attendait, personne n'y croyait. Pourtant là aussi les grondements annonciateurs roulaient à l'horizon. Quatre divisions franco-britanniques avaient été acheminées sur Chypre. Des escadrons de chars, rassemblés près d'Alger, étaient embarqués pour une destination inconnue. Le président israélien David Ben Gourion désignait tout à coup l'Égypte comme « seul ennemi d'Israël ». A Alger les autorités militaires décidaient d'intercepter un avion marocain transportant vers Tunis cinq dirigeants du FLN et ce « coup de filet » était bruyamment salué dans presque toute la presse française comme un coup d'éclat. N'avait-on pas trouvé à bord de l'*Athos II*, un navire égyptien transportant des armes, la preuve éclatante de l'immixtion de Nasser dans le conflit d'Algérie?

Au Caire, l'entourage de Nasser affichait le calme le plus complet. Charles recommanda qu'on achetât du riz, du sucre, de l'huile, de la farine. Nadia fit provision de bas et de crème de nuit. Prise d'un doute, elle envoya Mlle Latreille chez son cousin Boutros, le pharmacien de la place Tahrir, avec une impressionnante liste de médicaments de première nécessité. Boutros fit savoir qu'il manquait déjà de presque tout, mais qu'il attendait une livraison pour le lendemain. Il fut évident dès le 15 octobre que l'accord, envisagé le 12, ne serait jamais signé. Les Égyptiens, pris dans le délicieux vertige de l'incertitude, se laissaient aller à leur sport national, l'attente.

Le 29 octobre, tôt le matin, Charles appela du vestibule, d'une voix de stentor : « Lola, pour toi! Téléphone! » A neuf heures? Lola, ébouriffée, se rua dans l'escalier.

« Philippe? C'est toi? Tu es fou de m'appeler chez moi, à cette heure... » Elle chuchotait dans l'écouteur, agacée par la petite étincelle malicieuse qui s'allumait dans le regard de Charles. « Quoi, ce matin? A onze heures? C'est urgent? Bien, si tu y tiens... oui j'y serai. Comme d'habitude. » Elle raccrocha, songeuse. Jamais Philippe ne lui avait téléphoné chez elle en dehors des codes convenus. Que pouvait-il bien se passer?

La première chose qu'elle vit quand il ouvrit la porte, ce fut l'ombre noire sur ses joues. Le fait qu'il fût nu sous son kimono de coton ne la frappait pas, mais cette barbe naissante était inhabituelle. Il avait le teint plombé des bruns lorsqu'ils sont fatigués et elle sut aussitôt qu'il n'avait pas dormi.

« Chéri, pourquoi... » Il l'avait déjà saisie dans ses bras, il l'embrassait, la portait sur le lit, lui enlevait sa robe.

« Tais-toi, tais-toi... » Jamais elle ne lui avait connu cette hâte, cette faim. Surprise par sa brutalité elle poussa un cri. Par la fenêtre ouverte arrivait un air de valse viennoise totalement incongru. Pour la première fois depuis bien longtemps elle sentit s'éveiller en elle son désir d'autrefois, non pas celui du plaisir promis, attendu, mais l'émotion profonde qui l'avait traversée lorsqu'elle l'avait vu, au bal des Tegart. Cet homme dont elle connaissait maintenant si bien le grain de peau redevenait en cet instant le séduisant étranger qui l'avait fascinée.

« M'expliqueras-tu... » Ils étaient assis sur le lit. Philippe avait apporté du vin et des pains ronds fourrés de pigeon grillé. Il secoua la tête comme un cheval devant l'obstacle. Respira. Lui caressa distraitement le genou.

« Philippe, à quoi penses-tu?

– Je pense... que tu es la femme que j'aime. La seule. Tu dois me croire. Même si... si » Lola leva vers lui un visage blanc, empreint d'une telle anxiété qu'il s'empressa, cria presque d'une voix dérapant vers l'aigu :

« Ne crois pas... non. Lola, je vais te dire la vérité. La guerre éclatera ce soir, au plus tard demain. Les Israéliens attaqueront dans le Sinaï, les Anglais et les Français viendront à la rescousse, en principe pour obtenir un arrêt des hostilités, en fait pour mettre Nasser à genoux. Nous avons un plan. Les Anglais attaquent Port-Saïd, nos troupes débarquent à Alexandrie. En même temps, les ressortissants français dont l'ambassade a dressé la liste sont regroupés au Sporting Club où des commandos français, parachutés sur Guezireh, les prennent sous leur protection. Je sais, tout cela est rocambolesque. Moi je n'y crois pas. Mais si tu voyais Spatz! Il est en plein délire. Quoi qu'il en soit, je suis chargé d'appliquer ce plan ridicule qui s'appelle le plan Mousquetaire, pour tout arranger!

« Cela signifie qu'il me faut maintenant regagner l'ambassade au plus vite et n'en plus bouger. Jusqu'à la fin des hostilités. Lola, mon Dieu, je t'en prie, ne me regarde pas avec ces yeux ronds... Tout se réglera très vite. Enfin je l'espère. Chérie, viens près de moi. » Lola eut l'impression qu'elle glissait dans un puits sans fond. Ici s'inscrivait la fin de son histoire. Elle ne pourrait pas retenir le fil du temps. Ce qui avait tissé la trame de sa vie appartenait, dès cet instant, au passé. Elle regardait Philippe avec insistance, avec attention, pour graver en elle l'image d'un bonheur en fuite.

« Lola! »

Leurs mains se rejoignirent, s'étreignirent très fort. Jamais ils n'avaient été si proches. Philippe se leva, croisa son kimono. Il était quinze heures.

A vingt heures trente, ce soir-là, deux brigades israéliennes franchissaient la frontière égyptienne à Kuntila, du côté d'Akaba. La deuxième guerre du Moyen-Orient venait de commencer.

Elle fut brève. Mais stupéfiante. Les habitants du Caire n'eurent même pas à se demander s'il fallait à chaque appel de sirène descendre aux abris ou bien en remonter. Faute d'instructions, ils restèrent sur leurs terrasses pour voir les chasseurs bombardiers français et anglais passer en rase-mottes, en allant bombarder les aérodromes et les bases militaires. Des fumées noires montaient en volutes du côté d'Héliopolis et derrière les pyramides. On se téléphonait, sans comprendre. La nuit, les balles traçantes et les projecteurs de la défense aérienne illuminaient le ciel sans aucune efficacité. Au matin on se montrait non sans emphase les murs ou les trottoirs écornés. Le temps de peindre en bleu les phares des voitures, de coller des papiers noirs sur les vitres, de recevoir les brassards de la défense passive, et la guerre fut terminée.

Du moins le crut-on.

Les années de miel

* * *

Le journal de Lola

« *7 novembre 1976*

« Je ne veux plus entendre parler de cette guerre ridicule. Mais qui peut tourner au drame. Dans les rues du Caire les gens sont surexcités, il paraît qu'ils ont attrapé et lynché hier un parachutiste anglais tombé dans un jardin. On a dit ensuite que c'était une erreur, qu'il s'agissait d'un aviateur égyptien! Il y a des morts à Port-Saïd. Heureusement, la BBC a annoncé ce matin qu'un cessez-le-feu avait été imposé dans la nuit, alors que les Français et les Anglais n'étaient plus qu'à quelques kilomètres du Canal, exactement trois kilomètres d'El Kantara. Ils devront évacuer immédiatement la zone et laisser la place à des forces internationales envoyées par l'ONU. Naturellement la radio égyptienne crie déjà victoire, comme si Nasser avait livré et gagné un combat titanesque. Tout le monde ici sait bien que sans l'ultimatum russe et la menace atomique, il eût été vaincu. Mais qui s'en souviendra dans trois jours?

Papa écoute la radio et ne quitte plus son bureau. Il dit que les Français et les Anglais ont fait une erreur dramatique, que les Américains sont incohérents et que les Égyptiens ont retiré les marrons du feu pour M. Khrouchtchev. Je crois qu'il a raison. Mais la seule chose qui m'importe c'est de savoir ce que deviennent les Français regroupés dans l'ambassade. Hier soir Bob a rencontré chez Groppi Gabriel Dardaud, le correspondant de l'AFP. Il achetait des sandwichs par caisses entières et il empilait dans sa voiture des bouteilles d'eau minérale. Bob et lui sont partis vers Guizeh. L'ambassade de France est complètement encerclée par la troupe, mitraillettes en l'air. Bob et Dardaud ont contourné les grilles et ils ont pu s'approcher en bas, du côté du Nil. Pendant que Bob faisait le gué, Dardaud lançait les sandwichs et les bouteilles par-dessus la clôture. C'est du moins ce que Bob nous a raconté. Il affirme qu'une centaine de ressortissants français sont enfermés avec les diplomates dans la chancellerie, depuis la déclaration de la guerre. Ils n'auraient plus rien à manger ou à boire et les Égyptiens leur ont coupé l'électricité. Comment se sont-ils fait prendre? Le fameux plan Mousquetaire aurait-il dérapé? J'imagine l'état d'esprit de Philippe. Je voudrais tant l'aider. »

« *8 novembre 1956*

« Mimi, en résidence forcée! Quand Jean est venu nous l'annoncer, je le lui ai fait répéter, croyant avoir mal entendu. Mais c'est vrai! Ses

119

voisins ont téléphoné. La police vient de découvrir qu'elle était citoyenne britannique. Et à ce titre elle est obligée de ne plus quitter son domicile en attendant. En attendant quoi? Les policiers ont coupé son téléphone, et confisqué son poste de radio en prétendant qu'elle était une " espionne ". Ridicule. Papa a pourtant pris la chose très au sérieux. Pendant que maman pleurait, il a remué ciel et terre pour que Mimi retrouve très vite sa nationalité égyptienne. Ce soir il rayonnait. Il a réussi. Pour plus de sûreté, Mimi viendra dès demain habiter chez nous. Quelle chance. »

« *9 novembre*

« Il n'y a que Bob qui puisse en ce moment nous faire rire. Il est arrivé hier, amenant Mimi avec sacs et bagages. Branle-bas dans la maison, agitation, baisers. Maman pleure un peu. Bob raconte son aventure. Hier matin, à l'aube prétend-il, ce qui doit signifier vers neuf heures, il est réveillé par un coup de téléphone. C'est son voisin d'en face, qui l'appelle au secours. De fait, en se penchant Bob voit par sa fenêtre un gros monsieur en pyjama bleu ciel qui lui fait des signes, l'écouteur à l'oreille. Il s'appelle Jean Bernard, il est fonctionnaire de la Compagnie de Suez, de passage pour une nuit dans son pied-à-terre du Caire. Vers six heures du matin, il a entendu des bruits suspects. Et il s'est brusquement rendu compte qu'on apposait des scellés sur sa porte... " Que pouvais-je faire, monsieur? Ils m'auraient embarqué et emprisonné. Je n'ai donc pas bougé. Mais je n'ai absolument rien à manger. Pourriez-vous m'apporter de quoi tenir le coup ici pendant quelques jours? La porte de service qui donne sur la rue du Prince-Ismaïl est restée ouverte. Numéro onze. Vous verrez, deuxième étage. Je vous attends derrière la porte de la cuisine. Tapez trois fois, je saurai que c'est vous. Inutile de vous demander le secret. Merci, merci. "

« Bob prétend que ces choses-là ne peuvent arriver qu'en Égypte. " Heureusement que nous avons la police la plus bête du monde ", dit-il. Papa lui a recommandé de se taire. Après tout, Bob est juif, il risque d'avoir des ennuis. Depuis ce qu'on appelle ici la " triple et lâche " agression, on dit que les juifs sont persécutés. Bob n'en croit rien. La preuve, M. Weber, l'attaché de la délégation suisse qui représente maintenant les intérêts de la France, lui a demandé de remplacer un professeur de littérature française, et où? Au couvent de la Mère de Dieu! Bob en hoquetait de rire devant le regard horrifié de maman. Je lui ai demandé s'il avait porté secours à son voisin emprisonné chez lui.

« " Évidemment, a-t-il répondu, j'ai acheté cinquante tranches de jambon, du pain, de la bière. Ce Jean Bernard m'a donné les clés de sa voiture qui était restée devant sa porte, je l'ai ramenée dans mon garage et mise sur cales. Il la retrouvera à la fin de la guerre. "

« Je crois décidément que ce pays devient fou. "

« *25 novembre 1956*

« Philippe est enfermé dans l'ambassade depuis douze jours! Chacune de ses absences me laisse toujours vide, béante, aussi sonore qu'un arbre creux. Mais cette fois s'y ajoute le goût amer de l'humiliation.

« Ai-je eu raison d'y aller? Question stupide. Lorsque Jean est venu me dire qu' " ils " embarquaient les diplomates français dans des camions pour les conduire à la frontière libyenne j'ai couru comme une folle et sauté dans un taxi. J'étais rongée par une crainte secrète, par un malaise. Peur non pas pour moi mais pour lui. Il me fallait voir. Inscrire ce départ dans ma chair et dans ma mémoire.

« Le ciel était gris de plomb. Déjà, des badauds s'attroupaient en face de l'ambassade. Quatre camions militaires étaient rangés devant le porche de la chancellerie. Deux tanks les encadraient. Au-dessus de l'entrée, le drapeau français avait disparu. Qui l'avait descendu? La plaque de cuivre, à côté de la porte, était barbouillée de peinture noire. On avait dû faire cela hâtivement, au pinceau, car des traînées sombres dessinaient une longue trace sur le mur rose.

« Un officier en kaki est apparu en haut du perron. Il a crié quelque chose. Les soldats ont sauté à bas des camions, dans un grand bruit de bottes et un cliquetis d'armes. L'ambassade était encerclée, mais d'une manière un peu étirée, à l'égyptienne, avec un soldat, dos tourné à la rue, tous les huit à dix mètres.

« Il y eut un remous autour de moi dans la foule et un homme en galabieh me poussa pour se mettre au premier rang. Il sentait l'oignon et la crasse mais je n'eus même pas l'idée de m'éloigner. Cette promiscuité âcre ne me dérangeait pas, au contraire. Elle s'accordait à l'instant.

« Le premier à sortir fut Guy Dorget, le chargé d'affaires. Il clignait des yeux comme un hibou qu'on sort à la lumière du jour. Que lui avaient-ils fait pour qu'il ait cet air ahuri? Je m'aperçus qu'il ne portait pas ses lunettes lorsqu'il commença à descendre, en tâtant du pied, les marches du perron. Il tenait une petite valise à la main. Derrière lui apparut René Boyer de Sainte-Suzanne, le consul de France à Alexandrie. Lui aussi portait une valise, qu'il balança dans le premier camion d'un air détaché avant d'escalader le marchepied de fer, en repoussant d'un geste la main que lui tendait un soldat égyptien. Puis vint Albert Roux, le consul à Suez, que je reconnus à peine. Autour de moi, la foule commença à gronder sourdement, une sorte de remous, d'exhalaison forte. J'y reconnus une odeur que je connaissais bien, celle des chevaux devant l'obstacle. Mon Dieu, comme cet étrange ballet se déroulait lentement! Cet officier, là-bas, aurait dû se douter qu'il y avait danger. Une sueur froide commença à couler dans mon dos, mais je ne bougeai pas.

« Enfin, je vis Philippe. Il n'avait pas de valise, mais un sac sur l'épaule, comme les sacs de marin. Sans cravate, le col ouvert sur son cou brun, il semblait partir en vacances. Me reconnut-il? Son regard a un moment flotté. En haut des marches il a marqué un temps d'arrêt et il a penché légèrement la tête sur le côté comme pour écouter. Ou regarder Le Caire avant de s'en aller. Ou me chercher dans la foule. Oui, il devait savoir que je serais là. J'aurais voulu crier en silence comme on crie dans les rêves et d'ailleurs c'était un rêve, un mauvais rêve.

« Ensuite, j'ai marché longuement dans la ville. Un vent glacé me gelait les joues. Philippe pourrait-il oublier? Pardonner à l'Égypte? Moi, non. La colère me prit, comme si c'était moi que les soldats avaient poussée brutalement dans un camion bâché de kaki. Au dernier moment Philippe avait tourné la tête avant d'entrer dans l'ombre et il m'avait semblé deviner son geste, main à demi levée, ouverte, comme lorsqu'il m'était apparu pour la première fois au Sporting, tout blanc dans le soleil, sa raquette sous le bras. Était-ce une hallucination?

« Je voulais me souvenir, tout recenser en détail. La courbe de ses cils noirs, cette petite boule de chair sur sa hanche droite et l'odeur de sa peau. Je m'assis sur un muret de pierre pour regarder le Nil, le remous des eaux jaunes sans cesse défait, refluant en ondes larges, puis recommencé. Une étrange fatigue m'engourdissait, m'obligeant à rester là, immobile.

« Je me souviens d'avoir pensé : dans trois jours c'est mon anniversaire. Vingt ans? Vingt ans. A quoi bon? J'étais déjà vieille comme le monde. »

12

Le Caire, décembre 1956

Une bruine froide montait du Nil en ce soir de décembre. Toute la journée, il avait plu comme il peut pleuvoir au Caire en hiver, en longues flèches glacées. Au pied des arbres encore saturés d'eau, les hampes des canas rouges, brisées, hachées, baignaient dans une boue spongieuse où se mêlaient feuilles mortes, herbe arrachée, terre détrempée. Enveloppée dans les larges plis d'un manteau de renard roux, Lola avançait, le front au vent. Elle avait accepté sans enthousiasme ce dîner chez Yvette. Depuis le départ de Philippe, trois semaines auparavant, elle vivait dans l'angoisse et la peur. Elle craignait de trop parler sans savoir où se situait le « trop ». Avoir eu des amis français était plus que suspect. La délation rampait, les rumeurs enflaient, on se méfiait des serviteurs, des voisins, des proches même. D'ailleurs, que dire ? Les bombardements, la guerre, l'agression n'étaient plus qu'un lointain cauchemar. Plus grave était la déchirure qui, chaque jour, privait l'Égypte de ses amis, de son passé. L'Occident s'éloignait. En voyant les magasins français ou anglais fermés, gardés par la police, Lola avait eu un choc. Une parcelle de son identité était enfermée là, sous les rideaux de fer. Le savoir ne réglait rien. Elle ne supportait plus la tension qui depuis l'été l'écartelait entre des sentiments ennemis.

Elle sauta par-dessus les flaques du trottoir défoncé, chercha son chemin entre les fondrières. Le Caire se dégradait. C'est la faute du désert, pensa-t-elle, nous sommes cernés par ce désert qui nous étouffe, nous use à coups de sable et de vent. Comme elle aurait aimé pouvoir partir, loin d'ici, dans un pays où on ne parlerait ni de guerre, ni de politique, un pays sans violence et sans déchirements... Chez Yvette, il faudrait encore une fois discuter, entendre les mêmes attaques passionnées de ceux qui brûlaient aujourd'hui ce qu'ils avaient adoré, qui vilipendaient la France, cette France d'où leur venaient les livres qu'ils aimaient, les chansons sur lesquelles ils dansaient, les vins, la cuisine, la littérature et l'amour. Que faire lorsque vos références se brouillent ? Pouvait-on renier un pays, une culture qui restent, tout naturellement, les vôtres? Mais l'Égypte existait elle aussi, et Lola se découvrait avec étonnement des racines inconnues. Arabe! L'était-elle vraiment, elle la chrétienne que déjà les journaux égyptiens appelaient l'étrangère? Oui, puisqu'elle s'était sentie humiliée lorsqu'on avait humilié l'Égypte, attaquée quand on l'avait attaquée. Non, puisqu'on la rejetait presque ouvertement dans le camp des étrangers maudits. Surtout, elle ne pouvait oublier le départ de Philippe, ce geste d'adieu qu'elle avait peut-être imaginé mais dont elle se souvenait chaque nuit.

D'ailleurs, l'arabe, elle le parlait à peine, et si mal. On ne l'utilisait qu'avec les domestiques, il y a encore quelques mois, ou un siècle... Elle n'avait eu qu'indifférence et vague mépris pour ces Égyptiens du peuple, aujourd'hui installés au pouvoir. Pour elle, ils se situaient dans un autre monde, ce monde exotique et lointain que racontait Irène. Oui, les chrétiens avaient vécu comme des étrangers dans la maison Égypte. Dans les histoires de Mlle Latreille on parlait de la guerre de 1914, et Lola tremblait quand le méchant uhlan au casque pointu coupait les mains des enfants dans les villages alsaciens. Aujourd'hui encore, elle connaissait mieux les départements, les fleuves et les chefs-lieux français que les noms des temples de Haute-Égypte où elle n'avait jamais mis les pieds. Au fond, elle n'avait découvert son pays que lorsqu'elle avait entrepris – avec un véritable orgueil, elle s'en rendait compte maintenant – de l'expliquer à Philippe.

Philippe... C'est pour lui qu'elle avait accepté ce dîner chez Yvette. Un mois sans nouvelles. C'était trop long. Évidemment, la correspondance était suspendue, on ne pouvait plus recevoir chez soi les « criminels de guerre » français ou anglais, qui pour la plupart étaient partis, brutalement expulsés, parfois emprisonnés. Les rumeurs les plus folles couraient les salons du Caire : on parlait de camps d'internement dans les oasis, d'atrocités cachées, prochainement révélées, qu'auraient commises à Port-Saïd les paras anglais et français. Exactement ce qu'il fallait pour exciter les esprits et réchauffer la haine. Mais que voulaient-ils donc, ces nouveaux maîtres, sauvés de justesse par les Russes et les Américains? Se venger? humilier des hôtes, contrairement à toutes les traditions de l'hospitalité égyptienne? Lola ne reconnaissait plus son pays mais, au fond, elle ne se souciait que de Philippe. Où était-il? Pensait-il à elle? Par quel malentendu se retrouvaient-ils tous deux dans des camps ennemis? Elle attendait beaucoup du dîner d'Yvette. Il y aurait là un diplomate suisse, chargé de représenter auprès du gouvernement égyptien les intérêts français. Peut-être pourrait-il transmettre à Philippe un message discret?

Le souffragi d'Yvette s'inclina, l'aida à retirer son manteau qui sentait la fourrure mouillée. L'appartement, en cette nuit hostile, semblait un havre de douceur. On entendait, dès l'entrée, le tintement des verres, le bruissement léger des conversations où dominait la voix de basse d'Yvette et une note aiguë, claire : Mimi était déjà là... Avant d'affronter les invités, Lola se tourna vers le miroir de bois doré qui surmontait la console, où les invitations de Noël étaient déjà exposées. Il était bien question de fêtes! Quand ces bourgeois égyptiens comprendraient-ils qu'on était en guerre? Allons, pas de rancœur. Pas d'amertume. La vie continuait. Tout le monde n'avait pas le malheur d'aimer un Français... Elle se regarda, attentive et critique. Elle était belle, ce soir. Son visage avait perdu de sa rondeur d'enfance mais gagné en finesse, en netteté. Les pommettes hautes, bien dessinées, accrochaient mieux la lumière et lui creusaient les joues. Les yeux en paraissaient plus longs, plus étirés, jaune doré. Des yeux de chat. Ses cheveux noirs coupés court bouclaient sur son front et lui faisaient une petite tête d'ange. Oui, elle avait bien changé, la Lola d'autrefois. Un dernier coup d'œil sur la robe noire soulignant son corps mince. Un geste pour réajuster le gros collier d'ambre jaune et d'argent terni, qu'elle avait choisi par superstition. Le premier cadeau de Philippe...

Elle entra dans le salon et foula d'un pas décidé les beaux tapis persans. Ce soir, elle trouverait bien un moyen de faire parvenir à Philippe un appel, un signe. Il devait être si inquiet là-bas, seul, à Paris.

Le feu crépitait doucement dans la cheminée, les lampes posées sur les guéridons répandaient une lumière dorée. Comment imaginer qu'audehors le monde rassurant et policé d'autrefois fût devenu si menaçant? Un groupe entourait Georges Henein. Ce grand bourgeois copte, fils de pacha, avait une légende. Après une longue et romantique histoire d'amour qui avait passionné Le Caire, il s'était converti à l'islam pour épouser Boula, la fille du poète Chawki. Conversion de pure forme : ni lui, ni Boula ne s'attachaient à ces détails. Intelligents et brillants, ils régnaient sur l'intelligentsia du Caire, pour qui l'argent comptait moins que l'esprit. Il était rare de le voir ailleurs que chez lui, hors de son petit cercle. Pour l'instant, il penchait sa haute silhouette vers un inconnu, trapu, presque carré, qui devait être, du moins Lola le supposa, le fameux diplomate suisse.

« Cher monsieur, il faut nous comprendre. Que pouvons-nous répondre à ceux qui s'interrogent sur l'Occident après avoir vu nos villes bombardées? Nous sommes égyptiens. La tentation est grande, pour chacun de nous, de dresser alors son bûcher personnel, de jeter au feu nos rêves et nos souvenirs, de tout répudier en vrac, les amis, les livres, les idées, les villes... Comment procède-t-on, en Suisse, lorsqu'il faut faire l'inventaire d'un désastre? La passion, d'abord, l'emporte. Ou plutôt l'amour déçu, l'amour bafoué, celui qui porte, vous le savez, aux pires extrémités...

– Voulez-vous dire que vous, intellectuels égyptiens, soutenez la folie de ce Nasser, que vous approuvez le chantage international, les coups de poker en politique, la spoliation, la violation des règles de droit les plus élémentaires? L'Occident a été attaqué, l'Occident se défend. Vous n'avez aucune idée des sentiments que votre colonel inspire à l'Europe. Qui, à Paris, s'est élevé contre la politique française? Personne...

— Si, Mendès France...

— Oui, Mendès France, justement, un bradeur d'empires! Je ne suis pas français, monsieur, mais je comprends la France.

— Vous ne comprenez pas l'Égypte. Puis-je apporter, en toute humilité, quelque complément à votre information? Puisque aussi bien vous êtes ici pour rapprocher des points de vue si dramatiquement éloignés, je me ferai l'avocat du diable. Vous vous demandez en Europe ce qui a poussé Nasser à braver l'Occident? Je vois trois raisons : Le pacte de Bagdad que Nasser considère comme une menace directe contre l'Égypte, au profit de son vieil ennemi irakien. Ensuite, il y a eu Bandoung, qui lui a brusquement fait entrevoir le rôle que pouvait jouer l'Égypte et lui a donné, pour le meilleur ou le pire, le sens de l'histoire. Enfin, le raid israélien sur Khan Younès : plus encore que la défaite militaire, la réaction des jeunes officiers égyptiens l'a exaspéré. Ils se sont plaints d'avoir manqué d'armes, de logistique, de commandement. " C'est comme au temps de Farouk ", murmurait-on dans les casernes. Dire cela à Nasser, qui a lui-même souffert de l'impéritie du pouvoir pendant la guerre de Palestine, c'est agiter un chiffon rouge devant un taureau... Naturellement, le fond de la chose reste l'humiliation. L'Amérique pouvait certes refuser de financer la grande œuvre du nouveau régime, le Saad el Ali, le barrage d'Assouan. Mais pourquoi avoir lancé ce refus avec tant de morgue, tant de méconnaissance de notre psychologie orientale?

— Votre Nasser lui aussi s'est trompé : il a voulu jouer sur les deux tableaux, américain et russe. Ne savait-il pas qu'il y a une limite au-delà de laquelle le chantage ne paie plus, et se retourne contre son auteur?

— Le chantage, vous le savez, est l'arme des faibles, et les petits peuples admettent fort bien qu'on l'utilise contre les grands : tout est bon contre les canons. Non, le vrai problème de Nasser est ailleurs. Il lui faut relever le gant, effacer la honte. Exercer la vengeance. Le mot vous choque? Il est pourtant le seul qui convienne ici. On n'humilie pas un Égyptien sans s'exposer à la vendetta. C'est notre sport national. Chaque fellah de la vallée du Nil a quelque part un fusil pour venger l'honneur au cas où... Notre peuple est paisible, on pourrait même dire apathique. Une seule chose peut le mobiliser : l'atteinte à l'honneur. Cela se lave dans le sang. C'est simple, primitif, mais c'est ainsi. La Banque mondiale avait peut-être financièrement raison de motiver si sévèrement son refus. Elle a eu politiquement tort. L'Égypte offensée a soutenu Nasser, même nous, les intellectuels, même les pachas dépossédés, même les plus farouches opposants, lorsqu'il a " repris " le canal de Suez... Ensuite, tout a dérapé. Je ne reviendrai pas sur ce que nous avons tous vécu. Quel gâchis!

— Georges, quel avocat tu fais! ainsi, je te découvre nassérien... » Yvette s'était approchée, la voix plus rauque que jamais, une lueur de provocation dans les yeux. Lola écoutait, tendue : elle aussi, depuis trois mois, se demandait quel parti prendre.

« Ma chère Yvette... » Georges se retourna, goguenard, « Ma démonstration était à usage extérieur. Nous, enfants du Nil, savons résister à tous les envoûtements. Aurais-tu honte de continuer à penser selon Junger ou Malraux sous prétexte que tu as vu des balles traçantes au-dessus de ta terrasse? Notre Égypte est foutue, naturellement. Enfin, l'Égypte que nous aimons, où nous avons vécu, si brillamment vécu. Elle est en train de basculer vers autre chose. Est-ce une raison pour renier le passé? Pour condamner la beauté au nom de la laideur, un visage au nom d'une grimace, une culture au nom d'un attentat, et la France au nom de Guy Mollet? » Il éclata d'un rire tonitruant, prit par le bras le diplomate helvète quelque peu éberlué : « Allons boire. » Lola sourit : Georges exprimait si clairement ce qu'elle ressentait! Elle fut délivrée d'un poids et c'est d'un cœur léger qu'elle prit place à table à côté de Sami Sednaoui.

« Comment s'appelle-t-il, ce Suisse?

– Jean Lacloze.

– Tu le connais?

– Un peu. J'ai joué avec lui au polo l'hiver dernier. Brave type, qui n'a pas inventé la poudre, mais enfin... » Dans le brouhaha des conversations, le dîner amorça son cours.

Lola, de loin, sourit à Jean Lacloze. Elle aurait besoin de lui. Déjà elle échafaudait des plans pour pouvoir, tout à l'heure, lui parler en tête à tête. Ou plutôt, prendre rendez-vous avec lui, ailleurs, seuls, plus tard. Mais sans doute était-il suivi, surveillé? C'est ici, chez Yvette, qu'elle devait l'aborder. Pour lui dire quoi? Qu'elle voulait envoyer un message à son amant français? Avoir de ses nouvelles? Sûrement pas. Voyons... Philippe pourrait être l'ami intime de son frère Jean? Peu convaincant. Fallait-il mettre Sami dans la confidence? Impossible. Il ne savait pas garder un secret.

A ce moment, elle tendit l'oreille. Jean Lacloze, à deux mètres d'elle, de l'autre côté de la table, sur la gauche, donnait des nouvelles des Français exilés. « J'ai rencontré Gabriel Dardaud, il ne comprend pas encore pourquoi on l'a arrêté parmi les premiers... Figurez-vous qu'à l'ambassade d'Égypte à Paris, Élie Andraos, l'ambassadeur, lui a très sérieusement expliqué qu'il s'agissait là d'un traitement de faveur! Si on avait expulsé en priorité les "amis de l'Égypte", c'était pour les protéger, leur éviter d'être gardés en otages, en attendant l'évacuation définitive des troupes "criminelles". Le pauvre Gabriel se serait bien passé d'une telle attention... »

Le reste de la phrase se perdit. Sami, penché vers Lola, lui murmurait : « Je vais te raconter une histoire marrante mais garde-la pour toi, sinon j'aurais des ennuis... Figure-toi qu'on m'a affecté à la garde du quartier général... » Le cœur de Lola tout à coup s'arrêta. En face, Lacloze parlait de « Mareuil ». Dans le bruit des couverts, des verres entrechoqués, et la voix de Sami bourdonnant à sa droite, la suite se perdait. Lola se tourna vers la gauche, abandonnant Sami.

« Il y a au moins quelqu'un qui apprécie cette crise, c'est Mme de

Mareuil, la mère de Philippe. Je l'ai rencontrée au Quai d'Orsay, avant mon départ, pendant la réception organisée pour les familles des Français expulsés. Elle rayonne! Son fils devait se marier l'été prochain avec Marie Boiron-Vauzelle, vous savez, la fille de l'ambassadeur de France à Washington. Un beau parti! Et la fille est mignonne. Inutile de dire que Mme de Mareuil en a profité pour accélérer les choses. Son fils se marie la semaine prochaine. A la Madeleine. On ne parle que de cela au Quai... »

Lola ne pense d'abord à rien. Elle regarde cet inconnu, ce gros Suisse, qui continue à parler en riant. Elle voit sa bouche rose s'ouvrir, ses yeux rouler vers sa voisine de droite... Mais qu'a-t-il dit? Pourquoi Lola a-t-elle brusquement le cœur au bord des lèvres? Elle serre sa serviette, accroche le bord de la table et essaie désespérément de faire le vide en elle. Ce n'est pas possible, ce n'est pas vrai... Si, c'est vrai. Elle a instantanément reconnu le Malheur, à ce souffle glacé qui tout à coup la fait frissonner. Ne pas bouger surtout. Sinon elle va tomber. Marie quoi? Elle est mignonne en plus... Il devait se marier l'été prochain... Une idée monstrueuse éclate dans sa tête. « Mais il m'a trompée depuis des mois et des mois! Il savait. Pourquoi, pourquoi... » Elle a failli crier. Elle se reprend, serre les lèvres. Il faut qu'elle se contrôle. Sami la regarde en éclatant de rire : « C'est drôle, non? » Elle accroche sur ses lèvres un large sourire et se tourne vers lui. Devine-t-il qu'elle est à demi morte?

Pendant combien de temps pourra-t-elle dompter son esprit et son cœur, retenir cette douleur qui la déchire, à laquelle rien ne l'avait préparée, non rien vraiment. Ainsi, on peut mentir si bien, si longtemps, sans que la trahison, quelque part, se révèle? Elle n'a pas vu venir le coup. Une nausée la saisit. Elle doit absolument, absolument penser à autre chose. Ses mains sont si crispées que la serviette d'organdi commence à craquer sous ses ongles. Il se marie la semaine prochaine... Philippe se marie. Avec une autre. Marie. Une autre femme. Jolie fille, a dit ce gros Suisse. La table tangue un peu. Lola se tient raide sur sa chaise, effrite un morceau de pain, d'un geste mécanique, sans cesser de sourire. Que ce dîner se termine, mon Dieu! Elle cherche des yeux le Suisse qui parle maintenant de Christian Pineau, le ministre français. Le dos de Lola n'est plus que douleur. Ses muscles meurtris la tirent en arrière. Surtout, ne pas penser. Plus tard, chez elle, elle réfléchira, elle retournera dans sa tête cette évidence que pour le moment elle refuse de voir : Philippe lui a menti, l'a trompée, l'a trahie. Le mot « trahie » la frappe comme un coup de poing dans l'estomac. Elle accuse le choc, porte la main au côté. Yvette qui l'a vue se pencher lui fait signe d'un regard : Ça va? Oui, oui, sourit Lola, le désespoir au cœur. La fin du dîner passe comme un cauchemar.

Enfin, elle arrive chez elle, s'extirpe de la petite voiture rouge de Sami : « merci de m'avoir accompagnée. Non, ne descends pas, je connais le chemin... bonsoir ». Lola a poussé la grille. Les lampes de la terrasse éclairent faiblement le jardin. Une étrange faiblesse la prend.

Elle s'assied sur le banc de pierre, au pied du grand banian. Si elle reste là, elle va s'évanouir. Épuisée, elle se relève, gravit le perron au prix d'un grand effort, ouvre doucement la porte. Personne ne doit l'entendre. Dans l'abri de sa chambre, enfin, elle se jette sur son lit et essaie de pleurer. Impossible, sa gorge est nouée. Roulée en boule contre son oreiller, elle se laisse envahir par des ondes de douleur. Elle n'aurait jamais cru qu'un désespoir d'amour pouvait labourer le ventre, comme une bête griffue. Peu à peu, la fatigue l'emporte, la laissant vide et molle. Une idée folle s'insinue puis s'impose. Et si le Suisse s'était trompé ? Si tout était faux ? Le visage de Philippe, ses yeux où brille une flamme... Il l'aimait, il l'aime encore. Il est impossible qu'il ait, pendant des mois, menti. Comment en avoir le cœur net ? Fiévreusement, elle cherche : demain, par n'importe quels moyens, elle lui téléphonera. Ce sera difficile, les lignes avec Paris doivent être surveillées... Brusquement, un nom surgit : cette demoiselle Vicky, cette vieille secrétaire un peu folle, dont Philippe lui a si souvent parlé, est une amie de la mère de Mimi. C'est elle qu'il faut retrouver. Demain, tôt le matin, elle ira voir Mimi. Elles dénicheront Mlle Vicky, elles sauront comment et où téléphoner à Philippe à Paris, dans son bureau du Quai d'Orsay, ou chez sa mère s'il le faut. C'est une question de vie ou de mort, expliquera-t-elle à Mlle Vicky. D'ailleurs c'est vrai. Très froidement, maintenant, Lola pense à la mort. Elle n'a brusquement plus le goût de continuer à vivre. Le sommeil la prend d'un coup et elle s'endort, épuisée, sans avoir eu le temps d'enlever sa robe noire ni son collier d'ambre et d'argent.

Il fallut beaucoup de temps pour faire accepter à Mlle Vicky l'idée qu'elle puisse communiquer à quelqu'un qui « n'était pas de la maison » le numéro de téléphone du bureau de Philippe à Paris. Mimi, mise dans la confidence, avait su l'émouvoir. Mlle Vicky elle aussi, autrefois, avait été amoureuse de son ambassadeur. Que n'aurait-elle fait alors pour avoir de ses nouvelles dans des circonstances aussi dramatiques ? Mlle Vicky pleura, ce qui lui rougit le nez, et finalement griffonna sur un papier un numéro de téléphone. « Surtout ne dites pas que c'est moi qui vous l'ai donné. »

Maintenant, assise sur le lit de Mimi, dans la chambre rose où tout est en désordre, Lola essaie, d'un doigt tremblant, de composer le fameux numéro. L'international est toujours occupé. Enfin, l'opératrice crie d'une voix stridente :

« Ici Paris. Qui voulez-vous ?

– Paris, Invalides 34.23, murmure Lola.

– Quoi ?

– Invalides 34.23 à Paris, hurle alors Lola, prise de panique à l'idée que la communication puisse s'interrompre.

– Une minute, cherrrie, une minute, roucoule l'opératrice, tout le monde veut Paris en ce moment, tu comprends... »

Comme c'est bizarre, d'entendre soudain battre son propre cœur à grands coups sourds dans la poitrine, dans la gorge, dans la tête...

« Allô... » La voix de Philippe est lointaine, déformée par une sorte d'écho qui répète, en arrière-plan sonore, un « allô » métallique.

Lola reste muette. Une boule dans la gorge l'étouffe. Puis, très vite, elle se précipite et les mots se bousculent. Si la ligne allait être coupée...

« Allô, c'est moi, Lola. Je t'appelle du Caire, oui, du Caire, chéri, tu m'entends? » Quelle bêtise, évidemment il l'entend. Et puis là n'est pas l'essentiel.

« Lola, oui, quelle surprise. Comment as-tu pu...

– Philippe, dis-moi la vérité, je t'en prie. C'est vrai que tu te maries, que tu vas épouser une fille d'ambassadeur?... Mon chéri, je t'en prie, dis-moi que non... » Malgré tous ses efforts, la voix de Lola s'est brisée sur un début de sanglot. Elle s'était pourtant juré de ne pas pleurer. Silence sur la ligne. Long silence. Enfin, Philippe, d'une voix changée :

« Qui te l'a dit?

– Oh, un Suisse, peu importe...

– Quel Suisse?

– Philippe, réponds-moi : c'est vrai ou non? » Le silence, encore. Puis Philippe, enfin, d'un ton presque étouffé :

« Oui, c'est vrai. Je ne voulais pas te le dire tout de suite, mais c'est vrai. Je vais me marier. Tu comprends... » Il crie presque maintenant. « Il faut bien que je fasse ma vie, que je pense à ma carrière... Tu n'étais pas une femme pour moi, Lola... Tu sais bien que nous n'avons pas le droit d'épouser des étrangères.

– Et ta Française, comment est-elle? » Au prix d'un grand effort, Lola a pu parler presque calmement. « Où l'as-tu rencontrée? Depuis combien de temps la connais-tu? » Chaque mot la déchire mais son ton reste ferme, parce qu'il lui faut savoir, comprendre, et surtout entendre, de la bouche de Philippe, ce que le Suisse racontait hier soir. Tant qu'il n'aura pas parlé, elle n'y croira pas.

Elle serre très fort le combiné noir en espérant secrètement que Philippe va la rassurer, ou même se taire... mais non. Il semble soulagé, au contraire, et elle devine, au timbre de sa voix, qu'il sourit en parlant.

« Elle s'appelle Marie, elle est très jeune, à peine dix-huit ans... Je l'ai rencontrée l'été dernier, à Paris, chez mon oncle.

– Et... comment est-elle? Blonde?

– Oui, blonde, avec des yeux bleus. » L'intonation s'arrondit, s'adoucit. « Elle n'est pas mal, fine, grande, très mince... » Puis soudain, comme s'il se rendait compte un peu tard de sa goujaterie, Philippe reprend, plus sec : « Mais pourquoi me poser ces questions? Tu te fais du mal, Lola... »

Ainsi, c'est elle qui, à plaisir, se fait souffrir? Peut-être devrait-elle s'excuser d'être si indiscrète, ou, mieux encore, le féliciter d'avoir trouvé un aussi beau « parti »? Une vraie colère la prend.

« Bien sûr, je me fais mal! Et tu n'y es pour rien, n'est-ce pas? Mais Philippe, c'est monstrueux, c'est indigne, ce que tu viens de dire. As-tu oublié notre amour? Depuis quatre ans, tu m'as laissé croire que... » Il la coupe, presque brutalement :

« Je ne t'ai jamais rien promis, Lola. Jamais!

— Tu... tu me disais que tu m'aimais, moi seule. Que j'étais la femme de ta vie. Philippe, souviens-toi d'Agami, de notre studio au-dessus du Nil. Tu ne peux pas avoir oublié si vite... Et puis, pourquoi m'as-tu menti? Tu ne m'aimes plus? Alors, aie au moins le courage de me le dire en face. Mais ces mois de silence, de mensonge... Ainsi, tu pensais à elle en secret quand tu m'embrassais... »

Les mots se bousculent, elle sent qu'elle perd son contrôle, qu'elle va hurler. Lui aussi le devine. Il s'empresse :

« Calme-toi, Lola, je t'en prie. Je ne peux pas te parler ici. Je te rappellerai plus tard. D'ailleurs, je dois couper, excuse-moi, mais on m'attend pour une réunion. Je suis dans mon bureau, tu sais... »

Elle sent qu'il va s'enfuir, elle crie, oui elle crie, c'est plus fort qu'elle.

« Je te parle de ma vie, de ma mort, et toi tu penses à ta réunion! Je t'en prie, je t'en supplie, mon amour, dis-moi quelque chose.

— Lola, sois raisonnable, on m'attend, je suis déjà en retard.

— Raisonnable? Non je ne suis pas raisonnable. Je te déteste, tu es lâche, tu es, tu es... » Elle pense : un salaud, mais n'ose pas le dire. D'ailleurs Philippe, là-bas, a raccroché avec un petit bruit sec qui brusquement la calme.

Voilà, c'est fini. Elle a perdu toute dignité, elle s'est humiliée, elle a pleuré et supplié. Et tout cela en vain, devant un homme qui non seulement ne l'aime plus mais qui sans doute, en ce moment, la méprise. Assise raide sur le bord du lit de Mimi, elle tremble sans pouvoir s'arrêter. Qu'est-ce qui fait le plus mal? N'être plus aimée? Découvrir le mensonge, la lâcheté?

Non, ce qui lui perce le cœur, c'est ce mot : étrangère. Il ne peut pas épouser une étrangère, voilà! Il a pu en faire sa maîtresse, pendant des années, il a pu user d'elle et jouir d'elle, lorsqu'il s'agit de « faire sa vie » il lui faut une fille de son pays, une vraie Française, avec laquelle il n'aura pas honte de se montrer dans ses salons ridicules, qui l'aidera dans sa carrière au lieu de le gêner, et à laquelle il pourra sans problème faire des tas d'enfants, bien français et bien catholiques. Elle aussi, Lola, est catholique. Mais grecque! mais égyptienne! brune de peau! frisée de tignasse! Une espèce qu'on n'épouse pas, qu'on cache puis qu'on oublie... Je ne vaux plus rien, se dit-elle, je ne suis plus qu'une... une vieille chose trop usée et jetée au panier. De la main, elle lisse sa robe sur ses cuisses. Un objet qu'on écrase, qu'on repousse du pied, voilà ce qu'elle est devenue. Pourquoi Philippe a-t-il cru bon de lui raconter, avec un tel luxe de détails, à quoi ressemble sa nouvelle femme? Est-ce pour mieux l'achever, la tuer, se débarrasser d'elle une fois pour toutes? Oui, sûrement. Eh bien, il sera content : elle va mourir.

D'ailleurs, depuis la veille, ce désir de mort est en elle. Là, dans cette chambre rose, elle sait qu'elle avait décidé de ne pas survivre à la perte de son amour, dès qu'elle a entendu la voix grasseyante du Suisse prononcer « il se marie la semaine prochaine... » A quoi bon attendre?

Froidement, elle se lève, entre dans la salle de bains, ouvre l'armoire de toilette. Mimi use et abuse de tranquillisants depuis sa dépression. Lola vide les flacons, fait glisser les pilules dans sa pochette à maquillage, en vrac, mélangeant les pastilles bleues ou blanches avec son rouge à lèvres et son poudrier. Il faut faire vite, Mimi va revenir. La mort? Elle n'y pense pas. C'est seulement dans sa chambre, plus tard, qu'elle a un premier frisson, en ouvrant son sac. Et si ces médicaments n'étaient pas suffisants? Si elle allait craquer? A pas de loup, elle descend dans la salle à manger, ouvre le bar, prend une bouteille de whisky, remonte chez elle, s'enferme. Pas de verre, tant pis, elle boira au goulot. Elle jette au fond de sa gorge les premières pastilles, avale une lampée de whisky et s'étrangle. Plus lentement, voyons. Méthodiquement, doucement... Elle pense à Philippe et cette fois les larmes coulent sur ses joues comme une eau qui s'échapperait d'une déchirure. Son chagrin ne la concerne plus. Elle l'observe et s'observe elle-même avec détachement. Une gorgée, une autre... Son esprit se brouille, elle s'étend sur son lit. C'est quoi, la mort? Des images floues se forment, en une sorte de rêve. Elle voit Philippe penché sur elle. Il sourit, il lui tient la main, et lui tend un verre plein en disant : « Bois, ma chérie, bois. » Elle avale, tousse, essaie de recracher, mais lui alors insiste, prend sa tête, appuie le gobelet contre ses lèvres, si fort que le verre se brise en mille éclats. Impossible d'avaler cela... mais Philippe enfonce, lentement, les débris coupants dans sa gorge. Lola sent qu'elle étouffe, que les éclats l'écorchent, mais elle ne peut ni crier, ni bouger. Elle essaie désespérément de respirer, elle suffoque, se débat dans une atmosphère cotonneuse parcourue d'étranges vibrations. Comme c'est long, douloureux, difficile, de mourir.

« Lola, tu m'entends? Ouvre les yeux, regarde-moi. » La voix qui lui parvient de très loin est pourtant familière. Rompue de fatigue, Lola essaie d'ouvrir un œil. Elle ne reconnaît rien. Du blanc partout, un lit de fer, des tuyaux au-dessus d'elle et, bizarrement, une fenêtre carrée, quadrillée de barreaux de fer. Quelqu'un se penche, lui soulève la tête. C'est Antoine, son cousin, qu'elle ne reconnaît pas tout de suite car il porte une blouse blanche trop vaste, au col à demi relevé. Elle essaie de réfléchir mais une douleur lancinante creuse sa tempe droite. Elle gémit : « J'ai mal à la tête. » Antoine pose sa main sur son front : « Ma pauvre chérie, c'est bien le moins! tu ne te rends pas compte de ce que tu as pu avaler. De quoi assommer un bœuf! – Mais... je ne suis pas morte? –

Non. Tu le dois à ton frère, et aussi au fait que tu as renversé ta bouteille de whisky, sans doute en t'endormant. Jean a senti une odeur d'alcool dans ta chambre... Heureusement, il a trouvé cela bizarre et a forcé ta porte. Voilà comment je t'ai récupérée... » Antoine rit, mais son visage reste crispé et ses yeux gris reflètent l'inquiétude. Ses mains larges et chaudes entourent le visage de Lola, il s'approche tout près d'elle et elle sent, étonnée, ses lèvres s'appuyer sur son front. Cette subite tendresse la fait sursauter et l'éveille tout à fait. Quoi, on l'a sauvée? De quel droit? tout ce qu'elle trouve à dire, c'est « pourquoi? » avant que le souvenir de son chagrin ne déferle sur elle. Philippe... oh, comme elle les déteste tous, l'homme qu'elle aimait, et ceux qui l'ont ramenée à une vie dont elle ne veut plus. La fureur et le chagrin, le sentiment du ridicule, surtout, l'empêchent de parler. Elle repousse Antoine : « Va-t'en! j'ai trop mal. »

Il s'est relevé, immense et massif, pataud comme un gros ours, et sa main droite fourrage dans ses cheveux roux, comme lorsqu'il était enfant et qu'il avait quelque chose à avouer – il avouait toujours ses bêtises. « Dors, Lola. Je t'ai donné un calmant. Je reviendrai ce soir, parce que nous devons parler. »

Au fil des heures, le décor se précise pour Lola à demi endormie : cette chemise de grosse toile attachée dans son dos, ces murs blancs et cette fenêtre à barreaux, la porte fermée à clé : elle doit être dans une clinique psychiatrique, ou alors dans un service d'hôpital, probablement celui du professeur Rizk où Antoine est interne. Personne n'est venu la voir. Que savent ses parents? Ses amis? Comment sortir d'ici et retrouver le monde après un suicide raté, qui sera commenté dans tout Le Caire? La seule solution serait de se montrer docile, de sortir et de recommencer, avec succès cette fois. L'idée lui fait quand même passer un frisson dans le dos. Sa migraine s'est peu à peu atténuée, lui laissant une douleur sourde. Que faire? Que décider? Pour l'instant, elle est si fatiguée que la tête lui tourne dès qu'elle tente de se lever. Et puis, le calme qui règne dans cette clinique commence à lui faire peur. Si on allait la laisser là? Le jour tombe, et elle n'a toujours rien imaginé, lorsqu'une clé tourne. Antoine apparaît.

Il a toujours sa blouse blanche. Il semble fatigué, et, pour la première fois, Lola ne voit dans ses yeux gris ni chaleur ni sourire. D'un air compassé, presque cérémonieux, il s'assied lourdement au pied du lit recouvert d'un drap rêche. Il la regarde, comme absent. Évidemment, songe-t-elle, je dois être laide à faire peur, mais quelle importance? Antoine l'intimide. Ce long après-midi l'a vidée de tout courage, elle se sent faible comme un bébé, elle n'a qu'une image en tête, celle de Philippe, habillé de sombre, au bras d'une longue fille blonde dont elle ne peut imaginer que la silhouette et les cheveux. Elle voudrait bien penser à autre chose, mais l'image revient sans cesse, la tourmente jusqu'au délire. Si elle pouvait dormir! « Philippe... murmure alors Antoine, comme s'il l'avait devinée, c'est pour lui que tu as voulu mourir, n'est-ce pas? » Lola est suffoquée. Comment sait-il? « Oh, il y a longtemps que je le sais. Il suffisait de te regarder vivre... » Il baisse la tête, rougit, vire au brique. « Lola, je t'aime depuis toujours. Souviens-toi, quand tu avais six ans, je te disais déjà que tu étais la plus belle. Ensuite... j'ai compris que tu ne m'aimais pas, que tu n'avais d'yeux que pour ce Philippe. Je crois que tu es tombée amoureuse de lui dès le premier soir, au bal des Tegart. Alors, je n'ai plus rien dit et je me suis effacé. Tu n'as rien vu, rien remarqué. Tu vivais dans ton rêve. »

Il aspire l'air, comme un nageur en plongée. Ses yeux sont gris sombre. « Personne ne vaut qu'on meure pour lui, Lola. Sois malheureuse, crie, pleure, insulte-le, déteste-moi, mais reprends-toi. Tu dois vivre, tu es faite pour le bonheur et la joie. » Il serre la mâchoire. « Je ne lui pardonnerai jamais de t'avoir rendue malheureuse à ce point. » Il allonge le bras, prend entre ses paumes la main inerte de Lola.

« Tu es ici depuis cinq jours. C'est beaucoup trop long pour que tu puisses réapparaître sans explications. J'ai parlé à ton père, nous avons imaginé une fable : un subit malaise cardiaque. Évidemment, personne n'y croira. Aucune importance, tu n'entendras pas les commentaires désagréables puisque tu seras partie... » Partie? Mais où? Lola relève la tête et arrondit les yeux. Antoine sait bien que personne ne peut quitter l'Égypte. Il semble lire sa pensée, enchaîne. « Oui, partie. J'ai enfin obtenu ce passeport libanais que j'avais demandé depuis des mois à l'ambassadeur Fouad, qui est maronite comme ma mère. Moi, je m'en vais. Ce pays n'est plus celui que nous avons connu. Il y a eu une révolution ici, une révolution arabe et musulmane, il faut être inconscient ou stupide pour ne pas voir que nous, les chrétiens, allons en faire les frais. Pourquoi attendre? Je préfère aller vivre et travailler au Liban, ou, de là-bas, partir pour le Canada. » Lola, de plus en plus étonnée, en oublie son chagrin. Ainsi le placide Antoine, en secret, préparait son départ! « Antoine! toi! toi le nationaliste arabe... – Oui. J'ai changé d'avis, je t'expliquerai pourquoi quand nous serons à Beyrouth. »

Soudain Lola réalise : nous, à Beyrouth? « Qu'est-ce que tu veux que j'aille faire à Beyrouth? Je n'ai aucune envie d'y aller. D'ailleurs... tout m'est égal maintenant. » Sa tête retombe sur l'oreiller dur. « Il fallait me laisser mourir, Antoine. » Il a encore rougi. « Moi, te laisser mourir? Tu n'as pas compris : je t'épouse. Tu pars avec moi pour Beyrouth. C'est le seul moyen de te soustraire aux cancans et au désespoir. Je sais, tu ne m'aimes pas... mais une fois au Liban, tu feras ce que tu voudras, je te le jure. Tu me quitteras, si tu le veux... » Lola serre les dents pour empêcher les larmes de lui monter aux yeux. Un instant, elle s'accroche à la main d'Antoine, comme on saisit une bouée. Vivre avec Antoine? Aussitôt lui revient en mémoire un souvenir aigu, presque intolérable : la chaleur des bras de Philippe entourant ses épaules, sur le lit étroit de la rue Kasr el Nil, et l'odeur de son corps nu plaqué contre le sien. Sans bruit, elle pleure sa jeunesse perdue, son bonheur enfui. « Je ne peux pas, Antoine. Je ne peux pas te faire ça. Tu es bon. Tu es mon ami, mon frère. Pas mon mari. D'ailleurs, je n'aurai jamais de mari. Je reste ici. »

Antoine s'est levé, il reboutonne sa blouse lentement, très lentement. Lola ne voit pas son visage baissé. L'a-t-elle blessé? Oui, sûrement. Il relève la tête. Il est blanc et froid. Un marbre. « Lola, je ne voulais pas te le dire... Mais tu dois quitter l'Égypte, très vite. C'est ton père qui te le demande. Pas pour lui, ni pour moi, ni même pour toi. Tu es enceinte, Lola. Tu attends un enfant de Philippe. Mieux vaut pour lui qu'il naisse à Beyrouth, et qu'il s'appelle Boulad. C'est tout ce que je peux t'offrir. Accepte... je t'en prie. Accepte! » Au fond de son lit Lola ferme les yeux. Elle est mortellement lasse. Cet amour, elle ne l'a pas mérité, cet enfant, elle ne l'a pas voulu. Elle ne souhaitait que mourir. Pourquoi l'a-t-on sauvée?

LIVRE II

Les années dorées

13

Le bateau plongeait sous les coups de vent, se redressait avec des grincements de ferraille. Puis une vague déferlait, éclaboussant les hublots d'une mousse jaunâtre.

Depuis quand l'*Ausonia* faisait-il ainsi la navette entre Venise, Bari, Alexandrie, Beyrouth? A sa mise en service dans les années quarante, ç'avait été la grande fête des baptêmes. A chaque escale, les magnums de champagne s'écrasaient sur la coque blanche au rythme des orphéons. Après un demi-siècle de bourlingages divers et de camouflages de guerre, souvenirs de transports de troupes, l'*Ausonia* était devenu d'une couleur indéfinissable. Mais l'intérieur, avec ses acajous cirés et ses cuivres remis à neuf, avait retrouvé une nouvelle jeunesse.

« Ça va? » Dans le noir, Antoine posa sa main sur les cheveux de Lola. « Tu n'as pas peur? »

Lola secoua la tête. Non, elle n'avait pas peur des roulis et des tapages. Elle n'avait plus peur.

Depuis leur mariage précipité, ils avaient vécu dans la crainte, enfin dissipée, de voir leur projet de départ, leur premier secret en commun, dévoilé. Tandis qu'Antoine s'angoissait dans l'attente du visa de sortie pour tourisme, Lola donnait le change. Elle disait à qui voulait l'entendre qu'ils allaient emménager dans un nouvel appartement, qu'Antoine ouvrirait un cabinet pas loin de Guezireh. « Enfin! » soupirait-elle, pour la vraisemblance. Seuls les parents et Mimi savaient.

Tous les matins, en catimini, Antoine allait aux nouvelles. Le Mogama, le « mogamonstre », comme il disait, était cet ensemble géant qui regroupait, place Tahrir, les services d'état civil, des passeports et des investigations criminelles. Une vraie tour de Babel administrative, sûrement construite ronde pour qu'on y tourne et retourne sans relâche, jusqu'à perdre la raison. Antoine y courait chaque jour d'un fonctionnaire à l'autre, les poches bourrées de billets de cinquante piastres, de recommandations, de petits papiers où il inscrivait des noms de préposés toujours différents, sans pour autant retrouver son dossier qu'une bureaucratie tortueuse avait, dans sa folie circulaire, égaré Allah seul savait où. Un soir Antoine était revenu, hagard, le regard perdu.

« Je n'en peux plus. Ils trouvent ma ténacité suspecte et ils se demandent si je ne suis pas "black list", après tout. Moi, sur la liste noire! S'ils se mettent cette idée en tête, c'est fichu! » Il avait tout de même vu le chef des mahabess, les investigations criminelles. Pour cent livres il laisserait Antoine consulter les archives. A lui de retrouver son dossier fantôme. Il fallait payer pour ça!

Le lendemain il était parti très tôt. Toujours rien. Le surlendemain, rien encore. De bakchich en bakchich, il avait fini par se faire communiquer cette fameuse liste noire, orgueil de l'administration.

« Mon nom n'y est évidemment pas. Mais, mais... cela ne signifie rien, m'a dit l'officier de police, parce que la liste noire n'est jamais à jour! Plusieurs versions circulent. Et des centaines de fiches attendent entassées dans des sacs... ce pays, c'est Kafka. »

Deux semaines plus tard, en fin d'après-midi, Lola avait entendu la porte s'ouvrir à la volée, et Antoine escalader l'escalier quatre à quatre.

« Enfin!... » Il se jeta sur le sofa et éclata d'un rire nerveux. « Ce fameux dossier, sais-tu où je l'ai trouvé? sous le pied bancal d'une table, dans le bureau des gardes du troisième étage... »

Les choses s'étaient alors vite arrangées. Ils avaient leurs visas. Mais il avait fallu ensuite attendre le bateau. Et jusqu'au départ, se cacher, simuler, feindre jusqu'au bout. On ne savait jamais... La nuit Antoine émergeait, en sueur, d'un même cauchemar. Il était à la douane et à la dernière minute, celle du tampon libérateur, un policier lui demandait soudain de prouver qu'il était médecin. Et où étaient ses diplômes? son visa de sortie? son passeport? Antoine fouillait alors ses poches, ses valises. Rien. Vraiment rien.

Lola ne sortait plus. En ville, tout était danger, tout la menaçait. Un arbre en fleur, un rideau rouge battant au vent d'une fenêtre ouverte, et la douleur, pourtant prise dans l'angoisse du moment, resurgissait, aiguë. La blessure était encore fraîche. Partir, ne plus jamais passer en voiture devant la lourde porte cloutée de l'ambassade de France. S'en aller. Oublier.

Quand l'*Ausonia* avait levé l'ancre, Lola et Antoine, accoudés à la rambarde du pont supérieur, ne s'étaient pas regardés, les yeux fixés sur l'horizon qui enfin s'estompait. Alexandrie ne fut plus qu'une mince ligne blanche bientôt effacée. Lola, raidie, pensait à d'autres départs rêvés avec un autre, avec Philippe. Antoine lui tapota légèrement le bras et pour la première fois, elle lui prit la main.

Dès qu'ils gagnèrent le large, ce fut le mauvais temps. Une rafale plus rude et dans la cabine voisine éclatèrent des bruits de verre brisé. Une voix de femme, haute et pointue, criait sur un ton indigné. Lola la reconnut. C'était cette femme en fourreau rouge, leur voisine de table, la veille, au dîner. Le capitaine l'avait présentée à la ronde : « Madame

Maud Fargeallah » sans plus, comme si tout le monde la connaissait. Maud Fargeallah l'avait alors gratifié d'un sourire contraint, s'était assise d'autorité à la place d'honneur et avait pris la parole pour ne plus la lâcher. Péremptoire, à travers le tintement des fourchettes et des verres, sa voix dominait :

« Alors j'ai dit à sir Edward... comment laissez-vous ce Chehab... »

Le rôle doit la fatiguer, avait pensé cruellement Lola, ce n'est plus de son âge... Maud, tournant vers le capitaine sa petite tête d'oiseau brun, lançait à la cantonade mais sur un ton de conspiration :

« Mon cher, quatre jours avant les événements de Suez, j'étais au courant par ce bon George, George Middleton naturellement, qui voulez-vous que ce soit... J'ai alors organisé un dîner en petit comité pour des membres du gouvernement. Inutile de vous dire qu'ils n'ont rien fait. Des incapables! Le roi Abdallah, ça, c'est un émir! A lui, j'ai dit ce que j'avais sur le cœur. Je l'ai tout de suite convaincu... »

Lola et Antoine échangèrent, de loin, une ombre de sourire. Le voisin de Lola, un armateur chypriote, l'avait intercepté.

« C'est quelqu'un, Maud! murmura-t-il penché vers Lola. Vous ne la connaissez pas? Vous ferez vite sa connaissance et vous irez dîner chez elle à Beyrouth. Vous êtes une Falconeri, vous n'y échapperez pas. Il faudra qu'elle vous ait, elle vous aura. Ses dîners sont célèbres. On ne s'y ennuie pas, d'ailleurs. »

Un mauvais coup de gîte faisait soudain glisser verres et couverts sur les nappes damassées. Avec des piaillements les dames s'étaient levées. L'orchestre attaqua une marche, les serveurs se précipitaient.

« Restez, ce n'est rien », lança le capitaine. Mais déjà on se hâtait vers les cabines. Seule Maud, une coupe à la main, n'avait pas bougé. Elle foudroyait du regard un gros monsieur engoncé dans un smoking noir, les bajoues agitées par l'émotion.

« Voyons, Coco! on te dit que ce n'est rien! »

« Son mari? avait demandé Lola à l'armateur.

– Non. Son meilleur ami et son souffre-douleur. »

Malgré la tempête et les paquets de mer sur les hublots, Antoine s'était assoupi et son visage retrouvait dans le sommeil les rondeurs de l'enfance. Petit cousin fidèle, si gentil, si généreux, se dit Lola qui ne dormait pas, attentive à l'enfant qu'elle portait. Tu seras peut-être mon mari plus tard, là-bas au Liban. Depuis qu'Antoine avait pris sa vie entre ses mains, elle régressait, s'amollissait. Son sentiment de révolte s'était apaisé. Peut-être parce que son corps changeait. Elle entrait dans une nouvelle configuration, une métamorphose lente. L'autre douleur était là mais il suffisait de ne pas y penser. Le temps, disait Antoine, le temps efface tout, tu verras. Tout? Lola n'en savait rien. D'ailleurs, elle voulait garder son chagrin. Le souvenir de Philippe, les images de son bonheur perdu lui donnaient la nausée. Mais c'était tout ce qui lui restait de sa vie d'autrefois.

Lola tira le drap sur sa tête. Elle avait cru ne pas tenir à cet enfant qui s'agitait maintenant en elle. Mais une chaleur montait de son ventre, dans des douceurs de cocon de soie. Mille figures secrètes s'organisaient en elle.

Vivre. Désormais il lui faudrait vivre. Sa main sur son ventre déjà arrondi, elle se dit que plus jamais, désormais, elle ne pourrait s'offrir le luxe de mourir.

Quelqu'un cria « Beyrouth ». Dans les coursives les portes claquaient. Les garçons de cabine emportait les bagages. Assis sur leurs couchettes aux draps froissés, les passagers inquiets tâtaient leurs poches. Portefeuille, passeport, argent, oui, tout était bien là. Il ne fallait surtout rien oublier. Gestes nouveaux, gestes d'immigrés.

Antoine essayait de retrouver ses souvenirs d'enfance. « Ah, le Liban! c'est là qu'on prend de vraies vacances », disait sa mère. La dernière fois qu'il y était venu, c'était avec elle. Quel âge avait-il alors? C'était en tout cas avant la guerre de Palestine. Ils avaient pris le train du Caire à Haïfa, « le meilleur itinéraire », puis un taxi de Haïfa à Beyrouth. Non, pas Beyrouth. On allait directement à Aley, où ils passaient l'été sans trop bouger. Il n'avait qu'un souvenir d'Aley : les senteurs de la pâtisserie Jbayli et ses ghazl el banat, ces fils de la Vierge, des gâteaux aux longs filaments pressés, enrobés de miel poisseux. Il devait avoir neuf ans. C'était le temps des oncles lointains et des cousins perdus de vue depuis, dans la brise et les beaux paysages. « Ici au moins on respire! » disait sa mère. Et il l'entendait soupirer d'aise, face à tante Charlotte qui distribuait les cartes, sous la véranda qu'on appelait la véranda aux abricots parce qu'on pouvait en cueillir en tendant la main. « Oui, peut-être, répondait Charlotte, mais c'est en Égypte qu'il y a l'argent, ma petite. » Les parties de kum-kam étaient interminables. Antoine se souvenait des servantes disposant en silence des petits gâteaux ou des mezzés, changeant les cendriers, devant tante Charlotte qui réfléchissait, sourcils froncés, en regardant ses cartes. On jouait jusqu'à l'heure où la cloche de l'église annonçait les vêpres.

Tout cela avait dû bien changer. Comment Lola allait-elle vivre cet exil? Seul, Antoine eût été sans regrets. Le Caire lui était devenu intolérable. Il ne supportait plus l'omniprésence de la police secrète. Il regarda Lola flottant dans un manteau trop large, pâle sous ses courtes boucles noires, et il eut envie de la prendre dans ses bras. Non... C'eût été contraire à leurs conventions.

Le ciel s'éclairait. Dans la grisaille de l'aube, la mer réfléchissait sur son miroir d'acier les premiers rayons jaunes et roses d'un soleil d'hiver. Droit devant eux, Beyrouth naissait de la brume. Ce fut d'abord la ligne blanche des quais puis, étagées, les maisons ocre ou jaunes aux toits rouges presque plats, les tours dentelées de l'église Saint-Joseph, le trait fin d'un minaret, les silhouettes blanches des petits palais cachés dans les cyprès. Derrière, de hautes montagnes découpées en pans de plus en plus sombres enserraient la ville de leur ombre violette. Lola frissonna.

La beauté d'un paysage, d'une voix ou d'un visage la remuaient toujours à fleur de peau. Elle savait qu'elle n'oublierait pas le bruissement de soie de l'étrave qui fendait l'eau de la rade, ni ce premier regard sur son nouveau pays.

« Regardez! » L'armateur chypriote surgissant à ses côtés pointait du doigt la pancarte qui se balançait au-dessus des comptoirs de la douane.

« Bienvenue au Liban. Il est interdit d'importer dans ce pays : 1° des armes et des munitions; 2° des textes ou des images pornographiques; 3° des substances toxiques. »

« Seuls les trois premiers mots comptent. Bienvenue donc au Liban, madame, dit-il en s'inclinant. Pour le reste... Je parierais que ces malles qu'on débarque là-bas sont bourrées de revolvers du dernier modèle achetés à Paris, de drogue embarquée en Italie et je n'ose même pas imaginer devant vous à quoi ressemblent les photos porno destinées à nos frères du Golfe. Remarquez que la seule importation autorisée est celle des dollars. Ne sommes-nous pas, grâce à notre remarquable secret bancaire, la Suisse du Moyen-Orient? A propos, cher ami, ajouta l'armateur tourné vers Antoine, avez-vous des livres libanaises? Non? alors permettez... » Il tira de son portefeuille trois billets d'une livre, en tendit deux à Antoine et glissa le troisième dans son passeport.

« C'est l'usage ici, sinon vous en avez pour des heures. » Devant le sursaut d'Antoine l'armateur éclata de rire.

« Vous n'êtes plus en Égypte, mon cher. Notre police est assez civilisée pour admettre le bakchich comme une simple formalité. Donnez-moi vos passeports. Ne faisons pas attendre votre charmante épouse dans cette foire. »

De la cohue devant les guichets la voix de Maud Fargeallah s'élevait, indignée. « Mais douaniers, mes fourrures ont été poinçonnées à Paris! Ah, Tadros, vous voilà enfin! Prenez mes malles et partons. Où est la voiture? »

« Antoine, Antoine, je suis là! » Quelqu'un agitait la main de l'autre côté des barrières. « Oncle Émile! » Antoine l'avait tout de suite reconnu à l'allure, un peu vieilli, mais toujours élégant dans un costume gris trop bien coupé, à la pochette cascadante. A Aley, autrefois, Émile avait une réputation de grand séducteur. Il chantait le soir, pour les dames, dans les sahras, les soirées mondaines d'alors, « viens poupoule » ou, parfois, le grand air d'*Aïda*.

« Émile, oncle Émile... » Les deux hommes s'étreignaient avec une chaleur qui surprit Lola. Comme ils se ressemblaient! Antoine avait les larmes aux yeux. La famille, pensa-t-il, heureusement qu'il y a la famille. Sans elle nous autres Orientaux n'existerions pas.

« Puis-je vous appeler Lola? » Sous les cheveux d'un roux très pâle striés de blanc, les yeux gris d'Émile – le gris Boulad – souriaient. Architecte, peintre à ses moments perdus, l'oncle Émile avait émigré très jeune en Argentine pour revenir, fortune faite, se marier et s'installer au Liban. Lola n'en savait pas plus. « De toute façon, le chef de la tribu des Boulad de Beyrouth ce n'est pas lui, avait précisé Antoine, c'est tante Charlotte. J'espère que tu lui plairas. »

Lola se laissa aller au fond de la voiture sur les dossiers moelleux, caressant à la dérobée le cuir blanc de la Lincoln. C'était bon, c'était rassurant ce cuir fleurant l'opulence, ce luxe retrouvé. L'austérité nassérienne lui avait fait oublier ces raffinements qui avaient été le bonheur de la vie. Elle sourit, mais son sourire se figea lorsque son regard croisa dans le rétroviseur celui de l'oncle Émile. Visiblement celui-ci s'amusait. Très élève du Sacré-Cœur, elle se redressa, bien droite, impassible. Qu'allait-il penser d'elle?

« Je sais, dit-il. Nous sommes parfois, comment dire... clinquants. Oui, nous aimons l'argent, surtout pour ce qu'il donne. Mais nous avons le cœur large. Vous apprendrez tout cela. Oubliez l'Égypte, chère Lola, vous êtes ici chez vous maintenant... » Lola avait souri, lâchement.

La Lincoln avait dépassé le port encombré de taxis, de cars, de porteurs.

« Je vais vous faire découvrir la ville avant les grands embouteillages. » Ils suivaient maintenant une large corniche bordée de palmiers, « les seuls palmiers de Beyrouth, dit Émile, heureux, on les a mis là pour ne pas trop vous dépayser ». Soudain sérieux, il se tourna vers Antoine.

« Ton Nasser nous donne bien du souci. Depuis sa prétendue victoire de Suez, nos musulmans libanais délirent. Pour le petit peuple Gamal est un dieu. C'est nouveau au Liban. L'autre jour mon jardinier musulman, qui est chez nous depuis vingt ans, m'a dit : " Je t'en prie, Émile Bey, ne dis plus de mal de Gamal. Je t'aime et je te suis fidèle, mais lui je le vénère. Il nous a vengés des Français et des Anglais. C'est notre Saladin. " Qu'en dis-tu, toi qui viens du Caire? »

Antoine se rembrunit.

« Nous aussi avons cru qu'il serait le Saladin de tous les Arabes, après la chute de Farouk. Je ne le pense plus. Il n'a joué de la corde arabe que pour réveiller l'islam. Et cela fait tout oublier pour l'instant, l'échec économique, la police, les services secrets, les arrestations et les exactions du régime militaire. Son rêve? Unifier ainsi le monde arabe. C'est ce qu'il prétend. Je ne sais s'il y réussira. Mais je sais maintenant que les chrétiens de tous les pays d'Orient ne seront dans ce panarabisme nassérien que des citoyens de seconde zone, des dhimmi. Comme les coptes en Égypte. Nous n'en sommes qu'aux vexations. Le pire est à venir, et c'est pour cela que j'ai quitté Le Caire. Le Liban est le seul pays arabe où un chrétien peut encore vivre libre. Mais ce que tu me dis m'inquiète. Je n'ai pas quitté l'Égypte pour retrouver Nasser à Beyrouth! »

La Lincoln gravissait maintenant une route en lacet. Sur un terreplein dominant la ville, Émile freina.

« Regardez bien tous les deux. C'est à vous. » D'un geste large il leur offrait Beyrouth, ses ruelles en escalier dévalant vers la mer, ses maisons ourlées de blanc, les terrasses et les dômes, et tout en bas le port où les dockers déchargeaient les cargos. Autour, à perte de vue, les montagnes, la baie, la côte bordée de rochers et de plages.

« Où sont les chrétiens, où sont les musulmans ? On ne sait pas très bien. C'est ça le Liban, mille liens enchevêtrés. Nasser s'y cassera les dents. Tu as eu raison de revenir, Antoine. Nous ne serons jamais des dhimmi ou des coptes... Pardonnez-moi si je vous ai choquée » il se tournait vers Lola « votre sœur, je crois, est mariée à un copte... Je voulais simplement dire que les traditions chrétiennes ici sont différentes. »

Lola sourit, cette fois avec chaleur. Elle venait de sentir un mouvement dans son ventre.

« Je me sens déjà très bien au Liban, oncle Émile. Nous y serons heureux. N'est-ce pas, Antoine ? »

« Je te baptise, au nom du Père, du Fils et du Saint-Esprit, Nicolas, Charles, Émile... »

Le père Hayek presse le mouvement. L'eau, le sel, vite. Deux coups d'encensoir et les cloches retentissent à toute volée, sans retenue, pas comme les pauvres cloches des églises d'Égypte qui se voulaient toujours discrètes. Dans les bras d'Émile, son parrain, le petit Nicolas s'agite. L'église est fraîche mais on devine au-dehors une chaleur écrasante. Baptême minimum pour temps troublés. Lola se dit que le père Hayek expédie un peu trop rapidement tout de même son office.

C'est qu'il est inquiet, le père. A peine Lola et Antoine étaient-ils installés dans la grande maison des Boulad, square de Sanayeh, que pro-Occidentaux et pro-nassériens s'entre-déchiraient. De cette lutte, Lola n'avait eu pendant des mois que des échos assourdis. Tante Charlotte avait interdit qu'on parlât des « événements » avant la naissance du bébé. Antoine, après bien des démarches, avait obtenu un poste d'interne en chirurgie à l'Hôtel-Dieu de France, rue de Damas. En attendant d'être nommé chef de clinique, il assurait les urgences, les gardes de nuit et du dimanche.

Le père Hayek s'arrête, bénédiction suspendue. Des coups de feu viennent d'éclater au-dehors. En principe, au Liban, personne ne s'alarme pour quelques rafales, incidents habituels en période d'élections. Mais la semaine précédente, l'impensable s'était produit. A Miziara, dans la montagne, des hommes de Suleiman Frangié avaient fait irruption dans l'église pendant la messe, mitraillant l'assistance à la kalachnikov. Derrière une colonne, Frangié aurait lui-même dirigé les opérations. Le curé avait sorti un revolver de dessous sa soutane, et riposté aussitôt. Vingt-deux morts. Et le scandale. S'expliquer à coups de fusil, d'accord, mais dans une église! Frangié avait fui en Syrie, la campagne électorale avait pris une allure de guérilla urbaine. Lola constatait avec étonnement qu'elle commençait à s'habituer à ces mœurs étranges.

Le père Hayek donne sa bénédiction. La famille se serre autour du baptistère.

« Je ne crois pas que l'on risque grand-chose, dit le père, mais il vaut mieux sortir par la porte de la sacristie qui donne rue du Sel...

– Vous n'y pensez pas, mon père! proteste l'oncle Émile. Nous sortirons par le parvis, comme prévu. D'ailleurs, c'est là que les voitures attendent. » Tante Charlotte surgit à côté d'Émile. Dans un tailleur de soie rose pâle et sous sa grande capeline fleurie, elle ressemble à une petite fille qui aurait subitement vieilli. Elle lève vers son mari des yeux de myosotis.

« Le père Hayek a raison. Voyons Émile, nous n'allons pas sortir sous les balles avec un bébé dans les bras. Va prévenir les chauffeurs, chéri... »

Tante Charlotte a posé une main gantée de rose sur l'avant-bras de son grand mari, mais la voix légère, chantante, est sans appel... Dans son visage fané on ne voit que les yeux bleus, purs comme des lacs sous un ciel d'été. Nicolas dans les bras, Lola se dirige vers la sacristie. Émile va céder, pense-t-elle amusée. Comme d'habitude. Elle regarde son fils. Ce sera un beau brun aux yeux verts, elle en est certaine, même s'il a encore l'œil bleu marine des nouveau-nés. Ce baptême du feu pourtant est de mauvais augure. Vite, sortir de cette église. La petite porte qui donne sur la rue du Sel est ouverte. Souriant de toutes ses dents sous sa moustache blanche, l'oncle Émile tend les bras.

« Mon filleul, donnez-le-moi! Et en route, la fête n'attend pas. »

Les grosses voitures américaines aux carrosseries vert pistache ou rose bonbon, comme on les aime au Liban, se rangent devant la grande grille qui donne sur le square. Sous les palmiers et les eucalyptus, des tables sont disposées en rond. A droite, sur un buffet drapé de blanc, deux serveurs achèvent de placer les flûtes, les seaux à champagne et les plateaux de petits fours autour d'un énorme gâteau à la croûte vert céladon. A gauche, sur un autre buffet, une mosaïque d'odeurs et de couleurs : mezzés, vastes plats remplis de taboulé, piles de petits pains ronds, houmous et l'indispensable kebbé de chez Ajami. Lola, son fils dans les bras, monte d'un pas léger l'escalier de pierre à double révolution. Dans l'entrée tante Charlotte ôte sa capeline, fait bouffer ses cheveux blancs, lisse un sourcil, s'examine d'un œil critique dans le miroir de bois doré, et soupire. Soixante ans! Non, jamais elle ne se résignera à vieillir... Elle se détourne à demi pour un dernier coup d'œil, par-dessus son épaule. La silhouette est encore fine. Mais le visage! Trop de rides... un lifting, un seul, et tout serait parfait. Hélas, Émile, qui lui passe tout, là-dessus ne lui passe rien. Intraitable. Enfin, on verrait bien.

Par les fenêtres en ogive du salon, la brise du soir faisait tinter les pendeloques des trois lustres en enfilade. Lola aimait ce salon. Pour des raisons obscures les Boulad n'avaient pas cédé à l'engouement qui avait livré aux décorateurs les intérieurs beyrouthins, transformés en images de magazine, ostentatoires et sans âme. Dans la grande maison, les sols carrelés de marbre blanc étaient encore recouverts de leurs vieux tapis persans aux diaprures assourdies. On avait gardé les meubles XIXe siècle, le buffet à caissons, la salle à manger chinoise aux dragons sculptés, trois canapés et huit fauteuils capitonnés du même damas rouge que les doubles rideaux relevés par des embrasses dorées. Au pied des colonnes qui rythmaient la pièce, d'anciens braseros turcs, utilisés comme vases les soirs de réception, débordaient de fleurs, roses et jasmin mélangés. Tante Charlotte, après un voyage dont elle parlait encore avec des accents émus, avait rapporté d'Istanbul le goût des turqueries, des petites tables basses, des coussins brodés, des cuivres et des cristaux évocateurs des fastes de la Sublime Porte.

Les invités arrivaient. Les hommes en costume clair se regroupaient près de la cheminée de pierre. On faisait cercle autour d'un garçon brun, mince, aux yeux vifs, à l'élégance toute britannique. Raymond Eddé, héritier d'une grande famille maronite, serait un jour le chef d'un clan puissant. « Vous arrivez d'Égypte ? » avait-il demandé à Lola lors de leur première rencontre. Et avant que Lola ne puisse répondre, il lançait : « Je l'aurais parié ! Il n'y a que les Égyptiennes pour avoir ce teint doré et ces grands yeux fendus... » Puis se tournant vers Antoine : « Sais-tu que ta femme est sûrement ma cousine ? Les Falconeri nous sont alliés par les Gemayel d'Alexandrie... je suis, moi aussi, né au Caire. Alors, on s'embrasse ? » Il avait saisi la main de Lola, y déposant un baiser appuyé, avec dans l'œil ce petit éclair que connaissaient bien les jeunes et moins jeunes dames de la bonne société beyrouthine. Lola s'était stupidement mise à rougir.

Aujourd'hui Raymond était sérieux et la discussion semblait rude.

« Nos élections sont, comme toujours, truquées. Savez-vous qu'on a bousculé Saeb Salam pendant sa tournée électorale ? Un jour, nous paierons cher ces procédés...

– Tu critiques Chamoun maintenant ? objecta oncle Émile. Tu as bien voté, comme lui, le oui à la doctrine Eisenhower...

– Chamoun voit juste lorsqu'il s'agit de politique étrangère. Nasser veut tous nous avaler, comme il avalera la Jordanie et la Syrie. Alors, qui trouverons-nous ?

– La France ! s'exclama Émile d'une voix sonore.

– La France ? tu rêves. Après Suez et la guerre d'Algérie, la France ne peut plus rien pour personne. L'Amérique, oui, peut-être, et encore...

– Ne dis pas ça, Raymond ! » coupa Viviane Tueni qui venait d'arriver. Superbe dans une robe d'inspiration chinoise fendue sur un côté, elle avait relevé ses cheveux noirs en un chignon qui dégageait l'ovale encore pur du visage. Quel âge, se dit Lola, quarante, quarante-cinq ans ? Viviane agita sous le nez de Raymond son fume-cigarette.

« L'Amérique, l'Amérique, vous n'avez tous que ce mot à la bouche. Que connaissent-ils de nos problèmes, ces barbares ? Ils veulent nous faire signer leur pacte de Bagdad... ce serait une folie! Nous autres Libanais devons tenir la balance entre l'Orient et l'Occident, ne tomber ni d'un côté ni de l'autre. Nasser nous menace? Nous avons l'appui du roi Saoud et de Noury Saïd. L'Arabie Saoudite et l'Irak, ce n'est pas mal... en tout cas, Chamoun se trompe lorsqu'il joue son va-tout sur les États-Unis... n'est-ce pas Georges?

– C'est vous, ma chère, qu'on aurait dû envoyer aux États-Unis comme ambassadeur, dit Georges Naccache, le patron de *l'Orient*, vous auriez su expliquer aux Américains notre complexité. En attendant, je vais vous engager comme éditorialiste. »

Viviane releva le menton.

« J'accepte... »

Tout le monde éclata de rire.

Là-bas, du côté des canapés rouges, tante Charlotte suivait la scène d'un regard aigu. Elle n'aimait pas beaucoup Viviane, mais elle l'invitait toujours. Viviane faisait partie de la bonne société beyrouthine, très mêlée certes, mais plus fermée qu'elle ne le paraissait. Les Bustros, Tueni, Naccache, grecs-orthodoxes, pouvaient se fâcher avec les Eddé, les Gemayel ou les Sursok maronites. Des sunnites comme les Daouk ou les Solh pouvaient haïr des chiites comme Mohsen Slim ou les Joumblatt et Arslandruzes. On se recevait pourtant. L'essentiel était d'appartenir au même milieu, de se serrer les coudes, de faire front commun, de rester entre chefs de clans, administrateurs de banques, seigneurs de villages.

Viviane s'était perdue dans la cohue et Charlotte laissa son regard errer sur la superbe volière qu'était maintenant son salon. C'était si agréable de recevoir, d'entendre les petits cris de joie, d'accepter les baisers légers des amis qui vous félicitent, vous disent qu'on vous a terriblement regrettée au dîner des Gemayel, que vous avez une mine splendide et une robe magnifique. Les hommes sont riches, les femmes sont belles. Un peu trop démonstratifs peut-être, trop sûrs d'eux, trop gais. Mais sans ces douceurs mondaines, que serait la vie? Ils se protègent, se dit Charlotte, par l'argent, l'esprit ou le pouvoir, dans un monde qu'ils devinent hostile, même s'ils le nient. Georges Naccache revenait l'autre jour dans son éditorial sur une photo parue à la une de tous les journaux arabes : celle d'un vieux réfugié de Gaza écroulé en pleurs sur l'épaule d'un envoyé de Nasser. Georges avait parlé de « la misère brulante du monde qui nous entoure et toute cette douleur autour de nous »... La phrase avait marqué Charlotte. Musulmans ou chrétiens, n'était-ce pas cette misère qu'ils refusaient de voir? De cette douleur qu'ils avaient peur?

Charlotte chassa ses idées noires, accrocha sur ses lèvres son sourire angélique, ralluma ses yeux bleus. Elle avait déjà oublié les sombres prédictions de Georges Naccache. Elle cherchait Lola. Cette fête était donnée en son honneur. Où était-elle? Lola l'intriguait. Il y avait en elle comme un mystère, une fracture secrète. Laquelle?

Trop de bijoux, beaucoup trop de bijoux pour un après-midi, se disait Lola qui, du bureau d'Émile où elle s'était réfugiée par timidité, avait vue sur les trois salons. Naturellement, elle aurait dû y être. Se poser sur un des poufs rouges en croisant haut les jambes comme Jeanine Toutoundji qui ressemblait, dans sa robe décolletée, à un oiseau exotique lissant ses plumes brillantes. Aller d'un groupe à l'autre, se mêler aux conversations masculines comme Liliane, chuchoter sur le grand sofa avec Gaby dont les mains chargées de bagues s'agitaient et accrochaient l'éclat des lustres au passage. Fourreaux de soie, crêpes drapés, saphirs sertis, colliers de chien en or ciselé... Lola avait le cœur lourd. Serais-je envieuse? se demanda-t-elle. Devant ces élégances tapageuses, sa robe bleu marine sentait le pensionnat et son collier de perles, cadeau de tante Charlotte, ne pouvait rivaliser avec le fameux pendentif de diamants de Mme Haddad mère. Qu'était-elle après tout? Une pauvre réfugiée égyptienne. Quand Antoine en souffrait et promettait de lui offrir, plus tard, des robes de grand couturier ou des bijoux de prix, Lola répondait en riant que les diamants n'allaient pas à son teint.

Rester ostensiblement simple, c'est ce qu'elle avait décidé dès son arrivée à Beyrouth. En quittant Le Caire, elle avait laissé derrière elle un snobisme discret, à l'anglaise. La nonchalance et la dérision convenaient à l'Égypte alanguie, marquée par des millénaires, où rien ne semblait jamais devoir troubler le lent déroulement d'une vie raffinée. Le Liban, en revanche, l'avait d'abord étonnée par ses montagnes, sa lumière crue, l'écart vivifiant entre les neiges d'hiver et les plages de l'été. Était-ce l'effet du climat? Les Libanais lui paraissaient plus rudes, et elle devinait sous le tourbillon mondain une secrète violence. Ils aimaient la vie, avec une effervescence et une joie primitives qui parfois l'effrayaient. Pourrait-elle s'y faire? La question ne se posait plus. Il fallait oublier l'Égypte. Elle l'avait promis à Antoine à la naissance de Nicolas. Un contrat était un contrat.

Tante Charlotte avait enfin aperçu Lola. Elle lui fit signe, d'un air impératif. Lola se précipita. A son tour d'écouter Gaby.

La nuit était tombée et dans la maison maintenant vide flottaient encore les senteurs mêlées des roses et des cigares.

« Les enfants, venez... » Émile allumait les lampes de son bureau, ouvrait les battants grillagés de la bibliothèque, sortait des dossiers, des cartons, des parchemins retenus par des rubans de soie verte. Et deux portraits bordés de noir. L'un représentait un jeune officier au front légèrement dégarni, moustache en crocs et barbe en pointe, bombant le torse dans une tunique à brandebourgs et épaulettes frangées. L'autre était la photo jaunie d'un seigneur enturbanné, sa belle barbe noire en éventail sur une poitrine constellée de décorations grandes comme des cocardes. Émile disposa le tout sur sa table de travail. Il était ému.

« Mes enfants... » sa voix tremblait un peu « ... cette soirée est pour moi comme une apothéose, un tournant dans l'histoire de notre famille. Parce que notre famille a son histoire, que nous avions jadis décidé de reconstituer, Gabriel à Damas, André au Caire et moi à Beyrouth. Les trois cousins Boulad, comme on disait. Nous ne voulions pas que notre passé se perde. Mais Gabriel, comme vous le savez, a émigré au Nigeria, s'est marié là-bas et ne reviendra pas. André est mort à Alexandrie. Moi, j'ai vécu longtemps en Amérique latine et en revenant au Liban je n'ai pas eu le courage de poursuivre seul nos recherches. Mais puisque tu es là, Antoine, c'est à toi que ce soir je passe le relais. Tiens, prends ces papiers...

– Moi ? mais, oncle Émile... » bafouilla Antoine.

Émile s'était raidi. Lola lut dans ses yeux gris une grande tristesse. Elle coupa la parole à son mari.

« Nous assurerons la relève, oncle Émile, Je suis plus libre qu'Antoine, j'aimerais m'en charger si vous le voulez bien. Ça me passionne, cette histoire de famille, ma famille. » Elle entendait la voix de sa mère : « Ce n'est pas seulement Antoine que tu épouses, c'est aussi sa famille, ne l'oublie pas », lui avait-elle dit à la veille du mariage.

Le pli d'amertume sur les lèvres d'Émile se dissipa. Il saisit la main de Lola dans ses gros poings et murmura d'une voix enrouée : « Bien sûr, ma chère petite, bien sûr, bien sûr... »

Lola sut qu'elle appartenait désormais au clan Boulad, et au Liban.

14

Ce matin-là, Lola était restée dans sa chambre. Elle voulait être seule. Elle voulait réfléchir. Pourquoi s'était-elle si spontanément proposée, la veille, quand l'oncle Émile avait demandé à la famille réunie qui prendrait le relais, qui tiendrait le vieux livre de mémoire? Elle, d'habitude si réservée, pourquoi avait-elle dit si vite : « Moi. » Elle se souvint d'un mot de Bob, parodiant Oscar Wilde quand elle cédait aux regrets ou à la mauvaise conscience : « Méfie-toi de ton premier mouvement, fillette, c'est toujours le meilleur. »

Ce premier mouvement, elle le savait, n'était pas de hasard. Elle voulait appartenir au clan des Boulad. Non par résignation ou comme un pis-aller. Depuis qu'elle était à Beyrouth, sa droiture s'insurgeait contre ce que son désarroi, après Philippe, pouvait lui présenter comme un mariage de raison, une fin. Son cœur était déjà trop lourd de cette première trahison pour trahir à son tour. Elle devait faire confiance à la vie, parier sur le bonheur. L'avenir de son fils aussi en dépendait. Et puis, elle avait eu, avec Philippe, tout l'amour et ses fruits doux amers. Elle découvrait avec Antoine la douceur et la communion dans la tendresse. « Il n'y a pas de mauvais mariages, seulement de mauvais maris », disait autrefois sa mère. Antoine était un bon mari. Elle ne serait pas une mauvaise épouse.

L'oncle Émile l'avait-il pressenti? Quand elle lui avait dit oui, il s'était incliné sans sourire, respectueusement cette fois. Et quand elle lui avait demandé de l'aider, d'être son guide et son mentor, il avait promis. Il fallait lire d'abord le mémorial qu'il lui avait confié.

Du plat de la main, Lola caressa la couverture de toile élimée par l'usure, puis elle ouvrit le cahier noir. Sur la page de garde une plume fine avait inscrit « Chronique de notre famille à travers ses malheurs et ses joies ». Une dédicace, en haut à droite : « Aux Boulad passés, présents et à venir, par le père Antoine Boulad, salvatorien,

1882. » L'encre avait pâli, l'écriture était restée nette, élégante, ornée de pleins et de déliés :

Me voilà au soir de ma vie et je ne peux plus quitter mon couvent. Je ne peux que prier et écrire. J'ai demandé et obtenu du Supérieur le nihil obstat, pour raconter l'histoire de ma famille. Est-ce là une œuvre pieuse ? Ne me laissai-je pas aller à la vanité et au péché d'orgueil ? Si cela était, j'en demande pardon à Notre Seigneur avant de comparaître bientôt devant lui. Il m'a semblé pourtant que cet almanach des misères et grandeurs de notre famille illustrerait celles des chrétientés orientales si longtemps méconnues, aujourd'hui encore ignorées malgré leur beau passé. Ce sont ces chaînons mouvants d'ascendants et d'enfants en exil, qui nous perpétuent, en temps que communautés chrétiennes, isolées, fragmentées certes mais toujours vivantes, par la grâce de Dieu.

Je n'ai pas l'ambition de faire ici œuvre d'érudition. Il eût fallu consacrer beaucoup plus de temps et de soin à ce travail. Tout au plus ai-je tenté de rassembler les bribes de notre histoire familiale à travers les récits, les témoignages et les écrits parvenus jusqu'à moi.

Mon vœu est que les Boulad continuent ce calendrier perpétuel, ce mémorial qui relie le passé à l'avenir.

Écrit dans la paix du Seigneur, au couvent de Kaslik, Liban, en l'an de grâce 1882.

Lola, déjà intéressée, tourna la page. Le récit commençait, jeté sur le papier en volutes violettes, largement bouclées.

Je le dis sans vanité, nous appartenons à la plus ancienne des églises chrétiennes puisque nous sommes nés dans le pays du Christ, sur ce chemin de Damas où Saul de Tarse devint notre saint Paul. Et fûmes parmi les premiers, en 43, à être baptisés du beau nom de chrétiens.

Selon les grimoires patriarcaux, les Boulad habitaient à Damas, dans le quartier de Bab Touma, une venelle appelée Haret Boulad. Nous ne travaillions pas l'or comme nos voisins juifs de Haret el Yahoma, mais le fer traité, l'acier. Boulad vient de Foulaz, acier en arabe, et ce nom de métier restera notre nom de famille. Le travail de l'or, contrairement à ce qu'on pense aujourd'hui, était alors moins noble que celui du fer, et toutes les aristocraties chrétiennes du Moyen-Orient ont eu pour ancêtre un forgeron ou un maréchalferrant. Les premiers Foulaz ou Boulad furent les maîtres de forges de la nouvelle société chrétienne. Puis se produisit la rupture entre Rome et Byzance, consacrée par le concile de Chalcédoine, en 451.

Comme tous les chrétiens orientaux, nous suivîmes Byzance. Les Boulad syro-libanais, désormais grecs-orthodoxes, persévéreront dans leur foi, tout en forgeant l'acier.

Cet acier était célèbre dans tout l'Orient. Grâce à un procédé spécial tenu secret, un secret bien gardé, les lames qui sortaient de nos ateliers étaient si solides et si fines qu'elles pouvaient avec le même bonheur trancher un os ou un voile de gaze. On dit que les Boulad forgèrent l'acier damassé de l'épée de Saladin. Est-ce une légende ? sans doute. Mais il est certain qu'on venait de très loin pour nos épées à la poignée d'argent repoussé, enrichies de pierres précieuses, cadeaux de rois qui firent notre fortune.

C'est ainsi que pendant des siècles, notre famille régna sur les plus belles manufactures d'armes de tout l'Orient. A travers les régimes, califats et invasions mongoles, les batailles gagnées au fil de nos épées firent – Dieu nous pardonne – la renommée des Boulad. Il y eut bien des têtes coupées, des monarques assassinés, des intrigues de palais. Mais à Damas, les cavaliers musulmans ou les émirs turcs continuaient à s'approvisionner en armes dans le haret Boulad et les premiers croisés francs, que nous appelions Franj, envoyaient des émissaires pour se procurer à prix d'or nos épées plus légères que leurs glaives de fer. Dans la belle ville de Damas nous vécûmes en paix, puisque les nouveaux maîtres musulmans nous laissaient pratiquer notre foi.

Les chrétiens de Damas s'inquiétèrent pourtant lorsque leur parvint, en juillet 1099, la terrible nouvelle de la prise de Jérusalem par les Franj. Les premiers réfugiés, arrivés en grande détresse et pauvreté, racontèrent l'horreur. Les Franj, des géants blonds couverts de lourdes armures, avaient pillé Jérusalem avec une cruauté inouïe, égorgeant les femmes et découpant les enfants, brûlant et saccageant les mosquées comme les basiliques. Les musulmans furent entassés, brûlés, leurs filles emmenées et vendues comme esclaves. Les juifs n'eurent pas meilleur sort. Dans leur quartier, toute la communauté réunie à la synagogue périt dans l'incendie allumé par ces barbares venus d'Occident.

Ces nouvelles semèrent chez nous la terreur. Qui étaient ces Franj ? Ils se disaient soldats du Christ, ils prétendaient libérer son tombeau, ils reconnaissaient le pape. Mais quels chrétiens étaient-ce là ? Nous nous interrogions. Le patriarche nous expliqua que Rome, depuis le ve siècle, nous tenait pour des schismatiques hérétiques, aussi dangereux que les musulmans et les juifs.

Nous étions donc pris entre deux feux. Les terribles musulmans seljoukides tenaient d'une main de fer les territoires de Byzance. Allaient-ils faire la différence entre les Franj venus de l'Occident et nous autres, les chrétiens orientaux ? Dans les vastes demeures du quartier chrétien de Damas, on avait déjà serré dans des sacs de cuir les bijoux, les brocarts, les pièces d'or. Tous les chrétiens d'Orient, qu'ils fussent de rite grec, arménien, maronite ou jacobite, redoutaient d'être accusés de complicité avec ces Franj qui tuaient au nom du Christ.

Fascinée, Lola poursuivit sa lecture. Le père Antoine racontait les malheurs des croisades, les royaumes établis sur les côtes syriennes et libanaises, le roi Louis IX fait prisonnier puis relâché contre l'abandon de Damiette et le paiement d'une rançon d'un million de dinars. En 1150, un autre péril s'était levé à l'Est : Gengis Khan et ses terribles Mongols arrivent devant Damas. Lorsqu'ils s'arrêtent, au pied des remparts, les habitants crient au miracle.

On chanta les louanges de Dieu dans les églises, les synagogues et les mosquées. Pendant un siècle, on n'entendit plus parler des Mongols, et on les oublia.

L'empire mongol pourtant renaissait de ses cendres. Les trois petits-fils de Gengis Khan se partagèrent l'Empire. Mongka, l'aîné, devint le souverain et établit sa capitale à Karakorum en Mongolie. Koulibaï son frère régna à Pékin. Houlagou le troisième frère, installé en Perse, entreprit de conquérir l'Orient, des steppes asiatiques aux rives de la Méditerranée, et même jusqu'au Nil. A nouveau nos compatriotes éprouvèrent la grande peur. On racontait que Houlagou, comme son terrible grand-père, dévastait tout sur son passage. En l'an 1257, il brûla à Alamut la légendaire bibliothèque du sanctuaire des Assassins, niché dans une montagne pourtant inaccessible, ce qui fait qu'on ne sait presque plus rien aujourd'hui de cette secte. L'année suivante, Houlagou arriva à Bagdad. Ses hordes se répandirent dans la ville, brûlant les monuments, la grande bibliothèque, les mosquées. Hommes et femmes furent massacrés par milliers. On raconte que le sang rougit l'eau du Tigre, qui emporta dans ses flots plus de quatre-vingt mille cadavres. Aussi lorsque Houlagou, quittant Bagdad, arriva devant Damas sur son petit cheval, suivi par des nuées de cavaliers aux cheveux dénoués, les Damascins s'enfuirent terrifiés.
Les chrétiens de Damas pourtant ne bougèrent pas. Ils savaient que partout où il passait, Houlagou ne coupait que les têtes musulmanes, mais qu'il épargnait les églises. Il avait même ordonné que, dans Bagdad en ruine, un palais fût préservé pour les « catholicos ». Car ce terrible Tatar, véritable bête sauvage dans les combats, redevenait sous sa tente un homme cultivé, passionné de science et de philosophie. On le disait même secrètement converti au christianisme. Sa femme préférée, Dokouz Hatoum, et plusieurs de ses généraux ne le cachaient pas : ils étaient de fervents chrétiens nestoriens.

Je voudrais ici ouvrir une parenthèse, sur un point qui fut longtemps mon sujet de travail favori, et que j'aimerais – vanité, j'en conviens – faire découvrir à mes descendants. Beaucoup aujourd'hui s'étonnent : comment le christianisme avait-il pu pénétrer dans ces steppes lointaines ? Le mérite en revient aux disciples de Nestorius, dont l'histoire mérite d'être rappelée.

Cet archevêque de Constantinople avait été condamné par le concile d'Éphèse, à la Pentecôte de 431, pour avoir trop vivement défendu la dualité du Christ, et nié son unité foncière. Querelle de théologiens, qui se prolongera encore quelques siècles et qui provoqua la grande rupture entre les Églises d'Orient et d'Occident.

Chassé par son archevêque, Nestorius et ses disciples prirent donc le chemin de l'Asie lointaine. Dès le viᵉ siècle ses disciples gagnent la Perse, l'Inde, le Tibet, et arrivent jusqu'en Chine. Les moines nestoriens, qui parlent l'araméen, la langue du Christ, installent des métropolites et des monastères jusqu'à Koumdan en Chine et Khanbalik en Mongolie. Ils convertissent les tribus barbares qui pratiquaient le chamanisme. Plusieurs souverains mongols adoptent la foi chrétienne. Des voyageurs rapportent dans les anciennes chroniques qu'ils ont eu la surprise d'entendre, dans les steppes les plus reculées, les Tatars Oïgurs chanter la messe en araméen et en syriaque sous les tentes de poil de chèvre ! Aujourd'hui, il ne reste plus que quelques îlots chrétiens dans la lointaine Asie. Qui se souvient encore de Nestorius et de sa prodigieuse équipée ? On me pardonnera, je l'espère, de m'y être attardé.

En 1260, quand Houlagou s'empara de Damas, ce furent donc trois princes de chrétienté qui entrèrent à cheval dans la ville ruinée. Il y avait là le grand général mongol Kitbouka, nestorien, Hamtoum Iᵉʳ le roi d'Arménie et son gendre Bohemond d'Antioche, eux aussi chrétiens. Dans toutes les églises, demeurées intactes par ordre du grand Khan, on fit sonner les cloches et chanter le Te Deum.

C'est à ce moment précis, en 1260, que l'histoire des chrétiens aurait pu basculer. Car Hatoum, le roi d'Arménie, fit alors à Louis IX, roi des Franj, une proposition étonnante. Pourquoi ne pas conclure une alliance entre les croisés francs, qui tenaient encore, aux environs de Saint-Jean-d'Acre, la côte de Palestine, et les Arméniens, qui à partir de Damas lanceraient contre les musulmans, ainsi pris en tenaille, les vagues terrifiantes de leurs mongols chrétiens ?

La croisade mongole semblait irrésistible. Houlagou affirmait qu'il irait jusqu'à Jérusalem et même jusqu'à La Mecque. « Attaqués par nos troupes à l'est et par les Franj à l'ouest, les musulmans seront dans une situation critique et ne pourront qu'être vaincus, écrivit Hatoum au roi franc. Notre jonction marquera le succès définitif de la chrétienté contre les infidèles, et nous pourrons enfin reconquérir ensemble le tombeau du Christ. »

Hélas, les croisés franj, méfiants, ne comprirent pas l'intérêt *d'une telle stratégie. Ils refusèrent l'alliance avec ces chrétiens du bout du monde dont l'aspect, les rites, la diversité, heurtaient leur foi étroitement latine. L'échec du grand monarque arménien signait l'échec même des croisades, l'échec de l'Occident dans cette partie du monde. Plus jamais Rome ne reprendrait pied dans un univers qui serait submergé, à long terme, par l'islam.*

Je me demande quel aurait été l'avenir des chrétiens d'Orient si Hatoum Ier avait été suivi. Le sort de toute la région, de Jérusalem en Inde, en eût été changé. Aurait-on vu s'installer un vaste empire chrétien couvrant l'Orient et l'Occident d'une nouvelle et florissante civilisation? Ou au contraire une effroyable anarchie aurait-elle déchiré une chrétienté déjà minée par ses querelles internes, tirée d'un côté vers l'Europe, de l'autre vers l'Asie?

Nous ne savons rien des desseins de Dieu. En cette année 1260, les Latins laissèrent passer leur chance. Battus par les Mamelouks, ils durent quitter à tout jamais l'Orient. Les Mongols de Houlagou, commandés par Kitbouka, tombèrent dans un piège à la bataille d'Ain Jalout – « la fontaine de Goliath » –, une des batailles les plus décisives de notre histoire. Les turco-tatars abandonnèrent la foi chrétienne. Ils se convertirent à l'islam triomphant qu'ils exporteront jusqu'en Inde. Houlagou replié sur la Perse deviendra musulman pour rétablir son autorité menacée par la défaite. Le rêve d'un grand empire chrétien d'Orient s'effondrait définitivement. La menace tatare redevenait pour nos ancêtres chrétiens le plus grand des dangers.

Les Boulad à Damas continuèrent à produire leurs lames d'acier trempé. Jusqu'en 1401, l'année terrible, l'année noire.

Cent cinquante ans après Houlagou, les rapaces des steppes, les Tatars, s'abattent sur Damas. Cette fois, ce sont les chrétiens qu'ils massacrent. Timour Lank, le Tamerlan des Occidentaux, brûle les églises que ses aïeux avaient épargnées. Il brûle aussi les manufactures des Boulad. Pour percer le secret de leurs aciers, Tamerlan enlèvera les deux fils aînés de notre famille, et les emmènera au Turkestan. Là, il les obligera à travailler pour lui. Le secret de l'acier qui avait fait notre gloire allait faire notre malheur. Les fils Boulad furent-ils réduits en esclavage? Ou vécurent-ils honorés, à la cour de Tamerlan? Leur famille n'aura plus jamais aucunes nouvelles d'eux.

Désormais c'est l'acier qu'il faut suivre à la trace pour essayer de reconstituer la saga des Boulad. Dans un ancien texte, on ne parle plus de l'épée damassée, mais de « l'épée Boulad de Samarcande ». Plus tard, au XIXe siècle, le nom de Boulad reparaîtra en Russie lorsqu'un ingénieur russe, Anoçof, utilisera le procédé des

« *Boulad Watered steels* ». *Je me suis toujours demandé si cet Anoçof n'était pas le descendant des enfants Boulad, enlevés par Tamerlan.*

*A Damas, les Boulad se reconvertirent dans la soie. On relève
leur nom, tissé dans les lisières d'anciennes pièces de cachemire, et
sur ces soieries lourdes et cassantes, dites « de Damas », appréciées
dans toutes les cours d'Europe. Leur renommée est grande. J'en
donnerai pour preuve ce récit fait en 1700 par un certain André
Boulad, dans une lettre que j'ai retrouvée et que je recopie ici :*

« *Ce jour de juin de l'année 1700, nous reçûmes la visite du
sieur Jacquard, venu de Lyon en France, pour apprendre de nous la
science de la soie brochée, qu'ils appellent soie damassée. Il a longuement examiné et observé nos métiers, nos tissages et nos tisse-
rands, en dessinant chaque détail sur des feuilles de vélin serrées
dedans un grand carton. Nous lui avons fait visiter Damas dont il a
admiré les beautés. La veille de son retour, il m'a proposé d'emmener avec lui notre dernier fils Jean, qu'il traitera comme son propre
enfant et qu'il fera travailler dans ses ateliers de Lyon. Héloïse, ma
femme, a beaucoup pleuré. Mais moi j'ai accepté, car ce M.Jac-
quard me semble un homme de bien. Et Dieu seul sait de quoi sera
fait l'avenir, dans nos contrées incertaines. Jean est donc parti pour
la France, ce troisième jour de juillet 1700.* »

*André Boulad avait eu raison d'envoyer son fils à Lyon. En
1724, une grave crise secouait la communauté syrienne grecque-
orthodoxe. Cette fois, elle opposait catholiques latins et orthodoxes
byzantins.*

*Nos ancêtres, suivant en cela un certain nombre de coreligion-
naires, optèrent contre la hiérarchie orthodoxe, et devinrent des
minoritaires pourchassés. Les Boulad, riches et influents, furent les
premiers ostracisés. Contre vents et marées, quelques-uns restèrent
à Damas pour préserver les biens familiaux au prix – que Dieu leur
pardonne! – d'une inconditionnelle soumission à Byzance. Les
autres trouvèrent refuge au Liban, parmi les maronites, rattachés à
Rome et protecteurs des proscrits. On trouvera des Boulad dans le
Sud libanais, à Sidon où un quartier porte encore leur nom, de
même qu'à Chtaura. Là, ils cultivèrent la vigne. D'autres poussèrent
plus loin, jusqu'en Égypte où mon aïeul arriva à cheval, avec pour
tout bagage une ceinture de cuir et un encrier. La ceinture fait partie de nos trophées au Caire. J'ai retrouvé dans les registres parois-
siaux un certain Victor Boulad, négociant à Alexandrie en 1794.
Après? Rien. Rien dans les registres d'état civil, fort bien tenus
pourtant, à l'époque, par les curés des paroisses d'Égypte. Rien
dans les légendes transmises par les familles.*

Mon grand âge et l'impossibilité de me déplacer m'empêchent de poursuivre ces recherches. J'arrête donc ici ce livre de mémoires. Je l'ai voulu aussi complet, aussi précis que possible. Je souhaite qu'un de mes successeurs assure le relais. Ma main trop faible dépose la plume. Aujourd'hui j'abandonne. Que le Seigneur vous protège et longue, longue vie aux Boulad!

Père Antoine Boulad, couvent de Kaslik, 1882.

Lola referma ce premier cahier. Qu'était devenu ce Victor soudain volatilisé? Peut-être était-il mort sans postérité? Peut-être avait-il émigré ailleurs. Elle interrogerait l'oncle Émile plus tard. Elle se leva. Sous ses fenêtres des jeunes défilaient en scandant « Nasser, Nasser! ». Des cars de police les suivaient, au ralenti. Il faisait beau. Lola avait promis à Michèle Awad d'aller nager cet après-midi. Mais elle avait le temps. Elle ouvrit le second cahier et reprit sa lecture.

L'écriture était différente, haute et sèche, presque anguleuse. Celle sans doute de cet autre Boulad dont le portrait sépia illustrait la page de garde : celui d'un homme jeune, rieur, l'œil conquérant, moustache tombante et mouche « à l'impériale ». Le front haut, légèrement dégarni. Le torse, bien pris dans une tunique sombre, était barré de brandebourgs. Épaulette à franges et médaille. Quelle date, quel grade, quelle médaille? Un nom, rien qu'un nom. Et sous le daguerréotype, une longue légende :

« Bullad, Georges. Capitaine de cavalerie français. Né le 25 novembre 1827 à Marseille. Soixante ans aujourd'hui, 25 novembre 1887. Médaille militaire gagnée pendant l'attaque du village kabyle d'Icheridène, Algérie. Une balle dans le bras. Croix de guerre en Syrie pour avoir sauvé l'honneur, la vie et l'uniforme du comte de Bentivoglio, consul de France à Beyrouth. »

S'il écrivait, lui qui, affirmait-il, détestait écrire, c'était pour répondre au père Antoine qui cherchait un Victor Boulad, né à Alexandrie :

« C'est mon père et j'ai reconnu mon grand-père dans l'émigré arrivé à cheval avec pour tout bagage une ceinture de cuir et un encrier. Cet encrier est chez moi, à Marseille. »

158

Ce fameux grand-père à l'encrier, l'oncle Émile en avait parlé à Lola. « C'est comme ça, lui avait-il dit, que tu retrouveras la France dans ta généalogie. Et c'est comme ça qu'Antoine est né au Caire, rien que pour te rencontrer... »

Le grand-oncle à la ceinture de cuir avait fait fortune en Égypte, grâce à ses filatures de soie brochée, technique importée du Liban. Il était retourné à Sidon pour y prendre femme. Mais celle-ci ne supportait pas l'Égypte. Trop de chaleur, trop de déserts, trop de pigeons farcis, pas assez de kebbés labanieh et de mezzés à l'arak. Infréquentables, ces Égyptiens. « Retournons à nos sources pures et à nos cimes neigeuses », gémissait-elle dès les premières grandes chaleurs.

Le destin devait en décider autrement, écrivait Georges Bullad. C'était en pleine canicule, un jour de l'été 1798. Mon père avait vingt et un ans. Dans le silence de la sieste, quelqu'un avait crié : « Les Français... ils arrivent! Les Français! » Ils étaient déjà sur la plage, protégés par des canonnières tricolores. C'était l'expédition d'Égypte. C'était Bonaparte. Quel spectacle, quelle fête! Les soldats français paraissaient immenses, magnifiquement vêtus de culottes blanches, de redingotes bleues coupées d'un lourd baudrier où pendaient cartouches et sacs à poudre. Les malheureux suaient sang et eau dans leurs bottes, mais les petits Égyptiens étaient émerveillés par les plumes, les ors des épaulettes, les fourreaux d'argent, les drapeaux déployés. Les corps d'armée déjà se rangeaient sur la plage. Les musulmans s'étaient enfuis, mais les chrétiens ébahis eurent vite le sentiment d'accueillir des cousins.

Mon père, sur Bonaparte, était intarissable. Lorsqu'il commençait à raconter, toute l'épopée y passait, la bataille au pied des pyramides, Bonaparte coiffé d'un turban vert se faisant expliquer le Coran, l'expédition de Saint-Jean-d'Acre. L'enthousiasme montait d'un cran lorsqu'il s'agissait de la « mission d'Égypte », cette armée de savants, de chercheurs, de dessinateurs, d'archéologues et d'architectes. Très vite, mon père s'était joint à eux. Les Français, à part quelques orientalistes, ne parlaient pas l'arabe. Il leur fallait des interprètes, des intermédiaires connaissant bien la langue et les habitudes du pays. Pour les chrétiens d'Alexandrie, l'occasion était inespérée. Fascinés par ce général de trente ans, auréolé de gloire militaire et fils de la Révolution française, les jeunes Égyptiens de bonne famille se mirent à son service. Quand l'expédition française dut quitter l'Égypte, huit cents jeunes Orientaux s'attachèrent à ses pas. Parmi eux, cinq cents melkites catholiques dont Nicolas Sakakini, Boulos Bishara, les Khoury, les Ayoub et un jeune négociant, celui qui serait mon père, Victor Boulad.

Ils furent accueillis à Fréjus en héros. On acclamait « les retours d'Égypte », on les embrassait, on les aimait. On dit même qu'à l'annonce de l'arrivée du général, les théâtres parisiens inter-

rompirent leurs représentations. Les Orientaux venus d'Égypte participaient à la fête : « On nous lançait des roses et du jasmin, les femmes nous envoyaient des baisers. Comme elles étaient belles et comme nous étions heureux », me confiait mon père à la fin de sa vie, quand nous étions en tête à tête. Était-ce la chaleur de l'accueil provençal ? Les Égyptiens décidèrent de se fixer à Marseille, plutôt qu'à Paris. J'ai souvent demandé à mon père pourquoi il n'avait pas tenté sa chance dans la capitale. « Nous voulions rester groupés et Paris nous faisait peur. Là-bas, nous ne connaissions rien des habitudes, de la vie, du commerce. La Méditerranée nous mettait à l'aise. Et puis, comme dans tous les ports, nous avons retrouvé à Marseille des Syro-Libanais, déjà installés, qui nous ont expliqué les règles du nouveau jeu. »

Les temps étaient propices. Déjà plus général, pas encore empereur, le « citoyen Consul » entreprenait de panser les plaies laissées par la Révolution. Ses mots clés ? La propriété. Le commerce. Tout un programme ! A Marseille, les émigrés d'Orient formèrent vite une colonie prospère. En 1820, Louis XVIII leur accorda la nationalité française. Mon père en profita pour se marier dans une famille de vieille souche marseillaise et pour franciser son nom. Boulad devint Bulad. Sept ans plus tard, je fus baptisé à Marseille et reçus les prénoms de Georges Antoine Maxime, en l'honneur du nouvel évêque oriental, Maxime Mazlo, qui venait de s'installer dans sa toute neuve église dédiée à saint Nicolas de Myre.

De mon enfance à Marseille je ne parlerai pas, car elle ne comporte rien de remarquable. Nous vivions dans la communauté melkite, nous parlions l'arabe à la maison, le français à l'école. Ma voie semblait tracée : je reprendrais le commerce de mon père. Mais j'avais un désir secret. Je voulais être officier français. Je peux l'avouer aujourd'hui, cette vocation m'était venue parce qu'un dimanche, en revenant de la messe, ma mère m'avait entraîné vers la Canebière, où nous n'allions jamais, et m'avait dit : « L'armée défile avec la musique ce matin. Tu vas voir les beaux officiers ! » La fanfare, les cuivres, les chevaux et surtout les uniformes des zouaves en culotte rouge m'avaient enthousiasmé. Et puis, être officier français, n'était-ce pas devenir doublement citoyen de mon pays d'adoption ? Je fus donc le premier à embrasser la carrière militaire dans la famille Bulad.

On me fit vite sentir, à l'école des enfants de troupe, que je n'étais pas un cadet comme les autres. Mais lorsqu'on m'appelait « Olive » ou « Pruneau » à cause de mon teint brun, je me disais que Bonaparte, mon idole, avait subi les mêmes vexations à Brienne. Et quand j'arrivais dans notre quartier, une fois par mois, avec mon uniforme bleu et mes bottes astiquées, l'orgueil de ma mère me faisait oublier toutes les avanies.

Aurais-je fait une brillante carrière ? Je ne sais. Je rêvais de l'Afrique, de l'Algérie où la France devait venger le coup d'éventail du dey à son consul, de ces terres brûlées de soleil, ces casbahs blanches, ces palais arabes où les coffres regorgeaient d'or, de soies, de bijoux. Un Eldorado qu'on nous décrivait en proie à la misère et au fanatisme et où nous, Français, devions apporter la foi chrétienne, avec la civilisation. Je n'eus pas le temps de vérifier mes rêves : en 1848, le jour même de mes vingt et un ans, l'état-major m'envoyait à Amboise avec le titre d'aide de camp de l'émir Abdel Kader, ce prince courageux qui avait bravé l'armée française et que le général Bugeaud venait de faire prisonnier. L'émir ne parlait pas français. Il lui fallait un aide de camp parlant l'arabe. Je fus choisi. Quelle aventure !

Je me revois entrant dans cette immense salle du château d'Amboise et découvrant Abdel Kader assis sur un fauteuil doré, enveloppé d'une longue cape blanche en laine rugueuse – il faisait froid. Des Algériens assis par terre, jambes croisées, me dévisageaient de leurs yeux farouches. J'avançais, et le bruit de mes bottes résonnait sur le sol de pierre. Arrivé devant l'émir, j'ôtai mon shako, me mis au garde-à-vous. Il étendit la main : « Que la paix de Dieu soit sur toi ! » Cette voix grave, ce regard bienveillant, ce beau visage noble et surtout cet arabe aux sonorités chantantes, que je n'avais pas entendu depuis longtemps, tout me bouleversa. L'Orient me prenait à la gorge et au cœur. Instinctivement, je retrouvai les gestes anciens, je me penchai pour le salut traditionnel, la main droite sur le front, puis sur l'épaule gauche. Abdel Kader sourit. Je devais rester six ans auprès de lui. Nous devînmes amis.

Qui, à l'état-major, s'inquiéta brusquement de mon sort ? Qui murmura que cet aide de camp qui parlait l'arabe était trop lié à l'émir prisonnier ? En 1853, l'armée me rappela en Algérie, sous les quarante-huit heures. Ce fut un déchirement. Nous étions depuis un an à Brousse, où l'émir s'ennuyait. La veille de mon départ, je lui suggérai de demander au ministre des Affaires étrangères de transférer sa résidence à Damas : il y retrouverait un milieu familier, les hommes de sa garde reprendraient courage, enfin j'avais encore à Damas des cousins, fabricants de soie, qui se feraient un plaisir de lui tenir compagnie. Il accepta. Nous envoyâmes rapports sur rapports au ministère de la Guerre, au ministère des Affaires étrangères. Finalement, en 1855, le ministre de la Guerre accéda à la demande de l'émir, qui partit en Syrie. Mieux : en 1860, on m'envoya à Damas, en qualité d'interprète de l'émir. Je fis dans la ville une entrée spectaculaire, en grand uniforme, chevauchant une superbe jument noire. J'étais heureux. Je ne savais pas que j'allais aussi traverser l'un des plus sanglants épisodes de l'histoire des chrétiens des pays du Levant.

J'aurais dû prévoir ce qui allait arriver. En traversant le Liban au début du mois de mai 1860, j'avais déjà noté des signes de tension. Un moine avait été assassiné près de Deir el Kamar, les chrétiens avaient accusé les Druzes, on s'était entre-tué. Mon compagnon de voyage, un homme très curieux, cultivé mais secret, qui travaillait pour le consul de France le comte de Bentivoglio, m'avait alors persuadé que cette vendetta n'était que coutume locale. Pourtant, à Beyrouth on parlait beaucoup de l'approche d'une guerre entre chrétiens et musulmans. Mais je ne connaissais pas encore le Liban et je ne remarquais rien, tout à la découverte de ces merveilleux paysages. Je n'avais jamais vu un pays où le soleil, la mer, la montagne et les sources donnaient une telle impression de paix, de beauté, de bonheur.

Images trompeuses... A Damas, je retrouvai l'émir Abdel Kader dans un palais somptueux, situé dans la citadelle de la ville. Je découvris aussi mes cousins, perdus de vue depuis si longtemps. Je crus tout d'abord qu'ils étaient pauvres, en suivant les ruelles étroites du quartier chrétien. Quelle ne fut pas ma surprise, en franchissant la porte basse taillée dans un bois grossier : dans un vaste patio dallé de marbre blanc, des citronniers et des orangers en pots apportaient leur fraîcheur. Au centre, un jet d'eau retombait dans l'eau claire d'un bassin de pierre sculptée. Tout autour s'ouvraient les appartements et on devinait, par les fenêtres grandes ouvertes, des murs ornés de boiseries, des incrustations de nacre, des plafonds peints, de longs sofas couverts de brocart et de coussins de soie. Un soir, après un dîner exquis, je demandai à mon cousin Élie la raison d'une telle discrétion.

« Mon frère, me répondit Élie, tu viens de France, comment pourrais-tu comprendre ? Sache que les chrétiens, ici, ont appris à cacher leurs richesses pour ne pas attirer la convoitise des musulmans. Nous nous entendons bien avec eux, du moins avec ceux qui sont riches. Mais de temps à autre la rue gronde. Impôts, famine, misère, exactions turques... dans ces cas-là, c'est sur nous que se jette la populace.

– Mais je croyais que la Sublime Porte avait accordé aux chrétiens des garanties spéciales.

– Oui. Grâce à la France, nous sommes mieux protégés qu'autrefois. Il nous était interdit de monter à cheval, nous n'avions droit qu'au mulet, encore fallait-il descendre quand on croisait un musulman. Parfois nous devions porter le bonnet jaune... En principe tout cela est du passé, mais sait-on jamais ? Depuis que les Puissances ont été affaiblies par la guerre de Crimée, nous sentons monter la violence. Les Turcs restent passifs. Au Liban où les chrétiens, surtout les maronites, sont plutôt frondeurs, je prévois des troubles. Notre prudence nous vaudra-t-elle d'être épargnés ? Dieu seul le sait. Je te conseille en tout cas d'éviter de voyager en ce moment dans ces régions troublées. »

Hélas, je ne tins pas compte de ces avertissements. Je partis le 23 juin 1860 pour Beyrouth, afin de remettre mon rapport de mission au consul de France. Élie avait raison. *Tout au long de la route, je ne vis que villages brûlés, hameaux déserts. A Zahlé, pas âme qui vive, mais les maisons vides aux murs calcinés, l'église en ruines encore fumantes, tout racontait le massacre et l'horreur. En arrivant à Beyrouth, au consulat de France, je ne reconnus pas les lieux. Dans la cour s'entassaient des réfugiés, femmes et enfants enroulés dans de maigres haillons. A mon passage, une vieille femme agrippa d'une main sèche le bas de ma tunique :*

« *Monsieur l'Officier, protégez-nous! Ils ont tué mon mari, mes enfants, sous mes yeux. Où étiez-vous? Peut-on laisser mourir des chrétiens comme des chiens?* »

Je grimpai le grand escalier et retrouvai dans le hall d'entrée mon mystérieux compagnon de voyage, visiblement un espion du consul.

« *Alors, vous croyez toujours à une vendetta locale?*

– Je n'y ai jamais cru. Mais nous espérions encore, au mois de mai, pouvoir influencer Kourshid Pacha, le gouverneur turc, en le menaçant d'un débarquement de nos flottes. Hélas! les Anglais ont joué contre nous. Ils protègent les Druzes, nous, les chrétiens. Résultat, Kourshid Pacha nous a tous trompés. Il a partout attiré dans des pièges les chrétiens pourtant fidèles sujets de l'Empire ottoman. A Hasbaya, le chef de la garnison turque, Osman Bey, a donné l'ordre aux malheureux chrétiens de lui livrer leurs armes et de se rassembler dans le sérail où, prétendait-il, ils seraient en sécurité. Puis il a revendu les armes aux Druzes. Lorsque les chrétiens, laissés sans nourriture et sans eau, ont voulu forcer les portes du sérail, les Druzes qui les attendaient à l'extérieur les ont tous massacrés.

« *Le spectacle était horrible. J'en viens. Les Druzes ont tué les hommes, coupé les mains des femmes, assassiné les enfants. Mais les soldats turcs se sont montrés encore plus cruels. Ils saisissaient les nourrissons par les jambes et les déchiraient en deux. A Rachaya, j'ai vu les mêmes scènes...*

– Mais nous devons intervenir, empêcher...

– Cher ami, nous attendons tous ici les ordres de l'Empereur. Nos bateaux sont au large. Quand débarqueront-ils? Le consul me dit que Napoléon III fera un test du sort de la ville de Deir el Kamar, qui est sous la protection directe du sultan de Constantinople. En ce moment la ville, enclave chrétienne en pays druze, est pratiquement encerclée... »

Le lendemain nous parvint la nouvelle. Deir el Kamar rasée, les habitants massacrés, les églises pillées. Qu'attendait-on encore? le consul nous raconta que l'Empereur, aux Tuileries, avait « parlé sèchement » à l'ambassadeur de Turquie. Tout cela me semblait dérisoire. Des bateaux à destination d'Alexandrie quittaient le port de Beyrouth chargés à ras bord de chrétiens libanais qui ne voyaient plus d'issue que dans l'exil. Regardant ces malheureux accrochés aux cordages, il m'arriva de penser que ce sort eût été le mien, si mon aïeul n'avait pas émigré autrefois en Égypte.

Accoudés à une des hautes fenêtres du consulat nous regardions, l'espion et moi, les bateaux de l'exode, lorsqu'un messager arriva, rouge d'avoir couru, les yeux exorbités, hors d'haleine.

« *Le consul, où est le consul ?* il s'adressait à mon ami, qu'il semblait connaître.

– *Le consul est absent. Que se passe-t-il ? Vous savez que vous pouvez me parler comme à lui.* »

L'estafette se laissa tomber sur un banc, tendit une enveloppe épaisse.

« *Tout est raconté là. C'est à Damas, cette fois. Une chose affreuse à voir... Ils ont brûlé, pillé, torturé, coupé les têtes chrétiennes qu'ils promènent dans les rues.*

– *Le pacha est-il intervenu ?*

– *Ahmet Pacha était à la mosquée quand le soulèvement a commencé. Il n'a pas bougé.* »

L'espion tourna vers moi son mince visage fendu d'un sourire.

« *Cette fois, la coupe est pleine ! L'Empereur ne peut plus rester à l'écart. La flotte française va intervenir. Probablement demain.* »

J'étouffais de fureur.

« *Demain, c'est-à-dire trop tard ! Combien de morts à Zahlé, à Beyrouth, à Deir el Kamar, à Hasbaya ? Où sont mes amis, mes parents, en ce moment ? Égorgés comme des moutons, ou bien brûlés dans leurs maisons ?*

– *Calmez-vous, Georges. Je comprends votre émotion. Attendez, nous allons savoir...*

D'une main légère, il souleva le rabat de l'enveloppe, en sortit des feuillets couverts d'une écriture serrée.

« *C'est un message de M. Charles Aubanel, originaire d'Avignon, notre homme à Damas. Voyons, que dit-il ? Horrible complot ourdi contre les chrétiens de Syrie... qui pourrait dépeindre des horreurs qui souillèrent cette journée à jamais exécrable... tenez, voyez vous-même.* » Il me tendit la lettre.

Je lus.

« *Pendant que l'incendie dévorait les maisons les plus somptueuses, les habitants, courant dans les rues pour échapper aux flammes, tombaient sous le poignard des assassins ou étaient rejetés dans le feu par la baïonnette des soldats turcs. Le chef des troupes irrégulières fit un carnage épouvantable. Les artilleurs chargeaient leurs chariots de tout le butin qu'ils pouvaient arracher aux flammes. Les femmes et les filles étaient dépouillées, déshonorées, chassées vers les harems comme un vil troupeau. Certaines, appartenant aux meilleures familles, furent vendues à des Kurdes. On a vu un furieux, après avoir abusé d'une jeune fille, la tuer ensuite, de peur, disait-il, qu'une chienne de chrétienne ne conçût un vrai croyant. L'épaisse fumée qui s'élevait du quartier chrétien était un appel à toutes les convoitises.*

« *Heureusement, cette fumée avertit le généreux, l'héroïque Abdel Kader. Il accourut avec les quelques centaines d'Algériens qui l'entourent. Il envoya en même temps l'ordre à tout son monde de se rendre à l'instant auprès de lui, dans son palais de Damas. Alors commença l'œuvre de salut. M. Lanusse, le consul de France, et les autres consuls se réfugièrent dans sa demeure respectée. Ses Algériens se répandirent dans la ville pour y recueillir les fuyards et les assiégés, et si grand était l'empire d'Abdel Kader à Damas, qu'un seul Algérien pouvait aisément emmener quarante chrétiens sans que personne osât rien lui dire. Plus de vingt mille chrétiens furent arrachés au fer des assassins et transportés du palais de l'émir à la forteresse, plus spacieuse... Ainsi furent sauvés les pères lazaristes et les sœurs de charité, avec une foule de jeunes filles qui s'étaient réfugiées chez elles. Le couvent des franciscains eut un sort plus funeste. Pas un seul religieux n'a échappé. Le père Angelo, curé des latins de Damas, fut sollicité d'apostasier et de se faire musulman. Sur sa réponse ferme qu'il ne connaissait que Dieu et son divin fils Jésus-Christ, on lui déchira le corps, on lui coupa les membres, et on traîna ce tronc mutilé dans la rue pour le donner en spectacle à la population.* »

Je ne pouvais continuer ma lecture. Les pas du consul résonnaient sous les voûtes. Avec une adresse de prestidigitateur, l'espion m'arracha les feuillets, les remit dans l'enveloppe et referma le tout. L'indignation me faisait trembler. Comme j'étais jeune alors! Je suppliai le consul. Il finit par me donner l'autorisation de retourner à Damas où j'étais décidé à chercher mes cousins.

Le 25 juillet, je faisais partie de la petite escorte qui accompagnait le nouveau consul de France en Syrie, M. Outrey. En arrivant aux portes de Damas, nous ralentîmes le pas, inquiets malgré tout. N'étions-nous pas les premiers étrangers à pénétrer dans la cité dévastée? Des cavaliers algériens nous attendaient. Ils nous conduisirent à travers la ville, qui semblait morte. Une odeur de putréfaction et de cendre annonçait le quartier chrétien. Je chevauchais les yeux baissés pour ne pas voir les traces de l'horreur, mais je ne pouvais éviter de regarder le sol encore imprégné de sang, les cadavres qui s'empilaient sur les côtés des rues, les murs calcinés des maisons. Mon cheval buta contre un paquet enveloppé et sanglant que je reconnus être le corps d'un enfant. J'avais la nausée.

Enfin, nous arrivâmes devant le palais de l'émir. M. Outrey, en descendant de cheval, tira sa montre de son gousset et me dit:

« *En ce moment, Georges, la flotte française débarque à Beyrouth sous la direction du général de Beaufort d'Hautpoul, et nos premières troupes doivent mettre pied à terre. Ces massacres ne se reproduiront plus. Les martyrs seront vengés. Le sultan, sentant qu'il a été trop loin, nous envoie son ministre Fouad Pacha avec ordre de punir sévèrement les gouverneurs et les chefs de garnison turcs qui, de toute évidence, ont pactisé avec les émeutiers. Allons saluer l'Émir.* »

Ces paroles ne me consolèrent point. Venger les morts, la belle affaire. N'aurait-on pu intervenir plus tôt ? Toutes ces prudences, ces précautions diplomatiques, ces faux alliés qu'il fallait ménager, me semblaient autant de tartufferies injustifiables. J'eus pourtant une grande joie. Lorsque l'émir me vit derrière M. Outrey, il me fit un petit signe qui signifiait « restez ». Le consul lui remit une longue lettre de remerciements du gouvernement français et un message de l'Empereur l'informant qu'il lui décernerait la croix de la Légion d'honneur. Sitôt la cérémonie terminée, on nous servit le thé à la menthe dans de petits verres dorés, à la mode algérienne. Abdel Kader alors s'approcha de moi, me mit la main sur l'épaule.

« Georges, me dit-il en arabe, n'ayez plus de crainte. Vos cousins sont dans mon palais, je les ai envoyés chercher en premier. Ils ont tout ce qu'il faut ici et je prie Allah chaque jour de sauver ces pauvres chrétiens des mains de ces forcenés. »

Je voulus lui baiser la main mais il m'en empêcha :

« Allez vite les rejoindre. »

On me conduisit aux chambres privées de l'émir, au premier étage du palais.

J'y trouvai ma famille. Riant et pleurant à la fois, ils m'entourèrent. Ils avaient tout perdu, leur maison si belle n'était plus que cendres. Ma vieille tante Myriam se griffait le visage en se balançant d'avant en arrière et gémissait : « Que le Seigneur sauve mes enfants ! »

« Elle a un peu perdu la tête, me glissa Élie.

– Qu'allez-vous faire, Élie ? Venez avec moi à Marseille. L'Europe, la France vous feront oublier vos souffrances. Vous ne pouvez rester ici. » Élie me regarda, étonné.

« Mais nous devons rester ! nous reconstruirons la maison, nous reprendrons notre commerce. Tu sais, Georges, nous avons l'habitude... »

Avec son bon visage rose et poupin, Élie n'avait pourtant rien d'un héros. Je me tournai vers sa femme, la belle Charmine, pour trouver un appui. Mais Charmine baissait la tête, ses longs cheveux noirs dénoués lui cachaient à demi le visage et elle avait croisé les mains sur son corselet de velours rouge brodé de soutaches d'argent. Savait-elle à quel sort elle avait échappé ? Je lui soulevai le menton. Ses yeux noirs pleins de larmes me lancèrent un regard où se lisait la peur, mais aussi la violence. J'en restai saisi.

« Nous sommes nés dans ce pays, nous y avons vécu pendant des siècles – sa voix s'affermissait –, si nous partons, qui donc restera, pour y maintenir notre souvenir et notre foi ? »

Deux jours plus tard, Fouad Pacha arrivait à Damas avec quatre mille hommes. Un émissaire britannique venu de Beyrouth le rejoignit précipitamment pour lui dire que s'il ne frappait pas vite et fort les fauteurs de troubles, M. de Beaufort et les Français auraient un excellent prétexte pour pousser leur avance jusqu'à

Damas. Du coup, Fouad Pacha se déchaîna. Dans la ville terrorisée l'armée turque maintenant arrêtait, jugeait, fusillait sur place et pendait ses propres soldats ou des irréguliers, absolument au hasard, me sembla-t-il. Je ressens aujourd'hui encore le frisson glacé qui me parcourut le dos le jour où, me promenant dans les souks déserts, je me heurtai au coin d'une ruelle aux pieds desséchés d'un pendu.

Je voulais partir, quitter Damas, Beyrouth, le Liban, échapper à ce monde qui m'était à la fois proche et incompréhensible. A Paris, je reçus plus tard une longue lettre de l'émir qui comme chaque année envoyait ses vœux à ma mère. En 1869, j'étais en garnison à Bar-le-Duc lorsqu'un de mes cousins de Damas, le neveu d'Élie, laissa pour moi un message à Marseille. Il m'apprenait que les Boulad de Saïda, dans le Sud Liban, avaient presque tous été tués dans les massacres, neuf ans auparavant, mais qu'un jeune homme nommé Joseph Émile avait pu s'enfuir et prendre un bateau d'émigrants, à destination de l'Égypte. Peut-être l'avais-je vu passer autrefois, quand je regardais la rade de Beyrouth du haut des fenêtres du consulat. Aurais-je dû partir à la recherche de mes cousins d'Orient? En France la guerre de 1870 venait d'éclater et je fus pris dans sa tourmente. La fière armée d'Orient sombra dans la défaite comme toutes les autres unités. L'avouerai-je? L'armée, la France, c'était toute ma vie. Je fus blessé à Sedan, en gardai une jambe raide et une vieille douleur qui parfois se réveille. Mais ma vraie blessure est ailleurs, quelque part du côté de l'honneur. Officier en retraite, je me chauffe au soleil sur les quais du Vieux Port. Que d'autres prennent ma suite s'ils veulent retrouver les traces d'une famille maintenant trop dispersée. J'ai apporté ma pierre, j'ai payé mon écot. Je leur dis bon courage et peut-être à bientôt.

Lola ferma le cahier noir. Elle savait ce qu'il était advenu du rescapé de Saïda. Ce ne pouvait être que Joseph, le grand-père d'Antoine. Joseph qui avait construit près du Caire, à Mahala el Kobra, une des premières usines d'égrenage de coton. Lola n'avait fait que l'entrevoir, autrefois. C'était un grand homme roux, massif et très pieux. Sa fierté? avoir fait construire dans un chef-lieu musulman, près de son usine, une chapelle de rite catholique, qu'un prince de la dynastie régnante avait inaugurée. Antoine racontait souvent cette histoire.

Lola regarda sa montre. Depuis plus de deux heures elle lisait ces histoires de massacres, de chrétiens martyrisés, de Liban déchiré. Elle se leva, s'étira. Elle devait rejoindre Michèle à la plage. Dans la rue, les manifestants s'étaient éloignés mais on sentait monter la tension et on annonçait des troubles. Cette fois, ce n'étaient plus les Turcs, mais Nasser qui voulait étendre son emprise sur le Liban. Y réussirait-il? Les chrétiens sauraient-ils résister? C'était toujours pareil, se dit Lola : l'actualité prolongeait le passé. Qu'adviendrait-il demain des chrétiens du Liban?

15

Beyrouth, 1962

Le marchand de glaces dormait à l'ombre des ficus. Le square désert s'engourdissait dans l'embrasement de juillet. Le quartier ne s'animerait qu'à la tombée du jour, lorsque la brise soufflerait de la mer et qu'autour de la vasque les gamins aux pieds nus tenteraient en riant de se pousser dans l'eau.

Accoudé à la fenêtre du deuxième étage, Antoine se laissait aller aux fascinations de Beyrouth, à l'éblouissement de la lumière vibrante de Beyrouth, des toits rouges, des palmiers, des bougainvilliers de Beyrouth. A l'horizon, la silhouette d'un minuscule bateau gris vibrait sur le bleu intense du ciel. Comme il aimait cette ville, si légère, si gaie, si différente du Caire! Cinq ans déjà. Des siècles de souvenirs. L'Égypte s'éloignait. Ici était sa vie. La vraie vie.

Au contraire de tant d'autres exilés, Antoine avait mis un point d'honneur à perdre son accent égyptien, à repousser nostalgie et regrets. Les débuts avaient été difficiles. A l'Hôtel-Dieu, il faisait les gardes, assurait les urgences, les remplacements. Il savait bien que son assiduité faisait sourire, qu'on le prenait pour un besogneux. Ces regards amusés, lorsqu'il avait garé sa petite Fiat, dans le parking de l'hôpital, entre les Triumph et les De Soto des confrères! Il rendait sourire pour sourire. Il voulait être le meilleur. Tout simplement. Il l'était. Un matin, dans les couloirs, à l'heure de la consultation, aux côtés du Patron, il avait entendu quelqu'un murmurer : « Ces Égypto-Phéniciens, quels fichus snobs... » Son patron, le professeur Ciaudo, avait fait mine de ne rien comprendre. Tourné vers Antoine, il lui avait lancé : « A propos, Boulad, c'est vous qui ferez demain cette gastrectomie... » Pas un sarcasme, depuis.

Antoine rentra dans la chambre et s'assit sur le lit tendu de piqué blanc. Une idée de Lola, ce piqué blanc.

« Je n'aime pas beaucoup les brocarts et les franges dorées de notre chambre, avait-elle annoncé un matin au petit déjeuner. Je vais tout refaire en coton blanc. Ce serait joli avec les meubles noirs. » Devant le regard de Charlotte, elle avait ajouté : « Cela mettra en valeur les opalines vertes et les tapis. »

Pour Antoine Lola restait une énigme. Elle était parfois gaie, presque tendre. Et soudain, le regard absent, un peu fixe. Que ce soit le matin, dans sa salle de bains, ou pendant un dîner. Elle secouait ensuite la tête, dissipant on ne sait quel nuage, et tout redevenait normal. Il aurait voulu la prendre alors par les épaules, la secouer, crier : « Oublie, Lola, oublie cet homme, oublie l'Égypte. » Une nuit, au plus profond de son sommeil, elle s'était mise à gémir. Lorsqu'il avait voulu la prendre dans ses bras, elle s'était agitée, en murmurant : « Non... Non... Philippe... » avant de replonger dans son sommeil. Il resta longtemps là, glacé, les yeux ouverts dans le noir. Comment se faire aimer ? Il comptait sur le temps.

L'Égypte, toujours l'Égypte ! Comment pouvait-elle encore regretter ce pays suintant désormais la misère, le soupçon, les polices d'un mégalomane qui agitait les bas instincts des foules pour mieux les manipuler. Antoine se l'avouait maintenant, non sans étonnement, il avait toujours détesté Nasser. Pourtant, il avait cru au panarabisme. Quand avait-il pressenti l'imposture ? Tard. Trop tard.

En fait, il ne s'en rendait compte qu'aujourd'hui, c'est au Liban qu'il avait découvert le goût de la liberté. Il se souvenait de son effarement pendant la crise de 1958. Du jamais vu. Les chrétiens, qui ailleurs baissaient la tête, étaient ici arrogants, organisés en partis, paradant en phalanges ou en milices, faisant pour un rien le coup de feu, organisant des attentats, attaquant jusqu'au président de la République ! Des fous qui allaient se faire prendre. Mais personne ne se faisait prendre, personne n'était arrêté. Antoine sut qu'il ne pourrait plus jamais supporter un régime policier. Ses cousins libanais s'exprimaient trop volontiers à coups de fusil, peut-être. Ils aimaient trop la poudre, avaient le sang trop vif. Mais n'était-ce pas la raison de leur étonnante survie, en tant que chrétiens, dans un monde arabo-islamiste dont il pressentait bien, lui, l'Égyptien, le formidable éveil ? Les Libanais n'avaient que la vocation du plaisir. Ils ne prévoyaient rien, sinon les cours du dollar et du pétrole. Ils vivaient dans une joyeuse inconscience, au seuil du désastre. Qui les alerterait, et comment ? Le bonheur aussi est une drogue.

Des pneus crissèrent dans l'allée, une portière claqua. La voix claire de Lola – une voix de petite fille, se dit Antoine – lança :

« Rosy est-elle arrivée ?

– Oui, elle est chez moi, elle t'attend, viens vite », répondit Charlotte.

Depuis toujours, Rosy était la coiffeuse en titre des Boulad. Quand Charlotte avait un dîner, et c'était pratiquement chaque soir, Rosy envahissait la salle de bains avec ses brosses, son shampooing, ses séchoirs, pour y coiffer Madame. Devant la psyché 1930, elles échangeaient leurs potins de Beyrouth en riant comme deux folles, mais redevenaient sérieuses pour les choses importantes : fallait-il reprendre les racines ? gonfler un peu plus, là, sur le dessus ? Lola avait d'abord refusé les services de Rosy. Elle pouvait aller chez le coiffeur de Hamra, comme tout le monde. Justement non, avait tranché Charlotte. Tout le monde, dans notre société, se fait coiffer et manucurer à domicile.

Lola avait cédé. C'était si agréable finalement de se faire coiffer, bichonner, masser les pieds et le dos comme une princesse orientale aux mains de ses esclaves. Mais Rosy n'était pas une esclave. Après un stage à Paris chez Carita, son prestige et ses prix avaient grimpé. On se l'arrachait dans la société beyrouthine. Se faire coiffer par elle était un privilège dont ses anciennes clientes comme tante Charlotte jouissaient en priorité et sans marchandages. Rosy venait de s'acheter, un peu par nécessité et beaucoup pour l'épate, une petite Simca décapotable qu'elle avait voulue rouge.

Sept heures, ils seraient en retard. Dans le couloir Rosy rangeait ses peignes et ses brosses : « Bonne soirée, Madame Boulad, il faut encore que je passe pour un coup de peigne chez Mme Antakli. Heureusement, c'est à côté... je me sauve. »

« Antoine, qu'est-ce que je mets ? » Lola, en combinaison de soie rose pâle, hésitait devant l'armoire. Elle était bien jolie, là, avec ses cheveux noirs gonflés en casque, son visage fin et ses longs yeux dorés. Antoine eut un pincement de cœur.

« La robe noire, ou l'ensemble bleu ? Antoine, enfin, dis-moi ce que tu préfères ?

– La noire », répondit Antoine. Et pour dire quelque chose : « Mais prends un châle, il fait frais le soir à Baalbek.

– Un châle ! Tu parles comme ma grand-mère. On ne met plus de châle, voyons. Mais tu as raison, il risque de faire un peu froid. Mon manteau blanc, le nouveau, ligne trapèze, sera très bien sur le noir. Oui, il est tard, je sais. Je fais vite. J'arrive. Va mettre la voiture en marche en attendant. »

Dans le jour déclinant à travers la plaine de la Bekaa, les lumières des voitures traçaient un long scintillement jaune et rouge. Au loin, les montagnes viraient du lilas au violet sombre. Ils descendaient sur Baalbek. Éclairées par en bas, les colonnes de Jupiter, surgies de la nuit, montaient comme des flèches de pierre vers un ciel bleu marine où brillaient, énormes, les étoiles de l'été.

« Fantastique ! C'est à chaque fois le choc, murmura Antoine. Quel est le programme ce soir ?

– Le Royal Ballet, avec Margot Fonteyn et Rudolph Noureev dans *le Lac des cygnes*. Nicole Andraos est folle de joie d'avoir Noureev. Elle est passée me voir hier. Il paraît que pendant les répétitions, Noureev les a damnées. Il ne mange que russe, ne parle que russe, a du mal à s'accorder à Margot Fonteyn. Elle est très classique, lui très personnel, émotif, tendu. C'est la première fois qu'il danse à l'étranger depuis qu'il a fui l'URSS. Tu imagines, une première mondiale au Liban! Aimée Kettaneh, Nicole, Thomas Erdos, Wajih Ghoussoub, tout le comité du festival est sur les dents. Moi aussi, je l'avoue. »

Le parterre se remplissait. Les derniers arrivés cherchaient leur place dans un brouhaha mondain. Au premier rang, Alia el Sohl ressemblait, avec ses longs cheveux noirs tressés sur une épaule, à une princesse tcherkesse. Aimée Kettaneh tendait une main baguée à un gros monsieur en smoking incliné devant elle.

« Qui est-ce?

– Le nouvel ambassadeur d'Allemagne.

– On ne l'a vu nulle part, celui-là...

– Réceptions officielles seulement. Un ours. Ce n'est pas lui qui fera oublier le beau Rainer. Regarde, à sa droite, tu vois, la blonde au chignon filasse? Insortable. C'est sa femme. »

Les projecteurs, un à un, s'allumaient. Du temple éclairé comme une conque marine, surgissaient en fond de scène des volutes, des acanthes, des corniches sculptées. Le parvis restait dans l'ombre, mais déjà s'accordaient cuivres et violons. Un projecteur bleu tomba sur le chef, baguette levée, face à l'orchestre en attente. Lola, fascinée, savourait ce moment précieux qu'elle aimait entre tous, le bref instant où la beauté du cadre, la légèreté de l'air, le frémissement des archets audessus des cordes étaient promesse de bonheur.

Trois sonneries de trompette roulent dans la plaine. Le spectacle commence. Tutus blancs, silhouettes graciles, danseurs gainés de noir, le corps de ballet s'épanouit comme une fleur sans cesse recomposée. Margot Fonteyn et Noureev apparaissent. Elle mince comme un elfe, l'esprit même de l'oiseau. Lui beau comme un jeune loup, s'envolant, traversant la scène d'un bond. Au final, en trois sauts superbes, il enlève la danseuse et la tend vers le ciel, tel un trophée foudroyé. L'image est si forte, l'accord si parfait entre ces deux corps fragiles et les ruines gigantesques qu'un silence recueilli plane avant que n'éclatent les applaudissements.

Au pied de la scène, c'est ensuite la cohue autour du buffet. « Lola, Antoine, venez que je vous présente. Le nouveau chargé d'affaires à l'ambassade de France. » Aimée Kettaneh a pris Lola par la main. Jean Fontaine sourit, s'incline. « Nous avons je crois des amis communs... Ce jeune homme qui était en poste au Caire et qui est maintenant à Paris, Voyons, son nom m'échappe... – Au Caire? » répète stupidement Lola qui sent ses jambes se dérober. Elle n'a heureusement pas à répondre. Les femmes, qui échangent des rires extasiés, la repoussent loin de Jean Fontaine dans des froissements de soie et des cliquetis de bracelets. Tout le monde entoure maintenant May Arida, blonde, fine, sosie de Grace Kelly, qui a fait comme toujours une entrée spectaculaire. On vient de lui voler ses bijoux et la presse libanaise n'a pas manqué d'en reproduire le dessin et de donner les prix : un collier de turquoises et diamants bleus de cent cinquante mille livres, une broche en rubis et diamants ayant appartenu à la famille royale d'Angleterre, une bague de chez Boucheron, un bracelet inestimable de Van Cleef. Au moins cinq cent mille livres envolés, une fortune. May n'en semble pas affectée, « Heureusement, dit-elle, que j'avais emporté quelques bijoux pour skier à Faraya. » Elle ne porte ce soir qu'une grosse torsade d'or sur son abaya noire. Lola, du fond du cœur, bénit May, qui déjà accapare le nouveau chargé d'affaires de l'ambassade de France.

« Ce soir, tout le monde dîne chez moi, à Aley », clame Aimée Kettaneh. Le sourire est enjôleur, la voix impérative. Léger flottement. May Arida vient de confier, de son côté, qu'elle invitait la troupe à Zahlé. « Ma chère, nous assistons au tournoi des Deux-Roses, énième épisode de la guerre des dames de Baalbek, chuchote Guy Abela à l'oreille de Lola. A mon avis, ce soir, c'est May qui l'emporte. »

Au sein de la bonne société beyrouthine, participer au festival est plus qu'une obligation, une reconnaissance. Les épouses parcourent le monde pour y découvrir les meilleurs interprètes et se les attacher. Les époux financent. Des rivalités sanglantes naissent, mais finalement Baalbek apporte à la vie libanaise, paradis de l'argent vite gagné, vite dépensé, un peu de supplément d'âme.

« Mon cher Wajih, dit Jean Fontaine à Wajih Ghoussoub, directeur du festival depuis sa fondation, vous avez réussi une double performance. D'abord, vous avez survécu, comme directeur, en compagnie de toutes ces charmantes dames, et puis, continue le chargé d'affaires sur un ton plus sérieux, dans cette région traumatisée par les violences, les révolutions, les coups d'État militaires, vous avez su donner avec Baalbek une autre image de l'Orient. L'image d'une très ancienne civilisation et d'une culture toujours vivante. Dans dix ans, dans vingt ans, quand on dira Baalbek, on pensera Liban. »

« Où veux-tu dîner? demanda Antoine.

– A Zahlé, dit Lola, si tu n'es pas trop fatigué. » Il l'était. Il aurait préféré rentrer et dormir. Il avait opéré aujourd'hui de huit heures à quinze heures. Mais c'était l'usage : après le spectacle, on s'arrêtait sur la route du retour pour dîner à Zahlé ou à Chtaura.

Dès l'entrée de Zahlé, on entendait le bruissement des cascades qui alimentaient le petit fleuve traversant la ville. Sur les rives, des restaurants bourdonnaient de lumières et de bruit. Les voitures s'arrêtèrent, les portières claquèrent, les chauffeurs se rangèrent sur le parking. Les meilleures tables, celles du bord de l'eau, étaient déjà réservées. Les nappes rouges, les gros lampadaires ronds, les tentes recouvrant les terrasses, donnaient aux restaurants un air de guinguette de bord de Marne. Jean Fontaine accompagnait May. Lola s'arrangea pour se retrouver en bout de table, à côté d'un Français inconnu et ravi, qu'elle initia, pour se donner une contenance, aux vertus des mezzés : taboulé, homous, kobbé, feuilles de vigne et samboussek à la viande. Connaissez-vous l'arak? Lola parlait, parlait, échafaudant des plans pour disparaître au dessert.

C'était compter sans Jean Fontaine qui la rattrapa à la fin du repas. « Je vous avais perdue dans la foule, tout à l'heure. Je me souviens, maintenant, du nom de ce jeune homme qui m'a parlé de vous : Philippe de Mareuil. L'aviez-vous oublié? »

Tout le corps de Lola se tendit brusquement. « Philippe, bien sûr... » Elle serra les poings si forts que ses ongles tracèrent sur ses paumes de petits croissants pâles. « Tout cela est si loin maintenant. Oui, je l'avais oublié. »

Au retour, elle fit semblant de dormir dans la voiture pour cacher son trouble et n'avoir pas à parler. Quelle sotte elle était! Un nom, un rien, et cette vieille blessure se remettait à saigner. Elle aimait toujours Philippe. Elle aimait aussi Antoine. Il lui avait rendu la joie de vivre et avait même su, à force de tendresse, lui redonner le goût du plaisir. Mais plus jamais elle n'avait senti monter en elle ce qui la rivait à Philippe, cette houle qui les emportait ensemble, au même moment, et qui montait, montait si fort avant de déferler. Une onde de chaleur l'envahit, la fit trembler. Comment pouvait-on, des années après, sentir aussi précisément le poids, la densité, la chaleur d'un homme? Elle aurait voulu le détester. Il a été lâche, se répétait-elle, comme pour s'en persuader. Mais il lui manquait. Son contact, sa peau, son odeur lui revenaient tout à coup avec précision, là, dans cette voiture, à côté d'Antoine... Elle se sentit rougir. Philippe et elle... Ils avaient été semblables, absolument semblables, même corps, même souffle, même haleine, si bien ajustés l'un à l'autre.

Elle se redressa, ouvrit les yeux. Assez de regrets. Un peu de nerf, un peu de dignité. Le problème n'était pas de savoir si oui ou non elle aimait encore Philippe. C'était oui. Le problème était de vivre sans lui, du mieux possible, en attendant ce miracle, l'oubli.

L'immeuble Arrida était une des meilleures opérations immobilières de l'oncle Émile. Il l'avait construit, sur le square, côté ouest, pour le compte d'un Koweitien qui souhaitait y établir une banque. Le Koweitien avait changé d'avis et Émile, par paresse ou par indécision, à moins que ce ne fût par flair, avait finalement gardé l'immeuble pour lui. Trois ans plus tard, il le revendait trois fois son prix, en se réservant, au rez-de-chaussée, quelques boutiques de luxe, largement vitrées, qui venaient juste d'ouvrir.

C'est là qu'un jour, en regagnant à pied la maison toute proche,

Lola heurta une jeune fille blonde, en jean et chemisette, en train de décharger une camionnette d'où elle extrayait avec peine un vieux fauteuil Voltaire. La silhouette lui sembla familière. Lorsque la jeune femme se retourna, elle la reconnut. C'était Lili, Lili Sednaoui, une amie d'enfance, du Sacré-Cœur au Caire. La petite fille blonde, en uniforme bleu et cravate jaune, que le chauffeur déposait chaque matin au collège, en portant son cartable, était devenue une femme au visage net, un peu carré, presque chevalin, adouci par de grands yeux bleus. Lili arrivait d'Égypte.

« Tu ne peux pas imaginer ce qu'est devenue la vie là-bas. Je te raconterai plus tard. Je dois d'abord disposer le mobilier que tu vois là dans cette boutique. Des meubles de famille, que j'ai pu faire sortir d'Égypte, je ne te dis pas comment et à quel prix ! Je vais les exposer ici. J'ai décidé de devenir antiquaire. Il faut bien vivre. J'ai l'intention, pour débuter, de rentabiliser enfin l'héritage familial. Mon premier fonds de roulement. Je compléterai ensuite avec des tableaux, des meubles anciens. Les grandes familles beyrouthines saisies par le modernisme, se débarrassent de ce qu'elles appellent des vieilleries. Souvent de pures merveilles. Un jour, tu verras, la mode des antiquités turques ou syriennes reviendra et les bourgeois rachèteront à prix d'or ce que j'aurai sauvé. En attendant, tu ne veux pas me donner un coup de main ? »

Elles étaient devenues inséparables. La galerie de Lili s'appelait La Licorne. Lola, gagnée par son exemple, supplia Émile de lui louer la boutique voisine pour y créer quelque chose qui n'existait pas à Beyrouth : une petite librairie d'art, qui ne rivaliserait pas avec la chaîne des grandes librairies Naufal, mais qui pourrait, elle en était persuadée, toucher une élite. Émile accepta. Pour tout le quartier, Lola et Lili étaient les « Égyptiennes ». On décida donc d'appeler la librairie « Les Papyrus ». Lola y disposa des éditions rares, des ouvrages d'art, des gravures du livre de Roberts, quelques livres anciens qui faisaient autrefois la réputation de l'orientaliste de la rue Kasr el Nil, au Caire, et dont Lili avait pu rapporter une centaine d'exemplaires.

Pour l'inauguration, tante Charlotte battit le rappel de ses amis. Le critique d'art de *l'Orient-le Jour* commenta les premiers tableaux exposés à La Licorne, *Magazine* photographia Lili et Lola « en robe, l'une de faille bleue, l'autre de toile jaune » et la *Revue du Liban*, sous le titre « Et maintenant, place aux arts », énuméra complaisamment les noms des invitées au cocktail inaugural, mentionnant la marque et le prix des robes qu'elles portaient. C'était la gloire.

Le soir, épuisées, Lola et Lili se congratulèrent au-dessus des derniers petits fours.

« Je viens de faire la connaissance de Camille Aboussouan, le bibliophile le plus connu de Beyrouth. Une chance, il a aimé. Il a même acheté le plus rare de mes livres.

– J'ai fait mieux. Tu vois ce monsieur un peu chauve ? C'est Henri Pharaon, le plus grand collectionneur d'art arabe de tout le Moyen-

Orient. Rien ici ne peut l'intéresser, mais il m'a invitée chez lui pour voir ses collections. Nous avons rendez-vous vendredi. »

Le palais Pharaon semblait d'abord un peu solennel et froid avec ses sols de marbre animés de fontaines, ses plafonds de bois sculptés et peints, ses larges perspectives et ses divans profonds. Mais le vieux monsieur avait commencé à raconter sa passion. « Ces carreaux bleus et jaunes, je les ai arrachés, dans un vieux palais d'Alep, à la pioche des démolisseurs. Ce plafond du XIVe siècle, je l'ai acheté aux États-Unis. Ces boiseries peintes délavées par les ans allaient être vendues comme bois de chauffage dans une scierie de Damas... oui, j'en suis fier, jeunes dames, j'ai sauvé tout cela.
    – Pourquoi? avait soudain demandé Lola.
    – Parce que j'aime cet art. Plein de sophistication, de finesse, un art longtemps méprisé, nié, qu'il fallait faire revivre. Parce que je suis arabe. »
    Plus tard, Lola s'était interrogée. Le vieux monsieur avait raison. Tout dans cette maison la touchait, tout parlait à son cœur. Pourquoi? Où étaient ses vraies racines? Ici au Liban, dans la Syrie de ses ancêtres ou dans cette Égypte brillante et cosmopolite dont elle gardait la nostalgie? Elle pensa aux mouettes, au large d'Alexandrie, ces superbes mouettes aux grandes ailes qui rasaient l'écume des flots. Comme elles, les chrétiens de l'Orient ne se posaient jamais. Ils effleuraient, au rythme des vagues, une immensité musulmane aux remous insondables, sans autre recours que de rester, comme dit le proverbe arabe, « accrochés sur les cordes du vent ».

Lola rêvassait. Assise à son bureau tout neuf, elle regardait sans les voir, à travers la vitre de la librairie, deux vieux qui jouaient au tric-trac. Des enfants se disputaient un vélo, sans doute loué à l'heure, pour un tour de plus. Loin, de l'autre côté de la place, quelqu'un avait allumé une radio et la voix de Fairouz lui parvint amortie par la distance, douce, presque chuchotante. Quelqu'un passa et repassa devant la librairie, hésita un instant avant d'ouvrir résolument la porte, et demanda en riant si on offrait ici des cafés. A contre-jour, Lola ne vit qu'un homme à l'air las, aux épaules légèrement voûtées. Mais cette voix, c'était celle de Sami! Sami Sednaoui, le cousin de Lili! Sami dans un veston tout froissé, mal rasé. Un clochard!
    « Ne fais pas cette tête-là, Lola. Non, ce n'est pas encore la soupe populaire. Je débarque sans m'être changé, pour te voir plus vite. J'ai tout juste pris le temps de déposer mes valises à l'hôtel, et me voilà.
    – Que se passe-t-il? Pourquoi arrives-tu comme ça, sans prévenir?
    – Ne me demande pas pourquoi, ma chérie, demande-moi comment... »

Il raconta la grande rafle du Caire, la Saint-Barthélemy des chrétiens d'Égypte. En un jour et une nuit, tout avait été bouleversé.

« Le 2 janvier, au matin, nous prenions tranquillement notre petit déjeuner. Le souffragi apporte l'*Ahram*, papa le déploie et pousse un cri : il avait été, par simple décret, dans la nuit, mis sous séquestre comme tous les propriétaires d'usines, de banques, de magasins. Place Khazindar, au magasin, un colonel était déjà installé à son bureau quand il est arrivé. Il a exigé les clés du coffre et une passation des pouvoirs. Papa a essayé de discuter. " Non, Sedanoui Bey, c'est ça ou la Haute Cour... "

« Je te passe les détails. Le colonel ne comprenait rien aux livres de comptes. Le vieux comptable qui tentait de lui expliquer ce qu'était un bilan en pleurait de rage. Le colonel lui a alors demandé son nom. Quand il a vu qu'il était copte, il a crié au sabotage, à la trahison. On a embarqué le comptable, Dieu sait où. Et le colonel a fait demander " le musulman le plus gradé " du magasin. Mon père a désigné à tout hasard le chef du rayon des soieries, un vieux pédé, charmant d'ailleurs, mais complètement incompétent en matière de gestion. Son cheval de bataille, c'est la différence entre le crêpe de Chine et le crêpe georgette... Le colonel l'a aussitôt bombardé directeur adjoint. Et il a demandé à papa de ne plus remettre les pieds dans ses magasins. Fin de la dynastie des Sednaoui, fournisseurs du roi. De la cour de Fouad à la Cour des Miracles... et me voilà chez toi », conclut-il en faisant la révérence.

« Eh bien, on s'amuse ici... mon Dieu, Sami! Qu'est-ce que tu fais là? » Lili qui venait d'entrer ouvrait grands ses yeux bleus.

« Je raconte à Lola comment nous avons été nationalisés, en un tour de main... et nous ne sommes pas les seuls. On a nationalisé presque tout le monde, pêle-mêle, les riches, les pauvres et même les morts. Chez Salib Sursok qui proclame qu'il est " beau comme Crésus " depuis qu'il est ruiné, les corbeaux de la séquestration n'ont trouvé que trois séries de l'*Encyclopaedia britannica*. Après une première réaction de légitime défense, on les lui a laissées.

« Bref, pour nous tous c'est la ruine. Totale. Irrémédiable. La catastrophe. Lili, ma chère cousine, pourrais-tu me loger? J'arrive en éclaireur. La famille va suivre, par petits paquets. Sauf la tante Pauline qui reste là-bas pour garder l'appartement, et le vieux cousin Albert qui s'occupera des immeubles loués. Il ne faut pas laisser le champ libre aux séquestreurs, sinon tout sera, pfuit... occupé en deux secondes.

– Et les autres, les Tegart? les Toutoundji? Magdi? Bob? Irène?

– Ils restent. Bob est le seul qui ait fait une bonne affaire : on lui a pris d'autorité sa ligne d'autobus et son garage qui perdaient de l'argent. On ne peut pas en dire autant de ton gogo de beau-frère, ma Lola chérie. Deux fois pris au piège! un vrai patriote, ce Magdi. Bob et Irène te racontent sans doute tout ça dans leurs lettres. Tiens, les voilà. C'est pour te les remettre que je suis venu dans cet état, dès ma descente d'avion. »

Ils sortirent tous les trois, riant comme des enfants. Avant de monter dans la camionnette de Lili, Sami, sérieusement cette fois, se pencha vers Lola.

« Tu sais, je ne suis ni inconscient ni fou. Nous avons tout perdu, et alors? Il nous reste l'humour. Ce sera notre ultime élégance. »

En les regardant s'éloigner, Lola se dit que les cordes du vent étaient parfois fragiles.

Lola était rentrée chez elle, s'était laissée aller dans un des fauteuils bleus à glands rouges, après avoir refermé la porte de sa chambre. Dans ce cadre libanais sans mémoire, l'Égypte revenait avec ses vieux sortilèges. Bob. Irène. Deux noms qui se confondaient avec son enfance, sa jeunesse, les odeurs et les cris. Deux noms qui ravivaient des images d'immeubles cossus, les lumières sur la Corniche le soir, des coins de bonheur, décor d'un théâtre dont ils étaient aujourd'hui les comparses oubliés. Bob, insupportable et tendre, frivole et fidèle, toujours inattendu, était resté là-bas. Irène aussi, immarcescible et sans rivale, comme au temps des beaux garçons en pain d'épice d'Agami et de Sidi Bishr. Les beaux garçons s'en étaient allés. Irène qui rêvait de Paris, Irène la mondaine, la séductrice, était restée auprès de son Magdi, plus égyptien que l'Égypte, parce que copte, et qui ne s'exilerait jamais.

Des deux lettres serrées dans sa main, c'est par celle de Bob que Lola aurait aimé commencer. C'est celle d'Irène qu'elle ouvrit en premier. Dès qu'elle la déplia, les subtils effluves de Vol de Nuit, le parfum dont sa sœur embaumait ses lettres, son cou, ses cheveux, envahit la pièce. Irène était là soudain, tendre dans ses tailleurs pastel, bien coiffée dès le matin. Son écriture penchée, reflet des bons pensionnats religieux, n'avait pas changé... « Elle ressemble tant à la mienne, disait Lola à son père. – Oui, oui, rétorquait maman, mais il y a peut-être quelque chose de plus élégant dans les boucles et les déliés d'Irène, tu ne trouves pas? »

Irène annonçait qu'elle et Magdi étaient entrés dans le temps des vaches maigres mais que ce temps passerait...

> *et nous avec, maalesh ma chérie, ne t'en fais pas. L'essentiel est que Magdi soit ce qu'il est, courageux et lucide, et il ne faut pas trop t'inquiéter de ce que Sami racontera. Sami a décroché son visa de sortie et il ne tient plus de joie. Magdi trouve que c'est un peu choquant d'exulter. On n'emporte pas la patrie comme ça à la semelle de ses souliers, surtout si ces souliers sont des mocassins Lobb. Mais Sami me rappelle trop nos folles soirées d'autrefois pour que j'aie le cœur de l'accabler aujourd'hui. Magdi, lui, reste. C'est l'essentiel. On ne déserte pas un navire à l'abandon. L'Égypte, dit-il, donne, l'Égypte reprend, l'Égypte récompensera.*
>
> *Nous n'avons pas moins effectué,* poursuivait Irène, *un repli en beauté avec armes et bagages sur Alexandrie, après les petites*

misères faites à Magdi, dont tu ne sais rien encore. Et nous avons sauvé de la curée le roof, les opalines, les Chiraz et les deux Utrillo, en louant Zamalek à une ambassade. Tu ne devineras jamais grâce à qui!... Tu te souviens de N., oui N. le grand blond aux yeux gris de l'ambassade de Belgique qui dansait si bien le tango (mais tu étais peut-être trop jeune...). Celui qui me tournait autour à San Stefano en m'appelant avant mon mariage sa Demoiselle Bleue (ce qui ravissait maman chérie) et après mon mariage sa Dame Pastel (ce qui agaçait prodigieusement mon mari). Eh bien, c'est lui. Dès qu'il a découvert le nom de Magdi au ban d'infamie de l'Ahram parmi ceux des « féodaux » nationalisés, il m'a appelée pour me proposer son aide. Magdi a d'abord dit non. C'est un homme du Saïd, Magdi. Il n'avait pas oublié (moi non plus) la soirée des Mouffareje où N. me serrait de trop près, paraît-il. « Pourquoi debout? m'avait-il dit, pincé, après un tango avec N. – Où as-tu trouvé ça? » lui avais-je demandé en l'entraînant dans un cha-cha-cha dément. Il avait ri, puis avoué que c'était un mot de George Bernard Shaw.

Cette fois il n'y avait plus ni George Bernard Shaw ni cha-cha-cha pour dérider mon mari. « C'est très aimable à ton ancien soupirant, m'a-t-il dit, mais nous n'avons besoin de personne. Je m'en sortirai seul. » Hélas, le gouvernement lui a donné un second coup qui fut le coup de grâce. Bref, N. est venu dîner à la maison et voilà, Zamalek était loué à l'ambassade de Belgique. Une chance pour nous. Tu imagines un peu, ma chérie, Magdi faisant bella figura à un de mes ex! Mais, comme disait la tante Mabrouka, nécessité fait loi. Et Magdi sait faire face.

Nous sommes maintenant à Alexandrie, à quelques stations de tram de notre chère maman qui s'est définitivement établie ici depuis que papa n'est plus, mais tu sais déjà ça. Elle a d'autorité installé sa vieille Rosa, son chat Bombottar, son phono à pavillon et ses albums-souvenirs rue des Abassides. Nous campons, nous, rue Moustapha Pacha, dans les fauteuils en rotin italien et les meubles de plage que tu connais. Comme papa a eu raison de ne pas sacrifier ces deux appartements d'été, comme il a eu raison de les mettre à nos deux noms. C'est un grand bonheur d'être si près de maman, alors que tu es loin et que les tantes, les oncles, les cousines sont dispersés de Paris à Buenos Aires, de Montréal aux déserts du Golfe. Qui l'aurait dit il y a dix ans?

Que deviens-tu, ma chérie? Tu ne m'écris pas. Tu as peut-être oublié ta sœur aînée dans l'ivresse des mondanités beyrouthines. Écris au moins à maman. Elle vit bien, grâce à ce qui reste de sa dot, « son trésor de guerre », comme disait papa. « Votre mère nous enterrera tous », diagnostiquait il y a deux mois le docteur Piaubert. Le pauvre est mort, lui, la semaine dernière, d'une crise cardiaque. Maman est suivie depuis par un jeune externe copte et elle s'arrange pour que je ne sois pas là pendant ses visites, parce qu'on ne sait jamais, dit-elle. Je plais trop aux coptes, paraît-il. « Et pourquoi pas

*aux autres ? » ai-je demandé. « Parce que ce sont de trop bons chré-
tiens ?... » Tu connais maman. Pour elle, tout ce qui n'est pas grec-
catholique ou maronite n'est pas vraiment chrétien. Elle offre
quand même un petit doigt de ses précieuses liqueurs à son médecin
copte. Et fait son bridge avec les ex-étoiles du club, toutes schismatiques et même juives.*

*Le reste du temps, elle écoute les nouvelles, lit et relit les sept
Psaumes de la Pénitence, persiennes et fenêtres closes pour ne pas
entendre le tohu-bohu du marché aux légumes qui occupe maintenant le terre-plein du musée gréco-romain, devant son immeuble.
Nous lui avions demandé de nous prêter le dressoir de Seti, ses fauteuils Art déco. Elle a dit non. Elle ne veut rien lâcher et grommelle
dès qu'on touche à ses sacro-saints Jacques Bainville, Octave Feuil-
let et Henri de Bornier reliés cuir. Pour le reste, ne t'en fais pas, elle
ne manque de rien. Elle a de quoi s'habiller pour au moins dix ans
sans être démodée. Mais elle ne veut plus sortir parce que, dit-elle,
on ne sort pas les jambes nues, même à Alexandrie. Alors, si tu peux
lui trouver quelques paires de bas de soie, des Kaiser, envoie-les-lui,
avec quelqu'un.*

*L'appartement de Moustapha Pacha où nous sommes n'a rien à
voir avec celui de maman rue des Abassides. Oui, ma loulette chérie, je vis chez toi, dans tes lits de repos, tes fauteuils de plage et la
grande table de ping-pong que maman avait fait installer sur ta
véranda pour l'été. Les choses étant ce qu'elles sont, je fais contre
mauvaise fortune bon cœur. Ce n'est pas le cas de Magdi. Il refuse
d'habiter chez sa mère (il faut dire que le palais Wissa manque
sérieusement d'entretien). Mais quand il a vu l'appartement qui
nous attendait, il a dit : « Non, ce n'est pas possible ! il faut faire
quelque chose... » et il a décidé d'y donner une grande soirée. Par
défi. On l'avait floué, nationalisé, il n'allait pas baisser la tête. Un
Wissa tout craché ! Le jour où il a appris sa ruine, il est rentré avec
des fleurs plein les bras. Il ne serait pas dit qu'un gouvernement de
rustres en kaki aurait raison d'un Wissa. J'ai eu beau lui rappeler ce
que sa grande soirée avait coûté à François Tegart autrefois. Il a
haussé les épaules, raclé les fonds de tiroir, télégraphié au kholi
d'Assiout, son métayer, de lui envoyer tout ce qu'avaient pu rapporter jusqu'ici les 200 feddans que lui laissait la réforme agraire. Puis
il a lancé les invitations, appelé N. pour l'inviter avec les locataires
de Zamalek, « à condition, a-t-il précisé, qu'ils viennent avec un tri-
mestre de loyer d'avance ».*

*Soirée réussie. Les fauteuils en rotin se sont métamorphosés
pour la circonstance en fauteuils club anglais, la table de ping-pong
en buffet-Pastroudis, tout le Gotha de Haute et Basse-Égypte et des
ambassades a twisté jusqu'au matin. J'avais mon fourreau fuchsia,
mes clips Chaumet, j'étais divinement chaussée par Jourdan (l'une
de mes quatre dernières paires), coiffée par Stavro (qui est encore là,
heureusement), comme autrefois au bal des Matossian ou aux soi-*

rées du Guezireh. Depuis, nous vivons de rien ou presque. Sursum corda! disait Mère Marie-Joseph. Ce fut notre dernier luxe, notre manière de résister à la médiocrité ambiante et aux oppressions.

Que sont devenus, ma sœurette chérie, Abdo le cuisinier, Mohamed le chauffeur, où sont Sayada la masseuse, l'esthéticienne grecque et mes ouvroirs du dimanche? Toi à Beyrouth et moi ici... Si tu avais épousé un copte, c'est toi qui aurais vécu à Alexandrie et si j'avais épousé un de nos coreligionnaires grecs-catholiques je continuerais à vivre à Beyrouth nos mille et une nuits du Caire. Maalesh! la vieille épileuse avait raison quand elle me disait: « C'est le destin, peau de satin... » C'est la vie, loulette. A bientôt.

Ta sœur aînée qui même de loin veille sur toi comme une mère
Irène.

P-S. Si quelqu'un, dans vos va-et-vient libanais, passait par Paris, demande-lui de retirer pour moi les paires de souliers en souffrance chez Capo-Bianco rue Royale. Tout est payé. Si tu peux, toi, me faire parvenir un ou deux pots de crème Secret de bonne femme de Guerlain, tu me sauveras la vie. Le temps est curieusement plus sec qu'avant. On nous a même changé le climat. Baisers.

I.

Lola sourit. Chère Irène! si frivole et si courageuse à la fois. Sa sœur n'en finirait jamais de l'étonner. Elle déplia la lettre de Bob, la tourna et retourna, amusée d'avance par les rajouts débordants d'une tendresse sans fard. Si cette lettre avait eu un parfum, ç'aurait dû être celui de la pipe. Mais là, rien. Bob avait-il cessé de fumer? Ou manquait-il si cruellement de tabac anglais?

Oui ma Lolita, c'est Sami qui te remettra cette fois ma lettre. Sans ce pigeon voyageur (qui se prend pour un aigle parce qu'il a eu un visa de sortie, lui...) ce serait la bouteille à la mer. Même la poste ne fonctionne plus en Égypte. Va donc pour Sami. Il m'a appelé trois fois avant-hier et deux fois depuis. Il prend le maquis demain et n'attendait que ma lettre pour lever l'ancre. C'est le seul cadeau – avec la lettre d'Irène – que, paraît-il, tu apprécieras. Un gros baiser donc sur les deux joues, à partager avec ton lion superbe et généreux et ton prince héritier qui ressemble de plus en plus aux héros cachés des belles princesses des livres de prix du pensionnat. Pourquoi ne me parles-tu jamais de lui?

As-tu reçu mes considérations sur l'innocence affligée de ce pauvre Magdi Wissa, victime de son patriotisme et de sa bonne foi? C'est un des petits scandales que nous distille jour après jour cette année 1961 qui n'a pas l'air de vouloir finir. Nul moins que ton beau-frère ne mérite le traitement pitoyable qu'on lui a réservé. Il était, par patriotisme, un inconditionnel de l'union de l'Égypte avec la Syrie. Quand celle-ci a battu de l'aile, il en a été sincèrement désolé, contrairement aux gros pachas du club Mohammed Ali, qui ne sont pleins que d'eux-mêmes. Magdi alla jusqu'à signer une lettre dans le « misri » wafdiste (sa famille politique, comme tu sais) pour flétrir les sceptiques qui doutaient du « mariage » égypto-syrien.

Imprudence fatale ! Quand les Syriens renvoyèrent chez lui en une nuit, sans crier gare, le maréchal Amer, vice-président égyptien de l'Union, Nasser ne put accepter l'offense. Il lui fallait réagir : tout le mal venait non pas du peuple, mais « des féodaux d'ici et de là-bas ». D'où la dernière déferlante, la deuxième vague des nationalisations nassériennes qui a liquidé définitivement les cadres et les institutions du pays.

Magdi, l'innocent, a cru qu'il serait épargné par la grande razzia. Quand il a découvert son nom au pilori de l'Ahram parmi ceux des princes, princesses, pachas et boys déchus, Irène nous a raconté qu'il a haussé les épaules et qu'il s'est fait annoncer à la Présidence. Où il a été respectueusement reçu par un jeune officier qui lui a offert le café de l'amitié. Et a fait appel à son sens du devoir. En bon patriote égyptien, Magdi devait comprendre que les mises sous séquestre relevaient de la raison d'État. Évidemment, on tiendrait compte en haut lieu de sa situation, du souvenir des faits d'armes de son grand-père Wissa Pacha, dans la guerre contre les Anglais. Un Wissa ne pouvait vivre décemment avec les revenus des seuls deux cents feddans concédés par la réforme agraire... Magdi Bey avait-il une autre requête à formuler ? Justement, dit Magdi, je voulais vous en parler. Il me reste dans un vieux compte suisse numéroté trois cent mille francs suisses et quelques dollars. Mais ça ne rapporte rien. Pourquoi ne pas les rapatrier et les placer en bons du Trésor égyptien ? Ils donnent du 7 et même du 8 pour 100. Pourquoi pas en effet. On rendit dans la presse un vibrant hommage à sa probité. Dès que les dollars et les francs suisses arrivèrent à la banque nationale du Caire, ils furent saisis. Confisqués.

C'est comique et pitoyable. Je dirai même plus, dégoûtant. Magdi était outré. Mon cousin, maître Noury, lui a proposé de faire un procès à l'État. Peut-être l'aurait-il gagné, mais Magdi n'est pas pour rien homme du Saïd. Il a répondu sèchement qu'il préférait rater ses affaires lui-même. Puis, suivi d'Irène, il a quitté Le Caire pour Alexandrie, malgré les réticences de ta sœur chérie. En arrivant là-bas, ils ont donné une grande soirée mondaine. Dans ton ancien appartement de Moustapha Pacha. Soirée d'adieu aux illusions perdues, disait l'invitation.

Ta sœur, ma chérie, est un peu sorcière. Je croyais, après trois heures de route du désert dans ma vieille Austin, retrouver le bric-à-brac de meubles d'été que je connais bien. Eh bien, pas du tout ! Il y avait des meubles d'époque, des fauteuils anglais et un rutilant buffet sous lustre de Murano. On se serait cru aux soirées d'autrefois. Assistance tout de même un peu fin de régime, je ne le dis pas d'un cœur léger : pachas dépachalisés, beys bêtifiant comme si de rien

n'était, Syro-Libanais ex-courtisans du roi, paléontologique prin-
cesse Éminé, Nabila Fahma Hamboucha et Zizi Afnassios. Les per-
sonnalités échappées aux griffes du séquestre étaient représentées
par quelques juifs italiens et par le nonagénaire Mallino Pacha, à
qui on n'a rien pris parce que le vieil arnaqueur étant sans héritier,
toute sa fortune reviendra à l'État. J'oubliais toute une portée de
diplomates belges.

Nous avons fait un sort aux montagnes de bouchées au foie
gras préparées par ta sœur, aux tranches de saumon fumé et au
champagne servi par de magnifiques souffragi enturbannés et cein-
turés de rouge soutaché d'or – les couleurs des Wissa. On a dansé
toute la nuit et, en fin de course, joué sur le vieux phono de ton père
Valencia, Le chaland qui passe *avec quelques airs d'Abdel Wahab. Il*
n'y manquait que la marche khédiviale et La Marseillaise*!*

Mais attends la suite. Parti le dernier, je me suis avisé en che-
min que j'avais oublié ma pipe chez ta sœur. J'ai donc fait demi-
tour, grimpé quatre à quatre l'escalier et là, surprise. La porte était
ouverte. Les beaux meubles, le lustre, tout s'était envolé. Les lits de
repos, les fauteuils de rotin avaient repris leur place dans la grande
pièce. Irène et Magdi devaient être déjà dans leur chambre. Je suis
redescendu sur la pointe des pieds. Un fourgon de déménagement
s'en allait avec les meubles, la vaisselle et le Murano. Sur la bâche,
j'ai lu le nom d'un entrepreneur de Noces-Banquets. Tout avait été
loué!

C'est ça le nassérisme par la joie. Magdi a raison, survivre n'est
rien, il faut vivre. Nous ne nous enfonçons pas moins dans l'exil
intérieur. Place Soliman Pacha – devenue Talaat Harb – Air-France
est toujours là pour des voyages que nous ne ferons plus. André et
Monette Jarid, qui pourraient partir, ne veulent pas s'en aller sans
leur vieille guenon naine, leur chien Salama et leur collection de la
Gazette des tribunaux*! Ils sont bien les seuls. Chaque jour, il y a*
moins d'amis chez Lappas à l'heure du croissant matinal. C'est la
fuite hors d'Égypte, sans mer Rouge, mais avec le pharaon aux
trousses. Les salles de vente et les antiquaires font fortune. Avant
d'embarquer pour l'Afrique du Sud, Takis, le bottier des princes, a
confectionné pour Viktor vingt paires de chaussures et cinq paires
de bottes de ses plus beaux cuirs, en souvenir du bon vieux temps.
Le chemisier Garbis est venu me proposer en confidence trente-deux
chemises de soie : ses derniers coupons. Les mécanos grecs, les ex-
avocats du Mixte, les photographes arméniens viennent nous saluer
avant le départ et c'est un peu comme si nous nous en allions. Le
prix du kilo de steak kandouz atteint 50 piastres. Les fauves du zoo
deviennent végétariens parce que les gardiens mangent la viande
destinée aux lions (cette dernière information, non confirmée, n'est
pas de source sûre).

Ne me demande surtout pas pourquoi je reste. J'attends que les
murs de mon appartement s'écroulent sur moi. Tout est-il vraiment

aussi moche que ce que je crois, ou est-ce que je m'habitue mal? Sultane de mon cœur, pour tout te dire, tu l'as échappé belle. Ne me raconte pas que le Liban te paraît hostile par sa gaieté même. Tu as pris le chemin de Beyrouth comme on prend le voile, et rompu les amarres comme on rompt un charme. Ne sois pas ingrate. Et ne regarde pas trop du côté d'Irène. Irène est belle, c'est vrai. Toi, tu as la beauté du diable et tu n'as pas besoin de guetter les griffes de l'âge sur ton front ou au coin de tes yeux. Tu as Nicolas, grâce à qui tu feras toujours peau neuve désormais. Je t'embrasse.

Ton inoxydable vieux Bob.

P-S. Ceci strictement entre nous : tu me manques. C'est une de mes rares surprises quotidiennes. Ça n'aide pas.

B.

16

Lola ferma la librairie, et, sans se presser, traversa le square. A la tombée de la nuit, les rues se vidaient et l'ombre, sous les arbres, se teintait de mauve. C'était l'heure des retours et des préliminaires, le moment où Beyrouth préparait fiévreusement ses folies de la nuit. La maison était illuminée. A travers les hautes fenêtres, les trois lustres du salon éclairaient le jardin. C'est vrai, Charlotte donnait un dîner ce soir. Avant de franchir la grille, Lola s'arrêta, prise d'une fatigue soudaine, d'une répugnance à affronter les conversations habituelles, à écouter, comme toujours, les hommes discuter finances et les femmes parler bijoux. Elle rêva d'une chambre solitaire, d'un livre qu'elle lirait dans son lit, en croquant des chocolats... Je me conduis mal, pensa-t-elle. Mon rôle est d'être là, de sourire, de briller si possible. Je dois cela à Charlotte. Elle accéléra le pas.

Dans le salon les fleurs étaient disposées en très hauts bouquets dans les braseros de cuivre, au pied des colonnes de marbre, selon l'immuable agencement des grands jours. La longue table de la salle à manger chinoise était déjà dressée. On avait sorti la vaisselle de Limoges bleu et or, les verres de Baccarat gravés. En centre de table deux coqs en argent aux plumes ébouriffées. Des roses thé. Les chandeliers anglais brillant de toutes leurs bougies. Qui voulait-on impressionner? Oncle Émile devait avoir un contrat en vue. Il fallait se faire belle.

Dans sa chambre, Lola se trouva triste mine. Les cheveux plats, l'œil éteint. La beauté du diable, avait écrit Bob... Elle choisit une robe rouge, se maquilla soigneusement, ourla ses yeux de khôl glissé au ras des cils avec un bâtonnet de bois lisse. Mieux, beaucoup mieux. Des bas fins, à couture. Tête penchée, elle se brossa vigoureusement les cheveux d'arrière en avant, c'était bon pour le teint. Voilà, elle étincelait. Du salon montait un bruit de voix. Les invités étaient là. Qui criait dans le couloir? Mon Dieu, Nicolas!

Debout sur son lit, le petit garçon, les joues rouges et les yeux enflammés, jetait ses couvertures à terre, dans un accès de fureur. Il était familier de ces brusques colères qui le laissaient épuisé, à bout de souffle, le visage blanc comme cire. Chaque fois Lola s'alarmait. Ces tempêtes intérieures, si violentes, chez un enfant de quatre ans, était-ce bien naturel? Oncle Émile affirmait en riant que, lui aussi, autrefois, terrorisait sa mère et qu'il se souvenait encore du placard à balais où on l'enfermait les jours de rage. Antoine évitait alors le regard de Lola et affirmait que ces crises passeraient avec l'âge. Avait-il vraiment oublié? En tout cas, lui seul pouvait calmer Nicolas. Et quand Nicolas était malade, c'est son père qu'il réclamait d'abord.

« Nicolas, si tu ne te tais pas, j'appelle papa! » Lola avait pris son fils par le bras : « Qu'est-ce que tu veux? Pourquoi cries-tu?

– Je veux qu'oncle Émile me raconte une histoire.

– Ce n'est pas possible, il a des invités. Athina te racontera...

– Je veux pas d'Athina! Elle est méchante avec moi...

– Mais non, c'est toi qui es méchant maintenant.

– Alors toi, maman. » Nicolas la regardait de ses étonnants yeux verts qui toujours la troublaient. Comme d'habitude, Lola céda.

Raymond, le sourire aux lèvres, faisait tinter les glaçons dans son whisky. Le gros blond en costume sombre devait être le banquier belge qu'Émile attendait. La jolie femme rousse vêtue de vert émeraude ne pouvait être que sa femme. Lola reconnaissait le conseiller commercial suisse et sa digne épouse, dont trois ans passés à Beyrouth n'avaient pu assouplir la rigidité. Un cas désespéré. La soirée serait sinistre. Lola sourit, d'un sourire éclatant.

Émile cherchait effectivement un financement pour un immeuble qu'il voulait construire à Hazmieh, dans la banlieue chic de Beyrouth. Lola écoutait d'une oreille distraite la femme du banquier lui raconter ses achats dans le souk de l'or.

« J'ai remarqué un bracelet à grosses mailles torsadées, une splendeur! On dirait un Cartier, je me demande d'ailleurs s'il ne s'agit pas d'une copie en plaqué. Croyez-vous qu'on puisse avoir confiance? dans une si petite boutique... »

Toujours prête à mordre quand on mettait en doute l'honnêteté libanaise, tante Charlotte avait dressé la tête. Lola s'interposa en hâte :

« Confiance? certainement. Les bijoux du souk de l'or sont aussi beaux que ceux de Hamra et souvent les orfèvres ont les mêmes boutiques ici et là. Cela fait partie des traditions libanaises... »

Tante Charlotte rengaina sa colère. Lola fut soulagée. Il ne serait pas dit que dans la maison Boulad on avait manqué aux règles de l'hospitalité. Raymond d'ailleurs volait à son secours.

« Notre Néfertiti a raison. Au Liban, tout se joue sur la confiance et la parole donnée. Savez-vous qu'autrefois, dans nos montagnes, les plus grosses transactions s'effectuaient sans papiers, sur de simples garanties orales? »

Le banquier eut un gros rire. « Peut-être, monsieur le député, mais aujourd'hui vous avez mieux, Dieu merci ! L'argent arabe qui reflue chez vous depuis le règne de Nasser serait-il dans vos coffres sans votre fameux secret bancaire, plus verrouillé, dit-on, que le secret bancaire suisse ? »

Raymond exultait. Faussement modeste, il leva son verre.

« Merci, cher ami ! Je bois au secret bancaire et à son inventeur.

– Au fait, qui est-ce ? interrogea le Belge.

– Moi, en toute modestie. L'histoire est curieuse... J'étais alors à Paris, jeune avocat de la Société Générale, et je devais me rendre à Lausanne pour rencontrer un client. J'avais acheté à Paris une voiture sensationnelle – une traction onze légère, une merveille, je la vois encore... J'accompagnais aussi une jeune fille française qui, à peine arrivée en Suisse, s'est jetée sur le chocolat et les gâteaux à la crème... en 1947, on manquait encore de tout en Europe. A Lausanne, je m'installe au salon-bar en attendant mon client. Sur la table basse, devant moi, traînaient des prospectus de tourisme. Je prends un dépliant au hasard, je l'ouvre... Je lis, en première page : " Ce qui a sauvé la neutralité de la Suisse ce ne sont ni ses montagnes, ni son armée, mais son secret bancaire. " Personne ne m'avait appris cela en fac de droit. Mon client arrive, je mets le dépliant dans ma poche, et nous allons dîner.

« Mais ce secret bancaire me trottait dans la tête. A Beyrouth, nous préparions les élections de 1947. Je dis à mon père : " Inscrivons dans notre programme électoral l'introduction du secret bancaire. – Qu'est-ce que c'est ? – Je t'expliquerai plus tard. " Nous inscrivons donc : " secret bancaire " dans le programme de 1947. Le temps passe. Tout le monde oublie. En 1954, sept ans plus tard, je tire, au hasard, un livre de ma bibliothèque. Un papier jauni en tombe : mon dépliant de Lausanne ! J'y vis un signe du destin. Le lendemain je reprenais le projet. En l'améliorant : non seulement les communications des comptes et transactions, mais même les saisies conservatoires dans les banques seraient interdites au Liban. J'y ajoute qu'on ne peut rien révéler ni aux fonctionnaires de l'État, ni aux autorités judiciaires ou militaires.

– Pourquoi militaires ? Cela n'existe pas en Suisse.

– Parce que je pressentais que nous aurions un jour maille à partir avec le Deuxième Bureau de l'armée. Parce que je craignais une invasion d'un de nos voisins, en particulier d'Israël. Parce que le pétrole commençait à sortir de terre en Arabie Saoudite, au Koweït, en Irak. Comment tous ces gens allaient-ils protéger leur nouvelle fortune ? Il leur fallait un lieu sûr, une Suisse à leur porte, où on parlerait arabe et où on les comprendrait...

– Ainsi, vos banques vous tiennent lieu de système de défense ?

– Elles sont plus que cela, monsieur. Dès que j'ai déposé mon projet de loi, en 1954, j'ai dit aux jésuites : apprenez donc la banque à vos jeunes gens. Tout l'or qui se vend en Europe vient des Indes et passe par le Liban. Maintenant, l'or du pétrole va aussi s'investir chez nous. Il faut que des milliers de jeunes Libanais, ici et à travers le monde, sachent gérer ces fortunes. Lorsque l'argent d'Égypte est arrivé, après 1956, nous étions à peine prêts : la loi venait enfin d'être votée. Et quand de graves troubles ont éclaté ici en 1958, nos clients du Golfe nous ont discrètement soutenus. Aujourd'hui nous sommes en pleine expansion financière. Savez-vous qu'il y a à Beyrouth plus de banques que dans la City de Londres ? Buvons au Liban, nouvelle Suisse du Moyen-Orient ! »

Le gros Belge s'enthousiasma.

« Monsieur le Député, bravo ! Je vous prédis un boom économique sans précédent.

– Inch Allah ! répondit précipitamment Raymond pour conjurer le sort.

– En tout cas, monsieur Boulad, je suis prêt à investir. Dans les périodes d'expansion, l'immobilier marche toujours. Beyrouth va devenir une grande ville, une ville moderne. Nous y construirons pour les touristes qui vont affluer des hôtels de luxe, des immeubles et des tours comme en Amérique, de magnifiques villas dans la montagne pour les émirs du Golfe qui viendront passer l'été et jouer au casino, des bars et des boîtes de nuit qui seront les plus réputés de tout le Moyen-Orient. Nous ferons du Liban un petit paradis ! A nos projets, à votre santé ! » Chacun leva son verre. La main derrière le dos, Raymond croisait les doigts.

Était-ce le bonheur ? En tout cas, cela y ressemblait. Rien de plus délicieux que de flâner dans Hamra en fin d'après-midi, quand Beyrouth émergeait de la sieste et se préparait à une longue soirée. Tout ici semblait fait pour les femmes, leurs parures, leurs amours, leur beauté. Souvent, Lola s'offrait, avec Nicole ou Lili, une tournée de shopping. Elles avaient leur parcours : dans le bloc Clemenceau, on passait de Rive Droite, Ted Lapidus, Bleu Marine, à Vachon et Cartier et, plus haut, Saint Laurent. Dans chaque boutique, les vendeuses s'empressaient, se disputaient l'honneur de servir leurs clientes attitrées. Lola parfois eût préféré l'anonymat, du moins la discrétion. Mais quoi, Beyrouth aimait le luxe, le luxe tapageur. L'été dernier, la mode était de se baigner en conservant son sautoir de perles « pour qu'elles se régénèrent dans l'eau de mer ». Au Saint-Georges, la vieille Mme Boustany el Boustany, ses chairs flasques mal contenues dans un maillot de satin, descendait religieusement dans la piscine tous les quarts d'heure, pour y tremper quelques minutes ses fameuses perles noires, grosses comme des petits pois, qui avaient appartenu, disait-on, à une princesse turque... Lola avait bien ri. Mais cette année, quand étaient apparus sur les plages les lourds bijoux en or martelé de Lalaounis, Lola avait pensé qu'un gros collier d'or mettrait en valeur sa peau brune, avec un maillot de bain imprimé panthère... et ma foi oui, elle avait cédé, sans craindre le ridicule.

Les années dorées

C'était si facile de se laisser griser. Antoine, chirurgien en titre, se partageait entre l'Hôtel-Dieu et sa clinique privée. L'argent rentrait. Parfois un prince saoudien, obscur mais richissime, l'appelait en consultation à Ryad ou à Taïef. Antoine rentrait de ces voyages étrangement rêveur, ou surexcité, empli de projets chimériques et secrets dont il parlait peu. Était-ce une impression? Avec Lola il semblait moins tendre. Elle y pensait à peine. D'ailleurs, qui avait le temps de penser sérieusement? Il fallait réussir, dépenser, s'amuser. Vivre. Et paraître. L'argent, valeur suprême, suppléait à tout et réglait les conduites.

Rue Hamra, les jeunes gens de bonne famille passaient lentement dans leurs cabriolets sport, la radio mise à fond. Les parents roulaient en Mercedes ou en américaines, l'essentiel étant de parader dans les derniers modèles. Antoine, habituellement plus discret, s'était offert une Alfa Roméo blanche à l'intérieur de cuir rouge.

« Fais attention, murmura Charlotte à Lola un soir de confidences, lorsqu'un homme maigrit ou qu'il s'achète une belle voiture, il y a une femme là-dessous. Crois-moi! J'ai l'expérience... chaque fois qu'Émile change de voiture, je sais qu'il a une nouvelle maîtresse. Oh, aucune importance! il m'adore, au fond. Et puis, tu me vois en femme jalouse? De quoi aurais-je l'air? Je serais ridicule... »

Il est vrai que la jalousie était considérée à Beyrouth comme une faute de goût et la passion comme un accident grave. Un vent de délire sensuel flottait sur la ville, des désirs vifs couraient à fleur de peau, s'échangeaient à travers des regards qui ne s'attardaient pas. On prenait l'amour comme le soleil, avec ardeur, légèreté et précaution, en y dorant son corps sans y laisser sa peau. Les liaisons s'affichaient, les ruptures aussi. Les scandales ne valaient la peine d'être provoqués que s'ils étaient connus.

Les conventions craquaient. Les plus prudes abandonnaient leur gourme. Une ambassadrice frigide devenait nymphomane, un diplomate guindé se jetait tout habillé dans sa piscine un soir de grand raout, un homme d'affaires français buvait du champagne dans l'escarpin de sa voisine de table. Les étrangers, qu'on s'arrachait à coups d'invitation, d'exubérance, de louange, perdaient la tête devant ces femmes trop belles et ces hommes trop riches. Les Beyrouthins, qui savent toujours jusqu'où on peut aller trop loin, regardaient ces excès d'un œil amusé. C'est l'effet du climat, murmuraient-ils. N'oubliez pas que nous sommes en Orient...

A la terrasse du Horse Show, le café intello, Lili sirotait un pimm's.
« Je ne te comprends pas, disait-elle à Lola, tu es jolie, on te fait la cour, et tu restes de marbre. Jamais un flirt, ou à peine. Ne me dis pas que c'est à cause d'Antoine. Au contraire, puisque tu es mariée, tu peux tout te permettre. Regarde Nicole, Michèle, Danièle, elles ont toutes des amants, enfin des amants en titre, pour sortir... Toi, on ne sait jamais avec qui t'inviter. »

Lola éclata de rire.

« Ça ne m'intéresse pas! Je ne peux tout de même pas faire semblant. Tous ces hommes autour de moi, comme tu dis, ils sont... ils me semblent... interchangeables, vois-tu. J'aime encore mieux discuter avec Camille. Hier, il m'a montré un livre extrêmement rare, une édition unique, un vrai chef-d'œuvre. Il m'a raconté que pour l'acheter il avait dû renoncer à une croisière sur le *France* avec une nouvelle conquête. La dame était furieuse et lui était ravi. Il retrouvera une maîtresse, dit-il, jamais un tel livre...

— Ne me raconte pas d'histoire. Tu n'es pas une bibliophile passionnée, même si tu aimes ce que tu fais. Tu n'as jamais envie d'un coup de cœur, d'une passion? »

Soudain sérieuse, Lola se tut. Oserait-elle dire qu'il n'y aurait plus rien d'important dans sa vie, désormais? Que la passion d'autrefois la laissait aujourd'hui dévastée, asséchée? Elle eut tout à coup envie de se laisser aller aux confidences.

« Tu sais, Lili, la passion... J'ai déjà donné. Et cela ne m'a pas réussi. Je crois que je suis vaccinée pour la vie...

— Tu es folle! Tu ne vas pas renoncer à l'amour à ton âge! Qu'est-ce qui s'est passé? Pourquoi est-ce que ça n'a pas marché? Il était musulman? »

Lola secoua la tête.

« Chrétien? mais alors, où est le problème?

— C'est trop compliqué, et puis c'est si loin maintenant... je ne l'ai pas vu depuis des années.

— Des années! » Les yeux bleus de Lili s'agrandirent. « Et tu l'aimes encore?

— Oui, enfin... je ne sais plus.

— As-tu au moins essayé de l'oublier?

— Pas vraiment. Depuis tout ce temps, je repasse cet amour dans ma tête comme on écoute un disque rayé. Je crois que j'aime cette vieille douleur. Je l'entretiens. Je la ravive comme on égratigne une ancienne plaie. C'est tout ce qui me reste de lui. Tu comprends?

— Je ne sais pas. Ça ne m'est jamais arrivé... »

Songeuse, Lili regardait autour d'elle. Une femme passait, de grands pains ronds en équilibre sur la tête. Le soleil dansait, l'air sentait le jasmin sur fond de sel marin. C'était Beyrouth. Comment ne pas avoir le cœur léger? Elle posa sa main sur celle de Lola.

« Oh, mais je ne vais pas te laisser dans cet état. Je vais m'occuper de toi. Tu ne sors pas assez.

— Comment! Nous sortons tous les soirs, cela m'épuise.

— Bah, des dîners mondains. Je vais t'emmener au Flying Cocotte, au stéréo, on va rire, danser. Qu'est-ce que tu fais ce soir?

— Dîner chez les Boustros.

— Alors, viens demain au Saint-Georges. Je vais te présenter Malek, tu sais le beau Malek, celui dont le père possède tout le pays chiite. Je lui dirai que tu veux apprendre le ski nautique. » Lola rit franchement cette fois.

« Lili! Arrête! J'ai l'impression d'être une marchandise en solde. Je ne veux pas de Malek, ni d'un autre, je te jure. Et nous irons quand même au Flying Cocotte... mais pas demain. Demain, nous estivons. Charlotte et Émile sont à Divonne-les-Bains comme tous les étés, et nous allons habiter leur maison de la montagne, à Broumana. Je crois que cela me fera du bien. »

Tap, tap, tap... le bruit régulier et mat des balles de tennis sur la terre battue réveille toujours Lola vers huit heures du matin. Avant même d'ouvrir les yeux, elle sait qu'il fait beau, que tout à l'heure en poussant ses volets elle va sentir le parfum des grands pins parasols qui poussent en contrebas et lui masquent en partie la ligne bleue de la mer. Broumana évoque pour elle l'enfance, les jeux, les vacances. Pourtant, ni le village, ni la maison ne ressemblent à ce qu'elle a connu ailleurs. Accrochée sur une pente assez raide qui surplombe le tennis, la maison, que les Boulad louent chaque été, est faite de pierres jaunes, ces pierres de Ramleh, taillées en relief à grands coups de burin, dont les facettes irrégulières piègent le soleil et l'ombre. Comme toutes les maisons libanaises de la montagne, elle est à la fois solide et gracieuse, avec à chaque étage son balcon de pierre ouvragé, ses grandes fenêtres en double ogive séparées par une colonnade de marbre torsadée.

Pourquoi Lola aime-t-elle Broumana? Peut-être parce que s'y conjuguent l'air frais de la montagne et les couleurs chaudes de la Méditerranée. Peut-être à cause des parfums secs des genévriers, du thym, et des eucalyptus. Peut-être parce que les montagnards sont plus rudes, mais plus authentiques, plus spontanément généreux que les gens de la ville.

Tap, tap, tap... les balles rebondissent, s'arrêtent sur des rires. Quelque part ondule la voix de Fayrouz, voix de cristal brisé, claire et fine comme les sources de la montagne, embrumée comme leurs cimes, fougueuse comme leurs cascades. La vie à Broumana semble simple et douce. On y retrouve un Liban d'autrefois, rustique et terrien. Ici l'argent s'efface, et le passé affleure.

« Madame? » Athina est sur le seuil de la porte « Puis-je emmener Nicolas chez Kenaan? Il voudrait un chocolat mou, mais ensuite il risque de ne plus déjeuner. »

Le chocolat mou... Lola se souvient. Quelques jours après leur arrivée, Antoine lui avait fait visiter ce qu'il appelait « la montagne », d'Aley à Bahmdoun, puis de Beit Mery à Bickfaya. Pendant des heures, ils avaient roulé à toute vitesse sur des routes en lacet qui en quelques minutes s'élevaient prodigieusement au-dessus de la mer, puis plongeaient dans d'étroites gorges assombries par des rochers noirs. Il faisait froid sur les crêtes d'où, parfois, on apercevait un point minuscule, un bâtiment blanc accroché à la pente – « un couvent », disait Antoine. Après le Chouf tourmenté, raviné, ils avaient abordé des croupes plus rondes, alignées les unes derrière les autres en dégradés de vert jusqu'aux sommets neigeux de l'Anti-Liban.

« Antoine, je n'en peux plus, j'ai mal au cœur », avait soupiré Lola peu habituée aux routes de montagne. Ils s'étaient arrêtés dans un village, Broumana. « C'est là qu'Émile et Charlotte estivent », avait dit Antoine.

Ils étaient entrés dans une sorte d'épicerie-salon de thé, et on leur avait servi une chose délicieuse, étonnante : du chocolat mou, mélange de crème, de glace et de chocolat chaud. En sortant, Antoine l'avait embrassée, longuement, et sa bouche avait la saveur du chocolat noir... Leur premier vrai baiser.

Athina attendait. « Non, Athina, pas ce matin. Il ira chez Kenaan cet après-midi avec son père. » Antoine descend tôt à l'hôpital le matin, il déjeune à Beyrouth, se baigne au Sand's ou au Saint-Georges, et remonte en fin d'après-midi. Comme Lola ouvre la librairie après la sieste, de cinq heures jusqu'au soir, ils ne se voient plus beaucoup, sauf quand un dîner ou une soirée les réunit à Beyrouth, ou chez des amis eux aussi en « estivage ». Lola, assise sur son lit, pense au goût du chocolat amer. Elle croyait sincèrement, alors, pouvoir aimer Antoine, en tout cas le rendre heureux. Pourquoi n'y était-elle pas parvenue ? Elle se souvient de ce qu'elle a dit l'autre jour à Lili. « J'aime cette vieille douleur... » Par égoïsme, par une indécente complaisance envers elle-même, elle est en train de gâcher trois vies : celle d'Antoine, la sienne, mais aussi, et c'est le plus grave, celle de Nicolas. Elle l'aime, son fils, mais chaque fois qu'elle le regarde elle voit Philippe, et elle détourne instinctivement la tête.

Elle s'est toujours dit, à ces moments-là : « J'oublierai quand je l'aurai décidé, quand je le voudrai. Demain... » Le temps avait passé. Pendant qu'elle ressassait inlassablement son amour perdu, Nicolas grandissait. Sans elle. C'est vers la chambre d'Antoine qu'il court, le matin, c'est avec Antoine qu'il a appris à skier, à nager. Antoine toujours chaleureux, attentif, généreux. Mais de plus en plus silencieux. Depuis combien de temps n'ont-ils pas échangé, elle et lui, un geste tendre, une caresse ?

Antoine est jeune, il a trente-cinq ans. Que sait-elle de ses désirs, de sa sensibilité ? Comme elle a dû le blesser ! Il a été sa consolation et sa force, son recours, il a continué à l'aimer, sans qu'elle semble y attacher la moindre importance. Aujourd'hui, elle le sent s'éloigner, et son cœur cogne. Comment a-t-elle pu être assez folle pour ne pas comprendre que c'est de lui qu'elle avait besoin ? Que c'était lui la vie, et non pas cet amant français, paré au fil des ans de toutes les séductions, mais dont elle ne revoyait plus en cet instant, avec précision, que le corps ? Troublée, Lola s'étend sur le lit, prend à pleins bras son oreiller, comme lorsqu'elle était enfant. Antoine semble si las parfois. Si détaché. Il ne la voit même plus. Au moment de le reconquérir, va-t-elle découvrir qu'elle l'a perdu ?

Tap, tap, tap... le tennis en bas rythme ses pensées qui s'effilochent.

Broumana l'aidera. A Beyrouth, elle n'aurait pas pu. Ici tout est plus pur, plus solide, on a envie de s'enraciner, de construire quelque chose... construire? Oui, c'est ce qu'elle doit faire : lui donner un enfant. Une fille. Lola l'imagine. Frisée, rousse, mignonne. Elle l'appellera Mona. Brusquement, elle a très envie de sentir dans son ventre cette petite boule délicieuse, d'être pour Antoine et lui seul cette chose rare : une femme pleine, ronde, grosse de la promesse d'un nouveau bonheur. Elle se lève, se regarde dans la glace, comme toujours quand elle prend de grandes décisions. Puis elle ouvre le tiroir de sa coiffeuse, saisit une plaquette de pilules, la jette au panier. Une crainte lui serre la gorge : et si c'était trop tard?

17

Beyrouth, juin 1967

Les joues en feu, Nabil fit irruption dans la chambre où Tony et Joseph bachotaient leurs ultimes révisions de droit. « Victoire! Nasser est à Tel-Aviv! » Les deux garçons envoyèrent promener livres et cahiers. « Tu es sûr? – Certain... je viens de l'entendre à la radio. Nasser a gagné la guerre! »

Tony était fils d'avocat, Joseph et Nabil fils de hauts fonctionnaires. Chrétiens maronites, ils s'affirmaient de gauche et avant tout, nationalistes arabes. A l'aube de ce 5 juin 1967, Israël venait d'attaquer l'Égypte. Depuis, les trois amis, surexcités, ne vivaient plus que dans l'attente des nouvelles de cette troisième guerre israélo-arabe. Mais enfin, Nasser à Tel-Aviv, n'était-ce pas un peu excessif? Pas du tout, insista Nabil, l'Égypte a gagné, l'Égypte est victorieuse d'Israël!

Au même moment, la nouvelle de la foudroyante victoire de Nasser se répandait dans Beyrouth comme une traînée de poudre. Dans les quartiers musulmans traditionnels de Basta et de Chiah, on pavoisait, on tirait des coups de feu en l'air, et déjà les jeunes formaient des cortèges, hurlant : « Ya Nasser, Ya Nasser! »

Au Liban, Nasser était populaire. En Égypte, tout le monde savait que les opposants, communistes ou frères musulmans, partageaient les mêmes geôles. A Beyrouth, avec le recul, les défauts du régime égyptien s'estompaient. On ne voyait dans le raïs que le prophète de l'unité panarabe, le libérateur qui, dans un éclat de rire, avait arraché le Canal des griffes des compagnies occidentales, ou l'homme sorti du peuple, symbole de la revanche des pauvres contre les puissants. Dans un Liban où la richesse creusait un fossé de plus en plus profond entre les nantis et les autres, l'argument portait. Ce n'était pas un hasard si le portrait de Nasser s'étalait sur les murs des quartiers les plus misérables de Beyrouth, et si on écoutait religieusement dans les arrière-boutiques chacun de ses discours-fleuves, transmis par *la Voix des Arabes*.

« Je le savais! s'exclama Tony avec enthousiasme. J'ai toujours dit que Nasser était un homme d'État, le seul capable d'instaurer un panarabisme démocratique et laïc.

– Vous vous faites des illusions, objecta Joseph. Comment pouvez-vous croire qu'il défendra la laïcité quand vous voyez le sort fait aux coptes d'Égypte? »

Tony haussa les épaules. Joseph était un réfugié du Caire, un esprit tordu qui voyait le mal partout. Il ne disait cela que pour mieux l'agacer.

De toute façon, aujourd'hui, personne ne boudait sa joie. Nasser, vainqueur d'Israël! Effacée, la honte de 1948, restauré l'honneur arabe! Nabil ramassa ses bouquins.

« A quoi bon continuer à travailler? Pourquoi passer des examens? C'est la guerre.

– Oui, allons nous enrôler dans les armées arabes. Il est important que nous soyons les premiers à le faire, ajouta Nabil.

– Venez chez moi, j'ai une bonne radio, on entend *la Voix des Arabes* », proposa Amin qui venait d'entrer.

La soirée s'organisa autour du poste. Amin avait trouvé du Cinzano blanc dans le bar de son père, des sandwichs au labné et au concombre dans la cuisine. Les quatre garçons écoutaient religieusement chaque communiqué égyptien proclamé sur un ton de victoire, entre deux marches militaires.

« Combien d'avions abattus? » Tony faisait les comptes. « Pas possible, incroyable, les Israéliens ne doivent plus avoir d'aviation du tout... »

Le Cinzano aidant, ils rêvaient :

« Je ne suis pas pour jeter les Israéliens à la mer, concédait Joseph d'un ton rêveur. Ce qu'il faut, c'est que les réfugiés palestiniens rentrent chez eux et qu'ils vivent tous ensemble, Juifs et Palestiniens, dans une République démocratique et laïque. »

Les Arabes, vainqueurs, devraient-ils détruire ou non Israël, source de leurs malheurs? Toute la nuit, les quatre amis en discutèrent avec fièvre.

L'euphorie ne dura pas longtemps. Le 6 juin au matin, la BBC mettait les choses au point. C'est Israël qui, en quelques heures, avait gagné la guerre. La radio égyptienne mentait. La défaite arabe apparaissait déjà comme écrasante. Dans l'opinion arabe, le choc fut considérable. Devait-on croire ce que disaient les Anglais? Il fallut pourtant se rendre à l'évidence. Le 6 juin au soir, l'Égypte demandait le cessez-le-feu.

Tony, très abattu, avait repris ses révisions de droit sans aucun enthousiasme. Entrant dans le salon, il surprit son père, un verre de champagne à la main, riant avec leur voisin de palier, M. Souabi, un richissime marchand juif, importateur de tapis d'Orient.

« L'avenir des chrétiens, je vous le dis, c'est de faire alliance avec Israël, affirmait M. Souabi. Toute autre démarche serait chimérique. »

Quelle impudence! Tony, profondément choqué, prit une décision. Il avait beau être amoureux de la fille aînée des Souabi, il n'irait plus, pendant le sabbat, allumer la télé et le gaz chez ses voisins de palier. Samedi prochain, les Souabi boiraient leur café froid.

Trois jours plus tard, le 9 juin, à sept heures du soir, les quatre garçons se retrouvèrent chez Amin. Nasser allait parler. Ils attendaient, angoissés. Nabil manipulait les boutons. Enfin, il attrapa *Radio Le Caire*. Voilà, c'était Nasser !

« Nous avons pris l'habitude ensemble, dans les heures de joie et d'amertume, de nous entretenir à cœur ouvert... »

Joseph saisit le bras de Tony.

« Nasser n'a jamais parlé de cette manière, ce n'est pas sa voix habituelle. Mon Dieu, qu'est-ce que cela signifie ? Il va annoncer quelque chose d'important... »

« Maman, descends vite. Papa t'appelle ! » La voix aiguë de Nicolas atteignit Lola en haut de l'escalier. Dans le salon, toute la famille, y compris Lili et Sami, était agglutinée devant un gros poste de télé, grande innovation de l'année. Soudain, sur l'écran, apparut le visage de Nasser. Comme il avait changé ! C'est un homme vieilli, accablé, qui commença d'une voix très basse : « Nous avons pris l'habitude ensemble... »

Le silence pesait. Lili triturait nerveusement ses cheveux blonds, Antoine rongeait ses ongles et maintenait entre ses genoux une petite fille d'environ cinq ans, rousse et bouclée, au nez parsemé de taches de rousseur.

« Mona, voyons, tiens-toi tranquille, laisse-moi écouter. »

Nasser parlait toujours.

« J'ai pris une décision dans laquelle je veux que vous m'aidiez tous... J'ai décidé de renoncer entièrement et définitivement à tout poste officiel, à tout rôle politique et de reprendre ma place parmi le peuple pour accomplir mon devoir comme tout autre citoyen.

– Mon Dieu, murmura Antoine, c'est fini. Il est cuit ! »

Lili se prit la tête à deux mains. « Mon Dieu, mon Dieu ! » Émile et Charlotte se regardaient sans un mot... Nasser poursuivait :

« Conformément à l'article 110 de la Constitution, j'ai chargé mon ami et frère Zakaria Mohieddine d'assumer les fonctions de président de la République... »

Une démission ! Nasser ! Impossible, on avait mal compris.

« Que la paix et la miséricorde de Dieu soient avec vous... » La voix se brisa soudain, Nasser pencha la tête. Pleurait-il ? Le speaker prit le micro : « Le président Nasser vient de... » et ne finit pas sa phrase. Il éclata en sanglots et s'enfuit dans un coin du studio pendant qu'on diffusait précipitamment la marche *Allah Akbar*.

Était-ce la contagion? Lola, fiévreusement, saisit son mouchoir. Elle pensait à l'Égypte. Qu'éprouvaient-ils là-bas? A l'idée de son pauvre pays humilié et vaincu, elle se mit à pleurer. Lili avait les larmes aux yeux. Sami se taisait, la gorge nouée. Tante Charlotte s'était levée, le visage pâle et les narines pincées.

« Enfin, mes petites, ressaisissez-vous! Vous avez tous fui l'Égypte à cause de ce tyran, et maintenant vous pleurez sur son sort. Cette défaite, il l'a bien cherchée. »

Sami tenta d'intervenir.

« Madame Boulad, pour nous, c'est la fin d'un rêve. Notre jeunesse, nos illusions s'écroulent. Que va devenir le monde arabe? Que deviendra l'Égypte?

– Cela m'est bien égal, rétorqua Charlotte sèchement. Ici nous sommes au Liban, Dieu soit loué. Et le Liban n'a heureusement pas pris part à cette guerre idiote. » Émile se pencha, posa la main sur le bras de Charlotte.

« Qui sait si nous n'en subirons pas, malgré tout, les fâcheuses conséquences? »

La petite Mona avait échappé aux genoux de son père et chantonnait : « Le monsieur est cuit, le monsieur est cuit... »

D'un pas traînant Tony rentrait chez lui, à Wadi Abou Djemil, un quartier bourgeois où habitaient quelques chrétiens mais aussi beaucoup de juifs. Ce qui lui faisait le plus mal, c'était cette phrase de Nasser sur les avions israéliens. « On les attendait par l'est, ils sont venus par l'ouest... » Quand, mais quand les dirigeants arabes seraient-ils enfin adultes? Soudain, derrière lui, monta une rumeur, un grondement sourd. « Allah Akbar! Allah Akbar! » Le cri de guerre des quartiers musulmans. Le vieil appel au massacre, au pogrom. Pas de doute : la démission de Nasser avait jeté ses partisans dans la rue. Maintenant ils déferlaient sur le quartier juif pour incendier, tuer, piller...

Tony court, aussi vite que possible. Les assaillants arrivent par la rue Clemenceau. Il faut prévenir les jeunes du quartier, téléphoner à la brigade 16, avertir tout le monde. La rue Wadi Abou Djemil est déjà en alerte. Le père de Tony a ouvert sa porte, il pousse les Souabi affolés dans son appartement. « Ici vous ne risquez rien, ils savent que nous sommes chrétiens », puis se tournant vers Tony : « Descends, ferme l'immeuble. Prends le fusil. » Dans la rue et les ruelles adjacentes, des groupes de jeunes, chrétiens et juifs, se postent aux carrefours. Une troupe arrive d'Achrafieh, courant au coude à coude. « Ce sont les kataeb », crie quelqu'un. Tony regarde avec surprise ces fameux phalangistes de Pierre Gemayel, dont on se moque volontiers en les traitant de boy-scouts ou de soldats en chocolat. Il ne les a encore jamais vus en action. Leur discipline et leurs armes l'impressionnent. Le quartier est bouclé lorsque arrivent les premières jeeps de la brigade 16, la brigade anti-émeutes de l'armée libanaise, qu'on appelle en téléphonant au 16, tout simplement.

Les manifestants débouchent, troupe hurlante et agitée qui soulève la poussière dans la chaleur de l'été. Quelques meneurs s'élancent en criant : « Allah Akbar! Mort aux juifs. » Pourtant, devant le rues barrées en hâte, le gros de la colonne ralentit. Des coups de feu claquent. La foule hurle toujours, mais les premiers rangs refluent, freinent, contenant la poussée des derniers arrivés. Nouveaux coups de feu tirés d'une fenêtre. Cette fois, les attaquants reculent en désordre, s'éparpillent, s'éloignent. La tension retombe. Des fenêtres s'ouvrent, des silhouettes de femmes se penchent. « Ils sont partis? Sûr et certain? » Tony avance, tourne le coin de la rue Fakkreddine. « Oui, ils se dirigent vers la mosquée El Maiseh. » Les musulmans rentrent chez eux.

Les juifs sortent alors des immeubles bouclés. Portant leurs châles de prière et leurs chapeaux noirs, les hommes vont à la synagogue rendre grâce au Seigneur. Avant que ne commence l'office, une grosse limousine s'arrête à la porte du temple. Raymond Eddé en descend, chapeau sur la tête, et s'avance vers le rabbin pour lui présenter ses regrets. Le rabbin opine. Tony entend Eddé affirmer : « Au Liban, cela ne se passera pas comme cela, comptez sur nous. » Il a raison, pense Tony, ce n'est pas ici que pourrait se produire une guerre civile, encore moins une guerre de religion.

Nasser a perdu sa guerre contre Israël. Une page de l'histoire arabe vient d'être tournée, un grand vide s'est creusé. Que faire? Nous sommes dans la situation de Lénine en 1902, pense Tony avec exaltation. A nous de reconstruire le monde arabe, d'éliminer les incapables ou les traîtres, de rétablir la justice sociale. Puisque personne ne relève le flambeau, nous, les chrétiens, allons assumer cette révolution. Évidemment, nous sommes minoritaires. Comme l'était Michel Aflak, il y a trente ans, lorsqu'il inventait la nahda, la renaissance arabe. Mais les minoritaires ont toujours été le sel de cette terre.

La défaite arabe passa sur le Liban comme une nuée d'orage dans un ciel d'été. C'est peu de dire que la vie reprit : elle s'accéléra. On ne parlait que de la fameuse fête donnée à Paris pour inaugurer les nouveaux locaux de l'Office du tourisme libanais en France. Le Tout-Beyrouth avait annexé le Ritz. Les mezzés frais arrivaient par avion, le cafetier Abou Harba était venu de Baalbek avec son pilon, son charbon de bois, cinq kilos de cendres et du « hal », de la cardamome. Ce fut un succès politique et mondain. Dans le rest-room du Ritz, Liliane Hayek soupirait en se poudrant le nez.

« Je suis déçue. Les Parisiennes manquent de chic. Tu as vu ces robes ? pas formidables. Et les bijoux ? rien d'extraordinaire. Nous sommes tout de même plus élégantes !

– Ne sois pas injuste, répondit Lili, elles ont plus de classe que nous.

– Peut-être, articula Liliane en se remettant du rouge à lèvres, mais nous on a du chien ! »

La guerre ! Qui pensait à la guerre ? Le retour à Beyrouth fut triomphal. « De quoi avez-vous parlé, mesdames ? interrogeait à l'aéroport un jeune journaliste du *Jour*, de la guerre ou de robes ? » Éclats de rire. De robes, voyons, jeune homme ! D'ailleurs, la guerre était finie.

Beyrouth avait quand même, à sa manière, participé à ce qu'on appelait pudiquement « les événements ». Pendant une semaine, mondanités, spectacles et sports furent momentanément suspendus « en raison de l'austérité imposée par la situation ». Austérité bien brève : le 15 juin, le casino du Liban annonçait son « retour à la vie normale, après une relâche forcée de quatre jours ». Il fallait fêter cela ! Farouk, un avocat ami d'Antoine, téléphona un soir.

« Un de mes amis français est de passage au Liban. Il ne connaît pas le casino. Voulez-vous venir dîner et passer la soirée là-bas, demain ? »

Antoine acquiesça avec chaleur. La France était à l'honneur. Seul de tous les chefs d'État occidentaux, le général de Gaulle n'avait-il pas condamné Israël ? Oubliés la campagne de Suez, les sept ans de malheur de l'Algérie, les vieilles rancœurs des Syriens. Aujourd'hui on ne trouvait plus de mots assez flatteurs pour qualifier la politique française. Le salut viendrait de Paris. Et puis, Antoine aimait bien Farouk : amusant, toujours accompagné de très jolies filles, il savait à merveille mêler dans la conversation les potins, les analyses politiques et les anecdotes croustillantes... Restait à convaincre Lola. Elle dirait sûrement qu'elle n'avait rien à se mettre. Pari gagné !

« Demain ? c'est trop court. J'attends une robe de chez Chantal mais elle ne sera pas prête avant une semaine. » Antoine prit Lola par la main, ouvrit sa penderie. Il y avait là au moins dix robes du soir et autant de robes de cocktail. Étaient-ils donc devenus si mondains ? Lola fit la moue. « J'ai déjà mis tout cela. » Antoine décrocha une robe fourreau, longue, très simple, d'un beau rouge éclatant. « C'est celle que je préfère. Même si tu l'as déjà portée, remets-la pour moi. »

Lola sourit. En un éclair, elle s'était revue à seize ans, lorsqu'elle rêvait d'être Rita Hayworth, portant un fourreau rouge et de longs gants noirs. Quel chemin parcouru ! Antoine était transformé depuis la naissance de Mona. Ce petit bout de chou, rousse et bouclée comme un diablotin, connaissait déjà son pouvoir. Il suffisait qu'elle penche la tête et sourie de son sourire à fossettes pour obtenir de son père tout ce qu'elle voulait. Nicolas, à dix ans, se montrait moins brusque, moins timide. Peut-être, se dit Lola avec quelque remords, parce qu'elle s'occupait maintenant davantage de lui. Les Papyrus avaient la réputation d'être la seule librairie où on trouvait les livres originaux ou anciens, tout ce qui n'était pas « grand public ». On y croisait souvent Charles Helou qui, bien que président, continuait à composer des poèmes, Ghassan Tueni, directeur du journal *El Nahar*, Raymond Eddé qui habitait à côté et venait chaque matin prendre un petit café, le père Abou, supérieur du collège de Jhammour, et le fidèle Camille Aboussouan. C'est lui qui avait fait l'éducation de Lola en matière de livres et lui avait appris où se réapprovisionner chaque saison, à Londres, à Genève ou Paris.

Les soirées, les réceptions, les mariages, les dîners, les piscines-parties et les tournois de tennis, tout cela composait un tourbillon incessant qui ne laissait pas le temps de respirer, encore moins de se souvenir.

Apaisée et légère, délicieusement futile, gâtée par Antoine, passionnée par ses livres, Lola se sentait désormais une vraie Beyrouthine. Sa vie n'était peut-être pas telle qu'elle l'avait rêvée, mais sa vie était une fête perpétuelle.

Le casino ourlait la baie de Jounieh d'une barre de lumière. Pour la réouverture, on avait repris la revue *Mais Oui*, que Las Vegas avait refusée parce qu'elle était trop chère. Les girls dénudées, les boys habillés de velours sombre, les immenses éventails de plume jaune et verte, la musique, valaient bien, disaient les Beyrouthins, le spectacle du Lido de Paris. Une pluie de paillettes or marqua le final. L'orchestre attaqua un slow. Dans un brouhaha soyeux, les spectateurs se levaient, quittaient les tables pour danser. Déjà Farouk enlaçait Lola, se lançant sur la piste avec enthousiasme. Pourvu qu'il ne s'agite pas trop! Pas question d'extravagances avec ce fourreau rouge. Antoine prenait la main de Danièle, une belle rousse aux yeux verts, dénichée par Farouk, dont la présence apportait un piment à ce dîner qui, comme souvent à Beyrouth, manquait d'inattendu. On se saluait d'une table à l'autre, et Lola pouvait presque lire sur les lèvres de Lolotte Chehab la question qu'elle posait à son voisin de droite : qui était ce jeune homme étranger, à la table des Boulad?

L'ami de Farouk, Jean-Pierre Langlois, arrivait tout droit du Caire, puis de Damas et des pays du Golfe. Il travaillait pour une grosse compagnie pétrolière qui lui avait demandé d'apprécier les retombées de la guerre dans toute la région. Dès le début du dîner, Farouk avait plaisanté.

« Mon cher Jean-Pierre, pour le Liban cette guerre sera tout bénéfice, rassure tes patrons. Beyrouth reste seule intacte dans cette catastrophe. Nous avons bien joué, n'est-ce pas, Édouard? »

Édouard Saab secoua la tête d'un air qui se voulait tragique.

« Yani... moi qui suis de Lattaquieh, je sens mieux que vous notre environnement arabe. Quand les Arabes perdent la face, c'est mauvais pour tout le monde. Je prévois encore quelque coup d'État en Syrie : ils se sont laissé prendre le Golan en trois heures! Cela se paie...

– Et pourquoi devrions-nous, nous Libanais, payer les erreurs syriennes? interrogea Antoine.

– Antoine! Tu parles en Égyptien. Les Libanais paient toujours les erreurs syriennes... et les autres. Tu me diras que payer, nous en avons les moyens. Après le désastre égyptien, tout l'argent du Golfe n'est-il pas chez nous?

– Tu le sais aussi bien que moi, les mouvements de fonds saoudiens et koweitiens se font maintenant vers Londres. Après le scandale de l'Intra Bank...

– Mes amis, mes amis, assez parlé finances! » Farouk s'était levé. « Vous ennuyez les dames. Allons danser ailleurs. Je vous emmène finir la soirée aux Caves du Roy. »

Lola aimait bien les Caves. Les voûtes de grosses pierres, les lumières tamisées, un excellent orchestre, en faisaient l'endroit le plus chic de Beyrouth. On y venait surtout pour s'y montrer ou pour entendre Prosper Guepara, le patron, raconter quelques pans mystérieux de sa vie d'aventures. « Champagne », commanda Farouk. Puis, pour éblouir la belle Danièle, il se lança dans un récit étourdissant de son dernier séjour à New York. On but, on dansa. Aldo le barman se surpassait. Lola et Danièle s'étaient découvert des amies communes et riaient comme des folles. Sur la piste, les femmes, les yeux brillants, faisaient tourner leurs robes au son du cha-cha-cha.

Vers deux heures du matin, Jean-Pierre Langlois se tourna vers ses hôtes.

« Voulez-vous m'excuser ? J'ai quitté Le Caire très tôt ce matin, je me sens un peu fatigué... Je rentre au Saint-Georges. Bonsoir... Surtout, ne bougez pas! »

Farouk se levait. « Je t'accompagne. J'y tiens. D'ailleurs le Saint-Georges est à trois pas. »

Dans la rue sombre, les deux amis marchaient en silence. Devant l'hôtel, Jean-Pierre s'arrêta :

« Farouk, ne te fâche pas, je te dis cela en toute amitié... Il est honteux que, juste après cette défaite spectaculaire des Arabes face aux Israéliens, vous vous comportiez de cette façon. Je viens de voir trois pays, l'Égypte, la Syrie, la Jordanie, complètement abattus, humiliés, ruinés. Certes, vous allez en retirer quelques bénéfices. Mais ne le proclamez pas! Vous êtes arabes, vous aussi. Alors, faites au moins semblant de porter le deuil... »

Farouk resta sans voix. Il se souvint d'une phrase d'Alia el Solh, écrivant à Charles Hélou, à la veille du conflit : « Qui ne fait pas partie de la guerre ne fera pas partie de la paix. » Se pourrait-il qu'elle eût raison? Certes, le Liban n'était pas impliqué dans cette guerre. Il eût été décent de manifester plus de solidarité, oui, sans doute... Mais son optimisme foncier reprit vite le dessus. Qu'est-ce qui pourrait déstabiliser aujourd'hui le Liban? La menace était Nasser – ou plutôt ce qu'il représentait pour le petit peuple des bidonvilles et des quartiers pauvres de Beyrouth. Maintenant, Nasser était politiquement mort. Personne ne pouvait prendre la suite, aucun leader charismatique ne se profilait à l'horizon. Néanmoins, la phrase de Langlois le poursuivait... « Faites semblant de porter le deuil... » Il ouvrit la porte des Caves du Roy, rejoignit ses amis. Cinq minutes plus tard, il avait oublié Langlois. Il ne s'en souviendrait que beaucoup plus tard...

Tenant Nicolas par la main, Lola franchit le grand portail du collège de Jhammour. Elle est un peu émue. Nicolas a terminé ses études primaires au petit collège de la rue Uvelin, il faut maintenant l'inscrire chez les « grands » et, comme on dit à Beyrouth, « monter à Jhammour » – le meilleur collège de toute la région, en tout cas le plus chic, tenu par les jésuites. Elle jette un coup d'œil sur Nicolas, bien droit, à côté d'elle. Il est beau, se dit-elle, avec une bouffée d'orgueil. A dix ans, on devine déjà quel homme il sera : grand, brun, le teint mat, les traits fins, il ressemblerait à Lola s'il n'avait pas ces étonnants yeux verts, clairs et presque délavés, qui passent, lorsqu'il se fâche ou lorsqu'il est troublé, de l'aigue-marine à l'émeraude foncée. Lola le sent tendu. « Tu vas voir, je connais le père Abou, il est très gentil. Allons, courage, tu es grand maintenant. » Nicolas hoche la tête sans rien dire. Une mèche, noire et raide, vient lui barrer le front.

« Voici ce grand garçon! Bienvenue parmi nous, mon cher Nicolas. Tu connais le règlement de la maison? » Lola a souvent vu le père Abou dans sa librairie, mais ici il semble différent. Est-ce le bureau austère, les rayonnages de livres, les fauteuils raides? Lola a l'impression d'abandonner son petit garçon dans un monde étranger et elle sent, avec un pincement au cœur, qu'elle ne le retrouvera plus l'enfant qu'il est encore. A-t-elle assez aimé, protégé, entouré Nicolas? Il est bien tard pour se poser la question.

« Le matin, l'autocar du collège passe prendre les élèves entre sept heures et sept heures un quart. Tu connais nos cars bleus? Sois ponctuel, ils n'attendent pas. Tu passeras douze heures par jour au collège. Voici la liste des matières de la première année, français, latin, maths, et les livres que tu dois avoir. Parles-tu bien l'arabe? »

Nicolas lance vers Lola un regard troublé. « Pas très bien », s'entend-elle répondre d'une voix de petite fille. Le père Abou a un regard sévère.

« C'est une erreur. Il faut que nos garçons pratiquent l'arabe aussi bien que le français ou l'anglais. C'est là qu'est leur avenir... Nous t'inscrirons donc au cours d'arabe faible. Si tu fais assez vite des progrès, tu rejoindras le cours d'arabe normal. Le programme de la journée : messe, cours, déjeuner au réfectoire à midi – j'espère que tu n'as pas oublié ton bénédicité –, récréation, cours, et le soir, étude. » Il se retourne vers Lola.

« L'uniforme est de rigueur : pantalon gris, blazer bleu marine et une cravate, qui, pour les cérémonies comme notre grande fête en l'honneur de saint Ignace de Loyola, doit obligatoirement être la cravate du collège : bleue, avec un écusson orange frappé du NDJ au milieu... Nous ne fournissons que la cravate, mais vous pouvez faire faire l'uniforme chez Goubarian, le tailleur de la rue Hayek, il a l'habitude. »

Plus affable tout à coup, il contourne son bureau et vient vers Lola : « Ne soyez pas inquiète. Je suis sûr qu'il s'adaptera très bien à la vie du collège. Nous ferons de lui un homme non seulement instruit, mais cultivé, et conscient de ses devoirs. Nous n'oublions jamais dans notre éducation l'aspect social : il faut que ces enfants sachent adapter les valeurs chrétiennes aux aléas du siècle... A ce propos, souhaitez-vous qu'il fasse partie des scouts ? Nous y sommes très favorables. C'est une bonne école de vie, les enfants sont pris en charge par des étudiants, d'anciens élèves à nous, et ce contact leur est précieux... Oui ? Alors, Nicolas, tu seras dans le groupe de Tony. C'est un garçon intelligent, et de grande valeur. Je crois, n'est-ce pas, que nous nous sommes tout dit ? Voici le bulletin d'adhésion. » Lola fouille dans son sac... « Pour le chèque, ce n'est pas urgent. Vous me l'enverrez plus tard. Et n'oubliez pas que nous comptons aussi sur les parents pour restaurer la chapelle. »

Dans la voiture, Lola prend Nicolas un instant dans ses bras, et lui ébouriffe les cheveux comme lorsqu'il était petit. « Eh bien, mon chéri, tu es content ? Nous allons commander ton uniforme, un blazer bleu, c'est très joli. Tu vois, il n'est pas terrible, le père Abou... » Nicolas la fixe et secoue la tête « Je crois que ça ira. Mais, maman, qu'est-ce que cela veut dire " scout " ? »

Il fait déjà chaud pour un mois d'avril. Lola regarde à travers la vitrine des Papyrus et, comme toujours, la vue des gros immeubles jaunes, de l'autre côté de la rue, lui rappelle Le Caire. Dire qu'elle s'était émue pour Nasser, l'année dernière, après cette guerre des Six Jours que les méchantes langues appelaient maintenant guerre des six heures... Un an plus tard, tout est oublié. Nasser est toujours là. L'argent afflue au Liban. Antoine et Lola sont de toutes les fêtes. Deux semaines auparavant, pendant la grande soirée « April in Beyrouth », qui veut rivaliser avec le Bal des Petits Lits Blancs, Lola a même fait une conquête flatteuse : le prince Orsini, vieille noblesse florentine et bel homme à l'œil noir, ne l'a pas quittée de toute la soirée... Le lendemain, on ne voyait qu'elle à côté du prince, dans la *Revue du Liban* : la belle Mme Antoine Boulad en conversation avec le prince Orsini... Évidemment, sur cette photo, elle rit, ce qui lui va bien. Mais elle sait ce qui a séduit le prince : ils se sont découvert une passion commune pour l'architecture italienne, dont le prince cherche des traces au Liban, et il était ravi de trouver une interlocutrice capable de comparer le khan Marco Polo de Tripoli aux entrepôts des marchands vénitiens. N'empêche... toutes les femmes présentes crevaient de jalousie et, ma foi, Lola en était un peu grisée... Orsini l'avait invitée à Florence. Pourquoi ne pas y faire un détour en septembre prochain, quand elle irait à Paris pour passer ses commandes de livres?

Un coup de téléphone la tire de sa rêverie. C'est Antoine. Tendu.

« Lola, l'oncle Émile est très mal. Il vient d'avoir une attaque cardiaque. Il réclame les enfants. Sais-tu où est Nicolas?

– Nous sommes jeudi... Nicolas doit être avec les scouts, quelque part...

– Trouve-le. Venez à la clinique, le plus vite possible. »

Lola repose le combiné. L'oncle Émile... Oh non, pas ça. Elle serre les poings. Elle pleurera tout à l'heure. D'abord, trouver Nicolas. Téléphoner à Jhammour. « Où? Que dites-vous? A Bordj Brajnieh? Dans le camp palestinien? Mais qu'est-ce qu'ils font là-bas? De l'alphabétisation?... Bien, j'y vais. » Sur la route, elle fonce. Elle n'est jamais entrée dans un camp palestinien. Ce ne sont que masures entassées, sorte de bidonville, où personne ne met jamais les pieds. Quelle idée d'y envoyer des enfants! Elle dira plus tard à ce Tony ce qu'elle en pense... Voici l'entrée du camp, sans doute. Un Palestinien en treillis, kalachnikov à la main, l'arrête devant une guérite en planches. Elle sort de la voiture et aussitôt une nuée d'enfants, maigrichons et pieds nus, s'approchent de la Chrysler brillant de tous ses chromes.

Devant Lola s'ouvrent des ruelles de terre battue, poussiéreuses, étroites, bordées de cabanes bizarres, en pisé, en planches de bois, en carton ou en tôle ondulée. Des couvertures crasseuses, à demi relevées, servent de portes ou obstruent les trous qui font office de fenêtres. Lola hésite. Elle n'avait jamais imaginé, si près d'elle, une telle misère. Le garde, avec un accent guttural, lui demande ce qu'elle veut. Oui, des enfants du collège sont venus, avec une voiture du Croissant Rouge. Ils sont dans l'école, là-bas, deuxième tournant à gauche après la fontaine. Lola a d'abord un réflexe idiot : la Chrysler est trop large pour ces ruelles. Évidemment, les rues du camp n'ont pas été conçues pour des voitures américaines, se dit-elle, furieuse contre elle-même. Elle part donc à pied, se tordant les chevilles sur les bosses du chemin, consciente d'être ridicule avec son tailleur clair et ses escarpins beiges. Les enfants courent derrière elle, poussant des cris pointus. Une radio, quelque part, retransmet la voix rauque d'Om Kalsoum, et cette plainte déchirante exprime étonnamment la tristesse de cette caricature de ville, déjetée, bossuée, écrasée par l'oubli. Où sont les habitants? Dorment-ils? Se cachent-ils pour ne pas offrir le spectacle de leur déchéance à une étrangère?

Lola est perdue. Toutes les ruelles se ressemblent. Un vieillard qui porte la longue robe grise palestinienne et des pantoufles usées sort d'une maison et s'approche, appuyé sur une canne. Lola s'avance. « Où est l'école? » demande-t-elle dans son mauvais arabe. L'autre a un regard méfiant : « Après la fontaine! – Où est la fontaine? » Il grommelle, tend le bras : « Tournez là, à droite. – Merci, que le salut de Dieu soit sur toi », lui répond cérémonieusement Lola, essayant de compenser par la prévenance et le respect tout ce que son apparition peut avoir de provocant dans ce monde de misère. Mais le vieillard s'est déjà détourné, sans plus s'occuper d'elle. Elle avance encore. La poussière colle les yeux et assèche la bouche. Même le climat semble ici différent, plus chaud, lourd, étouffant. On n'entend que le grondement des voitures qui passent sur la route de l'aéroport, à cinquante mètres, à des années-lumière... Un attroupement.

Des femmes, en longues robes noires brodées sur le devant d'un plastron fleuri, attendent, un seau ou un jerrican à la main, devant un robinet monté sur une tige de fer, sortant de terre, au milieu d'une flaque de boue jaunâtre. C'est cela, la fontaine. Les femmes se retournent, la regardent. Leurs robes, qui devaient être jolies, brillent d'usure et ont cette couleur indécise du noir trop souvent lavé... L'une d'elles, très jeune, porte un bébé dans les bras. Elles sont face à face, Lola avec son tailleur bien coupé, ses bas fins, ses ongles laqués de rouge. Les Palestiniennes en fichus à fleurs, serrées les unes contre les autres. Statues noires, avec des gosses accrochés à leurs jupes et le regard à la fois hostile et craintif des pauvres. « Ce n'est pas ma faute, se dit Lola le cœur serré. Je n'y peux rien et je ne savais pas. » Malgré tout, elle a honte.

Elle a presque oublié Nicolas! On entend des voix d'enfants dans une baraque isolée. Elle y court, elle entre. C'est une salle de classe assez sale. Au mur, une grande carte de la Palestine, des affiches naïvement dessinées, où flotte le drapeau palestinien rouge et vert. Tony, au tableau noir, écrit une phrase, en français. Nicolas est assis à côté d'une petite fille aux yeux dévorants, qui tend le cou vers Tony. Lola sursaute en voyant, sur une table bancale, une mitrailleuse en pièces détachées et des chargeurs pleins. Du seuil, elle embrasse la scène. C'est surréaliste. Où est-elle? Dans quel monde inconnu?

« Nicolas! » Elle a crié, plus fort qu'elle n'eût souhaité. Les enfants, d'un seul mouvement, la dévisagent et Nicolas rougit. Sous tous ces regards braqués, elle s'avance vers le tableau noir. « Je suis la mère de Nicolas. Je viens le chercher, son oncle est malade, il doit rentrer tout de suite. » Pourquoi sa voix croasse-t-elle de si étrange façon? Pourquoi est-elle si mal à l'aise? Nicolas a entendu, il range des crayons dans son sac, il arrive. « Êtes-vous venue seule? interroge le grand jeune homme brun aux cheveux bouclés, qui doit être le fameux Tony.

– Oui.

– Attendez, je vais vous raccompagner jusqu'à la sortie du camp, c'est plus prudent. »

Effectivement, son arrivée a dû être annoncée. A l'extérieur, un groupe s'est formé : des femmes en noir, une nuée d'enfants pieds nus dans la poussière, des hommes qui sortent des baraques avec le regard vague, comme s'ils émergeaient du sommeil. Le plus impressionnant, c'est le silence de cette foule fantôme. D'une ruelle débouche une jeep où quatre hommes en treillis déchirés sont assis, kalachnikovs en l'air. Arrivés à leur hauteur, ils sautent de la jeep, les entourent. Comme ils sont jeunes! Seize, dix-sept ans peut-être. L'un d'eux, un blondinet, n'a qu'un mince duvet d'enfant sur les joues, avec une ombre de moustache. Visiblement, ils jouent les durs. Ils parlent avec Tony, puis les suivent, dans leur jeep, sur le chemin cahoteux, en soulevant une épaisse poussière jaune. La foule s'est grossie, insensiblement.

« Enfin, m'expliquerez-vous ce que vous faites ici? murmure Lola furieuse, à l'intention de Tony.

— Pas maintenant, madame. Je suis navré, je passerai vous voir dès demain... » Les regards se font hostiles. Une vieille enturbannée de chiffons multicolores s'avance vers Lola et lui lance une phrase qu'elle ne comprend pas.

« Non, ne pressez pas l'allure, dit Tony entre ses dents. Ils n'aiment pas que les étrangers entrent dans leurs camps, surtout lorsqu'ils ne sont pas accompagnés par des officiels.

— Quels officiels?

— Ceux de l'OLP, voyons! Nous sommes ici en territoire palestinien.

— Mais enfin, nous sommes au Liban... » répond Lola d'une voix blanche, car en même temps elle pense : le Liban, ce bidonville misérable? Le Liban, ces baraques d'où s'échappent des odeurs de feux de bois, d'essence de Primus et de fosses d'aisances? Ces ruelles où courent des enfants aux cheveux blanchis par le sable et la poussière, entourés par des essaims de mouches? Il y a aussi loin de Bordj Brajnieh à Beyrouth que de la terre à la lune.

Enfin, on aperçoit la Chrysler bleu ciel, étincelante sous le soleil. Lola remercie tout le monde, monte, met le contact. Tony se penche par la portière. « Madame Boulad, je vous expliquerai... » D'un bref signe de tête, elle lui dit adieu et démarre. Un peu trop vite, car derrière elle un jet de poussière saupoudre le petit groupe, figé, à la sortie du camp... « Oh, ils vont penser que je l'ai fait exprès », regrette-t-elle.

« Nicolas, tu viens souvent ici? » Le petit garçon ajuste son foulard de scout.

« Oui, nous venons le jeudi. Tu sais ce qu'on fait? On apprend le français aux petits réfugiés. Ils sont très malheureux parce qu'ils ont perdu leur maison, et puis ils n'ont pas du tout de jouets, même pas un ballon de foot. Je leur avais apporté le mien, mais il a crevé. Et puis leurs parents sont très pauvres, chez eux il n'y a pas de travail, rien à faire, il faut tout le temps aller chercher de l'eau au robinet de la place, et ils n'ont pas la télé, c'est ennuyeux pour eux. Tony dit que c'est la meilleur BA qu'on puisse imaginer. Tu crois qu'il a raison? »

Lola a le cœur serré. Il y a longtemps qu'elle n'a pas entendu Nicolas s'exprimer avec tant de chaleur. « Oui, mon chéri, il a sûrement raison. »

« Madame Boulad, je vous présente d'abord mes condoléances. J'ai appris que votre oncle... que M. Émile Boulad était mort. » Tony triture sa boucle de ceinture d'un air embarrassé. Quel âge a-t-il? Dix-neuf ans, peut-être... Il doit penser que je suis une affreuse petite-bourgeoise, et vieille par-dessus le marché. Il me regarde comme si j'étais son institutrice, prête à le punir... se dit Lola, agacée.

« Ne restons pas là, allons prendre un café au Horse Show, si vous voulez. Nicolas m'a tout raconté, les réfugiés, sa BA... Pour vous parler franchement, voir ce camp m'a fait un choc. Je n'imaginais pas... mais j'aimerais bien savoir ce que vous en pensez, et pourquoi vous faites cela? » Tony hésite. Visiblement, cette jolie dame le prend pour un puceau. Elle a tort. Lui, il préfère les femmes de trente ans, et elle n'est pas mal, pas mal du tout, cette Lola Boulad dont on lui a tant parlé.

« D'accord. Mais alors, puis-je vous inviter à une conférence que j'ai organisée, avec l'autorisation du père Hayek, à l'université Saint-Joseph? Chafik Adnan, le porte-parole de l'OLP, y parlera de la cause palestinienne. Ce sera intéressant. Ensuite, nous irons prendre un verre... »

A l'Université, la salle de conférences est pleine. Au premier rang, les pères jésuites et les responsables les plus éminents de l'Amicale Saint-Joseph, c'est-à-dire tout ce que Beyrouth compte d'hommes politiques et d'intellectuels connus. Derrière, un public très divers, étudiants, lycéens en uniforme, journalistes. Beaucoup de femmes du monde : la Palestine commence à être à la mode. Lola s'est assise assez loin, dans le fond. Elle a promis à Tony de venir écouter ce Chafik Adnan qui suscite l'enthousiasme des jeunes Libanais et qu'on dit proche d'Abou Ammar – ce gros type laid dont elle avait vu la photo à Bordj Brajnieh et qu'on commence déjà à appeler Arafat. A la tribune, Tony, tout pâle, tapote les micros, regarde vers les coulisses. Enfin, paraît Chafik Adnan. Lola ne l'imaginait pas ainsi. Il est jeune, la trentaine décidée, il a du charme. Sa veste de tweed est bien coupée. Pourquoi avait-elle attendu un militaire débraillé? Autour d'elle, les visages sont tendus. C'est la première fois qu'un responsable palestinien parle à l'université Saint-Joseph, réputée plus conservatrice que l'université américaine ou l'université libanaise.

Pour Chafik, l'invitation des jésuites est plus qu'un succès. Une reconnaissance. Elle lui entrouvre la porte d'un monde qui n'a rien à voir avec ses auditoires habituels de militants gauchistes. Il s'avance en terrain miné. D'un coup d'œil dans la salle, il a compris : ces jésuites au regard trop intelligent, ces notables que leurs chauffeurs attendent au-dehors, ces femmes élégantes qui ont sans doute dû annuler une partie de bridge pour venir l'écouter, ne veulent être ni convaincus, ni même informés. Ils veulent être choqués. Il n'en fera rien. Il lui faudra peser ses mots avec une grande prudence. Comme toujours lorsque s'annonce une partie difficile à jouer, il choisit un visage dans l'assistance, quelqu'un d'inconnu mais sympathique, qui sera son interlocuteur unique, dont il pourra suivre les réactions, les émotions ou les objections pour, éventuellement, y ajuster son discours. Cette jeune femme brune, au fond, a le regard vif, le sourire intelligent.

« Vous voulez savoir qui nous sommes ? Nous sommes tous, vous et nous, chrétiens ou musulmans, les enfants d'une même terre... » La voix grave, un peu étouffée, a saisi Lola à froid. Elle a le sentiment curieux que l'orateur parle pour elle seule. L'histoire de la Palestine, l'historique du conflit, elle connaît. Mais elle apprécie au passage le manque de partialité dans l'exposé et de racisme dans l'expression. Chafik parle posément d' « Israël » et non pas du « pseudo-État sioniste ». Elle se souvient des discours éructants de haine du gros Choukaïri, boudiné dans son uniforme d'opérette, triste marionnette palestinienne manipulée par Nasser, ce Choukaïri qui autrefois, au Caire, enflammait la foule. Après cette guerre perdue, l'OLP a-t-elle vraiment changé, comme l'affirme Tony ? Peut-être... L'orateur poursuit :

« Nous savons que les Libanais, en 1948, ont généreusement accueilli les premiers réfugiés. Mais aujourd'hui, vingt ans plus tard, où sont nos frères ? Toujours dans des camps qui devaient être provisoires, où la charité internationale les nourrit et éduque leurs enfants, mais pour quel avenir ? On leur reproche souvent de ne rien faire pour sortir de cette situation d'assistés permanents. Savez-vous que le règlement international de l'UNWRA stipule que, si un réfugié a un salaire, si faible soit-il, il perd ipso facto ses rations et ses droits, c'est-à-dire les mille cinq cents calories par jour, les trois couvertures par an, la savonnette mensuelle, qui lui permettent de faire vivre, mal, mais quand même survivre, toute sa famille ? Dans ces conditions, quel père peut choisir les revenus insuffisants d'un travail toujours aléatoire ? » J'ai marqué un point, pense Chafik, en voyant s'arrondir les yeux dorés de Lola.

Le public peu à peu se dégèle, un courant passe, dont Chafik ne perçoit pas très bien la nature. Il lui faut conclure, avant les questions. « On nous accuse de vouloir faire éclater le Liban. C'est faux. Et ce serait, de notre part, irresponsable... Car, que demandons-nous ? Que la Palestine devienne un État laïque et démocratique, où juifs, chrétiens et musulmans vivront côte à côte. Pour nous, ce ne sont pas des mots, mais une réalité qui ne peut s'imposer que si le Liban, à côté de nous, maintient la cohésion. Nous nous attaquerons à tous ceux qui voudraient faire se dresser les communautés religieuses les unes contre les autres... car ils jouent le jeu d'Israël et non celui du monde arabe. Or, la place du Liban est et restera, vous le savez bien, à l'intérieur du monde arabe... »

A-t-il convaincu ? Au premier rang, le père Hayek et le père Abou donnent le signal des applaudissements. La jeune femme brune, au fond, applaudit, elle aussi. Bon signe. Mais déjà des mains se lèvent et les questions fusent, beaucoup plus agressives que Chafik ne l'imaginait... « Vous ne parlez pas en révolutionnaire! s'exclame une petite rousse en jean. Croyez-vous vaincre avec des paroles lénifiantes? D'accord pour une Palestine laïque et démocratique... à condition que nous puissions, nous aussi, vivre dans un Liban démocratique et laïque! – Nommez-vous », crie Tony dans le micro. La petite rousse se hausse sur la pointe des pieds et crie : « Michèle Saab, maronite! » Sous les applaudissements du groupe des étudiants. « Elle a raison », clame à son tour un grand maigre aux cheveux mi-longs noués en chignon. Un garçon trapu, chemise ouverte, se lève et poursuit : « En somme, vous êtes partisans de la laïcité de la Palestine et vous voulez nous garder dans le carcan du confessionnalisme rétrograde? Non, mes amis »... Il se tourne vers la salle : « Avec les Palestiniens qui seront notre bras armé, nous ferons la révolution au Liban nous aussi... »

Pas besoin qu'il se nomme, son nom court dans les travées. « C'est Samir Frangié, le fils de Hamid... » Frangié, l'un des plus influents des chrétiens du Nord! Les notables des premiers rangs tournent la tête, intrigués. Ils étaient venus pour voir ce qu'avait dans les tripes ce dirigeant palestinien, et voilà que les jeunes Libanais, leurs propres enfants, les enfants des meilleures familles, montent sur les barricades!

Chafik reprend le contrôle, tant bien que mal : « Votre révolution, leur dit-il, n'est pas notre affaire, c'est la vôtre. – Hou, hou », crient quelques voix. Les dames de la bonne société semblent légèrement dépassées. Lola rit, amusée par ce renversement de situation. A côté d'elle, son voisin, lunettes rondes sur le bout du nez, griffonne dans un carnet et murmure : « C'est drôle, non? L'arroseur arrosé. » Lola le reconnaît : C'est André Bercoff, un journaliste plein de talent à l'humour décapant, dont la société beyrouthine raffole. Avant que la confusion n'augmente, le père Abou s'est levé, a saisi le micro :

« Mes chers amis, je vous remercie de votre présence, et je félicite notre conférencier... De tout cela, que devons-nous conclure?... Je ne dirai pas que vous avez tort, mais si nous considérons l'ensemble... » André Bercoff range ses papiers dans sa poche et se penche vers Lola : « Bonsoir, ma chère. Il ne se passera plus rien d'intéressant maintenant. Comme d'habitude, les jésuites ont gagné... »

Lola s'attarde un peu. Elle est troublée. La misère des réfugiés l'a émue, mais le discours de Chafik Adnan ne l'a pas convaincue. Pourtant le raisonnement est parfait : oui, un pays démocratique et laïque, ce serait le rêve, et sans doute la seule solution pour les chrétiens qui vivent dans le Moyen-Orient musulman. D'ailleurs, la petite rousse a raison : pourquoi laisser au seul Liban la pratique douteuse du confessionnalisme? Elle sent bien que tout a changé dans le pays depuis... mon Dieu, dix ans déjà, qu'elle a quitté l'Égypte. Les chrétiens et les musulmans sont cloisonnés en de multiples communautés, mais ce n'est pas un signe de liberté. Que disait ce jeune Frangié? Un carcan. Oui, c'est cela, chacun porte son carcan. Tout le monde en souffre, seuls quelques politiciens profitent de ce système de plus en plus fragile, de plus en plus injuste. Mais qu'y faire? Les deux discours lui semblent irréalistes. Les Palestiniens ne pourront jamais, seuls, reconquérir leur patrie perdue et aucun pays arabe ne les y aidera. Quant aux Libanais, ils gagnent trop d'argent, ils sont trop insouciants ou inconscients pour sentir le danger et faire, à défaut d'une révolution improbable, les réformes nécessaires. Nous sommes des derviches tourneurs, se dit-elle : les Palestiniens s'enivrent avec des mots, nous avec notre prospérité. Pour l'instant les deux derviches tournent sans se heurter. Mais si la musique s'accélère...

La salle s'est presque vidée. Au moment où Lola se lève, Tony et Chafik Adnan descendent l'allée centrale. Tony lui fait un petit signe, de loin, mais Chafik presse le pas, rattrape Lola avant la sortie, lui serre vigoureusement la main : « Merci, merci! » Son regard est chaud, d'un brun doré très doux, et elle le voit pour la première fois sourire – un sourire aux canines pointues, un sourire de loup. Pourquoi lui dit-il merci? Tony ouvre des yeux ronds :

« Vous vous connaissez?

– Non, mais cette dame m'a donné, pendant la conférence, un sérieux coup de main. J'ai lu sur son visage jusqu'où je ne pouvais pas aller trop loin... » Lola rit.

« Alors, je ne suis pas folle! J'avais le sentiment absurde que vous parliez pour moi...

– C'est vrai. Tony, tu nous présentes? » Deux heures plus tard, ils sont tous trois au bar du Saint-Georges et Lola, l'œil brillant, le cheveu électrique, discute avec fougue. Tony la regarde, un peu déçu. L'excitation joyeuse de Lola n'est pas due qu'à la vodka-orange. Chafik se penche, allume avec son briquet la cigarette qu'il vient d'offrir à Lola, et la flamme bleue les rapproche dans une même lueur tremblante... Tony s'inquiète : il a peut-être convaincu Lola que la cause palestinienne était la juste cause, mais apparemment, c'est Chafik qui l'a séduite.

« Alors, toi aussi? Maintenant, toutes ces dames ont leur Palestinien! Et le dîner le plus snob ne vaut rien si on ne peut pas exhiber un "fedayin!" » Lili est furieuse. Dans l'arrière-boutique de La Licorne, elles sont toutes deux assises sur des selles de chameau brodées, que Lili a l'intention de « lancer » cette année.

« Moi, ce n'est pas la même chose, objecte Lola. Je ne veux surtout pas l'exhiber, comme tu dis. Je suis amoureuse de lui, c'est tout. Va savoir pourquoi... La première fois que je l'ai vu, il ne m'a même pas semblé beau. Mais, vois-tu, il me... comment dire? Il m'excite... sur tous les plans. J'ai l'impression que c'est le premier homme vraiment viril que j'ai jamais connu. Peut-être parce qu'il a surgi brusquement dans ma vie, parce qu'il n'est pas inscrit dans mon passé. Philippe, c'était autre chose. Nous étions si jeunes tous les deux, et il y a si longtemps. Les images de lui sont devenues floues, ma passion s'est fripée, ou racornie, je ne sais pas. Usée plutôt, à force de repasser dans ma tête nos moments de bonheur. Mais enfin cette passion, elle m'a fait de l'usage, comme dirait Mlle Latreille, non, tu ne la connais pas, c'était au Caire... Antoine? Alors lui, il n'est pas inscrit dans ma vie, il est ma vie. Élevés ensemble, écoliers ensemble, famille, cousin-cousine, et ensuite mon père, mon frère, mon mari, mon amant, mon ami. Je ne pourrais pas respirer sans lui, ne souris pas, c'est vrai. Antoine, je l'aime. Un amour incestueux, mais ce sont les plus solides. Naturellement, il ne sait pas, pour Chafik. Je ne lui raconterai cela pour rien au monde. Je tiens trop à lui pour penser à lui faire de la peine... »

Lili attrape sa tasse de café, sirote le dessus où tremble une bulle.

« Tiens, signe d'argent bientôt, tant mieux... mais alors, pour toi, ce Chafik, c'est purement physique?

– Non. Simplement, il est différent. Étranger, totalement. Parfois, quand nous faisons l'amour, il me parle en arabe, et je ne comprends pas ce qu'il dit. Une fois, il a rêvé, il répétait un mot que je n'ai pas reconnu, il parlait doucement, j'avais l'impression d'entrer dans un autre monde. Et puis, il me raconte. Son enfance, en Israël, à Haïfa. Les soldats, la guerre; il me parle de l'islam, aussi. Il m'explique les musulmans, leur orgueil, leur désespoir, leurs frustrations.

– Nous sommes tous arabes, ne me dis pas que c'est tellement différent. Nos hommes à nous, ils ne sont pas frustrés, et machos, peut-être?

– Bah, tous les hommes sont machos, Chafik aussi. Au fond, ce qui m'attire en lui, c'est qu'il soit semblable et différent, même pays mais autre histoire, autre culture. Amant-ennemi...

– Tu brodes! Dis-moi qu'il fait bien l'amour, voilà tout. Ou que tu l'as dans la peau, je préférerais encore cela. Au moins, il repartirait comme il est venu, sur un coup de sang ou de cœur. Sinon, tu vas t'empêtrer dans une histoire pas possible... As-tu fini ton café? Je vais te lire la tasse. »

Lili prend la tasse blanche, la fait tourner trois fois avec cérémonie, la renverse sur la soucoupe, attend un peu pour que le marc se fixe sur les parois. Quand elle la retourne, le café séché dessine à l'intérieur un étrange paysage lunaire, avec des cratères, des traînées, des trous en forme d'œil magique. Premier coup d'œil d'ensemble : « Ça va bouger dans ta vie... Regarde ce fond marqué d'une étoile... » Attentive, Lili étudie, en partant de la gauche de l'anse, les méandres bruns : « Voilà l'homme que tu aimes. Il tourne le dos, mauvaise nouvelle. Là, ce blanc, c'est l'œil sur toi, quelqu'un qui te protège. Oui, tu seras protégée malgré tout, mais après un malheur... Est-ce que tu comptes voyager? Tu vois toutes ces petites rigoles, là? Des voyages, sans aucun doute et puis, oh là là, ici, encore un homme, il a une croix au-dessus de sa tête, ce sera un amour heureux. Et ça dure... mais finalement, une brusque rupture. Quelqu'un se met en travers de ton chemin. »

Lili est revenue à l'anse. Elle pose la tasse et soupire :

« Tu as de la chance. Heureux ou malheureux, l'amour ne te quitte pas. Moi, ma vie n'est qu'une morne plaine.

– Ne me dis pas que tu n'as personne. Et Malek ?

– Malek ? Son père lui a coupé les vivres, pour l'obliger à retourner dans le Sud, et s'occuper un peu des propriétés familiales, dit-il. En fait, il voudrait que Malek reprenne son siège de député de Tyr. Pour cela, il faudrait tout de même que ses futurs électeurs le voient de temps en temps. Mais lui, ni la politique, ni les orangeraies ne l'intéressent. Il préfère le bar du Saint-Georges. Et je le comprends ! Il m'a invitée, cet été, à passer un week-end chez lui. Leur maison est immense, très belle, au milieu des orangers. Mais quelle foire ! Le père trône en abaya sur tout le sofa du salon – tu sais comme il est gros – avec son chapelet d'ambre dans la main, un narguileh à côté de lui. Et les audiences se succèdent, tout le monde entre et sort, les paysans en culotte bouffante et aux moustaches en crocs, des vieux du village, des notables du camp palestinien où le père recrute ses ouvriers, chacun raconte son histoire, un vol d'oranges, des problèmes de terrains loués, un fils qui veut partir en Afrique, des mandats qui ne sont pas arrivés à temps du Nigeria. Les serviteurs passent sans arrêt des plateaux de café et des gâteaux au miel. Les femmes ne sortent pas de la cuisine ou des chambres. Je ne m'étonne plus que la mère de Malek soit toujours en voyage...

– Mais que va-t-il faire si son père lui coupe vraiment les vivres ?

– Il vit grâce aux copains, il joue au poker, sa mère lui refile du fric en cachette... Non, il faut que je sois raisonnable, Malek n'est pas pour moi. D'ailleurs il m'aime bien mais moins que ses voitures... Lola, cette ville m'a tourné la tête. Tout le monde couche à droite et à gauche, en apparence les mœurs sont très libres. En réalité, dès qu'on parle mariage, tout redevient conventionnel et bourgeois. Tu connais beaucoup de chrétiennes qui ont épousé un musulman ? Moi, non. Chacun se marie sagement dans sa communauté et dans sa classe sociale. Beaucoup de fric, beaucoup de frime. Mais la mentalité étroite d'une ville de province. » La douce Lili serre les poings. « Ici j'étouffe. Il me faudrait autre chose... ah, Paris, l'Europe... J'en rêve ! »

« Antoine, pourrions-nous donner une grande soirée, organiser un réveillon chez nous, par exemple ? Je sais bien que notre deuil est encore récent, mais... je crois que tante Charlotte comprendrait.

– Comprendrait quoi ? Pourquoi veux-tu que ce soit chez nous ? Allons au restaurant ou...

– Non, je voudrais inviter plusieurs personnes qui... Des gens susceptibles de... Enfin, je voudrais marier Lili.

– Marier Lili ? A qui, mon Dieu ? Tu crois qu'elle a envie de se marier ? Et qu'elle a besoin de toi pour le faire ? Ma femme est folle... Enfin, si tu y tiens. Mais vois d'abord tante Charlotte. »

Depuis la mort d'Émile, Charlotte n'était plus elle-même. Elle avait tenu bon pendant les innombrables visites de condoléances, pendant les obsèques, et pour les commémorations du quarantière jour. Ensuite, elle s'était réfugiée dans sa chambre et avait dormi longtemps. Lorsqu'elle réapparut, Lola la reconnut à peine. Elle avait toujours ses yeux de myosotis, ses beaux cheveux blancs, mais sa fragile silhouette semblait cassée, comme un arc brisé. Sa vie reprit, en sourdine. Lola entreprit de la faire sortir, d'organiser un bridge ou de l'emmener au cinéma. Elle se laissa docilement conduire, ce qui ne lui ressemblait guère, mais parfois elle passait la main sur ses yeux. « Je suis fatiguée, ma chérie, beaucoup trop fatiguée... »

Lola ne savait comment lui parler de son projet. A sa grande surprise, pourtant, l'idée de marier Lili enchanta Charlotte. « Mes enfants, vous êtes jeunes, amusez-vous, la vie est si courte! Bien sûr, je suis d'accord pour organiser quelque chose. A conditon que ce soit très gai... Pourquoi pas un de ces orchestres modernes, Bob Azam, je crois. Mais je ne vous conseille pas de retenir le 25 ou le 31 décembre : à Noël on est en famille et pour la fin de l'année, vous savez bien que tout le monde se retrouve à Faraya, aux Cèdres, au Casino, ou aux Caves du Roy. Pourquoi ne pas choisir une date entre les deux, le samedi 28, par exemple? »

On retint la date, et les cartons d'invitation partirent.

Devant son grand miroir à trois faces, Lola tourne pour voir son dos. Elle a choisi pour thème de sa soirée – c'est la mode, les soirées sont à thème – les années trente et *Gatsby le Magnifique*. Sa robe, étroite et longue, en lamé argent, est une copie d'un modèle de Poiret. Sur ses cheveux coiffés à la garçonne, ce bandeau orné d'une aigrette blanche sera parfait. En bas, l'orchestre joue déjà un fox-trot. Lili a promis une surprise. Le buffet est prévu pour une centaine d'invités, est-ce suffisant? Dans ce genre de fête, tellement de gens s'invitent d'eux-mêmes. Comment descendre l'escalier avec cette jupe entravée? Et le lamé, c'est somptueux. Mais ça gratte.

Neuf heures, les premiers invités arrivent. L'ambassadeur de Hollande, en costume blanc étroit, œillet rouge à la boutonnière, s'est plaqué les cheveux, avec une raie au milieu. Il ressemble à Marcel Proust. Une extravagante Jean Harlow l'accompagne, une blonde platinée frisée, avec un très long fume-cigarette en argent, des yeux bleus immenses très maquillés... Lili! On s'embrasse, on s'exclame « Tu es divine ma chérie! » L'arrivée de chaque couple déclenche des rires et des applaudissements : la robe de Nadia Rizk, en velours cerise, est certainement d'époque. « Où as-tu trouvé cette merveille? – Ma belle-mère! elle garde tout, Dieu soit loué! » Les serveurs en veste blanche, stimulés par le charleston, servent le champagne avec des gestes de danseurs. Lola a une brève pensée pour Chafik. Que dirait-il s'il la voyait? Est-ce qu'il la mépriserait? Oh, et puis tant pis! Ce soir elle a envie de rire. On fait cercle autour de Nadia de Freije et de Bob Pharaoun, qui dansent un charleston endiablé. Avec sa peau dorée, ses cheveux roux crépitants et ses grands yeux bruns, Nadia flamboie ce soir. Une de ses bretelles de strass a glissé, les franges de sa robe verte tournoient sur ses longues jambes minces. Elle est feu follet, flamme ardente, l'incarnation même de la sensualité qui maintenant électrise les danseurs.

Il y a toujours un moment où les soirées basculent, se dit Antoine. Des couples se forment, des corps s'enlacent, une ivresse légère tourne les têtes et les cœurs. L'orchestre joue maintenant un tango argentin. Où est Lola? Il aimerait danser avec elle, mais déjà elle glisse sur le sol de marbre au bras de Guy Abela, le corps arqué, avant de se renverser brusquement en arrière, sur un coup de cymbales. Antoine se fait des reproches. Quand renoncera-t-il à se conduire en mari? Prétention, ici, parfaitement ridicule. Du côté du buffet, un des garçons lui fait de grands gestes, d'un air catastrophé. Manquerait-on de champagne?

« Monsieur, je suis désolé, un de vos amis vient de téléphoner. Il paraît que les Israéliens sont en train d'attaquer l'aéroport. Peut-être vont-ils envahir la ville.

— Vous êtes fou? Ce n'est pas possible! C'est une mauvaise plaisanterie.

— Non, monsieur, je ne crois pas. Tenez, j'ai M. Michel el Khoury au téléphone, dans le bureau.

— Michel? Quoi? Les Israéliens ici? C'est grave? C'est la guerre? Tu ne sais pas? Écoute, j'arrive. » Antoine monte sur l'estrade dans le fond du salon, interrompt l'orchestre.

« Mes amis, je viens de recevoir un coup de fil de Michel el Khoury. Il me dit que les Israéliens attaquent l'aéroport... » Les danseurs s'immobilisent, figés sur leur dernier pas de tango. Le violoniste est resté l'archet en l'air. Un moment de stupeur bloque le temps. Les Israéliens? Pourquoi pas des martiens? Guy, le premier, réagit.

« Allons-y! Allons voir ça! Tout le monde en voiture! »

Ils ne sont pas les seuls à avoir eu cette idée. Un gigantesque embouteillage est en train de se former sur la route de Khaldé. Dans la Chrysler où six personnes se sont entassées, Antoine met la radio. Rien, seulement du jerk, puis du jazz. Si les Israéliens attaquaient, *Radio Liban* donnerait au moins un flash... Les voitures arrivent enfin à proximité de l'aéroport, et Lola pousse un cri : des flammes gigantesques illuminent la tour de contrôle et les hangars. On entend des détonations, des éclatements sourds, des explosions brutales. Tout le monde sort des voitures en criant. Un remous de foule provoque un tourbillon, une mêlée entre ceux qui veulent sortir et ceux qui veulent entrer pour voir. Antoine attrape par le revers de sa veste un homme complètement affolé, qui hurle : « Ma fille, ma fille! » C'est Habib Nahas, du Nahar, qui le regarde d'abord sans le reconnaître. Puis réagit : « Docteur, vite, allez-y! Ils ont sûrement besoin de vous là-bas... »

Antoine arrache l'œillet blanc de sa boutonnière, se précipite tête baissée dans la foule. Autour de Habib, les invités de Lola font cercle. Quelqu'un lui tend une flasque de whisky. Il boit au goulot. « J'attendais ma fille. Elle devait arriver de Paris par le Boeing d'Air France à 21 h 30. Juste avant d'atteindre l'aéroport, j'ai entendu l'avion et je me suis dit : " Tiens, il est en avance " et aussitôt un hélicoptère, au-dessus de moi, a mitraillé les plates-bandes du parking. Je n'ai eu que le temps de me jeter à terre. Sans comprendre ce qui arrivait, j'ai entendu une énorme déflagration, j'ai vu un geyser de flammes s'élever vers le ciel. J'ai cru que c'était l'avion qui avait raté son atterrissage. Mais ensuite il y a eu une deuxième explosion, puis une troisième... Je ne sais pas ce qui se passe. J'ai entendu des gens crier que c'étaient les Israéliens, d'autres disaient qu'on tournait un film... » Habib désigne les pistes. « Je n'ai pas le courage d'aller voir... »

Antoine est enfin arrivé sur le tarmac. Tous les avions – il en dénombre treize – brûlent, un hangar est en flammes. D'énormes langues de feu montent de tous ces brasiers. On y voit comme en plein jour. Les curieux qui se pressent se rendent-ils compte du danger ? Ces avions bourrés de kérosène qui brûlent à quelques mètres sont autant de bombes en puissance. Derrière Antoine, une femme pique une crise de nerfs. « Mes bijoux ! Ils sont là-bas, dans l'avion, mes bijoux ! » Un homme explique qu'elle était dans le Beyrouth-Djeddah et que, juste avant le décollage, des parachutistes les avaient fait descendre, mitraillette au poing, en leur interdisant d'emmener leurs bagages. Ils n'avaient compris que plus tard qu'il s'agissait d'Israéliens, en voyant des hommes barbouillés de noir sauter d'un hélicoptère, et aller poser tranquillement des bombes incendiaires sur tous les avions libanais au sol.

« Mais quoi, personne ne s'est interposé ? – Qui ? Il n'y avait que trois douaniers, ils ont fait comme nous, ils se sont couchés par terre pendant que les hélicos mitraillaient les abords des pistes. Oh, ils ont pris leur temps... au moins quarante-cinq minutes. On a même vu trois ou quatre Israéliens se faire servir un café au bar... Tenez, le barman peut vous le confirmer. »

En effet, un barman en veste bordeaux, la cravate de travers, montre une poignée de billets verts. « Ce sont des shekels, regardez, ils m'ont donné des shekels juifs... – Pourquoi les as-tu servis ? – Eh, qu'est ce que je pouvais faire tout seul ? Je ne suis pas militaire, moi. D'abord où était-elle, l'armée ? Et la police ? Et le gouvernement ? Hein, où étaient-ils ? »

Antoine s'assure qu'il n'y a pas de blessés. Heureusement, parce qu'il n'y a pas non plus d'ambulances. Une hôtesse de l'air, en larmes, confirme que le Boeing d'Air France ne s'est pas posé, qu'il a sans doute été détourné... il faut aller rassurer Habib. Antoine retourne vers le parking. Le spectacle est surréaliste : éclairés par les flammes, piétinant les plates-bandes, ses invités sont là, dans leurs costumes 1930, l'ambassadeur avec sa raie au milieu, Lola et sa robe de lamé sur laquelle le feu lance des éclairs rouges. Lili tient à la main sa perruque blond platine. Gatsby le magnifique sait-il que son monde raffiné vient de partir en fumée ?

18

Liban 1969

Les étals croulaient sous les fruits, les écailles bleues des mérous brillaient sous le soleil, le vendeur de thé agitait sa clochette. En ce matin d'avril, le marché de Saïda ressemblait à une fête. Soudain, un mouvement se fit. Les boutiques fermaient les unes après les autres, et les mères de famille, la tête couverte du voile noir des paysannes du Sud, bousculaient leur marmaille pour rentrer au plus vite.

Une rumeur courait, dépeuplant le marché : à quelques kilomètres de là, dans les montagnes qui servaient de refuge aux Palestiniens d'El Fatah, l'armée libanaise avait ouvert le feu. On parlait de dizaines de morts palestiniens, de nombreux blessés, mais l'armée n'avait pas réussi à déloger les fedayine. L'affrontement était inévitable.

On entendit d'abord, venant des faubourgs, un inquiétant bourdonnement. Puis des cris confus, de plus en plus distincts. Des milliers de voix scandaient : « Palestine, Palestine! » Le bruit s'amplifiait. Débouchant de la route qui venait du camp d'Heloueh, huit à dix mille réfugiés palestiniens envahissaient les rues de Saïda, jetant des cailloux contre les rideaux de fer baissés, lapidant les rares gendarmes qui tentaient de s'interposer. C'est alors qu'apparurent les voitures blindées de l'armée libanaise, qui tirèrent dans la foule. Cet accrochage n'était pas le premier, mais tous les commentateurs s'accordèrent pour dire qu'il fallait y voir un fâcheux précédent.

Le 23 avril, l'émeute gagna Beyrouth. Cette fois, ce n'étaient plus les seuls Palestiniens qui s'opposaient aux chars. Des Libanais, chrétiens et musulmans, les avaient rejoints et manifestaient en criant : « Nous sommes tous des fedayine. » Les forces de sécurité libanaises ripostèrent, faisant onze morts et quatre-vingt-deux blessés. Le premier ministre Rachid Karamé dut démissionner. Une longue crise ministérielle s'ouvrait. Surtout, se consacrait ainsi une double rupture. Entre les Palestiniens et l'armée libanaise. Et entre les Libanais eux-mêmes.

Dans le bureau d'Édouard Saab, à *l'Orient-le Jour*, une jeune femme blonde au visage mince interrogeait :

« Édouard, explique-moi. Comment en êtes-vous arrivés là ? Je n'y comprends rien. La dernière fois que je suis venue au Liban, en janvier, tout le monde se déclarait farouchement pro-palestinien. Te souviens-tu de ce dîner très chic où nous avions vu notre hôtesse, vêtue d'un treillis militaire, descendre de sa Rolls couverte de poussière, en disant : " Excusez mon retard, mais je reviens du front... " »

Édouard éclata de rire, passa la main sur son crâne rose. Anne, journaliste française, était depuis longtemps son amie, sa complice. Ils avaient couvert ensemble les sommets arabes et les guerres du Moyen-Orient. Avec ses questions faussement naïves, Anne prêchait le faux pour savoir le vrai et jouait les innocentes.

« Ma chère Anne, tu m'étonnes. Je n'en finirai donc jamais de t'apprendre le Liban ! D'abord, oublie le fait que nous n'avons plus de gouvernement depuis des mois. Je sais bien que c'est pour cela que Paris t'envoie – *le Monde* aussi me demande des papiers –, mais crois-moi, cela n'a aucune importance. Avoir un gouvernement ne ferait que compliquer les choses : il faudrait que nos hommes politiques prennent des responsabilités et ils en sont incapables. Le problème est ailleurs. Il s'agit de savoir si nous sommes, ou non, solidaires des Palestiniens, et jusqu'où peut aller notre solidarité. Devons-nous nier notre spécificité libanaise et nous laisser absorber, même les chrétiens, dans la grande « oumma » arabe... et musulmane ? Cela nous ramènerait – en tout cas, les chrétiens le craignent – au statut de protégés, de dhimmis, ce que les maronites libanais ont toujours refusé. Ou alors, devons-nous rompre la solidarité arabe, et empêcher les Palestiniens de transformer le Liban en base de combat contre Israël ? Un combat, entre nous, dont l'échec est certain : ce ne sont pas les Palestiniens qui feront, seuls, sauter l'État hébreu. Tu me suis ? Simplifions l'équation. Sommes-nous libanais d'abord, ou arabes d'abord ? »

Anne s'agitait sur son fauteuil :

« Mais ce dilemme date d'un ou deux siècles... »

Édouard roula ses yeux bleus, tendit la main.

« Yaani... tu es toujours pressée. Le problème n'est pas nouveau, mais nous nous étions toujours débrouillés pour l'occulter. Malheureusement les Israéliens, en attaquant l'aéroport, ont mis à nu nos contradictions. Maintenant, ici, tout le monde est furieux. Contre l'armée libanaise qui s'est révélée incapable de riposter. Contre les Palestiniens, qui par leurs attaques irresponsables – tu sais que ce raid était une riposte à un détournement d'avion revendiqué par le Fath – mettent en danger la sécurité du Liban. Et contre nos hommes politiques, qui ne parviennent même pas à former un gouvernement.

– Je vois. La ligne de partage passe entre chrétiens et musulmans, ou entre riches et pauvres ?

– Toujours cartésiens, les Français, hein ? Je te répondrai à la libanaise : les deux à la fois. Pour le moment, nous sommes sur le fil du rasoir. Si les musulmans libanais prennent le parti de la " solidarité arabe " d'abord et les chrétiens celui de la " souveraineté libanaise

217

d'abord ", nous allons vers une guerre de religion et l'éclatement du Liban... Si le conflit porte sur des réformes indispensables, un nouveau et plus équitable partage du pouvoir, c'est-à-dire en fait sur une remise en cause du pouvoir maronite, alors nous allons vers... je ne sais pas, peut-être un nouveau Liban accouché dans la douleur.

– Où sont les Palestiniens dans tout cela?

– Ils sont le glaive dans la balance. Suivant qu'ils pencheront vers l'un ou l'autre plateau, nous aurons une guerre de religion ou une révolution...

– Est-ce donc si sérieux? »

Édouard semblait fatigué. Il passa à nouveau la main sur son front dégarni.

« Oui, cette fois c'est grave. »

Anne se leva, alertée par son intonation.

« Ne t'inquiète pas trop, Édouard. Vous en avez vu d'autres. Tu sais bien que " si on jette un Libanais à l'eau, il en sortira avec un poisson dans la bouche... " C'est toi qui m'as appris ce proverbe. Vous avez une telle force, une telle joie de vivre. Le Liban est un pays en caoutchouc. Il rebondira toujours. »

La mer est grise, ce matin, avec des reflets d'étain. Le vent de novembre la soulève en courtes crêtes brutales. Il fait froid. Anne quitte la fenêtre du Saint-Georges, noue la ceinture du peignoir blanc. Rude journée en perspective : il paraît que des militaires libanais sont prisonniers dans le camp palestinien de Nahr el Bared, près de Tripoli. Il va falloir entrer dans le camp, faire parler les responsables, écouter une fois de plus leur discours stéréotypé, mille fois entendu et, si possible, voir les prisonniers... Cela suppose un bon pull, un pantalon. Avec ce temps, elle aurait dû prendre des bottes... Tant pis, espérons que les mocassins italiens tiendront le coup!

On sonne, le service du petit déjeuner arrive en grande cérémonie. Nappe damassée sur la table roulante, théière en argent, toasts cachés sous des serviettes brodées, superbe rose jaune dans un vase de cristal. Le maître d'hôtel s'incline, présente une coupelle de verre remplie d'eau sur laquelle flottent quelques pétales : « C'est la température du bain, madame. Cela vous convient-il? » Anne pense à la boue dans laquelle elle pataugera tout à l'heure. Oui, la température du bain lui convient. Contre vents et marées, le Saint-Georges maintient son image de luxe raffiné. Hier matin, à son arrivée, Anne a sursauté en entendant un échange de coups de feu sous sa fenêtre. Mais la femme de chambre n'a pas eu un battement de cils. Elle a continué à vider la valise, à pendre les pantalons et la grosse veste avec le même soin qu'elle aurait mis à déplier des robes du soir. Le Saint-Georges, pour tous les voyageurs, c'est l'île, le refuge, l'indispensable plaque tournante où se retrouvent hommes d'affaires, journalistes, espions et diplomates de tout le Moyen-

Orient. Peut-on imaginer Beyrouth sans le Saint-Georges ? Anne décide que non. La disparition du Saint-Georges signerait, elle en est sûre, la mort de Beyrouth.

« On vous demande au lobby, madame. » Il est neuf heures. Dans le hall, un jeune homme brun l'attend, les mains enfoncées dans sa parka kaki. Il a des bottes, lui... « Chafik Adnan, porte-parole de l'OLP. » C'est un nouveau, pense Anne. On va faire le voyage dans une jeep découverte où attendent déjà un chauffeur et un garde du corps. Par discrétion sans doute, les kalachnikovs sont entassées par terre. Peut-on mettre les pieds dessus ? Le vent est glacial, Chafik s'enroule la tête dans un keffieh noir et blanc, Anne sort son écharpe tout terrain habituelle et la pose en capuche bien serrée. Voilà qui rendra inutiles les efforts de conversation.

A dix kilomètres de Tripoli, premier barrage. Uniformes kaki : c'est l'armée libanaise. Papiers. Deux cents mètres plus loin, second barrage. Tenues léopard : c'est l'armée du Fatah. Autres papiers. Autre monde. Anne a vu bien des camps palestiniens, mais comme celui-ci, jamais. Nahr el Bared a tout du camp retranché. A l'entrée, la jeep s'arrête devant un poste de garde. Seconde vérification. On remplit des fiches en trois exemplaires. A nouveau les papiers, et fouille minutieuse opérée par une jeune fille soldat qui se prend au sérieux. « Nous y sommes obligés », murmure Chafik, un peu gêné. Il est contre ces pratiques, en tout cas quand il s'agit de journalistes. Cela donne une mauvaise image. Mais le commandant du camp n'a rien voulu savoir. Lui fait la guerre, dit-il, pas des relations publiques ! Chafik soupire. Dieu sait ce que cette Française va encore écrire. Dans un coin de la salle de garde, trois gamines aux nattes pendantes sont accroupies en rond autour d'une kalachnikov. Elles doivent avoir de onze à quatorze ans. Gravement, avec des gestes de ménagère, elles montent et démontent, d'une main de plus en plus experte, l'arme posée sur le tapis. Un petit garçon en uniforme s'approche, tout fier : « Moi, je le fais en quatre minutes, les yeux bandés. »

Enfin, le café ! Deux tasses, oui, pour tenter de se réchauffer. En attendant, conversation détendue avec Chafik, sans carnet ni stylo.

« Franchement, vous y croyez, vous, à un État palestinien, démocratique et laïque... D'ailleurs, comment traduisez-vous laïc en arabe ? »

Chafik hausse les épaules.

« J'y crois parce qu'il le faut. Vous voyez autre chose ? Je sais bien que la notion de laïcité est étrangère à l'islam. C'est pour cela que notre combat doit être arabe, et pas islamique. Moi qui suis chrétien... » Anne a un mouvement de surprise, vite réprimé. Beaucoup de Palestiniens sont chrétiens, elle l'oublie toujours. Chafik lui lance un coup d'œil aigu.

« Cela ne change rien, vous savez...

— Je sais. Mais je croyais que, dans l'OLP, les chrétiens étaient plutôt membres des groupes extrémistes, comme ceux de Georges Habache ou de Nayef Hawatmeh.

— C'est vrai, ils se veulent plus révolutionnaires, plus radicaux que

219

les musulmans. Réflexe de minoritaires! Moi, je pense qu'ils ont tort de se marginaliser. Il est important pour nous, chrétiens palestiniens, de ne pas nous isoler des masses. Il faut éviter tout clivage religieux...

– Et que faites-vous en ce moment, au Liban, sinon rouvrir cette plaie entre musulmans et chrétiens libanais? »

Chafik se souvient de sa conférence à l'université Saint-Joseph, du visage de Lola. Elle y croyait, à sa cause. Peut-être par amour pour lui? Cette journaliste française sera plus difficile à convaincre. Elle a les mêmes yeux que Lola, des yeux jaune mordoré, pailletés, à l'iris très large...

A ce moment, des coups de mitraillettes claquent en rafales serrées. Tout le monde se lève. « C'est le bruit des kalach... ce sont les nôtres », se rassure Chafik. Mais alors, qui attaque? Un branle-bas général met le camp en émoi. Un jeune type accourt, le keffieh flottant. « Nous les avons abattus! – Qui? demande Chafik. – L'hélico, là-bas. Celui qu'on attendait... il est tombé de l'autre côté de la colline. » On grimpe pour voir. Anne maudit ses mocassins qui s'enfoncent dans la boue gluante. En bas, voici l'hélicoptère touché, retourné dans l'herbe comme un insecte mort. Il est quinze heures trente, ce dimanche après-midi. Un homme trapu, vêtu de noir, rejoint Anne sur la colline. Il se présente : « Abou Oussama, responsable du camp et chef militaire du Fatah pour le Liban-Nord. » Pour un peu, il claquerait les talons. Il semble déçu. A cause de l'hélico.

« Nous pensions avoir fait une bonne prise », explique-t-il. D'après nos renseignements, le chef du Deuxième bureau libanais, Gaby Lahoud, devait se trouver dans cet hélicoptère. C'est pourquoi nous avions décidé de l'abattre : il nous fallait des otages de poids pour obtenir la libération de nos fedayine prisonniers de l'armée libanaise. » Chafik lui fait, en vain, signe de se taire... parler d'otages devant un journaliste étranger! « Malheureusement, il n'y avait que trois militaires ordinaires. Nous les avons faits prisonniers, mais ce n'est pas la même chose. Et le pilote s'est enfui... » poursuit Abou Oussama sans s'embarrasser de nuances. Se tournant vers Anne : « Voulez-vous voir les prisonniers? Vous écrirez que nous en avons sept... » Il est seize heures trente.

Au même moment, au Caire, une porte s'ouvre doucement sur un jeune officier égyptien qui tient une dépêche à la main. La pièce dans laquelle il entre offre un spectacle impressionnant. C'est la salle d'État-Major. Au mur, des drapeaux encadrent les photos de Nasser. A la longue table recouverte de feutre vert, deux délégations se font face. A gauche, Arafat et trois officiers palestiniens. A droite, la délégation libanaise composée du général Boustany, de Halim Abou Ezzdine et du commandant El Khatib, qu'Arafat a salué tout à l'heure d'un sonore « Je vous connais bien! C'est vous qui m'avez fait mettre en prison à Beyrouth autrefois...! » Le climat est tendu. Le général égyptien, Fawzi, préside. L'officier lui a tendu la dépêche. Fawzi lit d'une voix neutre : « Un hélicoptère libanais vient d'être abattu par la résistance palestinienne aux environs de Beyrouth. Le pilote a pu s'échapper. Ses trois camarades sont prisonniers des fedayine. »

La nouvelle ne pouvait tomber plus mal. Depuis deux heures, on discutait pour tenter d'établir un protocole d'accord sur la présence palestinienne au Liban. Libanais et Palestiniens se lançaient des accusations à la tête : Arafat parlait de meurtres, d'atrocités, de tortures, de fedayine enlevés. Boustany réfutait, comparait les listes, cochait les noms des prisonniers et des disparus, exposait ses propres doléances. Maintenant, le texte de la dépêche est écouté dans un silence de mort. Voilà une occasion rêvée, pour les Libanais, de reprendre l'avantage ou de rompre les pourparlers, s'ils le désirent : c'est la première fois qu'un appareil libanais est abattu par des Palestiniens. Arafat attend. Boustany digère l'information, hésite une seconde, puis reprend ses listes. Fawzi soupire. Il sait maintenant que les Libanais vont céder. Ils signeront les accords au Caire. Le prestige de Nasser ne sera pas entamé une fois de plus par une médiation ratée.

Il est dix-sept heures. A Beyrouth, Nagib Sadaka, secrétaire général des Affaires étrangères, repart pour le Caire. Il est venu solliciter un arbitrage urgent du président Charles Helou. Sadaka estime que, contrairement aux instructions données, le général Boustany lâche tout. Mais l'arbitrage arrivera trop tard. Lorsque l'avion se pose au Caire, Sadaka apprend que Boustany et Arafat viennent de signer sans l'attendre... C'est une capitulation en rase campagne. Les Palestiniens se voient attribuer un véritable statut d'extra-territorialité dans le Sud-Liban. Dans les camps palestiniens, l'OLP est autorisée à établir sa propre police, sa propre administration, sans limitation ni contrôle.

« C'est incroyable ! Vous n'avez pas respecté les directives du président ! s'exclame Sadaka furieux.

– Helou n'avait qu'à négocier lui-même, répond Boustany. Je n'ai pas pu faire mieux. Je n'ai de munitions que pour huit jours de combat et mon armée risque de se diviser. Ma conscience est tranquille, j'assume la responsabilité... » A ce moment, un Égyptien se précipite vers Boustany et le remercie chaleureusement pour sa « fidélité arabe ». Sadaka alors se souvient que les élections présidentielles au Liban ont lieu l'année prochaine. La « fidélité arabe » de Boustany lui vaudra bien quelques voix musulmanes... Pourquoi faut-il que les hommes politiques libanais pensent à leur carrière plutôt qu'à leur pays ?

La nuit tombe lorsque Anne, les cheveux mouillés, les pieds glacés, se précipite dans le hall chaleureux du Saint-Georges. Son confrère Patrick Seale, envoyé spécial de l'*Observer* de Londres, déploie à son passage son élégante silhouette.

« Anne, quel plaisir de vous voir... Avez-vous lu le texte des accords qui viennent d'être signés au Caire ? Non ? Tenez, j'ai là une copie, en anglais naturellement. C'est incroyable, n'est-ce pas ? » Puis, fixant Anne d'un œil critique : « Mais vous êtes peut-être un peu fatiguée. J'attends Fouad Boutros ici, dans une demi-heure, pour dîner. Voulez-vous être des nôtres... Disons... huit heures au lobby ? »

Anne se regarde dans la glace de l'ascenseur. Elle ressemble à une serpillière trempée. Une demi-heure plus tard, coiffée, séchée, baignée, réchauffée et maquillée, elle enfile une robe noire tout en lisant attentivement le texte des accords. Les Palestiniens ont gagné sur toute la ligne. Comment Charles Helou a-t-il pu accepter ces conditions humiliantes et comment les fera-t-il voter par les députés ? L'armée libanaise ne laissera pas passer ce désaveu sans réagir. Anne a vu les militaires à Rachaya, dans une citadelle qui domine la frontière syrienne. Ils venaient de livrer un violent combat et elle se souvient de l'œil brillant du capitaine lui racontant : « Ils ont attaqué sur cette colline, à l'aube. Trois cents fedayine. Roquettes, arrosage d'artillerie, assauts d'infanterie. Nos quarante soldats les ont repoussés. » Il sera difficile de faire accepter à cette armée qui commence tout juste à exercer ses muscles, l'idée que le combat doit cesser pour raison d'État. Anne est curieuse de savoir ce qu'en pensera Boutros.

Fouad Boutros n'a jamais eu l'air d'un joyeux luron. Quand Anne l'aperçoit de loin, lunettes sur le nez et sourcils noirs froncés comme une barre, elle pense au portrait d'un doge vénitien au profil aquilin, au regard sévère, qu'elle a vu autrefois aux Offices, à Florence. Fouad est un vieux chehabiste. Orthodoxe, il a le sens aigu de la grandeur byzantine et de l'autorité de l'État. Juriste, il est rigoureux et précis. Pessimiste, il ne s'est jamais laissé prendre – sauf une fois et comme il le regrette ! – aux lacis tortueux de la politique libanaise, ce qui lui permet de garder l'œil froid et l'esprit lucide. Dans ce Liban où tout est passion, où la plus petite rumeur devient information sûre, il est un repère précieux. Patrick se lève.

« Magnifique, Anne. Vous êtes la seule femme que je connaisse qui soit à la fois ponctuelle et jolie. Fouad, vous permettez qu'elle se joigne à nous ? » Avec ses joues roses et ses yeux porcelaine, on donnerait à Patrick le Bon Dieu sans confession. Mais il est malin. S'il a souhaité la présence d'Anne, il doit y avoir une raison... Devant elle, Fouad se déride un peu. Alors, ces accords ? Il lit et relit les trois feuillets dactylographiés qu'il tient à la main. Hoche la tête, pince la bouche.

« Abandonner le Sud aux Palestiniens, c'est se mettre à la merci d'Israël, qui rispotera aux attaques, et d'Arafat, qui semble décidé à s'installer ici comme chez lui. Maintenant, le Liban est précipité dans la guerre, que nous avions toujours su éviter.

– Comment l'armée va-t-elle réagir ? demande Patrick.

– Mal, je le crains. Ce texte est inapplicable et ne sera jamais appliqué.

– Craignez-vous des réactions de l'opinion publique ?

– L'opinion publique? Cet accord, c'est Munich... Il provoquera, comme Munich, un lâche soulagement... »

« Lola, il faut me croire : nous ne sommes pas contre vous. Tu sais combien j'aime le Liban. J'avais quatre ans quand mes parents y ont trouvé refuge, j'y ai toujours vécu. Je ne suis pas un obsédé de l'exil. Je ne veux pas qu'on nous liquide comme on a liquidé les Arméniens, c'est tout... »

Lola n'a pas envie de discuter politique maintenant. Nue dans le grand lit de Chafik, elle remonte le drap sous son menton. Ils ont tellement fait l'amour qu'elle se sent étourdie. Pourquoi faut-il que les hommes soient parfois si solennels? Elle voudrait boire du champagne bien frais, ou un tonic, et elle a faim. Le réfrigérateur doit être bien rempli, il est toujours plein chez Chafik, pour le cas où des amis passeraient... Elle pense à des fruits... son estomac se creuse. Il faudrait se lever, traverser tout l'appartement, trouver un peignoir, aller à la cuisine. Un rêve, cette cuisine! L'appartement aussi d'ailleurs. Sobre mais chic, agencé par un décorateur. Où Chafik trouve-t-il l'argent? Elle va tout de même se lever pour aller manger quelque chose.

« Lola, tu m'écoutes? » Appuyé sur un coude, Chafik la regarde avec cette intensité qu'il a toujours quand il est ému, troublé, ou fâché. « Je ne devrais pas le faire, mais je vais te révéler un secret : les Américains préparent un complot contre nous. »

Encore un complot! Quoi qu'il arrive au Liban, les Libanais ont toujours une explication qui les exonère de toute responsabilité. Complots américains, sionistes, communistes... Lola s'énerve.

« Tu vois des complots partout maintenant, comme nous? » ironise-t-elle sur un ton agacé. Chafik plisse le front, ce qui lui donne l'air méchant.

« Nous avons des renseignements sérieux. La preuve qu'on veut nous éliminer, c'est que les attaques de l'armée libanaise coïncident avec celles que nous subissons en ce moment en Jordanie... Il faut que je t'explique... »

Lola a depuis longtemps perdu le fil. Elle fait « oui, oui » en regardant Chafik. Elle aime son torse nu et brun . Elle aime sa chaleur, ses bras et ce regard fixe que lui donne le désir. Elle aime son poids sur elle. Ou plutôt, elle aimait. Car maintenant, quelque chose à changé. Au fil des jours, Chafik a repris cette distance, infime et considérable, qui fait de l'autre un inconnu. Lola avait cru pourtant qu'il suffisait d'échanger leurs désirs, leur plaisir, pour devenir l'un à l'autre transparents et complices. Ils y étaient parvenus, parfois. Elle sait que c'est fini. Comme c'est étrange! Pour la première fois, elle émerge de l'amour les mains vides, sans curiosité ni tendresse. Avec même de l'amertume et du ressentiment, contre lui, contre elle-même.

Pendant qu'il parle de la Jordanie, Lola réfléchit. Il lui faut quitter

Chafik. Si elle continue à faire l'amour avec lui sans cet accord du cœur, elle se sentira une « charmouta », une putain. Et s'il refusait de rompre? Il dit qu'il l'aime d'amour. C'est peut-être vrai. Et puis, il a un tel orgueil, une telle susceptibilité. Il serait capable de lui faire du mal, par amour-propre blessé. Cette violence en lui, qui l'avait fascinée, maintenant lui fait peur. Comment partir sans drame?

Fouad avait raison : les accords du Caire avaient été votés avec une belle unanimité par des députés qui ne les avaient pas lus. Seul Raymond Eddé, pour le principe, s'était prononcé contre : « Je ne suis pas une machine d'enregistrement, je ne peux accepter de voter sans savoir. » Raisonnement spécieux. « Raymond est trop occidental, il se croit à la Chambre des députés française... Nous savons bien que ces accords sont catastrophiques et dangereux, mais que pouvons-nous faire d'autre que les entériner? » avait confié à Anne, « tout à fait entre nous, pas pour publier », un député maronite. « Nous n'avons déjà plus les moyens de nous opposer aux Palestiniens. » Pourtant, les militaires ne cachaient pas leur rancœur. « Nous pouvions gagner la bataille, nous avons prouvé que nous ne sommes pas une armée d'opérette. Mais il nous fallait un feu vert que les politiques nous ont refusé... » grondait le capitaine. Le jeune lieutenant aux yeux si noirs l'avait coupé : « Nos politiques sont des incapables qui se vendent au plus offrant. Nous en avons marre de ces fantoches. » Mauvais signes, songeait Anne en bouclant ses valises.

De Paris, on lui avait envoyé un message : elle devait rentrer, il ne se passerait plus rien au Liban. Le taxi l'attendait. En roulant vers l'aéroport, Anne regardait Beyrouth, la corniche, la mer. Quitter cette ville lui serrait toujours le cœur. Mais cette fois, elle était vraiment inquiète. La guerre civile menaçait, et les Libanais semblaient ne pas voir le gouffre qui se creusait sous leurs pieds. Certes, nier l'évidence leur avait souvent réussi et la vie politique libanaise n'était plus depuis longtemps qu'une aimable fiction. Tout le monde savait bien que le pouvoir se trouvait ailleurs, dans les affaires et les banques. Mais les contradictions étaient maintenant trop profondes, le poids des Palestiniens trop lourd. Le Liban, cette chatoyante bulle de savon, gonflait trop vite pour ne pas éclater. Anne savait, en admirant le soleil sur la mer, qu'elle reviendrait bientôt.

Peu à peu, tante Charlotte avait repris goût à la vie. Cet après-midi, elle se promenait dans Hamra, à la recherche d'un cadeau pour l'anniversaire de Nicolas. Il avait treize ans, un âge difficile... Les jouets? Trop bébé. Les livres? Trop scolaire. Un de ces nouveaux gadgets électroniques, peut-être? « Les jeunes aiment cela, lui avait expliqué le vendeur. C'est un walkman. Tenez, madame, vous allez l'essayer avec une bande-son spéciale. Mettez ce casque... N'ayez pas peur, c'est le bruit d'un avion qui décolle à votre droite et qui se pose à votre gauche. Là... vous allez voir. » Les écouteurs sur les oreilles, tante Charlotte sursauta et involontairement tourna la tête à droite, puis à gauche, en suivant le mouvement de l'avion. Elle n'avait jamais rien entendu d'aussi précis. Pourrait-elle écouter autre chose, de la musique classique peut-être?... Là, on se croirait au milieu de l'orchestre. Extraordinaire! « Comment ça marche exactement? Et on le met où, ce walkman? – Vous pouvez le porter à la ceinture, comme cela, ou alors le garder à la main. – Donnez-m'en deux. L'un en paquet cadeau, l'autre je le garde. Avec ce que j'ai entendu tout à l'heure, cette Symphonie de Beethoven. Vous seriez aimable de régler le son, jeune homme. »

Les écouteurs sur les oreilles et son walkman à la main, tante Charlotte descendait maintenant la rue Hamra en souriant aux anges. On la regardait? Tant pis. Depuis qu'Émile n'était plus là, elle avait décidé de faire ce qui lui plaisait, de dire ce qu'elle pensait en toute circonstance, au risque de choquer. Privilège du grand âge... Enfin, elle allait s'amuser. Et d'abord, elle s'achèterait un appartement à Paris. Comment achète-t-on un appartement à l'étranger? Où habiter? Dans quel quartier? Quel est le prix? Antoine saurait, cher Antoine. Il rêvait de construire sa propre clinique? Elle l'aiderait. Que pouvait-elle faire maintenant de son argent? Antoine, Lola, Nicolas et Mona étaient toute sa famille. Sans jamais le dire, elle préférait Mona, plus Boulad que Falconeri. En longeant le jardin public, Charlotte chantonnait, ses écouteurs aux oreilles. Elle chantait en entrant dans le vestibule, et accompagna le final de Beethoven à gorge déployée, en montant l'escalier. Lola, surprise, la rejoignit sur le palier. « Qu'y a-t-il? Que se passe-t-il? » Charlotte rit, arracha ses écouteurs : « Magnifique! Je viens de découvrir cet appareil. Veux-tu l'essayer? »

« Antoine, je ne veux pas que Nicolas sorte avec ce walkman. Lorsqu'on a les écouteurs sur les oreilles, on n'entend plus les bruits extérieurs. L'autre jour, tante Charlotte chantait à pleine voix, sans s'en rendre compte. C'est dangereux. Pour elle aussi. Quand il y a des accrochages ou des tirs dans la rue, et Dieu sait si cela devient fréquent, on risque de ne pas pouvoir se mettre à l'abri à temps...

– Ma chérie, si nous commençons à vivre en fonction des accrochages, nous sommes fichus. Autant partir tout de suite, ou devenir fous. D'ailleurs, cela va passer. Il suffit de ne pas aller du côté des camps. En ville, pour l'instant, tout est calme. »

Lola ne répondit pas. Antoine était aussi inconscient que tante Charlotte qui, à chaque échange de coups de feu, s'énervait. « Mais que fait la police? » Elle avait une fois pour toutes décidé que ces jeunes gens qui se promenaient mitraillette sous le bras et qui roulaient en jeep à travers la ville, n'étaient que « des voyous ». Apparemment, personne ne prenait la guerre au sérieux. Pourtant, Palestiniens et Israéliens se battaient à la frontière sud, des accrochages opposaient régulièrement l'armée libanaise aux Syriens sur la frontière est, et les excès de zèle des Palestiniens autour de leurs camps se multipliaient.

« Il m'est arrivé une drôle d'aventure l'autre jour, avait raconté Farouk lors d'un dîner. Je rentrais de chez mon cousin Nabil, qui n'habite pas très loin de Dbayeh. Nous avions joué au poker, il devait être trois heures du matin. Une patrouille m'arrête sur la route et réclame mes papiers. Le type avait un drôle d'accent. " Vous êtes quoi, vous? " lui ai-je demandé – c'est qu'on ne sait plus à qui on a affaire en ce moment sur les routes. " Nous sommes palestiniens. – Alors, vous n'avez pas à me demander mes papiers, je suis un citoyen libanais sur une route libanaise! " Figurez-vous qu'il est devenu agressif! Il voulait me faire descendre de voiture. Il m'a attrapé par la manche de ma veste, alors j'ai foncé, un grand coup d'accélérateur, hop! et la manche lui est restée dans les mains. Ils étaient tellement surpris qu'ils n'ont pas eu le temps de tirer. – Mais c'est insensé! s'était écrié Antoine. – Oui, j'étais furieux, avait répondu Farouk. Une veste anglaise, en cachemire... »

Lola ne discutait plus, ne jouait plus les Cassandre. Elle avait compris que les Libanais ne voulaient simplement pas voir ce qui se passait chez eux. Pour ne pas avoir à prendre parti entre le cœur et la raison, entre leur sympathie pour les Palestiniens et leur nationalisme libanais? Lola, qui commençait à bien connaître son Liban, pensait, sans oser le dire, que les Libanais n'avaient pas le sens de l'État, mais seulement celui de la famille, du clan. L'Égypte était une nation. Mais le Liban? « On ne fait pas un pays avec des banques et des boîtes de nuit », lui avait un jour répondu son ami Georges Rizk, mais avec des épreuves. Je crois que les dangers nous rapprocheront. » Incurable optimisme... Pourquoi Lola refusait-elle de partager l'aveuglement général, comme tout l'y conviait?

Sans doute à cause de Chafik. Il avait espacé leurs rendez-vous, se faisait mystérieux. De temps à autre, il annonçait que des événements graves se produiraient bientôt. Quelque chose l'occupait entièrement, et ce n'était pas une femme. Il s'en excusait presque : « Ma chérie, je ne suis pas très disponible pour toi en ce moment. Il va falloir que je parte à Amman. Ils ont besoin de moi en Jordanie. Je te ferai parvenir des nouvelles. Comment? Par Lili? Es-tu certaine qu'elle est discrète? Ce serait grave pour moi, si on savait que je t'écris. Nous n'en avons pas le droit, en principe. »

La Jordanie, quel soulagement. Depuis qu'ils se voyaient surtout dans les cafés, Lola éprouvait pour lui de la sympathie et même de la tendresse, cette tendresse qu'on porte aux amis en difficulté. Ce monde palestinien, qui l'avait fascinée, lui apparaissait maintenant tel qu'il était : impuissant, déchiré, entretenant malgré tout des espoirs fous, et prêt à se jeter dans toutes les aventures. Les Libanais ne soupçonnaient même pas ce drame, et Lola retrouvait, avec une légère angoisse, un vieux souvenir : celui du bal chez les Tegart, au Caire. Les bijoux, les

robes du soir, la musique, les valses et les buffets croulant sous l'abon-
dance. Elle avait à peine remarqué en entrant les fellahs qui, accroupis
par terre, sur la rive du Nil, regardaient de tous leurs yeux la fête, au-
dessus de leur tête. C'était la veille de l'incendie du Caire... Lola repoussait ces images. Antoine, Charlotte et les autres avaient raison. Il fallait
vivre, vite, fort. Profiter au maximum, comme disait Lili, sans regarder
autour de soi. Sinon, on risquait de perdre la raison.

Antoine était heureux. Il inaugurait sa nouvelle clinique. Grâce à
tante Charlotte et aux banques, il avait pu s'offrir, au bloc opératoire, un
plateau technique ultramoderne. « C'est aussi bien qu'à Paris », dit-il fièrement à Lola, le soir du cocktail d'ouverture. Il avait tout de même
sacrifié aux coutumes locales, en aménageant une immense salle
d'attente, à côté de la salle d'opération. Au Liban, lorsqu'on opère un
malade, famille, parents et alliés attendent la sortie du chirurgien, ou de
l'anesthésiste, pour savoir si l'opération a réussi ou non. Quand l'opéré
est un notable, tout le village est là. Antoine se souvenait de sa stupéfac-
tion en découvrant un jour, à l'Hôtel-Dieu, un groupe de quarante personnes, descendues en bus du village de Bcharé, qui attendaient devant
le bloc depuis cinq heures du matin. Il lui avait suffi de dire « tout s'est
bien passé » pour que le village remonte dans le bus et reparte, dans un
bruyant concert de bénédictions. Mais, le plus souvent, le chirurgien
doit s'expliquer longuement. Parfois, il sort avec ses gants et son tablier,
portant comme un trophée la tumeur enlevée, l'appendice dégoulinant
de sang : « Voyez, on lui a ôté ceci... » La famille alors se récrie : « Le
pauvre, c'est terrible ce qu'il a dû supporter! » Sans aller jusque-là,
Antoine se pliait aux traditions. L'opération terminée, il sortait aussitôt
et rassurait lui-même la famille. Seule la parole du hakim, du docteur,
pouvait tranquilliser : « Que Dieu te guérisse! Qu'Allah te garde! Qu'il te
protège! Qu'il te guide! » Chrétiens ou musulmans, riches ou pauvres,
humbles ou puissants, à ce moment tous invoquaient Allah, Allah dont
le nom rythme les conversations, les prières et les plaintes. Dieu, auquel
on se soumet avec le même fatalisme, qu'on soit maronite, orthodoxe,
catholique, sunnite, chiite ou arménien.

C'est pour cela qu'Antoine adorait son métier : à l'hôpital, il n'y
avait plus ni musulman ni chrétien. Redevenu homme ou femme, le
malade avait droit à la même attention, au même dévouement, aux
mêmes soins. A Hazmieh, le quartier chic où il s'était installé, Antoine
recevait les émirs du Golfe – avec les épouses et les gardes du corps, il
fallait compter au moins trois chambres pour un malade –, mais aussi
les Palestiniens du camp voisin de Tell el Zatar et de Jisr el Bacha. A sa
grande surprise, ce n'étaient pas forcément les émirs qui étaient les plus
riches... Lorsqu'on avait amené, l'autre jour, un responsable palestinien
gravement blessé, un jeune fedayin exalté s'était jeté sur Antoine, en lui
tendant une valise pleine de billets. « Hakim, prends tout l'argent que tu

veux, mais sauve-le! » L'OLP disposait de beaucoup d'argent, au moins pour ses dirigeants. Les réfugiés, eux, restaient pauvres. Heureusement l'UNWRA prenait en charge les petites interventions, les consultations courantes. Au moins, se dit Antoine, chez nous les Palestiniens sont nourris, instruits, soignés.

Depuis quelque temps, pourtant, Antoine s'inquiétait. Le Croissant Rouge palestinien lui avait demandé s'il était équipé pour soigner les grands brûlés, en particulier les brûlés au napalm. L'OLP prévoyait-elle une guerre? Où? En tout cas, Antoine avait commandé des baignoires spéciales pour le traitement des brûlures, et complété son matériel d'urgence. Il était là pour soigner, pour guérir et il ferait son travail, quoi qu'il arrive, sans états d'âme.

Finalement, c'est en Jordanie que la guerre éclata entre l'OLP et l'armée jordanienne, en septembre 1970. Anne, à Paris, prit aussitôt l'avion pour Amman et commença son premier papier : « Ce mois de septembre sera un septembre noir... »

A Chabanieh, un village du Nord-Liban, Farouk écoutait à la radio les nouvelles d'Amman. Dans la pièce à côté, Elias Sarkis, directeur de la Banque Centrale, Michel Murr, l'industriel, et deux politiciens druzes continuaient un interminable poker. Farouk bondit : « Le roi Hussein vient d'attaquer les Palestiniens! L'armée jordanienne entre dans les camps... » Agacé, Michel Murr grogna : « Farouk, tais-toi, tu nous gâches la partie! » L'oreille collée au transistor, Farouk insistait : « Mais c'est capital! Maintenant, les soldats progressent avec des lance-flammes... Mon Dieu, c'est terrible, il y a des morts, beaucoup de morts, parmi les Palestiniens... Eh là, écoutez ça... ils disent que le roi Hussein a gagné la guerre. Il est sauvé. » Franchement irrité, Elias Sarkis posa un instant ses cartes à l'envers sur la table : « Espèce d'abruti, allume un cierge et prie pour que les Palestiniens aient gain de cause contre Hussein... » Farouk le regardait sans comprendre. Ici, entre amis, on pouvait dire ce que l'on pensait, et préférer le roi à Arafat. « Tu ne comprends donc pas, ajouta Sarkis, que s'ils perdent Amman, tous ces excités vont arriver chez nous? » Farouk n'y crut pas. Le Liban était intouchable...

Le téléphone sonnait chez Lili. La communication, brouillée, semblait lointaine. Une voix au fort accent palestinien cria :

« Mademoiselle Sednaoui? Êtes-vous mademoiselle Sednaoui?

– Oui, c'est moi, hurla Lili qui pensa : "Ce doit être Chafik, il est sûrement à Amman."

– Je ne trouve pas Lola... à son magasin... Me dire où elle est? » Le son s'arrêtait toutes les trois secondes.

« Lola est à Paris, non, Lola n'est pas là... Elle est à Paris, à Paris, vous m'entendez? » Brusquement, la communication fut coupée. Lili s'interrogea. Comment joindre Lola? Et que lui dire?

Lola remontait d'un pas allègre le boulevard Saint-Michel. Déjà, les feuilles des platanes commençaient à jaunir. Parfois l'une d'elles se détachait, planait en tournoyant avant de tomber sur le trottoir. Lola ne se lassait pas du spectacle. Elle aimait l'automne en France, ces souffles de chaleur finissante, ce petit vent déjà froid, ce soleil pâle qui réchauffait à peine. Au Liban, on passait presque sans transition de la canicule de l'été à la pluie de l'hiver, avec une brutalité oppressante.

Pour le plaisir, Lola entra dans le jardin du Luxembourg. Assise sur une chaise, les pieds posés sur une balustrade basse, elle offrait son visage au soleil et regardait les arbres. La lumière tremblante, filtrée par les feuilles, passait du rose au jaune. On entendait vibrer les cris des enfants qui poussaient leurs bateaux sur le grand bassin, claquer le sécateur d'un jardinier qui coupait dans un massif de roses quelques têtes fanées. Tout semblait si calme, ici. Plus de tensions, plus de craintes. Un monde de douceur et de paix. Aimerait-elle habiter Paris? Lola ne s'était jamais posé la question. Curieux qu'elle y **pense** maintenant... Tante Charlotte l'avait chargée de lui trouver un appartement, du côté de la place Victor-Hugo, où une de ses amies possédait depuis toujours un petit « pied-à-terre » de deux cents mètres carrés. La place Victor-Hugo était solennelle et triste. Lola préférait le quartier du Luxembourg, ou en bas du boulevard Saint-Michel, celui des petites rues, en face de Notre-Dame.

L'esprit flou, Lola rêvassait. Pourquoi ne pouvait-elle voir un endroit sans se demander si elle pourrait y vivre? Sans imaginer une maison, un asile? Elle se sentait chez elle partout. Autant dire nulle part.

Le soleil était tombé derrière le toit du palais du Sénat, il faisait froid tout à coup. Lola frissonna. Elle profiterait de ce séjour à Paris pour acheter un manteau chaud, une fourrure peut-être. Elle se leva et se dirigea, rue Monsieur-le-Prince, vers la librairie Samuelian, étape obligée de ses voyages à Paris.

La porte en contrebas déclenchait le son grêle d'une antique sonnette. Ici reposait tout l'Orient, art, architecture, politique et histoire, à travers des centaines de livres introuvables, récupérés au hasard des ventes ou bien des héritages. Lola aimait fouiller dans les rayonnages disparates, feuilleter, bavarder avec Mme Samuelian, installée depuis toujours semblait-il derrière son bureau de bois ciré.

« Lola, est-ce bien vous? » Elle reconnut d'abord la voix, puis la silhouette inchangée de Jean Lacouture, perdu de vue depuis les années d'Égypte. Mince et vif, Jean avait gardé son œil aigu d'observateur auquel rien n'échappe.

« Que devenez-vous? Vous tenez une librairie à Beyrouth? Mais je ne le savais pas! je vous aurais rendu visite. Je vous croyais toujours au Caire... Vous cherchez quelque chose sur les chrétiens du Moyen-Orient? Vous avez lu Pierre Rondeau, naturellement? Excellent, le meilleur à mon sens... Mais j'y pense, j'ai chez moi les livres du père Zananiri – votre grand-oncle. Introuvables aujourd'hui... Je vous les prête. Mais si, acceptez... Tenez, voulez-vous venir dîner, disons demain soir vingt heures trente? Voici notre adresse. Nous aurons quelques amis. Simone sera contente de vous revoir. A bientôt. »

Quelle chance d'avoir rencontré Jean! Pour ce dîner, Lola se voulait belle. Elle traversa la place derrière l'Odéon, prit la rue Saint-Sulpice puis la rue de Tournon. Les boutiques discrètes, feutrées, exposaient peu de chose. Mais avec quel art de la mise en scène. Cette pelisse de soie noire, doublée de renard roux, une splendeur. Lola hésita. Est-ce que cela lui irait? Il fallait voir.

Devant le grand miroir du petit magasin, Lola s'enroulait dans la pelisse. Le roux allumait dans ses yeux des étincelles dorées, réchauffait son teint mat. Le casque noir de ses cheveux répondait au noir de la soie. Elle se sentait chaleureuse dans ces couleurs d'automne.

« Je n'aurais jamais cru que le marron m'irait...

– Madame, ce n'est pas marron! C'est châtaigne, roux, feuille morte, café grillé. C'est fait pour vous. D'ailleurs tenez, j'ai une idée, essayez donc aussi cette robe, avec un col bénitier, chaudron clair. Juste pour voir. L'ensemble est parfait. Exactement ce qu'il vous faut... »

L'ensemble est beau et très cher. Plus question d'un manteau de fourrure.

« J'hésite. J'ai quand même besoin d'une fourrure...

– C'est beaucoup plus chic qu'une fourrure, et aussi chaud. La fourrure, maintenant, se porte à l'intérieur. Tenez, nous avons ici des imperméables doublés de vison... » Lola sourit en pensant à tante Charlotte. Du vison, le cacher! Elle ne comprendrait pas. Il est vrai qu'elle aussi, au Liban, avait laissé son goût déraper vers le scintillant. Une erreur. Les teintes sourdes et les matières sobres lui allaient beaucoup mieux. Elle se décida brusquement :

« Je prends l'ensemble. » La vendeuse sourit.

A l'hôtel, dernier coup d'œil, avant de sortir. Les coutures des bas étaient bien droites, les escarpins brun roux affinaient la jambe, la pelisse ourlée de renard entourait le visage d'un halo lumineux. Lola se sourit à elle-même. Dommage qu'elle soit seule. A quoi bon être belle, si ce n'est pour quelqu'un? Elle attendait avec quelque inquiétude le regard de Simone. Les hommes ne remarquent rien, mais les femmes... Elles ne s'étaient pas vues depuis... voyons... depuis quatorze ans!

Simone ouvrit. Elle avait coupé ses cheveux blonds et portait un caftan du même bleu que ses yeux. Un éclair d'étonnement, une pointe d'admiration... Lola sut qu'elle pouvait la croire lorsque Simone s'exclama : « Ma petite Lola, tu es encore plus jolie qu'autrefois. » Dans le salon, un couple inconnu bavardait avec une dame un peu forte, à l'allure décidée, que Lola reconnut dès qu'elle tourna la tête : Yvette Farazli. Une bouffée de souvenirs, des cris, des baisers. Elles s'enfoncèrent dans le moelleux d'un grand canapé de cuir.

« Yvette, c'est à cause de toi que j'ai décidé d'ouvrir moi aussi une librairie à Beyrouth... Je te reverrai toujours, pantalon retroussé, en train d'essuyer tes livres brûlés, après l'incendie du Caire... » Yvette secoua sa chevelure flamboyante et son long fume-cigarette.

« Ma pauvre chérie, ce n'est pas un cadeau que je t'ai fait là. Raconte-moi. Comment te débrouilles-tu ? »

Un ami des Lacouture, grand type dégingandé et curieux, au profil d'oiseau moqueur, s'inclinait comiquement devant Lola, balayant l'air d'un geste théâtral. « Je vous salue, jolie dame. Moi, je suis Guy Sitbon. Et vous ? »

Guy Sitbon, assis par terre aux pieds de Lola et d'Yvette, racontait avec sérieux une histoire si drôle qu'Yvette s'étranglait de rire en buvant son whisky. Jean Lacouture tendait à Lola un verre de porto. Simone parlait avec la dame inconnue. Comme l'atmosphère est chaleureuse et gaie, sans fausse mondanité, songea Lola en regardant Guy. Drôle de garçon, brillant, paradoxal, qui ne la quittait pas des yeux avec l'air de se demander : « Lui ferai-je la cour ? »

Lola ne vit pas la porte s'ouvrir sur sa droite. Quelqu'un venait d'entrer, s'approchait derrière elle. Simone murmurait : « Vous vous connaissez, je crois ? »

Avant même d'avoir tourné la tête, Lola sut. Son cœur s'arrêta, son corps se vida, elle tenta d'ébaucher un sourire. Lorsque enfin elle le regarda, il sursauta. Il n'avait pas changé. Seuls ses cheveux noirs s'éclaircissaient de blanc sur les tempes. Il était toujours séduisant, légèrement hâlé, le visage un peu creusé. Ses yeux verts la fixaient d'un air égaré. Lola s'entendit répondre :

« Mais oui, nous nous connaissons. Comment allez-vous, Philippe ? »

19

Journal de Lola

« Paris, 28 septembre 1970

« Je dois garder cette date au creux de ma mémoire. C'est celle de mon retour à la vie, au bonheur. Le dîner s'est déroulé comme dans un rêve. Simone avait placé Philippe auprès de moi, à ma gauche. Tout de suite j'ai reconnu son odeur. Géranium-lavande. Et tout m'est revenu. Sa main brune, posée à côté de la mienne, tremblait sur la nappe blanche.

« Il s'est penché vers moi, il a murmuré à mon oreille : " Lola, je dois te parler. Partons ensemble tout à l'heure. " J'ai décidément un cœur de midinette... au lieu de rester indifférente comme je me l'étais promis, j'ai tourné la tête vers lui, j'ai murmuré oui.

« Très vite il s'est repris. Jean lui a demandé comment est-ce, en Jordanie? Il est donc en poste à Amman. Si près de Beyrouth... Je n'écoutais pas. Pendant qu'il parlait je regardais sa joue, sa peau, son sourire et ces nouvelles petites griffures au coin des yeux. L'âge ne lui va pas mal. Il a fallu que je sente sur moi un regard insistant pour me rendre compte que Guy Sitbon m'observait depuis un moment. Il a sûrement tout deviné, car il m'a lancé un clin d'œil complice qui m'a fait rougir. La conversation est devenue générale et Guy a commencé à me faire la cour. Il s'amusait visiblement. A vrai dire, moi aussi. Je le trouve follement sympathique. Il a le sarcasme affectueux et je commence à comprendre pourquoi Jean a dit en me le présentant : " Attention Lola, c'est un grand séducteur. "

« Peu à peu j'ai retrouvé mon calme. Enfin, pas vraiment. Mais j'ai joué mon rôle de jeune Libanaise mondaine, un peu évaporée. Parfois je revenais à la réalité, je pensais : " Philippe est là, à côté de moi... Philippe, mon amour de toujours. Est-ce possible? " Grand vertige intérieur. Comment pouvais-je continuer à parler de Beyrouth et des Palestiniens?

« Nous évitions de nous regarder, mais entre Philippe et moi je sentais se renouer ces liens légers et profonds qui font d'un homme et d'une femme les deux parts d'un même être, les deux moitiés d'un fruit. A la fin du dîner, lorsque nous nous sommes levés, nos regards se sont croisés dans le miroir, au-dessus de la cheminée. Nos deux silhouettes vont bien ensemble. Une complicité nous unit, nous avons retrouvé nos accords, nos vibrations, nos émotions. Nous sommes faits l'un pour l'autre, de toute éternité.

« Au moment de partir, Guy s'est précipité le premier, faussement désinvolte : " Je vous accompagne ? " Philippe a blêmi. Guy a ri, m'a embrassé longuement la main : " Allons, n'ayez pas peur, jolie dame. Je n'ai pas de voiture, je ne sais même pas conduire. Et j'habite à deux pas. " Il s'est éloigné avec un grand mouvement d'adieu : " Tchao! " Philippe m'a saisi le bras : " Viens, ma voiture est là. "

« Pendant tout le trajet j'étais si oppressée que je n'ai pu dire un mot. Le portier du Hilton a eu l'air étonné quand j'ai demandé ma clé, la main de Philippe crispée sur mon bras. Je sentais à la brusque tension de ses doigts que lui aussi avait la gorge nouée. Dans ma chambre, la porte à peine fermée, il m'a serrée contre lui et embrassée si fougueusement que j'ai perdu le souffle. Je voulais parler, lui poser des questions... Il a murmuré : " non, plus tard " et j'ai oublié ce que je voulais savoir. Mon sang battait plus fort, je ne sentais plus que cette joue un peu rêche tout contre mon visage, ces bras durs autour de moi, mais le plus troublant était cette intimité retrouvée si facilement, en un instant, comme si nous ne nous étions jamais quittés. Sa main dans mon dos, ses lèvres sur mes lèvres. Nous étions soudés, liés, à tout jamais me semblait-il.

« Nous avons fait l'amour sans parler, portés par la même vague de désir chaude et douce et j'ai su qu'il allait jouir quand j'ai vu son visage tendu, concentré sur son plaisir, l'éclat de son œil vert filtrant à travers ses cils noirs.

« C'est plus tard que nous nous sommes retrouvés. J'ai caché sous le drap mon corps nu, dont soudain j'avais honte. Il a ri : " Tu es encore plus belle aujourd'hui qu'autrefois. Tu es devenue une femme merveilleuse... J'avais follement envie de toi pendant tout le dîner. Oui, tu es belle... et moi j'ai vieilli. " C'est vrai. Son visage est marqué, ses traits se sont un peu affaissés. Il a insisté, avec quelque anxiété : " Je n'ai plus vingt ans, ni même trente ans. Lola, peux-tu encore m'aimer ? " Il a tort d'en douter. Rien n'est plus bouleversant que de voir comment la vie marque un homme. J'avais été follement amoureuse du jeune homme d'autrefois, le beau Mareuil charmeur, au sourire éclatant. J'aimais le Philippe d'aujourd'hui, j'aimais que l'inquiétude creuse un peu son visage et lui fasse l'œil brillant. Je l'aurais aimé vieux, laid, chauve. Je le lui dis.

« Il me reprit dans ses bras, enfouit son visage dans mes cheveux, embrassa mon cou : " Tu es ma femme, la seule. J'ai été stupide de ne pas t'épouser. Plus exactement, j'ai été lâche. J'ai cru que tu gênerais ma carrière. Ma mère me répétait qu'un diplomate n'épouse pas une étrangère. Elle t'appelait l'Égyptienne. Pardonne-moi, chérie... "

« J'ai mis ma main sur sa bouche. Qu'il se taise. A quoi bon rêver de ce qui aurait pu être? Nous avons refait l'amour, plus doucement, plus lentement, nous explorant mutuellement comme on se promène dans un jardin familier, retrouvant nos odeurs et nos courbes. Est-ce que j'ai dormi? Je crois que oui. Quand j'ai ouvert les yeux, il devait être très tard, trois ou quatre heures du matin, Philippe, à moitié assis, appuyé sur les oreillers, avait les yeux ouverts et il caressait distraitement ma tête posée sur son ventre.

« " Et toi, a-t-il dit d'une voix sourde, as-tu un mari, des amants? des enfants? Où vis-tu? Dans quel cadre? Je suis jaloux Lola.

« – Moi aussi j'ai été jalouse, à en crever à... oui vraiment, à en mourir. Mais... j'ai oublié. "

« A ce moment, comme il ressemblait à Nicolas! Il me faut chasser ces pensées. Je dois protéger Nicolas et gommer le passé.

« " Lola, je ne te lâche plus. Je ne veux plus te perdre. Où te joindre? Comment nous retrouver? J'ai besoin de ta voix au téléphone, de ton rire, de ta présence. Tu m'as manqué tant d'années... " J'ai bu ces paroles comme une chatte boit son lait. J'avais si souvent rêvé de Philippe me prenant dans ses bras, de Philippe me disant je t'aime, m'appelant sa femme... eh bien, c'était trop tard, maintenant. Tout ce que nous pouvions faire, c'était nous aimer en dehors du temps et de la vie quotidienne. Je refusais de l'entendre parler de sa famille, de l'éducation de ses enfants s'il en avait. Allais-je moi aussi lui raconter Antoine, Chafik, ou la rougeole de Mona? Tout à coup j'ai pensé à Albert Cohen.

« " Philippe, as-tu lu *Belle du Seigneur*? Oui? Eh bien, c'est cela que je voudrais, un amour au-dessus des contingences, un amour ' chimiquement pur '... Crois-tu que ce soit possible? "

« Il a souri : " Quelle idée romantique! Je ne sais pas comment tu vois cela. Mais si tu le veux... très bien. Je ne poserai plus de questions. A une seule condition : savoir toujours où tu es, pouvoir te parler et te voir le plus souvent possible. Ne pas rompre le fil. Je ne peux supporter l'idée de te perdre à nouveau. "

« Moi non plus, je ne veux pas le perdre. Il va falloir suivre le difficile parcours des amours longue distance. »

« Beyrouth, 9 mars 1971

« Il a appelé. Cela faisait deux semaines. La communication était mauvaise, comme d'habitude, mais sa voix suffit à me troubler, même si nous ne disons que des banalités. Cette fois, son " allô " était embarrassé et j'ai pris les devants. " Tu n'es pas seul? il y a quelqu'un dans ton bureau? – Exactement. Mais les communications à partir d'Amman sont si difficiles à obtenir qu'il faut les prendre quand elles arrivent. Je suis désolé d'être bref. Voilà : je dois me rendre à Genève, dans deux semaines. Qu'en penserais-tu si je faisais escale à Beyrouth? "

« J'étais au supplice. " Non, ce n'est pas possible. Beyrouth est une ville de province, tout le monde se connaît, et... – Tu m'as dit que la vie y était tellement... libre. – Entre Beyrouthins, oui. Mais un étranger ici est tout de suite repéré et nous ne pourrions pas nous voir vraiment. – Alors viens me rejoindre à Genève. J'y serai du 18 au 24 mars, hôtel des Bergues, tu connais? – J'essaierai... – Non, viens. Je t'appellerai lundi prochain entre cinq et sept heures. Sinon, mardi. Tu seras là? – Oui, je t'attendrai. Je ferai mon possible pour Genève... – Merci. Au revoir, à très bientôt, puis d'une voix très basse : Je t'aime... " Il a raccroché.

« Mon bonheur tient à un fil, à des ondes, à des signaux hertziens auxquels je ne comprends rien. Je n'ai jamais su comment fonctionnent le téléphone, le télex ou la télévision. Je m'en sers, voilà tout. Mais depuis six mois cet appareil blanc posé sur mon bureau a pris dans ma vie une importance excessive. Philippe ne veut pas que je l'appelle à Amman, bien que les communications soient plus faciles à obtenir à partir de Beyrouth. A-t-il peur que sa femme – elle s'appelle Marie, je le sais bien, mais je dis toujours " sa femme " comme pour mieux effacer son image – que Marie, donc, entre dans son bureau? Craint-il une indiscrétion de sa secrétaire? Je lui ai parfois demandé de me décrire l'endroit où il vit, où il travaille. " C'est un bureau tout à fait ordinaire. Je vois de ma fenêtre le jardin de l'ambassade ", répond-il seulement. Moi je lui parle de ma librairie, de Beyrouth, de ma dernière soirée, de la situation politique, de mes lectures, des pièces et des films que j'ai vus et aimés.

« De ma famille, jamais. Ce serait contraire à notre pacte. Pourtant, comme j'aimerais lui raconter Nicolas. Il a quatorze ans, le charme de l'enfance et la gravité de l'adolescence. Il est beau et retrouver dans ses gestes, dans son allure surtout, quelque chose de Philippe me bouleverse chaque fois. Mais alors un signal rouge s'allume dans ma tête. Et je détourne mes pensées. Danger. »

« *Beyrouth, 10 mars 1971*

« Peut-on s'aimer par téléphone? Je n'ai pas revu Philippe depuis mon voyage à Paris. Six mois. Pourtant j'ai l'impression de ne l'avoir jamais quitté. Et si le téléphone avec la Jordanie était coupé? Là-bas la guerre continue entre l'armée jordanienne et les Palestiniens. Philippe dit que ce sont des séquelles, qu'on ne reverra plus les affrontements sanglants de septembre dernier. Il a même ajouté : " Je crois que les organisations palestiniennes sont en train de plier bagage. Après le Conseil national qui se tient au Caire, tout l'OLP va débarquer chez vous, au Liban. » Je vais donc revoir Chafik. Je sais qu'il a quitté Amman et qu'il est au Caire, j'ai vu sa photo derrière Arafat, à la sortie du Conseil palestinien, avant-hier dans *l'Orient*. Que lui dire? Comment ne pas le blesser? Et comment rejoindre Philippe à Genève entre le 18 et le 24 mars? Ma vie devient trop compliquée. »

« *Beyrouth, 12 mars 1971*

« J'avais tort de redouter le retour de Chafik. Nous nous sommes revus à la librairie, comme il l'avait lui-même suggéré, à dessein je crois. Il m'a semblé plus dur, fatigué. Pourtant, il m'a embrassée avec chaleur sur la joue, a pris mes épaules dans ses larges paumes : " C'est bon de te revoir. " On dirait qu'il est resté des années absent ou qu'il revient du bout du monde. " Du bout du monde? " Il s'est mis à rire. " De bien plus loin encore "... Il m'a raconté, par bribes d'abord, Septembre Noir, la Jordanie. Il en parle comme d'un enfer, avec une fureur rétrospective. " A deux heures près nous aurions pu gagner! "

« Puis il s'est énervé. " Comment des Palestiniens peuvent-ils encore croire qu'un seul gouvernement arabe, quel qu'il soit, est prêt à les aider? Ils ont tous peur de nous. L'Égypte s'apprête à nous trahir, la Jordanie nous a écrasés, la Syrie nous tient dans une poigne de fer... Lola, aurais-tu quelque chose à boire, un whisky par exemple? " Lui qui ne buvait jamais. Devant mon étonnement il a souri tristement. " Tu vois, j'ai changé. "

« J'avais du whisky dans un tiroir du bureau, mais pas de glace. Il s'est versé un demi-verre qu'il a avalé sec. Il fallait quand même que je lui parle. De moi, de nous... Il ne voulait rien entendre. " Attends, je n'ai pas fini. Nous avons beaucoup discuté au Caire. Nous devons réunifier le mouvement, revoir notre stratégie... " Je m'ennuyais. Je n'aime pas qu'il me raconte leurs interminables discussions intérieures. " Je dois te le dire, parce que les décisions qui ont été prises nous touchent tous les deux. Si, si, je t'assure. Désormais notre base ne peut plus être que le Liban. Nous allons nous installer ici, politiquement, militairement. Notre action sera à la fois brutale – barrages, enlèvements, contrôles –, et souterraine. En somme nous allons tenter de provoquer ici une révolution pour y assurer notre présence. Abou Youssef, Kamal Adouane, moi et d'autres n'étions pas d'accord, mais notre tendance a été mise en minorité. Je me suis incliné. " Il s'est penché vers moi, a serré mes poignets. " Et c'est là que toi et moi avons un problème. Je vais être chargé d'une lourde tâche : la guerre psychologique. Cela implique des réseaux, des informateurs, des campagnes de presse, à l'étranger mais aussi au Liban. Dans ces conditions, je préfère ne plus te voir. Non que je ne t'aime plus – je continuerai à veiller sur toi et les tiens si l'affaire tourne mal – mais parce que je dois maintenant agir dans un secret total. Souviens-toi de ce que je t'avais promis un jour : nous ne toucherions pas au Liban. Eh bien, la promesse ne tient plus. Me comprends-tu? "

« Avec beaucoup de tendresse, il a posé sa main contre ma joue. Puis il a fouillé dans une poche de sa parka. " Tiens, c'est pour toi. J'ai écrit des poèmes, là-bas, quand tout allait mal. Certains t'étaient destinés. " J'avais le cœur serré et les larmes aux yeux comme quand on apprend la mort d'un ami. Mes craintes, mes précautions et même mon amour pour Philippe, à ce moment, m'ont semblé dérisoires. J'ai embrassé Chafik sur les deux joues et c'est sincèrement que je lui ai promis que nous resterions toujours, quoi qu'il arrive, amis... »

« *Genève, 23 mars 1971*

« Il est onze heures du matin et pourtant un brouillard gris traîne encore sur le Rhône. Comment peut-on vivre en Suisse? Philippe vient de sortir. Il avait rendez-vous avec Isabelle Vichniac, la correspondante du *Monde*, avant la séance plénière de la conférence sur les réfugiés qui justifie son voyage ici. Ma valise est ouverte sur le lit froissé. A midi un taxi vient me prendre pour m'emmener à l'aéroport. Je devrais plier mes robes, rassembler ces objets que j'oublie régulièrement dans les hôtels, brosse à dents, chemise de nuit, peignes... " Pas besoin d'avoir lu Freud pour deviner que tu adores vivre à l'hôtel, en nomade que tu es... ", m'avait dit autrefois Antoine. Pas le moment de penser à Antoine. Pour venir à Genève j'ai dû improviser un voyage à Paris, avec une escale, assez inexplicable, de vingt-quatre heures en Suisse. Antoine n'avait pas réagi. Mais en arrivant à l'hôtel des Bergues hier après-midi, j'ai trouvé un télégramme : " Nicolas malade. Rien de grave. Probablement appendicite. Tendresses. Antoine. "

« J'ai commencé à trembler. Première pensée : c'est ma faute, Dieu me punit par mon enfant parce que je vis dans le péché. Idiot! Le pensionnat religieux me poursuivra toujours. Furieuse contre moi-même je me suis jetée sur le téléphone pour obtenir Beyrouth.

« " Antoine? C'est Lola. Je viens d'arriver à Genève, mais je n'ai pas d'avion direct avant demain treize heures, à moins de passer par Zurich ou Rome...

« – Ne t'inquiète plus, chérie. Nicolas a été opéré ce matin en urgence. Appendicite sans complications, j'ai assisté à l'opération. Il va très bien, il se réveille en ce moment. Si tu as prévu de rester à Genève, reste... " J'ai crié :

« " Non, pas question. Je prends l'avion de treize heures demain, je serai à Beyrouth vers dix-huit heures, Middle East, attends, je cherche le numéro du vol.

« – Je viendrai te chercher. Calme-toi. Repose-toi. Fais tes courses. Allons, ne pleure pas (comment sait-il que je pleure?), tout est arrangé, je te le jure. Plus aucun danger. A demain, mon amour. »

« J'étais pétrie de remords en posant l'appareil. Mère indigne! Épouse adultère! Seul Antoine sait me rassurer. Rien que sa voix m'apaise. Antoine... n'est-ce pas lui ma vérité? Mais alors, qu'est-ce que je fais ici, dans cet hôtel suisse? J'attends Philippe, comme on retrouve, dans une maison de vacances, un roman resté ouvert, un parfum longtemps porté. Non, je me trompe. Philippe n'appartient pas au passé. Il est présent, tellement présent, je l'attends dans la fièvre... J'ai pris deux Lysanxia, pour me calmer.

« En fin d'après-midi, quand Philippe a frappé à ma porte, je dormais... J'ai ouvert en chemise de nuit, les yeux bouffis de sommeil, les cheveux sur le nez. Il a été surpris, puis il a ri. " Déjà couchée ? Ma foi, quelle bonne idée ! " Il a arraché sa cravate, lancé sur un fauteuil sa veste, sa chemise, son pantalon, ses chaussettes, m'a jetée sur le lit sans que je puisse respirer. J'ai tout de suite eu envie de lui et j'ai tout oublié, trop occupée par le désir puis le plaisir.

« " Comme je t'aime, me disait-il en me caressant le visage. Et comme tu es belle lorsque tu fais l'amour. " Il a posé ma tête dans le creux de son épaule gauche – un endroit qui semble fait pour moi. Était-ce le Lysanxia ? Je flottais, euphorique, l'esprit embrumé d'une douce somnolence. " Philippe j'ai sommeil. – Eh là ! mais moi j'ai faim. Il est neuf heures, j'avais prévu de dîner au bord du lac. Viens, habille-toi vite. Nous avons deux jours devant nous, profitons-en. "

« Deux jours ? Sa phrase m'a fait l'effet d'une douche froide. " Non Philippe, pas deux jours. Je dois rentrer demain. " Son regard a viré au gris sombre. Pourquoi ? Tu m'avais pourtant promis d'être libre. Lola, reste deux jours. Je ne voulais pas te le dire tout de suite, mais je suis nommé à Washington. Tu imagines ? Washington. Dieu sait quand nous pourrons nous revoir. Peut-être pas avant des mois... " Sa voix était blanche. Il fallait bien lui parler de Nicolas, de l'appendicite, du télégramme d'Antoine. Ma vie quotidienne surgissait dans cette chambre suisse. Malgré moi, j'avais une voix de mère de famille anxieuse. En parlant, je pensais : " Je gâche tout. Si nous sommes si bien ensemble, n'est-ce pas justement parce que nous n'avons pas d'autre horizon que nous deux, parce que nous ne serons jamais malades côte à côte, inquiets pour nos enfants, parce que nous n'aurons jamais à discuter d'argent ou à décider de l'endroit où passer nos vacances ? "

« En même temps j'imaginais le petit visage pâle de Nicolas couché dans un lit d'hôpital. Philippe se taisait. Puis, doucement : " J'aimerais bien voir une photo de tes enfants. Te ressemblent-ils ? " La gorge nouée, je secouai la tête. Moi aussi je rêvais de connaître enfin Marie, le visage, les yeux, le corps, le sourire, de celle qui m'avait volé mon amour – ou, plus cruellement encore, de celle qu'il m'avait préférée.

« A-t-il compris ? Il s'est redressé.

« " Oublions, pour cette nuit. Notre dernière nuit avant longtemps. Ne la gaspillons pas au restaurant. Veux-tu que nous dînions ici ? Voilà la carte du room-service.... " Je tentais de plaisanter.

« " Tu ne pars pas sur la lune ! De Washington à Beyrouth, on peut se téléphoner...

« – Tu imagines ce que seront nos conversations, moi dans un bureau et toi dans ta librairie ? A la merci du premier importun poussant la porte ? Et puis, que pourrais-je dire d'autre, au mieux, que " je t'aime " ou " tu me manques " ?

« – C'est déjà beaucoup. Nous avons été sans nouvelles l'un de l'autre pendant si longtemps...

« – Justement. Maintenant je t'ai retrouvée. Je sais que c'est toi que j'aime, tu es ma vie... »

« La vie, la vraie vie, où es-t-elle? Dans une chambre d'hôtel? Dans la fièvre et l'angoisse des appels longue distance toujours aléatoires? Ou bien dans la chaleur de mon cocon, Antoine, Mona, Nicolas? Et, pour lui, auprès de Marie? »

« *Beyrouth, 23 décembre 1972*

« Je dois préparer le réveillon de Noël et l'arbre pour les enfants. Hier Philippe m'a appelée pour me souhaiter un joyeux Noël et me demander quel jouet j'avais acheté pour Nicolas. Depuis Genève, Nicolas est devenu pour lui une personne qu'il imagine, qu'il voit auprès de moi. Exactement ce que je voulais à tout prix éviter. J'ai aussi commis l'erreur de lui dire que je partais en janvier pour Tokyo. " Tokyo? Quelle chance, tu pourras faire escale à New York. J'ai tellement envie de te voir que si tu veux j'irai jusqu'à Anchorage, à l'escale normale du Paris-Japon. Ce serait bien de se retrouver au Pôle Nord... On peut passer la nuit là-bas, il y a un hôtel amusant... "

« Petit pincement secret : comment et pourquoi connaît-il cet hôtel? J'ai dû préciser que je n'étais pas seule, que je partais avec Antoine qui se rend à un congrès. Silence sur la ligne. Pour le briser, je demande, bêtement, s'il connaît Tokyo. Oui, répond-il, il y a été en voyage de... J'ai complété en voyage de noces? – Oui, mais je te jure... J'avais déjà raccroché. Mouvement d'humeur stupide – quel droit ai-je sur lui? – mais irrépressible.

« Une minute plus tard le téléphone sonnait à nouveau. Philippe, sûrement. Je suis sortie de la librairie et pendant que je fermais la serrure de sûreté en bas de la porte, accroupie au ras du sol, cette sonnerie insistante, perçante, me vrillait les oreilles. Non et non. Il est trop loin, tout est trop difficile. Cette jalousie a un goût de fiel, elle m'humilie, me rabaisse à mes propres yeux. Je préférerais souffrir nettement, proprement.

« Quelqu'un me relevait, me prenait par le coude. Farouk. Dans un grand sourire, il s'est exclamé qu'il avait une fameuse chance, qu'à une minute près il m'aurait manquée. Il voulait seulement savoir quelles étaient les fleurs préférées de Charlotte. Les roses jaunes? Parfait. Devant mon étonnement, il a cru devoir expliquer qu'il venait de faire une affaire immobilière fabuleuse, suivant un conseil donné par l'oncle Émile, " et comme Émile n'est plus là je veux remercier Charlotte ". Le soir même des brassées de roses jaunes arrivaient, avec une lettre. Pour la première fois depuis la mort d'Émile, j'ai vu Charlotte pleurer. »

« *Beyrouth, 11 avril 1973*

« Inimaginable. Insensé. Chafik est mort assassiné, dans la nuit du 10 avril 1973, mitraillé par des Israéliens. En plein cœur de Beyrouth.

Et si j'en crois les reconstitutions des journaux, nous avons dû Antoine et moi côtoyer les assassins, puisque nous roulions ce soir-là le long de la corniche de Ramlet el Daïda vers une heure du matin. A ce moment précis, paraît-il, les Israéliens devaient être en contrebas, sur la plage, tirant derrière eux leurs canots pneumatiques. Nous aurions pu les voir, la lune était pleine, elle éclairait le sable blanc et la silhouette d'une vedette militaire inconnue se balançant au large. Mais qui songe à regarder la plage ou la mer à une heure du matin, un soir d'avril, autant dire en plein hiver ? On sait maintenant que trois Israéliens logeaient au Sand's, sur la plage d'Ouzai, comme de simples touristes. Le portier de l'hôtel se souvient d'un Anglais original qui voulait faire en pleine nuit de la pêche sous-marine, d'un Belge et d'un Allemand. D'autres touristes, en même temps, louaient des voitures en ville. Ils ont dû se retrouver sur la corniche puisque quelqu'un a vu six voitures démarrer doucement vers une heure moins cinq, en direction du centre ville. La circulation est encore dense à cette heure dans Beyrouth. Je me demande comment ils ont pu se repérer et comment ils savaient conduire à la manière libanaise : il y a les feux rouges qu'on respecte et ceux qu'on ignore, la priorité se négocie à chaque carrefour suivant un obscur rapport de forces, certains sens ne sont plus interdits après huit heures du soir... Moi il m'a fallu six mois pour commencer à m'habituer. Personne n'ose le dire ouvertement, mais ces Israéliens connaissaient trop bien la ville pour ne pas être d'origine libanaise...

« Ils ont pris la rue Charles-de-Gaulle, sont passés devant le QG des forces de sécurité et se sont arrêtés rue de Verdun. Les fedayine de garde ont pensé, en voyant des jeunes gens en jean et cheveux longs, que " c'étaient encore des hippies qui venaient voir le décorateur de théâtre du cinquième ". Mais sous leurs longs trenchs, les hippies avaient des mitraillettes Uzi. Ils se sont répartis en trois groupes. L'un au sixième étage, chez Abou Youssef, le responsable du secteur politique de l'OLP. L'autre chez Kamal Adouane, le responsable des territoires occupés. Le troisième, chez Chafik qui venait d'emménager depuis seulement deux semaines. Comment les Israéliens pouvaient-ils être aussi bien renseignés ? Moi je ne savais pas encore que Chafik avait déménagé.

A une heure sept, au même instant, les trois portes ont été plastiquées, les Israéliens se sont rués à l'intérieur et ont tiré à bout portant. Ils ont tué tout le monde, y compris les deux gardes. On m'a dit que Chafik était mort dans son sommeil. L'incroyable, c'est que les Israéliens aient pu repartir tranquillement, sans même être repérés. Antoine affirme que les militaires n'ont bouclé le rivage qu'à deux heures du matin : son infirmier était dans une ambulance qui longeait la corniche. Il a vu les policiers interroger le vieux marchand de fruits, celui qui vend nuit et jour ses mangues, ses amandes fraîches et ses oranges, sur le bord de la route. Ils l'ont obligé à éteindre ses deux malheureuses lampes à acétylène. Le vieux criait que bien sûr il avait vu un bateau sur la mer, et alors ? Et il avait entendu le mitraillage du côté des camps palestiniens mais s'il fallait s'occuper de tout ça on n'en finirait plus, ça mitraille toutes les nuits... Finalement, ils ont embarqué le vieux. Antoine était furieux " un marchand d'oranges, c'est tout ce qu'ils ont pu se mettre sous la dent... "

« Moi je pense à Chafik et j'ai froid. Je me souviens de ce qu'il m'avait dit il y a deux ans en revenant du Caire : Abou Youssef, Kamal Adouane et lui voulaient transférer la guérilla dans les territoires occupés plutôt que d'installer l'OLP au Liban. Est-ce pour cela que les Israéliens l'ont tué? Mon pauvre Chafik. Quand j'ai vu sa photo dans le journal ce matin, ce corps sur une civière, le visage tourné sur le côté, je ne l'ai pas reconnu. C'est la première fois que meurt quelqu'un que j'ai aimé, et je ne peux imaginer Chafik mort, son regard brun et chaleureux à jamais fermé, son corps enfoui sous un mètre de terre. Au Diable cette photo! Chafik restera pour moi tel que je l'ai rencontré la première fois, avec Tony, au bar Saint-Georges. Je lui dois beaucoup, il m'a beaucoup donné. Après-demain, j'assisterai aux obsèques. »

« *Beyrouth, le 13 avril 1973*

« Ce matin, je me suis habillée en noir et j'ai dit que je passerais l'après-midi chez Lili. Elle était à La Licorne et quand elle m'a vue, elle a compris. " Tu es folle, m'a-t-elle dit, tu ne peux pas suivre les cercueils. Il y aura une foule énorme, peut-être des émeutes. Tu te vois là-dedans? Et puis on se demandera ce que tu viens faire là. Pense au moins à Antoine, à sa réputation, si tu négliges la tienne. " J'ai insisté, j'ai pleuré, je l'ai insultée en lui disant qu'elle n'avait pas de cœur. " Bon, bon, si tu y tiens... Mais alors allons plutôt dans mon appartement. Le cortège passera dans ma rue, tu le verras du balcon. Il faut partir tout de suite, parce que le service d'ordre de l'OLP a annoncé qu'il bouclerait le quartier à deux heures. Tiens, essuie ton nez. Ton maquillage est fichu maintenant. A-t-on idée de pleurer à ton âge! "

« Il y avait déjà foule quand nous sommes arrivées. Nous avons rencontré en bas une fille blonde, en tailleur beige, qui attendait Lili. Une Française, sûrement. Une Libanaise ne porterait pas un beige aussi fade. " Je te présente Anne, qui est journaliste au *Nouvel Observateur*, m'a dit Lili. Anne voulait, elle aussi, assister à l'enterrement, du balcon de Lili.

« Toutes trois penchées, nous regardions la rue. Il y avait là des gens du quartier, des pauvres, des femmes en fichu, des gamins, des vieux en robe palestinienne grise ceinturée de cuir. Tout ce monde criait et priait dans un grand vacarme, les voitures klaxonnaient, les haut-parleurs placés au coin des rues hurlaient des slogans et des incantations. Le soleil soulevait la poussière et le satin bon marché des drapeaux palestiniens brillait aux fenêtres. Nous autres Orientaux n'avons pas le deuil discret.

De grosses voitures américaines, poudreuses et cabossées, ouvraient le cortège. Accrochés aux portières, les fedayines en treillis brandissaient leurs kalachs et se frayaient, à coups de klaxon, un étroit chemin dans cette masse humaine. Pas l'ombre d'un policier, pas le moindre uniforme libanais, pas de représentants du gouvernement. C'est la première fois que je voyais la rue totalement palestienne.

« " Les voilà ! " Un remous se creusait. Porté par des combattants, ballotté par la foule, mis en péril par des centaines de mains qui se tendaient pour le toucher, le premier cercueil arrivait. Derrière, quatre puis cinq autres cercueils suivaient, recouverts du drapeau palestinien, secoués comme de frêles barques sur cette marée humaine d'où montaient les cris aigus des femmes. Les premiers coups de fusil du deuil commencèrent à déchirer l'air. Je distinguais le surplis d'un curé, les chignons noirs des prêtres orthodoxes, les turbans blancs des cheikhs el islam, noyés au milieu des tenues léopard des fedayine, qui essayaient de rythmer cette marche funèbre à grands coups de cymbales. Les portraits des morts, portés au bout de hampes, oscillaient de droite à gauche. Une banderole proclamait en arabe : " Ne désespérons pas, ne soyons pas tristes, Dieu est avec nous. " De quel Dieu s'agissait-il ? Celui des cheikhs, celui du curé, celui des popes ?

« Derrière la banderole, un groupe de jeunes gens – libanais, palestiniens ? – se tenant par les coudes scandaient avec violence : " Où étais-tu, armée du Liban ? Où étiez-vous, policiers libanais ? " Je me penche pour voir. Au premier rang, je reconnais Tony. Et à côté de lui, ce jeune garçon aux cheveux noirs, en chemisette blanche... mon Dieu, Nicolas !

« Nicolas. Qu'est-ce qu'il faisait là ? Il ne m'avait rien dit... La main d'Anne me tira violemment en arrière. " Ne restez pas ici. Ils tirent en l'air. Vous risquez de prendre une balle. " Effectivement, j'entendais siffler à mes oreilles. Une pétarade éclatait devant notre fenêtre. Je me suis retrouvée au fond d'un fauteuil, souffle court, la main sur l'estomac : j'avais l'impression d'avoir effectivement reçu une balle en pleine poitrine.

« Lili s'est précipitée : " Tu ne vas pas bien ? Courage, Lola. Je suis sûre qu'il avait accepté cette mort, qu'il l'attendait peut-être. – Non, Lili, tu te trompes. Je ne pense pas à Chafik. Mais à Nicolas, mon petit garçon, mon enfant du hasard. Il n'a que seize ans ! Je ne veux pas qu'il soit pris par la guerre. – La guerre ? objecte Lili, qu'est-ce que tu racontes ? Nous ne sommes pas en guerre. Ici il y a toujours des accrochages ou des échauffourées, tu le sais bien. Mais tout finit toujours par se tasser.

« " Je ne crois pas que cela se tassera. " C'était la voix d'Anne. " Après ce qui s'est passé en Jordanie, les Palestiniens n'ont plus d'autre issue que de s'installer au Liban. Et les Libanais devront subir leur loi, ou les combattre... " Lili l'a regardée d'un œil mauvais. Elle est superstitieuse et déteste qu'on prophétise le malheur. Moi je crois qu'Anne a raison. Quelque chose va arriver. Quoi ? »

« *Beyrouth, 7 mai 1973*

« Ce soir nous dormons à Hazmieh, au dernier étage de la clinique. Antoine l'avait fait aménager en petit appartement, en cas de besoin, disait-il. Le besoin est devenu évident. Impossible de rejoindre la maison du square, le couvre-feu vient d'être décrété. J'ai téléphoné. " Nicolas? il est là. Et Mona n'a pas peur, dit Charlotte. D'ailleurs les bombardements sont loin. " Elle a ajouté gaiement : " Vous devez être aux premières loges, là-haut, pour le feu d'artifice. "

« Ce qu'elle appelle le feu d'artifice dure depuis cinq jours, c'est le bombardement des camps palestiniens par l'armée libanaise, la guerre des camps, dit-on déjà ici. En effet nous sommes aux premières loges. Hazmieh surplombe toute la ville. Assise sur ma terrasse, je regarde les combats du haut de mon balcon. Sur ma droite, du côté de Tell el Zatar et de Jisr el Bacha, des tirs zèbrent la nuit de longs éclairs blancs. Au loin, à gauche, à Sabra, Chatila, Mar Elias, le ciel rougeoie de lueurs d'incendie et le vent rabat de lourds nuages âcres. A mes pieds Beyrouth n'est qu'une masse assombrie par le couvre-feu.

« L'armée libanaise se venge. En principe il s'agit de " punir " les Palestiniens pour l'enlèvement, le 1er mai dernier, de trois officiers libanais. En réalité les militaires sont excédés par les Palestiniens et surtout humiliés par leur échec lors du raid israélien de la rue de Verdun.

« Ce qui me frappe, c'est l'indifférence apparente des Libanais. Les chrétiens se réjouissent qu'on " casse " enfin l'OLP. Les musulmans, même les plus pauvres, en ont marre des barrages sur les routes, des provocations, des enlèvements et des jeeps bourrées de fedayine en armes qui sillonnent la ville à toute allure. " L'autre jour ils ont écorné ma voiture sans même ralentir ", m'a dit Rosie outrée, en me crêpant les cheveux d'une main énergique. Le mois dernier, elle pleurait " ces pauvres Palestiniens lâchement assassinés dans leur lit "... Tante Charlotte a peut-être raison de penser que cette guerre ne nous concerne pas. »

« *Beyrouth, 13 avril 1974*

« Au Liban, tout s'arrange toujours. La guerre des camps est terminée et rien n'est réglé, mais les fêtes se succèdent. Nicolas est en classe de terminale, il ne parle plus de politique à table. Philippe me téléphone souvent de Washington. Il se débrouillera pour accompagner la valise diplomatique à Paris lors de mon prochain voyage en France. Antoine semble heureux. Il m'a offert une bague de Boucheron pour mon anniversaire. Alors, pourquoi suis-je oppressée?

« L'autre jour, dans la voiture de Sami qui m'emmenait au Casino, j'ai ouvert la boîte à gants pour y chercher des cigarettes. Il n'y avait pas de cigarettes, mais un gros revolver. J'ai poussé un cri. " Eh bien, tu n'as jamais vu de revolver?

« – Mais Sami, pourquoi ? " Il a cessé de sourire : " Nous en aurons besoin un jour, pour nous défendre. Chaque week-end je monte à Bic-faya pour m'entraîner au tir. Tu serais étonnée de voir combien de nos amis y viennent. Allons, calme-toi. Je t'emmène dîner, puis nous irons danser. Quelle jolie robe tu portes ! D'où vient-elle ? de Paris ? T'ai-je dit que tu étais très belle, ce soir ? " »

LIVRE III

Les années de feu

20

Beyrouth, avril 1975

Au Liban les printemps sont brefs, mais délicieux. Ce matin, le ciel est d'un bleu si pur qu'on peut apercevoir, très haut, le miroitement minuscule d'un avion qui vole vers la mer. Du jardin monte le parfum sucré des orangers en fleur, chauffés par un soleil pas encore écrasant. Lola se sent gaie. Philippe a téléphoné hier. Ces brèves conversations volées rythment maintenant sa vie. Elle a besoin d'entendre le son de sa voix, son accent français si caressant, son rire. Je suis « accro », se dit-elle en souriant. Le mot favori de Mona, qui passe des heures sur son lit, ses écouteurs aux oreilles, immergée dans sa musique. « Arrête, lui dit Lola, tu vas devenir sourde avec ces décibels ! » Mona sourit de son irrésistible sourire à fossettes. « Mais maman, je ne peux pas arrêter, je suis accro... »

Mona, c'est Antoine en plus léger, plus fin et plus gai. Rousse et ronde, bouclée, de grands yeux gris, des taches de rousseur en pluie sur le nez et les pommettes. Lola la trouve ravissante, mais se demande parfois comment elle a pu fabriquer une fille si différente d'elle. Depuis qu'elle sait marcher, Mona séduit. Son père, ses institutrices, son frère qui la traite en princesse, tante Charlotte et Athina la Triestine, qui lui a appris un italien roucoulant.

Aujourd'hui 13 avril 1975, on fête les douze ans de Mona. Elle a demandé d'être dispensée des bougies et du goûter d'enfants – « je suis trop grande maintenant » – mais elle voudrait un déjeuner au bord de la mer, à Jounieh. Au Miramar, a-t-elle précisé. Pourquoi le Miramar ? a demandé Lola. « Nous n'y allons jamais. C'est un restaurant pour étudiants, charmant, mais... » Mona n'a rien expliqué. Serait-elle déjà amoureuse ? A douze ans, elle en paraît quinze. Un ami de Nicolas semble très épris d'elle... Je vieillis, se dit Lola.

« Aux douze ans de ma fille ! » Antoine lève son verre. Épanoui, bronzé, sa chemise ouverte sur un large torse aux poils roux, il ressemble à un lion débonnaire. Tante Charlotte sort un écrin : « Ma chérie, j'ai quelque chose pour toi. » Avec l'âge, elle a encore minci et ses yeux bleus sont deux étoiles vibrantes dans un visage diaphane. « Tatie, c'est trop beau! » Sur le velours noir de l'écrin un collier de saphirs et diamants se découpe. « Rien n'est trop beau pour une jolie femme, ne l'oublie jamais. N'est-ce pas, Antoine? » Nicolas se lève ou plutôt se déplie. Il a tellement grandi! Antoine prétend qu'à dix-huit ans il peut grandir encore. Lola regarde son fils avec une secrète fierté. Nicolas est beau. Il a l'allure longiligne et le teint brun des Falconeri, les traits fins de Lola, ses yeux verts brillent sous le soleil, une mèche de cheveux noirs, plantée en épi, retombe sur son front. Pour Mona, il a choisi des cassettes d'un rocker inconnu. Ils se regardent en riant. « Tu le voulais celui-là, hein? » La musique est leur langage secret. Lola offre à sa fille une collection de bandanas en soie, de toutes les couleurs. Cette année c'est la mode et Mona, toujours en jean et tee-shirt, noue partout ces petits foulards posés comme des papillons autour du cou, dans les cheveux, sur le poignet.

Sur la terrasse du Miramar on s'abandonne dans le lent balancement des fauteuils en rotin. Il fait déjà très chaud. Du restaurant viennent des odeurs de rougets grillés, charbon et sel, thym, marée. Sur la plage, des touristes se baignent. Nicolas se moque : « Regarde comme ils sont blancs, les pauvres. Et maigres. On dirait des poulets déplumés. – Des nordistes! » tranche Mona, un rien méprisante.

Le soleil baisse. Six heures et quart, il faut rentrer. Le propriétaire du Miramar, Adel – il est beau garçon, est-ce lui l'amour secret de Mona? – avertit Antoine :

« On vient de me dire qu'il y a des escarmouches à Aïn el Remaneh. Ne passez pas par là.

– Merci. Nous prendrons la route de la côte. »

Les classiques embouteillages de retour de week-end encombrent déjà la route. Je vais essayer par Sinn el Fil, dit Antoine. Sinn el Fil est bloqué. Des chars de l'armée libanaise ont pris position en travers du carrefour. « Eh bien, ce doit être sérieux », s'étonne Lola.

Personne ne le sait encore, mais une guerre vient de commencer. Ce dimanche matin, 13 avril 1975, Pierre Gemayel assiste à l'inauguration d'une nouvelle église, dans un quartier chrétien de la banlieue sud-est, à Aïn el Remaneh. Comme d'habitude, les phalangistes ont bouclé le quartier, par mesure de sécurité. Pourtant, sur le coup de onze heures, au moment de la sortie de la messe, une jeep, puis une Fiat rouge, passent en trombe devant l'église. Des coups de feu atteignent la foule massée sur le parvis. Deux phalangistes sont tués. Panique, fureur. Les miliciens de Cheikh Pierre tirent au hasard, fouillent les maisons, s'organisent en ordre de bataille.

A la même heure, dans le camp de Sabra, à l'ouest de la ville, les Palestiniens du FDPLP-Commandement général, d'obédience irakienne, des durs entre les durs, commémorent l'opération suicide de Kiryat-Schmoneh, un an auparavant. La cérémonie terminée, on roule les drapeaux, on s'éparpille. Les Palestiniens de Chatila rentrent à pied. Ceux de Tell el Zatar s'entassent dans un autobus qui les ramènera à leur camp, de l'autre côté de la ville.

Il faut, pour rentrer, emprunter une route qui traverse Aïn el Remaneh. Quand le bus palestinien arrive sur la place du village, les phalangistes surexcités l'accueillent à coups de katioucha. Une roquette pulvérise le véhicule. De sa carcasse calcinée, on retire vingt-sept cadavres et dix-neuf blessés. Tous palestiniens.

La nouvelle de l'affrontement se répand avec une rapidité suspecte. Chacun rejoint son poste de combat. Les Palestiniens s'installent dans les quartiers musulmans, les phalangistes dans Achrafieh et le centre ville. Les premiers échanges de tirs éclatent aux abords des camps qui entourent Beyrouth d'une ceinture de misère. Armes légères d'abord. On reconnaît le bruit des nouvelles kalachs russes, et le claquement caractéristique des Slava tchécoslovaques, l'arme des barbudos cubains, qui vient de faire son entrée à Beyrouth.

Deux heures du matin. Les combats se rapprochent. Lola s'assied dans son lit, réveille Antoine.

« Tu entends? Ils sont tout près... »

Antoine se retourne.

« Mais non, c'est un accrochage quelque part. Si c'était grave, l'hôpital m'aurait déjà appelé.

— Et les enfants? Ils vont avoir peur...

— Ils ont l'habitude.

— Et tante Charlotte? Tu sais bien qu'elle déteste les coups de feu.

— Elle dort avec des boules Quiès... »

Lola se recouche, le sang battant dans les tempes. Le rythme, la violence, la continuité des combats, l'inquiètent. Cet accrochage est inhabituel. Il dure trop longtemps. Qu'y a-t-il de nouveau ce soir dans les rues de Beyrouth?

Il y a la haine. Le dernier frein qui retenait encore fanatisme et passions vient soudain de lâcher. En quelques heures la violence, la vengeance, la folie meurtrière déferlent sur Beyrouth en vagues délétères. On tire sur les autres, ceux d'en face, ces chiens de palesto ou ces salauds de chrétiens. Les vieilles peurs, les rancunes ancestrales, les humiliations passées, s'effacent dans les trépidations de la kalach. Les insultes et les incantations accompagnent les rafales, l'odeur fade du sang qui coule dans les caniveaux fait tourner les têtes les plus solides. Au nom de quoi, ce carnage? Pour venger le passé? pour effacer le souvenir toujours brûlant des massacres d'autrefois à Zahlé, à Dar El Khamar ou à Jérusalem? ou bien pour rien, pour le plaisir glacé d'ajuster et de tirer...

Pourtant, personne ne songe un instant à la guerre. On fait face aux « événements », voilà tout. Un peu plus violents que d'habitude, mais ça va se calmer, ça se calme toujours.

249

A six heures du matin le téléphone sonne chez les Boulad. L'hôpital appelle Antoine d'urgence, avec sa trousse. Mais attention, ça tire partout, oui, sur l'hôpital aussi. Laissez votre voiture, docteur, personne ne peut circuler, on vous envoie une ambulance, soyez en bas dans dix minutes, attendez-nous, on ne pourra pas s'arrêter. Antoine s'habille, descend en courant, on entend la sirène de l'ambulance. « Prends quelque chose à manger », crie Lola du haut de l'escalier. Il est déjà parti. Elle reste seule, plantée là, en chemise de nuit.

Nicolas, hirsute, en survêtement kaki, débouche sur le palier.

« Nicolas, qu'est-ce que ce déguisement ? Où vas-tu ?

— Rejoindre mes copains du FPLP. On s'est entendus à l'avance : quand le grand soir arrivera on se retrouvera tous au siège de l'Organisation...

— Quelle organisation ?

— Celle de la gauche libanaise, l'OACL, voyons maman ! Tu ne connais pas ? »

Lola lui fait face, blanche de rage, les yeux brillants.

« Non, je ne connais pas. Et tu n'iras pas. Tu sais ce qui se passe dehors, toi ? Tu sais qui tire sur qui et pour quoi ? Il ne s'agit pas d'une révolution, il s'agit de massacres, de droite ou de gauche je ne sais pas, mais aveugles et inutiles, sûrement. »

Nicolas recule, un peu saisi. Il n'a jamais vu sa mère dans cet état, les narines pincées et la voix sèche.

« Mais maman, j'ai promis. Et je ne suis pas un lâche... »

Lola lui saisit le poignet.

« Pas de grands mots ! Arrête ton cinéma. Ton père est à l'hôpital, je ne sais pas quand il rentrera. La lâcheté, mon petit bonhomme, ce serait de laisser seules ici trois femmes, ta mère, ta sœur, ta tante de soixante-dix-huit ans. Un obus peut tomber au milieu du salon. D'un moment à l'autre, ces fous peuvent entrer ici, piller, violer et tuer. Et toi, tu veux aller discuter du grand soir avec tes copains palestiniens ? Pas question... »

Elle parle, parle, ne le lâche pas du regard. Enfin quelque chose cède dans les yeux verts. Nicolas baisse un peu la tête. Dans le silence on entend un reniflement. Mona, assise sur les marches, recroquevillée dans sa longue chemise, pleure à petits coups. « Est-ce qu'ils vont... ils vont nous tuer ? » Elle a retrouvé sa voix de bébé et, comme d'habitude, Nicolas fond devant sa petite sœur. Il descend les marches, s'assied à côté d'elle.

« Ne pleure pas, Mona. Ça va passer. Je suis là pour vous protéger. »

Lola soupire. Son corps se relâche mais ses muscles restent douloureux. Elle a eu si peur. Antoine et Nicolas sous la mitraille, c'est trop. Mais combien de temps pourra-t-elle garder son fils à l'abri ? Frou-frou de soie. Charlotte en peignoir rose apparaît souriante, fraîche et reposée. Elle se dirige vers la fenêtre, soulève le rideau.

« Mais il fait à peine jour ! Que se passe-t-il ? Pourquoi êtes-vous levés ? Où est Antoine ? »

Lola se précipite, la tire en arrière : une rafale de kalachnikov fait voler le gravier dans le jardin.

« Mon Dieu, Tatie, ne restez pas devant la fenêtre! Mettez-vous là, à l'abri de la colonne... » Charlotte lève un sourcil étonné.

« Qu'est-ce que vous dites, Lola?

– Je dis que c'est dangereux. »

Charlotte sourit toujours, tapote un volant. Lola s'énerve et crie, pour lui faire peur : « C'est la guerre, tante Charlotte, la guerre! » D'un geste infiniment gracieux, Charlotte penche la tête à droite puis à gauche, et enlève ses boules Quiès.

« Ne criez pas comme cela, chérie, je ne suis pas sourde. Que dites-vous? La guerre? Mais pourquoi? Avec qui? Ce sont seulement ces voyous de Palestiniens qui se battent entre eux. Je me demande ce que fait le gouvernement. Il devrait arrêter cela une fois pour toutes et leur envoyer ces chars qui gênaient la circulation hier soir sur la route... »

Or tout le monde se bat à Beyrouth, sauf l'armée. Quand les coups de chien commencent, elle se terre dans ses casernes. Les officiers sont en majorité chrétiens, les hommes de troupe musulmans, comment pourraient-ils s'interposer entre les combattants des rues? L'armée reste donc unie. Mais inemployée. Quant au gouvernement de Rachid Sohl, il n'a pas plus d'autorité que le président de la République Soleiman Frangié.

Pourtant, se dit Lola, il faudra bien qu'un jour quelqu'un intervienne. Dehors, on est maintenant passé aux coups de canon, et des explosions sourdes alternent avec le sifflement des balles. La maison tremble. Du fond du salon, à travers la fenêtre, Lola voit un homme courir, penché en avant, le long de la grille du square. Une balle le cueille en plein front. Il tombe les bras en croix. Il faut aller le chercher, on ne peut pas le laisser là, il n'est peut-être pas mort... Nicolas prévient son geste, la retient fermement.

« Laisse, maman, ce sont des francs-tireurs. Ils sont sur les toits et ils ont l'ordre de tuer les passants au hasard. »

Lola regarde son fils avec horreur.

« Comment sais-tu cela?

– Nous nous y attendions. Mais moi aussi, je sais tirer. Je me suis entraîné souvent dans la montagne avec Tony et les autres. Je pourrais vous défendre. Et j'ai un vrai fusil à lunette, là-haut dans mon placard. »

Mon Dieu, Nicolas! engagé dans ces combats! Comment n'a-t-elle rien deviné, rien su? Et cet homme, sur le trottoir, qui se vide de son sang... Ce n'est pas un combattant, juste un homme ordinaire. Dans la chaleur de midi les mouches commencent à tournoyer au-dessus de sa tête. Soudain une explosion plus forte. Un bruit de verre brisé au premier étage. Charlotte serre autour d'elle les pans du déshabillé rose.

« Je ne supporte pas les coups de feu. Je remonte me coucher... »

Nicolas intervient avec autorité.

« Non, Tatie, il doit y avoir des éclats là-haut. L'arrière de la maison est plus sûr. Tout le monde dans la cuisine. Allons déjeuner. Moi, j'ai faim... » Il se penche vers Lola. « Maman, occupe-toi de Mona, raconte-lui n'importe quoi. Elle a très peur. » La petite fille claque des dents. Jamais Lola ne l'a vue aussi pâle.

Dehors, c'est l'enfer. Deux nouveautés viennent d'apparaître : les francs-tireurs et les barrages volants.

Le franc-tireur est mystérieux. Personne ne sait d'où il vient, pour qui et pour quoi il tue. Posté sur un toit ou derrière un balcon, il attend, l'œil dans son viseur, immobile comme pierre. Dès qu'une forme humaine passe à sa portée, il ajuste la croix de sa lunette sur un point précis, la tête de préférence, et il tire. Chacun a sa spécialité. Certains frappent entre les deux yeux. Travail de professionnels. D'autres essaient de toucher au cœur, mais c'est moins sûr. Ils opèrent en solitaires, sans bruit, sans hargne. Il paraît qu'ils sont payés aux pièces. Qui peut bien tenir les comptes ?

Les barrages volants sont encore plus terrifiants. Une voiture qui roulait normalement se met tout à coup en travers de la rue. Des jeunes gens en tenue léopard, portant des cagoules noires, en bondissent comme des diables d'une boîte, mitraillette en l'air, le doigt sur la détente. Ils rassemblent les passants. Papiers ? Ton nom ? Ici, on ne peut pas distinguer, au faciès, chrétiens et musulmans. Tous se ressemblent. Tous sont libanais. Mais la religion de chacun est inscrite sur les cartes d'identité. Alors, la vie et la mort se jouent en quelques secondes. Les cagoulés sont expéditifs. Quand ils sont chrétiens, ils tuent ou enlèvent les musulmans. Quand ils sont musulmans, ils tuent ou enlèvent les chrétiens. Simple.

« J'ai eu chaud, raconte Lucien George dans les bureaux de *l'Orient* à son ami Édouard Saab. Tout à l'heure, du côté de la rue Clemenceau, des types en cagoule ont commencé à trier les passants, chrétiens à droite, musulmans à gauche. Ils hurlaient, follement excités. Qui allait se faire descendre, ceux de droite ou ceux de gauche ? Ils arrivaient à moi, je sortais déjà ma carte d'identité, lorsqu'une jeep s'est pointée au bout de la rue. Les cagoulés ont embarqué quelques chrétiens et se sont enfuis, me laissant au milieu de la rue, mes papiers à la main. C'étaient des musulmans... je l'ai échappé belle ! »

Cette folie va durer trois jours. Jours de barbarie, d'horreur, de sang. Le voisin de palier tue son ami à coups de hache. Des enfants sont décapités, des femmes torturées. Trois jours, quatre cents morts. Le 17 avril au matin, Antoine est enfin revenu, barbu, les yeux rouges, décomposé et affamé. Il a embrassé les enfants, réclamé du café.

« Vous êtes restés là, c'est bien. Je voulais vous téléphoner de ne pas sortir, mais je n'ai pas eu le temps, et puis le téléphone était dans un couloir trop exposé aux tirs. » Il fait signe à Lola : « Chérie, je voudrais te parler. L'ambulance revient me prendre dans un quart d'heure. Je vais prendre un bain. »

Assise au bord de la baignoire, Lola regarde Antoine. Son calme Antoine, son roc, celui qui assume et rassure, ressemble à un enfant désemparé. Ce grand corps nu, si vulnérable, l'émeut. Antoine n'arrive pas à parler. « Je vais te masser le dos dans l'eau », dit Lola. Peu à peu, elle sent les muscles se détendre sous ses mains.

« Lola, je ne voulais rien raconter devant les enfants. Ce qui nous arrive est horrible. Nous sommes revenus aux temps barbares! Au début, nous avons reçu des blessés par balles et nous avons commencé à travailler comme... comme nous devons le faire. Marc, le jeune ophtalmo, a passé une heure à enlever un énorme éclat enchâssé dans un œil, et quand je lui demandais de se presser parce que les blessés s'accumulaient dehors, il me répondait comme en faculté : " On ne doit jamais enlever un œil de première intention. " Nous avons vite été débordés. Par le nombre, puis par l'horreur. Un type est arrivé avec les mains à demi brisées. Ils m'ont dit en riant que comme ça je ne pourrais plus tuer d'enfants palestiniens, gémissait le malheureux, mais je n'ai jamais pensé à tuer des enfants... Une femme, une Palestinienne de Tell el Zatar, est morte sur une civière en hurlant d'une manière bizarre : on lui avait arraché la langue avec une sorte de croc, je suppose. C'était intolérable... »

Antoine se lève, enfile son peignoir de bain, s'étend sur le lit, regarde le plafond.

« Mais nous n'avions pas encore vu le pire. A un moment donné, lundi ou mardi, je ne sais plus, nous avions perdu la notion du temps, ont commencé à arriver des blessés et des morts marqués d'une grande croix, ouverte à coups de couteau, parfois à coups de hache, sur le torse ou le ventre. Comme pendant les massacres de 1860... Tu ne peux imaginer ce qu'est devenu l'hôpital. Les familles pleurent, hurlent. Nous avons dû fermer à clé la porte de la morgue. Les femmes veulent entrer pour voir s'il n'y a pas là un parent ou un fils, or, c'est horrible à dire, beaucoup de morts sont défigurés, yeux arrachés, oreilles sectionnées, ou encore mutilés, leur sexe coupé enfoncé dans la bouche... J'avais lu cela dans des livres, je ne pensais pas le voir un jour. Hier, j'opérais un milicien. Balle dans le poumon. Il était déjà endormi et ouvert, lorsque la porte du bloc opératoire a été enfoncée pas trois fous furieux en uniforme, palestiniens je crois, enfin je ne sais plus, qui portaient un blessé perdant son sang de partout. " Enlève celui-là et opère notre copain, a crié le chef. – Laissez-moi terminer et sortez d'ici, c'est un endroit stérile... " Tu parles! Ils ont arraché le malade de la table, l'ont flanqué par terre avec les tubes, les transfusions, les bouteilles, et ils ont déshabillé leur copain qui gémissait, pendant que l'un d'eux tenait en respect les infirmières et les assistants, la kalachnikov au poing...

– Et tu l'as opéré?

– Bien sûr. On pataugeait dans le sang. Une boucherie. Quand ils sont partis, j'ai vomi dans les toilettes. Ça ne m'était jamais arrivé. »

Antoine se relève, s'assied au bord du lit, prend sa tête entre ses mains.

« Lola, je me demande dans quel monde je suis. Dimanche dernier... mon Dieu, il y a trois jours seulement, la vie était si douce, nous étions heureux, le pays semblait normal. Comment, en quelques heures, avons-nous pu sombrer dans cette barbarie ? Car nous sommes des barbares, Lola, sous notre vernis culturel et mondain. Un franc-tireur blessé est tombé d'un toit, dans la rue de l'hôpital. Jambes brisées. Je l'ai reconnu. Tu sais qui c'est ? Mon coiffeur, Selim. C'est peut-être ce qui m'a fait le plus grand choc. Des jeunes gens que nous connaissons, qui vous offraient le café, plaisantaient avec leurs voisins, tuent maintenant leurs amis d'enfance, les mutilent, les torturent... Lola, Lola, dis-moi que ce n'est pas vrai... »

Un frisson secoue ses épaules, il cache son visage. Lola comprend qu'il pleure, lui qu'elle n'avait jamais vu que gai et rassurant. Elle caresse sa tête, se met à genoux devant lui. Que lui dire ?

« Ils ont conclu un cessez-le-feu aujourd'hui. C'est peut-être une crise de folie passagère.

– Non, Lola. Une telle explosion de haine ne peut s'épuiser en trois jours. Il y faudra trois ans, dix ans... nous sommes entrés dans un cyclone. Qu'est-ce que je dois faire ? Continuer à soigner et guérir ces gens qui ne pensent qu'à tuer, qui à peine sur pied reprennent leur mitraillette ? S'ils veulent s'exterminer entre eux, pourquoi ne pas les laisser faire ? En leur permettant de continuer à jouer les cow-boys, nous alimentons la guerre, car c'est une véritable guerre, qui va durer, j'en suis certain. Mais je ne peux pas non plus choisir de soigner les uns et pas les autres. Lola, il y aurait bien une solution... Oh, ce n'est pas glorieux... Partir. J'en ai parlé avec Marc, il dit que pour lui c'est fini, que s'il a choisi d'être médecin, c'est pour soigner des hommes et non des loups sauvages. Que ces types sont volontaires, qu'au fond ils veulent mourir. Que ce n'est pas une guerre ordinaire mais un règlement de comptes entre clans primitifs et qu'il n'a rien à y voir. A-t-il raison ? Qu'en penses-tu ? »

Ses yeux gris plongent dans le regard de Lola. Partir... elle n'y avait jamais sérieusement pensé. Partir... quitter encore une fois sa maison, ses amis, sa librairie. Pour aller où ? A Paris ? C'est possible. Mais elle n'imagine pas la vie sans l'air, le soleil, la lumière de Beyrouth. Et Antoine, dans le calme ouaté d'une clinique parisienne, aura le sentiment d'avoir trahi son peuple et son pays. Elle secoue la tête.

« Non, Antoine. Ces gens sont peut-être fous, mais ils nous ont accueillis, nos racines sont ici maintenant. Et puis, tu t'en voudrais trop si tu abandonnais tes blessés... cela ressemblerait à une désertion, non ? »

Antoine sourit avec gratitude. La chambre autour de lui a repris son aspect familier, l'air sa douceur, le ciel ses couleurs. Il caresse la joue de Lola.

« Merci, ma chérie. Tu m'as rendu un peu de sérénité. Mais si je reste, ce sera définitif. Réfléchis bien... »

Lola sait qu'Antoine ne fait jamais rien à moitié. Qu'elle s'engage pour longtemps.

« Nous allons rester ici, quoi qu'il arrive. A une condition : que Mona le supporte. Pendant ces combats, elle a été malade de peur. Elle tremble, elle ne mange plus, elle ne dort pas.

– Je vais m'occuper d'elle. En juin, si tout va bien, elle partira pour Broumana avec Charlotte. Et si vraiment il le faut... Oh, nous verrons plus tard. »

Incroyable légèreté de Beyrouth ! Une semaine plus tard, le calme revenu, on se retrouve, on s'embrasse, on se téléphone, on s'invite, comme si rien ne s'était passé. Pourtant, chaque nuit, les tirs crépitent et le claquement des balles rappelle que les francs-tireurs sont toujours à leur poste. Ils continuent à tuer. Une routine s'installe. Les annonces nécrologiques sont passées en quatrième page des journaux. « Trois personnes ont trouvé la mort hier sur le Ring et deux rue de Verdun, atteintes par des balles perdues. » On se dit que les politiciens réapparus vont régler ces querelles. Au prix fort, comme d'habitude.

Nicolas, qui passe en juin son concours de math élém, calcule dans sa chambre des intégrales et des exponentielles. Mona a retrouvé son rire. Par miracle, la librairie n'a pas subi de dégâts, sauf un petit éclat d'obus dans la vitrine, mais la glace épaisse est seulement étoilée. Faut-il la remplacer ? « Attends l'hiver, conseille Lili, si jamais ça recommence... »

La Licorne n'a pas souffert : un franc-tireur est installé juste au-dessus. Pour des raisons qui lui sont propres, il ne vise pas les habitants de l'immeuble ou ceux qui passent devant. Son angle préféré, c'est l'entrée du jardin public, là où est installé le marchand de glaces et de citronnades fraîches. Dès qu'il a compris pourquoi ses clients s'effondraient, morts, avant d'avoir payé, le marchand a prudemment déplacé son étal vers une autre porte. Le tireur, pourtant, n'a pas modifié son dispositif. Quand un malchanceux ou un inconnu du quartier s'engage dans son champ de vision il tire, visant toujours au même endroit : la hanche droite. Est-il obsédé des hanches ou perfectionne-t-il une technique ? En tout cas, Dieu soit loué, c'est un homme d'habitude. Désormais, on sait exactement par où il faut passer, comment traverser la rue, quand il faut courir. Lili arrive le matin en faisant un grand détour par-derrière, et elle se glisse le long du mur avant d'atteindre son magasin. Elle est fascinée par le franc-tireur. Où dort-il ? Comment mange-t-il ? A quoi ressemble-t-il ? Elle a trouvé un jour un paquet de biscuits, vide et froissé, jeté sur le trottoir. Il doit manger des biscuits.

Le 15 mai, le premier ministre, Rachid el Sohl, démissionne sur un fracassant discours – « nous frôlons la catastrophe nationale » – et il désigne les coupables : les kataeb de Pierre Gemayel qui, affirme-t-il, ont mis le feu aux poudres. Frangié essaie de constituer un gouvernement de militaires qui ne tient que trois jours. Pour la première fois, le ministre syrien des Affaires étrangères, Khaddam, arrive de Damas et oblige Frangié à chercher un autre premier ministre. Le 18 mai Rachid Karamé, la mort dans l'âme, accepte ce fardeau.

Personne ne s'intéresse vraiment, en dehors des politiques et des journalistes, à ces péripéties. Mais à la fin de mai, quand on apprend que les habitants chrétiens du quartier de Dekouané et les Palestiniens de Tell el Zatar se sont pris de querelle, tout le monde court au ravitaillement. Plus question de se laisser surprendre. Tante Charlotte envoie Zakhiné sa bonne alaouite et Tanos le chauffeur chercher du riz, du sucre, du café, de l'huile dans de grandes jarres et faire surtout provision de cigarettes américaines.

Il était temps. Le 20 mai les combats reprennent. A *l'Orient* le maquettiste compose son titre : « C'est reparti pour le second round » comme s'il s'agissait d'un combat de boxe.

« Non, s'interpose un correcteur, tu ne peux pas dire " second " cela signifierait que tout est terminé. Tu dois écrire le " deuxième " round si tu veux ensuite pouvoir continuer "troisième round, quatrième round... "

– Que le diable t'empale! Tu n'as pas fini d'annoncer des malheurs, crie Nada, une jeune stagiaire du service culturel, tête de Turc des anciens du journal.

– Je n'annonce pas des malheurs, j'évite une faute de grammaire, répond le correcteur, et je préserve l'avenir. »

22 mai. Le deuxième round se déchaîne. Les barrages réapparaissent, la nébuleuse des combats se cristallise en deux camps aux frontières incertaines. On se téléphone comme jamais. « Ça tire chez toi? Non? alors, où? Du côté du port? Bon, je viens. Prépare-moi un café... » Tout le monde commence à s'habituer. Sauf Mona. A chaque coup de feu, elle tressaute nerveusement. Surtout, elle ne dort pas. « Je ne peux tout de même pas l'abrutir de somnifères, dit Antoine. Dès que ce round sera terminé, elle devrait partir pour la montagne, tant pis pour ses cours, d'ailleurs le collège est fermé. »

La folie meurtrière d'avril a réapparu comme une mauvaise fièvre. Pire, elle s'organise. De mystérieux groupes armés sillonnent la ville et y sèment la terreur. On murmure que ce sont les chiites de l'imam Sadr, la « Fityan Ali. » Leur chef, le zaïm de Naba, Ahmed Safouan, est un fanatique et un fou sanguinaire. Il ne se contente pas de tuer, il torture, il enlève.

L'engrenage enlèvements-échanges s'installe. Ceux d'en face ont fait cinq prisonniers de chez nous? Nous allons enlever cinq types de chez eux, des « huiles » si possible, et les échanger. Des commandos volants détournent à l'improviste une file de voitures, choisissent quelques conducteurs considérés comme particulièrement « rentables », les enlèvent et les jettent dans des caves, des entrepôts, où se trouvent déjà d'autres « enlevés » terrorisés. L'obsession : sont-ils au courant chez moi? Qui peut intervenir? Contre qui veulent-ils m'échanger? Quelle rançon pour me libérer? Les familles affolées téléphonent aux chefs de clan et de milice. Certains enlevés reviennent. D'autres pas.

5 juin, arrêt subit. Enfin, un cessez-le-feu qui tient. Comme il revient vite, le bonheur, sous ce ciel éclatant. Les souks ont rouvert. Les marchés offrent leurs pyramides de tomates rouges, de poivrons verts, de persil à feuilles larges pour le taboulé. Les premiers raisins croulent en cascades brillantes. Zakhiné chante dans sa cuisine.

« Eh bien, ma fille, tu chantes? Qu'est-ce qui te rend gaie à ce point-là? interroge tante Charlotte.

– Le docteur a dit que nous allions partir pour la montagne, à Broumana, et moi j'aime mieux la montagne que cette ville où...

– Comment ça, partir? Antoine, tu n'y penses pas sérieusement! Nous avons des visites de condoléances à faire, Lola et moi. Tellement de gens sont morts, on ne s'y retrouve plus. J'ai dressé la liste. Lola ma chérie, lis-moi ça à voix haute, je n'ai pas mes lunettes. C'est que nous avons pris du retard avec ces événements. Il y a les visites du mois dernier, celles de ce mois-ci, et celles des quarantièmes jours... »

Vêtues de noir et sans maquillage, Charlotte et Lola vont d'une maison à l'autre, retrouvant partout le même salon d'apparat avec les chaises dorées alignées le long des murs, les servantes qui inlassablement servent des cafés amers. On bavarde à voix basse. Là aussi, on a pris du retard. « Savez-vous que Paul a été enlevé? Je lui avais pourtant dit de ne pas sortir, j'avais vu la mort dans sa tasse, le pauvre. – Nous avons eu un obus au milieu du salon, heureusement j'avais fait rouler les tapis. – Moi j'ai emballé les Gallé et les verres irisés, j'ai tout descendu à la cave. – Quoi, dans la cave? On n'en profite pas. Je veux bien mourir, mais dans mes meubles. – Et ton fils, il est en Amérique? – Oui, en attendant que ça se calme, mais il reviendra. »

Enfin, Antoine a gagné contre tante Charlotte. Lola continuera seule les visites de condoléances. Le dimanche 23 juin, Tanos charge dans la grosse Pontiac tante Charlotte et ses malles, Mona et ses sacs, Zakhiné avec casseroles et provisions. Lola et Antoine suivent dans la décapotable. Nicolas a suggéré d'aller lui aussi à Broumana : « Je devrais accompagner Tatie et Mona pour les défendre... – Toi, tu restes ici. N'oublie pas que tu as un examen en juin. – Tu rigoles, papa. Il a déjà été repoussé deux fois. En principe, c'est pour début juillet maintenant. – Raison de plus. Si tu cesses de travailler, tu vas tout oublier. » Le dimanche soir, en descendant de Broumana au milieu des embouteillages, Lola met la radio de la voiture. Du jerk. C'est bon d'entendre de la musique, de sentir le vent vous ébouriffer les cheveux, de voir en contrebas miroiter la mer entre les pins. Plaisirs simples qu'on goûte avec avidité. Le bonheur reviendra. Peut-être.

Le calme aura duré vingt jours. Lorsque Lola, le mercredi matin, ouvre le journal au petit déjeuner, un gros titre noir barre la page : « Troisième round : c'est reparti. » Elle le sait déjà. Cette nuit, un obus est tombé pas très loin et Antoine a dit, dans le noir : « Cette fois ce sont des armes lourdes, écoute, ce n'est pas le bruit des kalachs, tac-tac-tac, tu vois, ce boum, c'est un bruit de mortier. » Il va falloir apprendre à distinguer. Pas vraiment le temps. Vendredi, en quelques heures, un déluge de feu s'abat sur la ville. Personne ne comprend pourquoi, ni où sont les objectifs. Les artilleurs, encore novices, visent mal, quand ils visent. Les luxueuses boutiques de la rue Hamra explosent l'une après l'autre. Plastiquées, affirme la radio. Dans la maison du square, Antoine, aidé du jardinier, a débarrassé la cave, l'a fait balayer, et l'aménage. Puisqu'il va falloir y vivre, autant y mettre des tapis, des chandeliers, des lits, des conserves, de l'eau et des médicaments, dit-il. « Pourquoi pas la télé ? ironise Lola. – Bonne idée. Et aussi le téléphone, la radio, je vais voir si c'est possible », répond Antoine. Narquois, Nicolas regarde ces préparatifs. « Vous pensez soutenir un siège ? Moi, je veux pas dormir là-dedans, je suis claustro. J'ai repéré le meilleur endroit de la maison, dans le fond du couloir, et j'y ai mis un matelas. – Tu feras comme tout le monde, coupe Antoine. A mon avis ça va s'intensifier, et nous sommes dans une zone à risques. – Alors, je veux descendre à la cave mes disques et mes cassettes. Si nous devons y rester, que ce soit en musique... » Lola soupire. Heureusement que Charlotte n'est pas là.

Téléphone. Charlotte, de Broumana. « Mes chéris, comment allez-vous ? Vous vous installez dans la cave ? Très bien. Dieu soit loué, le téléphone fonctionne. Ici, nous avons ramassé des pommes, Zakhiné va nous faire une tarte. J'ai battu Mona aux dames, et je lui apprends le bridge. Qu'est-ce que ce bruit ? J'entends mal... des bombardements ? Où ça ?

– Sur la Quarantaine, hurle Lola. Ça dure depuis ce matin.

– La Quarantaine ? Ah bon, c'est loin ! Bonne nuit. A demain soir, même heure. »

Antoine maintenant couche à l'hôpital. On ne peut plus circuler, les ambulances et les voitures de pompiers sont elles aussi mitraillées, bien que la radio répète tous les quarts d'heure : « La population est priée de ne plus tirer sur les ambulances. » Nous sommes fous, cette situation est irréaliste, se dit Lola étendue sur le lit dans la cave, en écoutant d'une oreille distraite, au-dessus de sa tête, le grondement des obus. Elle n'a même plus peur. A côté d'elle, le téléphone grelotte : la sonnerie souffre de l'humidité. Ce doit être Antoine, si tard dans la nuit. Non. Cette voix lointaine, elle la reconnaît aussitôt... Philippe. Pourquoi appelle-t-il chez elle, au mépris de toutes leurs conventions ?

« Parce que je suis fou d'inquiétude, Lola. Pas moyen de te joindre à la librairie...

– Je n'y vais plus, la vitrine a été soufflée, le verre est tombé en éclats à l'intérieur, j'ai baissé le rideau de fer...

– Comment vas-tu ? Qu'est-ce qu'on entend ?

– Ce sont les bombardements. Ne t'inquiète pas, je suis dans la cave. Toute seule, Dieu merci. Antoine est à l'hôpital jour et nuit. Que dit-on du Liban, chez toi, à Washington? Est-ce qu'on en parle au moins, ou bien sommes-nous oubliés du monde?

– Tu sais, aux États-Unis on se préoccupe surtout de mettre sur pied une solution négociée entre Israël et l'Égypte.

– C'est bien ce que je pensais. Les Libanais attendent trop de vous, de la France, de l'Amérique, de l'Occident. Vous êtes prêts à nous laisser mourir sous les décombres, si cela peut aider Israël... » Sa voix a pris un ton d'amertume qui l'étonne elle-même. Elle ne se connaissait pas un tel ressentiment.

« Tu as raison, chérie. Mais ne m'en veux pas. Je n'y suis pour rien, tu sais. Et je t'aime...

– Excuse-moi. Je suis un peu tendue. Est-ce que je peux t'appeler au bureau, à Washington? Ce serait plus simple, puisque le téléphone fonctionne encore »... Une seconde de silence. « Bon, si tu as peur de...

– Non, non, Lola, appelle-moi je t'en prie. Rien n'est pire que de rester ainsi sans nouvelles de toi. Lola... je t'aime.

– Moi aussi, je t'aime », répond-elle un peu machinalement, comme si elle envoyait un message sans signification à destination d'un monde d'extraterrestres. Car la réalité est dans cette cave, dans ce pays mis à feu et à sang, où on s'acharne à survivre. Pas là-bas, où on ose parler de solutions patiemment négociées.

Le 4 juillet, les bombardements s'arrêtent. Timidement, les Beyrouthins sortent des caves. Enterrent leurs morts. Dressent l'inventaire des dégâts. Se remettent à vivre.

En quatre jours, Hamra retrouve son visage insouciant et ses vitrines brillantes. Les vitriers font fortune. Reflets de Paris annonce dans la presse que la dernière collection de maillots de bain est arrivée. Une banderole barre la rue de Verdun: « La pâtisserie Maurice est ouverte de 8 heures à 22 heures. Bienvenue à nos chers clients. » Un grand placard publicitaire occupe la page 4 de *l'Orient*: « Gabriel a repris son activité. Refaites vos sièges, vos voilages, peintures. Papiers peints et tissus nouveaux, dernier chic à Paris. » L'été 1975 sera un bel été.

21

Beyrouth, juillet 1975

« Finalement, j'ai refait ma vitrine. Tout le monde affirme que la guerre est finie. »

Lola, en bikini rouge vif, se caressait les jambes. Il faudrait faire venir la vieille Madoul pour m'épiler au sucre, pensa-t-elle vaguement. Sa peau avait atteint enfin un beau bronze doré. La piscine du Saint-Georges, comme aux plus beaux jours, bruissait en ce début d'été.

Lili remuait délicatement une paille dans son gin-tonic.

« Va savoir! j'ai parfois l'impression que plus rien n'est réel. Nous sommes plongés dans un étrange sommeil, où rêves et cauchemars alternent, sans nous réveiller. Tiens, c'est comme mon franc-tireur. Il ne tire plus. Donc, il doit être parti. Pourtant, hier, je l'ai entendu marcher sur le toit...

— Tu divagues. Avec cette chaleur, comment pourrait-il rester sur un toit? Il est sans doute à la montagne, comme tout le monde. A Broumana, des miliciens s'exercent au tir trop près du tennis. Tante Charlotte, furieuse, a été voir le chef en lui demandant d'aller jouer ailleurs. Il paraît qu'il a répondu oui madame, bien sûr madame, très poliment. Et qu'ils sont tous partis plus haut. Je ne sais pas si c'est vrai. Charlotte est tellement inconsciente.

— Pas du tout. Elle refuse la réalité et elle a raison. Sais-tu pourquoi les funambules ne tombent pas? Parce qu'ils courent sur leur fil sans jamais regarder en bas. Eh bien, nous sommes tous des funambules, mais nous ne savons pas quelle est la longueur du fil, ni s'il aboutit quelque part. » Lola lui jeta un regard par-dessus ses lunettes noires.

« Je te trouve bien pessimiste, ma chérie, que se passe-t-il? »

Lili avait son visage buté.

« Rien... Je suis venue à pied depuis le centre ville, voilà tout. Et je n'ai pas reconnu Beyrouth. Bien sûr, on retape, on rafistole, on répare les vitrines, on rebouche les façades. Hier, ma voisine est arrivée avec une pile de rideaux neufs sous le bras. " Cette fois-ci, c'est la dernière!" m'a-t-elle dit avec un sourire radieux. Elle a déjà refait ses fenêtres trois fois. Je n'ai pas pu m'empêcher de lui lancer : " Et si nous avons un quatrième round ? " Elle m'a regardée de travers.

« Mais enfin Lola, êtes-vous donc tous aveugles ? Nous sommes là, au Saint-Georges, nous papotons et nous bronzons comme si rien ne s'était passé. Comment peux-tu oublier ces horreurs, ces jeunes gens froidement torturés et par qui ? Mais par ces hommes qui nous entourent, si amusants, si gais, qui demain recommenceront s'il le faut, ou s'ils croient qu'il le faut.

– Lili, tu exagères.

– Non, je craque, je n'en peux plus. Et puis, autant te dire tout... j'ai revu Malek, tu te souviens ? Le beau Malek, champion de ski nautique, celui qui m'a appris à jouer au poker.

– Il t'a appris bien d'autres choses, non ?

– Oui, j'ai été très amoureuse de lui autrefois, enfin il n'y a pas si longtemps, je veux dire avant les événements. Il est toujours beau. En tout cas il porte bien l'uniforme.

– L'uniforme ? De quoi ?

– De milicien chiite, figure-toi. Son père a armé ses paysans pour donner un coup de main à l'imam Sadr, et Malek a pris la tête des troupes. Du coup, il s'est redécouvert chiite. Il faut l'entendre parler du parti des déshérités, raconter, les larmes aux yeux, comment l'iman a fait la grève de la faim pour l'arrêt des combats. Malek, pendant ce temps-là, attaquait avec sa milice le village de Qac, dans la Bekaa. Quand je lui ai demandé pourquoi Qac, il m'a répondu : parce que ces salauds de chrétiens n'ont rien à faire dans la Bekaa qui doit redevenir chiite. Notre conversation était surréaliste. Il m'a demandé pardon de m'avoir " dévoyée " et il m'a conseillé de revenir à la foi. Il m'a dit que ses yeux s'étaient enfin dessillés, qu'Allah soit loué, que désormais il combattrait les injustices sous la bannière du Prophète. Je te jure, Lola, ce sont ces propres termes. Avec ça, il a toujours sa voiture de sport et il compte bien participer au rallye du Liban, en octobre prochain. Je me demande s'il emportera sa kalachnikov, son revolver et ses grenades, à l'arrière de la Ferrari. »

Lili et Lola se regardèrent et éclatèrent de rire.

« Allons, tu n'es pas si malheureuse. L'aimais-tu vraiment ?

– Je ne sais pas, je ne sais plus. Que ferais-je, moi chrétienne, d'un chiite pratiquant ? Tu me vois en tchador ? »

Une ombre leur cachait le soleil. Lola reconnut Marc Antakla, le jeune ophtalmo qui travaillait avec Antoine. Grand, très mince, presque maigre, il plaquait de la main ses cheveux bruns soigneusement coupés. « Madame Boulad. » Il s'inclina cérémonieusement, mais c'était Lili qu'il regardait.

« Accepteriez-vous de déjeuner avec moi ainsi que Mademoiselle...

– Marc Antakla, un ami d'Antoine, Lili Sednaoui... » présenta rapidement Lola qui se demandait : comment fait-il pour avoir l'air d'être en cravate, même quand il ne porte qu'un slip de bain ?

Lili se leva, enfila gracieusement ses sabots de plage, noua un paréo de coton bleu vif sur son bikini noir, secoua ses longs cheveux blonds. Lola sourit. Elle connaissait sa Lili. Marc lui plaisait. « Ainsi, vous êtes à l'Hôtel-Dieu », interrogeait Lili, qui, suivie de Marc, s'avançait vers le buffet. Il s'empressait, lui composait une assiette, lui versait à boire. Lola calcul a rapidement : Lili avait trente et un ans, Marc semblait si jeune... Vingt-six ou vingt-sept ans. Aussitôt, elle s'en voulut. Lili était plus âgée que lui, et alors? Réflexe bourgeois, réaction d'un autre temps. Aujourd'hui, ces détails n'avaient plus d'importance. Il était urgent de vivre, il était urgent d'aimer.

Un mois plus tard, le 14 août, Marc et Lili se fiançaient. Coup de foudre? Pour Marc oui. Pour Lili...

« Marc est le seul homme qui me rassure dans ce pays déboussolé. Je ne suis pas follement amoureuse de lui, mais est-ce bien nécessaire? Plutôt que d'amour, j'ai besoin de sécurité, expliquait-elle à Lola dans l'arrière-salle des Papyrus remise à neuf.

— Mais enfin Lili, de quoi as-tu peur? Tout est calme en ce moment. J'ai remis mes tapis dans le bureau, c'est mieux, non? » Lola regardait avec satisfaction les livres dans leurs rayons, la grande table qu'elle avait installée au centre pour y présenter les derniers ouvrages d'art, les chevalets où étaient rangées les gravures. Elle retrouvait son univers, son cocon personnel. Était-ce donc si important? Avait-elle besoin, elle aussi, d'être sécurisée? Lili hocha la tête.

« Tu as tort pour les tapis, tu ferais mieux de les rouler. Je suis sûre que ça va taper à nouveau. La preuve : mon franc-tireur est revenu. Je l'entends maintenant, il est beaucoup moins discret qu'au début. Peut-être se sent-il chez lui? Du coup, je ne suis plus chez moi. J'ai cru voir son ombre, une nuit, sur mon balcon. Et puis, imagine qu'il change son angle de tir. Tout le quartier s'était habitué. Trois rues plus loin, il y a un autre franc-tireur, un vrai fou celui-là, il tue au hasard. Tu dis que tout est calme, sais-tu qu'il y a au moins dix morts par jour en ville et que les journaux n'en parlent même plus? »

Sa voix dérapait, son regard bleu se brouillait.

« Tout le monde le sait, Lili. Qu'est-ce que nous pouvons y faire? Après ce que nous avons supporté au printemps, nous n'allons pas partir maintenant. »

Qu'est-ce que Lola avait dit de si grave? Lili s'effondra, éclata en sanglots, les mains sur le visage.

« Ma chérie, je t'en prie, je ne voulais pas te faire du mal, pourquoi pleures-tu? »

Lili se moucha, essuya ses yeux rouges.

« Autant te le dire tout de suite. Je vais partir. C'est une lâcheté, une désertion, je le sais, mais je n'en peux plus. J'ai peur, voilà tout. A chaque coup de feu je sursaute. Je n'ose pas traverser la rue. Presque chaque nuit, je fais le même rêve : je marche dans une foule, je sens sur ma nuque un poids, comme lorsque quelqu'un te regarde dans le dos. Je me retourne. Il n'y a pas de regard, mais des trous noirs, des canons de fusil braqués sur moi. Marc pense que je suis au bord de la dépression, que nous devons partir le plus vite possible. Il a enfin obtenu un poste à Paris, pour septembre, à l'hôpital Rothschild. Il quitte dans deux semaines, moi je le rejoindrai à Paris vers la mi-septembre, nous nous marierons en France... Je devrais être heureuse, n'est-ce pas? Devenir enfin une femme normale, avec un mari normal, vivre dans un pays en paix et habiter une ville où on peut, sans crainte, sortir le soir... N'est-ce pas le paradis? Eh bien, non. Depuis que nous avons pris cette décision, je pleure sans cesse. J'avais quitté Le Caire sans trop de regrets. Mais Beyrouth... Rien ne ressemblera plus jamais au Beyrouth que nous avons aimé. C'était une ville putain, clinquante, mais généreuse et belle. Maintenant elle est grise, j'y sens l'odeur fade de la mort. J'ai envie, non de partir, mais de détourner la tête, comme devant un ami défiguré par une grave maladie. Je sais, ce n'est pas courageux. Pardonne-moi... Je ne supporte plus la violence. »

Lola ne comprenait que trop bien son amie. Elle aussi avait déjà eu peur. La première fois, elle était dans sa chambre, devant la fenêtre ouverte. Une balle avait sifflé et Lola s'était courbée sans réfléchir, sans même réaliser ce qui se passait. A cet instant, son esprit était clair, aigu, net. C'est seulement plus tard, en voyant son oreiller transpercé par la balle, que ses genoux avaient commencé à trembler, sans qu'elle puisse se calmer. La deuxième fois, elle s'apprêtait à se garer dans un créneau inespéré – les embouteillages ne cessaient jamais à Beyrouth, sauf au plus fort des bombardements, et encore... Au moment où elle allait passer en marche arrière, elle avait deviné derrière elle le bruit sifflant de l'obus qui s'abat. D'instinct, elle avait accéléré. L'obus était tombé exactement sur l'emplacement qu'aurait dû occuper sa voiture. Là encore, elle n'avait commencé à avoir peur que cent mètres plus loin et avait dû stopper. Ses jambes étaient si faibles qu'elle ne pouvait même plus appuyer sur les pédales.

« Moi aussi j'ai peur, Lili. Heureusement, j'ai l'esprit de l'escalier. Je commence à trembler quand le danger est passé. Puis, je me mets à penser à des petites choses ordinaires : est-ce que j'ai éteint la bouilloire électrique en partant? Tu vois, je ne suis pas courageuse, simplement légèrement retardée et obnubilée par les détails. Mais je comprends ce que tu éprouves. Mona est comme toi. Les coups de feu, les obus et les bombardements la rendent physiquement malade. Elle vomit, ne mange plus, ne dort plus, reste éveillée des nuits entières. »

Lili releva la tête, son chagrin oublié.

« Pauvre petite chérie, si mignonne, on ne va pas la laisser dans cet état... »

Lola savait ce que Lili allait dire. Antoine l'avait déjà maintes fois suggéré : il fallait envoyer Mona dans un lycée à Paris. Question de bon sens. Pourtant, du fond de son âme, Lola refusait de voir partir sa fille. Mona n'avait que douze ans. Évidemment, ce n'était pas un argument.

Mais Lola ne pouvait imaginer Mona à l'aéroport avec ses sacs et ses valises, sa petite figure ronde chiffonnée par le chagrin. Et puis, un pressentiment la faisait frissonner. Quelque chose d'horrible allait se produire. Quand ? comment ? Elle ne le savait pas. Mais la tension qui électrisait la ville éclaterait en nuages de mort. La foudre frapperait, Lola en était sûre. Pourvu que cela tombe sur moi et pas sur les enfants, se dit-elle, comme si elle pouvait, tel un paratonnerre, détourner vers elle le malheur et la mort.

« Lola, tu ne m'écoutes pas. C'est pourtant la meilleure solution, crois-moi. Marc trouvera un lycée pour Mona et elle vivra chez nous. Je te jure que je m'occuperai d'elle comme tu le ferais. Je suis sa marraine, elle m'aime bien. Elle fera des études convenables. Et puis, si tout s'arrange, elle reviendra à Beyrouth l'année prochaine. Laisse-la partir avec moi. Je ne saurais t'expliquer pourquoi, mais je ne crois pas à un hiver tranquille. »

Et si c'était vrai ? Si ce soleil radieux, ce ciel de vacances, les jeux sur la plage, le goût onctueux des glaces d'été et du bonheur retrouvés, si tout cela n'était qu'un trompe-l'œil, une parenthèse offerte, une ultime respiration avant le retour des violences enchaînées ? Mona ne supporterait pas une reprise des combats. Vaincue, Lola baissa la tête et demanda, d'une voix changée :

« Quand comptes-tu partir ?

– A la fin août. J'attendrai Mona début septembre, vers le 10 ou le 11 », répondit Lili qui ajouta très bas : « Si Dieu le veut ! »

La violence reprit. Cette fois, elle partait du Liban profond, comme pour prouver que le pays tout entier était gangrené. A Zahlé, le dimanche 24 août, une altercation éclata entre deux jeunes gens qui jouaient au flipper. L'un des deux sortit une grenade quadrillée qu'il portait à la ceinture et essaya de la dégoupiller. Aussitôt le patron, un colt à la main, se jeta sur lui et tira. L'autre s'effondra, une balle dans la tête. La mêlée devint générale. Coups de feu, ambulances, policiers qui tirent au jugé et arrêtent au hasard. Histoire banale dans ce pays où tout le monde était armé. Elle allait pourtant mettre le feu aux poudres. A travers le Liban, se multiplièrent les accrochages entre factions rivales. Était-ce la fin de la trêve ?

Beyrouth pourtant profitait encore de l'été. Jean Bassili, Elie Saadé et Paul Nassif préparaient dans la fièvre le rallye du Liban, événement de la saison automobile et mondaine. Jean, grec-orthodoxe, était un pilote connu. Paul Nassif, de rite latin, était le fils de l'ambassadeur du Liban à Berne. Elie Saadé, maronite, était le fils de Joseph Saadé, « Jo », président de l'association sportive automobile libanaise et maquettiste à *l'Orient-le Jour*. Les trois jeunes gens devaient partir le 30 août au soir pour vérifier le tracé du rallye, qui passait par Zahlé et la Bekaa, avant de traverser le désert syrien. Le 29, Jo téléphona à Jean Bassili :

« Il y a des histoires du côté de Zahlé. Allez directement à Damas, vous jugerez là-bas si vous pouvez revenir par la Bekaa. » Avec son visage massif et carré, sa canne à pommeau d'argent et ses chevalières en or, Jo jouait volontiers au Parrain. N'était-il pas le patron tout-puissant, avec ses deux fils Elie et Roland, du Sport Automobile au Liban? On craignait le « clan Saadé ». Personne n'oserait transgresser les ordres de Jo. Chez Jean, Elie et Paul vérifièrent leurs chronomètres, leurs cartes, leurs paquetages. Les trois garçons étaient heureux. Y avait-il plus grand bonheur que de rouler, seuls, à travers le désert?

Quand Broumana apparaît, après le dernier virage, Lola a, comme toujours, un coup au cœur. Voilà le Liban que j'aime, se dit-elle. Dans l'air léger montent les odeurs des repas du soir, fumet des grillades, fritures grésillantes, café et fleur d'oranger. Lola range sa voiture, monte en courant l'escalier extérieur. En contrebas, les pins parasols et les eucalyptus se découpent, sombres, sur la montagne qui descend en pente raide, croupe après croupe, vers une mer teintée de jaune et de rose feu par le soleil couchant. Lola est en retard. Antoine, Charlotte et Mona l'attendent dans le salon. Lorsqu'elle franchit le seuil, quelqu'un, caché derrière la porte, saute sur elle, l'enlace et l'embrasse en riant. « Je t'ai fait peur, hein? » C'est Nicolas, tout content d'avoir réussi encore une fois sa farce favorite : faire peur à sa mère. Antoine sert le champagne. « Maman, je suis reçu! » crie Nicolas dont les yeux brillent d'excitation. Lola se hausse sur la pointe des pieds pour l'embrasser sur les deux joues. « Comme je suis contente, mon chéri. Je n'y croyais plus, à cet examen qui a été repoussé trois fois... Bravo, tu as bien travaillé... » Elle sait le prix que Nicolas attache à cette première année de math élém. Ce diplôme est la clé qui doit lui ouvrir sa future carrière. Nicolas veut être architecte, comme oncle Émile... « J'irai dès demain m'inscrire à l'AUB, les registres sont ouverts, explique Nicolas. Je pense que nous rentrerons en octobre. Les vacances seront courtes cette année. – Et moi, ajoute Mona de sa voix pointue, je pars pour Paris avec tante Lili. Tatie m'a acheté une vraie valise, avec des roulettes, et mes initiales dessus. – Voyons Lola, interroge Charlotte, comment Lili peut-elle épouser un orhodoxe? Et cette idée de se marier à Paris! Comment faire là-bas un mariage convenable? Il n'y aura pas de fête, pas de jolies robes, pas assez d'invités. Ici, elle aurait eu au Phœnicia un dîner d'au moins deux cents personnes. Pour une Sednaoui, c'est un minimum. Si sa pauvre mère était là, elle en mourrait de chagrin. »
« Lola, demande Antoine, auras-tu le temps de passer demain matin à l'agence, pour les billets d'avion de Mona? Je devais le faire, mais j'ai, à neuf heures, une intervention qui risque de durer longtemps... et les avions sont pleins, paraît-il. » Athina, de la porte, fait des signes : « Madame préfère-t-elle la nappe brodée or ou la nappe blanche? » Ce soir, Zakhiné a préparé des poissons et aussi une crème au lait, avec de

la confiture de roses, le dessert préféré de Nicolas quand il était petit...
Nicolas a mis une valse sur sa chaîne hi-fi toute neuve. Il enlève la coupe
des mains de tante Charlotte, la prend par la taille... Ils tournent tous les
deux, lui très droit, très grand, elle toute rose sous ses cheveux blancs,
émue comme une jeune fille. Lola a un pincement au cœur. Elle n'avait
jamais vu Nicolas danser. Cette manière de tenir le bras, de regarder
tante Charlotte à travers ses cils noirs... Mon Dieu, ce n'est vraiment pas
le moment de penser à Philippe. Depuis son coup de téléphone, pendant
le bombardement, elle n'a plus de nouvelles de lui. Et elle a décidé
qu'elle n'appellerait pas Washington. Mais s'il était malade, si quelque
chose de grave arrivait, comment le saurait-elle? Pourquoi pense-t-elle
de plus en plus à sa vie là-bas, cette vie dont elle ne sait rien, qu'elle ne
doit pas connaître. Elle voudrait être débarrassée de ce mal lancinant.
Cet amour l'angoisse depuis trop longtemps.

« Viens, dit Antoine en posant sa grande main sur sa taille, dansons
nous aussi. » Mona trépigne de rire, sur le canapé. Antoine n'a jamais su
valser.

Il y a foule, le lendemain matin, à l'agence de voyages. Derrière
leurs bureaux, les jeunes femmes de la Meadle East semblent débor-
dées. Quelle destination? Paris? C'est complet jusqu'au 15. Vous devez
partir mardi? Alors, je vous mets en liste d'attente. Lola s'inquiète. Lili
attend Mona le 12 septembre. Nous ne sommes que le 2. Treize jours à
l'avance, et déjà plus de places? Que se passe-t-il? Liliane Hayek entre,
fonce sur Lola d'un pas décidé: « Toi aussi, tu pars pour Paris? – Non,
j'envoie ma fille... – Tu as raison. Mes enfants sont déjà chez ma mère, à
Nice. Au moins ils auront une année scolaire normale. Et puis, je suis
assez contente de savoir maman à Nice. Elle a acheté une superbe villa,
boulevard de Cimiez, pour une bouché de pain. C'est le moment d'investir en France, Lola, tu devrais le dire à Antoine. Aujourd'hui, au cours de
la livre libanaise, les appartements sont moins chers à Paris qu'à Beyrouth. Mon frère a un superbe pied-à-terre, avenue d'Iéna, il y envoie
ses Gallé, ses opalines et ses collections d'antiquités. On ne sait jamais,
au cas où... mais qu'est-ce que tu attends? Ton tour? Laisse, je vais voir
Kassem... viens avec moi. »

Lola la suit au premier étage. Liliane connaît tout Beyrouth et tout
Beyrouth la craint : elle tient une rubrique mondaine à *l'Orient-le Jour*.
Une phrase d'elle un peu acérée ou, pis, un oubli, peuvent ruiner la
réputation d'une maîtresse de maison. Kassem s'empresse. C'est vrai,
cette saison de rentrée est toujours animée mais, en ce moment, les
avions sont pris d'assaut. Sourire en coin. Les enfants, surtout, partent.
« Quand voulez-vous une place? – Le 12. » Il tapote négligemment sur
son ordinateur, réfléchit, téléphone : « Nous sommes en sur-booking le
12? Mais peut-être le 13, le vol 819? » Il se tourne vers Lola, la main sur
l'écouteur : « Le 13, départ onze heures, cela vous convient? » Lola

opine. Elle a maintenant un sentiment d'urgence. Une phrase lui traverse l'esprit : les femmes et les enfants d'abord. Ne pas se laisser envahir par la panique. Liliane agite la main avant que Kassem ne raccroche : « Kassem, attends. J'ai un billet pour le 14, mais je préfère le 13, ce vol de onze heures. Est-ce possible ? » Tout est possible pour Liliane, elle le sait bien. Pendant que le malheureux Kassem s'agite au téléphone – « celui-là, reportez-le sur le vol suivant. Impensable ? Qui est-ce ? » – Liliane, tout sourire, se tourne vers Lola : « C'est mieux, non ? Je pourrais accompagner ta fille. Qui l'attend ? Lili ? Alors elle est mariée ? Lui, je le connais, c'est un charmant garçon, bonne famille orthodoxe, sa tante est une Sursok. Mais s'installer à Paris, quelle drôle d'idée ! Il aurait pu faire fortune à Beyrouth, il commençait à être connu. Qui reprend La Licorne ? – Moi, dit Lola. Lili me l'a demandé. Je ne sais pas comment je vais m'en tirer. » Liliane lui tapote le bras : « Ne t'inquiète pas, je trouverai quelqu'un pour t'aider. Ah, merci Kassem. Tu es un ange ! Je ne sais pas ce que je deviendrais sans toi. Adieu, mes chéris, je file au journal. »

L'Orient-le Jour boucle à midi ses pages culturelles et à six heures du soir ses pages politiques. En fin de matinée, tout le monde est sur le pont et les bureaux bourdonnent comme des ruches. Liliane sort de l'ascenseur, pousse la porte d'Édouard Saab, le rédacteur en chef. Personne. Elle se dirige vers la grande salle de rédaction où Jo Saadé travaille sur la maquette. En face, Samir Frangié rédige un papier pour l'international. Gauchiste à tous crins, Samir fignole des attaques imparables contre la politique de son oncle, le président de la République Soleiman Frangié. Depuis son entrée au journal, il ne peut plus mettre les pieds à Zghorta, fief de la famille, mais quel prestige, auprès de ses copains ! Liliane l'embrasse sur la joue : « Pouah, tu sens le tabac ! – Et toi, tu sens le Guerlain. » Liliane riposte vivement : « Et alors, ça ne m'empêche pas d'être de gauche. » Samir ricane. « Jo, sais-tu où est Nada ? Je pose sur son bureau mon article sur le vernissage de la galerie Corm et toutes les photos, elle choisira. Tchao, les enfants, j'ai un déjeuner au Summerland à treize heures... » Elle sort en tourbillon, faisant voler sa jupe bleue et ses longs cheveux noirs.

Le gros Jo, devant sa table de maquettiste, trie lui aussi des photos. Pas celles d'un vernissage, celles des victimes des tueries de Zahlé et Tripoli. Trois cadavres, à demi recouverts de terre, sont étendus au pied des vignes. Ils ont les yeux bandés, les mains attachées derrière le dos, et sont défigurés. Jo retourne la photo : « Trois chiites découverts à Emmol, près de Zahlé », dit la légende. Pas joli à voir. Une idée lui vient. Il s'approche de la table de Nada, glisse les corps mutilés dans le paquet du vernissage. Nada arrive, pose son gros sac par terre, hisse sa petite personne sur le haut tabouret, lit le papier de Liliane, commence à étaler les photos de la galerie Corm. Jo surveille du coin de l'œil. Tout à coup, Nada pousse un cri, porte la main à son cœur. Jo éclate de rire.

Nada, furieuse, lui jette à la tête la photo des cadavres chiites : « C'est malin ! » Elle a les larmes aux yeux. « Les hommes ont des plaisanteries stupides. » Jo en rit encore : « Allons, ne te fâche pas... » Il regarde à nouveau les trois chiites figés dans la mort, depuis longtemps semble-t-il. Un tableau saisissant. Ce serait bon pour la une. Il monte sa maquette, gros titre, cette photo sur trois colonnes, le gris du texte autour. Il ajoute la date, 2 septembre 1975.

« Non ! crie Jean Chouéri, le directeur, on ne peut pas donner ça en une. C'est trop dur, trop choquant. Je ne te dis pas qu'elle n'est pas belle, cette photo, mais tout le monde en a marre des images de guerre. Jo, trouve autre chose. – Je vous parie que le *Nahar* la publiera. – Eh bien, tant pis. Nous perdons une exclusivité, je sais, mais nous ménageons nos lecteurs. »

Effectivement, le lendemain, le *Nahar* paraît avec la photo des trois chiites massacrés et un long récit : ils ont été tués d'une balle dans la tête. Ils ne portaient pas de pièces d'identité, on les a découverts dans les vignes, transportés à l'hôpital de Maalaka. Personne ne les a reconnus. Ils sont enterrés au petit cimetière de Biader. Mais déjà ils appartiennent au passé. Hier, 2 septembre, les combats ont repris à Tripoli. Le Liban s'enflamme à nouveau. Quatrième round ? « Non, dit Jean Chouéri, cette fois, c'est pire. »

Antoine est inquiet. Il se passe de drôles de choses à l'hôpital. Les blessés qui arrivent ne sont plus seulement des victimes des francs-tireurs, ce sont des blessés de guerre : éclats d'obus, jambes arrachées par des roquettes. Il y a aussi des femmes et des enfants. Ils viennent du Liban-Nord, de l'Est, de la Bekaa, Zahlé, Tripoli. Ce n'est pas si loin : cinquante kilomètres. La presse en parle peu. Elle s'intéresse surtout à l'accord israélo-égyptien qui vient d'être conclu à Camp David et qui, à Beyrouth, exaspère les Palestiniens : une manifestation anti-égyptienne est prévue cet après-midi. Encore quelques morts par balles perdues.

A son bureau, Antoine ouvre *l'Orient-le Jour*. On parle de limoger le général Ghanem, commandant en chef, et d'inviter l'armée à « s'interposer » entre les combattants. Il est bien temps ! Antoine regarde la date : 9 septembre. Encore cinq jours avant le départ de Mona pour Paris. Il ne sera tranquille que lorsqu'il la saura là-bas.

Au même moment, Édouard Saab entre dans la salle de rédaction. Il est blême : « Jo est arrivé ? Non ? Téléphone-lui de venir, Michel... » Édouard enlève son chapeau, caresse son crâne. « Yaani, mes enfants, c'est le drame, le drame. » On l'entoure. « Dany Chamoun m'a appelé tout à l'heure. Il vient de retrouver les trois garçons. Elie, Paul et Jean. Ils ont été enlevés et assassinés il y a une semaine, sur la route de Beyrouth à Zahlé. Ce sont eux qu'on a pris pour trois chiites, vous savez, la photo que Jo voulait passer à la une. Il n'a pas reconnu son fils, le malheureux! Qui va lui dire? Toi, Michel, il t'aime bien. » Un quart d'heure plus tard, Jo passe la porte d'un pas lourd. Tout son corps s'est tassé. Il a vieilli d'un coup. Sait-il? Il se doute de quelque chose : Dany a téléphoné à l'Association sportive, tout à l'heure, en laissant un message : « A Zahlé, oui... »

Michel Abijaoudé l'attend dans son bureau. « Jo, tu es un homme courageux... » Ainsi, c'est donc vrai. Il a tenu entre ses mains la photo du corps mutilé de son petit Elie, il a joué avec, il n'a rien deviné, rien senti! Il entend encore le cri d'effroi de Nada, et ce cri résonne dans sa tête comme une terrible plainte qui ne le quittera plus. Il devrait mourir là, tout de suite. Mais son sang oriental se réveille. Un mort, on le venge d'abord, on pleure ensuite. Il murmure : « Je vais faire un massacre. Je veux quinze types par garçon assassiné. » Une douleur terrible irradie son bras gauche, il se courbe, il a mal, il suffoque. Michel se précipite : « Étendez-le sur le sofa. Appelez un médecin. C'est une crise cardiaque. » Jo s'en sortira. Au journal, c'est la consternation. La mort n'est plus un gros titre, des chiffres, ou des informations excitantes. La mort est entrée dans la vie de chacun.

11 septembre 1975

Tanos entasse méthodiquement les valises et les sacs dans le coffre de la Pontiac, large comme un navire. Mona très excitée embrasse Nicolas, embrasse Charlotte, court à la cuisine, s'arrête pour regarder ses baskets neuves, rouges et blanches, le comble du chic. « Mona, où est ton gilet de laine? crie Lola à l'intérieur de la maison. – Dans la voiture, maman. – Dépêchez-vous, dit Antoine, on va rater l'avion. »

Tanos semble soucieux. « Je crois que ça tape du côté de Bordj Brajnieh, monsieur, tout près de l'aéroport. » Depuis le matin, en effet, des explosions claquent, tout autour de Beyrouth. « Oui, ça tape sur les camps, dit Antoine soucieux, je me demande si nous pourrons passer. – On peut essayer, monsieur, en roulant très vite, si on a de la chance. Sinon, il faudra contourner par le sud, prendre la route du Chouf... C'est long. » Antoine aspire une grande gorgée d'air, pour se détendre : « Essayons, Tanos. Nous verrons bien. Si tu as l'impression de prendre trop de risques, tu feras demi-tour... Non, ce ne sera pas possible. Agis pour le mieux, et que Dieu nous protège. – Que Dieu soit avec nous », répond solennellement Tanos.

Sur le perron, Charlotte serre une dernière fois Mona dans ses bras, et elle trace rapidement, du pouce, une croix sur son front. « Au revoir Nicolas, au revoir Tatie, je vous écrirai de Paris. » Mona s'engouffre dans la voiture qui démarre aussitôt. Antoine, à côté de Tanos, tourne la tête : « Tout va bien? – Oui », répond Lola, d'une voix gaie, avec un regard qui signifie clairement : ne fais pas peur à Mona. Antoine a compris. Il allume la radio qui, comme d'habitude, diffuse de la musique pop. Ainsi, Mona n'entendra rien. Tanos file très vite : les rues sont presque vides ce matin. Sur la corniche, Mona regarde la mer, le nez contre la vitre. « Maman, je vais revenir cet été ? – Bien sûr, ma chérie », répond Lola, d'une voix étranglée. On approche de Bordj Brajnieh. L'éclatement des obus se fait plus précis, accompagné de tirs de mitraillette en rafales. Antoine monte le son. Un roulement de batterie, un miaulement de guitare électrique, couvrent le bruit de l'obus qui, sur la plage, vient de soulever un tourbillon de sable. Maintenant, Tanos roule à tombeau ouvert. Lola serre les lèvres pour ne pas crier, elle voit la main d'Antoine, accrochée au dossier, se crisper jusqu'à ce que les jointures de ses doigts deviennent blanches.

Apparemment, le pire est passé. La route file, droite, sous un ciel d'été. A l'aéroport, Tanos se gare loin. Le parking est complet. Vite, vite, presse Antoine. Il a hâte d'entrer dans le bâtiment, il coupe à travers les massifs bordés de lauriers-roses déjà fanés. C'est idiot, pense-t-il tout à coup, le danger est encore plus grand dedans, au milieu de cette foule qui s'agglutine devant les guichets d'embarquement. L'aéroport a souffert. Les plafonds, crevés, laissent voir un lacis de fils électriques et de tubes d'acier. Les porteurs crient : « Ya lah, ya lah » en poussant leurs chariots surmontés de caisses, de valises, de gros sacs en équilibre instable. Sur les bagages, de grandes inscriptions : « Paris – Genève – Londres... » On dirait que tout le Liban déménage. Où est Liliane ? Elle arrive, cheveux tirés, mince, élégante dans son trench Burberry's négligemment ceinturé. « Mes chéries ! me voilà. J'ai pris un imperméable, il paraît qu'il pleut à Paris. Ce n'est rien à côté de ce qui tombe ici, n'est-ce pas ? » Elle rit... Une explosion, assez loin. Une autre, plus proche. Un frisson court dans la foule, les familles se rassemblent. Lola, comme les autres femmes, prend la tête de Mona et la serre entre ses seins. « N'aie pas peur, ma chérie », murmure-t-elle en lui caressant les cheveux. Une voix de femme crie, hystérique : « Ils vont nous tuer » et se tait soudain quand une troisième explosion fait voler la terre, au-delà des pistes.

« Les passagers pour Paris, embarquement immédiat, porte numéro 4. » La voix, dans les haut-parleurs, a gardé l'accent suave des beaux jours. Antoine saisit Mona sous un bras. Il court. Liliane le suit en chavirant sur ses talons hauts. Ils arrivent porte 4 avant la bousculade. Un baiser rapide sur la joue ronde de Mona, une dernière caresse sur ses cheveux roux. Lola, ne pleure pas, je t'en prie, ne pleure pas. Non, Antoine, regarde, je souris. Plaqués contre la vitre, ils agitent la main pour un adieu dérisoire. Le Jumbo attend, moteurs ronflants, posé sur son ventre comme un gros scarabée d'acier. Du haut de la passerelle, une hôtesse fait signe : Vite, vite, embarquez.

Liliane court sur le tarmac, étonnamment vite pour quelqu'un qui porte des escarpins. Devant elle, Mona, en jean, escalade la passerelle, son sac rouge sur l'épaule. Au revoir, mon petit lutin, ma chérie, ma jolie petite fille. Quand te reverrai-je ? Lola a la gorge nouée, des larmes au bord des cils. La porte de l'avion se ferme, des employés en bleu repoussent aussitôt la passerelle. Un obus claque encore, tout près. Les vitres de l'aéroport vibrent. « Ne restons pas là », dit Antoine. Mais Lola ne peut pas bouger. Le gros Boeing, dans un bruit assourdissant, gagne la piste d'envol, s'arrête un instant puis, lancé de toute sa puissance, il décolle enfin, lentement, trop lentement, mon Dieu, faites qu'il parte, oui il s'élève, prend de l'altitude, pique vers la mer. Une gerbe d'eau là-bas. Ce doit être un obus. L'avion monte très vite, se perd dans les nuages... Lola serre le bras d'Antoine. Ils sont partis, merci mon Dieu, Mona a échappé à cet enfer, Mona au moins est sauvée.

La foule reflue vers la sortie, bute sur une autre foule, venant en sens contraire. « On ne peut pas sortir, crie un homme corpulent. La radio vient d'annoncer que la route vers Beyrouth était coupée par les bombardements. » Antoine prend Lola par les épaules, la serre contre lui et, jouant des coudes, se fraie un chemin grâce à sa puissante carrure. Au-dehors, Tanos les attend. « Nous pourrions sortir par le fond, couper un peu à travers, et retrouver la route du Chouf. Monsieur... je crois que Madame se sent mal. » Lola, étourdie, les nerfs tendus, oscille et va tomber. Antoine la retient d'une main ferme, prend son pouls. « Non, ça ira. » Il enlève sa veste, la roule en boule sur la banquette arrière. « Tiens, étends-toi là, essaie de fermer les yeux. »

Heureusement, la Pontiac est large. Couchée sur le côté, Lola ne pense plus à rien. La voiture doit rouler à travers champs, elle passe sur des bosses, des trous, fait des zigzags. Impression étrange d'être sur un manège de foire, dans ces nacelles de grande roue qui montent, tanguent, redescendent en vous balançant dans le vide. Maintenant, on a retrouvé une route. La Pontiac file dans un ronronnement léger. Un bruit sec derrière, comme un gravier contre la vitre arrière. Tanos accélère, Lola ressent la montée de la vitesse comme une onde de choc contre son estomac. Des tournants, des épingles à cheveux. Sans doute la route du Chouf. Sous sa joue droite, dans la poche de la veste, quelque chose de pointu lui fait mal. Un stylo, peut-être? Elle n'a pas la force de bouger pour l'enlever. La route tourne encore, on sent une fraîcheur : la montagne. Comme ce serait bien de rester là, couchée sous un arbre, et de dormir, dormir...

Un choc la réveille. Au-dehors, des cris. La portière s'ouvre à toute volée. Un jeune homme hirsute, en tee-shirt kaki vaguement bariolé, se penche et la tire par le pied : « Carte d'identité? » Ahurie, elle se relève, passe la main sur ses yeux. Tanos et Antoine sont debout, de chaque côté de la voiture, les mains en l'air, face à trois miliciens qui pointent sur eux leurs mitrailleuses. « Sors, Lola, ce n'est qu'un barrage, n'aie pas peur », crie Antoine. Un garçon de quinze ans à peine fouille Tanos, sort ses papiers. « Prends ma carte d'identité dans ma veste », demande Antoine. Lola ouvre son sac, en sort ses papiers, les tend au milicien, puis elle plonge dans la poche de la veste, sous sa tête, cherche le portefeuille d'Antoine, ne le trouve pas, s'énerve, ses mains tremblent, non il faut qu'elle se calme, voyons, ne pas perdre de temps, c'est qu'ils ont la détente facile. Voilà, elle tend la carte d'Antoine au milicien, debout devant la portière. Celui-ci feuillette longuement, se tourne vers son compagnon. « Ils sont chrétiens, grecs-catholiques. Et le tien ? – Arménien. – Bon, passez, mais attention, ne prenez pas à gauche, il y a un barrage au bout de la rue. Où allez-vous ? Sanayeh ? Alors passez par le sud, évitez le centre ville, c'est le bordel là-bas. »

Antoine et Tanos remontent en voiture, le milicien leur montre la direction dans un grand geste d'agent de la circulation. Lola murmure : « Mais ils sont fous. Qui sont ces types ? – Des kataeb, madame, répond Tanos, et nous avons eu de la chance. La ville est pleine de bandes armées qui tuent pour rançonner. Nous autres, Arméniens, commençons à nous organiser dans nos quartiers. Mais je pense que vous ne devriez pas rester chez Mme Charlotte, c'est un endroit trop central, dangereux. Si je peux me permettre, vous seriez mieux à Achrafieh... » Brusquement il accélère, donne un coup de volant à gauche. Une roquette tombe tout près, sur la droite, au milieu d'un jardin, et explose en une gerbe de terre, de feuillages et de branches brisées. Lola se surprend à prier.

Derrière le square Sanayeh, à l'ambassade du Liberia, un pan de mur s'est écroulé sur deux étages, et un salon s'ouvre sur le vide, ses fauteuils dorés renversés. Un grand tapis persan retombe sur la façade. Heureusement, à la maison, la grille du jardin est ouverte. Tanos prend le virage sans ralentir, s'arrête pile devant l'entrée. Tous trois courent, s'engouffrent à l'intérieur, Dieu merci rien n'est touché. Vers l'est, on tire à l'arme lourde. Le vent rabat une fumée épaisse et noire, qui pique les yeux et fait tousser. Plus que des bombes, Lola a peur du feu. On entend dans la cuisine un bruit bizarre, une sorte de mélopée : Zakhiné, assise sur une chaise, se lamente en se balançant d'arrière en avant, et se griffe le visage comme les pleureuses pendant les enterrements.

Debout à côté d'elle, tante Charlotte, en tailleur de tweed et chapeau sur la tête, lui tapote l'épaule. Elle est très irritée : « Dieu merci, vous voilà. Antoine, mon chéri, peux-tu calmer cette folle ? Elle hurle depuis une heure et veut rentrer chez elle, en Syrie ! Elle n'a même pas de passeport ! J'allais sortir quand elle a commencé à crier. – Comment, sortir ? » Antoine ne se fâche pas souvent, mais ses colères sont toujours impressionnantes. « Personne ne va sortir. Personne ne va pleurer ou hurler. Allez, prenez des provisions, des couvertures, et tout le monde à la cave. Toi aussi, Lola. Athina, qu'est-ce que vous faites plantée là ? Bougez-vous un peu, Bon Dieu. » Il secoue Athina, figée, telle une statue du désespoir, devant le réfrigérateur. « Tanos, reste avec moi, nous allons essayer de boucher les ouvertures. » Antoine est devenu blanc, ses yeux gris ont viré au noir. Il dégage une telle autorité que les quatre femmes, sans un mot, prennent l'escalier de la cave.

Maintenant, les explosions secouent la maison. « Ils se battent au canon. Écoute, Tanos... En pleine ville ! Tu imagines les dégâts qu'ils peuvent faire ? Ce sont des criminels. Comment nous protéger ? Si nous avions des sacs de sable... – Je sais où en trouver, Monsieur Antoine. Ça coûte deux livres le sac posé en bas, six livres, posé sur les balcons des étages. Ou alors, du sable en tonneaux. Soixante-cinq à cent livres le tonneau, cinq livres pour la pose de la première rangée, dix livres pour la deuxième rangée, quinze pour la troisième... C'est plus cher, mais ça ne risque pas de craquer comme le jute. Moi, j'ai mis des tonneaux devant la maison. En laissant un passage, bien entendu, et en étayant avec des sacs et des planches de bois. » Antoine regarde Tanos avec étonnement : « Pourquoi ? Tu t'attendais à cette guerre ? – Nous les Arméniens, nous avons l'habitude. Le malheur, on le sent venir de loin. – En attendant, pas question d'aller chercher du sable en ce moment. Que pourrait-on mettre devant les fenêtres ? Des matelas, peut-être ? Non, les matelas, il faudra les descendre à la cave. De toute façon, qu'est-ce qui pourrait arrêter un obus ? »

Les explosions se succèdent toute la nuit en roulements continus. Au petit matin, incongrue, une sonnerie grelotte. Miracle, le téléphone fonctionne. Une voix lointaine, lointaine... Lili, qui appelle de Paris. « Antoine ? Oh, comme on entend mal... Un bombardement ? Dieu vous garde ! Je voulais vous dire que Mona est bien arrivée, elle est là, avec Liliane. Enchantée du voyage. Je te la passe un moment... – Papa ? » La petite voix pointue bouleverse Antoine. « Oui, ma chérie. – Papa, c'est très joli Paris. Tante Lili m'a acheté un cartable, tu sais, ceux qu'on porte sur une épaule, kaki et noir, pas comme les cartables de bébés... et puis, ma chambre est formidable. Où est maman ? Elle ne peut pas venir ? Embrasse-la pour moi. Je te couvre de baisers, mon papa chéri. Attends, tante Lili veut te parler... – Antoine, c'est Lili. Liliane vient de téléphoner à sa sœur qui habite à Beyrouth, près de la place des Martyrs. Elle dit que les souks sont en flammes, elle voit de sa fenêtre les incendies, c'est terrible, le feu ronfle, tout brûle. Le centre Starco s'est complètement effondré, elle entend des gens hurler sous les décombres, mais personne ne peut approcher. Ils tirent même sur les pompiers, qui ont dû reculer. – Qui ça, ils ? – Elle ne sait pas. Sans doute les kataeb, d'après elle... Et chez vous ? C'est chaud aussi ? Ça se rapproche... vous êtes dans la cave, j'espère. Antoine, je t'en prie, ne sors pas pour l'instant. Tu ne pourras pas atteindre l'hôpital, par où veux-tu passer ? Je ne sais pas si le téléphone fonctionnera longtemps, j'essaierai de vous appeler régulièrement, apparemment vous ne pouvez pas obtenir de communication avec l'étranger à partir de Beyrouth... Je vous embrasse tous, je pense à vous, je prie pour vous. Que Dieu vous ait en sa sainte protection ! »

Mona est en France. Mona est hors de danger. Antoine se laisse tomber sur le canapé rouge. Tanos le fixe de son regard aigu de chien de chasse à l'arrêt. Jamais Antoine n'avait remarqué à quel point ce garçon efflanqué et lent pouvait être un concentré de force, de muscles secs. De calme aussi, il l'a prouvé tout à l'heure en revenant de l'aéroport. « Tanos, Lili vient de me dire, de Paris, que les souks brûlent, que la vieille ville est bombardée. Les pompiers ne peuvent même pas approcher des incendies. Je ne crois pas qu'il soit sage de rentrer chez toi ce soir. Il semble que Beyrouth soit coupée en deux par les combats.

273

Tu peux rester ici. La cave est un bon abri. Que décides-tu ? » Tanos jette un regard dehors. Dans le ciel bleu s'effilochent de longues traînées noires, âcres, qui sentent le caoutchouc et le bois brûlés. Curieusement, les explosions ont cessé et ce silence inattendu est plus angoissant que le bruit des obus. « Je vais rester. Il n'y aura pas trop de deux hommes ici, surtout si vous devez partir pour l'hôpital. A la première accalmie, j'irai commander du sable à mon copain. S'il doit le livrer sous les bombes, ce sera plus cher, mais ça vaut la peine. » Antoine se détend un peu. « Merci, Tanos. Mais... chez toi ? – Il ne se passera rien dans le quartier arménien. Et puis, mes frères sont auprès de ma mère. Nous vivons tous ensemble. Simplement... puis-je téléphoner chez moi, monsieur, pour les rassurer et leur dire que je ne rentre pas ? – Bien sûr, Tanos. Je vais voir ce qui se passe en bas. »

Heureusement que les caves sont vastes et qu'Antoine a pensé à les aménager. Zakhiné s'est calmée, rassurée par le retour de son univers quotidien : elle tourne quelque chose dans une casserole posée sur le Primus. Athina et Charlotte jouent aux cartes. Lola cherche *Radio Liban* sur un petit transistor. Elle lève la tête : « Antoine ? Je t'ai entendu parler, là-haut. – Oui, j'ai eu Lili, de Paris, au téléphone. Mona est bien arrivée. Et Tanos va passer la nuit ici. » Inutile de dire que les souks brûlent...

« Oh, je pensais que c'était Nicolas qui était descendu de sa chambre. Mais alors... où est-il ? » Les yeux jaunes de Lola se sont agrandis, dans son regard passe une lueur d'affolement qu'Antoine connaît bien. C'est vrai, Nicolas ? Il ne peut pas être là-haut, il les aurait entendus arriver. Lola s'est levée, elle crie : « Où est Nicolas ? – Sans doute bloqué quelque part, chez des amis... » Tante Charlotte pose ses cartes, se tape sur le front : « Mon Dieu, suis-je bête ! Il m'a donné une lettre pour vous avant de partir. Voyons, où est-elle ? Dans mon sac... – Il est sorti quand ? – Juste avant votre arrivée. » Lola se précipite, ouvre l'enveloppe blanche d'un doigt fébrile.

Mes parents chéris,

Je vais vous faire de la peine, je vous en demande pardon. Mais j'ai dix-huit ans, je suis un homme, et je ne peux pas continuer à regarder ce qui se passe dans mon pays sans y participer. Je pars donc rejoindre mes camarades du Front Progressiste Libanais. Au risque d'être ridicule, parce que je ne sais pas bien m'expliquer, je voudrais quand même vous dire, en gros, ce que nous voulons : nous voulons changer le Liban, supprimer le système confessionnel, mettre en œuvre des réformes et réduire les injustices sociales. Si nous ne le faisons pas tout de suite, c'est fichu, parce que les milices réactionnaires et fascistes de la droite chrétienne, qui défendent les privilèges des grands bourgeois capitalistes, chrétiens et musulmans, sont en train de mettre le pays à feu et à sang. Nous allons donc les combattre, avec l'aide de nos amis palestiniens qui sont la seule force révolutionnaire capable de tenir tête aux phalangistes fascistes. En même temps, par notre présence, nous protégeons l'OLP des américano-sionistes, qui voudraient refaire chez nous un septembre noir, comme en Jordanie, en 1970.

Papa, je compte sur toi pour expliquer tout cela à maman. Je reviendrai vous voir chaque fois que ce sera possible. Ma petite maman, ne t'inquiète pas pour moi, ne pleure pas. Je t'embrasse de tout mon cœur et toi aussi, papa. Je suis sûr que tu me comprends. A bientôt, et vive le Liban !

Votre fils qui vous aime, Nicolas.

P-S. On peut me laisser des messages à l'hôtel Cavalier, en cas de grande urgence.

Lola lâche la lettre, gémit, s'effondre sur le lit de camp. « Qu'est-ce qu'il y a ? interroge Charlotte. – Nicolas est parti se battre, répond Antoine d'une voix blanche. – Bravo, il a bien raison, s'exclame Charlotte, qui ne doute pas une seconde qu'il ne se soit enrôlé dans les rangs des phalanges. Il est grand temps que nos jeunes gens remettent un peu d'ordre dans cette guerre insensée. Quand mon grand-père avait son âge, lui aussi était parti se battre dans la montagne, en 1860, au lieu d'attendre de se faire égorger. Lola, ma chérie, ne pleure pas. Il ne peut rien lui arriver. La Vierge est avec eux. Où sont les allumettes ? Je vais mettre un cierge ce soir dans ma chambre, et réciter pour lui dix chapelets. Allons, montons nous coucher. » Elle tapote sa robe, attrape les allumettes. « Au revoir, les enfants. – Tante Charlotte, où allez-vous ? – Me coucher, Antoine. Il est tard. – Mais ça tape tout autour, vous n'entendez pas ? – Si... ah, mes boules Quiès. Merci de me l'avoir rappelé, je n'aurais pas pu dormir. – Tante Charlotte, vous devriez rester ici, dans l'abri, c'est plus sûr. » Charlotte se redresse, lève son petit nez en l'air. « Ici, dans la cave ? Antoine, voyons... si je dois mourir, ce sera dans mon lit. »

« Elle a raison. » Lola, du coin de son mouchoir, essuie délicatement son mascara délayé par les larmes. « Je n'en peux plus. Antoine, promets-moi que tu vas retrouver Nicolas et le ramener ici. – Je te le promets. – Et je veux dormir dans mon lit. Ici, j'ai peur des rats ou des souris. » Antoine s'assied à côté d'elle sur le lit de camp, lui entoure les épaules de son bras droit. « Oui, les souris, c'est tellement plus méchant qu'un obus... Viens ma chérie, allons dormir là-haut, dans notre chambre, comme d'habitude. » Aidé par Tanos, Antoine a repoussé le grand lit vers le fond de la pièce.

Maintenant, Antoine et Lola sont étendus, en face de la fenêtre. Lola, étourdie de sommeil et de calmants, a niché son visage dans le creux de l'épaule d'Antoine. Elle devine, sous ses paupières fermées, les rougeoiements des incendies qui illuminent de rose le ciel noir. Elle n'entend plus le tintamarre terrifiant des bombardements si proches. Antoine la berce, l'embrasse doucement, sur la tempe, sur les yeux, sur les lèvres. Elle l'enlace. Antoine, mon abri, mon recours, mon amour. Ses grandes mains la caressent, de plus en plus fébriles. Elle aussi a besoin, tout à coup, de le sentir contre elle, en elle, d'accueillir son désir, d'exploser elle aussi, avec une violence qui ne peut venir, elle le sait, que de la présence, autour d'eux, de la mort.

22

Beyrouth, automne 1975

On ne saura jamais comment s'est débrouillé Tanos. Pendant de brèves accalmies et même parfois au plus fort des combats, trois hommes sont venus pour ériger devant la maison un rempart de sacs et de tonneaux de sable. Du coup, le grand salon et l'entrée ont pris des allures de grottes sombres, où les fauteuils crapauds ressemblent à des bêtes affalées. La table de la salle à manger brille de reflets noirs, les dragons sculptés sur les chaises chinoises montent la garde dans l'ombre.

« C'est sinistre, je crois que je préfère encore la cave, dit Lola. Et puis, franchement, Antoine, tu crois que ce sable, c'est efficace? Les obus, en tombant, décrivent une courbe qui les fait exploser, soit directement sur le toit, soit sur les balcons des étages. Le sable du rez-de-chaussée n'a donc aucune utilité, sauf pour protéger des éclats lorsque l'obus tombe dans la rue. Mais nous sommes loin de la rue... Évidemment, l'obus peut aussi tomber dans le jardin...

– Écoute, répond Antoine, le problème n'est pas là. La seule protection réelle dans cette maison, c'est la cave. Il faudra bien s'y habituer et d'ailleurs maintenant, lorsque ça tape trop fort, tout le monde s'y retrouve, sauf tante Charlotte qui continue à vouloir dormir au premier étage. Non, l'intérêt du sable, c'est qu'il rassure, en dissociant nettement l'extérieur où pleuvent les bombes, et l'intérieur où la famille se sent à l'abri. Regarde Zakhiné, elle n'a plus peur, elle met la radio à fond dans la cuisine pour ne pas entendre les explosions, voilà tout. »

Lola ricane.

« Elle n'a peut-être plus peur, mais elle refuse absolument de sortir pendant les accalmies. Athina, elle non plus, ne met pas le nez dehors. Je te rappelle que nous sommes ici depuis huit jours, que nous n'avons plus de fruits ni de légumes frais. Il faut acheter de l'eau minérale et renouveler les bougies. Nous allons manquer de piles pour les lampes élec... Oh, mon Dieu, Antoine. Il est tombé tout près celui-là. »

Lola ne peut réprimer un tremblement nerveux. Ils sont tous à bout de forces. Une semaine enfermés comme des rats sous ce déluge de feu. Au début, ils ont feint l'insouciance. Maintenant les provisions s'épuisent, les bombardements n'arrêtent pas... Lola sent qu'elle va craquer. Nicolas, Nicolas dans cet enfer inutile et stupide! Personne ne sait où il est. Un des infirmiers d'Antoine affirme l'avoir vu à l'ouest, du côté du QG du FPLP. Il portait un treillis militaire et une kalachnikov. Mais quel jeune homme à Beyrouth porte autre chose qu'un treillis militaire et une kalachnikov? Ah, si elle tenait ceux qui l'ont entraîné dans cette aventure folle... Tony, c'est sûrement Tony. Lola serre les poings, des idées de meurtre lui traversent l'esprit. Du calme. De telles pensées portent malheur et si Nicolas... Elle rejette l'idée monstrueuse, elle l'écrase comme une vipère sortant du sable.

Dans la cave, les jours et les nuits se traînent, interminables. Les nuits surtout. Seule Charlotte parvient à dormir, là-haut, dans sa chambre, grâce à ses boules Quiès. Je devrais en mettre, se dit Lola. Mais l'idée de se couper du bruit, donc du monde, la révulse. Alors, elle essaie de lire, elle boit du café, elle s'est mise à fumer. Elle se dispute avec Antoine pour des broutilles, comme pour le sable, tout à l'heure. Qu'est-ce que ça peut bien faire que ce sable soit efficace ou non?

Antoine lui aussi est tendu. L'inquiétude le ronge. Zakhiné, entre sa radio et son Primus, évolue comme un zombie. Tante Charlotte, toujours impeccablement coiffée et maquillée, change chaque jour de robe, et joue aux cartes pendant des heures avec Athina, plus pâle et tragique que jamais. « Voyons, ma petite, vous n'avez pas la tête au jeu, secouez-vous! » Athina, victime d'un hoquet tenace, n'ose pas ouvrir la bouche et regarde tante Charlotte avec des yeux de lapin apeuré.

Le seul, avec tante Charlotte, à rester calme, presque indifférent, c'est Tanos. Son petit transistor collé à l'oreille, il passe ses journées à écouter Cherif el Akhaoui qui sur *Radio-Beyrouth* donne la météo de la guerre : « Des roquettes tombent sur le Ring, tournez vers le port pour rejoindre Jounieh... » « La route de l'aéroport est ouverte depuis quelques minutes, entre Khaldé et Bordj Brajnieh. Au-delà, barrage. » « Pour aller à Beit Mery... non, on ne peut plus aller à Beit Mery. » « L'accès de l'Hôtel-Dieu étant impossible, nous conseillons de diriger les ambulances vers l'hôpital Barbir. »... Parfois Tanos n'est pas d'accord et il grommelle, indique un autre itinéraire qui lui semble plus logique.

Antoine tourne en rond, s'énerve : « Tanos, pourquoi écouter cela toute la journée, puisque nous ne pouvons pas sortir? – On ne sait jamais... et je préfère savoir où sont les francs-tireurs et les trous d'obus. » D'ailleurs Tanos sort, à des moments inattendus. Il y a deux jours, vers huit heures du matin, les tirs ont cessé. « Les miliciens prennent leur café, je ferais bien d'aller voir si je trouve quelque chose à manger. » Il a mystérieusement filé et est revenu vingt minutes plus tard, sous les bombes, avec deux grands pains ronds, tout chauds, pliés en serviette. Lola en aurait pleuré. Peut-être a-t-il raison, pour la pause-café? Ce matin aussi, il y a eu une accalmie. Mais au moment où Antoine ouvrait la porte, la fusillade a repris de plus belle, comme un tir de barrage. Antoine a dû bondir en arrière, se retrancher au fond du salon. Furieux, il s'est versé un whisky et l'a avalé sec. Lola sait ce qui le tracasse : il veut aller à l'hôpital et elle l'en empêche par tous les moyens. Dieu merci, le téléphone semble coupé et la Pontiac, restée devant la porte, a reçu trop de balles sur le capot pour qu'on puisse savoir si elle va démarrer.

Soudain, Tanos se dresse, hilare : « C'est fini. Les Syriens imposent un cessez-le-feu ! » Pourtant, on entend encore le canon. Le téléphone sonne. C'est Maud, l'amie de Charlotte.

« Allô, Maud ? Comment vas-tu ? Tu es malade ? Un trou dans le toit ? Ce n'est rien ma chérie, au moins, as-tu encore ton lit ? Oh, non, ne me dis pas... c'est terrrrible, terrrrible. Je viens, ma chérie. Attends-moi, je t'embrasse. » Elle est déjà debout, prête et résolue. « Ma pauvre Maud... sa maison a reçu un obus, elle a la grippe et... son cher mari est mort, pas à cause de l'obus, mais d'une crise cardiaque. Je dois y aller tout de suite. Tanos, la voiture peut-elle fonctionner ? » Déjà Tanos a bondi. Il ouvre la portière. Tante Charlotte s'installe avec grâce : « Au revoir les enfants, à tout à l'heure. » On dirait qu'elle va prendre le thé ou jouer au bridge. La Pontiac hoquette une fois, deux fois, et démarre. Brave voiture. La vitre arrière est étoilée d'un petit trou : « Nous avons attrapé un éclat l'autre jour, en revenant de l'aéroport, murmure Antoine, tu n'avais rien remarqué ? »

Lola tâte le gravier d'un pas de convalescente. Ça ne peut pas être vrai ! Elle respire avec délice l'odeur du jasmin dont les petites fleurs blanches étoilent la véranda. La tonnelle croule sous les grappes de bougainvilliers roses. Assise sur une marche, Lola offre son visage au soleil, dont la chaleur l'inonde comme la vie retrouvée. Le ciel est bleu, à peine sali par des moutonnements noirs qui montent de la vieille ville. Elle ne veut pas les voir. « Lola, ne reste pas là. Tu n'entends pas qu'on tire ? » Non, elle n'entend pas. Elle en a marre de la guerre, de la cave, des obus. Elle ne bougera plus. Elle est fatiguée, si fatiguée. Plutôt mourir dehors, se dit-elle, que de retourner dans cette cave. Le jardin s'épanouit dans la splendeur de l'été finissant.Trois coups de feu claquent, tout près, sans qu'elle puisse remuer un cil. Tout cela est trop absurde. Comment peut-on tuer et se faire tuer sous ce ciel de vacances ? Tout à coup, le visage de Nicolas traverse son esprit. Il y a du sang dans ses cheveux, du rouge sur sa tempe. Elle gémit, tremble de tout son corps. Elle voudrait crier, mais les sons restent dans sa gorge, comme dans ces rêves où on court sans avancer.

Antoine la secoue, la gifle. « Lola, Lola, contrôle-toi, voyons, tu ne vas pas avoir une crise de nerfs maintenant. » Il la porte sur le sofa. Elle sent une piqûre au creux de son bras. « C'est fini, ma chérie... c'est fini. Tu vas mieux. Tiens, bois... » Antoine lui tend une tasse de thé très fort et très sucré. Lui aussi a les traits tirés. L'esprit redevenu clair, Lola se secoue, s'assied. Elle a un peu honte d'elle-même. Le téléphone sonne. « Oui... oui... tout de suite. » Le visage d'Antoine se creuse, vire au gris. Lola porte la main à sa gorge. Nicolas ? « J'arrive. Au coin de la place des Martyrs et de la rue Bechir? Que l'ambulance m'attende.» Il se tourne vers Lola : «Nicolas a été blessé, légèrement, l'épaule, rien de grave; il est place des Martyrs. On va profiter du cessez-le-feu pour l'évacuer.» Lola a bondi : «J'y vais aussi.»

Dans la petite voiture de Lola, tous les deux se taisent. A l'entrée des souks, barrage phalangiste. Antoine sort ses papiers, dit qu'il est médecin, qu'on l'attend place des Martyrs... Lola regarde les souks avec horreur. Elle ne reconnaît rien. Les petites ruelles bordées d'échoppes ressemblent à des tunnels calcinés, écrasés, broyés par les obus. Sur les murs, les incendies ont laissé leurs traces noires. Des boutiques éventrées, aux rideaux de fer arrachés, dégorgent sur les trottoirs des caisses, des chaises brisées, des marchandises à demi consumées. Au milieu des décombres encore chauds, la voiture avance doucement et Lola retrouve un souvenir lointain, une odeur familière de cendres et de plastique brûlé : l'odeur de l'incendie de 1952, au Caire! Elle se revoit à côté de Nadia, parcourant la rue Kasr el Nil, s'arrêtant devant la carcasse noire de l'hôtel Shepheard's.

Maintenant c'est Beyrouth, le cœur vivant et chaleureux de Beyrouth, qui meurt sous ses yeux. Avec rage, avec haine, ils ont écrasé sous leurs bombes et leurs roquettes cette vieille ville qui donnait à Beyrouth sa dimension humaine, ce lieu magique où se croisaient les chiites voilées de noir et les maronites en robes à fleurs, devant les mêmes étals luxuriants offrant les pommes en pyramides, les raisins dorés, les grosses pastèques coupées en quartiers pour qu'on puisse goûter leur cœur rose et sucré, perlé d'eau, ponctué de graines noires. Ici la poussière même était joyeuse et le soleil dansait, tamisé par des auvents de toile. Pourquoi, mais pourquoi cette furie destructrice? Une colère soudaine brouille l'esprit de Lola.

«Antoine, ce sont les phalangistes qui ont fait cela?

– Oui.

– Mais pourquoi? Ils massacrent leur propre pays...

– Ils disent vouloir prendre des gages, en vue d'une possible partition, pour... oh, je ne sais pas, c'est injustifiable, c'est criminel, ils ont assassiné Beyrouth. Ces gens sont devenus fous.

– Non, Antoine, ils ne sont pas fous. Je crois que les chrétiens ont peur, voilà tout. Peur de l'islam. Et que cette peur les conduit à faire n'importe quoi.» Antoine tend la main vers une boutique à demi brûlée, où trois miliciens hilares arrachent des rouleaux de tissu, des brochés, des lamés, qu'ils jettent dans une jeep.

«Et le pillage, c'est de la peur, peut-être?

– C'est de la haine, de la bêtise... de la cupidité ordinaire. Mais l'engrenage qui s'enclenche est celui des peurs réciproques. Le pire. La seule chose intelligente que j'aie jamais entendu dire à Pierre Gemayel, c'est : " Il appartient aux musulmans de nous rassurer, nous les chrétiens. "»

Antoine a un regard en coin.

«Et pourquoi le feraient-ils? Tu oublies que nos coreligionnaires se prennent pour des seigneurs de la guerre. Eh bien, ils vont l'avoir et la faire, la guerre. Dommage pour nous, qui allons payer leur folie.

– Alors, tu penses que...

– Je ne pense pas, je répare. Je soigne. Je suis médecin et pacifiste. Idiot, n'est-ce pas? Mais il faut bien des gens comme moi dans les grands cataclysmes. »

L'ambulance est au coin de la place des Martyrs. Un infirmier en blouse blanche attend. « Docteur Boulad, enfin! Votre fils est dans la voiture, avec d'autres blessés. Il n'a presque rien, mais nous devions les mettre à l'abri. Ils sont palestino-progressistes, les miliciens voulaient les tuer. Attention, madame, n'avancez pas de ce côté! Vous voyez bien qu'ils tirent sur tout ce qui bouge. » Lola s'élance quand même, écarte les bras tendus.

« Laissez-moi passer, je veux voir mon fils... » Antoine, fermement, la retient par le coude.

« Fais confiance à Slimane, s'il te dit que Nicolas n'a rien, il n'a rien. Tu vois bien qu'on ne peut pas traverser, il y a des blessés au milieu du carrefour. » Tourné vers Slimane :

« Pourquoi les laissez-vous là?

– Ils sont sous le feu d'un franc-tireur. Mais attendez, docteur, on va essayer quelque chose qu'on a imaginé... eh, Marwan, tu as les crochets? »

Marwan, un petit gros boudiné dans sa blouse, arrive en soufflant, deux grandes piques à la main.

« Qu'est-ce que c'est? demande Antoine.

– Des crochets à blessés, docteur. On les a fabriqués avec des bois très longs et des bouts en fer, pour pouvoir attraper les types en restant à l'abri et les traîner jusqu'à nous. Vous allez voir. » Courbés, rasant le mur, les deux hommes tentent de dépasser le coin de l'immeuble, mais un claquement sec les fait reculer. Le tireur doit être en face. A quelques mètres, deux jeunes garçons sont étendus. L'un des deux regarde fixement Lola. Dans ses yeux noirs et luisants se lit une quête désespérée. Sa jambe gauche semble ouverte, le sang caille en grosse tache brune sur son jean déchiré. La gorge sèche, le cœur battant la chamade, Lola ne peut plus bouger. Tout à coup, quelqu'un, à côté d'elle, part en flèche, la bouscule. Une silhouette se penche, attrape le garçon sous les bras, recule en le traînant à toute allure. Lola crie. Trois balles ont frappé le sol, mais trop tard. Antoine est à l'abri à côté de Lola, soufflant, transpirant, le garçon dans les bras. Les deux infirmiers se sont précipités.

« Docteur, vous êtes fou. Il aurait pu vous tuer.

– Non, halète Antoine d'une voix saccadée, je le voyais, là-haut... Ce reflet, au deuxième étage. C'est vous qu'il attendait, pas quelqu'un arrivant de l'autre côté. Je crois que l'autre type est mort. Sa colonne vertébrale semble atteinte. Vous devriez partir en vitesse pour l'hôpital... Je vous suis.

– Docteur, est-ce que vous ne pourriez pas ramener votre fils chez vous? Un pro-palestinien, vous savez ce que c'est, on risque un coup

dur. » Les portes de l'ambulance se sont ouvertes. Pendant que les infirmiers hissent le garçon en jean, Antoine descend en soutenant Nicolas.
Est-ce bien Nicolas, cet homme aux yeux traqués, aux joues mangées
d'une barbe noire, cet inconnu, sale, en treillis déchiré? Il boitille, mais
il marche. Et il tient son bras gauche comme un objet brisé.

« Nicolas, mon chéri! » Lola court, se jette à son cou. Il recule en
gémissant.

« Lola, ne le touche pas. Il doit souffrir, il est encore choqué. Aide-
moi à l'installer derrière. Essaie de te courber, Nicolas, et penche la tête.
J'espère qu'ils vont nous reconnaître au barrage, mais il ne faut pas
qu'ils te voient. »

C'est vrai, il faut encore passer le barrage. Heureusement, il fait
déjà nuit. Antoine reprend la rue Bechir, fonce en essayant d'éviter les
trous d'obus, les pneus brûlés, les carcasses de voitures, ou des paquets
sombres poussés sur le côté, dont Lola se dit, malgré elle : des
cadavres... Au bout de la rue, le ciel est rose. Puis rose avec un cœur
rouge. Brusquement une longue langue de feu s'élance en dansant vers
le ciel. Lola pousse un cri. « Antoine! » le cou tendu pour mieux voir
dans le noir, il accélère sans l'entendre.

Place Ryad el Sohl, un immeuble entier brûle. Les vitres éclatent
avec des craquements de bois sec. Des flammes bondissent, des langues
de feu sortent des fenêtres et lèchent le toit voisin. Tout le rez-de-
chaussée ronfle, craque, des étincelles tombent au milieu de la rue, une
lueur rouge illumine la place, éclairée comme un décor de théâtre. Lola
n'a pas peur des bombes, mais le feu la terrifie. Dans son dos coule une
petite sueur glacée, ses genoux tremblent. Derrière la voiture, un autre
incendie vient d'éclater. Cette fois, c'est un magasin qui flambe, et de
minuscules bouts de papier volettent dans la fumée. Une librairie, pense
Lola qui aussitôt réalise que Les Papyrus, en ce moment, sont peut-être
aussi la proie des flammes. Pourquoi Antoine s'arrête-t-il dans cette
fournaise?

« Avance, on va brûler, s'écrie-t-elle, et elle sent sur sa joue droite,
malgré la vitre relevée, la chaleur du brasier.

– Il n'y a plus de rue, regarde, c'est un cratère d'obus », répond
Antoine d'une voix brève. En effet, juste devant la voiture, s'ouvre un
trou noir, encore fumant. « Il faut vite s'éloigner, l'obus risque d'exploser. » Antoine recule à toute allure. Lola cache son visage dans ses
mains.

Voilà, c'est la fin, ils sont cernés par le feu. L'incendie. Ils vont mourir dans un incendie. L'air n'est plus qu'un souffle chaud chargé de crépitements. Le vent rabat une fumée noire qui brûle les poumons,
arrache la gorge. Enfermés dans cette voiture dont les tôles chauffent
déjà, comment pourraient-ils être sauvés? Nicolas gémit doucement,
comme un bébé... Les prières de son enfance reviennent aux lèvres de
Lola : « Je vous salue Marie pleine de grâce, le Seigneur est avec vous... »
Sur le côté une gerbe d'étincelles jaillit en crépitant. Le cœur tapant,
l'esprit en déroute, Lola oublie les mots sacrés. Elle ne prie plus, elle

implore en silence. « Mon Dieu, épargnez-nous cette mort horrible! Mourir, oui, mais pas de cette manière! Seigeur, par pitié! par pitié! »

Antoine a pris une rue transversale, tourné à gauche. Il retrouve la rue de France. L'incendie rougeoie maintenant derrière eux. Le grondement du feu s'assourdit.

« Nous sommes presque arrivés chez nous, courage, dit-il d'une voix bizarre, tendue à l'extrême. Dieu soit loué, grâce à cet incendie nous avons échappé au barrage. » Derrière, Nicolas semble dormir, la tête sur les genoux, mais son bras gauche pend vers le sol suivant un angle peu naturel. Est-il évanoui? Comme le quartier semble calme, tout à coup. Voici le square, noyé dans l'ombre rassurante des arbres. Voici la maison, défigurée par ses sacs de sable, mais où brûle une petite lumière. La Pontiac est là, tante Charlotte a dû rentrer avec Tanos. Oui, Tanos sort, il aide Antoine à porter Nicolas, tout doucement, en montant l'escalier. La petite voiture est saupoudrée des flocons gris de cendres encore chaudes. Lola s'autorise à pleurer.

Il est deux heures du matin, Beyrouth dort. De temps à autre, une mitrailleuse claque en brèves rafales, des balles traçantes zèbrent le ciel noir de leurs traînées rouges. Feux éteints, une BMW circule comme une ombre. Elle s'arrête sur la corniche Pierre Gemayel. A l'intérieur, deux jeunes gens en tenue léopard, vert et bleu, encagoulés de noir. A l'arrière, un grand garçon en jean et pull, un monsieur digne en costume gris : Roland Saadé et son père, Jo. Ils ont des fusils à lunette en travers des genoux.

« Les enfants, pourquoi gardez-vous vos cagoules? marmonne Jo. Pour vous soustraire à la justice de l'État? C'était justifié il y a six mois. Mais maintenant, vous pouvez les jeter, vos cagoules. Il n'y a plus d'État dans ce pays, il n'y a plus de justice, plus rien que la vengeance.

– Nous les gardons pour montrer que nous sommes des " begin ", les commandos de Cheikh Pierre. Tout le monde a peur de nous.

– Même sans cagoules, on a peur de vous. Vous êtes les justiciers de... Attention, Roland! Là, ce type qui passe, il n'a pas un keffieh sur la tête? Oui, c'est un palesto. Vas-y.

– OK, papa Jo. » Roland ajuste son fusil à viseur infrarouge, une merveille, un cadeau de son père. Et tire. La petite silhouette, en contrebas, se tend comme un arc, puis s'effondre lentement. « Bravo » apprécie l'un des begin.

– Je l'ai eu juste au milieu du dos, commente Roland. Bon, ça fait quatre. C'est assez pour ce soir. Rentrons dormir, maintenant. » La BM repart en douceur et se fond dans la nuit.

Rasé, lavé, vêtu d'une chemise blanche à col ouvert, Nicolas a repris figure humaine. Pendant qu'il discute avec tante Charlotte, sous le lustre du salon, Lola le regarde. Il l'intimide. En quelques semaines, il a changé de regard et de visage. Qu'a-t-il vécu dans cet enfer? A-t-il eu peur? A-t-il tué? Il ne faut rien lui demander, a dit Antoine, il nous racontera cela plus tard, s'il le veut, s'il le peut. Le bras gauche plâtré, le pied gauche immobilisé par un bandage, Nicolas enrage. Combien de temps sans bouger? Un mois, peut-être davantage. Il traîne dans le salon, en sautant sur une jambe, il fume, il passe des heures au téléphone avec de mystérieux correspondants et pour l'instant, il essaie d'expliquer la situation à Charlotte. Sans grand succès.

« Maman, tante Charlotte n'a aucun sens politique. Je crois que sa génération restera définitivement futile. »

Lola sourit, amusée.

« Mais que veux-tu lui faire comprendre? Elle vit dans un autre monde, le monde facile et heureux qu'elle a toujours connu. » Nicolas ne saura jamais ce qu'ont été les belles heures du Liban au temps de tante Charlotte, avec ses grâces surannées, cette exquise douceur de vivre préservée par l'hypocrisie mondaine. La politesse voulait qu'on rie de ses propres malheurs, et qu'on implore l'aide de Dieu pour ceux des autres. Ce Liban des années trente n'était pas encore riche, mais déjà raffiné, et le nom d'une ancienne famille y pesait plus qu'un gros compte en banque... Comment a-t-on pu passer de la nuance à la violence, de la bienveillance à la barbarie, de la tolérance au fanatisme?

« Maman, tu ne m'écoutes pas... Je crois que nous vivons un moment historique : pense donc, c'est la première fois qu'une force politique se voit reconnue en dehors des critères confessionnels. La gauche vient d'être acceptée dans le Comité pour le dialogue qui a été formé hier. Nous pourrons enfin poser les vraies questions.

— Fallait-il payer cela de deux mille cinq cents morts en un mois?

— Peut-être pas. Mais s'il n'y a pas de bavures, si le cessez-le-feu se maintient assez longtemps... »

Lola caresse la joue de son fils.

« Que Dieu t'entende! Moi, je n'y crois pas. Nous sommes en octobre, et on vient de décréter le onzième cessez-le-feu. Ne rêve pas, Nicolas. Je sens qu'un vent de mort s'est levé et j'ai peur pour nous, pour toi. »

La BM noire est arrêtée à côté de l'immeuble des kataeb. Il fait sombre, mais la lune inonde la rue d'une lumière froide. Les quatre hommes, dans la voiture, tendent le cou.

« Ils vont les faire sortir un à un. Ils sont tous suspects, tous originaires du village où Elie a été tué. Papa Jo, à toi de décider. Lequel veux-tu? demande Roland.

— Celui-là. » Un petit homme moustachu vient de sortir. Il longe le mur, il court, bien visible dans le clair de lune. La BM le suit, le coince.

En quelques secondes l'homme est enlevé, poussé dans la voiture, un revolver sur la tempe. La BM file vers le jardin Siouffi. Dans une baraque de jardinier, les begin attachent le petit homme sur une chaise. Interrogatoire. Non, il n'est pas un combattant. Non, il n'a tué personne. Roland arrache sa veste. Jo ouvre sa chemise sale, dénude l'épaule droite : on y voit clairement le cal rouge et épais que laisse le recul du fusil. Roland a trouvé dans une poche une carte du Front Populaire Palestinien. Jo fait un signe. Les trois garçons quittent la baraque. Derrière eux, un coup de feu. Colt 45. Celui de Jo. Ils ne tournent pas la tête, remontent vers la route. Dans le jardin, Jo traîne le corps du petit moustachu, le jette au pied de l'horloge du jardin Siouffi.

C'est là qu'on abandonne les hommes exécutés, pour que leurs compagnons d'armes sachent qu'on les a tués. Deux cadavres s'y décomposent doucement. L'odeur est horrible. Jo prononce, en arabe, la vieille phrase de la vendetta : « La veine de la honte a claqué. »

Samedi matin, 6 novembre. John Randall, correspondant à Beyrouth du *Washington Post*, est réveillé très tôt par des bruits confus, puis par des tirs de plus en plus précis. Doit-il se lever ? Ce quartier d'El Kantari est habituellement paisible. Pas d'objectifs militaires ou stratégiques dans cette rue habitée par de grands bourgeois chrétiens. A moins que la Banque Centrale, à trois cents mètres vers l'ouest, ne soit en train de subir une attaque ? Peu probable. Il paraît que l'or est à l'étranger. Les tirs s'intensifient. Mitrailleuses lourdes, lance-roquettes, mortiers plus sourds : pas de doute, c'est un vrai combat. John risque un regard à travers les volets : le restaurant voisin est en flammes, sous la fenêtre brûle une voiture rouge. A qui téléphoner ? A des amis qui lui disent : « Ne t'inquiète pas, on va te tirer de là et t'envoyer un blindé. » Un moment plus tard, un vieux Panhard se pointe effectivement au bout de la rue. Mais il s'immobilise à cent mètres, visiblement bloqué. Que faire ? Puisque le téléphone fonctionne, autant travailler. Un combat de rue vu du balcon, c'est un bon sujet d'article. John s'installe devant sa machine à écrire et y glisse une feuille de papier.

Dans le merveilleux palais qu'il a hérité de son père, l'ancien président de la République Bechara el Khoury, Michel el Khoury discute avec son cuisinier. Ce samedi, il a invité à déjeuner les ambassadeurs français, anglais, américain, tout ce que la classe politique libanaise compte de banquiers, de grands commis et de présidentiables. Il faut soigner le menu, choisir les vins. Un château Eyquem 1947, oui, pourquoi pas... La table est déjà dressée, vaisselle et cristaux, fleurs, argenterie, chandeliers. Le premier convive arrive tôt, vers midi. C'est André Nametallah, un écrivain émigré d'Égypte dont Michel apprécie l'humour. Midi cinq, premier coup de fil. Elias Sarkis se décommande : « Je ne suis pas loin, mais impossible de passer. On tire du côté des hôtels. » On tire ? Michel s'est tellement habitué aux coups de feu qu'il n'avait pas remarqué.

Douze heures trente, treize heures, les coups de téléphone se succèdent. A une heure trente, plus de doute : personne ne viendra. Autour du palais, c'est la guerre. André s'installe donc à un bout de la table, Michel en face. Le bruit de la mitraille et la longueur de la table obligent à crier fort pour entretenir une conversation. Imperturbable, le maître d'hôtel sert en gants blancs. Le sommelier remonte de la cave le Château-Yquem. Le déjeuner se déroule comme prévu.

Rue El Kantari, John a pu dicter son papier, juste avant que le téléphone ne soit coupé. Il tire un matelas dans l'entrée, s'y étend et ouvre un livre, au hasard. Le récit de la guerre civile qui opposa en 1860 les chrétiens et les Druzes... De quoi avoir des cauchemars. Il s'endort tout de même, fatigué par le bruit des combats.

Au palais el Khoury, après un déjeuner somptueux, André décide de faire la sieste et sombre dans un sommeil lourd. Si lourd, qu'il n'entend pas qu'on enfonce la porte. Des fedayine armés envahissent le palais, installent un canon dans le jardin. « Vous allez sortir, crie Michel. Vous n'avez rien à faire ici. » Le petit chef en treillis de combat braque sa mitraillette sur lui et hurle en mauvais arabe. « On a besoin de ta maison. – Je vais téléphoner à Abou Amar. – Je me fous d'Abou Amar. » Retranché dans son bureau du premier étage, Michel « accroche », par miracle, la ligne téléphonique, capricieuse ces temps-ci. « J'ai chez moi des types qui veulent envahir ma maison et nous tuer, que dois-je faire ? » Réponse d'Abou Amar : « Je ne peux pas les contrôler. Essayez de sortir par-derrière, je vous envoie une escouade. »

En bas, les Palestiniens déchaînés cassent les verres, tirent des coups de mitraillette dans les lustres, éparpillent les archives de la famille, qui sont aussi celles de la République. André Nametallah se lève, l'esprit embrumé.

Un bruit de sonnette réveille John endormi, le nez dans son bouquin. Il pense : il faut aller ouvrir, avant de se rendre compte qu'en plein combat, personne, logiquement, ne devrait lui rendre visite. La porte vole en éclats, un groupe de miliciens armés fait irruption. Familier du Liban, John reconnaît tout de suite un groupuscule de gauche, moitié chiite, moitié chrétien libanais. En caleçon et tee-shirt, les mains sur la tête, il répète : « Sahafi, sahafi », journaliste, en arabe. Mais un incident relance la tension : un des gamins en uniforme vient de trouver dans son armoire de vieux treillis militaires ramenés du Viêt-nam où il avait été correspondant de guerre. Quelle idée de les avoir apportés! Les miliciens s'excitent, crient qu'il est un espion, le poussent dans l'escalier. Ils emportent les pièces à conviction : sa machine à écrire et un magnétophone, qu'ils prennent pour un talkie-walkie.

Michel el Khoury, son ami André et tout le personnel quittent le palais par l'arrière, en escaladant le mur du jardin avec une corde trouvée là par miracle. A l'intérieur, des bruits de meubles qu'on casse, des rafales de kalachnikovs tirées dans les fenêtres, les miroirs, les piles de vaisselle, les objets de collection. Michel pense aux anciennes opalines, à toutes les œuvres d'art rassemblées par son père et son grand-père, aux portraits de famille et aussi à sa cave : ces musulmans ne connaissent rien au vin, ils vont simplement vider dans le caniveau les précieuses bouteilles.... L'orage passé, il revient avec André. Spectacle de désolation : rien n'a été épargné. On n'a pas volé. On a brisé, cassé, démoli, réduit en miettes même les meubles les plus lourds, soigneusement déchiré les tableaux, brisé à coups de crosse les fragiles statues. La mort dans l'âme, les deux amis avancent à travers les pièces, les débris de verre et de porcelaine craquant sous leurs pieds. Soudain, André se penche, ramasse quelque chose, se relève triomphant : « Regarde, ils ont oublié ça! Il tient à la main une petite statuette de Tanagra. Intacte. Il s'avance vers Michel, son pied glisse sur un morceau de verre, il tombe... la statuette se brise.

« Partons, soupire Michel. Jamais je ne reviendrai ici. On ne lutte pas contre le destin. »

Sans qu'on comprenne tout de suite pourquoi et comment, la guerre s'est emballée. La vieille ville, les souks, la place des Martyrs, ont pris l'allure de terrains vagues que seuls les chats se risquent à traverser sous l'œil des tireurs embusqués. Il semble que les combattants, d'un côté comme de l'autre, aient conclu un accord tacite : le cœur de Beyrouth restera no man's land. Sur un pan de mur, un graffiti proclame : « Nous avons construit le Liban, nous le brûlerons. »

Fin octobre, début novembre, la bataille se déplace vers les quartiers chics d'El Kantari et des grands hôtels du bord de la mer. Les « Tigres » de Chamoun s'emparent du Saint-Georges. Les phalangistes investissent le Phœnicia, rival du Saint-Georges, qui oppose au charme anglais les marbres et les fastes des grands hôtels américains. Les begin prennent le Holliday Inn. La rue de Phénicie, les Caves du Roy, le Grenier, toutes les boîtes de nuit et les restaurants de luxe, hauts lieux du

Beyrouth mondain et cosmopolite, se transforment en cantonnements. Les miliciens installent des mitrailleuses sur les balcons, vident les caves, posent leurs bottes sur les lits de brocart ou les canapés de cuir beige. Les fils de bonne famille, en tenue de combat, jouent du piano-jazz au bar du Saint-Georges. Le phalangiste de base, souvent un paysan venu de sa montagne, croit qu'il a sauvé la chrétienté et gagné son paradis sur terre.

En face, les palestino-progressistes, gauchistes libanais encadrés par les Palestiniens, ont pris position dans la tour Murr, une tour en construction, très haute et inachevée. L'endroit est austère, mais le béton brut a deux avantages : il n'amollit pas les combattants habitués à la dure des camps palestiniens, et surtout il ne brûle pas lorsqu'il est atteint par des roquettes incendiaires. Un élément qui sera décisif.

« Nicolas, peux-tu m'expliquer pourquoi les phalangistes occupent ces hôtels ? Ce ne sont ni des positions stratégiques, ni des prises de guerre, ni... D'ailleurs les souks non plus ne sont pas stratégiques, pourquoi les avoir détruits ? » La guerre des hôtels a singulièrement rapproché la maison Boulad de la zone des combats. Antoine, bloqué dans son hôpital à l'est de la ville, ne peut plus franchir les barrages. Il parvient à téléphoner de temps en temps, mais il se désespère de savoir Lola sur une ligne de front. La guerre se déplace comme un cyclone, isolant un quartier, y déchaînant la violence et la mort, relâchant ailleurs son emprise et laissant la vie quotidienne y reprendre ses droits. Dans certaines rues on meurt, dans d'autres, on va au cinéma.

Chez les Boulad, tout le monde vit dans la cave, même tante Charlotte, qui pour la première fois semble réaliser la gravité de la situation. Athina, qui est orthodoxe, brûle chaque soir une bougie devant son icône préférée, celle de saint Georges terrassant le dragon, et Zakhiné lui fait remarquer d'un ton acide que les bougies, on ferait mieux de les garder pour s'éclairer, le jour où il n'y aura plus du tout d'électricité. Nicolas est fébrile. Que fait-il, enfermé dans cette cave, avec son bras plâtré, alors que ses copains, dans la tour Murr, attendent un assaut ? Il écoute les obus et les roquettes. « Tu vois, maman, ça c'est un départ d'obus, ça vient d'à côté et ça, là, tu entends ? C'est une arrivée, à mon avis c'est lancé de la tour Murr. Il est tombé près, peut-être dans le square... Tu as compris ? Le départ, tu laisses courir. L'arrivée, tu te planques.

— En somme, ce sont tes copains qui nous bombardent ? Bravo ! Si tu étais avec eux, tu ferais la même chose ? » Nicolas est au supplice. Il serre les mains de Lola, la regarde si intensément que ses yeux ressemblent à des escarboucles. « Maman, je ne veux tuer personne. Je veux que le Liban reste ce qu'il doit être : un pays sans discrimination sociale ou religieuse. Tu me comprends, dis-moi que tu me comprends... » Lola n'a pas le cœur de lui dire non. Sous les traits de ce nouveau Nicolas, durci et mûri, elle retrouve son petit garçon idéaliste et tendre, celui qui à douze ans aidait une petite fille à lire, dans un camp palestinien... Comment ne comprendrait-elle pas ? Elle a seulement peur pour lui. Peur qu'il ne soit tué ou blessé, bien sûr. Mais peur aussi qu'il ne soit déçu.

Le temps passe, l'angoisse augmente. La radio, seul lien avec l'extérieur, donne des nouvelles inquiétantes. On se bat à l'arme blanche au centre de Beyrouth, on ne sait plus où passent les lignes de démarcation, le Phœnicia brûle, l'Holliday Inn est encerclé. Les pillards sont partout. Pour les dissuader, Tanos a dessiné, sur un carton attaché à la grille, une grenade quadrillée, surmontée d'une tête de mort. « Maintenant tout le monde fait ça, explique-t-il, les commerçants placent une grenade dégoupillée entre le rideau de fer et la porte. Dès qu'on veut toucher le rideau de fer, la grenade explose. Ça éloigne les voleurs. Mais l'autre jour, le boulanger de la rue Mourad a oublié la grenade mise la veille. Il a sauté avec sa boutique... »

Tanos est au courant de tout. Il disparaît « chez des cousins » de temps à autre, revient inopinément avec du ravitaillement, de l'eau, des bougies, des nouvelles. Heureusement qu'il est là ! « Tanos, voulez-vous rentrer chez vous ? » lui a demandé Lola prise de scrupule. Il a eu un sourire chaleureux, presque tendre, qui a transformé son visage en lame de couteau : « Vous êtes aussi ma famille, madame Lola. Je ne peux pas vous laisser seules ici. Quatre femmes ! Non, je ne peux pas. Dieu seul sait quand Monsieur Antoine rentrera, et Nicolas, dès qu'il le pourra, s'en ira. Oh, pardon, ne soyez pas triste. On ne peut pas garder un garçon de son âge contre son gré, pas plus qu'on ne peut mettre un chat sauvage en cage. »

Un soir, vers neuf heures, Nicolas reçoit un long coup de fil. Son visage s'éclaire, puis s'assombrit. Il répond par monosyllabes : « Où ? Quand ? D'accord. Et Moi ? Bien. Je vais voir... Rappelle dans dix minutes. » Boitillant toujours un peu, il va rejoindre Tanos qui fume un de ces petits cigares noirs à l'odeur bizarre qu'il confectionne lui-même – Lola le soupçonne d'y ajouter du bon haschisch de la Bekaa, de la « crème », comme on disait dans les cafés en vous proposant un narguileh : avec ou sans crème ? Long conciliabule. Tanos pose de brèves questions, hoche la tête, dubitatif. Nicolas revient vers sa mère, l'assied dans un fauteuil, s'accroupit à ses genoux. Mauvais signe. Le cœur de Lola commence à battre trop vite.

« Maman, je t'en prie, sois calme. Voilà : c'était Tony, au téléphone. Les palestino-progressistes sont tout près. Pour l'instant, le secteur est calme. Mais ils ont l'intention de lancer une attaque demain matin, à l'aube. Notre maison est dans leur ligne de mire. Tony nous supplie de partir cette nuit. D'aller vers l'est, vers Achrafieh, dans l'appartement de

Marc, comme le propose Tanos. Il faut faire nos valises, ne prendre que l'essentiel. Et surtout, persuader tante Charlotte de partir. Moi, je reste, je les attends. Si tout marche bien, ils établiront ici leur quartier général, cela protégera la maison. Il est neuf heures du soir. Nous avons jusqu'à cinq heures du matin. Tanos va rapprocher la voiture. A quatre heures, vous partirez. Tony enverra une escorte qui vous montrera les voies libres et vous quittera au passage du Musée. Là-bas, le poste est prévenu. Ensuite, avec Tanos, il n'y aura plus de problème... »

Lola regarde Nicolas fixement, sans le voir. Effrayé, il la secoue par le bras. « Maman, je t'en prie, bouge, réveille-toi, dis quelque chose. » Partir, quitter cette maison qui depuis des années est devenue la sienne, non, non, elle ne pourra pas. Les rideaux de velours rouge, les colonnes de marbre d'un blanc laiteux, les grands braseros de cuivre qui brillent dans l'ombre. Elle ne savait pas qu'elle les aimait, qu'ils composaient un univers de douceur, de bonheur. Partir? Elle imagine les murs calcinés, les fauteuils crevés, jetés dans le jardin. Ces horribles fauteuils maintenant lui tiennent à cœur.

Elle pense à Alexandrie. Lever l'ancre une seconde fois? Impossible. « Si nous restions dans la cave? interroge-t-elle faiblement.

– Trop dangereux, maman. Il suffit qu'une roquette incendiaire... » C'est vrai, le feu! Lola entend le ronflement des flammes, l'autre nuit dans les souks, elle sent l'incendie lui chauffer les joues, elle revoit les flammèches qui léchaient le toit... La peur la galvanise, elle se lève, son énergie revenue.

« Bien, je monte faire les valises. Zakhiné, emballe l'argenterie dans les nappes brodées. Fais des rouleaux bien serrés. Athina, venez avec moi. »

Les genoux tremblants, Lola gravit l'escalier. Que choisir pour survivre? Devant l'armoire ouverte, elle contemple toutes ses robes du soir, éclatantes, stupides, inutiles. Un pull, un jean. Cette veste de daim. Sa main glisse, écarte les tailleurs, les robes. Elle a l'impression de feuilleter sa vie, une vie insouciante et légère, lointaine, si lointaine. Sa main rencontre quelque chose de doux, léger comme un flocon : la pelisse de soie doublée de renard roux, et la robe chaudron qu'elle a portées à ce dîner à Paris, chez les Lacouture... Mon Dieu, c'était en... oh, il y a un siècle. Jamais elle ne reverra Philippe, elle en est sûre. Cette pelisse remplirait la moitié d'une valise. Tant pis, elle l'emporte, et la robe aussi. Et ce petit cadre en argent que lui avait donné Abel, au Caire. Et la robe noire, et le collier barbare que Philippe lui avait acheté, à Khan Khalil, chez un antiquaire turc. Les bijoux, cadeaux d'Antoine. Un déshabillé rose qu'elle aime, parce qu'il lui rappelle la naissance de Mona. Sa robe fourreau rouge qu'Antoine adore. Elle empile et tasse, comme une folle, ses souvenirs, ses moments de bonheur, les joies qui tissèrent sa vie.

Il est quatre heures du matin. Dans le vestibule éclairé par un chandelier – l'électricité vient d'être coupée – ils sont tous rassemblés. Tante Charlotte tient Nicolas par le bras. Elle n'a pas voulu quitter sa maison. Très fermement, abandonnant pour une fois son personnage de femme évaporée, elle a expliqué qu'à son âge, on ne s'enfuit pas la nuit sous prétexte qu'il y a la guerre. « Si je dois mourir, je préfère que ce soit ici, dans cette maison où j'ai vécu avec Émile. » Son ton était si calme et si déterminé que Nicolas n'a pas osé insister. « Je prendrai soin de toi, Tatie » et il l'a embrassée. Quant à Zakhiné, elle a refusé de quitter Charlotte qui était venue la « louer » à son père quand elle était toute petite, dans le misérable quartier alaouite de Sabra. « Madame a toujours payé pour moi, répète-t-elle, butée. Et puis, Madame ne sait pas faire la cuisine, ni laver, ni repasser. Sans moi elle serait comme un bébé. » Lola se dit que ce n'est pas faux. D'ailleurs, Zakhiné ne risquera rien en secteur musulman.

Les valises sont dans la Pontiac. Tanos attend au volant. Tous feux éteints, en silence, deux grosses voitures s'engagent dans la rue. Le clair de lune nimbe la scène d'une lumière irréelle. « Ce sont eux », dit Nicolas. Les mains de Charlotte, maigres comme des pattes d'oiseau, se serrent sur les bras de Lola. « Ma chérie, ma chérie, sois prudente... répète-t-elle, les larmes au bord des cils. – Tatie, je reviendrai, je te téléphonerai. A bientôt. » Athina embrasse Nicolas, passe la main dans ses cheveux noirs et rabat son épi, comme lorsqu'il était petit. Le jardin éteint par l'hiver n'a plus de fleurs, plus de parfums. Un éclat a ébréché la vasque de la fontaine. A la grille, Lola se retourne vers les deux silhouettes enlacées, Nicolas devenu si grand, Charlotte à son bras, fragile et indestructible. Quand les reverra-t-elle? La famille vient d'éclater.

Les trois voitures glissent entre des maisons mortes. Pas une lumière, pas un bruit. En passant devant le square, Lola tend le cou : elle aperçoit le rectangle sombre du rideau de fer des Papyrus, mais à côté, La Licorne n'est plus qu'un trou béant dans la façade noircie. « Je vous l'avais dit, madame. Par miracle, votre façade n'a rien. Mais le magasin de Mlle Lili a été complètement pillé, puis incendié. » Oui, Tanos l'avait dit. Mais le voir fait un choc. Une seconde fois, Lili disparaît, et avec elle le souvenir de leurs fous rires, de leurs bavardages et de leurs confidences.

La voiture de tête s'arrête, une main sort par la portière, fait le geste si libanais, paume en avant, petits coups impatients, qui signifie « attends ». Un milicien en sort. Pantalon militaire, baskets sales, polo noir. Lola ne saurait dire qui il est, d'où il vient. Il tient une kalach, donc c'est plutôt un milicien de gauche. Maintenant, c'est le M 16 qui équipe les phalanges, paraît-il. A moins que ce ne soit des prises de guerrre... on s'embrouille. Le milicien est très jeune, blond aux yeux pâles, il semble surexcité. Il explique à Tanos : là, dans cette large avenue, il faudra foncer. Les francs-tireurs sont postés sur les toits. Attention, ils font mouche même la nuit, avec leurs viseurs à infrarouge. Résumons. Tanos part, eux le couvrent un moment en tirant des rafales en l'air. Il faudra rouler en zig zag. Il y a des trous d'obus partout.

Un coup de feu claque au ras du pare-brise. Ils sont repérés. Vite... Tanos courbe la tête, Athina et Lola se penchent sur leurs genoux, la

Pontiac bondit comme un cheval et aussitôt les kalachnikovs se déchaînent. Athina et Lola, jetées l'une contre l'autre par les virages secs, s'accrochent à la banquette. Derrière, des rafales partent en salves bruyantes. Athina couine comme un petit chien. Elle ne va pas s'évanouir! Curieusement, Lola n'a pas peur. Elle jette un coup d'œil. L'aube se lève. Tanos éclate de rire : « Ils en ont eu un! » En effet, un corps tombe, bras écartés, du haut d'un immeuble. « Les salauds, les salauds », grommelle Tanos en donnant des coups de volant à droite et à gauche. Enfin, on est passés. Au poste de garde des phalangistes, surmonté d'une grande croix de bois qui doit servir de cible à ceux d'en face, car elle est toute penchée, la Pontiac s'arrête. Tanos descend, fait le tour de la voiture. Trois balles dans le coffre, une sur la portière avant droite. On l'a échappé belle.

Tanos discute avec les phalangistes et revient, portant deux tasses de café. Achrafieh s'éveille. Un boulanger ouvre ses volets dans une petite ruelle en pente. Une radio nasille des chansons douceâtres. De l'autre côté de la ligne, à l'ouest, éclatent les premiers tirs, annonciateurs habituels de la reprise des combats. Tanos écoute en connaisseur : « Mortier de 120, RPG... la douchka russe! » Mais la bataille semble irréelle, lointaine, presque indécente, alors qu'ici tout est si paisible. Pour la première fois, Lola réalise qu'elle vient de franchir une frontière invisible séparant deux Beyrouth : musulmans à l'ouest, chrétiens à l'est. Là-bas, la bataille. Ici, le calme, un calme incroyable, incongru, un silence qui l'assourdit plus que le fracas des obus.

La BM noire est arrêtée devant l'hôpital Saint-Joseph, à Dora, ce samedi 6 décembre. Il est dix heures. La foule se presse. L'hôpital orthodoxe n'en finit plus, depuis une heure, de recevoir des morts et des blessés. Un homme corpulent vêtu d'un costume sombre sort de la BM, grimpe les marches, se heurte aux deux gendarmes qui gardent la porte : « Mon fils, je veux voir mon fils! » hurle-t-il. La porte s'entrouvre, une infirmière passe la tête : « Attendez un peu, monsieur Saadé, nous terminons la toilette des morts... – Laissez-moi les voir, tout de suite », crie Joseph et, comme un gendarme fait mine d'étendre le bras, Jo tire son colt, bouscule l'infirmière terrorisée : « Conduis-moi à la morgue. – Mais ils ne sont pas présentables! – Présentables? Je veux voir comment ils les ont amochés... »

Quatre corps nus, étendus sur le métal froid. Quatre jeunes gens affreusement mutilés, hanche ouverte, bras tranchés, défigurés à coups de hache... Jo les regarde, leur parle, tourne autour d'eux. Roland, son deuxième fils, a la colonne vertébrale sectionnée comme par une machette et sa bouche aux dents fracassées s'élargit en un terrible sourire. Jo l'embrasse, pleure, tourne comme un lion en cage... « Roland, ils avaient tué Elie et maintenant ils t'ont assassiné... Je retrouverai tes meurtriers, je les tuerai de ma propre main... J'y emploierai le reste de ma vie, ma vie qui est finie puisque mes deux fils sont morts et que plus personne, jamais, ne portera mon nom... Nous allons vous venger, mes petits. Pour chacun d'entre vous on en a déjà eu cinquante, et ça va continuer... »

Quatre heures auparavant, Jo avait appris que Roland et ses amis, partis la veille au cinéma à Broumana, n'étaient toujours pas rentrés. A huit heures du matin, il a fait irruption dans le bureau de Pierre Gemayel. « Qu'est-ce que vous foutez là ? a crié Gemayel entouré de son bureau politique au complet. – Cheikh Pierre, si on ne me rend pas mon second fils, Roland, ça va être un massacre vous entendez ? Un massacre. » Mais Cheikh Pierre ne répond pas : on l'appelle de Damas, où Hafez el Assad l'attend pour une entrevue de la dernière chance. Jo est brutalement écarté.

Dix minutes plus tard, Jo entre dans le quartier général des begin. Il hurle « bande de salopards, lâches... vous êtes là tranquillement en train de bavarder, alors que vos copains viennent d'être enlevés, peut-être tués ! Ce parti n'est qu'un ramassis de lâches... vos mères vous ont enfantés avec des chiens... » Un murmure court, s'enfle « vengeance, vengeance... ».

Ivres de rage, les begin fondent sur Beyrouth comme des oiseaux de proie. Cinq des leurs ont été enlevés. Cela signifie qu'il leur faut prendre des otages, comme monnaie d'échange. Ils se postent au carrefour de la rue des Douanes et de la rue Charles-Helou, arrêtent le premier autobus qui passe : les passagers sont chiites. On les arrache du bus, on les jette, veste sur le visage, dans des bureaux ou des caves. D'autres voitures arrivent, tombent dans le piège. Les musulmans sont enlevés. Ceux qui veulent se défendre sont tués sur place. Les premiers cadavres encombrent la chaussée.

Mais il n'y aura pas d'échange. Un phalangiste crie : « Ils sont morts ! On a trouvé leurs corps à Fanar » et il lance à Jo la chemise ensanglantée de son fils Roland. Alors, c'est le massacre. Les begin se ruent dans les caves, vident leurs chargeurs sur les otages entassés. Bientôt on piétine dans le sang. Dehors, d'autres begin arrêtent tous les passants : « Musulman ? » Avant de comprendre ce qui lui arrive, le malheureux est descendu d'une balle dans la tête. Dans la rue Charles-Helou, les conducteurs affolés essaient de quitter leurs voitures coincées dans un gigantesque embouteillage. Des femmes hurlent sur les balcons. L'hystérie gagne. Jo et les begin n'entendent rien, ils tuent les musulmans. Venant du port, un chef phalangiste arrive jusqu'à Jo : « Arrête, tu es fou, tu vas mettre toute la ville à feu et à sang, ce n'est pas le moment, Cheikh Pierre est à Damas. » Pas le moment ? C'est toujours le moment de se venger. Jo, sans dire un mot, tire dans les pieds du responsable kataeb. Pendant deux heures, se déroule le pire carrousel de mort que Beyrouth ait connu. Trois cents musulmans abattus en quelques heures, en pleine ville, au hasard des rues, sur un trottoir, dans leur voiture. Des centaines d'autres enlevés. Un vent de panique se lève sur la ville. S'agit-il d'une provocation, d'un attentat délibéré, pour empêcher la trêve qui risquait, ce jour-là, de se négocier à Damas?

En ce samedi noir, une page est tournée. On est passé des accrochages entre combattants aux massacres des civils. Les milliers de chrétiens qui vivent encore à l'ouest se barricadent chez eux : la riposte musulmane sera terrible. Au fur et à mesure que les cadavres musulmans arrivent, accompagnés des cris aigus des pleureuses et des rafales en l'air des mitraillettes du deuil, on sent venir le pogrom.

Arafat et Joumblatt se retrouvent, en urgence. Arafat ne veut pas d'un massacre de chrétiens dans son camp, et il finit par convaincre Joumblatt, pressé de régler ses vieux comptes avec les maronites, que leur intérêt politique commun est d'engager plutôt une action militaire.

Le dimanche 7 décembre, les palestino-progressistes attaquent donc sur le front des grands hôtels et du centre ville. La bataille de Beyrouth commence. Les phalangistes reculent, abandonnent le Saint-Georges aux flammes qui ne laisseront, de cet endroit de rêve, qu'une carcasse calcinée. On se mitraille dans les couloirs du Phœnicia où le feu déclenche les sirènes d'alarme devenues dérisoires. Dans les rues désertes, on se bat maison par maison. *L'Orient-le Jour* titre : « C'est toujours l'enfer » et « Beyrouth en plein cauchemar ». La puanteur des cadavres accumulés empoisonne l'air sans recouvrir les miasmes de la fumée ou l'odeur de la poudre.

Est-ce l'apocalyse? Pas encore. Mètre par mètre, les Palestiniens avancent, précédés par les « mourabitouns », les milices nassériennes musulmanes. Les chrétiens perdent du terrain. Autour d'eux, l'étau se resserre. Achrafieh se prépare au pire. Les trêves se font de plus en plus courtes – quelques jours, puis quelques heures, le temps de récupérer les blessés et de se réarmer. Les femmes se précipitent pour acheter du pain et des tomates, sur des étals volants mystérieusement surgis d'entre les ruines. Les enfants courent de point d'eau en point d'eau, des jerricans ou des seaux à la main. Les traînards sont fauchés par les premiers obus de la reprise des combats. Les chrétiens ne vont pas tarder à être submergés.

Il leur reste une issue, c'est de « faire sauter les verrous palestiniens », c'est-à-dire les camps de réfugiés qui empêchent Achrafieh de communiquer avec la montagne du Kesrouan, l'arrière-pays chrétien. Bechir Gemayel, qui commande la région, dirige l'opération. Ce sera la plus folle et la plus meurtrière des batailles encore jamais livrées. Le 14 janvier, les kataeb occupent le camp palestinien de Dbayé. Le 15, en représailles, les Palestiniens encerclent et bombardent la petite ville chrétienne de Damour, au sud de Beyrouth. Lundi 19 janvier, à quatre heures du matin, une sourde canonnade réveille Beyrouth endormie. Dans la nuit claire on voit s'élever, en bord de mer, les premiers incendies. « C'est sur la Quarantaine », disent ceux qui ont eu le courage de se lever pour regarder. La Quarantaine, « sale verrue musulmane sur nos voies de communication », comme dit Bechir Gemayel, n'est qu'un misérable bidonville où vivent environ trente mille musulmans chiites, des Kurdes et quelques Arméniens. Mais depuis peu, des Palestiniens s'y sont infiltrés, et ils tiennent sous leur feu un pont stratégique que tous les correspondants de guerre ont un jour ou l'autre traversé à toute allure, la peur au ventre.

Ce 19 janvier, au matin, les troupes chrétiennes déferlent dans le camp de la Quarantaine – la « Karantina » – avec des canons, des jeeps, des mitrailleuses, des couteaux et des haches. Ils ouvrent les portes à coups de pied, balancent une grenade, repartent plus loin. Pris entre les Palestiniens, qui résistent, et les phalangistes, qui attaquent, les civils seront broyés. On tue les hommes valides, on renvoie – parfois – les femmes et les enfants, entassés par camions entiers, vers l'intersection du Musée. Après trois jours de combat, les Palestiniens repliés dans une usine de matelas appelée « sleep comfort » sont exterminés jusqu'au dernier. Scènes de terreur et d'horreur qui feront le tour du monde : ivres de joie après cette victoire, des phalangistes se font photographier, croix de bois autour du cou, photo de la Vierge sur leur mitraillette, en train de boire du champagne sur des monceaux de morts. Un autre joue de la guitare, le pied sur un cadavre. A l'arrière, les musulmans, mains liées derrière le dos, font face au mur de leur exécution prochaine. Personne ne comprend, sur le terrain, en quoi ces images pourraient être choquantes...

Au même moment, à peu près, les Palestiniens attaquent Damour qu'ils encerclaient. Le 19 janvier au soir, la ville commence à brûler. Les habitants, chrétiens, sont pris dans une nasse : leur seule issue serait la mer, mais le temps est mauvais et aucune barque ne peut sortir. Un vent violent interdit aux hélicoptères de l'armée, alertés, d'aller évacuer les blessés. Pendant une nuit et un jour, systématiquement, les Palestiniens dynamitent et brûlent les maisons, tuent tous les chrétiens, femmes et enfants compris, qui cherchent à s'échapper. Là aussi c'est l'horreur, moins connue que celle de la Quarantaine car les photographes n'arriveront que plus tard, lorsque les morts auront été soigneusement rangés sur les pelouses, ou dans les fossés.

Mais tuer n'est plus suffisant. Il faut supprimer toute trace, effacer tout souvenir des lieux détestés. A Damour, sur les maisons dynamitées, s'abattent des nuées de Palestiniens des camps qui emportent tout ce qui peut s'enlever ou s'arracher – jusqu'aux tuiles des toits, aux tuyaux d'écoulement, aux arbres des jardins. A la Quarantaine, le camp est complètement rasé au bulldozer, aplati, nivelé. Comme le veut la vieille malédiction, on y jette du sel. A Damour, sur les ruines, une main palestinienne a écrit, en arabe : « Nous tracerons notre route dans une mer de sang. » A la Quarantaine, avant qu'on pulvérise la mosquée, un phalangiste décroche le croissant de cuivre, en haut du minaret, et vient l'offrir à Joseph Saadé.

Le Liban sombre dans la folie et la honte. Les explications et les justifications a posteriori n'y changeront rien. Désormais, pour le monde entier, et pour les Libanais eux-mêmes, Damour rime avec Oradour, Karantina avec Guernica.

23

Beyrouth-Ouest, 5 février 1976

Deuxième paquet de cigarettes. Troisième coca-cola. Asssise devant sa machine à écrire. Anne cherche l'inspiration. Il lui reste trois heures, non quatre heures, grâce au décalage horaire, pour envoyer son papier. Elle consulte ses notes, éparpillées sur la coiffeuse de marbre qui lui sert de bureau : l'hôtel Commodore, en plein Beyrouth-Ouest, n'offre pas les commodités du Saint-Georges, dont on aperçoit au bord de la mer la silhouette calcinée et les fenêtres béant sur le vide. Le Commodore est pourtant devenu la nouvelle plaque tournante de l'information, la bourse aux nouvelles, l'hôtel où les journalistes, mus par un tropisme jamais pris en défaut, se retrouvent en temps de crise.

Les nouvelles, il y en a trop. La guerre continue, en échangeant les protagonistes, comme dans un ancien quadrille. Les cessez-le-feu se succèdent – on doit en être au quarante-deuxième – et plus personne n'y porte attention, sauf les boulangers qui en profitent pour cuire leur pain, et les porte-parole des différents partis qui essayent d'intoxiquer la presse.

Anne hésite. « Débrouillez-moi cette histoire libanaise, mais surtout faites simple », lui a dit, tout à l'heure, son rédacteur en chef. Comment raconter simplement la folie ordinaire, l'odeur du sang, ces combattants qui tuent et meurent en ayant oublié pourquoi ils se battaient ? Ces massacres délibérés, qu'on se renvoie à l'infini comme dans un cruel jeu de miroirs ? Comment expliquer que la barbarie, la vendetta, les tortures, font maintenant partie de la vie libanaise au même titre que la plage, le soleil, ou les moments d'accalmie, pendant lesquels le franc-tireur va embrasser sa mère...

Anne écrit, décrit, traque le détail révélateur, l'image choc, la formule qui en trois mots dira tout. Le téléphone sonne, par à-coups hoquetants.

« Anne, c'est Pautard. Veux-tu te joindre à nous ? Thierry et moi allons prendre un verre au Marly. Il y a là-bas des types du FPLP. Ce n'est pas loin, mais prends des chaussures plates, il faudra peut-être courir. » Toujours pessimiste, André. En ce moment, théoriquement, c'est le cessez-le-feu. Enfin, elle ne risque rien à changer de chaussures.

A l'hôtel Marly, lieu de rencontre de la gauche libanaise, le bar a été transféré au premier étage. Un petit groupe occupe les fauteuils avachis. Il y a là la faune habituelle des temps de guerre : trois Italiens de la Banco di Roma, un journaliste de *la Repubblica*, deux employés d'IBM qui, tout le monde le sait, appartiennent à la CIA, un Yougoslave inconnu, une Anglaise, militante pro-palestinienne, vêtue d'une longue robe de gitane. Et Tony, officieux porte-parole du FPLP, accompagné d'un jeune homme qu'il présente à la ronde : « Nicolas Boulad. Il travaille avec nous. » Boulad? Ce nom dit quelque chose à Anne. Pourtant, elle est presque sûre de n'avoir jamais rencontré ce garçon. Elle n'aurait pas oublié ces étonnants yeux verts.

Nick Charki arrive de Syrie. « Si vous voyiez Damas! Plus une chambre d'hôtel, plus un appartement à louer, les réfugiés libanais sont installés partout. Il y a même des embouteillages comme à Beyrouth! Je dois dire que cela rend Damas plus gai.

— A ton avis, interroge Pautard, envoyé de *l'Express*, les Syriens s'apprêtent-ils à entrer au Liban?

— Je le crois, acquiesce Nick, ils n'attendent qu'un signe pour sauver les chrétiens libanais d'une déroute certaine. Oh, pas par amour pour eux! Mais une victoire d'Arafat gênerait la Syrie. Hafez est trop malin pour tolérer que les Palestiniens gagnent cette bataille. Le Liban, il se le réserve. Pour plus tard...

— Alors, les Syriens nous lâcheraient? C'est impossible... » murmure le jeune homme aux yeux verts.

Le garçon d'étage, un Druze, arrive en courant.

« Monsieur Boulad, on vous demande à la réception. »

Nicolas le suit, dégringole le grand escalier. Anne se tourne vers Tony : « Ce garçon, n'est-il pas le fils de Lola Boulad? » Tony semble gêné. Oui, Nicolas Boulad est le fils de Lola. Il milite au FPLP. Mais fallait-il le dire à Anne? Il n'aurait pas dû amener Nicolas ce soir.

« Walid! Comment vas-tu? Qu'est-ce que tu fais là? Tu voulais me voir? » Walid, un grand maigre, ancien copain de fac, sourit à Nicolas. « Je passais, on m'a dit que tu étais ici. On sort un moment? — Attends une seconde, je prends ma veste et mes papiers. »

Dans l'impasse en face du Marly, une voiture est garée. Le portier se demande vaguement comment une si grosse Mercedes a pu entrer, en marche arrière, dans une si petite ruelle. Soudain, deux hommes armés bondissent hors de la voiture, attrapent Nicolas par le bras, le poussent à l'intérieur. Walid s'enfuit en courant. La voiture démarre brutalement, vire sec, dans un déchirement de caoutchouc brûlé. Le portier s'aplatit derrière le comptoir. En général, les ravisseurs tirent en partant quelques rafales, par sécurité. La voiture disparaît dans la rue Hamra.

« Vite, vite, ils viennent d'enlever Nicolas. » En une seconde, tout le monde est debout. Qui l'a enlevé? Combien étaient-ils? Dans quelle voiture? Tony est blême. Une sueur froide inonde son dos. Voyons, en plein secteur musulman, les ravisseurs ne peuvent pas être des phalangistes ou des milices chrétiennes. Alors qui? Des Palestiniens? Mais Nicolas travaille pour eux. Des incontrôlés? Ce sont les plus dangereux. Ils enlèvent pour rançonner, mais lorsque l'opération échoue ils n'hésitent pas à tuer. Qui alerter? Tout le monde.

Thierry Desjardins appelle Yazid, l'ambassadeur d'Algérie, qui connaît tous les groupes et groupuscules gauchistes. Pautard téléphone à Raymond Eddé, resté à l'Ouest, dont les réseaux de renseignements fonctionnent bien. Tony bat le rappel de tous les amis, à l'OLP, à *l'Orient*, dans les états-majors politiques, les permanences des milices, les hôpitaux. Rien. Il faut quand même prévenir Antoine et Lola.

Voix chaleureuse d'Antoine, au bout du fil. « Docteur Boulad, j'ai une mauvaise nouvelle... Nicolas vient d'être enlevé, en face de l'hôtel Marly... » Tony entend un cri déchirant. Lola... « J'arrive, dit Antoine. – Mais vous ne pourrez pas passer les barrages. – Si, avec mon infirmier chiite et une ambulance, c'est possible. Attendez-moi au Marly, Tony, ne bougez pas. Il est minuit. Dans une heure, je serai là. »

Nicolas n'a pas tout de suite compris. Pendant trois secondes, il croit à une erreur : pourquoi l'enlèverait-on, lui, dans ce quartier contrôlé par les siens? Ils sont quatre dans la voiture. A l'arrière, kalach en travers de la poitrine, deux types en civil l'encadrent. Devant, le chauffeur, et un homme, sans arme. Nicolas ne connaît personne. Les ravisseurs ne portent pas d'uniforme, mais l'homme assis à côté du chauffeur a sur le dos un blouson kaki, aux insignes arrachés. Ne pas paniquer. Plutôt attaquer : « Qui êtes-vous? Pourquoi m'enlevez-vous? Je ne peux vous être utile en rien. Je ne suis pas un combattant. Ni un politique. Vous ne pourrez jamais m'échanger »

Ces mots dérisoires tombent comme des pierres dans un puits. Le chauffeur prend la rue Hamra, monte la rue de Verdun. Nicolas s'agite. Tout son corps commence à transpirer. Ses mains sont moites. Il a peur, comme jamais il n'a eu peur. Le plus effrayant, c'est sans doute le silence, l'air absent et comme détaché de ceux qui le coincent au milieu de la banquette arrière. Des fonctionnaires du crime, se dit-il, et il se souvient d'une conversation qu'il avait eue à Chiah, avec un franc-tireur : « Pourquoi fais-tu ça? – Parce que c'est mon boulot, je suis payé pour », avait répondu l'autre comme si c'était une évidence, comme s'il avait dit : « Je suis chauffeur de taxi, ou bien électricien. » Ceux-là vont-ils le tuer maintenant, ou plus tard?

L'homme, à l'avant, semble être le chef. Sans regarder Nicolas, il ordonne : « Mettez-lui le bandeau.. » L'accent est palestinien. Palestiniens ? Pourquoi eux ? Nicolas a le temps d'apercevoir, éclairé par les phares, le collège du Carmel. Son voisin de gauche pose sa kalach sur ses genoux, sort de sa poche un foulard noir assez sale, bande les yeux de Nicolas et noue solidement le bandeau à l'arrière de la tête, en lui accrochant les cheveux. Au fond, c'est bon signe. Ils ne vont pas le tuer tout de suite et jeter son corps, comme ces cadavres qu'on découvre tous les matins, au bord des trottoirs.

Ils l'emmènent quelque part. A Tell el Zatar ? Ce n'est pas la route. Alors, ailleurs... mais pour faire quoi ? L'interroger, bien sûr. Il connaît assez les Palestiniens pour savoir que leurs opérations ne sont jamais gratuites. Ils tuent pour des raisons bien précises : obtenir des informations, par exemple... Une nouvelle vague de sueur glacée inonde le dos de sa chemise, il sent qu'il commence à trembler. S'ils veulent le faire parler (de quoi ?) ils vont le torturer. Non, pas ça ! Pour la première fois il se sent seul, abandonné, tout petit garçon, comme autrefois. Torture ! Il veut éloigner ce mot de son esprit, mais le mot revient avec une image, terriblement nette : celle de l'homme qu'il avait trouvé, au petit matin, devant la porte de la permanence du FPLP, un homme mutilé, à demi nu, les yeux exorbités, son sexe sanglant dans la bouche... Il s'était retourné pour vomir et les copains avaient ri : « Ton baptême du feu, petit. »

La voiture s'arrête. On le sort brutalement, on le pousse. L'odeur est familière... charbon de bois, essence de Primus, c'est un camp, un camp palestinien. D'ailleurs, sous ses pieds clapote une boue qu'il reconnaît bien, celle des rues en terre battue détrempées par les pluies d'hiver. Un bâtiment. Son garde lui serre le bras d'une main dure. Ils avancent, entrent dans quelque chose d'étroit, de métallique... qui monte. Un ascenseur. Il n'y a pas d'ascenseur dans les camps... sauf à Sabra. Oui, il doit être dans l'immeuble qui domine Sabra, l'immeuble où sont les bureaux des organisations palestiniennes. Il comprend de moins en moins et essaie de parler : « Vous vous trompez, je suis... – Ta gueule ! » crie violemment, en arabe, l'homme qui l'accompagne.

On sort de l'ascenseur. Une bouffée d'air pur, chargé de douceur, lui effleure le visage. La brise de mer, avec son arrière-goût de sel et d'iode, un peu âcre d'être passée sur les pins. Nicolas s'en enivre un moment. Puis s'inquiète : ils sont sur une terrasse, il en est sûr. Son geôlier le pousse, il résiste. Vont-ils le jeter de là-haut ? Maintenant ils sont deux, qui le prennent sous les bras, le soulèvent un peu, le traînent, et ses pieds butent sur une surface rugueuse. Du ciment. Tout à coup, plus rien. On le balance dans le vide. Une idée folle lui traverse l'esprit : il s'est démis l'épaule, il y a deux ans, dans un accident de ski : « Tenez-moi bien l'épaule gauche, s'entend-il dire, parce qu'elle lâche parfois »... Il sent qu'on le remonte, il retrouve le sol. Ce bandeau sur les yeux lui fait mal. Trop serré. Sous ses paupières écrasées scintillent des cercles rouges, passent des zébures blanches. Ses jambes tremblent. S'étendre, là, et dormir.

Désespérément, Nicolas tente de se réveiller. Quelle heure est-il? Impossible d'ouvrir les yeux. Ni de bouger les mains. Attaché sur un lit, les yeux toujours bandés... Nicolas se souvient tout à coup. L'interrogatoire. « Qui es-tu? Où habites-tu? » Ils sont deux, qui hurlent alternativement leurs questions stupides. Il répond : « Je fais partie du FPLP. » Une gifle terrible, lancée à toute volée, le prend de plein fouet. Il ne voit rien, mais il sent qu'une autre gifle va arriver. Elle fait moins mal, il l'attendait. « Tu te fous de ma gueule, petit crétin. » Celui-là parle parfois en français en roulant les « r » à la palestinienne. « Non, je réponds à tes questions. » Une main le secoue. « Tu mens, tu n'es qu'un sale isolationniste, un chien de chrétien, un traître. On va te fusiller, mais avant tu parleras, tu entends, fils de pute! » Cette fois-ci il a repris l'arabe, plus riche en injures.

Nicolas est brisé, il a envie de pleurer. Heureusement, le bandeau le serre si fort qu'il ne peut penser à rien d'autre qu'à ses yeux douloureux. Ne pas bouger, ne rien manifester. Ignorer les coups, ne rien entendre, se couper du monde. Il n'imagine pas d'autre moyen de survivre.

Ensuite, quelqu'un l'a jeté sur ce lit de camp. Depuis combien de temps? A côté, un homme hurle. Des cris insoutenables. Cette voix... Nicolas la connaît. Lorsqu'elle sombre en gémissements sourds et en phrases indistinctes, il croit savoir qui est derrière ce mur : un journaliste belge, enlevé depuis un mois, dont on est sans nouvelles... Un pas lourd s'approche du lit. Une main le tire, le pousse. Il ne peut esquiver un coup de pied dans le ventre, et malgré lui il crie.

Encore un interrogatoire. Un nommé Moustapha, qui s'est civilement présenté. Maintenant, la gentillesse, l'amitié. « N'aie pas peur, tu peux tout nous raconter. – Vous raconter quoi? – Ce que tu sais sur les kataeb, leur organisation. – Je ne comprends même pas ce que vous voulez dire... – Allons, calme-toi. Veux-tu une cigarette? Tiens... » Il lui glisse dans la bouche une cigarette allumée. Voyons, ce ne serait pas plus simple de parler?

A nouveau, le lit de camp. Des coups. Recroquevillé sur le côté, Nicolas laisse aller son corps comme une chiffe molle, pour amortir les chocs. Le temps passe. L'autre prisonnier, derrière le mur, halète bizarrement. Nicolas a soif, pas faim, mais terriblement soif, et l'air qu'il respire avec difficulté brûle sa gorge desséchée. Ses deux geôliers le laissent récupérer, puis le reprennent, et alternent. Toujours Moustapha, le gentil, et l'autre, le méchant. Nicolas essaie de calculer le temps. Depuis quand est-il ici? Est-ce que ses parents savent qu'il a été enlevé? Et ses amis? Et les journalistes? C'est son dernier espoir.

Au Marly, Antoine est arrivé dans une vieille ambulance du Croissant-Rouge. Pautard et Desjardins sont partis chez Mohammed Yazid, le meilleur intercesseur auprès des Palestiniens. Car, tout compte fait, ce sont sûrement des Palestiniens, puisqu'il n'y a pas de demande de rançon. Mais quel groupe? Raymond Eddé débarque au Marly, avec des listes à la main : « Il ne faut pas téléphoner, dit-il. Il faut se déplacer, aller voir les chefs des différentes organisations, en tout cas ceux qu'on connaît ou qu'on peut approcher. Avec certains d'entre eux, les petits caïds de quartier, il faudra proposer de l'argent. – Je m'en doutais, dit Antoine. Tiens, Raymond, j'ai préparé des liasses. » Tony sort de la cabine téléphonique, derrière le bar, les yeux hagards : « Il paraît que ce sont des types de chez Georges Habache... Je ne peux pas les croire. Nicolas les connaissait tous. »

Antoine a levé la tête : « Habache? Je l'ai soigné, quand il a été blessé, l'année dernière. Où est-il? » Difficile de le localiser. Habache ne dort jamais deux nuits de suite dans le même lit, par crainte des attentats. Le seul qui puisse le joindre assez rapidement, c'est Yazid. Il est trois heures du matin mais Pautard et Desjardins doivent déjà être arrivés à l'ambassade d'Algérie. « J'y vais », dit Antoine.

Épuisé, meurtri par les coups, Nicolas gît, inconscient, sur le lit. Une gifle le réveille : « On dort? Pas question. On y va. Mais avant, chien de chrétien, tu vas renier ta religion et ton Dieu, ou bien je t'étrangle de mes propres mains. » Celui-là est un nouveau. Il pue l'oignon, et cette odeur écœurante révolte soudain Nicolas. Combien de temps va durer ce supplice? S'ils veulent le tuer, qu'ils le tuent. Il en a marre d'être accusé, frappé, insulté, sans même savoir pourquoi. Il se lève comme un aveugle, il hurle : « Je ne crois pas au Christ, mais je ne le renierai pas. Salauds! Vous êtes des Palestiniens, vous vous prétendez de gauche et voilà où vous en arrivez. Finalement... ce n'est pas une révolution que vous voulez, c'est une guerre de religion. Ah, vous m'avez bien trompé, avec votre idéologie. » Une porte s'ouvre, une autre voix, cassante : « Que se passe-t-il? » Nicolas est lancé : « Palestiniens, mon œil! Vous êtes des voyous, des fils de pute. – Tais-toi, nous sommes du FPLP. – Ah oui? je n'en crois rien. Je les connais tous, les types du FPLP, ce sont mes copains. Ils ne m'auraient jamais enlevé, battu, mis un bandeau sur les yeux... » Quelqu'un fonce sur Nicolas, lui arrache son bandeau... « Tu me reconnais? » Bien sûr. Bechir Touma. Son ami Bechir. C'est bien le FPLP qui l'a enlevé.

Nicolas, abasourdi, retombe assis sur le lit. Son monde s'écroule.

« Mon vieux, tu es dans un pétrin extraordinaire. Le Bureau t'accuse d'espionnage pour le compte des Israéliens. Il paraît que tu as envoyé récemment à Paris une valise, et de l'argent.

— Vous êtes fous. Ma sœur est à Paris, elle m'a demandé de lui envoyer ses pulls d'hiver et j'y ai joint un peu d'argent, oui, l'équivalent de mille francs, peut-être. Tu crois qu'avec ça on peut se payer un réseau de renseignements ?

— Tu comprends, les charges semblaient sérieuses. Il fallait le temps de vérifier...

— Quoi, le temps de vérifier ? Et si j'avais claqué entre vos mains, si les autres imbéciles avaient lâché prise quand ils me balançaient au-dessus du vide Mais vous êtes des criminels ! Et celui-là qui veut me forcer à abjurer ma religion. Je croyais que votre combat n'était pas confessionnel ! Bravo !

— Ce type-là, c'est un fedayin de base, il s'est trompé sur toi, voilà tout. Écoute, on va te raccompagner. Tu n'as rien à craindre. C'est Georges Habache lui-même qui nous a ordonné de te libérer. Reviens demain, prendre un thé. »

Dans la jeep qui quitte Sabra, Nicolas se tait, accablé. Derrière lui, un gosse de quinze ans, en lunettes noires et kalach au poing, se prend pour Rambo et lui tape l'épaule : « Tu vois, c'est bien qu'on ait parlé, sinon tu serais déjà liquidé. » Nicolas serre les poings pour ne pas le frapper. Ils arrêtent à vingt mètres du Marly. Nicolas descend, se dirige seul vers l'hôtel. Les muscles de sa nuque sont tendus à craquer. Maintenant qu'il sait où ils sont et ce qu'ils font, ils vont certainement le descendre. Il attend la balle qui le frappera dans le dos. Surtout, ne pas accélérer.

L'hôtel, le hall. Le garçon druze de la réception crie : « Le voilà ! » Tony et les autres se pressent dans l'escalier. Une silhouette haute et lourde émerge d'un fauteuil : Antoine. Nicolas oublie tout, et se jette dans les bras de son père. Les yeux gris d'Antoine sont embués de larmes. Maintenant, Nicolas tremble de tout son corps. Tony s'approche : « Dieu soit loué ! Nous avons eu peur. Mais raconte, qu'est-ce qui s'est passé ? » Nicolas détourne la tête, se tait. Il ne veut plus les voir, ses copains qui continuent à croire à la cause sacrée. Il veut les oublier, partir. Antoine a deviné, il lui entoure les épaules de ses bras. « Allons, viens. Tu dois te reposer. »

Devant la porte, l'ambulance attend. Il faut profiter de la trêve du matin, celle pendant laquelle les journaux, de chaque côté de la ligne, sont distribués aux combattants, qui y lisent le récit de leurs exploits de la veille. Pendant une ou deux heures, parfois, les francs-tireurs eux-mêmes s'arrêtent, comme pour donner un répit à la vie. Antoine prépare ses laissez-passer, pour les barrages. Nicolas pense à un bain chaud, à sa mère. Il a un sentiment d'irréalité, mais il sait que ce flou précède un flot de mépris et de colère qui déjà commence à bouillonner en lui. Trompé, trahi ! Quel idiot il était. Il y pensera plus tard. Pour l'instant, ils doivent encore franchir la ligne de démarcation avant de basculer, définitivement — se dit-il — de l'autre côté.

* * *

Journal de Lola

«*Achrafieh, le 23 février 1976*

« Nicolas est revenu. Nicolas est sain et sauf. Je ne me lasse pas de l'écrire pour bien m'en persuader. J'ai eu si peur! Quand j'ai vu le visage d'Antoine devenir gris, j'ai compris. Ensuite, Antoine a vidé son coffre, en me traitant d'idiote parce que je ne trouvais pas assez vite des enveloppes, pour y mettre les liasses de billets qu'il voulait emporter. Ça ne lui était jamais arrivé, mais il avait raison. Mes mains tremblaient tellement que je ne pouvais rien faire.

« J'ai pleuré, j'ai prié, j'ai tourné dans la maison comme une folle pendant ces heures d'angoisse. J'avais beau me répéter : "Il va revenir, il va revenir..." mes pensées se heurtaient dans ma tête à une telle vitesse que finalement, j'ai eu le vertige et je me suis couchée, en me cachant sous mon oreiller. Le téléphone était coupé. J'essayais d'appeler mais rien, seulement un bruit strident sur la ligne. Derrière moi, trottinant comme une souris, Athina pleurait et reniflait sans cesse, ressassant : "Sainte Vierge! Sainte Vierge!" Elle m'énervait tellement qu'à la fin, je l'ai giflée. Ça l'a fait taire mais j'en ai encore honte.

« Et puis, ils sont arrivés. Athina et moi nous nous sommes embrassées. Nicolas était blême, il n'a pas dit un mot mais j'ai senti ses larmes quand il a mis son visage dans mon cou. Mon enfant, mon petit, que t'ont-ils donc fait? Tu n'as rien voulu dire et Antoine m'a soufflé : "Plus tard... ne lui parle pas. Il a besoin de dormir et d'oublier." Moi, je n'oublierai pas.

« Antoine, lui non plus, ne voulait pas parler. Sa première phrase a été : "Mona et Tante Charlotte sont-elles au courant?" Non, je n'avais prévenu personne, le téléphone était coupé. "Tant mieux. Je te raconterai en détail, tout à l'heure. Pas maintenant, je suis trop sur les nerfs." Il s'est versé un whisky.

« Tard dans la nuit, Antoine m'a parlé. Oh, comme je les déteste, ces tueurs d'enfants, ces fous qui nous font vivre dans la terreur. Antoine pense que Nicolas devrait quitter Beyrouth le plus tôt possible, et rejoindre Mona à Paris. Que nos deux enfants, au moins, soient à l'abri. »

«*Achrafieh, 1ᵉʳ mars 1976*

« La guerre nous a pris de court. Dès le lendemain du retour de Nicolas, les combats ont recommencé, plus violents que jamais. Nous sommes à nouveau sous les obus. Il n'y a plus d'État, plus de police, plus d'armée. Hier, Frangié a quitté le palais de Baabda pour se réfugier à l'Est. La situation doit être encore pire que ce que nous pouvons imaginer, terrés dans nos maisons. Une chose est certaine : Nicolas ne peut pas quitter Beyrouth dans ces conditions. Malgré les bombardements, il reste des heures sur son lit, sans vouloir bouger ni descendre dans l'abri de l'immeuble. Combien de temps pourrons-nous tenir, dans ce que la radio appelle maintenant le "réduit chrétien"? »

« Achrafieh, 2 avril 1976

« Un mois de siège déjà! Je crois que tout est perdu. Nos combattants reculent. Nous allons mourir comme des rats enfumés dans leurs trous. Ce qui m'étonne le plus, c'est la capacité des gens à ignorer la guerre. Ils connaissent pourtant le danger. Peut-être tout cela est-il trop effrayant pour qu'on puisse simplement le prendre au sérieux? Moi, j'ai décidé de ne plus descendre dans l'abri, un parking de béton nu et froid comme une tombe. Les nuits où ça tape trop, Antoine tire le matelas dans le couloir, près de l'entrée, et nous dormons là. Je ne sais pas si c'est une bonne idée : l'autre matin, un éclat a traversé la grande baie du salon et est venu se ficher dans le mur, à côté du téléphone. Juste au-dessus de nos têtes.

« Le seul moment où je m'angoisse, c'est quand Antoine reste plusieurs jours à l'hôpital, avec Nicolas qui, dès le début des bombardements, a voulu travailler à l'Hôtel-Dieu comme brancardier. Je n'aimerais pas mourir sans eux. Alors, je téléphone à Michèle de Freije – car, Dieu merci, c'est un miracle, le téléphone fonctionne dans cet enfer! Michèle est formidablement organisée. Comme sa chambre est trop exposée, elle a installé un lit dans sa baignoire, bourrée par un gros édredon. Elle m'a expliqué ce qu'il fallait faire : à côté du lit, une lampe électrique, des piles de rechange, des cigarettes, des bougies, des allumettes et un briquet. Dormir en jogging, avoir sous la main un petit sac à attacher autour du cou, avec passeport, argent, bijoux. Sous le lavabo, une provision d'eau minérale. Oui, on peut se laver tout le corps avec un litre d'Évian, en humectant le gant, savon partout, puis rinçage méthodique, de bas en haut, en ménageant l'eau. C'est possible, j'ai essayé. Pour se laver les cheveux il faut deux litres, c'est plus difficile.

« Moi aussi j'ai appris quelque chose à Michèle : avant de s'endormir, toujours retourner ses chaussures à l'envers, talons en l'air. L'autre matin, je me suis lacéré les pieds en enfilant mes ballerines : elles étaient remplies d'éclats de verre, après le bombardement de la nuit...

« Cela peut sembler bizarre, mais je me sens de plus en plus détendue. Il n'y a pourtant pas de quoi. Plus les bombes nous pilonnent, plus je me détache du présent. Trop c'est trop. A quoi bon se rendre malade, puisqu'on ne peut rien faire? Michèle est comme moi. "En ce moment je lis *Shogun*, m'a-t-elle dit, c'est formidable, j'ai l'impression d'être au Japon et pas dans ce foutu pays. Je te le passerai dès qu'on pourra sortir.

Qu'est-ce que tu lis, toi? Garcia Marquez? Tu l'as terminé? Il faut de gros livres... Je te quitte, chérie, ça vient de notre côté. A plus tard, inch'Allah!"

« Les livres! c'est le seul moyen d'oublier la folie qui nous entoure. Mais je suis un peu à court. L'appartement de Marc a été pillé. Si je demandais à Sami de braver les bombes pour m'apporter quelque chose à lire, comprendrait-il? Je crois que oui. »

« *Achrafieh, 3 mai 1976*

« Les églises ont fait sonner le tocsin ce matin. Il paraît que les kataeb n'ont plus que pour soixante-douze heures de munitions. Et Antoine et Nicolas qui sont à l'Hôtel-Dieu! »

« *Achrafieh, 15 mai 1976*

« Est-ce que ce cauchemar est vraiment terminé? Je ne sais pas ce qui s'est passé – à la fin nous n'avions plus ni téléphone, ni radio, ni télé, nous étions coupés du monde – mais un après-midi, les bombardements se sont subitement arrêtés. Des soldats en kaki, juchés sur des chars, ont envahi les rues. Les Syriens! Ils semblaient venir en amis. En tout cas, ils nous ont sauvé la vie. Les gens sont sortis des immeubles, ils ont jeté du riz sur les chars et ils ont aspergé les soldats d'eau de fleur d'oranger. Antoine croit que cela ne présage rien de bon. Sommes-nous fous, dit-il, de faire confiance à nos ennemis de toujours? Nous sommes seulement au bout de nos forces. Je m'en suis rendu compte en découvrant dans mes cheveux une large mèche blanche. »

« *Achrafieh, 30 juin 1976*

« Hosannah, pax syriana! Depuis que les Syriens sont là, Achrafieh a repris vie avec une rapidité incroyable. Les miliciens de Bechir Gemayel ont pris les choses en main. Ils ont dégagé les ruines, nettoyé les rues, mis en fuite les pillards – il faut dire que les kataeb ont la détente facile, et que leur seule vue fait peur. Je dois livrer chaque semaine aux Forces libanaises soixante sandwichs, un plat chaud pour les réfugiés, et verser vingt-cinq livres par mois pour payer les employés de la voirie. Je n'aime pas les miliciens, mais je le fais de bonne grâce. J'accueillerais n'importe quoi avec reconnaissance, après les mois de folie que nous venons de vivre. Évidemment, ce n'est pas la paix, la vraie paix. Mais je n'ai plus peur pour Antoine, pour Nicolas, pour ceux que j'aime. Et aujourd'hui, j'ai même trouvé du chocolat. Si je faisait une mousse? L'électricité est encore trop capricieuse pour risquer un soufflé. »

* * *

« Maman... » Nicolas est sur le seuil de la cuisine. Chaque fois qu'elle le regarde, Lola a un sentiment de triomphe et de reconnaissance. Pendant les bombardements, il a passé son temps à ramasser les blessés sous les balles, comme s'il cherchait la mort. Puis Antoine l'a persuadé qu'il rendrait plus de service comme infirmier – beaucoup de médecins et d'infirmiers ont « quitté » comme on dit au Liban. Son nouveau travail semble avoir rendu à Nicolas un peu de sérénité... Mais Lola sait bien qu'il ne sera plus jamais le même. Son regard, son visage se sont définitivement durcis, vieillis. Nicolas est un homme... Un homme méfiant, amer.

« Maman, je peux prendre ta voiture ? Je viens de recevoir un coup de téléphone du quartier général des Phalanges. Bechir Gemayel voudrait me voir. Il m'attend à midi.

– Oh non ! Mon Dieu, cela ne va pas recommencer ! » Lola se prend la tête à deux mains dans un geste tragique. Elle crie : « Je ne veux plus que tu te battes. Hier, c'était pour les Palestiniens, maintenant ce sera pour Bechir. Tu ne crois pas que ça suffit, que tu as déjà donné ?

– Mais, maman, ne te mets pas dans cet état. » Il s'est avancé, a posé sa main sur l'épaule de Lola dans un geste protecteur. Il la dépasse de presque deux têtes, maintenant.

« Cela m'intéresse de le voir. Rassure-toi, je ne ferai que ce que j'ai envie de faire. Personne ne peut plus me contraindre, crois-moi. Allons, dis-moi où est la clé.

– Dans le cendrier de l'entrée, murmure Lola, la voix cassée. Est-ce que tu reviendras dîner ? Je fais de la mousse au chocolat...

– Bien sûr, je reviens. Que peut-il m'arriver ? Tu sais ce que disent les musulmans : celui à qui Dieu a accordé une seconde vie, il ne lui sera plus fait de mal. Je vous raconterai tout ce soir. »

La porte claque. Il est parti. Lola se laisse tomber sur le tabouret de cuisine. Soudain, elle est très malheureuse. Elle voudrait rentrer chez elle... mais où est-ce, chez elle ? La maison du Caire est bien loin, celle de tante Charlotte, toute proche, est inaccessible, et cet appartement lui reste étranger. Va-t-elle errer longtemps, sans se poser nulle part ? A quarante ans, elle a l'impression de traîner derrière elle plusieurs vies. Charlotte lui manque, avec sa gaieté de petite fille. Elle ne verra pas grandir Mona. Tous ses amis ont disparu. Certains sont morts, comme Édouard, tué un dimanche de mai par un franc-tireur, au Passage du Musée. Comme Henry, enlevé et massacré, un matin, par un chef de bande de quartier. D'autres sont partis, à Paris, à Genève, à Londres, au Canada... c'était bien, les bombes, Lola n'avait pas le temps de penser. Maintenant, avec le calme retrouvé, elle sent son cœur se rompre.

« Madame, je ne trouve pas le batteur à œufs... » Athina, majestueuse, se matérialise comme une apparition, puis s'agite, se précipite : « Mon Dieu, madame, qu'y a-t-il? Vous pleurez? »

Il fait bon ce soir. Lola a décidé qu'on dînerait sur la terrasse. La mousse au chocolat n'est pas tout à fait réussie, trop molle, mais tant pis.

Enfoncé dans les coussins du canapé qui fut blanc, Antoine regarde la glace fondre dans son whisky. Pourquoi reste-t-il ici? L'horreur a ses limites, la folie aussi. Hier, Achrafieh était en enfer et manquait de pain. Aujourd'hui, c'est Beyrouth-Ouest qui souffre du blocus et qui brûle... Chaque fois, on ne se préoccupe plus que de revivre, sans accorder un regard à ceux qui étaient des amis, et qui maintenant, de l'autre côté de la ligne, se terrent dans leurs abris... Penser à tante Charlotte rend Antoine malade. Il lui a envoyé Tanos plusieurs fois, en la suppliant de venir habiter à Achrafieh, maintenant que le calme y semble revenu. Elle répond par de petits mots charmants, disant que sa maison tient toujours debout, qu'elle a accueilli Maud et que toutes les deux s'occupent très agréablement. A quoi peuvent-elles bien s'occuper, bon Dieu, quand autour d'elles la ville s'écroule? Si vraiment la paix s'installe, il ira lui-même la chercher, avec Maud s'il le faut. Depuis la mort d'Émile, il est devenu le chef de famille. En Orient, un chef de famille défend et protège les siens. Lui, il vit à l'hôpital. Est-ce juste? Est-ce bien? Il ne sait plus, il est fatigué. La charge devient de plus en plus lourde.

« A table », dit Lola. Elle a installé des photophores dont la lueur tremblante se reflète dans les verres. Sur la terrasse, des plantes vertes ont poussé – c'est fou ce que le monde végétal ici se révèle tenace, vivace, explosant partout en taches vertes dans les ruines ou sur les gravats, comme si la rage de vivre s'y était réfugiée. Lola, debout derrière sa chaise, attend : « As-tu appelé Nicolas? » et Antoine pense qu'elle aussi, comme les plantes, a gardé une beauté vigoureuse et chaude, rendue plus émouvante par les premiers fils blancs dans sa chevelure noire. Nicolas semble surexcité.

« Papa, sais-tu qui j'ai vu aujourd'hui? Bechir Gemayel. Nous avons discuté. Finalement, il me plaît comme type. Il ne ressemble pas à ces politiciens corrompus que nous avons toujours connus, et il ne joue pas non plus au petit chef de clan. Il a des ambitions...

– Et il t'a recruté?

– Non. Enfin, pas encore... Il m'a dit de réfléchir... Ce qu'il veut, c'est changer l'image des phalanges, assainir les milices, regrouper toutes les forces chrétiennes en une seule armée disciplinée qui ne commettrait plus d'exactions ou de rapines... »

Un bruit de verre cassé : Lola, d'un geste brusque, a renversé une carafe. Elle ne le voit même pas. Blanche, les narines pincées, elle coupe.

« Nicolas, Antoine... Ne parlez pas de cela devant moi, ou je hurle...

Nicolas, une première expérience ne te suffit pas? Tu n'as pas encore compris que ces valeureux chefs ne veulent que se servir de la jeunesse du Liban comme chair à canon, pour réaliser leurs ambitions personnelles? Je ne connais pas ton Bechir, mais cela m'étonnerait qu'il soit différent des autres. Tuer, tuer, ils n'ont tous que ce mot à la bouche. Et puis, ces kataeb sont des barbares. Ce qu'ils ont fait à...

— Maman, je t'en prie. Tu vas dire la Quarantaine, je vais te répondre Damour et nous n'en sortirons pas. C'est la même chose de l'autre côté, crois-moi. J'ai vu les mêmes horreurs à l'Ouest et à l'Est. Nous sommes tous responsables. C'est pour cela que je voudrais faire œuvre utile. Bechir ne me propose pas de tuer : il veut rassembler des étudiants, des intellectuels, enfin ce qu'il en reste, pour...

— Pour quoi, mon Dieu? Dans la situation où nous sommes, aucun engagement politique n'a de sens. Ton Bechir n'a pas pu vaincre les Palestiniens. Il a appelé les Syriens. Et qui fera sortir les Syriens? Les Israéliens peut-être... et ensuite, qui fera sortir les Israéliens? Pendant ce temps, les Libanais mourront, toi, Antoine, nous tous. Non! »

A bout de nerfs, Lola, les larmes aux yeux, tape du poing sur la table. Antoine se lève, va vers elle : « Ma chérie, calme-toi... » Nicolas, l'air buté, regarde son assiette. Il n'est quand même plus un enfant. Ce que Bechir lui propose, c'est d'être son adjoint, pas de faire le coup de feu. Avant, il faut qu'il parte en Israël dans un camp d'entraînement. Un chef, lui a dit Bechir, n'a pas d'autorité tant qu'il n'a pas démontré sur le terrain son courage et sa force. L'offre le tente. Mais comment faire accepter cela à sa mère?

LIVRE IV

Les années d'exil

24

Paris, février 1977

L'avion, enfin, s'arrache à la piste. Une salve d'applaudissements éclate dans la carlingue. Lola déteste cette habitude orientale qui veut que lorsqu'on atterrit ou lorsqu'on décolle, les passagers manifestent bruyamment leur joie de voir que la manœuvre a réussi, comme s'il y avait là quelque prodige.

On survole Beyrouth, dont on voit mieux, d'en haut, les plaies ouvertes, les quartiers écrasés, séparés par la longue saignée verte de la rue de Damas. Faut-il se réjouir d'abandonner ceux qui restent dans ce fantôme de ville où la mort rôde encore, même si les combats ont cessé? Antoine, Nicolas, tante Charlotte, Michèle, Tanos, Athina, Zakhiné, tous, je vous demande pardon de m'envoler vers le monde civilisé, mais je suis si heureuse à la pensée de revoir Mona et Lili, de retrouver la bonté, la tolérance, et la sécurité. J'ai oublié à quoi ressemble Paris. J'ai oublié jusqu'au visage de Philippe. Non, je n'ai pas oublié, j'ai refusé de me souvenir. La guerre a ceci de bien qu'elle vous aide à gommer le passé.

« Vous êtes Lola Boulad, n'est-ce pas? La mère de Nicolas? Nous nous sommes rencontrées, il y a longtemps, chez Lili Sednaoui, nous regardions passer l'enterrement des Palestiniens... Je m'appelle Anne... »

Lola revoit la scène : derrière le cercueil de Chafik, une petite silhouette, celle de Nicolas, noyée dans la foule. Comme elle avait raison d'avoir peur! Anne n'a pas changé, toujours cet air un peu froid, très professionnel, que Lola n'avait pas aimé.

« Anne? Bien sûr. Vous rentrez à Paris, maintenant que la guerre est finie?

– Finie, je ne sais pas. De temps à autre, il faut bien que je retrouve ma maison, mon mari, mon fils... »

Lola la regarde, incrédule. Elle ne peut simplement pas imaginer Anne dans une cuisine, épluchant une salade, ou au supermarché, poussant un caddy. Anne rit. Tout en elle se transforme et s'éclaire.

« Oui, j'ai un fils, qui doit avoir le même âge que le vôtre. J'étais à l'hôtel Marly quand Nicolas a été enlevé. Je revois encore son visage, tellement tendu, défait, quand ils l'ont relâché, et la manière dont il s'est jeté dans les bras de son père. J'ai souvent pensé à lui, depuis. Un garçon de dix-neuf ans, une telle épreuve... J'imaginais mon fils, et j'avais peur pour Nicolas. Comment va-t-il?

— Il s'est remis, difficilement. Aujourd'hui... je ne sais plus où il en est. Il voulait être architecte, il semblait doué. La guerre a saccagé tous ces garçons qui l'ont connue à quinze ans. Trop jeunes pour faire la part des choses. Trop vieux pour les oublier... »

Anne s'en veut. Ce n'était pas le genre de question à poser. Lola lui est très sympathique. Que faire? S'excuser serait pire que tout. Elle appelle l'hôtesse, demande du champagne. « Pour fêter votre arrivée à Paris. » Lola sourit, lève son verre, et ses yeux ambrés pétillent comme le vin pâle. Il y a longtemps qu'elle n'a pas bu du champagne. Le deuxième verre lui tourne un peu la tête. Anne et Lola bavardent, s'observent. Elles ont le même âge, pas le même parcours, mais beaucoup de points communs. Normande venue du froid, Anne a toujours regardé les Libanaises avec perplexité. D'où tirent-elles leur amour de la vie et des fêtes, leur exubérance, leur vitalité? Elles semblent souvent futiles mais pendant cette guerre, elles ont montré un courage, parfois une violence, égal à celui des hommes. Elles sont coquettes et pourtant, en bonnes Orientales, soumises aux hommes qu'elles aiment, avec de brusques retours de flamme ou des sautes d'humeur. Elles aiment et détestent avec la même vigueur, le même acharnement.

Lola parle de Lili. Oui, Lili habite Paris depuis plus d'un an. « J'aimerais bien la revoir, dit Anne, avez-vous son téléphone? » Lola se demande, en elle-même, comment elle retrouvera Mona. Rieuse et gaie comme à Beyrouth, ou snobinarde et froide comme les petites Françaises?

L'avion descend. Température au sol, dix degrés. Les passagers frissonnent. Ils n'applaudissent plus. L'ambiance a changé. On arrive en Occident, dans le Nord, chez des gens guindés. Couloirs d'Orly. Contrôle de police. Anne et Lola se suivent. Dans la foule compacte massée devant la sortie, Lola repère tout de suite Lili. Elle a coupé sa queue de cheval blonde, elle est coiffée maintenant au carré, avec une longue mèche sur l'œil, très seizième arrondissement. Où est Mona? Mon Dieu, est-ce bien Mona, cette grande jeune fille qui agite les bras? Mona, avec un immense pull-over, un jean troué et de courtes boucles rousses? Une tornade rieuse tombe dans les bras de Lola.

Lili conduit d'une main nerveuse. Lola caresse la tête de Mona, comme lorsqu'elle était petite. Cette jeune fille trop vite poussée la gêne un peu. Sa petite boule rousse est devenue une adolescente aux jambes longues, aux gestes gauches et brusques. Mais son visage rond, parsemé de taches de rousseur, garde un air d'enfance.

« Maman, Maman, comme je suis contente. Tu vas rester un peu, dis? Je vais t'emmener partout dans Paris. » Sa voix aussi est encore celle d'une petite fille, avec pourtant de curieux dérapages vers l'aigu.

Anne, devant, discute avec Lili. Elle descend à Montparnasse. « Merci, à très bientôt Lili. Nous sommes presque voisines. Au revoir, Lola, bon séjour à Paris. Tchao Mona... »

Lola est un peu étourdie. Elle a un poids sur l'estomac. Qu'est-ce qui ne va pas ? Eh bien... tout est trop calme, ici. Trop riche, trop beau. Des avenues larges, bordées d'arbres qui ne sont pas brûlés. Des voitures rutilantes, qui glissent sans un bruit sur une chaussée de velours. Des passants bien habillés, des femmes en escarpins à talons fins. Un restaurant où brillent des lampes roses et la vitrine éblouissante de Diamant Noir, qui présente deux somptueuses robes de mariée. Lola a encore en mémoire la traversée de Beyrouth calcinée, les barrages où les miliciens aux yeux fiévreux jouent avec leurs mitraillettes, et, sur la route de l'aéroport, la longue file des voitures de réfugiés, bourrées de valises et d'enfants, qui remontaient du Sud vers d'hypothétiques campements. Elle a tellement rêvé de revenir à Paris, mais Paris, maintenant, est sur une autre planète. Sophistication, fric, luxe. Il lui faut un effort pour se persuader qu'ici, et non là-bas, est la normalité.

« Alors, ça te plaît ? » Lili est visiblement ravie de son appartement. Qui, il faut le dire, est assez étonnant. Dans l'entrée, tendue de rouge, une lampe dorée posée sur une table Napoléon III éclaire une bibliothèque où trône un grand samovar. Une double pièce, plantée de guingois, sert de bureau, salle à manger, salon. Un bow-window ouvre sur la façade tarabiscotée de l'hôtel Lutétia, de l'autre côté de la place. On retrouve le goût de Lili pour l'orientalisme dans deux coffres anciens, des opalines, des bois dorés. Et le goût, sans doute plus classique, de Marc, dans le salon aux canapés blancs, autour de la cheminée Directoire dominée par un grand miroir sorcière.

« Viens voir ma chambre. » Mona tire sa mère par le bras. La chambre est petite et donne sur une cour. Les murs sont recouverts d'affiches et de posters représentant des chevaux, de face, de profil, en course, en gros plan. « C'est une surprise que je voulais te faire. J'adore l'équitation, tante Lili m'emmène au manège de Boulogne toutes les semaines, et je suis sélectionnée pour un concours hippique, cet été. » Mona rayonne de fierté. Lola sourit, bizarrement émue : elle n'est pas jalouse de Lili, non, ce serait stupide, mais elle se rend compte que deux ans de la vie de sa fille lui ont échappé. Il faudra que Lili lui raconte... « Nous avons même une chambre d'amis », ajoute Mona, sans voir que ce « nous » a surpris Lola. Lili a deviné.

« Chérie, laisse ta mère se reposer. » Elle entraîne Lola vers la chambre du fond, où trône un énorme lit de style Art déco. « Tu ne le reconnais pas ? C'est mon lit de Beyrouth. Sami a réussi à me l'envoyer dans un cadre, avec les coffres, pendant l'accalmie de l'année dernière. Une chance, non ? Depuis, ma maison a reçu un obus, et a été pillée. Il ne me reste donc plus que ce lit et les coffres. Tiens, voilà ta valise, installe-toi. Je te prépare un thé. Avant que Marc ne rentre de sa clinique, nous avons beaucoup de choses à nous dire. »

Paris vu du boulevard Raspail n'est pas Paris vu du Hilton. Pour la première fois, Lola ne se sent pas un oiseau de passage. Elle fait les courses rue du Cherche-Midi, elle aide Lili à la cuisine. La femme de ménage qui vient le matin refuse de faire les gros travaux et le marché. « Ah, ce n'est pas Beyrouth, soupire Lili. As-tu toujours Zakhiné, Athina ? Ici, cela me coûterait une fortune. Nous ne pouvons pas nous le permettre. Marc travaille assez bien, mais Paris est cher, et difficile à vivre. Nos amis ? quelques Français, surtout parmi ceux que nous avons connus à Beyrouth ou au Caire. J'ai retrouvé les Daouk, le fils Zananiri, et aussi Jeanine Toutoundji, et Nadia de Freije. Jean El Khoury se débrouille très bien, il a une galerie de tableaux dans le Faubourg-Saint-Honoré. Je ne sais pas comment il est devenu expert en tableaux, mais on parle de lui partout. Nous nous voyons chez les uns ou les autres. Nadia invite souvent : elle a la chance d'avoir une cuisinière libanaise. Moi, je n'ai pas beaucoup de place, mais je me débrouille. J'ajoute une deuxième table, ou je fais un buffet... Ma pauvre chérie, évidemment, ce n'est pas la vie que nous avons connue. Parfois, je me demande si je n'ai pas rêvé... »

Faut-il raconter à Lili le Beyrouth d'aujourd'hui ? La Licorne pillée, Les Papyrus détruits, tous les livres brûlés, les anciennes gravures réduites en cendre, les reliures de cuir arrachées ? Lola en avait pleuré, pendant des nuits entières. Lili ne veut pas savoir. « Ne me dis pas... non, ce n'est pas possible. Laisse-moi mes souvenirs heureux. De toute façon, jamais je ne retournerai là-bas. Au Caire, peut-être, mais à Beyrouth... non, je l'ai trop aimé, je ne pourrais pas. » Lola comprend. Elle, c'est de Nicolas qu'elle ne veut pas parler. Souvent, la nuit, elle pense à lui. Elle espère qu'il n'a pas participé à l'attaque de Tell el Zatar qui, vue de France, apparaît comme un crime contre l'humanité. Peut-être parce qu'on lui demande sans cesse : « Mais enfin, un tel massacre, comment avez-vous pu accepter cela, organiser cela ? » Au Liban, Lola en est certaine, tout le monde a dû considérer le siège du camp palestinien comme une péripétie de la guerre ordinaire. Comment leur faire admettre, à ceux qui n'ont pas vécu ces deux ans de cauchemar, qu'on perd là-bas, sans même s'en rendre compte, les repères élémentaires ?

Elle se retourne dans ce lit étranger sans trouver le sommeil. Nicolas, Mona, ses enfants si différents, qu'auront-ils en commun quand ils se retrouveront ? Faut-il faire revenir Mona à Beyrouth pour la prochaine année scolaire ? A Victor Duruy, ses professeurs sont très contents d'elle. Et puis, elle ne parle pas l'arabe, ou si peu. Lili persiste à dire que Mona doit rester en France et y faire ses études, et que dans cette perspective, Lola devrait, toutes affaires cessantes, acheter un appartement à Paris. C'est ce que tous les Libanais font, explique-t-elle : au cours actuel de la livre, les logements sont moins chers à Paris qu'à Beyrouth. Mais Beyrouth est détruit, objecte Lola. Ça n'empêche pas le prix du terrain de monter sans cesse, répond Marc qui, marqué par son expérience égyptienne, insiste : quand on est chrétien et qu'on vit en Orient, il faut se ménager un repli dans un pays « normal », où on ne vous demandera jamais d'inscrire votre religion sur une carte d'identité. Peut-être ont-ils raison ? Au lieu d'acheter la maison de Broumana, comme le voudrait Lola, il serait plus sage de chercher un pied-à-terre ici... Elle en parlera à Antoine demain, si elle arrive à accrocher la ligne avec Beyrouth.

Finalement, c'est Antoine qui appelle et qui donne des nouvelles : avant-hier, il a pu passer à l'Ouest, et il a dîné chez tante Charlotte. Elle vit au rez-de-chaussée. Au premier étage, un obus a arraché une fenêtre et pulvérisé sa chambre. Heureusement que les sacs de sable, détrempés par la pluie, étaient devenus durs comme du ciment et qu'ils ont rempli leur office : la maison est restée debout. Tante Charlotte a installé deux lits, cachés par des paravents, dans le fond du salon. C'est là que Maud et Charlotte dorment, dans ce qu'elles appellent leur « cabine du pont supérieur ». Seul problème : Rosy, qui pendant la bataille a continué à coiffer ses clientes en s'adaptant à la situation, Rosy parle de partir pour Paris ! Si elle part, je la suis, dit tante Charlotte, tandis que Maud lui reproche de capituler devant l'adversité. Bref, il faut prévoir de pouvoir les loger toutes deux à Achrafieh, en cas de coup dur.

« Pourquoi ? demande aussitôt Lola, anxieuse. La guerre a repris ? – Non, mais les Syriens ont assassiné Kamal Joumblatt sur une route du Chouf et, naturellement, les Druzes se sont vengés en massacrant les chrétiens des villages voisins. » La routine, en somme. Mais enfin, on ne sait jamais. Acheter un appartement à Paris est peut-être une bonne idée. Que Lola demande conseil à Marc, pour le prix. Qu'elle choisisse seulement quelque chose d'assez grand et pratique, en cas où...

« Autre chose : la maison de Broumana a été bombardée elle aussi. Un balcon est tombé. Les propriétaires sont à Chypre. Que faire ? Faut-il la relouer pour l'été, et reconstruire un balcon ? – Oui, oui, dit Lola. Relouons, fais reconstruire le balcon. Nous y passerons tous ensemble les prochaines vacances, si les propriétaires acceptent, et si Dieu le veut.

« Que Dieu te garde toujours belle, toi, ma chérie, et embrasse Mona pour moi. Dis-lui que je n'aime pas les jeans troués. Je vous serre toutes les deux sur mon cœur. » Il n'a pas parlé de Nicolas, et Lola n'a rien osé demander.

Lili et Lola, sur le canapé du salon, cochent les petites annonces du *Figaro*, et les pages inutiles glissent sur la moquette avec un bruit soyeux. Choisir un cadre de vie, une maison, quoi de plus important en ces temps d'incertitude ? Lorsqu'elle pense au Caire, Lola revoit d'abord la maison des Falconeri, au crépuscule, lorsque les fenêtres projetaient sur le gazon des rectangles de lumière, rejetant dans l'ombre les grands banians noirs. A Beyrouth, la maison de tante Charlotte, le jardin, la tonnelle de bougainvillées, le grand salon aux colonnes de marbre, seront toujours, pour elle, liés aux années dorées. Trouvera-t-elle enfin à Paris un endroit à elle, choisi par elle, marqué par elle et lui appartenant?

« Regarde, là, appartement 5 pièces, Champs-de-Mars, tu connais? Quartier chic, très agréable. Il y a des arbres, on peut marcher... Évidemment, c'est cher. A Paris, voir trois feuilles du haut d'un balcon vous mène à la ruine...

– Le Champs-de-Mars, je connais. » Lola a rougi en pensant au Hilton. « Mais je n'aime pas beaucoup. C'est trop solennel, genre grand bourgeois français. Je préfère par ici, du côté du Luxembourg, sur le jardin...

– Bien sûr, tu tombes sur le plus snob. J'ai toujours dit à Marc qu'au fond, tu étais gauche-caviar... Ne fais pas ces yeux-là, ce n'est pas une injure, c'est du parisianisme. Je t'expliquerai plus tard. Là, j'ai quelque chose, je suis sûre que cela te plaira, rue Jacob, au fond d'une cour, immeuble classé, rez-de-chaussée sur jardin et premier étage en duplex... Tu devrais aller voir. »

Le téléphone sonne. Lili se lève, hausse les sourcils. « Oui, Lola est là. Je vous la passe... tiens, c'est pour toi. » Lola est intriguée. Personne ne sait qu'elle habite ici.

« Lola? » C'est la voix de Philippe. Le corps de Lola se vide, comme si elle était dans un ascenseur en chute libre. « Lola? C'est toi? » Elle ne peut rien dire d'autre qu'un oui étranglé. Aucune nouvelle de lui, depuis un certain coup de téléphone de Washington, un soir, dans la cave, sous les bombardements. Des siècles se sont écoulés. Soudain, elle a peur de le revoir. Peur de surprendre dans son regard vert cette hésitation d'un instant, cet éclair de surprise ou d'incrédulité qui signifie qu'elle a vieilli, changé. Il est encore temps d'éviter cette épreuve, de raccrocher doucement en décidant de ne garder que les souvenirs heureux, soigneusement rangés dans les tiroirs du passé, où ils jauniront jusqu'à devenir, enfin, inoffensifs. Ce qui la retient au téléphone, c'est la couleur de cette voix, ses intonations brisées, le timbre un peu sourd, tendu. Et ce que la voix évoque : des mains longues, nerveuses, faites pour caresser.

« Lola, tu m'écoutes? Je t'ai tellement cherchée, j'étais fou d'inquiétude, tout ce temps... » Ah oui? Elle n'en croit rien, mais la seule chose qu'elle trouve à dire est d'un banal à faire pleurer.

« Comment as-tu découvert où j'étais?

– Je viens d'être nommé au service de presse du Quai. J'y ai rencontré Anne qui arrivait de Beyrouth. Elle a parlé incidemment de Nicolas, de toi... Ma chérie, comme je suis heureuse de te savoir à Paris. Je ne suis pas encore installé, j'habite à l'hôtel Lutétia, en face de chez ton amie Lili... Lola, je veux te voir. Je t'en prie... dis oui. »

Elle connaît ce ton câlin. Elle imagine Philippe à son bureau, penché sur l'écouteur. Et elle a soudain très envie de le sentir, de le toucher, de l'entendre, de le voir rire.

« Pourquoi pas. Où et quand ?

– Tout de suite, au bar du Lutétia, enfin, dans vingt minutes, le temps que j'arrive.

– Non, pas tout de suite... Demain à quatre heures. Au bar du Lutétia, si tu veux.

– Promis, juré ?

– Oui. J'y serai, promis. »

Ils ont parlé deux heures, très sagement, au bar du Lutétia, dans l'ombre propice du vieux salon rouge aux lumières tamisées. Lola a su qu'elle était toujours amoureuse lorsqu'il a posé sa main sur son poignet, pendant un long moment. Instantanément, ce contact de leurs peaux, limité à ce bracelet chaud et tendre, a réveillé en elle une émotion profonde. Est-ce que vraiment l'amour, le difficile chemin de l'amour, peut passer par le timbre d'une voix, la douceur d'une paume, ou l'odeur d'une veste d'homme longtemps portée ? Il raconte Washington, les problèmes avec son ambassadeur, son arrivée à Paris, les méandres d'un service de presse qui le déroute, ses premières relations avec des journalistes dont il découvre le visage, parfois avec étonnement, après les avoir lus si longtemps. « Ton amie Anne, par exemple, je ne l'imaginais pas du tout comme cela, je la voyais grande et brune, un peu sèche, et juive marocaine. » Lola rit. « On ne peut pas dire que tu aies beaucoup d'intuition. Beyrouth ? Eh bien, c'est... terrible. »

Elle ne trouve plus les mots qu'il faudrait. L'horreur ne se décrit pas, ne se partage pas, elle le découvre tout à coup. Et les images de guerre, vues à la télévision, donnent le sentiment d'un enfer chaotique, d'une mort répétitive et incompréhensible. « Comment peux-tu vivre là-bas ? » Depuis qu'elle est à Paris, elle a entendu cette question cent fois. Elle n'y répond même plus. Mais à Philippe, elle voudrait expliquer : les accalmies qui font renaître les espoirs insensés d'un retour à la vie normale, et qui permettent d'aller vite se ravitailler en bougies et en sucre. La haine-amour des frères ennemis, qui ponctuent leurs rafales de mitraillette par des invectives rythmées, chacun attendant que l'autre ait fini pour insulter sa mère, sa sœur, sa race et sa religion, en français, en grec ou en arabe. Avant de prendre des nouvelles des anciens copains, de l'autre côté. « C'est toi, Georges ? Qu'est-ce que tu fais ce soir ? » Et puis, malgré la guerre, le soleil et l'odeur de la mer dont ils ne pourront jamais, tous, se libérer.

Comme autrefois au Caire, elle essaie d'ouvrir pour Philippe les arcanes compliqués d'un monde qui lui restera pourtant inconnu... Pourquoi veut-elle le faire entrer dans cet enchevêtrement de violence et de poésie, d'insouciance et de démesure, dont la simple évocation l'épuise ? Parce que je l'aime, se dit-elle. Je le voudrais proche, partageant tout, comprenant tout de moi. Son épaule gauche frôle sa veste, elle voit la peau un peu relâchée de sa joue. Ils boivent au même moment une gorgée de café, ils retrouvent la symétrie des gestes et des pensées qui les avait enchantés au début de leur amour, et leur avait fait croire qu'ils ne seraient jamais étrangers l'un à l'autre.

Lola pourrait rester des heures à le regarder, à l'écouter. Le vieux charme joue... Tout à coup, il sursaute : « Six heures et demie, mon Dieu, j'ai un cocktail à l'ambassade de Chine. C'est au diable, je dois partir... » Ils sortent, passent la porte à tambour aux barres de cuivre lisse... La lumière froide et nue d'un ciel d'hiver fait frissonner Lola. Elle a envie de crier : « Non, ne me regarde pas. J'ai des rides. Tu vois, ma peau n'a plus son éclat. » A-t-il deviné sa panique ? Il lui prend les deux mains. Plonge ses yeux dans les siens, avec une affection et une tendresse qu'elle n'avait jamais vues. « Tu es belle, Lola, ne t'inquiète pas. C'est moi qui ai vieilli. »

Non. Ses tempes ont blanchi, son visage est moins lisse, mais il reste pour elle le merveilleux danseur de ses seize ans éblouis. « Lola, j'ai une idée. La semaine prochaine, je dois aller chez moi, dans la vallée du Loir, pour régler des affaires de succession... Ma mère est morte, l'année dernière. Peux-tu venir, pour un week-end ? »

Lola secoue la tête. Elle ne peut pas. Elle a promis à Mona de l'accompagner à un concours hippique.

« Mona ? Qui est-ce ? Ta fille ? Tu ne m'as jamais parlé d'elle... Quel âge a-t-elle ? Est-ce qu'elle te ressemble ?

– Non, elle ne me ressemble pas. Elle a quatorze ans... »

Rapide calcul. Quatorze ans ? Elle est donc née en 63. Avant qu'ils ne se retrouvent chez les Lacouture... Il soupire. C'est ridicule, mais il est soulagé.

« Je t'en prie, Lola. Nous n'avons jamais pu passer ensemble une vraie nuit, ni fait un vrai voyage... Je... je suis seul en ce moment à Paris. Toi aussi. Je t'en prie... »

Lola sait déjà qu'elle va dire oui.

Mona retourne au lycée ce matin. Elle a abandonné ses jeans déchirés – « c'est interdit en classe, je ne les mets que les jours de fête ! » – et enfilé un des pulls de Marc, gris comme ses yeux, sur une grosse chemise de cow-boy à carreaux. Même attifée ainsi, elle reste ravissante. A huit heures vingt une amie passe la chercher. Claire est blonde et longue, avec cet air translucide et nonchalant des enfants de la bonne bourgeoisie parisienne. Lola, qui a l'habitude des filles méditerranéennes, éclatantes et drues, demande : « Est-elle malade, cette petite ? – Non, répond Lili en riant, elle est à la mode. – Et elle s'entend bien avec Mona ? – Tout le monde adore Mona, elle est très populaire au lycée, je dirais même trop populaire : son professeur principal m'a fait venir au début de l'année, pour me dire que Mona devait cesser de prouver son

˙bon cœur en donnant à toute la classe la solution des devoirs de maths... »

Lili rit. Elle a rajeuni, s'est épanouie. Marc reste aussi cérémonieusement amoureux qu'à leur première rencontre, à la piscine du Saint-Georges. « Lili, es-tu heureuse en France ? » Lola a posé la question d'une voix angoissée et Lili sait tout de suite pourquoi. « Moi, oui, je suis très bien ici. J'adore Paris, j'aime marcher anonyme dans la foule, je me sens enfin libre, bien plus libre qu'à Beyrouth. Vois-tu, avec le recul, j'ai l'impression d'avoir quitté une île. Très belle, certes. Mais étouffante. Je ne regrette que La Licorne, et nos conversations. Ah, si tu pouvais venir... Seule, je n'ai pas le courage d'entreprendre quelque chose. Paris est dur.

– Et Marc ? Il ne dit rien...

– Ce n'est pas un expansif. Ses débuts à l'hôpital ont été plutôt rudes. Les Français manquent de chaleur et de convivialité, à un point que nous n'imaginons pas. Ils sont protocolaires et froids, méfiants, comptant leurs sous. Heureusement, entre Libanais, Égyptiens, ou Syriens exilés, nous nous tenons les coudes. Mona, elle, n'a pas nos souvenirs ou nos nostalgies. Tout de suite, Paris est devenu sa ville. Elle connaît tout, les piscines, les patinoires, les cinémas, les manèges, le squash, les MacDo. L'été dernier, quand je lui ai expliqué qu'elle ne pourrait pas partir pour Beyrouth, à cause de la guerre, elle a pleuré, pas pour ses vacances gâchées, mais pour vous. Finalement elle est partie avec Claire trois semaines, à l'île de Ré, et elle a aimé ça, figure-toi ! Je l'ai vue se baigner dans une mer glacée, enfiler un pull en sortant et faire un cent mètres sur la plage. C'est une nature, ta fille.

– Elle nous manque. La faire revenir à Beyrouth, oui, je voudrais bien. En principe, tout est calme maintenant. Mais nous avons si souvent dit cela... c'est un risque à prendre.

– Qu'elle reste ici, c'est mieux. Et venez la voir souvent, tous les deux. Marc l'adore et moi je l'aime comme ma fille, mais elle a besoin de vous. Puisque Antoine peut le faire en ce moment, achète un bel appartement, un endroit que tu aimes, où vous pourriez vivre. Vous ferez la navette entre Paris et Beyrouth, comme tous nos amis. Pour Antoine, ce sera peut-être plus difficile, mais pour toi, non. Allez, laisse-toi convaincre. »

Lola hésite. Se partager entre Beyrouth et Paris, s'occuper de Mona sans quitter Antoine et Nicolas, c'est le bon sens. Mais à Paris, il y a Philippe. Elle sait qu'elle ne pourra ni le quitter, ni vivre avec lui. Ils sont condamnés à suivre des chemins parallèles, et un jour ce sera difficile à supporter, pour lui ou pour elle. Pour elle, plutôt : elle a plus de quarante ans et on commence à dire : « Lola ? toujours belle... » Le ridicule la guette... Tant pis ! au diable les prudences ! Elle a senti passer la mort de trop près pour refuser une passion, fût-ce sans espoir et sans illusions.

Une pluie hivernale s'abat en rafales sur le pare-brise de la voiture. L'essuie-glace repousse l'eau sur les côtés, petite cascade qui coule, se reforme, repart, dans un mouvement répétitif et fascinant. Philippe conduit vite, les bras presque tendus, très loin du volant. Il porte un gros pull gris-vert, un pantalon de velours. Une veste de tweed à chevrons roux est jetée sur la banquette arrière. Il a bien fallu mettre Lili dans la confidence. Elle a désapprouvé, puis cédé : « Après tout, profite de tes beaux jours, fillette... Mais prends des bottes, des pulls chauds et un bon imperméable. Tu ne connais pas la campagne française... » Elle défile, la campagne française, en longs traits verts et jaunes brouillés par la vitesse et par cette pluie agressive, qui tombe du ciel bas avec une continuité décourageante. Lola, qui n'a connu au Liban que des averses irradiées de soleil ou des orages violents mais brefs, a l'impression de traverser sans arrêt les chutes du Niagara.

« Tu n'as pas trop chaud ? » Philippe se tourne vers elle et lui sourit, sans parvenir à la réconforter. Elle s'efforce de plaquer un sourire, forcément contraint, sur ses joues figées. « Non, pas vraiment... » Quelle erreur d'avoir refusé le cardigan en cachemire de Lili. Il faisait trop « dame », avait pensé Lola. Maintenant, malgré le chauffage de la voiture, elle sent l'humidité lui transpercer les os, à travers son pull mince. Philippe oblique brusquement, se range sur l'aire de stationnement, lui tend sa veste : « Mets-la, moi je n'ai pas froid. » Elle enfile la grande veste rugueuse dont le col lui gratte le cou. Du roux avec du rouge... elle qui s'était donné tellement de mal pour harmoniser le noir de son pantalon avec un pull couleur coquelicot flatteur pour son teint. Elle baisse le pare-soleil, se regarde dans le petit miroir entouré d'un halo de néon. Pire que ce qu'elle imaginait : elle a le teint terreux des peaux de soleil sous une lumière froide, des cernes mauves sous les yeux, les lèvres décolorées. Elle plonge dans son sac à main, se remaquille avec fureur.

Philippe lui tapote la cuisse d'une main fraternelle : « Détends-toi, ma chérie. » Comment lui expliquer que « détends-toi » a toujours eu le don de l'exaspérer davantage ? Philippe a mis une cassette. *Mazurka* de Chopin. Curieux. Il aime Chopin maintenant ? Elle non. Malgré tout, la musique lui fait du bien et la veste de tweed commence à diffuser sa chaleur sur ses épaules crispées. C'est leur premier week-end, elle ne va pas le gâcher.

La pluie n'a pas cessé, mais elle tombe maintenant en gouttes plates et lourdes, sur un rythme plus lent. Le ciel s'est éclairci et vire au gris pâle. On traverse un village aux toits d'ardoise luisants, on passe un pont en dos d'âne. En contrebas, un lavoir, sur une petite rivière dont l'eau vient battre les larges pierres plates posées en pente douce. On pourrait presque entendre le bruit des battoirs. « Quand j'étais gosse, je venais là, pêcher des grenouilles, avec un chiffon rouge... dit Philippe. Je n'ai jamais rien pris. » La voiture amorce un virage brusque, s'engage sous une allée d'arbres dénudés par l'hiver. « C'est ici. J'espère que le jardinier a allumé le chauffage, hier soir. Attends un instant, je vais ouvrir. » Le château est petit, mais élégant, plus manoir de campagne que demeure aristocratique. Deux tours carrées aux toits pointus surmontés de flèches de zinc encadrent un corps de bâtiment crépi jaune, troué par les arcs de pierre blanche des fenêtres et de la porte, au-dessus d'un perron.

Soudain, toutes les lumières s'allument. Deux grosses lanternes extérieures éclairent un énorme thuya, dont les branches dégoulinantes d'eau montent à hauteur du toit. Philippe grimpe le perron, en évitant une marche cassée et Lola l'imagine à douze ans... Il revient, ouvre la portière, tend un parapluie noir. « Bienvenue à Montaupin, chérie. Désolé pour la pluie... »

C'est ce qu'elle a toujours souhaité, n'est-ce pas ? Entrer dans la vie de Philippe. Connaître le cadre de son enfance. S'approprier un peu de son passé, puisqu'elle ne sait rien de son présent, ni de son avenir. Que fait-elle sur le seuil de l'entrée aux boiseries gris perle ? Elle se fabrique des souvenirs. Alors, pourquoi cette gêne ? Philippe ouvre les portes : à droite, le grand salon, dallage blanc à cabochons noirs, murs tendus de damas qui devait être cerise et a viré au fraise écrasée : l'emplacement plus foncé des cadres aujourd'hui décrochés en témoigne. A gauche, une salle à manger ovale, recouverte de boiseries sombres. Un feu brûle dans une cheminée de marbre rose, devant laquelle deux fauteuils de cuir fatigués se font face.

« Ma pauvre chérie. Tu ressembles à un oiseau gelé. Assieds-toi devant le feu, je vais chercher quelque chose à boire. Veux-tu du champagne ? Il est sûrement frais, dans la cave. »

Elle l'entend ouvrir des portes, remuer des verres, fouiller dans des placards. Venir ici était l'erreur à ne pas commettre. Cette maison ne l'accueille pas, ne l'émeut pas. Les chaises Louis XIII alignées le long du mur, le buffet espagnol, la grande table cirée, les napperons au crochet sur les guéridons, rien ne ressemble à ce qu'elle avait imaginé. Y flotte, à n'en pas douter, la présence de Madame Mère, austère et bien-pensante. Rajeuni, détendu, Philippe arrive, portant sur un plateau le champagne et deux flûtes. Il est chez lui, et les flammes font briller ses yeux.

« Tu vois ce petit moine de terre cuite, sur le buffet ? Il hoche la tête quand on le touche. Il y avait deux moines, et les regarder balancer leur tête était une grande récompense quand j'avais six ans. Mais un jour, j'ai voulu voir si les bras aussi fonctionnaient, et j'ai cassé un des moines. J'ai reçu une des plus belles gifles de ma vie, et le moine survivant a été posé hors de ma portée, sur le dessus du buffet. Il y est toujours... »

Comme elle voudrait voir cette pièce avec les yeux de Philippe. Lola n'y devine que sa mère, la mauvaise fée des contes, celle qui tranche le bonheur, infléchit les destins. Du champagne ? oui, encore un peu. Et encore, pourquoi pas ? Philippe, d'un air faussement enjoué, questionne : « Je parie que tu ne sais pas cuisiner. Alors, reste là, je vais préparer le dîner. Mais non, ne bouge pas... ou plutôt si, viens avec moi dans la cuisine, Joseph y a allumé du feu et il nous a laissé quelques provisions. »

Dieu merci, la cuisine est une vraie, large, grande cuisine de campagne. Plus de fantômes ici. Un feu pétille dans la haute cheminée et sur la table recouverte d'une toile cirée à carreaux blancs et bleus, sont disposés une terrine dont le couvercle représente un lièvre, des œufs, du pain en larges tranches, des fromages ronds, une coupe de fruits avec des pommes grises, des oranges, des noix. Philippe ouvre un placard, sort un bocal. « Des cèpes, tu connais? » Non, Lola n'a jamais mangé de cèpes, mais elle en a vu, et le côté champignon gras, un peu gluant, ne l'attire pas vraiment. Philippe a déjà ouvert le bocal. « Je vais te faire une omelette aux cèpes, tu vas voir, c'est délicieux. »

Avec l'aisance d'un maître des lieux, il a disposé les couverts, sorti des bouteilles de vin d'un cellier, entamé la terrine de lièvre, cassé les œufs dans un saladier. Lola se sent stupide, plantée au milieu de cette cuisine, en pantalon de cuir noir et pull sophistiqué. « Philippe, je t'en prie, donne-moi quelque chose à faire... » Il rit : « Tiens, prends une fourchette et bats les œufs. Moins fort, juste pour les rompre et les aérer... » Elle découvre un épicurien, qui n'a rien à voir avec le jeune homme élégant du Caire, ou le diplomate un peu guindé qui dînait chez les Lacouture. Avec un rire, il la bouscule, l'assied sur une chaise de paille : « Goûte-moi ce pâté de lièvre. C'est moi qui l'ai tué... – Tu vas à la chasse? – Bien sûr, je ne manquerais l'ouverture pour rien au monde. La terre mouillée, l'odeur des bois, le vent dans les arbres, et je me sens revivre... Tu n'as jamais chassé? » Non, Lola n'a jamais chassé. Elle se demande si Marie... pas maintenant... Elle s'est juré de ne pas y penser.

Philippe fait sauter les cèpes dans une grande poêle, ajoute du sel, des herbes, les retourne avec une cuiller de bois. « Donne les œufs, vite! » Il verse d'une main experte le contenu du saladier dans la poêle, laisse un peu saisir, puis doucement ramène la mousse jaune de l'omelette, du bord vers le centre. « Tu l'aimes comment? Baveuse? – Oui, dit Lola à tout hasard, en pensant que chez elle on mange l'omelette froide, découpée en dés bien collés. – Tu as raison, trop cuire une omelette aux cèpes serait une hérésie. Voilà! » Il a plié l'omelette sans la casser, ce que Lola n'a jamais su faire, et il la glisse dans un plat blanc. C'est bon, oui, très bon. Un peu... mou peut-être, mais elle ne dira rien. Les fromages de chèvre aussi sont délicieux, mais durs comme des cailloux. Les vins – le premier pour le pâté, un autre pour le fromage – lui tournent franchement la tête. Moins pourtant que la voix de Philippe, les joues rosies par le feu et l'alcool, lui expliquant la différence entre le chablis qu'on doit boire frais et le bordeaux, toujours chambré.

Il l'a portée sur un grand lit à tête de cuivre, surmonté d'un crucifix de bois noir, où est accroché un rameau de buis sec. Sous la chaleur d'un gros édredon, ils ont fait l'amour mieux que jamais et Lola se dit, au plus fort du plaisir, que « l'acte de chair » si souvent confessé est un cadeau du ciel. Au petit matin, elle se réveille et se glisse hors du lit pour ne pas réveiller son amant endormi, ses cheveux noirs hérissés au creux de l'oreiller. Brrr! qu'il fait froid. Où sont ses vêtements, son sac? Elle s'enroule dans le pull de Philippe et, ses chaussures à la main, se dirige vers la salle de bains.

Est-ce l'âge? L'amour ne lui réussit plus. Elle a les yeux gonflés, les lèvres meurtries, une marque sur le cou, les cheveux en bataille. Elle se bassine le visage et le cou à l'eau froide, frissonne, se retourne pour prendre une serviette et là, devant son nez, une photo l'arrête : Philippe et sa mère. Il a environ douze ans, et déjà l'allure d'un petit homme, dans son uniforme du prytanée. Elle est grande et mince, blonde à la peau claire et au sourire secret. Sa robe fleurie lui donne un air de petite fille. Ses cheveux, relevés par des peignes au-dessus des oreilles, tombent en boucles lâches sur les épaules. Lola, trempée, oublie de se sécher, tant elle est étonnée. La mère de Philippe, cette jeune femme fragile? Pourquoi l'a-t-elle toujours imaginée brune et dure? Ses repères amoureux s'effondrent. Elle voulait savoir, elle sait. Elle voulait voir Philippe au quotidien, dans son cadre d'enfance, dans sa vraie vie, avec ses goûts profonds et ses vieilles habitudes, elle a vu. L'aime-t-elle toujours? Oui, elle l'aime. Mais elle n'arrive plus à retrouver, devant ces images contrastées, l'homme qu'elle croyait connaître. Le jeune dandy du Caire est brusquement devenu un homme de cinquante ans, à la taille épaissie, qui chasse, aime la campagne, la cuisine et les cèpes!

Elle se frotte vigoureusement le visage, puis le dos et les bras, sans quitter du regard la jeune femme blonde, si jeune, si vulnérable, qui pose une main sur l'épaule de Nicolas... non, mon Dieu, de Philippe! Une pensée l'arrête : elle aussi a changé. Philippe la désire toujours, elle le sait. Mais peut-être rêve-t-il d'une longue jeune fille brune, courant sur la plage, ses cheveux frisés au vent, vêtue d'un maillot blanc? La serviette sur les épaules, elle regarde la campagne à travers la fenêtre. Seraient-ils devenus un vieux couple, sans avoir jamais vécu ensemble? Ce serait trop triste. Et trop bête.

« Je t'avais dit qu'il ferait froid... » Lili triomphe. « Bois ça. » Elle tend à Lola un café blanc libanais à la fleur d'oranger, son remède souverain. Lola est couchée. Grippe, rhume, angine. Elle a dû interrompre ce que Marc appelle « la chasse à l'appartement ». Chaque jour, Antoine téléphone de Beyrouth : tante Charlotte et Maud font reconstruire le premier étage. Elles ont décidé que les « événements » – elles n'ont jamais voulu dire « la guerre » – étaient terminés. Tanos est réapparu, avec une légère blessure au bras. Il a repris son service de chauffeur, mais comme la Pontiac de tante Charlotte a été volée par des « éléments incontrôlés », il n'y a plus de voiture. Il conduit donc les deux vieilles dames dans la petite décapotable de Lola. Les maçons sont au travail à Broumana, la maison sera prête pour l'été. Un homme a téléphoné, de la part de Nicolas, pour dire qu'on ne s'inquiète pas, qu'il était en déplacement, qu'il enverrait bientôt de ses nouvelles... Sami va venir à Paris. Pourrait-on lui donner des photos de Mona, de Lili, Marc et toute la famille ? Où en est l'appartement ? Lola est toujours malade ? Si elle a des points blancs dans la gorge, qu'elle prenne du Totapen, quatre par jour, pendant huit jours, et qu'elle fasse des gargarismes avec de l'eau oxygénée, c'est rustique mais efficace. Il embrasse tout le monde et voudrait parler à Mona.

Philippe aussi téléphone, très tard le soir, désolé et furieux : quand Lola sera-t-elle sur pied ? « Peut-être dans huit jours, chuchote Lola d'une voix rauque, si tout va bien. – Dans huit jours ? Mais c'est trop long ! Lola, fais un effort, guéris vite. – Je ne peux pas, j'ai encore de la fièvre. – Mais tu ne comprends pas : dans huit jours, je ne serai plus seul. » Oh, elle avait compris. « Ma chérie, ne sois pas amère. Je t'aime et tu me manques. Nous nous reverrons. Je me débrouillerai. » Lola repose le combiné, enfonce sa tête dans l'oreiller : il se débrouillera, c'est bien ce qu'elle voudrait éviter. Jouer back-street ? non, merci.

Tôt ce matin, Lili est entrée dans la chambre. Elle tient à la main une lettre au timbre bizarre. « Lola, une lettre pour toi. Elle vient d'Israël. » Lola s'est redressée d'un bond. Elle a tout de suite reconnu l'écriture, large et appuyée. Nicolas ! Elle déchire l'enveloppe épaisse, arrache le papier.

« Maman chérie, je t'écris de Jérusalem où je viens d'arriver, après un mois d'entraînement dans un camp près de la mer Morte. N'en parle à personne : en principe, c'est top secret... »

Nicolas se souviendra toujours de ce voyage. Il faisait très sombre, cette nuit-là, dans la petite crique, au nord de Jounieh, où une vingtaine de kataeb attendaient, assis sur la plage. Les consignes étaient formelles : pas d'armes, pas de bagages, pas d'uniformes. Jean et chemisette. Interdit de fumer. Ils savaient tous qu'ils partaient pour Israël, mais depuis cette annonce, ils avaient été coupés du monde, puis amenés ici par camions bâchés. Soudain, émergeant de la nuit comme des ombres glissant au ras de l'eau, six gros canots pneumatiques avaient piqué du nez dans le sable mouillé. Des hommes-grenouilles en combinaison noire sautèrent à terre. L'un d'eux, enlevant sa cagoule de caoutchouc et son masque, dirigeait d'une voix sourde, en arabe, toutes les opérations. L'embarquement s'était fait en quelques minutes, dans un silence total. Au bout d'un quart d'heure, ils s'étaient retrouvés contre le flanc d'une vedette grise qui se balançait doucement au large, tous feux éteints. C'est seulement à bord qu'on leur avait enfin donné l'autorisation de fumer, avant le briefing d'un officier. Ils se taisaient, intimidés. Cette discipline et cette organisation ne ressemblaient à rien de ce qu'ils avaient connu, mais leur donnaient le sentiment d'être enfin, comme disait un copain de Nicolas, « des combattants sérieux ».

Lorsqu'ils arrivèrent à Haïfa au petit matin, la ville s'éveillait. On leur avait distribué des uniformes israéliens. Les bottes montantes lacées, les blousons, même les sous-vêtements et les calots ne ressemblaient en rien à leurs anciens équipements hétéroclites, lourds et incommodes. Ils riaient, tâtaient le tissu léger et chaud de leurs nouveaux vêtements. Haïfa ne les dépaysait pas trop : un port, moins grand que Beyrouth, plus grand que Saïda. On va aller en ville, voir à quoi elles ressemblent, ces Israéliennes qu'on dit si jolies...

Il avait fallu déchanter. A peine à quai, des camions les embarquaient, direction la mer Morte. Ils n'avaient pas vu grand-chose d'Israël : un faubourg de Tel-Aviv, la traversée de Nazareth, Jérusalem aperçue de loin, des champs d'orangers, des kibboutzim et enfin le désert. Le pays les avait déçus : « C'est plus plat et plus pauvre que chez nous. – Ça, Tel-Aviv? On ne dirait pas une capitale... » On avait distribué des rations et de l'eau sur un bord de route. A cinq heures, ils arrivaient au camp.

Le soleil descendait déjà derrière les dunes de sable gris. A six heures, le vent s'éleva, venu du fond de l'horizon, tournant d'abord sur place comme un tourbillon furieux qui montait vers le ciel, puis se rabattant, poussant les dunes qui avançaient avec des ondulations serpentines. « Fermez les tentes! Bâchez les camions, criaient les officiers israéliens. Plus vite, plus vite! » La lumière s'obscurcit, et le premier souffle s'engouffra, secouant les tentes, piquant les yeux, brûlant les lèvres. « Mettez vos cheichs », hurlait un soldat qui, tel un fantôme, courait de tente en tente, la tête enveloppée, avant de disparaître dans un nuage blanc. Les Libanais se regardaient, ahuris : ils n'avaient jamais vu de vent de sable.

Il leur fallut apprendre le désert. Glacial la nuit, brûlant le jour. Pendant deux semaines, ils vécurent à un train d'enfer : debout le matin à cinq heures, longue course torse nu, crapahutage dans les dunes, exercices dans les caillasses, maniement des armes de guerre : kalachnikov et M-16, fusils de base, grenades, lance-roquettes antichars, mitrailleuses légères RPD ou RPK, mortiers, canons anti-aériens. Montage, entretien, munitions, utilisation et possibilités, on ne leur épargnait rien. Le soir, les garçons tombaient de fatigue sur leur lit de camp. Personne ne jouait les fiers-à-bras. Nicolas vit même un jour un de ses copains pleurer, lorsqu'ils rampaient sur la caillasse, sous les tirs à balles réelles... Au bout de deux semaines, après des tests dont ils n'expliquaient pas la portée, les Israéliens firent une sélection. Un petit groupe – dont Nicolas – fut rassemblé dans un campement à l'écart.

On leur apprit à tuer au corps à corps, à l'arme blanche : toujours attaquer par-derrière. Mettre la lame à plat pour frapper entre les côtes. Toucher les veines, les artères, les muscles ou les tendons. Pour couper la carotide, descendre le couteau de haut en bas en tirant sur l'oreille. Les artères radiales, près du poignet, sont les plus faciles à trancher. Des planches d'anatomie, on passa à la pratique, sur des mannequins, en expliquant la nature et la profondeur des coups portés, le délai de la perte de connaissance, le délai de la mort. Surtout, toujours redoubler le coup mortel. On avait vu certains types, frappés correctement au cœur, s'en tirer quand même. En tout cas, vivre assez longtemps pour tuer leur agresseur...

Après quelques jours de ce régime, Nicolas avait protesté : « Je ne suis pas un tueur, dit-il à son officier, un jeune Yéménite d'une beauté surprenante. Cela me dégoûte. Il faut être détraqué pour aimer ça. Je veux arrêter... » L'autre l'avait regardé d'un air froid : « Tu peux partir si tu le désires. On ne veut pas faire de toi un assassin. Seulement t'apprendre à défendre ta peau, quand un type te sautera dessus avec un couteau. A ce moment-là, ce sera lui ou toi. Dis-toi bien que l'entraînement que vous suivez ici, des centaines de gamins libanais le suivent aussi chez les Palestiniens ou chez les chiites, à Baalbek, où sont les plus grands camps d'entraînement du terrorisme international. Ils savent comment piéger une voiture, un bouton de porte, l'escalier où peut-être, un jour, tu verras mourir ton frère ou ta sœur. Alors, défends-toi comme un homme. Sinon, tu seras écrasé et les tiens avec toi. Où serions-nous, nous autres Israéliens, si nous n'avions pas appris à combattre ? Rayés de la carte. Voulez-vous être les Palestiniens de demain ? Chassés de votre pays, éternels réfugiés ? A toi de choisir. »

Ébranlé, Nicolas avait continué le stage. Et terminé dans le Néguev, où il avait appris à encadrer et commander la troupe, à choisir des stratégies adaptées au terrain, à lire les cartes et à établir des relevés topographiques. Il retrouvait là sa vocation d'architecte. Ses instructeurs avaient-ils remarqué ses dons ? Il fut envoyé à Jérusalem, au service cartographique de l'armée d'Israël.

Jérusalem, il en avait rêvé. Maintenant il était là, assis sur un muret devant l'Hôtel Intercontinental. Il regardait la ville, déroulée à ses pieds : dôme doré de la mosquée d'Omar, dôme argenté de la mosquée el Aska. Jardin des Oliviers... La magie des mots l'enchantait. Jaune pâle du ciel, vert foncé des cyprès, or flamboyant de l'église orthodoxe... Les couleurs l'étourdissaient. Plus que tout, la lumière et l'air léger le grisaient. « J'ai vingt ans, se dit-il. Comme j'aimerais vivre ici. Je tomberais amoureux d'une fille dorée et brune, aux joues abricot et aux longs cheveux noirs. Nous nous promènerions ensemble, main dans la main, le long des ruelles mal pavées, et le simple contact de nos doigts suffirait à nous faire trembler. Elle me regarderait, de ses yeux profonds comme des puits, et moi j'aurais tout le temps envie de l'embrasser. Jérusalem! Je pourrais y être heureux, oublier toutes les leçons de violence et de mort. Mais j'ai eu le malheur de naître Libanais. Peut-être a-t-il raison, ce Yéménite qui prétend que je n'ai pas d'autre choix que tuer ou être tué. Je peux encore résister, ne pas devenir cet homme sauvage qui lentement durcit en moi, qui m'envahit, obscurcit mon esprit. Si je retourne à Beyrouth, j'y retrouverai la folie si particulière des guerres civiles, qui vous oblige à toucher le fond de la haine et de la barbarie – sinon qui aurait le courage de tirer sur ses frères? Si je pars pour Paris ou pour quelque autre exil, je me reprocherai toute ma vie ma lâcheté. Rester en Israël? Je n'y serai qu'un Arabe pourchassé. Dommage. C'est ici que j'aurais voulu goûter au bonheur. »

Nicolas sauta à bas du muret, reprit sa musette militaire, descendit à pied la route qui menait à sa caserne. Ce soir, il écrirait à sa mère.

La lettre de Nicolas inquiète Lola. Trop brève, trop sèche, trop expéditive. Son petit garçon a-t-il perdu son cœur, ou son âme? Est-ce l'effet de ses activités « top secrètes » à Jérusalem? Quelque chose dit à Lola que son fils va mal. Il faut qu'elle rentre à Beyrouth avant qu'il revienne d'Israël – dans deux ou trois mois, écrit-il. Mais à Paris, Mona est tellement épanouie et gaie, lorsque sa mère est là. Depuis qu'Antoine a promis de venir les rejoindre, Mona barre les jours sur le calendrier. Entre ses deux enfants, l'un dans la guerre, l'autre dans l'exil, Lola ne peut que courir, rester le lien solide et sûr, même si elle ne sait plus très bien elle-même où va sa vie. Comme Antoine lui manque! Il saurait quoi faire, quoi dire, il rassurerait tout le monde. Il faut régler cette affaire d'appartement avant qu'il n'arrive. Après, il décidera.

Philippe aussi cherche un appartement. Mais à louer, pas à acheter – « je suis moins riche que ton mari, ma chérie. Tu vois, tu aurais été malheureuse avec moi... » Lola se retient de dire qu'autrefois, la fortune de Marie avait été, à en croire les ragots, un élément décisif du mariage de Philippe. Les Boiron-Vauzelle seraient-ils ruinés? En tout cas, ils vendent. « Mon beau-père veut céder un appartement, rue Saint-Sulpice. Comme ce vieux pique-sou refuse de m'y loger, sous prétexte qu'on ne fait pas d'affaires en famille, j'ai pensé à toi. C'est un appartement très agréable, je crois qu'il te plairait. Mais tu dois prendre contact avec le notaire, le vieux ne veut pas vendre par petites annonces, ni par une agence. Dis au notaire que tu me connais... non, ce ne serait pas une très bonne recommandation. Voyons... dis-lui que tu connais Axel Houdayer, qui a été son conseiller à Washington, Axel, tu sais, celui du Caire... »

En tailleur noir et broche de Cartier, Lola a donc rendu visite au notaire. Aujourd'hui, elle a l'adresse et la clé. « Rue Saint-Sulpice, c'est tout à côté! s'est exclamée Lili. Quelle chance, nous serions voisines. Je n'ai rien de spécial cet après-midi, je viens avec toi. Tu ne connais pas encore les pièges de Paris. »

Rue Saint-Sulpice. L'escalier de pierre a belle allure avec sa rampe de fer forgé. Un arbre unique, haut et majestueux, pousse au milieu de la cour pavée, et balance ses branches jusqu'au deuxième étage. L'appartement est tout, sauf pratique dirait Antoine. Mais quel charme!

« L'immeuble est classé, mesdames, précise la concierge, à cause de l'escalier et de cette pièce d'entrée. » En effet, l'entrée carrelée de noir et blanc, à petites fenêtres étroites, est de belles proportions. Une très grande pièce avec six hautes fenêtres donne sur la rue, et on y a construit une mezzanine à balcon de bois. Derrière, des pièces plus petites, une salle de bains archaïque. Une chambre, en boiserie de chêne clair, donne sur les branches de l'arbre.

Lola imagine déjà comment on peut mettre un dressing dans la salle de bains, et la salle de bains dans la cuisine, qui pourra se situer sous la mezzanine... « Tu ne te rends pas compte, faire des travaux dans Paris, c'est cauchemardesque! Et ruineux. Nous ne sommes pas à Beyrouth! » proteste Lili. Lola s'entête. C'est là qu'elle veut vivre. Des travaux. Eh bien, justement, elle adore s'occuper des travaux. Et puis, Nicolas a le sens de l'architecture, il l'aidera... Ce qu'elle ne dit pas à Lili, c'est qu'elle veut une maison à elle, arrangée à son goût, et que nulle part ailleurs elle n'avait encore eu un tel coup de cœur. Et puis, c'est tellement « français » qu'il n'y aura place, Dieu merci, pour aucune nostalgie. Elle a trouvé l'endroit où se creuser un nid.

Antoine est venu à Paris, a vu, et s'est laissé convaincre, d'autant plus facilement que le prix demandé par le vieil ambassadeur est des plus raisonnables. « Mais pas de travaux pour l'instant, a-t-il demandé. Nous pouvons fort bien utiliser l'appartement tel quel, comme pied-à-terre, en attendant. Dès que je serai rentré à Beyrouth, tu feras ce que tu voudras. » Le jour de la vente, Lili organise rue du Cherche-Midi un dîner intime avec Farouk, qui est maintenant banquier à Paris, Ghassan Tueni de passage, Sami, Miquette Sursok, Michel el Khoury, Nicole Andraos, Nadia de Freije. Dîner libanais classique. Sami a apporté de Beyrouth de la confiture de roses et du persil à feuilles larges pour le taboulé. Mona, en revenant du lycée, se précipite dans la cuisine : « Je peux aider, je sais rouler les kebbés... — Je lui ai appris, dit Lili, il faut bien que les traditions, du moins culinaires, se gardent. Évidemment à Paris, nous faisons moins de mezzés et les repas sont plus simples. Les Parisiens ne mangent pas, ils sont tous au régime... tu as vu comme les femmes sont minces? »

Pendant le dîner, il n'est question que du Liban, de la guerre, des départs et des morts, mais le ton est gai, on se raconte les histoires les plus folles, celle du cousin de Sami, qui voyant des pilleurs embarquer ses tapis, se joignit à eux et réussit à sauver les plus beaux, les plus vieux, en disant aux pilleurs : « Je vous laisse les neufs, ils sont mieux. » Dans la fumée des cigares, l'euphorie d'une fin de dîner et l'odeur de fleurs d'oranger des cafés blancs, on pourrait se croire à Beyrouth, aux beaux jours d'autrefois. « Alors, vous allez vous installer à Paris ? demande Farouk à Antoine. – Non, je retourne à Beyrouth. Je n'imagine pas de quitter l'hôpital. Mais nous aurons au moins un pied-à-terre ici pour les enfants, au cas où... »

Au cas où... désormais ces trois petits mots sont tout leur horizon, la limite au-delà de laquelle leur espoir ne serait qu'utopie et leur vie un chaos.

25

Beyrouth, décembre 1977

Une odeur de café. Des bruits de vaisselle, des rires. Il devrait y avoir une lueur sur la gauche. Mais non, une fenêtre rayée de lumière se dessine juste en face. Une angoisse légère fait frissonner Lola. Elle se retourne dans son lit et replonge dans le sommeil. Elle rêve. Elle est dans une église, une cathédrale plutôt, dont les arcs brisés et défoncés s'ouvrent sur le ciel. Pourtant, des vitraux intacts tombent des nappes jaunes et bleues. Des cloches sonnent, claires et cristallines, ou ronronnantes et sourdes comme de gros bourdons. Cette fois, le bruit est si fort que Lola s'éveille. D'abord elle ne reconnaît rien : cet endroit n'est pas sa chambre. Les cloches sonnent toujours. A côté d'elle quelqu'un bouge, se soulève, tire le drap : Antoine est là. Elle lance un bras vers lui, touche son épaule nue. « Antoine, où sommes-nous ? » Antoine qui a l'esprit clair dès qu'il ouvre l'œil se penche vers elle en riant : « Tu ne reconnais plus ton ancienne chambre ? Nous sommes chez tante Charlotte, voyons ! »

C'est vrai, ils sont tous arrivés hier à Beyrouth. Nicolas venant clandestinement de l'Est, avec de faux papiers et une drôle de petite moustache – son nom est sur les listes noires des milices musulmanes –, Lola, Mona, Lili et Marc débarqués de Paris. Pour la première fois depuis bien longtemps, la famille est réunie à Beyrouth en ce 24 décembre 1977. On fête à la fois Noël et les quatre-vingts ans de tante Charlotte. Pour l'instant, au Liban, tout est calme. Simple parenthèse, trêve passagère, paix réelle ? On vit au jour le jour sans se poser de questions. Comme à chaque interruption de la guerre, Beyrouth panse ses plaies avec un optimisme que rien ne semble devoir abattre. Tante Charlotte et Maud, littéralement déchaînées, ont préparé pour ce soir une « petite fête intime », quarante personnes seulement, mais cravate noire évidemment. « Mon Dieu, dit Lili, j'ai pensé à tout, j'ai apporté du sucre et du café, mais je n'ai pas de robe longue, et Marc n'a pas de smoking. –Ne t'inquiète pas, j'ai laissé ici au moins une douzaine de robes du soir, et les smokings d'Antoine sont dans l'armoire. Qu'en aurions-nous fait à l'Est? Allons voir... »

La maison est pimpante. Le premier étage, complètement refait, semble sorti des pages d'un magazine de décoration. « Puisque l'obus est tombé sur mon lit et l'a mis en miettes, j'en ai profité pour changer ma chambre, explique tante Charlotte. Notre ami Sacha m'a donné des conseils, il voulait du 1930, pour lui c'est très mode, mais moi j'ai connu cela toute mon enfance, alors... j'ai préféré un style Laura Ashley. Qu'est-ce que tu en dis, Lola? – C'est ravissant, absolument ra-vi-ssant, Tatie. Ce tissu rayé bleu va avec la couleur de tes yeux. » Charlotte savoure le compliment. Dans l'ancienne chambre d'oncle Émile, Maud a apporté ce qu'elle appelle une « touche féminine », avec une méridienne de brocart jaune, une coiffeuse dorée recouverte d'un nombre impressionnant de pots, crèmes, garnitures de toilette en ivoire et argent, et un grand pierrot blanc, tout disloqué, posé sur un coussin.

« Ça ne plaît pas à Sacha, mais que veux-tu, c'est tout ce que Maud a pu sauver, murmure Charlotte. Quand on pense qu'elle avait un appartement de six cents mètres carrés, des tapis et des meubles superbes! Eh bien, elle n'en parle jamais. Elle a regretté sa collection d'icônes, au début, puis un jour elle m'a dit : "Au fond, une coiffeuse, c'est bien plus utile." Quant au Pierrot, c'est son porte-bonheur. Elle prétend qu'avec lui, nous ne risquons rien.

– Tante Charlotte, il me semble avoir entendu des cloches ce matin. Je rêve? L'église, à côté, est pourtant démolie...

– Ah, c'est ma surprise. Allez tous vous promener en ville, moi je reste là avec Tanos, Nicolas, Zakhiné et Maud. Vous reviendrez ce soir. »

Se promener dans Beyrouth dévasté, quelle idée! Antoine et Mona ont pris la voiture. A partir du secteur Ouest, il est impossible de monter à Broumana comme le voudrait Mona. Même en contournant Beyrouth, car les routes du Chouf sont barrées par les Druzes sur le pied de guerre. Antoine prétend qu'il va quand même essayer, oui, il sera prudent. Malgré la pluie qui menace, Lola, Lili et Marc, chaudement emmitouflés, partent à pied. Lili veut absolument revoir La Licorne. Mais en arrivant devant le magasin, elle pousse un cri étouffé, s'accroche au bras de Marc, détourne la tête. Lola, elle aussi, a les yeux pleins de larmes.

De ce qui fut le refuge de leurs complicités, de leurs joies d'autrefois, ne restent que des trous noircis, béants comme des blessures. La Licorne ouvre directement sur la rue. Ses murs ont été recouverts de graffiti. Elle a dû servir d'abri à des miliciens, car y traînent par terre des douilles rouillées, une chaise défoncée, des bouteilles de coca et de bière. Le sol est recouvert de papiers, de feuilles mortes, d'ordures et d'épluchures de fruits, qui brusquement s'agitent, ondulent. Lili pousse un grand cri en voyant un rat sortir des détritus et filer dans la rue.

A côté, Les Papyrus ont conservé une partie du rideau de fer, bour-souflé et tordu. A l'intérieur, ne restent que deux étagères, une table car-bonisée, et dans un coin un livre, ouvert, sa reliure à demi arrachée. Lola s'avance, enjambe le rideau de fer, ramasse le livre dont les pages ont été noircies par les flammes. C'est difficile à tuer complètement, un livre. Elle le feuillette, le reconnaît, passe la main sur la page de garde : « *Les Morales de Saint Grégoire, Pape, sur le livre de Job... A Paris, chez Pierre Le Petit, imprimeur et libraire ordinaire du Roy. M.DC.LXVII* – avec approbation et privilège... » Certaines pages sont presque intactes. Lola lit : « Reconnaissez au moins à présent que ce n'est pas avec équité que Dieu m'a ainsi affligé et m'a environné de ses fléaux. Je crierai dans la violence que je souffre et personne ne m'écoutera. J'élèverai ma voix et personne ne se présentera pour me faire justice... Il a répandu des ténèbres sur mon chemin. Les larrons sont venus et se sont fait passage dans moy et ils ont investi ma maison tout à l'entour... Mes proches m'ont abandonné et ceux qui me connaissaient le plus m'ont oublié. »

Le livre de Job. Est-ce un hasard si les terribles plaintes ont échappé aux flammes? Quel autre texte pourrait mieux évoquer leur situation désespérée, leur persécution, leur malheur? Lola, troublée, y verrait volontiers un signe du destin. Retrouver ce livre, quel étrange cadeau de Noël! Elle prend Lili par le bras. Ils s'éloignent tous les trois, en silence. Où aller? Revoir Hamra? Apercevoir la carcasse du Phœni-cia et les pilotis du café Bahri où ils avaient si souvent commandé un « sultan Brahim », le roi des rougets? Lili frissonne. « Je préférerais ren-trer. C'est pire que ce que j'imaginais, je ne reconnais plus Beyrouth. Lola, Marc, notre pays est mort, il a été assassiné, violé, et il ne renaîtra pas, parce que ce sont ses enfants qui l'ont tué. Qu'avons-nous fait? Est-ce qu'une malédiction pèse sur nous? » Lola pense au texte qu'elle tient sous son bras. Elle lève le nez vers les balcons arrachés, les façades trouées, les pans de mur qui dressent contre le ciel leurs fenêtres vides. « N'y pensons plus, ce soir c'est Noël. Peut-être notre dernier Noël tous ensemble, à Beyrouth. Tante Charlotte a eu le courage de vouloir faire une fête. Soyons gais. Ne la décevons pas. »

Il est presque minuit. La grande maison a retrouvé les fastes d'autrefois. Les femmes sont en robe longue – même Mona a trouvé dans l'armoire de sa mère une robe de taffetas vert dont la couleur éme-raude fait éclater le roux de ses cheveux. Les hommes portent smoking et chemise blanche éclatante. Maud a sorti son célèbre collier de rubis et diamants. Charlotte porte une robe rose pâle, dont la mousseline dra-pée, un peu défraîchie, lui fait un teint de porcelaine. Dîner russe. Zakhiné sert un grand bortsch, Tanos passe un plateau de verres de vodka pas assez glacée – il y a eu dans l'après-midi une panne d'électri-cité. Mais un grand saumon fumé, des piles de blinis chauds, des coupes de tarama et de gros cornichons au sel trônent sur le buffet. On rit beau-coup quand Maud annonce « le caviar! » et, soulevant une cloche d'argent, découvre une toute petite coupelle emplie de grains gris, sur un océan de glace pilée. Antoine se penche vers Lola : « Je me demande où elles ont pu trouver tout cela. » Charlotte, rayonnante, lève le bras. « Il est minuit. Écoutez ! »

A ce moment, s'élève une envolée de carillons, comme si les cloches de toutes les églises du monde s'étaient donné rendez-vous. Le son vient du plafond. « J'ai deviné, ce sont les cloches de Boris Godounov, s'exclame Lili qui connaît ses classiques. – Bravo ! » dit tante Charlotte, un peu ivre. Elle avait enregistré tous les sons de cloche, la musique, les chœurs, les roulements sourds des bronzes soutenant le son cristallin des aigus. L'effet est saisissant.

A ce moment, Tanos se glisse derrière Lola, lui murmure à l'oreille : « Téléphone. » Lola le suit dans le bureau.

– « Allô ? » Elle n'entend rien, avec toutes ces cloches.

– « Allô. Joyeux Noël, chérie. On dirait que tu es dans une cathédrale...

– Philippe ? Mais d'où m'appelles-tu ?

– De Paris.

– Comment as-tu eu mon numéro ?

– Ça c'est mon secret... » Derrière lui, on entend aussi le son d'un orchestre.

« Philippe, joyeux Noël, mais il ne faut pas m'appeler ici, tu es fou...

– Oui, fou de toi. Je t'aime et je t'embrasse... » Le feu aux joues, Lola revient dans le salon, juste à temps pour voir Maud et Charlotte soulever le couvercle d'un grand panier d'osier. Deux pigeons blancs s'envolent, affolés par le bruit, et montent vers le plafond dans un grand battement d'ailes. Ils traînent derrière eux, accrochés à une patte, de longs rubans de papier blanc sur lesquels sont écrits « Paix », « Peace », « Salam », « Friede », « Pace » et même « Shalom ».

L'assistance applaudit. Lola aussi, mais elle a la gorge serrée. La paix ? les accords de Camp David l'instaureront peut-être entre Israël et l'Égypte, mais les Libanais devinent, d'expérience, que comme toujours « le Liban va payer ». Les pigeons s'empêtrent dans leurs banderoles. Un air de valse s'élève. Antoine a saisi Lola par la taille, il l'embrasse doucement dans le cou : « Joyeux Noël, chérie. » Lola pense à Philippe, à la guerre, à sa vie disloquée et elle se dit : je vais craquer.

« Antoine, comment pouvons-nous danser dans cette ville en ruine, ce pays condamné. Danser sur le *Titanic*...

– Je le sais bien. Mais que veux-tu faire ? Pleurer ? Soyons dignes. S'il faut couler, je préfère que ce soit en habit de soirée... » Là-haut, un bruit de cristaux brisés : un des pigeons s'est heurté contre un lustre, il tombe comme une pierre, du sang sur le cou. Maud se précipite : « Pauvre chéri ! Venez, Tanos, nous allons le soigner. »

Trois jours plus tard, la famille se disperse à nouveau. Nicolas et Antoine regagnent Achrafieh, accompagnés de Lola qui a décidé de rester à Beyrouth. Lili, Marc et Mona prennent une navette qui les emmènera, avec d'autres voyageurs chrétiens, à l'aéroport de Khalé : les Syriens ont établi des barrages sur la route et exigent, pour laisser passer les voyageurs, billets d'avion et cartes d'identité. Le moment le plus pénible a été la crise de sanglots de Mona. Elle semblait boudeuse, les mains enfoncées dans les poches de sa parka, son sac à ses pieds. Lorsque l'autobus est arrivé, elle s'est jetée au cou d'Antoine, puis de Lola, en pleurant comme une toute petite fille : « Papa, maman, je ne veux pas vous quitter. – Tu veux rester ? a demandé Antoine calmement, mais sa voix tremblait. – Non, oh non, j'ai peur ici, il y a toujours la guerre. Mais maman, toi, viens avec moi... » Antoine a interrogé Lola du regard. Lola a secoué la tête : non. Nicolas et Antoine, à Beyrouth, ont aussi besoin d'elle.

« Mona, ma chérie, ne pleure pas. Je viendrai te voir bientôt, n'est-ce pas, Lili ? » Lili, décontenancée, a murmuré un oui enroué. Le chauffeur du bus s'impatientait. Nicolas a embrassé sa sœur, l'a aidée à monter, lui a passé son sac. Elle pleurait toujours, alors il a sorti un mouchoir de sa poche : « Garde-le en souvenir de moi. » La dernière image qu'à enregistrée l'œil embué de Lola, c'est cette petite figure de bébé, brouillée par les larmes, appuyée contre une vitre, et une main levée qui faisait inlassablement au revoir. Il fallait rentrer. Charlotte a pris Lola par les épaules d'un geste protecteur.

« Tout est bien ainsi, ne te désole pas. Les jeunes doivent partir, leur vie est ailleurs, et les vieux doivent rester. Vous, vous avez le rôle le plus difficile, il vous faut vous battre, pour assurer à la fois le présent et l'avenir. Et c'est peut-être une bataille sans espoir... Mène-la quand même, Lola, sinon qui le fera ? » Toute insouciance envolée, il n'y avait plus, dans la voix de Charlotte, qu'une détermination glacée.

Est-ce la paix retrouvée ? En ce début de 1978, on peut croire que le Liban, une fois de plus, renaîtra de ses cendres. Une mission française établit des plans d'urbanisme pour le jour où Beyrouth sera réunifiée. Rafik Hariri, un Libanais qui a fait fortune en Arabie Saoudite, promet de reconstruire sa ville natale, Saïda. Des Libanais, émigrés à Paris ou au Canada, commencent à revenir. Peut-être, après tout, la vie va-t-elle reprendre.

Espoir déçu : en février 78, dans le nord du Liban, ce sont les combats qui reprennent, cette fois entre l'armée syrienne et l'armée libanaise. Un premier accrochage fait trente morts. Fureur noire du président syrien Assad qui téléphone au président libanais Sarkis, en exigeant que les officiers libanais « coupables » soient arrêtés et fusillés « à titre d'exemple ».

Le pauvre Sarkis est atterré. comment pourrait-il tenir tête à Damas, dont les troupes de « maintien de la paix » se comportent maintenant comme des troupes d'occupation ? Un message du secrétaire d'État américain, Cyrus Vance, lui enjoint de trouver « à tout prix » un accord avec la Syrie. Sarkis y parvient, péniblement. Mais un feu vient de s'allumer, dont les braises rougeoient sous la cendre. Au nord, rien n'est réglé.

Au sud, à la suite d'un raid palestiniens, Israël envahit le Liban en mars, sur une profondeur de dix kilomètres, puis, poussant plus loin, jusqu'au fleuve Litani. Les habitants du Sud, terrorisés par les bombardements, fuient et viennent rejoindre dans la banlieue de Beyrouth leurs cousins chiites. La mosaïque beyrouthine s'enrichit d'une composante inattendue, qui se révélera explosive.

Mais qui se soucie du Liban? Les puissances ne se préoccupent que du processus de paix qui s'engage entre Israël et l'Égypte. A Beyrouth, le pouvoir se délite. « Encourager Sarkis à agir, dit John Randall à un diplomate américain, c'est comme essayer d'enfoncer un spaghetti trop cuit à travers un trou de serrure. » Un homme pourtant a un projet, c'est Bechir Gemayel. Il a rassemblé une forte milice chrétienne, les Forces Libanaises, qui lui est toute dévouée. Il attend son heure et fourbit ses armes. Son prochain combat sera contre l'occupant syrien. Mais auparavant, il lui faut regrouper, de gré ou de force, tous les chrétiens sous son autorité. Et pour cela il doit éliminer le clan rival, chrétien et pro-syrien, le clan des Frangié.

Il fait déjà très chaud, ce 13 juin 1978. A Achrafieh, chez Marc où ils habitent désormais, Lola a étalé sur la table du salon des plans d'architecte, qu'elle gomme et griffonne sans cesse. Les plans de l'appartement de la rue Saint-Sulpice, qu'elle rêve d'aménager.

« Qu'en penses-tu, Nicolas? Qu'est-ce qui m'empêche de mettre la cuisine sous la mezzanine? »

Nicolas joue les experts.

« Le problème, ce sera l'aération. Le mieux serait de déplacer l'escalier. Comment est-il, en bois?

– Je ne sais plus très bien. Je vais téléphoner à Lili qu'elle aille voir... Mon Dieu, Nicolas, range tout ça, ton père arrive. Il va te dire que tu ferais mieux de travailler, au lieu de m'encourager dans mes divagations... »

Ce soir, Antoine semble soucieux. Avant même de s'asseoir, il se verse un whisky qu'il avale sec, sans glace, puis se laisse tomber sur le sofa, comme un homme à bout de forces. Il a maigri et ses traits sont tirés. « Tu travailles trop, dit Lola en se glissant à côté de lui, je vais t'emmener en vacances à Chypre. » Chypre, c'était autrefois le refuge des amours impossibles, le seul endroit proche où on pouvait se marier quand on n'était pas tous deux de la même confession. Le rendez-vous des amants qui voulaient échapper aux ragots de Beyrouth... La vieille plaisanterie ne fait même pas sourire Antoine, qui sans se dérider passe la main sur son front.

« Lola, tu as toujours l'intention d'aller à Paris début juillet ?

– Oui. Je voudrais ramener Mona pour qu'elle passe ici ses vacances. Tout est à peu près calme, non ?

– Je voudrais que tu avances ton voyage, et que tu partes le plus vite possible. Dès demain.

– Mais je ne suis pas prête ! Je n'ai pas de billets !

– J'ai téléphoné à la Meadle East, et j'ai fait réserver une place pour toi dans l'avion de demain soir. Je n'ose pas dire à Nicolas de partir pour Paris lui aussi, j'ai peur qu'il ne se fasse enlever sur la route de l'aéroport. Et puis, il refuserait de s'en aller en ce moment.

– Enfin, que se passe-t-il ? Tu veux te débarrasser de moi ? Pourquoi ?

– Cet après-midi, vers cinq heures, on m'a amené un blessé à l'hôpital, en grande urgence et en secret. C'était Samir Geagea, le lieutenant de Bechir. Il était touché assez gravement, à l'épaule, et il avait perdu connaissance. J'étais de garde, je l'ai donc opéré, mais je ne sais pas s'il récupérera son bras... en tout cas, il a parlé sous l'effet de l'anesthésie. Apparemment, il venait de participer à un massacre dans le Nord. Quand on l'a sorti du bloc, j'ai demandé aux sbires qui l'accompagnaient ce qui s'était passé... Eh bien, ces fous de phalangistes, ces dingues, ils ont simplement assassiné Tony Frangié, le fils du vieux Soleiman ! Ils m'ont raconté leur expédition comme s'il s'agissait d'un exploit : à quatre heures du matin, ils ont encerclé la résidence d'été des Frangié, à Ehdene. Puis ils ont donné l'assaut, à la grenade. Il y a eu trente-quatre morts et parmi eux Tony, sa jeune femme Vera, leur petite fille de trois ans, Jehanne, la femme de chambre, le chauffeur, même le chien. Ces imbéciles avaient l'air contents d'eux. Je suis parti avant de les insulter.

« Qui a ordonné cette tuerie ? Quel irresponsable a eu l'idée folle de faire disparaître l'héritier désigné du clan du Nord, en prenant le risque de déclencher parmi les chrétiens une vendetta sanglante qui durera des années... Tu connais nos montagnes. Tout le Liban chrétien va s'embraser. Les Frangié ont déjà juré de tuer tous les membres du clan Gemayel, eux et leurs descendants dans les générations à venir, hommes, femmes ou enfants...

– Les Gemayel sont responsables ?

– C'est Bechir, j'en suis certain. Il est venu à l'hôpital tout à l'heure, et il a dit à Geagea : « La situation n'est pas catastrophique, mais l'opération n'a pas marché comme nous l'avions prévu »... D'ailleurs, que ferait Geagea dans cette affaire, si elle n'avait été inspirée par Bechir ? On va sûrement dire, comme d'habitude, qu'il y a derrière ces meurtres la main d'Israël ou celle de la Syrie, ou des Palestiniens. Personne n'en croira rien.

– Et pourquoi faut-il que je parte ?

– Parce que le vieux Frangié, comme tu sais, est l'ami intime de Hafez el Assad. Ce qui signifie que la Syrie tient un merveilleux prétexte pour envahir le Nord, et que Bechir a aussi une occasion en or de déclencher la guerre contre les Syriens. On oubliera Tony, Bechir restera le seul chef de la résistance chrétienne. Nous n'échapperons pas au pire, la guerre va reprendre. Je serais plus tranquille si je te savais en sécurité à Paris.

— Alors, accompagne-moi et emmenons Nicolas. Nous avons tous eu assez de guerre comme ça.

— Nicolas ne viendra pas. S'il connaît la nouvelle, il doit déjà avoir rejoint le quartier général des Phalanges. Bechir a battu le rappel... et moi, je dois rester à l'hôpital. Il va y avoir du travail, je le crains. Oh, ne pleure pas, Lola. Je n'aurais pas dû t'annoncer cela aussi brutalement. D'ailleurs, je me trompe peut-être, enfin je l'espère. N'as-tu pas envie de revoir la rue Saint-Sulpice?

— Non, je préfère rester avec toi. Sinon, qui s'occuperait de vous deux?

— Je m'installerai à l'hôpital s'il y a du grabuge. On ne bombarde pas les hôpitaux, enfin... pas encore. Nicolas sera dans son cantonnement... Allons, donnons-nous encore deux jours. Si rien n'arrive, tu pars pour Paris. Promis? »

Le 15 juin, Lola est à Paris. Au Liban, l'assassinat de Tony Frangié a causé une grosse émotion, mais les Syriens n'ont pas bougé. A Paris, chez Lili, la famille rassemblée a regardé, à la télévision, une brève retransmission de la messe de Requiem célébrée par le patriarche Khoreiche devant les ambassadeurs, le frère de Hafez el Assad, les autorités politiques et religieuses et une foule houleuse de partisans armés. « Pourquoi les gens sont-ils habillés en blanc et pas en noir? » interroge Mona. Comme elle est peu libanaise! « Parce qu'à Zghorta, la tradition veut qu'on ne prenne le deuil que lorsque toutes les victimes ont été vengées, explique Lola. – Ce sont des mœurs du Moyen Age, s'indigne Marc qui, en bon Byzantin, n'aime pas les maronites. – Taisez-vous, j'en ai assez de ces vendettas, de ces assassinats, de ces guerres et des morts innocents! crie Lili en mettant ses mains sur ses oreilles. Parlons d'autre chose. Je ne veux plus penser au Liban. »

20 juin. L'air de Paris respire le bonheur. Lola ferme la porte de la rue Saint-Sulpice, marche vers la place. La fontaine brille de toutes ses eaux miroitant au soleil. Comme elle aime cet endroit. Elle s'assied sur un banc, regarde l'église et les lions de pierre, les platanes légers qui portent encore leurs feuilles de printemps. Chaque jour, elle téléphone à Beyrouth. Nicolas est à la maison. Antoine dit que tout semble calme, de ne pas s'affoler en écoutant les nouvelles, que peut-être, malgré tout, on aura un été normal. Viendront-ils tous les deux à Paris, ou bien ira-t-elle les rejoindre au Liban? On verra, dit Antoine. Ici, tu sais, personne ne fait de projets au-delà du lendemain!

Elle appelle aussi Philippe, à son bureau, en fin d'après-midi, et parfois elle le retrouve dans la petite chambre qu'il a gardée à l'hôtel Lutétia « pour y travailler », dit-il. Philippe dispose d'elle comme si elle lui appartenait. Il a raison, puisqu'elle ne réagit pas, puisqu'elle accepte, avec chaque fois un peu plus de recul, mais elle accepte quand même, cette situation, nouvelle pour elle, torturante : vivre dans la même ville que Marie, l'épouse dont elle ne sait rien. Mais Marie, maintenant, n'est plus une abstraction lointaine. Les questions se font lancinantes : comment Philippe est-il avec elle? Passent-ils ce week-end à la campagne, dans le manoir qu'elle connaît?... Le savoir n'enlève rien à son angoisse, au contraire.

Curieux qu'elle soit jalouse maintenant. Pendant des années – en fait depuis qu'ils se sont retrouvés, il y a sept ans – elle a aimé Philippe sans vouloir admettre qu'il avait, ailleurs, une femme et sans doute une famille. Pourquoi en souffre-t-elle aujourd'hui? Peut-être parce qu'elle a le sentiment de n'exister qu'en marge, de grignoter des miettes de sa présence. Elle se cogne sans cesse aux barrières invisibles qu'ils ont élevées pour se protéger, et qu'elle n'accepte plus.

Elle se lève, remonte lentement la rue du Cherche-Midi. Quand elle était jeune, au Caire, pour se consoler de ses malheurs d'enfant, elle allait manger une glace chez Lappas, une glace à la mangue, énorme, piquée pour faire joli d'un petit chapeau chinois. Elle n'a plus quinze ans. Rien ne la tente... sauf marcher dans les rues pour calmer cette douleur taraudante. Un chagrin d'amour, à son âge! C'est ridicule. Elle ne va pas sombrer dans le sentimentalisme, pleurer, souffrir, pour un homme qui fait bien l'amour, mais qui chasse, et qui mange des omelettes aux cèpes! Allons, sa passion n'est plus qu'une liaison. Il faut y mettre fin. Rompre, sans bruit, sans drame. Elle va cesser de téléphoner. Philippe comprendra.

Paris, 25 juin 1978

Une lettre est arrivée au courrier du matin, et tout de suite Lola a reconnu la haute écriture. Philippe. Des mots jetés en hâte, au travers d'une feuille blanche, lancés en désordre, comme sous l'emprise d'une nécessité.

Où es-tu ma princesse, où es-tu ma fugueuse ? A Paris, je le sais. Si proche, mais plus lointaine qu'au Caire, plus lointaine qu'à Beyrouth... Lola, tu ne veux plus de moi. Tu refuses notre amour. Pourquoi ? M'en voudrais-tu encore de t'avoir préférée, mais pas choisie ? Chérie, tu ne sais pas ce que cela m'a coûté.

Je t'en prie, reviens. Je suis parti, tu es partie. Après tant de départs, faisons un grand retour. Je te veux dans mes bras. Tu es ma vérité, ma seule vérité. Il m'a fallu des années pour le comprendre,

mais maintenant, je ne veux plus te perdre. Nous sommes liés pour la vie, ma chérie. C'est le destin – mektoub, comme on dit chez toi. Lola, ne te refuse pas. J'ai besoin de toi.
   Appelle-moi, appelle-moi.
   Je t'aime.

Tout en bas, une large signature : *Philippe.*

Paris, 28 juin 1978

   Lola n'a pas tenu huit jours la promesse faite à elle-même. Au nom de quoi devrait-elle renoncer au bonheur ? Son amour d'autrefois était un bel œuf lisse et plein, aujourd'hui parcouru de fractures comme une porcelaine craquelée. Elle aime encore Philippe, sans illusion, avec une étrange passivité. Pourtant, il lui manque. Finalement, elle a téléphoné. Bien sûr. Il l'attendait.
   « Fais-moi plaisir, chérie, retrouvons-nous au Hilton, comme la première fois. Il y a huit ans déjà ! Quelle constance ! Nous devons fêter cela... J'ai logé là-bas une délégation du Rwanda, et pris une chambre pour moi. Le 114. Je t'attends mercredi, à... onze heures, ça te va ?
   – Non, un peu plus tard. Midi. Je serai chez le coiffeur de l'hôtel. S'il arrive un contretemps, tu peux m'y appeler dans la matinée.
   Elle connaît trop bien son amant incertain, ses retards, les attentes angoissées dans les halls d'aéroport, dans les cafés, avant de le voir enfin arriver, essoufflé : « Je ne pouvais pas lâcher un type qui s'accrochait à moi, pardonne-moi, Lola. » Parfois, elle se dit qu'elle aime Philippe comme un homme aime une femme qu'il aurait « dans la peau ». C'est vrai qu'il y a en lui une part féminine, dans le sourire, dans la voix, lorsqu'il murmure : « Je t'en prie... » C'est peut-être à ce moment qu'ils sont le plus proches, réunis par la complicité de leurs pensées et de leurs corps.

   Dans le miroir, Barthélemy, un peigne à la main, regarde Lola d'un œil critique : « Il faudrait couper un peu derrière et dégrader sur les côtés. C'est... plus léger. » Elle entend bien ce qu'il ne veut pas dire. A son âge, quarante-deux ans, trouver un style est difficile. Ni minette, ni mémère, on navigue au plus juste. Elle a connu des dérives tragiques, des roux flamboyants adoptés un jour de déprime, des boucles trop petite fille, coupées dans un moment d'enthousiasme. Heureusement, Barthélemy a l'œil et veille sur ses clientes. Quand elle lui a dit, ce matin : « Je voudrais quelque chose de naturel », il a tout de suite compris : « Vous avez un déjeuner ? » Il est midi, et elle n'est pas prête. Par la grande baie du premier étage, qui donne sur l'esplanade, elle regarde la rue.

Soudain, Philippe est là. Il gare sa voiture noire, ferme la portière et traverse, pressé. Elle le suit des yeux. Il est à moi, en cet instant au moins, il m'appartient. Il a gardé à cinquante et un ans son allure juvénile. Aujourd'hui, il paraît plus âgé, peut-être parce qu'il porte des lunettes en demi-lune, qu'il est en train d'enlever prestement et de fourrer dans sa poche. Elle en est attendrie. Pourquoi se cache-t-il? Cela lui va bien. Il lève les yeux vers la façade, elle se recule un peu. L'a-t-il vue? Elle a reçu en pleine poitrine, comme d'habitude, le choc de son regard vert.

« Barthélemy... Vous ne me trouvez pas trop pâle? Le cheveu triste? Fatiguée?

– Non, c'est la robe noire. Il faudrait... attendez. » Il a bondi vers ses vitrines, hésite, choisit : « Tenez, essayez-moi ces boucles d'oreilles. Vous voyez, ça change tout! » A la caisse s'élève la voix pointue de Lucette : « Madame Boulad, on vous demande. – Philippe! J'ai terminé dans trois minutes. » Barthélemy redresse une mèche, Lucette lui tend sa veste, la manucure arrive : « Le rouge à ongles vous plaît? » Oui, tout est bien, la robe, les cheveux, la couture des bas noirs, où sont ses clés, avait-elle un parapluie? Non. Des gants? Oui. Elle se souvient de ces mariées arabes qu'on pare, qu'on peint, poupées tragiques dans leur robe dorée.

Les jambes tremblantes, elle descend l'escalier de marbre. Non, elle n'ira pas tout de suite, il lui faut se reprendre, oublier sa peur. Maintenant, l'idée de se dévêtir la panique. Ce matin, nue dans la salle de bains, elle s'est examinée sans indulgence. Allons, ce n'est pas le moment d'y penser. Devant la vitrine de la boutique Hermès, avant de traverser le hall, elle fixe sans les voir les bijoux d'argent, les foulards de soie, les grands paréos d'été. La glace lui renvoie l'image d'une femme à la silhouette et au visage encore jeunes mais cet « encore » gâche tout. Elle se rapproche, scrute l'ensemble. Trop maquillée. Le moyen de faire autrement? Elle doit maintenant cacher sa peau sous les « teints de soie » ou autres produits miracles. Une envie folle la saisit. Tourner les talons, s'enfuir à jamais. Non. Le temps d'aimer lui est mesuré. Elle se dirige vers l'ascenseur la gorge serrée, mais d'un pas décidé.

Philippe aussi est inquiet, elle le voit dans ses yeux. Que craint-il? Peut-être, comme elle, que leur rencontre se termine en fiasco. Pas du tout. Simplement, il vient de téléphoner au Quai et sa secrétaire lui a dit que le ministre rwandais de l'Information le cherchait partout. Au diable les ministres! Oublions-le. Lola, ma chérie. Il est contre elle, l'entoure de ses bras dont elle sent la chaleur à travers la chemise. Ses lèvres se promènent sur son cou, sur son épaule droite qu'il dénude d'une main impérative. Il caresse son visage, murmure « je t'aime », l'embrasse passionnément et leurs bouches se fondent. Elle a oublié ses craintes. Qu'importe son âge, il la désire, elle le sent, durci contre son ventre. Elle a tout à coup follement envie de lui. Elle défait les boutons de sa chemise, troublée par cette odeur chaude qu'elle reconnaît si bien. Le nez dans ses cheveux, lui aussi la respire. Un vertige les jette sur le lit.

« Tu es belle, toujours belle, et je n'aime que toi... » D'un doigt léger, il suit la courbe de ses lèvres. Que dirait-elle ? Les mots sont trop ternes pour exprimer la plénitude, la joie de tout son corps. Allongés l'un contre l'autre, ils restent immobiles. Pourquoi ces instants suspendus doivent-ils être si rares ? Étendu auprès d'elle, il a mis son bras sous sa tête. La serre contre son épaule. Sa voix tremble un peu.

« Je sais ce que tu penses. Tu ne crois plus en nous. Tu as tort. Si tu savais comme j'ai besoin de toi ! Je te l'ai écrit. Tu dois me croire. Je t'aime, Lola. Alors, essayons de préserver une vie en marge, une vie à nous... Est-ce possible ? L'acceptes-tu ?

– Je voudrais bien, murmure Lola, dans son cou, mais... chéri, j'ai honte, c'est mesquin, je le sais... Je suis jalouse... Je pense à ta femme. A ta femme dans tes bras. »

Il sourit, lui lève le menton et la regarde en face :

« Ma femme ? Il y a des années que nous ne faisons plus l'amour et que nous vivons simplement en amis. Depuis que je t'ai retrouvée, je... je ne peux plus aimer que toi. »

Dans la salle de bains, Lola brosse ses cheveux, démolissant le savant édifice, déjà bien mis à mal, conçu par Barthélemy. « Il est quatre heures, je meurs de faim. Viens-tu avec moi manger un sandwich ? » lance de la chambre une voix joyeuse. Elle rêve d'un dîner italien, avec de solides raviolis et un chianti qui les ferait rire. Ce sera pour plus tard, ou bien une autre fois... « D'accord pour un sandwich, mais alors en bas, à la cafétéria. Ils ont du pain de mie toasté, très bon. Moi, je prendrai un thé. Je ne veux pas grossir. »

A cette heure-ci, la cafétéria est vide. Leur table habituelle, dans un recoin au fond de la salle, compose un décor rassurant. Assis en face de Lola, Philippe dévore son club-sandwich. Il raconte les gaietés du service de presse, ses projets de carrière. Sur la table leurs mains maintenant se joignent et leurs doigts s'emmêlent. Il attrape son poignet, se penche pour y déposer un baiser appuyé. Mais derrière lui, toute droite, appuyée à une colonne de miroir, une femme les regarde de loin. Elle est grande et mince. Blonde aux cheveux courts, avec d'immenses yeux bleus sous un front bombé comme celui d'un enfant. Elle semble jeune, très jeune. Aucun doute, c'est Marie. Elle fixe Lola. Toutes deux se dévisagent. Puis, la jeune femme en tailleur bleu pâle, du bleu de ses yeux, fait un pas en avant, appelle doucement : « Philippe... » Il se redresse, rencontre dans le miroir, en face de lui, le regard de Marie.

En un instant, son visage s'est décomposé. Il devient très rouge, presque brique. Comme un petit garçon pris en faute, il lâche précipitamment le poignet de Lola, ouvre la bouche, la referme. La jeune femme avance toujours, pose la main sur l'épaule de Philippe. Lola ne voit plus que cette main longue et fine, où brille un énorme diamant, qui se crispe sur le tissu de la veste et y imprime la marque de ses ongles rose pâle.

« Philippe, veux-tu nous présenter. »

La voix est calme, le ton glacé. Les yeux bleus, la pupille agrandie, ne lâchent pas, dans le miroir qui fait face, le visage de Philippe. Il s'est levé, toujours empourpré, il bafouille : « Lola Boulad, une amie du Caire... Marie, ma femme. » Très à l'aise, Marie sourit et son visage prend un air étrangement satisfait. Elle se tourne vers Philippe et Lola pense : quel âge a-t-elle ? Trente-sept ans, voyons, Lola l'a cent fois compté et recompté. Mais elle semble si frêle, si juvénile, qu'on lui donne dix ans de moins. Elle pourrait passer pour la fille de Philippe. Ou pour la mienne, pense Lola cruellement.

« Je ne vous dérange pas ? Puis-je me joindre à vous ? » L'ironie est sensible. Au-dehors, le soleil d'un bel après-midi d'été brille sur les platanes de l'avenue de Suffren. Lola croit même entendre un piaillement d'oiseaux. Peut-on dire que Marie est belle ? Oui, sans aucun doute. Des traits réguliers et fins, une peau blanche, un cou gracile – elle ressemble à la mère de Philippe, sur cette petite photo entr'aperçue dans la salle de bains de Montaupin. Mais elle manque de chaleur. Une beauté froide, faussement douce, construite avec patience, faite de retenue et de maîtrise d'elle-même. Son regard a glissé sur Lola, sans s'y arrêter, comme si elle l'ignorait. Marie, ostensiblement, tapote le bras de Philippe : « Chéri, voudrais-tu aller me commander un thé. Avec citron, sans sucre. » Penaud, il se lève, se dirige vers le maître d'hôtel. Marie s'est enfin retournée vers Lola.

« Vous êtes la maîtresse de mon mari, n'est-ce pas ? Oh, ne rougissez pas, je connais Philippe, j'ai l'habitude de ses... frasques.

– Nous nous connaissons depuis très longtemps, quand il était au Caire, balbutie Lola trop déroutée pour imaginer autre chose.

– Vraiment ? Philippe n'avait jamais parlé de vous. Je suis ravie de vous connaître. » Elle lui jette un simple coup d'œil, sans curiosité déplacée, comme si elle regardait un objet, un meuble. Elle estime, en experte, la valeur marchande de sa concurrente. Concurrente ? Même pas. Lola pourrait jurer qu'à aucun moment Marie ne s'est demandé : « Mon mari aime-t-il cette femme ? Qu'a-t-elle de plus que moi ? » Sûre, tellement sûre d'elle, Marie. Consciente de sa supériorité de femme légitime, victorieuse, forcément victorieuse, devant un mari rendu muet. Lola voudrait crier, hurler, mais cela ne se fait pas, entre gens civilisés.

Le thé arrive. Le serveur, qui connaît Philippe et Lola, suspecte quelque scène intéressante. Il s'agite autour de leur table, enlève une théière vide, change le cendrier. On le sent surexcité : l'arrivée de l'épouse au milieu d'une liaison coupable. Que va-t-il se passer ? Rien. Un silence épais tombe sur leur table. Marie entretient seule la conversation, d'un ton léger. Philippe est blanc comme marbre. Ses mâchoires serrées lui donnent un air buté. Il dessine inlassablement, avec son ongle, des traits sur la serviette en papier. Lola a la gorge si serrée qu'elle ne peut même pas produire un oui de politesse. La tension, le malaise, la fureur s'épaississent autour d'elle.

Il faut dire quelque chose, briser les conventions, ne pas se laisser piéger, humilier. Lola n'a pas honte, non, c'est autre chose. Comme si elle s'était laissé surprendre faisant une faute de goût. A la manière dont

Marie la regarde, elle devine que ces phrases mondaines, cette attitude détachée, ne visent qu'à banaliser son amour pour Philippe. Une maîtresse de plus. Dangereuse? Non, celle-ci a trop d'années derrière elle. Marie compatit, Marie l'écrase, Marie la ménage, même, en femme sûre de sa jeunesse et de sa beauté. Quant à Philippe, il n'y a pas à attendre de lui le moindre secours. Il est passé du petit garçon en faute au petit garçon boudeur. Il est absent. Lola sent monter en elle des vagues d'indignation. Puisqu'il la livre à Marie, puisqu'il n'a pas le courage de mettre fin à cette scène humiliante, elle va partir. Son sac, son écharpe.

Marie a compris, elle redresse le cou d'un mouvement rapide. Son urbanité s'est envolée. Rapidement, elle ouvre son sac, en sort une photo qu'elle pose devant Lola : « Voici ma dernière fille, Anne-Sophie. Elle a sept ans. N'est-ce pas qu'elle est belle? Philippe est fou d'elle... » Sans reprendre son souffle, elle s'est levée. « Philippe, peux-tu me reconduire? Je dois passer prendre Anne-Sophie... » La voix cette fois a claqué comme un fouet.

Va-t-il se reprendre, renverser la situation, dire quelque chose? Non. Il se lève, les épaules un peu voûtées, il soulève la main de Lola, y pose un très léger baiser, bafouille, très bas : « Lola, je suis désolé, je te téléphonerai. »

Marie, le regard froid, l'attend à trois pas. « Allons-y », dit-elle, sans jeter un coup d'œil à sa rivale figée sur la banquette. Philippe la suit. Lola n'aurait jamais imaginé qu'elle verrait son merveilleux amant sous cet aspect-là. Avant de sortir, pourtant, il se retourne. « C'est affreux, c'est épouvantable, mais je n'y peux rien », disent ses yeux implorants.

Lola ne le voit pas. Elle examine la photo d'Anne-Sophie. Petite fille si belle. Émouvante. Ses yeux sont verts et ses cheveux noirs, avec cet épi raide sur le front, le même que Nicolas, mais elle l'a relevé d'une barrette et d'un nœud écossais. Son petit visage rond est penché en avant, elle regarde en coin le photographe avec un éclair de malice. Anne-Sophie... le nom lui plaît. Elle aurait pu être sa fille... Lola retourne la photo. Une date : Anne-Sophie, née le 28 mars 1971. Où était Lola à cette époque?

Elle se souvient. Mars 1971. Genève. L'hôtel des Bergues. La nuit avec Philippe, leur petit déjeuner du lendemain matin. L'opération de Nicolas, le retour précipité de Lola à Beyrouth... Ensuite, Philippe avait appelé Lola, à la librairie, en l'assurant de son amour. Le 30, huit jours plus tard, il avait écrit, lui si avare de lettres, un laconique petit mot – que Lola avait gardé longtemps : « Bonjour ma chérie. N'oublie pas que je t'aime. » 30 mars 1971... Marie, jeune accouchée, devait encore être à la clinique. Philippe l'y rejoignait sûrement, chaque soir, apportant des fleurs à sa femme et s'extasiant devant ce merveilleux cadeau, une petite fille brune.

Lola fait glisser la photo dans son sac, laisse un billet beaucoup trop gros sur la table, sort dans la lumière qui lui blesse les yeux. Pleurer serait dégradant. D'ailleurs, elle n'a pas envie de s'apitoyer sur elle-même. Au contraire. Elle n'en veut pas à Marie : elle aurait fait la même chose à sa place. Philippe ? Il est faible, elle l'a toujours su, et cette belle fable qu'ils se sont tous deux racontée, d'un amour hors du temps et des normes, c'était tellement pratique pour lui. Pour elle aussi ? Peut-être. Non, la seule chose qu'elle n'accepte pas, ce poids qui reste en travers de sa gorge, c'est le mensonge. Elle entend sa voix, tout à l'heure, dans la chambre 114 : « Ma femme ? Nous ne faisons plus l'amour depuis des années... nous vivons comme des amis... depuis que je t'ai retrouvée, je ne peux plus aimer que toi. » La tromper sur ce point n'était pas nécessaire.

Elle marche le long de l'avenue de Suffren, et s'assied sur un banc. Elle est fatiguée, si fatiguée. Ainsi, tout peut s'user. L'amour, elle le savait. Mais l'estime, la confiance, l'amitié entre Philippe et elle, est-ce vraiment fini ? Étonnée, presque calme, elle se dit que oui. Quel gâchis. Quel dommage. Elle est aussi triste que si elle avait perdu un parent très cher.

L'autobus arrive. Un voile de cendre est tombé sur ce beau jour d'été. Dans le 82, des adolescentes, montées à Victor-Duruy, rient bêtement en se tenant par les coudes. L'une d'elles, dans un virage, perd l'équilibre et trébuche sur les pieds de Lola. « Oh, pardon madame, j'espère que je ne vous ai pas fait mal ? » Plus rien ne peut lui faire mal. Elle se sent somnambule. Il est encore trop tôt pour qu'elle réalise ce qui lui arrive. Les vraies blessures, lui a dit Antoine, ne font pas souffrir sur le moment, mais plus tard, et les amputés continuent longtemps à sentir des élancements dans leur jambe disparue. Elle aura mal à Philippe pendant des années. Amputée de son amour.

Un point vrille sa tempe gauche, la douleur se précise, irradie, s'étend vers le front, vers l'œil. Bienheureuse migraine. Tout à l'heure, chez Lili, Lola pourra se mettre au lit dans le noir, prendre des calmants et dormir, dormir. Peut-être qu'un jour elle émergera de cette histoire, que l'image de Philippe suivant docilement Marie s'estompera dans un flou salvateur. Une chose est sûre : elle ne veut pas rester à Paris. Demain, elle appellera Antoine pour lui dire qu'elle revient à Beyrouth. La guerre ne lui fait plus peur. Le sifflement des obus lui manque. Cela l'aidera à oublier. Et peut-être à mourir.

« Lola est souffrante. Non, je ne peux pas la réveiller. Je suis désolée. » Lili raccroche, lance un coup d'œil à Marc : « C'est encore ce Philippe. Comment va Lola ? » Marc étire ses grandes jambes, se renverse, les mains croisées sur la tête. C'est son attitude favorite : « Pas très bien, je le crains. Je voudrais qu'elle voie un psychiatre, Verlomme par exemple. Elle est dépressive, c'est certain. Cette phobie de la lumière n'est pas normale. La migraine ? Je n'y crois pas. Elle répète sans cesse qu'elle veut retourner à Beyrouth. Qu'elle doit téléphoner à Antoine. Nous devrions peut-être lui dire que ce n'est pas possible. Que la guerre a repris et que le téléphone est coupé. Mais j'ai peur de sa réaction. Il est huit heures moins cinq. Regardons les infos... Je lui ai donné un calmant, elle dort, elle n'entendra pas. »

Serrés l'un contre l'autre, Lili et Marc, sur le canapé du salon, regardent terrorisés les images qui défilent. Sur un fond de ruines, le présentateur, chemise ouverte et les cheveux collés par la sueur, commente : « Depuis quatre jours, le secteur chrétien de Beyrouth subit un déluge de feu. En une seule nuit, hier, le quartier d'Achrafieh a reçu plus de bombes que pendant les deux ans de guerre qui viennent de s'écouler. Il est impossible de sortir pour dégager les blessés ou relever les morts. » Au loin, une explosion sourde ébranle un immeuble qui s'effondre comme un château de cartes. Le journaliste sursaute, se range à l'abri d'un pan de mur : « Comme vous le voyez, les Syriens emploient maintenant un armement de guerre. Ils tirent des obus de 240 millimètres et on a vu réapparaître pour la première fois depuis la Seconde Guerre mondiale les terribles orgues de Staline... Les habitants se terrent dans les abris. Il n'y a plus ni eau, ni farine, ni électricité et les conditions de vie deviennent de plus en plus précaires... »

La caméra plonge, pénètre dans l'abri. Des familles s'entassent sur des matelas posés à même le sol. Même ici, sous terre, on entend le sifflement perçant des fusées Grad, suivi par des explosions terrifiantes. Une petite fille brune cache son visage dans les larges jupes d'une vieille femme qui égrène un chapelet. Un homme âgé, les joues mangées par une barbe blanche, invective le cameraman : « Qu'est-ce qu'elle fait, la France? Pourquoi nous a-t-elle abandonnés? Combien faut-il de morts pour vous émouvoir? – Qui êtes-vous, monsieur? » interroge le journaliste. L'homme a un sourire amer, un ton désabusé : « J'étais professeur de français... une bien belle langue, un bien beau pays, la France! Autrefois, elle ne nous aurait pas laissés mourir comme des rats... »

Suit une interview de Camille Chamoun. A quatre-vingts ans, le vieux chef est toujours beau. Il passe la main d'un geste fatigué dans sa crinière de lion blanchie. « Pourquoi ne pas vous soumettre aux Syriens? Cela épargnerait des vies humaines. – Jamais! je me bats, mes deux fils se battent, mes petits-enfants se battent. Nous ne nous soumettrons pas. – Les chrétiens de Syrie ne sont pas si malheureux. Ils ne sont pas bombardés, au moins, ils vivent tranquilles... – Ils ne sont pas libres. – Mais vos villes et votre peuple seront écrasés. – Un peuple peut reconstruire une ville. Il peut se reconstituer s'il a eu des morts. Mais s'il a perdu la liberté, jamais il ne la retrouvera. »

« Ce vieux Chamoun est un bandit, mais pour une fois je suis d'accord avec lui, murmure Marc. – Mon Dieu, Marc, regarde, c'est l'hôpital, l'Hôtel-Dieu. Il brûle... » Lili tend vers l'écran un doigt tremblant. « Ils n'ont tout de même pas bombardé l'hôpital? Et les malades, les opérés? Regarde... sœur Suzanne! » Sur l'écran, apparaît en gros plan le visage affolé d'une infirmière qui, à côté d'une civière, lève en l'air une bouteille de plasma. « L'aile droite du bâtiment est atteinte! crie-t-elle comme si elle s'adressait directement à Lili et à Marc, nous essayons d'évacuer les blessés, mais nous ne savons plus où les mettre. Un des blocs opératoires a été touché pendant une intervention chirurgicale. Nous n'avons pas encore déblayé l'accès... » Son court voile blanc est éclaboussé de sang. En arrière-plan, derrière elle, des silhouettes se croisent dans une confusion dramatique. Marc a saisi la main de Lili.

Soudain, derrière eux, un cri : « Antoine! Antoine est là-dedans, il va mourir! » Pâle, les yeux cernés de mauve, Lola chancelle sur le seuil du salon. Elle s'appuie au mur et commence à trembler. Lili se précipite, la prend dans ses bras. « Ne reste pas là en chemise de nuit, tu vas avoir froid. – Non, non, hurle Lola. Je veux savoir, qu'est-ce qui se passe? » La télévision, que personne n'a songé à éteindre, continue en voix off, sur une image de civières posées par terre dans un couloir. « A l'hôpital de l'Hôtel-Dieu-de-France, on ne peut plus faire face. Les médecins réclament du sang, des compresses, des antibiotiques, mais les bombardements sont si violents que personne ne peut plus approcher ou sortir... »

Lola se met à hurler, d'un cri aigu, continu, qui fait froid dans le dos. Mona, les yeux exorbités, sort de sa chambre. « Maman qu'est-ce que tu as? » Étendue sur le canapé, Lola gémit maintenant. Son visage est de cire. Mona lui prend la main, éclate en sanglots : « Maman est morte! – Calme-toi, ma chérie, nous allons la soigner. » Marc s'approche, une seringue à la main. « Je vais lui faire une piqûre d'Anafranyl. Lili, veux-tu appeler Verlomme et le SAMU? »

A l'aéroport de Beyrouth, les rares passagers qui descendent de l'avion de Paris sont extrêmement pressés. En temps de guerre, un aéroport n'est pas un endroit où flâner. Le nez en l'air et un sac sur l'épaule, Guy Sitbon traîne pourtant du côté de la douane. Il cherche quelqu'un. « Mustapha, ya Mustapha! » Un des chauffeurs de taxi accourt : « Ya Bey! Comment ça va? Tu es revenu? Tu sais, il fait sale temps par ici en ce moment. Pas à l'Ouest mais en face, chez les chrétiens. Regarde... » De l'Est montent des champignons de fumée noire...

« Justement, Mustapha, c'est là-bas que je veux aller. Ne me dis pas que c'est impossible. Dis-moi seulement combien? »

Mustapha, un gros pépère tranquille, roule sa moustache entre ses doigts et réfléchit. Il a déjà conduit ce client. Un journaliste français, ça paie moins bien que les Américains, mais on peut faire la conversation et puis, ils comprennent la vie, avec eux on peut toujours s'arrêter pour boire un verre d'arak.

« Ya Bey, c'est comment ton nom déjà?

– Sitbon, tu m'as emmené dans le Chouf et je sais que tu es débrouillard. Si tu me fais passer à l'Est, je te garde deux jours. Mais peux-tu circuler à l'Est?

– Moi? je circule partout. »

Mustapha se dit que Sitbon, c'est juif. Il va monter son prix. « Deux cents dollars par jour, et cent dollars pour la course de l'aéroport à Beyrouth. Plus trois cents dollars pour franchir la ligne... OK? Alors, allons-y. »

A Beyrouth, en temps de paix, les taxis jouaient les toréadors. Alors, pendant la guerre, ils s'en donnent à cœur joie. Mustapha démarre sur les chapeaux de roues. Sa vieille Mercedes gémit mais tient le coup. « Par où veux-tu passer? Il y a trois points possibles, le Ring, le Musée, ou Sodeco... Je te dis tout de suite que le Ring aujourd'hui c'est mauvais. Trois blessés et un mort. Moi, j'éviterais le Ring. Au Musée, c'est calme. On peut essayer d'y arriver par la rue Mohammed el Hout, ça tiraille toujours mais la rue est en pente, on peut filer. Ou alors, Sodeco. Là-bas, il y a un pote à moi, un milicien qui donne des bons renseignements pour savoir comment rouler dans Achrafieh... » En avant pour Sodeco... Cinq cents mètres de no man's land à franchir sous les fusils tireurs et les mitrailleuses des miliciens des deux bords, ça fait dix minutes d'angoisse, à trois cents dollars les dix minutes, ça fait combien l'heure de frousse? Avant qu'il ait fini de compter, Guy est déjà de l'autre côté.

Premier barrage chrétien. Il est le seul client aujourd'hui. Qui d'autre irait se fourrer dans un pareil guêpier? Guy a une raison impérieuse d'être devant le palais Tueni à vingt et une heures trente : il y est attendu pour dîner.

Car on se reçoit et on dîne sous les bombes à Achrafieh. Les grandes familles grecques-orthodoxes de l'aristocratie beyrouthine, les Boutros, les Sursok, les Tueni, ont refusé de bouger. Mais tout à l'heure, en passant devant la demeure de son ami Nicolas Bustros, Guy n'a pu s'empêcher de sursauter : le merveilleux palais, mi-arabe, mi-vénitien, est complètement détruit. Les rues d'Achrafieh sont labourées, le quartier des belles maisons ottomanes a été pilonné, on ne reconnaît plus la ville. Le taxi de Mustapha roule dans un paysage de fin du monde. Guy craint le pire. Mais non. Le palais Tueni est seulement écorné, et ses hôtesses l'attendent en haut de l'escalier, éclairé par des grosses lanternes posées sur les marches. « Guy! quelle joie! Comment va Paris? »

Il serait malséant de répondre qu'on y va mieux qu'à Beyrouth. La salle à manger a gardé ses précieuses tapisseries d'Aubusson. La table, quatre mètres de long, est dressée pour six couverts. Gaby s'excuse : « Il n'y a pas grand-chose au menu, nous ne sortons plus depuis une semaine. »

Les femmes sont maquillées, coiffées, élégantes et gaies. La conversation est d'autant plus enjouée que la chère est maigre. Le maître d'hôtel sert ce soir quelques olives noires et du fromage blanc sec, dans des plats d'argent. On rit beaucoup, en expliquant à Guy le protocole des abris : la peur est mal considérée. Si on n'a pas le courage de rester dans son lit, ou si votre toit vient de sauter, on peut consentir à s'abriter, mais sans précipitation. Ceux qui sont mal rasés ou en robe de chambre font preuve d'un regrettable laisser-aller, que la communauté réprouve si visiblement que personne ne se risque à recommencer.

« N'est-ce pas un peu d'affectation? Un nouveau snobisme? interroge Guy, que pourtant rien n'étonne.

– Les Syriens, ces moins-que-rien, ces pas grand-chose, ne vont pas nous faire renoncer à un siècle de bonnes manières, sous prétexte qu'ils nous écrasent de leurs bombes! rétorque sèchement Gaby.

– Et Nicolas Bustros, où est-il? J'ai vu que son palais était détruit...

– Il n'en reste rien. La bibliothèque et ses éditions originales, brûlées. Les centaines d'icônes rares, détruites. La collection de tableaux, éventrée. Les opalines, en miettes. Les meubles précieux, les statues, fracassés : quelques coups de canons syriens ont réduit en poussière les trésors accumulés par trois générations de Bustros. Nicolas n'a plus que son chauffeur, son aide-cuisinier et son cuisinier. On se demande pour quoi faire, puisqu'il n'a plus de voiture, ni de cuisine... Ils sont tous réfugiés chez Marthe. Nicolas ne veut pas partir. Il dit qu'il préfère mourir dans la misère que de pactiser avec la barbarie. N'oublie pas qu'il a été le chef du protocole de tous les gouvernements libanais pendant des années. Et que son plus beau titre de gloire lui a été décerné par André de Fouquières en 1939. L'arbitre des élégances l'a décrit comme un "véritable dandy". Après cela, peut-on encore s'occuper des Syriens? »

Gaby rit. Mais un énorme souffle, tout près, fait vibrer la maison et penche les flammes des bougies dans les hauts chandeliers. Guy a toutes les peines du monde à ne pas se jeter sous la table. Personne n'a bronché.

« Guy, tu vas dormir ici, avec ton chauffeur de taxi, dit Gaby. Pas question de retourner à l'Ouest cette nuit. Les bombardements commencent en général vers minuit, durent jusqu'à six heures du matin, s'arrêtent, et reprennent à sept heures. Si tu veux repartir demain, il faudra profiter du créneau six heures-sept heures, pour passer la ligne. Paul, qui est phalangiste, te donnera une escorte.

Liza, la petite sœur, interroge : Guy peut-il emporter des lettres pour Paris? Elle est infirmière à l'hôpital de l'Hôtel-Dieu, et son chef de service, Antoine Boulad, disait hier qu'il cherchait un moyen d'écrire à sa femme, Lola, qui est malade en France. Liza part pour l'hôpital à six heures du matin. Elle prendra le taxi de Guy. Antoine? Depuis le début des bombardements, il habite pratiquement à l'Hôtel-Dieu. Guy verra, c'est terrible, les médecins manquent de tout, et les blessés s'accumulent dans les couloirs. Cela aussi, il faudra le raconter en France. Guy dit oui, qu'il racontera tout. Il a même en tête le titre de son prochain article. Ce sera « Une leçon de maintien dans les ruines ».

« Lola, Lola... » Lili secoue, d'une main légère, son amie endormie. Pauvre chérie! Elle a maigri, son visage est creusé, Lili sent l'os de son bras à travers le tissu rugueux de la chemise d'hôpital. Une perfusion d'Anafranyl coule lentement dans un cathéter fixé sur son poignet gauche. Est-ce cela qui la rend si molle, sans réaction, à demi inconsciente? « Lola, Lola... Antoine t'a envoyé une lettre de Beyrouth. » Lola a entrouvert les yeux, il lui faut faire un effort pour soulever les paupières. Où est-elle? Dans quel lit? Pourquoi Lili est-elle à son chevet? Elle ne comprend rien, ne se souvient de rien. Mais le nom d'Antoine perce les brumes de son esprit engourdi : « Antoine? » Lili se penche. « Une lettre de lui, pour toi. Tu veux que je te la lise? » D'un battement de cils, Lola fait signe que oui.

> *Ma chérie... J'ai très peu de temps pour te dire d'abord combien je t'aime et pense à toi dans cet enfer. Surtout, ne viens pas. Notre appartement d'Achrafieh a été bombardé. Je vois d'ici un grand trou d'obus au milieu du sixième étage. Je n'ai pas pu y aller. De toute façon, il est sûrement pillé. J'ai réfléchi : je crois que tu avais raison. Il faut quitter ce pays de fous. D'ailleurs, je suis si fatigué que je ne peux plus opérer. Ne bouge pas. Ne t'inquiète pas. Attends-moi à Paris. Dès que ce sera possible, je viendrai te rejoindre. Pas vu Nicolas, mais je sais qu'il va bien, qu'il est dans le QG de Bechir, donc relativement à l'abri. A très bientôt, ma chérie, sois belle, repose-toi, je t'aime plus que ma vie et j'attends le moment où je pourrai enfin te prendre dans mes bras. Antoine.*

Lili, toujours sentimentale, se mouche énergiquement pour cacher ses larmes. « Il est formidable, Antoine. Et comme il t'aime! Lola, il faut te rétablir vite. Tu te réveilles? Tu m'entends? Marc affirme que dans trois ou quatre jours tu iras beaucoup mieux. Tu as fait une vraie dépression. Rien d'étonnant, après tout ce que tu as vécu à Beyrouth. Nous allons te chouchouter, Mona et moi.

– Lili, tu es un ange... » La voix de Lola se traîne en un murmure.

« Ne parle pas, Lola, ne te fatigue pas. A propos, un certain Philippe te téléphone sans cesse. Qu'est-ce que je dois lui dire?

– Dis-lui... que je peux me battre, contre... beaucoup de choses, mais... pas... contre une petite fille.

– Tu es sûre? Tu veux lui dire ça, tu ne te trompes pas?

– Sûre... » Lola met dans le mot toute la vigueur dont elle est capable, fait un signe à Lili de sa main libre pour signifier que oui, elle y tient.

« Bien, comme tu voudras. Il appellera sûrement ce soir. Repose-toi, ma chérie. Je reviendrai demain. »

26

« Numéro 29! Abdoudaye Joseph! »

La voix claque à travers la grande salle des cartes de séjour de la préfecture de police. Un Noir en boubou bleu, accroupi sur les talons, se redresse et déplie son énorme ossature. Il lève un carton rose marqué 29, regarde autour de lui, effaré. « Hé, 29! Par ici. » Derrière son guichet, l'employée de la préfecture, une petite rousse frisottée, ressemble à un caniche hargneux. Abdoudaye Joseph vire de bord, se dirige vers elle toutes voiles dehors, commence à extraire de ses multiples poches des paquets de papiers, attestations, imprimés, serrés par des élastiques. « Non mais, te gêne pas! C'est ça que tu appelles un dossier? Eh bien quoi? Ne me regarde pas comme ça. Tu comprends le français, au moins? C'est que je n'ai pas de temps à perdre, moi... »

Antoine ronge son frein. Il est là depuis deux heures. Et il a le numéro 34. Au rythme où les demandeurs de cartes comparaissent devant les toutes-puissantes dames des guichets, il en a encore pour une heure au moins. Plus peut-être, si l'une d'elles entreprend, comme l'autre jour, de commenter avec une voisine sa soirée de la veille. La banquette de bois est dure. Il croise et décroise les jambes. Que faire? Le Monde, il l'a appris par cœur, y compris la chronique boursière et les annonces nécrologiques. La prochaine fois, il emportera un roman policier. Épais. Autant apprendre la patience.

On l'a déjà convoqué deux fois, et il n'a toujours pas l'autorisation temporaire des trois mois, simple prélude à la carte de séjour d'un an, exigée de tous les étrangers. Son dossier est-il complet? Il se surprend à éplucher ses papiers avec la même angoisse qu'Abdoudaye Joseph : copie de diplômes, équivalence, inscriptions au Conseil de l'Ordre de la région parisienne, factures de gaz et d'électricité, attestations prouvant qu'il est propriétaire d'un logement, garanties bancaires et relevés de comptes. Quelle sera la nouvelle exigence? Il ferme les yeux, essaie de ne plus voir cet endroit aussi gai qu'une gare de triage, où de pauvres hères de toutes conditions sociales et de toutes nationalités attendent en silence, sans oser protester, que leur numéro soit appelé. Pourquoi la femme-caniche se permet-elle de tutoyer ce pauvre Abdoudaye? De lui parler sur ce ton? Quelqu'un devrait intervenir, lui dire son fait. Mais non, personne n'a ce courage. Même pas lui. Quelle humiliation! Ils sont tous à la merci de ces petits chefs, trop heureux d'exercer leur pouvoir.

« 34. Boulad Antoine. » Enfin. Il s'endormait. Pas de chance, il est tombé sur la femme-caniche. Curieusement, elle semble plus aimable. « Vous êtes chirurgien, né au Caire et de nationalité libanaise, mais nationalité d'origine, égyptienne? » Antoine se rend bien compte qu'il y a là trop de nationalités superposées. Comment lui expliquer? Il se contente de sourire lâchement. « C'est égyptien ça, Antoine? » La voix fureteuse tend un piège. « Oui, je suis catholique, comme vous voyez. » Pourquoi préciser? Il s'en veut terriblement d'utiliser de tels procédés. Mais il faut en finir. La dame-caniche a levé le nez, elle le regarde attentivement, détaille son costume, sa cravate, sa chemise bien coupée. Remarque la montre en or. « Eh bien, docteur... » Le ton s'est radouci. « Je crois que votre dossier est complet maintenant. Voici un reçu. Vous serez reconvoqué. » Mal à l'aise, il murmure un merci beaucoup trop chaleureux et s'enfuit, écœuré.

Métro, station Cité. Il s'y engouffre. Un courant d'air glacé le pousse dans le dos. Depuis quand n'a-t-il pas pris le métro? Des années. Lola a raison, on y étouffe. Un clochard est couché sur le banc, sous une immense affiche qui chante en bleu-blanc-rouge, le « Printemps des Parisiennes ». Autrefois, pour Antoine, Paris était une fête. La Cité, c'était l'île, ses quais, ses restaurants des soirs d'été, le magnifique appartement de son ami le professeur Ringuet-Vallois, chez qui ils avaient dîné un soir de congrès parisien. Derrière les hautes fenêtres voilées de taffetas crème se découpait Notre-Dame illuminée. Mme Ringuet-Vallois, légèrement blasée, écartait les rideaux, tendant la main vers le fabuleux spectacle. « Oui, la vue est agréable ici. Nous avons beaucoup hésité : j'aurais préféré habiter dans l'île même. J'y ai passé mon enfance. Ma grand-mère avait ce petit hôtel, en face. A l'époque, c'était encore charmant, mais aujourd'hui l'île est devenue trop bruyante, avec tous ces touristes. » Le rideau était retombé, Mme Ringuet-Vallois triturait nerveusement son collier de grosses perles – c'était un tic, elle l'avait caressé toute la soirée – et on était passé à table.

L'année suivante, au printemps, Antoine et Lola avaient reçu fastueusement les Ringuet-Vallois à Beyrouth. Trop fastueusement, peut-être? Ils étaient restés liés, sans qu'on puisse parler de véritable amitié, plutôt d'une estime professionnelle réciproque. Mais Antoine n'oublierait pas de si tôt le coup d'œil apitoyé du professeur quand il lui avait rendu visite, dès son arrivée. « Vous voulez vous installer à Paris? Évidemment, mon cher Boulad, je comprends. Avec ce qui se passe au Liban! Mais Paris est difficile. Refaire une carrière à votre âge et dans votre situation, ce sera très dur, je ne vous le cache pas. Réfléchissez bien. Abandonner votre service à l'Hôtel-Dieu, quel dommage! D'autre part, la guerre, votre femme, votre fille en sécurité... Ah! c'est cornélien. » Le professeur n'avait pas poussé plus loin le commentaire, ni proposé le moindre coup de main. Sa femme avait invité Lola à prendre le thé, puis leurs relations s'étaient mystérieusement espacées.

Le métro crache sur le quai une foule hagarde et grise, la foule des fins de journée qui sent la sueur et la fatigue. Dans le wagon bondé, Antoine considère, par-dessus les têtes, son reflet dans les glaces. Il a vieilli. Ringuet-Vallois n'a pas tort : là-bas, à Beyrouth, il était le patron du service, on l'entourait, on le respectait, on l'admirait... ou on faisait semblant. Comment supportera-t-il, à Paris, d'assurer une simple consultation, de remplir peut-être des tâches subalternes, d'accepter, comme à ses débuts, les interventions les moins valorisantes, de se plier aux humeurs d'un chef de service sans doute plus jeune que lui, ou d'assistants qui n'auront pas son expérience? Hier, à Cochin, il avait croisé dans les couloirs Jules Darmon, un ex-copain de promotion, aujourd'hui professeur agrégé.

« Antoine! Tu es de passage?

— Non. Je reste. Enfin, je quitte Beyrouth. Je vais essayer de m'installer à Paris. »

L'autre avait eu un geste de surprise puis, d'un ton de commisération : « Eh bien, bon courage mon vieux! Tiens, voilà ma carte. Téléphone-moi un de ces quatre. Je ne peux pas grand-chose pour toi, mais enfin. »

Saint-Germain-des-Prés. Une vague montante repousse Antoine vers le fond du wagon. Il l'écarte d'un vigoureux coup d'épaule pour rester près de la porte. Travailler, tout reprendre de zéro, cela ne lui fait pas peur. Ce qu'il craint, c'est la réaction de Lola lorsqu'il lui apprendra qu'il faut, avant toute chose, vendre l'appartement de la rue Saint-Sulpice. Plus question de charmant pied-à-terre, de travaux dispendieux, d'états d'âme romantiques. Il faut louer un appartement classique, d'un bon standing, dans un quartier convenablement bourgeois, avec des meubles de style et un vase chinois monté en lampe sur le piano à queue du salon. Un appartement de chirurgien parisien. Et, avec le prix de la vente de la rue Saint-Sulpice, acheter des parts de clinique, pour pouvoir travailler, opérer quelque part. Mais où? Paris est cher. Boulogne, peut-être. On lui a parlé d'Argenteuil... Non, il ne faut pas donner dans le misérabilisme. Faire « bella figura », comme on disait au Caire. Quitte à économiser sur le reste : plus de taxis, mais le métro. Plus de restaurants coûteux, de boîtes à la mode, de sorties nocturnes, mais des soirées-cinéma et des dîners-bistrots. Lola saura-t-elle se plier à ces nécessités? Pour la « bella figura », il lui fait confiance. Mais pour le reste... Enfin, on verra bien.

La Peugeot familiale achetée d'occasion – un de ces modèles dont Antoine disait autrefois : c'est un veau – longe la rue Saint-Sulpice, tourne sur la place, prend la rue Bonaparte. Antoine se tourne vers Lola : « Ne sois pas triste, chérie. Ce n'était pas réaliste. » Lola lui sourit. Il a assez de difficultés en ce moment pour ne pas lui infliger ses propres regrets. Elle n'habitera jamais l'appartement de la rue Saint-Sulpice, dont les plans amoureusement refaits pourrissent à Beyrouth sous des tonnes de gravats, avec d'autres bricoles qui emplissaient leur vie. Ce renoncement, plus que d'autres, lui a été pénible. Peut-être parce qu'il signifie l'interdiction de rêver, la fin de la fantaisie, de l'imprévu saisi au vol. En France, on prévoit, on planifie, on réfléchit avant d'ouvrir son portefeuille, Antoine lui a expliqué cela. Mona, hier, est venue lui demander l'argent de son billet de train pour les vacances d'hiver qui commencent dans quatre mois, en lui disant : « Après, pour le ski, on ne trouve plus de place. » Lola a donc acheté un grand calendrier. Puisque sa vie se déroule maintenant sur papier quadrillé, autant la dessiner. Mais en hachurant de rouge les vacances scolaires, elle avait le sentiment de s'entourer de barreaux et d'y enfermer ses ailes.

« Chérie, regarde le plan. Vois-tu cette rue du Marché-Florentin? Une petite rue, derrière la place d'Italie. Ensuite, nous passerons malgré tout à Galaxie, pourquoi pas? » Il parle, il parle, pour ne plus voir le regard vide de Lola. « Je t'emmène déjeuner dans un petit bistrot du treizième arrondissement, avant de prendre la route de Châtenay-Malabry. A moins que tu ne préfères rentrer? Je peux aller seul voir cette clinique.

– Non, Antoine, je t'accompagne. »

Elle n'ajoute pas : je veux savoir où nous allons vivre, pour ne pas figer les contours d'un avenir qu'elle n'imagine que gris. Ils ont visité tant d'appartements étroits, sombres, ou alors très beaux, mais trop chers. Ils ont vu des cuisines sordides, des salles de bains à refaire, même dans les appartements bourgeois du septième arrondissement. Boulevard Saint-Germain, une vieille dame très distinguée avait eu un mouvement de recul quand, à sa question : « Vous avez un léger accent, n'êtes-vous pas italiens? », Antoine avait répondu : « Non, nous sommes libanais. » La vieille dame s'était soudain souvenue, est-ce bête, elle allait l'oublier, d'avoir promis son appartement à de lointains cousins.

Impossible de trouver cette rue du Marché-Florentin. « De toute façon, dit Antoine, le quartier est trop excentrique, pas facile d'accès, on y renonce. » La Tour Galaxie, toute neuve, a meilleure allure. Où est l'escalier C, troisième bâtiment, seizième étage? Partout les mêmes couloirs, les mêmes ascenseurs, la même moquette chinée gris-noir, les mêmes portes, les mêmes fenêtres donnant sur d'autres tours. Lola a beau se forcer à l'optimisme, jamais elle n'oubliera Beyrouth dans ces pièces grandes comme des boîtes d'allumettes.

Le même soir, ils dînent rue du Cherche-Midi. Après la clinique de Châtenay-Malabry, ils ont été voir un hôpital à Cergy-Pontoise. Ils sont revenus, dans les embouteillages, sans échanger un mot. Antoine lui-même est abattu. En arrivant chez Lili, il a murmuré : « Lola, tu aurais dû épouser un banquier. » Dans l'ascenseur, Lola lui a posé un baiser sur la joue. Comme d'habitude, la conversation tourne autour de l'installation d'Antoine. « Jean Dailly et Irène Rocheux, qui font de la traumatologie, m'ont conseillé de partir en province. Il paraît qu'à Mulhouse, l'hôpital demande un chirurgien spécialisé.

– Mulhouse, non! gémit Lola. J'y suis passée une fois, même vu du train, c'est sinistre. Autant émigrer au Canada. » Le mot est tombé et roule sur la table. Le Canada, c'est l'ultime recours, un avenir plus ou moins assuré. Mais c'est aussi la rupture définitive avec le Liban, avec le soleil, la mer et le passé. De Paris, on peut toujours espérer faire un saut à Beyrouth, pour des vacances, pour voir des parents ou pour le plaisir. De Montréal, non. « Nous sommes trop vieux pour le Canada, grommelle Antoine. C'est à Paris qu'il faut tenter de vivre. Qu'en penses-tu, Marc? » Marc est un taciturne. Il lisse ses cheveux noirs, toussote, annonce d'un ton grave : « Je vous emmène faire un tour.

– A cette heure? crie Lili. Mais où?

– Tu verras. »

Ils prennent tous les quatre la voiture de Marc, descendent la rue de Rennes. A Saint-Germain-des-Prés, les terrasses des cafés ont un air de vacances. Un orchestre improvisé joue devant l'église. Rue Bonaparte, les quais. Les bouquinistes sont encore ouverts. Dans le rond lumineux des réverbères, les marchands installés sur des chaises de paille boivent de la bière, et plaisantent entre eux. Place de la Concorde. Marc s'arrête devant l'Orangerie, descend, et soudain lyrique, tend le bras vers la perspective ourlée de lumières qui se dessine, des Champs-Élysées à l'Arc de Triomphe.

« Regardez! C'est beau Paris. Pour moi, la plus belle ville du monde. Au début, quand j'avais le cafard, c'est ici que je venais le soir. » Silencieux, ils découvrent, comme s'ils ne les avaient jamais vus, les hauts pans coupés de l'obélisque, les façades symétriques du Crillon et du ministère de la Marine, les fontaines jaillissantes brillant de mille feux dans la nuit.

– Oui, murmure Antoine, c'est très beau. Et puis, on peut y vivre libre. Merci, Marc. Tu me donnes du courage. Nous resterons à Paris. »

« J'ai trouvé cette carte dans la poche de ta veste. Jules Darmon, qui est-ce? » Lola empile dans un sac les vêtements à porter au pressing. « Darmon? c'est un ami, je l'ai retrouvé l'autre jour à Cochin. Donne, je vais lui téléphoner. »

Jules opère dans deux cliniques connues. Aux Deux-Magots, devant un café-crème, il expose brièvement à Antoine ce qu'il appelle son petit lexique de survie : « Premier point, les Français n'aiment pas travailler dur. Tu t'imposeras si tu bosses, si tu assures les urgences et les gardes de nuit, si tu acceptes d'être toujours disponible... Oublie les vacances et les week-ends à la campagne. D'ailleurs, après Beyrouth, la campagne française ne ferait que te donner le bourdon. Deuxième point : reste toi-même, sois chaleureux, écoute tes patients, comme tu le faisais au

Liban. Les gens, ici, crèvent de solitude, de froideur et d'incompréhension. Il te suffira d'être humain et attentif avec eux, pour qu'ils t'en soient reconnaissants. Troisième point : oublie Beyrouth. Si tu te mets à penser à ton service, à l'hôpital, à tes malades, ça va te déchirer le cœur, te démobiliser, tu n'auras plus la force d'avancer. Il faut regarder devant toi, pas derrière. »

Jules, petit et vif, tape sur le dos d'Antoine. « Ne fais pas cette tête-là, mon vieux. Tu verras, ça va marcher. Je te connais. On se ressemble, juifs ou chrétiens, ou n'importe quoi d'autre, tous des déracinés, des immigrants, des exilés. Heureusement, on peut s'entraider. Je connais un juif marocain, comme moi, et un médecin libanais arménien, qui veulent racheter une petite clinique, dans le quinzième arrondissement. Ce n'est pas le grand luxe, mais c'est conventionné, avec un minimum de clientèle assuré. Ils cherchent des capitaux. Va les voir de ma part... Ce ne sont pas forcément tes patrons parisiens qui te seront le plus utiles.

— Jules, tu ne peux pas savoir à quel point tu m'as réconforté. Comment te remercier ?

— C'est simple, quand tu seras bien dans tes pompes, invite-moi à dîner, un vrai dîner libanais, comme chez Ajami, tu te souviens, dans les souks, avec l'arak et les mezzés ? Mais rien ne presse. Règle tes problèmes d'abord. »

Le soir même, Antoine trouvait enfin un appartement assez grand, pas trop cher, boulevard Raspail. Trois mois plus tard, ils emménageaient.

« J'ai faim ! » crie Mona en arrivant du lycée. Elle se jette sur le réfrigérateur, attrape une cuillère, plonge vigoureusement dans un grand plat de riz au lait. « Maman, c'est délicieux. C'est toi qui l'as fait ?

— Mona ! Non, non ! Combien de fois t'ai-je dit de ne pas manger avant le dîner ! Mon Dieu ! Il ne reste pratiquement rien. Et je n'ai pas autre chose pour ce soir... »

L'incident est ridicule. Pourtant, les larmes montent aux yeux de Lola. Mona, les joues rouges, la considère avec étonnement. « Maman, je te demande pardon pour le riz. J'avais tellement faim ! On va faire autre chose... Des pâtes ? » Lola secoue la tête, désespérée. « Vous en avez déjà mangé hier soir. D'ailleurs il n'en reste plus. Je n'ai pas eu le temps de faire les courses cet après-midi. J'ai passé deux heures au marché Saint-Pierre, pour acheter des rideaux. Il n'y avait pas de taxi. Je suis revenue par le bus, et c'est tellement long ! Quand je suis arrivée à la maison, il était trop tard pour aller à Inno, et je croyais... Enfin, j'ai pensé... Oh, mon Dieu ! Je suis trop fatiguée, je n'en peux plus, je n'en peux plus... »

Les coudes sur la table de la cuisine, Lola sanglote. Elle est nulle. Les travaux domestiques la rebutent. Laver la vaisselle l'écœure. Elle ne sait jamais s'il faut cuire les haricots à l'eau bouillante salée ou à l'eau froide d'abord... Autrefois, au Caire, Mlle Latreille lui avait appris à faire des gâteaux : des sablés, elle s'en souvient. On les découpait avec un petit moule en forme de trèfle, mais elle a oublié la recette. D'ailleurs, on ne peut pas nourrir une famille tous les jours avec des sablés.

Ce n'est pas sa faute. Elle a eu des cuisinières toute sa vie, et maintenant voilà où elle en est. Oh, Beyrouth! Les somptueux dîners qu'il suffisait de commander! Les délicieux mezzés qui arrivaient par plateaux entiers, surgis du néant ou plutôt des cuisines, où les servantes s'affairaient! C'est affreux à dire mais ce qu'elle regrette le plus, ce n'est pas le soleil, les amis, les paysages du Liban. Ce sont les domestiques. Elle donnerait n'importe quoi pour avoir encore Zakhiné, pour attendre Rosy qui lui ferait les mains en lui racontant les derniers potins, pour que Tanos la conduise au Tennis Club et revienne la chercher en fin d'après-midi.

On ne peut avouer à personne ces nostalgies-là. Trop luxueuses. Pourtant, comme elles pèsent!

« Lola! Qu'est-ce que tu as? » Guidé par le bruit des sanglots, Antoine est sorti de son bureau. Il prend Lola dans ses bras, la berce doucement.

« Voyons! Du calme! Que se passe-t-il?

– C'est ma faute, s'accuse Mona, parce que j'ai mangé le riz du dîner de ce soir. »

Antoine fronce les sourcils. Cela ne justifie pas un tel désespoir. Il prend Lola sous le menton, essuie ses larmes avec son mouchoir. Cette crise, il la sentait venir depuis un moment. Ils ne sont pas pauvres, mais plus vraiment riches. Il devrait adoucir la vie de Lola, lui offrir une femme de ménage. Il a remarqué sa petite mine, ses efforts, ses échecs. Le passage de Beyrouth à Paris a été plus difficile pour elle que pour lui. Ou, du moins, lui le supporte mieux. Il faut qu'il lui parle. Mais d'abord la calmer. La rassurer. Il peut tout supporter, sauf de revoir Lola dans un lit d'hôpital.

« Ma chérie, ce n'est rien. Heureusement que Mona a mangé ce riz au lait! Moi, ce soir, j'ai envie d'un dîner chinois. Va te poudrer le nez. Je téléphone pour retenir une table au Mandarin. »

Est-ce la flamme de la bougie, la chaleur du vin, les crevettes au curry? Lola se sent renaître. C'est très bon ici. A Beyrouth, elle n'aimait pas tellement la cuisine chinoise. Maintenant, elle a besoin de saveurs épicées, de potage piquant, de parfums safranés. Au fond, se dit-elle, j'aime ce qui me rappelle la cuisine libanaise sans en être trop proche.

Car un dîner dans un restaurant libanais des Champs-Élysées, c'est le cafard assuré. On y retrouve de vagues relations beyrouthines perdues de vue depuis des années, dont le malheur commun devrait vous reprocher. Mais chacun a dérivé de son côté. Les uns se sont éteints, pour toujours semble-t-il, et leurs épaules chargées d'un fardeau invisible ne se redresseront plus. D'autres ne parlent que du passé, comparent indéfiniment les mezzés parisiens à ceux de Beyrouth ou de Zahlé. D'autres encore signalent chaque arrivée, donnent des nouvelles de ceux qui sont ailleurs, retracent patiemment le lacis compliqué des liens familiaux, qui font que tout le monde est le cousin de tout le monde par Gemayel, Khoury ou Eddé interposés. Vu de Paris, le Liban n'apparaît plus alors que comme un immense réseau flottant, une de ces plantes couvrantes qui se ramifient au ras du sol et dont les tiges reprennent racine alors que le pied central est déjà arraché.

Rien ne déprime plus Lola que ces retrouvailles d'un optimisme forcé. Quant à Antoine, maintenant, il les refuse. Un soir, après un dîner chez Noura, où on avait évoqué le « Beyrouth d'avant », il s'était emporté pour de bon, sous la pluie glacée, en remontant l'avenue George-V.

« Je ne viendrai plus ici, c'est sinistre. De quel pays parlent-ils, ces joyeux fantômes ? Du Liban ? Le Liban d'aujourd'hui est en train de mourir. Et nous l'avons abandonné. Alors, un peu de décence ! Vois-tu, Lola... (il s'était arrêté un instant sous la pluie, ses cheveux roux dégoulinant d'eau), je ne suis pas un homme de compromis ou de demi-mesures. Ou bien je me bats pour un certain Liban, tel que je le conçois, et alors j'y reste. Ou bien je prends acte de la faillite de mes illusions et je pars, je refais ma vie ailleurs, mais sans remords et sans regrets... » Puis, la prenant par le bras, il avait ajouté sur un ton abrupt : « Pour moi, c'est comme l'amour. Si tu aimais un autre homme, si tu voulais me quitter, eh bien ! j'en crèverais, mais je ne te retiendrais pas une minute. » Surprise, Lola l'avait regardé. Que voulait-il dire ? Il ouvrait la portière, se battait contre son parapluie... « Monte vite ! Quel temps de chien ! » Il faisait trop froid pour discuter. Elle savait qu'elle n'en tirerait pas un mot de plus, en tout cas pas ce soir.

Perdue dans ses pensées, Lola a oublié le serveur chinois qui attend sa commande, le crayon en l'air. D'où vient-il ? Réfugié lui aussi ? Boat people ? Né dans le Chinatown du treizième arrondissement ? Allons, il faut cesser de voir des exilés partout. « Pour moi, comme dessert, du gingembre sucré.

— Ça va, chérie ? » Antoine, à travers la table, lui caresse la main.

« Oui. Je ne sais pas ce qui m'a pris. C'est stupide. Après tout, nous sommes bien, à Paris.

— Moi je sais, intervient Mona. C'est la cuisine française. Tu ne sais pas la faire et ça t'emmerde. On s'en fout, maman. Laisse tomber. On ira au MacDo. Ou bien, achète des surgelés. Moi, je sais faire des choses. J'ai appris chez tante Lili. Je t'aiderai.

— Mona ! Quel langage pour parler à ta mère ! »

Antoine couve Mona des yeux, d'un air attendri.

« Et puis, je t'ai déjà dit : cesse de rouler les r.

— Pourquoi ? C'est ma manière de parler. Je suis libanaise, après tout.

— Oui ma chérie, mais je ne veux pas qu'on se moque de toi. Tu peux être libanaise en parlant français parfaitement, sans accent. D'ailleurs, l'accent ne se perd pas. Mais on peut le gommer. C'est ce que je te demande de faire. »

Lola a reçu en plein cœur cette réflexion d'Antoine. Comme sa mère, comme sa sœur, elle a toujours roulé les r. Jamais Antoine ne lui a demandé de parler autrement. Elle aurait eu le sentiment d'être dépouillée de son identité. Pourquoi exiger cela de Mona? Lorsqu'elle pose la question, à Antoine, le soir, il semble embarrassé.

« Ma chérie, j'adore ton accent. Ta voix, ta manière de prononcer les mots, en français ou en arabe, font partie de moi-même. Tu parles comme parlait ma mère, et si tu changeais d'intonation, j'en souffrirais. Moi aussi, j'ai l'accent libanais, et alors? Nous sommes, toi et moi, de la génération des premiers exilés. Mais je ne voudrais pas que Mona vive en éternelle émigrée. Elle est jeune. Elle n'a pas nos souvenirs, nos regrets. Heureusement pour elle! Elle retournera peut-être au Liban, peut-être pas. Je voudrais qu'elle garde toutes ses chances de s'enraciner quelque part. »

Dans sa chambre, Lola commence à somnoler. Que fait Antoine? Il est tard. Pourquoi ne vient-il pas dormir? « J'arrive, chérie. Dans un quart d'heure. Je fais des comptes. » Deux heures plus tard, Lola dort. Antoine se glisse près d'elle sans faire de bruit, pour ne pas la réveiller, mais il reste longtemps les yeux ouverts dans la nuit.

Il a fait et refait ses calculs. Il est clair qu'il doit trouver une deuxième clinique où opérer, s'il veut s'en sortir. Peut-être a-t-il eu tort de s'endetter aussi lourdement? Il aurait pu louer un appartement moins grand, moins cher... Mais il lui faut une surface sociale et professionnelle suffisante, pour ne pas démarrer trop bas. Il n'est plus jeune. Un cabinet de consultation minable dans un quartier miteux lui ôterait toute crédibilité. Pour attirer le succès, mieux vaut affecter la prospérité que montrer sa misère. Il reprend ses chiffres, qu'il connaît par cœur. Combien de temps pourra-t-il tenir? D'après ses calculs, il dispose d'environ deux ans, avant que tout son capital ait fondu. Deux ans. Il imagine une bougie qui brûle, diminuant lentement, inexorablement. Deux ans pour réussir. Ou sombrer. C'est court...

Il se retourne dans le lit sans trouver le sommeil. Qui pourrait l'aider? Il a rendu visite à ses confrères parisiens. Certains lui ont promis un coup de main, mais ils semblaient gênés. L'un d'eux lui a même dit : « Je ne vais quand même pas te proposer de me remplacer pendant les vacances, ou d'assurer mes gardes, comme à un débutant. Je sais trop ce que tu vaux pour oser te faire ce genre d'offre. J'aurais honte. » Antoine avait failli répondre que si, il avait besoin de gardes et de remplacements, mais un sursaut d'orgueil lui avait fermé la bouche. Ce soir, il regrette de ne pas avoir mis sa fierté dans sa poche.

Mais l'aurait-on cru? Les Libanais, en France, ont la détestable réputation d'être tous milliardaires. C'est vrai de certains, qui se sont empressés de s'installer avenue Foch et d'étaler une richesse tapageuse. Oh! ce goût de l'épate, du geste large, de l'argent dépensé pour le plaisir des autres! Comme il peut faire du mal dans un pays, la France, où personne ne comprend que l'argent, pour les Orientaux, n'est pas une maladie honteuse mais une manière de se prouver à soi-même qu'on existe, d'affirmer son pouvoir ou sa virilité. Lui, chirurgien connu, vivant dans un bel appartement du boulevard Raspail, ne peut être pour les Français qu'un Libanais-cachemire, comme le dit drôlement son ami Jacob. S'ils savaient à quel point il a besoin de travailler, et comme chaque jour qui passe l'angoisse.

Les seuls à le comprendre sont ceux qui ont déjà vécu l'exil. Jules Darmon, par exemple, lui a envoyé des patients dès les premiers jours de son installation. Un peu tôt : il n'y avait pas encore de fauteuil dans le cabinet de consultation, il avait fallu prendre en hâte deux chaises de la salle à manger. Marc et un autre médecin libanais sont des correspondants fidèles. Ce n'est évidemment pas suffisant. Deux ans... Antoine se sent lancé dans une aventure très risquée et très brève. Deux ans... Et s'il échoue? S'il perd son pari? Quelle souffrance! Quelle honte! Il n'osera plus regarder Lola. Lui qui n'est pas croyant se surprend à prier : « Mon Dieu, faites que je gagne assez d'argent pour rendre ma femme heureuse, pour pouvoir lui acheter une robe, un manteau, un bijou, quelque chose qui, comme autrefois, fera briller ses yeux. »

Lola se retourne, l'entoure de ses bras en dormant, comme pour chercher refuge. Il en est bouleversé. Pourquoi lui imposer des travaux ménagers qui l'épuisent et la démoralisent? Pourquoi demander à sa fille de changer son accent, d'adopter un parler plat, contraire à sa nature? Il les aime comme elles sont, ses femmes : épanouies, expansives, excessives, roucoulantes, faites pour le miel et le lait, pour l'exubérance. La chaleur du soleil est en elles. Va-t-il l'éteindre sous la chape des contraintes de cet Occident froid? Non. A lui de se débrouiller, d'assumer seul les fardeaux financiers de leur nouvelle existence. Même s'il doit reprendre, comme à ses débuts, les gardes d'hôpital. Personne ne le saura. Lola aura sa femme de ménage et Mona pourra continuer à jouer de sa belle voix orientale. Antoine s'endort enfin, avec le sentiment d'avoir sauvé du désastre quelque chose de précieux.

Paris, hiver 1979-1980

Ce n'est pas que l'hiver parisien soit froid au point d'en souffrir, mais il dure trop longtemps. Février est terrible. Les arbres, fragiles silhouettes noires étouffées par le béton, semblent morts à jamais. Les rues reflètent sur leurs trottoirs mouillés le gris plombé du ciel. Les passants se frôlent sans se regarder. La tristesse flotte comme un brouillard. Lola marche le long de la rue de Sèvres et le vent s'engouffre dans son imperméable trop léger. Est-ce cette pluie pénétrante? Elle est transie jusqu'à l'os. Le printemps ne viendra jamais. Rien ne pourra plus la réchauffer. Antoine, lui aussi, a besoin d'un manteau d'hiver. Comme celui-ci par exemple : un pardessus gris en cachemire, très bien coupé, qui occupe une des vitrines d'Arnys avec ses accessoires raffinés : écharpe, cravate, chaussures, gants gris anthracite et chemise bleu pâle. Un rêve de douceur...

Sous son parapluie où tambourine l'averse, Lola, immobile, se perd dans la contemplation des soies brillantes des cravates, du moelleux des écharpes négligemment jetées, du cuir épais des chaussures, de la peau fine des gants. Elle n'achètera rien. Tout cela est maintenant beaucoup trop cher pour elle. Mais voir de belles matières, apprécier le luxe, même de loin, suffit à la combler. Elle n'a plus ces révoltes dérisoires qui la prenaient encore l'année dernière, quand elle changeait de trottoir pour ne pas passer devant la boutique de Sonia Rykiel, où sa vendeuse habituelle lui avait dit un jour : « On ne vous voit plus, Madame Boulad, avez-vous été souffrante ? » avec un regard appuyé sur son tailleur fatigué. Sagesse ou résignation, elle a appris à faire elle-même ses brushings, à regarder l'heure tourner quand elle téléphone à Beyrouth, à éteindre l'électricité en sortant d'une pièce, à ne plus prendre de taxi mais des bus ou à aller à pied, car elle continue à détester le métro. A nouveau, elle regarde le pardessus gris : exactement ce qu'elle aurait acheté pour Antoine, autrefois, comme cadeau de Noël.

Cette année, malgré les efforts de Lili, Noël a été triste. On attendait Nicolas et tante Charlotte. Ils n'étaient pas venus. Mona était en vacances de ski aux Arcs, avec son amie Claire. Elle avait téléphoné, à minuit. De Beyrouth, rien qu'une ligne téléphonique indéfiniment coupée. Lola respire profondément, comme chaque fois qu'elle sent revenir, dans sa poitrine, la pulsation griffue annonciatrice de la dépression. Leur vie à Paris est devenue étriquée, triste. Bizarre. Un mélange confus de standing à conserver à tout prix, et de détresse soigneusement refoulée. Elle s'interdit d'y penser.

La porte d'Arnys s'ouvre. Un homme pressé sort. Cette allure, ces épaules... Philippe! Encombré par un sac et un attaché-case, il n'arrive pas à ouvrir un grand parapluie noir et la pluie lui fouette le visage. Effrayée, Lola s'est reculée. Pourvu qu'il ne se retourne pas. Dans cet imperméable fatigué, mal coiffée, amaigrie, elle se sent laide. Et vieille. Philippe a changé : ses cheveux sont très courts, presque gris. Il tend le bras, dit quelque chose que Lola n'entend pas mais, prise de panique, elle s'imagine qu'il s'adresse à elle. Oui, il la regarde, il lui parle. Que dit-il ? « Je t'aime. » Elle a vu les mots se former, éclore sur sa bouche. Elle ne peut réprimer un tremblement nerveux.

Mais non, elle est folle, elle a des hallucinations! Philippe n'est pas tourné vers elle, il ne la voit pas, il parle à quelqu'un d'autre : Marie, qui attend, sur le seuil de la boutique, qu'il ouvre le parapluie. Marie, qui sourit à Philippe d'un sourire lumineux. Marie, belle et blonde, qui semble ne jamais devoir vieillir, et qui drape dans une cape noire sa silhouette alourdie... Marie enceinte, dans toute sa plénitude.

Philippe prend sa femme par la main pour traverser la rue, il la guide comme une petite fille, tourne vers elle un regard protecteur, fait signe à une voiture de ralentir pour les laisser passer. Lola voudrait se confondre avec le mur sur lequel elle s'appuie. Elle pèse chaque instant, grave douloureusement dans sa mémoire chaque parcelle d'image, pour se persuader, à tout jamais, qu'elle n'a pas rêvé. Elle aperçoit encore

Marie, de dos, serrée contre Philippe, sous le parapluie noir. Le couple s'éloigne et se perd dans la foule.

Lola a la gorge serrée. Cette fois, Philippe vient de sortir vraiment de sa vie. Ou plutôt, c'est elle qui s'éloigne de lui, de seconde en seconde, comme dans un film au ralenti. Elle doit quitter cette scène, où se joue maintenant une pièce inconnue, dans laquelle elle n'a plus aucun rôle. Marie lui a volé son passé.

27

Paris, décembre 1980

« Antoine, tu aimes ? » Lola tourne devant une glace à trois faces, faisant voler autour d'elle un manteau de loup. Les miroirs lui renvoient l'image d'une femme de quarante-quatre ans au teint pâle, dont un flot de boucles noires adoucit le visage. La bouche s'affaisse un peu, mais ses yeux dorés font oublier les rides au coin des yeux et lorsqu'elle sourit, comme en ce moment, son visage s'illumine.

Cet après-midi, en se promenant rue Royale au bras d'Antoine, elle était tombée en arrêt devant la vitrine d'un fourreur, attirée par la splendeur des visons, des renards, la beauté des fourrures légères comme des souffles. Puis, elle s'était reprise. Mais Antoine l'avait retenue.

« Entrons. Rien que par curiosité.

– Tu es fou ! c'est très cher, ici. »

Antoine, sans répondre, avait poussé la porte et demandé à voir un manteau de marmotte.

Assis sur un fauteuil trop petit pour lui, il regarde Lola, attendri. Pendant ces deux années, il a travaillé d'arrache-pied. Mais il sait maintenant que le pire est derrière lui. L'angoisse du lendemain l'a abandonné, le jour où le professeur Ringuet-Vallois lui a envoyé son premier patient, avec un petit mot : « Mon cher Boulad, je vous confie Mme Verneuil, qui souffre d'une arthrose de la hanche droite. Je vous remercie de vous charger d'elle et ne manquerai pas de reprendre contact avec vous. Amicalement. » Sous la haute signature, Ringuet-Vallois avait ajouté : « Pourrions-nous nous voir ? J'envisage de réduire mon activité et j'aimerais vous confier certains de mes patients. » Mme Verneuil avait beau être acariâtre et grincheuse, jamais Antoine n'oublierait son nom...

La vendeuse a décroché un vison, un loup et un manteau de renard roux, qu'elle tend vers Lola.

« J'ai sélectionné ceci pour vous. Je crois que le renard roux serait bien, avec votre carnation et vos cheveux noirs... »

Lola sent battre son cœur. Elle revoit une rue du Caire, une nuit de novembre. Le manteau de renard roux, emprunté à sa mère, dans lequel elle s'enroulait en sautant par-dessus les flaques d'eau. L'odeur de fourrure mouillée. L'arrivée chez Yvette Farazli, le dîner, le visage rond et rouge du diplomate belge. Le choc douloureux qui l'avait frappée entre les deux épaules, en apprenant le mariage de Philippe. Elle repousse le manteau.

« Non, pas le renard roux. Le loup ou le vison, peut-être? » Elle essaie l'un, puis l'autre, hésite. Le loup jaune ombré de noir lui donne l'air d'un chat sauvage. Le vison, aussi foncé que ses cheveux, fait ressortir son visage pâle, un visage bien plus émouvant aujourd'hui qu'il y a vingt ans, se dit-elle, en s'approchant du miroir. Depuis quand n'a-t-elle pas senti sur ses épaules la douceur d'une fourrure? Antoine semble avoir deviné ses pensées. Il s'approche, la considère longuement. Emmitouflée dans ce vison noir, elle irradie une nouvelle lumière, un air de bonheur. Il voit renaître la Lola d'autrefois, celle d'avant le malheur, sa belle Égyptienne aux yeux fendus et à l'ovale pur. La petite cousine qu'il a toujours aimée.

« Chérie, les deux te vont très bien et sont très différents. Un vison pour le soir, un loup pour la journée... pourquoi pas? Il fait si froid à Paris. Il est temps que tu aies enfin chaud...

– Antoine, tu n'y penses pas! Deux manteaux à la fois, c'est une folie. Nous ne pouvons pas nous le permettre... » Sa voix faiblit. C'est si bon de se sentir jolie, après des mois d'austérité et de calculs étroits. Et puis, la fourrure autour de son corps est si légère, si chaude...

« Oui, c'est une folie. Je le sais. Tant pis. Laisse-moi cette joie. Rien ne me rend plus heureux que de te voir sourire. »

Il se tourne vers la vendeuse, désigne d'un geste large le vison et le manteau de loup qui tombent en gros plis souples sur le dossier d'un canapé : « Mademoiselle. Je prends les deux. »

Lola sent frémir dans sa voix une assurance nouvelle, comme un ton de victoire. Antoine a vaincu le sort, exorcisé ses craintes, et il le manifeste par un cadeau royal à la femme qu'il aime. Refuser serait l'humilier. Les hommes de mon pays, se dit-elle, sont excessifs en tout. Mais comme ils savent aimer! avec excès, avec démesure, que ce soit dans la générosité, l'amour, la jalousie ou la souffrance. Avec eux, la vie n'est jamais terne. Devant la Madeleine, elle prend le bras d'Antoine qui porte un grand sac noué d'un flot de rubans.

« Est-ce que tu te rends compte? Me voilà en possession de deux manteaux de fourrure, alors que je n'ai même pas une vraie robe habillée! Je les mettrai sur mes jeans... » Ils rient tous les deux, comme des enfants complices. « Tu auras tout, ma chérie. Je veux que tu sois belle. » Le regard gris d'Antoine accroche les yeux de Lola, elle y lit une telle joie, un tel bonheur, qu'elle en est bouleversée. Elle se hausse sur la pointe des pieds, embrasse son grand mari tendrement, sur la joue. « Antoine, je t'aime. » Un souffle de bonheur lui dilate le cœur.

Les exilés de la bonne société libanaise disloquée par la guerre ont pris l'habitude de se retrouver chez Lili. Lili est leur port d'attache, leur confidente des jours sombres. Lili tient table et cœur ouverts, on peut toujours lui téléphoner, lui demander conseil, rire ou pleurer avec elle. Chez elle, le passé peut renaître sans nostalgie, sans déchirements. Et sans aigreur. Chère Lili! Ses cheveux ont blanchi par endroits, coupant de zébrures argentées ses longues mèches blondes, mais ses yeux bleus sont toujours aussi gais qu'autrefois. Seule Lola connaît sa fracture secrète : Lili n'a pas d'enfant, et n'en aura jamais. Pendant quelques années, elle a élevé Mona, qui continue à passer chaque jour rue du Cherche-Midi. Maintenant qu'ils sont seuls, Lili et Marc se retrouvent en tête à tête, et Lili s'inquiète.

« Marc ne semble pas en souffrir, mais tu sais comme il est secret. Et puis, il passe sa vie à l'hôpital. En revanche, moi... » Lili se recroqueville sur le canapé du salon. « Moi, je m'ennuie à mourir. Tiens, je sens que je vais faire une déprime.

– Non, Lili, pas toi! Si tu craques, nous allons tous sombrer!

– Alors, je vais travailler, même si Marc n'est pas d'accord. Ou faire une grande fête. Ou les deux. Commençons par la fête : on se réunit tous chez moi pour Noël. Chacun apporte une surprise. Pas une bouteille de champagne ou un gâteau, une vraie surprise. Dis-le à Mona. Pour le dîner, peux-tu me prêter ta nappe brodée? »

« Lola, dépêche-toi, nous serons en retard. Lili a dit dix heures... » Lola traîne dans l'appartement, regarde sa montre : Nicolas n'a toujours pas téléphoné. Or, jamais il n'a manqué d'appeler ses parents un soir de Noël. Mon Dieu, faites qu'il ne soit pas à Zahlé, je vous en supplie. Depuis le 21 décembre, des milliers de soldats syriens font le siège de la ville. Combien de temps leur faudra-t-il pour affamer puis conquérir Zahlé, enclave chrétienne de deux cent mille habitants en pleine Bekaa chiite? Chaque jour, Lola écoute les nouvelles, très brèves, que donnent les journaux ou la télé française : le Liban n'est plus dans l'actualité, la monotonie de cette interminable guerre fatigue les auditeurs. On ne parle que de l'affaire de Vitry, du foyer de travailleurs maliens détruit au bulldozer sur ordre du maire communiste. Des trente-six mille joggeurs du vingtième cross du *Figaro*. La télé fait des gros plans de Sophie Marceau dans *la Boum*... Pour savoir ce qui se passe chez eux, les Libanais se téléphonent, de Beyrouth à Paris, de Paris à Londres, de Chypre à Montréal, et à chaque alerte ce réseau invisible vibre, gigantesque toile d'araignée si ténue et pourtant si solide, tissée de craintes, d'angoisses et d'espoirs échangés.

Malgré son splendide vison, Lola a froid au cœur. Nicolas n'a pas appelé depuis cinq jours. Tante Charlotte, jointe cet après-midi, dit que tout est calme à Beyrouth, que Nicolas est parti la veille, qu'il est passé pour l'embrasser et lui souhaiter un joyeux Noël, sans dire où il allait.

Les yeux dans le vague, Lola enlève et remet ses boucles d'oreilles. Enfin, le téléphone! Elle arrache le combiné, crie « Allô! » C'est seulement Mona, qui d'une voix surexcitée annonce qu'elle ne rentrera pas boulevard Raspail ce soir « à cause de sa surprise » et qu'elle ira directement chez Lili. Antoine s'impatiente. Il faut partir. Rester ici ne sert à rien. Il a laissé le numéro de Lili sur leur répondeur. Nicolas pourra les joindre là-bas. Lola s'emporte, crie. Et si la communication est coupée? Tu sais comme il est difficile d'appeler de Beyrouth. Nous ne pouvons même pas le joindre... Antoine a une idée : à minuit, il appellera Tanos, à Beyrouth. « Tanos est toujours au courant des mouvements de Nicolas. Il saura. Ne t'inquiète pas, Lola. »

Dix heures du soir. Dans l'ascenseur, on entend déjà un joyeux brouhaha venant du quatrième. L'appartement est entièrement éclairé aux bougies. On a poussé les meubles, pour faire place à un buffet et à deux tables rondes, chargées de victuailles. Dans le salon brûle un feu de bois. De grands cachemires anciens drapent les canapés. A la lueur dansante des chandeliers, tout est chaleur et douceur. Lili se précipite, plus blonde que jamais dans sa robe noire : « Lola, viens vite. Je ne veux pas te faire attendre... voilà ma surprise. » Dans le bureau de Marc, appuyé contre la bibliothèque, se tient un jeune homme brun que Lola, un court instant, ne reconnaît pas, avant de se jeter dans ses bras : « Nicolas! Mon Dieu, j'avais si peur pour toi! Nicolas... »

Il a laissé pousser une courte barbe noire, ses cheveux sont plus longs, il ressemble à une icône byzantine. Antoine, la gorge serrée, embrasse Lili : « Merci. Comment l'as-tu décidé à venir? – Cela, c'est mon secret... » Lola ne se lasse pas de contempler son fils. Elle touche ses bras, caresse sa joue barbue, l'entraîne vers un canapé, lui tient les mains, rit à travers les larmes, l'interroge : « Raconte-moi... » Mais Nicolas l'embrasse : « Plus tard... Maman, te rends-tu compte que nous fêtons Noël tous ensemble? » Autour d'eux, les invités se bousculent.

Marc sert du champagne, lève son verre, réclame le silence : « Mes amis, ce soir nous fêtons l'arrivée de Nicolas et la naissance du Christ. Que ce soit dans la joie. Pour une nuit, oublions tout le reste, soyons heureux... et rendons grâce à Dieu de nous avoir permis d'être réunis. » Un léger silence passe comme un frémissement avant que n'éclatent les bravos. On pense aussi à Zahlé...

Dans la chambre de Lili. Lola devant la coiffeuse refait son maquillage. Son rimmel a coulé et elle a le nez rouge d'avoir pleuré. Il faut qu'elle se calme. Nicolas va rester à Paris quelques semaines. Quel soulagement! Depuis combien de temps n'a-t-elle pas vécu avec ses deux enfants? Son long calvaire est terminé. S'ils sont là tous les deux, elle est prête à tout recommencer, à oublier la guerre, le Liban, les horreurs passées et les bonheurs enfuis. La famille sera un îlot de paix et de sécurité. Enfin, un peu de terre ferme sous les pieds! A côté, elle entend des rires, de la musique. A bout de forces, elle s'accoude sur la coiffeuse et se regarde. Ces émotions l'ont épuisée. Mais quelque part dans son cœur monte une petite musique, qui va tout balayer. Dans sa tête résonnent les « Alléluia, Hosanna », tous les cantiques et les actions de grâces qu'elle chantait au Sacré-Cœur avec tant d'ardeur. Elle se lève, fait un tour de valse, et tombe dans les bras de Lili.

« Ma chérie, qu'est-ce que tu as? Tu te sens bien?

— Merveilleusement bien. Allons les rejoindre. Mais, mon Dieu, j'ai oublié de te dire quelle était ma surprise à moi : je crois avoir trouvé du travail pour nous deux. Tu connais la vieille Mme Rouzières, l'antiquaire du boulevard Raspail? Elle veut prendre sa retraite, et elle m'a demandé si j'aimerais la remplacer. Toute seule, non, mais avec toi, oui. Qu'en penses-tu? Tu serais d'accord?

— Bien sûr. Je me charge de persuader Marc. Lola, Lola, la roue tourne. Nous allons revivre. Hourra! Viens boire du champagne. Cette nuit sera notre fête! Quel Noël! je m'en souviendrai!... »

Les confitures. Le thé. Les œufs. Les croissants. Le beurre. Le café. Tout est bien là. Du toaster monte une odeur de grillé. Mona entre en coup de vent, embrasse sa mère, crie : « Maman, les toasts! » Bien entendu, ils ont brûlé. Lola les jette prestement. On va recommencer. Nicolas et Antoine arrivent, Nicolas porte un pull kaki que Lola ne lui a jamais vu. Il semble soucieux. Antoine aussi.

« Papa, tu as écouté la BBC ce matin? Les nouvelles sont mauvaises. Les unités spéciales de l'armée syrienne ont progressé vers les collines qui dominent Zahlé, et les bombardements s'intensifient. Remarque, nous nous y attendions. Les Syriens veulent la guerre totale. Comme en 1978. Mais ils ne peuvent plus jouer sur les divisions des chrétiens. Depuis le 7 juillet, Bechir est devenu le seul interlocuteur...

— Parlons-en, du 7 juillet. Qu'est-ce qui a bien pu pousser Bechir à s'attaquer aux partisans de Chamoun? Ici, nous n'avons pas compris pourquoi des chrétiens tuaient des chrétiens.

— C'est une opération qui aurait dû se faire trois ans plus tôt. L'anarchie sur le terrain était épouvantable, en grande partie parce que Chamoun recrutait n'importe qui : des petits groupes indépendants se formaient, il suffisait de posséder un char ou quelques fusils pour mener sa guérilla personnelle... Bechir a averti, menacé, demandé une unification à l'amiable. Sans aucun résultat. Alors, à la première occasion, il a déclenché une action brutale. Le 7 juillet, entre onze heures trente et quatorze heures trente, nos forces ont pris d'assaut toutes les permanences chamounistes. Oui, il y a eu un peu de casse. Mais c'est la crédibilité de notre lutte nationale qui était en jeu. D'ailleurs, le vieux Chamoun a tout de suite compris : dès le 8 juillet, il demandait à ses troupes de se rendre pour épargner l'effusion de sang. »

Mona, en mordant un croissant, lance, avec une telle agressivité que tous en sont surpris : « Ton Bechir, c'est quand même un fasciste. » Jamais Mona n'intervient, d'habitude, dans les discussions politiques.

Elle se tait, ou elle s'en va, en expliquant qu'elle ne veut pas entendre parler de guerre. Intriguée, Lola regarde sa fille : plaisante-t-elle pour énerver son frère? Pas du tout. Mona a son air de chat en colère, ses joues ont blanchi, ses taches de rousseur et ses yeux foncent, ses cheveux crépitent d'éclairs roux. Elle est vraiment furieuse. Heureusement, Nicolas le prend bien.

« Tiens, ma petite sœur s'est politisée tout à coup. On peut savoir pourquoi? »

Il sourit sans ironie, mais Mona jette sa serviette sur la table.

« Je ne suis pas tout à fait stupide, si c'est ce que tu veux dire. J'ai bien le droit, moi aussi, d'avoir mon avis et ton Bechir, eh bien... il ne me plaît pas, voilà tout. » Là-dessus, elle sort en claquant la porte. Antoine est sidéré.

« Mais qu'est-ce qu'elle a? Qu'est-ce qui lui prend? Je ne l'ai jamais vue comme cela... »

Nicolas rit franchement.

« Voyons papa, c'est clair, elle doit être amoureuse. Je me demande bien de qui... »

Antoine et Lola se regardent : Mona, amoureuse? Ils n'y avaient pas pensé.

Janvier, puis février passèrent sur Zahlé encerclée. Sous la pression de l'opinion internationale, enfin émue, les bombardements avaient cessé. Mais la tension demeurait. Début mars, Nicolas quitta Paris, s'envola pour Chypre, prit le ferry-boat à Larnaka et débarqua à Beyrouth-Est. Bechir le rappelait, pour une mission précise : organiser une résistance solide à l'intérieur de Zahlé, au cas où les combats reprendraient. Pourtant, une trêve avait été obtenue par Sarkis, au cours d'un voyage à Damas. Les Syriens avaient-ils renoncé à attaquer? Les plus optimistes commençaient à le croire.

Le 2 avril 1981, en fin de matinée, tout semblait calme. La foule flânait dans les rues de Beyrouth, sous un soleil printanier. Comme à l'habitude, les voitures circulaient pare-chocs contre pare-chocs, dans un joyeux concert de klaxons. On faisait des projets pour l'été.

Soudain, sans que rien ait pu le laisser prévoir, un déluge d'obus s'abattit sur le Beyrouth chrétien. Les hôpitaux, les écoles, les institutions religieuses, semblaient particulièrement visés. En une heure, on comptait, dans Beyrouth-Est ensanglanté, au moins cinquante morts et deux cents blessés. Au quartier général de Jounieh, Bechir téléphonait, consultait les cartes, convoquait son état-major. On venait de l'informer que Zahlé, depuis le matin, était, elle aussi, massivement bombardée.

« Pour moi, expliqua Bechir à ses officiers, le bombardement de Beyrouth n'est qu'une action de diversion des Syriens. Leur objectif est d'occuper Zahlé, capitale chrétienne de la Bekaa qui, pour eux, est syrienne. Nous devons résister et défendre la population. Nous ne pouvons pas accepter un second Damour. Ni attendre de Sarkis qu'il donne l'ordre à l'armée de se battre contre l'armée syrienne. Il ne le fera pas. Nous sommes seuls, et il faut agir vite. L'essentiel, c'est de s'assurer la maîtrise des lignes du Sannine et des collines tout autour de la ville. Nicolas, tu connais bien la topographie des lieux. Peux-tu te rendre tout de suite là-bas avec tes cartes, délimiter les emplacements où nous devons installer des postes de garde, essayer de garder ouvertes les communications entre Zahlé et le Haut Kesrouan d'où nous pourrons ravitailler la ville? OK? Bon, tu pars avec le premier groupe d'appui, demain soir. »

Quand Nicolas et ses compagnons arrivèrent en vue de Zahlé, dans la nuit du 4 avril, la situation était pire que ce qu'ils avaient imaginé. Les incendies éclairaient le ciel à des kilomètres à la ronde. « Les Syriens mettent le paquet, leur apprit le guide venu à leur rencontre. Ils ont installé dans la montagne des orgues de Staline. Heureusement que vous arrivez, il paraît qu'ils vont envoyer des renforts. Mais on aura du mal à passer. »

Pendant qu'ils progressaient de rocher en rocher, Nicolas réfléchissait. Bechir avait raison. La vraie bataille syro-libanaise se déroulerait ici. Une volée de mitraille frappa le sol de granit, à côté de lui, avec un bruit de pierres lancées sur de la tôle. Avaient-ils été repérés? Ils se jetèrent derrière des buissons secs, les rafales s'éloignèrent, balayant la colline au hasard, semblait-il. Dans l'excitation du combat, Nicolas n'avait pas peur. Ce fut seulement en entrant dans Zahlé, calcinée, étouffant dans la poussière des murs effondrés, qu'il comprit le danger. Ils venaient de s'enfermer dans un piège mortel. Les instructions de Bechir étaient claires : tenir, malgré le blocus syrien, et empêcher, par tous les moyens, la conquête de la ville.

Savaient-ils, à Beyrouth, que les Syriens qui encerclaient Zahlé fouillaient même les ambulances pour s'assurer que ni eau ni vivres ne pouvaient y pénétrer? que les réserves étaient épuisées? que les tireurs, du haut de la colline Terllet el Saïdé, s'appuyaient contre la statue de la Vierge, dominant la vallée, pour mieux viser et tuer tous ceux qui tentaient de sortir des caves pour se ravitailler? que cent cinquante enfants étaient bloqués dans l'orphelinat de Dar el Hadaneh?

Dans leur quartier général, installé sous un immeuble en ruine, les assiégés faisaient le point avec les nouveaux arrivés. On était le 10 avril. Ce matin, au petit jour, les guetteurs postés sur les hauteurs avaient signalé des parachutages d'hommes et de matériel sur les montagnes entourant la ville. Aucun doute : c'était le prélude d'une attaque de grande envergure. Il fallait d'urgence avertir l'état-major de Bechir, à Beyrouth. Et se préparer, sur place, à résister.

« Bechir, cette nuit est la nuit du destin. Nos hommes là-bas me le confirment, les Syriens avancent vers Zahlé. La dernière route de ravitaillement vers le Haut Kesrouan sera coupée dans moins de deux heures.. » Fouad Abou Nader, le chef du troisième bureau des forces libanaises, a pris un ton solennel mais personne ne songe à sourire. Fouad poursuit : « Nos combattants sont au bout de leurs vivres et de leurs munitions. On peut encore les évacuer en hâte. Ou les abandonner à leur sort. Que décides-tu ? » Bechir réfléchit. L'avant-veille, l'ambassadeur américain lui a demandé de faire preuve de « retenue et de souplesse ». Ce qui signifie qu'il ne faut pas compter sur Ronald Reagan, élu depuis trois mois. Mais, la veille, Arafat lui a fait savoir que « l'OLP se tiendrait à l'écart » de cette querelle libano-syrienne. Donc, les Américains ne feront rien, les Palestiniens non plus. Bechir est seul, face à la Syrie. Et la disproportion des forces est écrasante, en faveur de Damas.

A Zahlé, les combattants, fatigués et barbus, se sont rassemblés autour d'un appareil téléphonique posé sur une table qu'éclaire une bougie. Nicolas met l'amplificateur. La voix de Bechir résonne, étonnamment claire.

« Mes amis, mes frères. Vous avez deux heures pour prendre une décision historique. Ou bien vous restez sur place, ou bien vous partez tout de suite, car la route n'est encore praticable que pour très peu de temps. Si vous quittez Zahlé vous aurez la vie sauve, mais la chute de la ville est certaine. Si vous restez, vous allez vous trouver sans médicaments, sans munitions, sans pain et peut-être sans eau. Vous aurez la mission d'organiser la résistance intérieure, de défendre la Bekaa libanaise et le Liban chrétien. Vous donnerez ainsi un sens à nos six années de guerre. Je vous délègue mes pouvoirs afin que vous décidiez vous-mêmes de ce que vous jugerez opportun. J'aurais aimé être avec vous. Entre mourir sous un obus syrien à Beyrouth ou les armes à la main à Zahlé, j'aurais préféré la mort au combat. A vous de prendre vos décisions. »

Le ton, grandiloquent, ne semble pas ridicule dans ce climat de veillée d'armes. A la lueur de la bougie, les visages se creusent d'ombre violentes autour des yeux, sur les joues mangées de barbe. Un obus éclate dans la rue, illuminant la pièce par le soupirail. Quelqu'un se lève, bouche l'étroite ouverture avec un sac de sable. A la droite de Nicolas, un garçon aux boucles serrées, brun de peau et noir de poil, transpire si fort que la sueur imprègne sa chemise. « Moi je reste », murmure-t-il sourdement, en croisant ses grosses mains de montagnard. Plus loin un autre, qu'on appelle le curé parce qu'il vient d'un séminaire, lève son visage pâle où mousse un duvet roux : « Je reste aussi. » Ses yeux délavés brillent derrière ses lunettes rondes. Rester dans cette cave, dans cette ville-souricière. Plus qu'à la mort, c'est à l'étouffement que pense Nicolas. Lui aussi transpire maintenant. « Je reste », dit-il, plus calmement qu'il n'aurait cru, et la fermeté de sa voix le réjouit. En quelques minutes, la décision est prise : tous les phalangistes présents décident de rester. Et de tenir le plus longtemps possible. Dans quel but ? avec quel espoir ? Personne ne le sait, n'ose imaginer une improbable victoire. Mais ils feront ce que Bechir demande.

Dans la nuit claire, froide comme un glaçon, Nicolas sort sur la petite place. Au-dessus des toits se découpe la ligne blanche des crêtes du Sannine, recouvertes de neige. Il faut songer à relever les guetteurs. Là-haut souffle un vent mortel. Hier, deux hommes restés trop longemps dans la neige ont eu les pieds gelés. Les Syriens disposent de voitures, de tanks, d'hélicos pour transporter les hommes et les armes. Pour ravitailler les derniers postes de garde, les assiégés doivent marcher des heures dans les tempêtes glacées et grimper en transportant des munitions sur leur dos. Nicolas connaît cette montagne. Pour s'y aventurer, il faut savoir d'instinct où poser le pied, quelle roche accrocher. Les phalangistes ne tiendront Zahlé que si les habitants de la ville les aident. Or ceux-ci sont catholiques melkites, alors que les troupes de Bechir sont maronites. Ce siège sera le test de l'unité des chrétiens. Mais de quel prix sanglant faudra-t-il la payer?

La boutique de Mme Rouzières s'appelle « Au temps des crinolines », parce qu'elle est spécialisée dans le Napoléon III. Sa façade noire s'enchâsse entre un magasin de tapis orientaux et un porche d'immeuble.

Lola dispose dans la vitrine des boîtes incrustées d'ivoire, autour d'un bar à liqueur ouvert sur six verres de cristal taillé. Il manque quelque chose à droite, pour équilibrer les coussins au petit point qui s'accumulent à gauche. Une grande lampe d'opaline blanche, peut-être? Il y en a une au fond, dans le fouillis de petites tables peintes et de fauteuils crapauds qui encombrent la boutique. Lola sort en courant, se poste sur le trottoir, examine son œuvre. C'est bien, Lili sera contente. Puis, frissonnante dans sa robe mince, elle court se réchauffer dans son bureau, au fond, près du radiateur.

Ce mois d'avril est pluvieux et froid. Il serait étonnant qu'il y ait beaucoup de clients aujourd'hui. Les passants emmitouflés luttent contre le vent. Les affaires vont mal. Quelle idée, démarrer en plein hiver. Et ce printemps qui n'en finit plus d'arriver! Lili est à Drouot. Elle se charge des achats, de la « chine » mais la moisson est maigre. Le Napoléon III, de plus en plus recherché, se fait aussi plus rare. Heureusement, Mme Rouzières a laissé un bon stock. Lola, pendant les heures creuses passées au magasin, recoud les galons, répare les broderies anciennes, refait des passementeries aux couleurs passées. En ce moment, sur son petit fauteuil préféré, un crapaud recouvert de velours cerise, elle essaie de remettre en place le bras d'une vieille poupée, qui semble la regarder de ses yeux de verre frangés de cils noirs. Lola s'énerve, ses mains tremblent. Elle n'arrivera à rien, dans ces conditions-là. La poupée a un regard vert d'eau. Lola pense à Nicolas. Elle le revoit à six ans, jouant dans le jardin de tante Charlotte, à sept ans sur la plage, à califourchon sur les épaules d'Antoine. Il venait de nager le crawl pour la première fois. Plus tard, dans son costume de collégien, incapable de nouer correctement la fameuse cravate de Jhammour dont l'écusson devait tomber au milieu de la poitrine. Elle se souvient du camp palestinien, de Tony dans la classe, d'elle tirant son fils par la main pour l'éloigner de cette misère, des dangers qu'elle pressentait. Eh bien, elle n'avait rien pu éviter. Son petit garçon émouvant était devenu un homme de vingt-quatre ans qui avait essuyé toutes les désillusions, tous les désenchantements, et qui risquait en ce moment sa vie dans une ville assiégée.

Quelle cause vaut la mort d'un enfant? Aucune. Vue de Paris, la guerre du Liban ressemble à une boucherie insensée et tragique. Lola et Antoine, qui suivent les événements avec une attention passionnée, n'en discutent plus qu'entre eux. Les risques d'incompréhension et de querelle sont devenus tels qu'on évite, même entre amis proches, les sujets trop brûlants. Zahlé, par exemple, divise la famille. Mona affirme avec force que Bechir Gemayel est un fou, qu'il provoque inutilement les Syriens, que tous les malheurs du Liban viennent des maronites en général, des Gemayel en particulier, qui n'ont pas voulu partager le pouvoir quand il était encore temps et qui aujourd'hui excitent la haine entre les chrétiens et les musulmans au lieu de chercher à les réconcilier. Antoine soutient que les Palestiniens, en se mêlant des affaires intérieures du Liban, ont tout fait basculer, et qu'on ne retrouvera la paix que lorsqu'ils seront partis. Pour aller où? demande Lola, et est-ce que cela changera quelque chose à la volonté syrienne d'asservir le pays? Marc voit partout l'effet d'un complot israélo-américain. Lili a découvert, rue du Bac, une chapelle miraculeuse où elle va prier en cachette.

Lola est trop angoissée pour prendre parti. Elle sait seulement que Nicolas est dans cette nasse, et que la défaite des phalangistes semble inéluctable : samedi 25 avril, les hélicos syriens ont débarqué sur les crêtes du Sannine deux milles soldats des troupes d'assaut spéciales, équipés de roquettes. Ils se sont assuré la maîtrise de la montagne et, pendant tout le week-end, on a seulement su à Paris que le combat était désespéré. Lola a passé le dimanche entre la radio et la télé sans apprendre autre chose. Mona a téléphoné à de mystérieux correspondants puis, silencieuse pour une fois, elle s'est enfermée dans sa chambre pour pleurer.

Trois jours déjà... Nicolas est-il encore vivant? Lola n'ose même pas formuler la question dans sa tête, de peur de provoquer le sort. Tassée dans son fauteuil, elle prie, le visage dans ses mains. La porte tinte. Elle se redresse, lisse ses cheveux. Ce n'est que Lili, rouge d'avoir couru, un gros paquet sous le bras.

« Tu as acheté quelque chose?

– Oui, je te raconterai après. Mets vite la radio, je viens d'entendre dans la voiture que des avions israéliens ont abattu des hélicoptères syriens au-dessus de Zahlé... » Elles cherchent fiévreusement, sur les ondes courtes, RMC en arabe qui diffuse des informations presque

371

toutes les demi-heures. Enfin! « De graves incidents aériens ont opposé les aviations israélienne et syrienne dans le secteur de la Bekaa au-dessus de Zahlé. Deux appareils syriens ont été touchés, juste au moment où le ministre syrien Abdelhakim Khaddam se rendait au palais de Baabda, pour y imposer la *"pax syriana"* des vainqueurs. La bataille de Zahlé s'est immédiatement interrompue. L'attention se tourne maintenant vers la Syrie, où des informations non confirmées font état d'un transport de missiles sol-air soviétiques... On craint une reprise de la guerre israélo-syrienne et, à Washington, le secrétaire d'État Alexander Haig a adressé un avertissement à Damas et à Moscou... »

Lola tourne le bouton, soupire. Elle n'a retenu qu'une chose : la bataille de Zahlé est interrompue. Lili peut-elle garder le magasin? Elle va rentrer chez elle et essayer d'appeler Beyrouth.

Boulevard Raspail, Lola court, bousculant les passants, qui regardent, étonnés, cette femme en robe légère, cheveux au vent, hors d'haleine. Lola a oublié de prendre son manteau, mais elle ne sent pas le froid. Elle arrive chez elle, grimpe les étages à pied pour aller plus vite, ouvre sa porte. Antoine est déjà là, au milieu du salon, rayonnant de joie. Elle se jette dans ses bras.

« Nicolas?

– Je viens d'avoir Beyrouth. Tous les combattants de Zahlé sont sains et saufs. Je ne sais pas dans quelles conditions ils vont quitter la ville, mais sois tranquille ma chérie : Nicolas est sauvé. »

Paris, juillet 1981

A Paris, il suffit d'un rayon de soleil pour faire croire au bonheur. Derrière les fenêtres du salon, les platanes du boulevard Raspail forment un écran vert traversé de lumière.

Huit heures du matin. Les fleuristes sont en retard. Tout doit être en place à neuf heures et Lola a commandé une décoration florale somptueuse, sans le dire à Mona, qui veut se marier « en toute simplicité ».

« Pour mon mariage, je refuse que vous dépensiez une fortune comme on le fait à Beyrouth. Ces temps-là sont finis. Nous sommes à Paris, la vie n'est plus la même... »

Antoine s'était fâché.

« Il ne sera pas dit que tu te marieras sans une fête! Nous le pouvons, je travaille bien maintenant. Et je voudrais tellement t'offrir le grand mariage que tu aurais eu si...

– Mon petit papa, je t'adore, mais je préférerais un manteau bien chaud. J'en aurai besoin là-bas. »

Antoine avait accusé le choc : là-bas, c'était le Canada. Lola ne savait que penser. Mona était si jeune! Dix-huit ans, autant dire une enfant. Elle avait passé brillamment son bac, réussi le concours d'entrée à Sciences-Po et Lola l'imaginait déjà à l'ENA, lorsqu'elle avait rencontré Issam. Bien entendu Issam était beau, sympathique, généreux, amoureux. Mais palestinien. Palestinien chrétien, Dieu soit loué! mais enfin Palestinien de Nazareth, en plein territoire occupé par Israël. Sa famille, une des plus anciennes familles de Palestine, avait été ruinée par la guerre, et les enfants s'étaient éparpillés à travers le monde. Les deux frères aînés vivaient en Argentine, un cousin travaillait dans le pétrole au Venezuela, un autre conseillait le cheikh d'Abu Dhabi, la sœur d'Issam avait épousé un commerçant new-yorkais et son oncle, ingénieur, participait aux énormes travaux de la Baie James, au nord du Canada, tout près du Labrador « mais ne t'inquiète pas maman, nous habiterons seulement Montréal », avait plaisanté Mona.

Montréal... pour y vivre comment? Issam n'avait pour lui que sa bonne mine, sa jeunesse et, tout de même, un MBA de l'université de Columbia. Au Canada, Mona pourrait-elle poursuivre ses études? Pourquoi ne pas attendre un an, deux ans, pour voir? Mona avait tranché. « Maman, je l'aime. Et lui, il n'a pas d'autre solution que de s'expatrier. En ce moment, seuls le Canada et l'Australie acceptent les immigrants. Tu me vois au milieu des kangourous? Nous préférons le Canada. Ce n'est pas loin, vous viendrez nous voir... »

Le mariage avait donc été décidé. Lili, passant outre aux consignes d'austérité, avait décidé de donner en l'honneur de Mona une soirée libanaise, dans la grande tradition. « Au moins pour nous, Mona, pour nos amis, la famille... » Mona avait promis de mettre une robe longue pour l'occasion. Parce que, bien sûr, elle se marierait en tailleur, à l'église. Lola soupira. Elle ne pensait pas passer si vite dans le camp des belles-mères.

On sonne. Enfin, les fleurs! Disposez-les partout, dans l'entrée, sur les tables, par terre devant chaque fenêtre. Lola aujourd'hui veut une débauche de fleurs, un peu de folie, de l'excès, de la surabondance de roses, d'orchidées, de mufliers, de gardénias et de lys blancs. Que cette profusion parfumée compense un peu ce qu'un mariage français, à ses yeux, peut avoir d'étriqué.

Lola pense au mariage d'Irène, autrefois, à Alexandrie. Comme la fête était belle sous le soleil d'Égypte! Ses fleurs dans les bras, Lola tourne dans l'appartement, et les dépose partout, un peu au hasard. Une rose sur une commode, deux lys sur le piano. Elle a la gorge serrée. Qu'a-t-elle fait de sa vie? Elle va perdre Mona, Nicolas vit à Beyrouth, Antoine a vieilli, elle aussi, son pays sombre, son grand amour est mort. Elle jette la dernière rose sur la table de marbre comme on lance un adieu sur une pierre tombale.

« Maman, comme c'est joli! tu es une fée, cet appartement est transformé...

– Mona, encore en chemise de nuit? File dans ta chambre, vite. Lili a téléphoné, elle passe au Lutétia prendre tante Charlotte, Maud et Nicolas. Ils arrivent dans une demi-heure. Nous ne serons jamais prêtes à temps. »

La petite église de Saint-Julien-le-Pauvre est pleine à craquer. Antoine est surpris : on dirait que tout Beyrouth est là. Il retrouve dans la foule des visages connus. A côté d'une colonne, il aperçoit Nadia, son infirmière préférée, Nadia la petite Druze pour laquelle il avait eu, autrefois, un vrai coup de cœur. L'office commence, célébré par Mgr Nasrallah lui-même. Les cierges allumés font briller les fonds d'or ou d'argent et luire les yeux noirs des icônes qui ornent l'iconostase. L'archevêque et les deux diacres, dans leurs surplis raidis par les broderies dorées, donnent le signal des chants. Jamais Antoine n'a pu entendre la rauque psalmodie grecque, vieille comme le monde, sans en être bouleversé. A travers les sons heurtés, il retrouve une harmonie perdue, un langage archaïque aux résonances inconnues et pourtant familières. Toute l'église bourdonne de prières.

Est-ce que je crois en Dieu ? se demande Antoine. Oui. Mais il le prie très peu. Et il ne se souvient pas, dans les plus graves dangers, d'avoir jamais imploré son appui. Par orgueil, par fatalisme, par crainte de n'être pas exaucé ? Aujourd'hui pourtant, il voudrait demander à cette puissance tutélaire de veiller sur Mona. Droite et mince dans son petit tailleur, une courte voilette sur ses cheveux roux resserrés en chignon, elle ressemble à un arum, simple et pur. Sous les rais de lumière qui tombent des vitraux, son teint de porcelaine vire au rose. Ses mains se crispent sur un bouquet rond d'où bouillonnent des rubans. Quand s'élèvent les fumées de l'encens, elle courbe la tête sous la bénédiction, en glissant un coup d'œil en biais vers Issam debout à côté d'elle. Une pointe de jalousie vrille le cœur d'Antoine. Que peut-elle trouver de si exaltant à ce garçon, au point de le suivre dans un enfer de neige et de glace ?

Tante Charlotte sourit aux anges. De toutes les cérémonies, ce sont les mariages qu'elle préfère. Surtout celui-ci, qu'elle préside avec l'aisance et la grâce d'une maîtresse de ballet. Très bons, les chœurs. Le patriarche est splendide avec sa haute tiare dorée et sa large barbe blanche soigneusement étalée. Profitant de la pause du sermon, elle tire de son sac un petit poudrier : sous sa capeline rose, dans l'ombre de l'église et la lumière des cierges, n'est-elle pas aussi fraîche qu'à vingt ans ? Oui, le rose est sa couleur. Quand elle pense que Maud voulait qu'elle s'habille en noir, sous prétexte que le noir est plus distingué ! Personne ne sait mieux que Charlotte ce qui doit se porter dans les grandes circonstances de la vie. Le noir, elle en a trop vu à Beyrouth ces dernières années. Elle referme son sac et regarde autour d'elle.

Les fleurs blanches illuminent l'église. Heureusement. Cette église parisienne est un peu sombre et elle manque d'éclat. Saint-Julien-le-Pauvre, quelle idée ! Enfin !... Lola en tailleur jaune vif est aussi éclatante qu'une jonquille au printemps. Son cher Antoine a blanchi sur les tempes et s'est légèrement enrobé. Il devrait faire du sport. Nicolas, Dieu soit loué, a rasé cette barbe qui lui donnait l'air d'un intégriste musulman ou d'un brigand des montagnes. Il semble détendu, presque heureux, en tout cas bien mieux que lorsqu'elle l'avait accueilli à Sanayah, fin mai, à son retour de Zahlé. « On nous a fêtés comme des héros, mais c'est une imposture, Tatie, avait-il dit. En fait cette bataille était inutile, beaucoup de pauvres gens sont morts pour rien. Je préfère ne plus y penser. » Il n'a pas été très chaleureux avec Issam ce matin. Est-ce l'émotion de voir Mona partir? ou un brin de jalousie? Car il est beau, très beau, Issam. Son visage brun semble presque trop finement dessiné sous l'épaisse chevelure noire. Je me demande pourquoi il ne se laisse pas pousser la moustache comme tous les hommes de chez nous, cela lui donnerait l'air plus viril, poursuit Charlotte. La moustache ne se porte peut-être plus, à Paris. La nouvelle génération déroute Charlotte. Autrefois les jeunes gens étaient carrés et les filles un peu rondes. Aujourd'hui, ils sont grands et diaphanes. Pas de santé là-dedans, trop fragiles, des mutants... il est vrai qu'ils sont beaux. La petite amie de Mona, par exemple, Claire, quel profil et quelle grâce! La coquine regarde Nicolas, mine de rien, le nez sur les psaumes... Allons, un peu de piété, Charlotte, le Bon Dieu te regarde. Maud me fait des signes courroucés. Et alors, à la messe, on a bien le droit de rêver?

Portant au-dessus de sa tête le pain et le vin recouverts de satin brodé, le diacre descend sur le bas-côté, remonte l'allée centrale, suivi par les enfants de chœur, dans des balancements d'encensoir. Le gronde-ment profond des cantiques roule sous les voûtes, s'enfle comme le bruit de la mer, une voix puissante jaillit, monte d'un trait pur, retombe en éclats brisés, s'élève à nouveau. La nef vibre. Chacun courbe la tête sous l'éclat des sons, l'épais parfum de l'encens, l'odeur des lys et des roses, le scintillement des cierges piqués en bouquets. Le vieux rite oriental réconcilie les joies barbares des steppes, la magnificence de Byzance et la douceur de Rome. Lola se laisse porter par les chants et par ses souvenirs, comme par un fleuve de feu coulant dans une mer froide. Elle ne sait ce qu'il adviendra d'eux, chrétiens d'Orient éparpillés, arrachés à leur terre natale, jetés à travers un monde hostile et surtout différent. Mona, Issam seront-ils plus heureux loin de leur Orient, autrefois béni des dieux, aujourd'hui terre de toutes les violences? Sans doute, puisqu'ils s'aiment. Une idée la fait sourire. Elle imagine un petit garçon brun comme Issam, rieur comme Mona, voltigeant patins aux pieds sur la glace d'un grand lac gelé. Du jamais vu dans la famille!

A la Cascade du Bois de Boulogne, les voitures contournent un mas-sif fleuri, déposent les invités devant la marquise de l'entrée.

« On se croirait à Beyrouth avec ce soleil! J'adore le Bois de Bou-logne. C'est cela, Paris! s'exclame Maud, sans logique apparente.

– Tais-toi, Maud! gronde Charlotte. Comment peux-tu comparer? A Paris nous ne sommes pas connus. On nous reçoit bien, mais comme des étrangers. A Beyrouth tout le monde se serait empressé autour de nous... Tu n'es jamais passée inaperçue, moi non plus. Alors que tout à l'heure, au vestiaire, une jeune impertinente m'a lancé : " C'est pour le mariage Boulad? " Nous ne sommes pas des personnes, nous sommes un mariage! C'est pour cela que je veux continuer à vivre à Beyrouth. Au moins, on me connaît chez les commerçants, on m'appelle par mon nom quand j'entre dans un restaurant. Ce n'est pas une question d'argent, c'est une question de standing. A notre âge, et avec la belle vie que nous avons eue, qu'avons-nous d'autre à défendre? »

Impatientée par ce qui pourrait être un reproche, Maud relève la tête sous son chapeau à aigrette violette.

« Pour le standing, je ne crains personne. Souviens-toi, j'ai dîné avec des rois et des princes, moi. J'ai eu à table des ambassadeurs et des amiraux, j'ai reçu...

— Je sais, je sais, mais ici tout le monde l'ignore. Dieu merci, ce soir, tous nos amis sont là. Tu as vu Michel el Khoury et Raymond Eddé? Ils n'ont pas du tout changé... »

Lili exulte. Pour sa soirée, Mona s'est enfin habillée en mariée classique, une longue robe de taffetas blanc au bustier perlé et à la large jupe bruissante comme une crinoline. Et Issam a accepté d'endosser un smoking. Voilà comme Lili les aime, ses deux enfants d'adoption, beaux, élégants, amoureux. Une foule joyeuse se presse autour des buffets garnis de mezzés, de brochettes de poulet mariné piquées dans de gros potirons, d'innombrables plats libanais qu'on accueille avec des cris de joie. Dans un aimable désordre, chacun s'installe autour des tables décorées de fleurs, les rires des femmes sonnent haut, les hommes, éclairés par le blanc des plastrons, semblent rajeunis et discutent gaiement. Est-ce le roucoulement des conversations, l'odeur des épices, les parfums, le cliquetis des bracelets, le chatoiement des bagues? Lola pense à Beyrouth.

Tante Charlotte, à côté de Raymond Eddé, lui tapote le bras : « Mon cher Raymond, racontez-moi Paris, comme vous savez le faire. » Maud préside une autre table en jouant avec son fameux collier de diamants et rubis, en vérité la seule chose qui lui reste, mais qu'elle se refuse à vendre : « Plutôt mourir de faim », explique-t-elle à Gibran Khalil, son voisin. Liliane, venue de Beyrouth, déploie ses longs cheveux noirs sur des épaules nues qui semblent avoir capté tout le soleil de l'été. Un ami d'Antoine, banquier reconverti dans l'informatique, s'approche de la table centrale où Mona, Issam, Nicolas et Claire, viennent de s'asseoir. Il lève une flûte de champagne :

« Aux nouveaux mariés, et aussi à Nicolas, héros de Zahlé! »

La phrase est tombée à un moment où les bruits confus de fourchettes, de propos hachés, d'exclamations ravies, marquaient un temps d'arrêt. D'une table voisine partent des applaudissements : « A Nicolas, à Nicolas! » Issam a sursauté, il regarde Nicolas avec un étonnement mêlé de mépris. « Mona ne m'avait pas dit que vous étiez phalangiste. » Nicolas, bref : « Je n'ai appris que la semaine dernière que vous étiez palesti-nien. » Les deux hommes se sont crispés. Claire les considère, étonnée. « Ainsi, poursuit Issam, vous étiez à Zahlé. Et ailleurs, je suppose. Vous êtes-vous beaucoup battu pour Bechir ? – Je me suis beaucoup battu pour le Liban. Comme vous pour la Palestine, peut-être ? » Issam serre sa fourchette d'une main nerveuse. « Oui, j'ai combattu pour la Pales-tine. En Israël. Les Israéliens m'ont arrêté, emprisonné, puis expulsé en Jordanie, en 1978. J'ai rejoint l'OLP à Beyrouth... – En somme, nous étions à Beyrouth au même moment, moi à l'Est sous vos obus, vous à l'Ouest en train de... »

Mona, toute pâle, s'interpose.

« Nicolas, Issam, je vous en supplie, pas aujourd'hui ! » Issam pose sur la petite main blanche de Mona sa main brune : « Chérie, laisse-nous nous expliquer. Puisque nous voilà beaux-frères, autant mettre tout de suite les choses au point. Oui, Nicolas, j'ai rejoint l'OLP à Beyrouth, en pensant retrouver là-bas mes amis de Bethléem, ceux qui voulaient libé-rer leur pays, la Palestine. J'ai combattu au Liban dans les rangs palesti-niens, un court moment. Ensuite on m'a chargé... d'autres missions, aux États-Unis. Et là, je l'avoue, j'ai perdu la foi. Il y avait trop de dissensions internes, de luttes à l'intérieur du mouvement. Trop d'argent facile, aussi. Un de mes amis palestiniens, considéré comme modéré, a été assassiné, et ce ne fut pas par les Israéliens, mais par les siens. Alors j'ai décroché. Voilà mon histoire. Je n'en suis pas très fier. Mais je ne renie rien. »

Nicolas tourne entre ses doigts une boule de mie de pain. Mona lui lance un regard désespéré, suppliant : « Nicolas, je t'en prie... » Il la coupe : « Mon histoire à moi est trop compliquée pour la raconter ce soir. Disons que mon engagement politique a commencé dans les camps palestiniens autour de Beyrouth, et puis, à la suite d'un... incident dont je ne veux pas parler, moi aussi j'ai perdu la foi. Peut-être aurais-je dû faire comme vous, émigrer. Mais je ne pouvais me résoudre à quitter le Liban. Alors j'ai rejoint les rangs des kataeb, pour que mon pays reste indépendant. Je n'en suis pas toujours très fier, moi non plus. Mais j'assume tout, y compris le pire. »

Ils se dévisagent sans sourire, avec une sorte de compassion mutuelle. L'orchestre attaque une valse et Mona, aussi pâle que sa robe, se tourne vers Issam : « Chéri, nous devons ouvrir le bal. » Ils s'enlacent sur la piste, au milieu des applaudissements. Claire, dépassée, inter-roge : Pourquoi Issam semblait-il furieux et Nicolas gêné ? Issam n'est pas musulman, mais chrétien, comme Nicolas, alors que signifie... Nico-las sourit : « C'est compliqué, même pour nous, vous savez. Au Moyen-Orient, rien n'est jamais aussi tranché qu'on le croit. » Il regarde la ligne du cou de sa voisine, les petits cheveux blonds qui frémissent sur sa nuque. Claire rougit, se trouble. Nicolas prend sa main : « Venez danser. Je vous expliquerai cela un autre jour, si je peux vous revoir. »

Tante Charlotte s'est penchée vers Raymond Eddé : « J'adore les mariages, c'est si gai. J'ai même envie d'en arranger un second. Regar-dez Nicolas et cette petite Claire. Ne forment-ils pas un beau couple ? »

Raymond éclate de rire : « Charlotte, vous êtes incorrigible! Rien ne vous arrête. Si vous réussissez dans votre entreprise, n'oubliez pas de m'inviter. Moi aussi j'adore les mariages, mais en spectacteur. Comme vous n'avez jamais eu le temps d'appliquer vos talents à mon cas, je suis, Dieu soit loué, resté célibataire. »

Un maître d'hôtel glisse parmi les tables, un petit plateau d'argent à la main. Il se dirige vers Mona : « Une dépêche d'Égypte, madame. » Mona a sursauté. L'Égypte! Ce ne peut être qu'Irène. Elle prend d'une main tremblante le pli épais, surchargé de cachets, mais elle ne l'ouvre pas, elle le soupèse, le pose sur la table comme un objet précieux. L'Égypte, qui vient à sa rencontre avant le grand départ. L'Égypte, surgie du fond des âges. De sa tante Irène, Mona ne connaît qu'une image, celle d'une éternelle jeune fille préoccupée de son foulard et de son profil, au premier plan d'un joyeux groupe, sur une photo jaunie, datée au revers : « Alexandrie, août 1950 », d'une haute écriture à l'encre violette. Tout au long de son enfance, elle a entendu parler d'Irène comme d'un modèle : belle, vertueuse, symbole du devoir et de la fidélité. Mythique tante Irène, qui depuis la mort de son mari a obstinément refusé de quitter ce qui restait du palais Wissa, vivant seule, entretenant les tombes et sauvegardant ce qui pouvait l'être du patrimoine enfui. Irène, dernier îlot de constance dans un monde englouti.

Mona sent peser les regards. Elle se décide, déplie les feuillets jaunes.

> *Ta tante, ma chérie, sort de son exil pour vous souhaiter à tous deux un siècle de bonheur. Aime Issam comme j'ai aimé Magdi, aime-le dans l'exil comme dans l'enracinement, dans la vie qu'il aura choisie, et jusqu'après la mort. C'est cela, le vrai sacrement de mariage.*
>
> *J'aurais voulu être auprès de toi aujourd'hui mais, comme tu le sais, je ne quitte plus l'Égypte. C'est là que j'ai vécu mes années de bonheur, c'est là que je mourrai, c'est là qu'est mon pays. Je le savais en épousant Magdi. Un copte, vois-tu, ne se déracine pas... Qu'importe! Toi, tu emprunteras les voies de nos tribus, les vieilles pistes caravanières qu'ont suivies nos ancêtres. A chacun ses déserts, ma petite chérie.*
>
> *Je vous bénis.*
>
> *Irène*

Sans un mot, Mona tend la lettre à son mari.

« Oublie cela, dit finalement Issam. Ce qui retient Irène en Égypte n'est pas la voix du sang, c'est l'appel des morts. Nous, nous partons. C'est ça, la vie. »

28

1ᵉʳ août 1981

                    Les Portes en Ré – Ile de Ré

   Salut petite sœur!

   J'ai pensé à toi ce matin sur le port. Un pêcheur, voyant que je regardais le large, m'a dit : « Savez-vous ce qu'il y a juste en face, de l'autre côté de l'Atlantique ? Le Canada... » Et j'ai imaginé ma petite Mona, à vingt mille kilomètres de là, droit devant moi... L'idée de ce grand large, de cet immense océan, n'enivre absolument. Je comprends pourquoi tu aimais la Bretagne. Ici rien n'est étriqué, mesuré. Le vent a un goût salé, le sable des plages est blanc et brillant, avec des grains de quartz ou de mica très fins. J'aime surtout la mer, pas douce et chaude comme notre Méditerranée, mais grise, froide, toujours en mouvement. Une mer brutale. Je m'y lance de tout mon corps, comme pour une bataille. Les vagues me serrent la poitrine dans un étau glacé. Ensuite, quand je nage, mon sang circule plus vite, et j'ai l'impression de réchauffer à moi seul l'Atlantique.

   Je sais que tu n'attends pas de moi une description de l'île de Ré – pourtant, les îles m'inspirent... – mais des nouvelles de ton amie Claire. Nous sommes voisins. Tante Charlotte a loué, je ne sais par quel biais mondain, la plus belle maison du village, la maison Reille, pas du tout majestueuse, mais d'une simplicité sublime. Faussement sobre, cheminée de tôle noire, pierres d'ancienne étable et meubles rares. Un rêve d'architecte! Claire habite un peu plus loin, chez sa grand-mère, dans une maison basse pleine de charme, qui s'appelle « Les vieilles pierres » à cause d'un muret de pierres sèches longeant la route. Les murs sont blanchis à la chaux, les fenêtres à petits carreaux s'ouvrent sur un jardin de curé...

   La grand-mère, « mamie », très blonde et très pâle, comme Claire, est une vieille dame adorable, effacée, secrète. Le contraire de tante Charlotte. Elle m'a invité à dîner un soir. Elle avait fait du feu dans la cheminée, en plein mois d'août. Pour moi! « Vous qui venez des pays chauds, vous devez trouver notre île bien froide », m'a-t-elle dit en m'offrant du pineau – c'est un apéritif très corsé qui se boit ici. Nous avons mangé des sardines grillées avec du beurre salé, des homards au four et une tarte aux framboises. Je ne sais si c'est l'effet du feu, du pineau, ou du dîner, mais je ne m'étais pas senti aussi heureux depuis longtemps.

Tante Charlotte, qui a déjà lié connaissance avec tout le village, raconte à qui veut l'entendre que je suis ici pour me « refaire une santé » après de durs combats... Du coup, on me regarde comme un terroriste en puissance, même si je porte les pulls rayés et les pantalons de toile des marins du coin.

Heureusement, Claire est là. Elle m'emmène chez le poissonnier, m'explique les marées, m'apprend le nom des grandes fleurs roses ou bleues qui poussent entre les murs, et qu'on dirait en papier froissé : les roses trémières. Je ne connaissais pas. Elle me traite un peu comme le bon sauvage auquel il faut enseigner la civilisation et moi je laisse faire, tout content. C'est doux d'être un peu materné. Nous suivons en vélo les routes des marais salants, nous roulons côte à côte sur ces étroites bandes de terre, entre les grands carrés givrés de sel gris. Nous avons passé une journée à Saint-Martin-de-Ré, déjeuné de moules sur le port, et parlé de toi.

Inépuisable sujet de conversation! Je n'aime pas l'idée que tu vives définitivement au Canada. Il paraît que j'ai tort, que je ne connais « rien de toi »... Ce qui t'a attirée vers Issam, ce qui vous a décidés à partir aussi loin, c'est, d'après Claire, que vous êtes tous les deux des « enfants de l'exil ». Issam sait qu'il ne pourra jamais retourner en Israël et toi, dit-elle, tu as souffert de ne pas être à Beyrouth pendant cette affreuse guerre, alors que nous survivions là-bas. Se peut-il que tu aies vraiment souhaiter trembler sous les bombes, te terrer dans les abris ou courir à travers les rues en pliant le dos pour éviter les balles? Si c'est vrai, ma petite sœur chérie, alors tu es folle. Aux pires moments, je n'ai cessé de me répéter : « Dieu merci, Mona est à l'abri. Elle n'aura pas connu ces horreurs. »

N'oublie pas que tu portes maintenant l'espoir de notre famille! Il ne faut plus compter sur moi, j'ai cent ans, je suis usé jusqu'à la corde. Quand je dis cela à Claire, elle se met à rire et prétend qu'en un mois, sur son île aux multiples vertus, je vais me requinquer et courir plus vite qu'elle. Sais-tu qu'elle nage mieux que moi? Et qu'en maillot, elle est drôlement belle. Je te vois sourire... Tu te trompes, je ne suis pas amoureux d'elle. Simplement, l'été lui va bien. Bronzée, elle semble encore plus blonde, mais moins fragile. Au marché des Portes, je lui ai acheté un ancien caraco de dentelle blanche brodé à son initiale, « C ». Un truc de grand-mère, il paraît que c'est la mode. Eh bien, elle a aussitôt enlevé son T-shirt, sans problème. Elle n'avait rien dessous... La marchande faisait des yeux ronds, moi aussi. *Tu aurais pu me le dire, qu'elle avait de si beaux seins! Elle a enfilé le caraco sur son jean. Superbe! Moi qui la croyais une petite fille timide, un peu nunuche, elle m'a bluffé ce jour-là! Sur le marché tout le monde la regardait avec admiration et j'étais bêtement fier. Tu vois où j'en suis : en pleine régression. C'est sans doute ce qui pouvait m'arriver de mieux. Je t'embrasse sur le nez et derrière l'oreille, là où ça te chatouille.*

Nicolas.

P-S. *Je sais que Claire t'écrit. Que te dit-elle de moi? Sois gentille, raconte. Écris-moi vite. Je t'attends.*

10 août 1981

Télégramme à Nicolas Boulad, 3, rue du Moulin, Les Portes en Ré. Ile de Ré. France.

STUPIDE FRÈRE CHÉRI. STOP. CLAIRE TRÈS AMOUREUSE DE TOI ME DEMANDE POUR-QUOI. TON MANQUE DE PERSPICACITÉ M'ÉTONNE. STOP. T'EMBRASSE TRÈS FORT ET TIENS-MOI AU COURANT. STOP. MEURS DE CURIOSITÉ. STOP. MONA.

15 août 1981. Les Portes en Ré

Merci chère petite sœur. *Tu m'as ouvert les yeux au moment où j'allais laisser passer ma chance. Un cousin de Claire est arrivé pour le week-end, un grand type blond, genre Viking délavé, déjà énarque dans sa tête. Il s'appelle Gonzague! Antipathique au possible. Prétentieux, mais beau gosse. Lui, pas de doute, il est amoureux de Claire. Il se conduit même comme en pays conquis. Il m'agace prodigieusement. Claire semble ne se rendre compte de rien et le traite... en cousin. Il a suffi qu'il soit là pour qu'aussitôt la jalousie me ronge le cœur. Et que tout s'éclaire.*

Bien sûr que je l'aime, j'aurais dû le comprendre dès le premier regard. Aujourd'hui, grâce à toi et au cousin Gonzague, je le sais. J'ai déjà aimé ou cru aimer pas mal de filles, mais elle c'est autre chose. Ne ris pas : il me semble que je touche au port. Elle me trouble, je la désire, comment faire autrement, elle est si belle. Mais surtout, elle m'émeut, elle me bouleverse. Je la regardais hier sortant de l'eau, ses cheveux blonds trempés dessinant de longs serpents sur ses épaules rondes. Elle se dirigeait vers moi et j'avais la bouche sèche.

Mona, Mona. J'ai besoin d'elle, je la veux. Jamais rien ne m'a semblé plus important. Du coup je deviens maladroit, pataud, alors

381

que ce Gonzague glisse dans la vie comme l'aisance même. Il a derrière lui des années de tennis, de ski, bridge, équitation, indispensables béquilles de la bonne société bourgeoise française qui se prend pour une aristocratie. J'exagère, la jalousie m'égare. En fait, Gonzague n'est pas si borné. Ce qui m'enrage, ce qui me trouble, c'est qu'il ressemble à Claire comme un frère. Ils ont les mêmes complicités et les mêmes références, une même notion du temps, jamais compté, de l'argent, nécessaire sans être indispensable, et du bonheur, toujours donné de surcroît. Leur monde est lisse et sûr.

A côté d'eux, j'empeste le malheur. Que veux-tu, je n'ai vraiment appris qu'à me battre et à sauver ma peau. L'autre jour, sur la route du Phare, au claquement sec d'une portière de voiture arrêtée j'ai failli me jeter à terre : vieux réflexe. J'avais cru à un coup de feu... Il me faudra du temps pour revenir à la civilisation. Pour Claire, j'y parviendrai. Mais je ne sais plus comment m'y prendre avec elle. Parfois, je suis désespéré par mon sérieux et mon manque d'insouciance. Comment lui dire ce que je ressens sans être ridicule ? J'ai peur qu'elle ne me rie au nez. Tu dis qu'elle est amoureuse de moi... Que peut-elle me trouver, mon Dieu ! Je suis vieux, je n'ai pas de fortune et je suis libanais, autant dire métèque, étranger douteux. Enfin, c'est comme cela que je le sens.

Tu me manques, Mona. Dis-moi comment convaincre Claire, comment m'en faire aimer. Je ne compte que sur toi.

Ton frère stupide,

Nicolas

18 août 1981

Télégramme adressé à Nicolas Boulad, 3, rue du Moulin. Les Portes en Ré. Île de Ré. France.

ME DEMANDE SI TU SAISIS RIDICULE DE LA SITUATION. STOP. JAMAIS IMAGINE QUE JE PRENDRAI RELAIS TANTE CHARLOTTE POUR JOUER INTERMÉDIAIRE ENTRE AMOUREUX TIMIDES. STOP. COURAGE GRAND DADAIS. STOP. CLAIRE T'AIME COMME TU ES ET GONZAGUE N'A PAS LES YEUX VERTS. STOP. BONNE CHANCE ET BAISERS. MONA.

22 août 1981. Les Portes en Ré

Mona, Mona, tu as étendu ta main sur mon front et, parcourant des milliers de kilomètres en quelques secondes, l'esprit est descendue sur moi. Sois bénie ! J'ai vérifié : Gonzague a des yeux couleur d'huître laiteuse. D'ailleurs, il est reparti à Paris où il va s'enfermer pour préparer un concours quelconque. Tout danger semble donc écarté de ce côté. Demain journée de bateau avec Claire, nous ferons le tour de l'île et déjeunerons dans l'Anse des Baleines. Je sais ce que tu penses : le grand dadais osera-t-il ? Il osera. Il se sent fort comme Guilgamesh ou Samson avant que Dalila ne lui coupe les cheveux. Ce soir, je t'écris devant la cheminée où brûle un feu de sarments – dans ce pays les soirées sont froides, même en été. Tante Charlotte et Maud chuchotent entre elles avec des airs de conspiratrices. Maud a préparé un pique-nique pour deux, du pain, du pâté, du fromage, des fruits et du vin. Charlotte se balance dans le fauteuil à bascule anglais en chantonnant des valses. Je suis étrangement ému. Bonne nuit petite sœur, je vais me coucher : nous avons rendez-vous sur le port à six heures, demain matin.

23 août

    Il faisait jour quand nous avons levé l'ancre. Un jour gris, avec des traînées de brume et de petites vagues violentes. Claire, meilleur marin que moi, a pris la barre pour gagner le large. J'exécutais les manœuvres comme je pouvais, engoncé dans mon ciré et gêné par mes bottes. L'Atlantique, je m'en souviendrai.... Heureusement, le soleil s'est montré assez tôt. Claire a levé le nez, flairé le vent, « Chic, il va faire beau ! » Nous avons navigué plus de deux heures avant d'atteindre l'Anse des Baleines. Rien à voir avec nos rochers noirs tombant dans une mer bleue. Là, c'était un petit arc de cercle bien dessiné, un demi-anneau de sable blanc, au pied de dunes couvertes de pins et d'épineux. Claire était dans son élément. Elle connaît l'île depuis toujours. Il y a entre elle et cette mer une évidente complicité. Jamais je ne l'avais vue si gaie, les joues si roses. Elle m'a raconté qu'autrefois les bateaux naufragés finissaient tous par venir s'échouer ici, avant la construction du phare. Elle ajouté : « Que dirais-tu si nous ne pouvions plus repartir ? – Je dirais quelle chance ! » Elle m'a regardé en coin, puis elle s'est déshabillée, ciré, pull, avant d'apparaître en maillot blanc. « Je parie que tu n'auras pas le courage de sauter. » En la voyant plonger et filer sous les vagues, j'ai eu un frisson de désir et de crainte. Cette belle sirène nordique, tout à coup, me semblait inaccessible, venue d'un autre monde, d'une Thulé lointaine. J'ai plongé à mon tour. Comme d'habitude, le froid m'a coupé le souffle avant de me stimuler. Nous avons nagé longtemps, elle me précédait, moi la rattrapant, et quand enfin elle est sortie de l'eau pour se jeter sur le sable, j'étais épuisé. C'était ce qu'elle voulait, apparemment. Me voir là, soufflant, échoué comme un phoque, parcouru de frissons qui me hérissaient la peau.

    Elle riait, et j'ai senti monter en moi une soudaine panique. Était-ce le froid, la crainte qu'elle ne se moque de moi ? Je la dési-

rais follement et pourtant, de seconde en seconde, je perdais mes moyens. Si tu savais, Mona, comme un homme est fragile dans ce cas-là. J'aurais souhaité mourir, m'enfoncer dans le sable, disparaître. Je n'ai jamais éprouvé une telle honte de ma vie. Je savais qu'un fiasco peut toujours arriver, mais pourquoi à moi, pourquoi à cet instant ? J'avais pourtant envie d'elle à en crever. A-t-elle deviné quelque chose ? Elle a pris une poignée de sable tiède et m'a frotté vigoureusement le dos en me disant : « Ne bouge pas, je vais te réchauffer. » Le simple contact de sa main sur mes reins m'a secoué, m'a libéré. Je l'ai enlacée, nous avons fait l'amour. Je n'étais plus sur terre. Je l'ai aimée comme je n'ai jamais aimé. J'avais soif, j'avais faim d'elle. Nous avons dormi sur la plage, nous avons ri, mangé, bu du vin, ri encore et de nouveau... je ne peux pas t'en dire davantage. Comment t'expliquer ? Cette fois, c'était une vraie rencontre. Une fête.

En rentrant au port, j'étais ivre. Claire me tenait la main, nous marchions dans les rues déjà vides. On voyait, par les fenêtres basses, des familles attablées autour d'un dîner, le rond jaune d'une lampe, les lueurs dansantes d'un feu. Elle, tout à l'heure si forte, avait maintenant un regard d'enfant effrayée. Avant d'arriver chez sa grand-mère, au coin de la rue, je l'ai prise dans mes bras, je l'ai embrassée avec toute la tendresse et la force que je sentais en moi. Nous devions avoir l'air, dans nos cirés jaunes, de deux curieux marins. Et là, je ne sais pas comment, je ne sais pas pourquoi, je me suis entendu dire : « Claire, je t'aime, épouse-moi. »

Voilà où nous en sommes. J'oubliais l'essentiel : elle a répondu oui.

Je reprends cette lettre abandonnée depuis trois jours. Ma vie a changé. Le temps ne compte plus. Je passe mes journées avec elle, mes nuits à revoir son visage, ses yeux, la courbe de ses seins. Jamais je ne me suis senti si heureux. La seule question : que pourrais-je lui donner, comment la combler ? Je voudrais être riche, même si elle me répond que rien n'a d'importance, que je dois cesser de me tourmenter. Qu'elle a assez d'argent pour deux. Mona, dis-moi : comment est-ce, ton Canada ? Si je n'emmène pas Claire loin, très loin d'ici, j'ai peur de la perdre. Elle rêve de Beyrouth sans savoir que Beyrouth n'existe plus. Où pouvons-nous vivre désormais ? Nous serons étrangers partout. Elle au Liban, moi en France. Suis-je encore capable de reprendre mes études, d'être architecte, d'oublier ce que je traîne derrière moi, et de reconstruire, pour la femme que j'aime, un nid quelque part ? Quand je veux lui en parler, elle met sa main sur ma bouche et rit : « Toi, étranger ? Mais voyons, Nicolas, tu es plus français que moi ! Je ne savais même pas, avant de te rencontrer, qui était René Char. Tu m'apprends tout... » Alors que je ne sais même plus moi-même qui je suis, où je dois vivre et comment. Je n'ai qu'une certitude : je n'aimerai jamais une autre femme.

Écris-moi. Toi seule peux me comprendre.

Ton Nicolas.

20 août 1981. Montréal

Mon cher grand frère bêta,

Toi, tu ne vas pas bien. Comment, tu es aimé d'une fille formidable, belle, dont tu es fou, et tu doutes de toi-même ? Mets-toi dans la tête une chose : tu es Nicolas Boulad, le plus beau, le plus courageux, le descendant de notre lignée, notre héros... en tout cas, mon héros. Je consens à te partager avec Claire parce qu'elle est mon amie. Et encore... allons, je devine que tu ne souris même pas. Qui es-tu donc, Nicolas ? Pourquoi ne sais-tu pas, comme tout bon Libanais, attraper le malheur et lui tordre le cou, quand il dresse sa tête sifflante ? Qu'est-ce qui t'empêche d'exorciser la peur par la désinvolture, de jouer les fatalistes, de rire de tout, d'aimer la vie avec superbe et d'ignorer la mort, comme on sait le faire chez nous. Parfois, tu me déroutes. Ne serais-tu pas mon frère ?

Tu dois penser : facile à dire quand on a pris le large et qu'on vit au Canada. A toi seul je peux l'avouer : je déteste le Canada. Veux-tu que je te raconte ? Voilà le décor : nous habitons une maison de brique rouge avec un petit jardin minuscule et un arbre, un seul, un bouleau au tronc taché de blanc, dont les feuilles virent au jaune dès la fin du mois d'août. Eh bien, cet arbre est un luxe. Nous sommes les seuls, dans cette rue grise, à « profiter de la verdure » comme me le répète sans cesse la propriétaire, qui vit au rez-de-chaussée. Nous occupons le premier et le deuxième étage, reliés par un escalier à balustres peint en blanc, comme toutes les boiseries qui se détachent sur des murs vert anglais. Heureusement que j'aime le vert !

Tout est confortable, rationnel, organisé, briqué. Il m'a fallu pas mal de temps pour arriver à faire fonctionner, dans la cuisine, tous les appareils ménagers, du robot-broie-tout au lave-sèche-linge et à la machine à café. Finalement, comme tout le monde, nous allons au MacDo. En revanche, la salle de bains est un vrai paradis. Je ne me lasse pas de l'appareil qui chauffe en permanence les serviettes. Hélas, le living est « cosy », c'est-à-dire que tout, canapés, fauteuils, table, rideaux, est recouvert de chintz anglais à fleurs roses et jaunes. La première fois que j'ai vu Issam assis là-dedans, j'ai éclaté de rire. Il était furieux et a jeté par terre les coussins à volants. Depuis, j'ai posé sur le canapé un plaid uni.

Est-ce que j'arrive à t'amuser ? Non ? Au fond, cela ne me fait pas rire non plus. En arrivant ici, nous croyions retrouver un peu de la vieille Europe, à défaut de notre Orient perdu. Mais le Canada, c'est seulement un curieux mélange de province française et des États-Unis. Un pas de plus dans la profondeur de l'exil. Il n'y a que deux manières de survivre. Ou bien on se jette à l'eau, on prend l'accent canadien, on s'intègre autant qu'on peut – mais l'eau est bien froide et les exotiques basanés que nous sommes ne peuvent espérer passer inaperçus dans ce pays de neige. Ou bien, on se regroupe entre exilés, on recrée tant bien que mal l'atmosphère du Liban, à coups de mezzés, d'arak, de pittas, de chansons de Fairouz – nostalgie et cafard garantis.

J'ai promis à Issam de ne pas céder au mirage du ghetto. De m'inscrire en fac. D'apprendre la cuisine canadienne. De me faire des amis. Lui va chaque jour travailler dans une grande tour de verre. Nous avons mis du temps à déceler ce qui nous manquait : la rue, l'extérieur. Tout semble ici organisé pour une vie souterraine. On circule de parking à parking, on monte directement du parking au bureau, on fait son shopping ou on va au cinéma dans des galeries chauffées aux rayons infrarouges, éclairées au néon-lumière-du-jour. Au début, j'étouffais. Puis on s'habitue, on en arrive à se croire dehors, on se prend à regarder par la fenêtre, au restaurant, en espérant voir un paysage – qui est parfois peint sur le mur en trompe-l'œil. Il paraît que cette organisation de fourmilière est indispensable en hiver. Comme les doubles fenêtres, quand il fait moins trente ou quarante. J'attends.

Ne crois pas que je sois déçue ! Le pays est très beau. Le week-end, nous partons en voiture dans les Laurentides, nous nous grisons de larges espaces, de forêts sompteuses, de lacs immenses, de longues coulées d'érables rouges au flanc des collines... Issam m'a promis que dès qu'il aurait de l'argent, nous louerions un ranch dans la forêt, l'été, et que, comme tout le monde, nous passerions le mois de décembre en Floride. Depuis, je rêve de palmiers. Il faut s'aimer vraiment pour vivre ici, en vérité. Parfois dans notre grande pièce tellement cosy, nous regardons la télé serrés l'un contre l'autre, comme deux naufragés sur une bouée.

Allons, je ne suis pas drôle. Moi qui voulais te remonter le moral ! Je réponds seulement à ta question : comment est-ce, le Canada ? Réponse : beau, mais difficile. Totalement étrange et exotique pour des gens comme nous. Le test, paraît-il, c'est le passage du deuxième hiver. Ceux qui ne supportent pas prennent leur mal en patience et vivent pendant cinq ans en transit, comme dans un sas. En attendant le visa d'immigrant pour les États-Unis. Est-ce mieux ? Beaucoup le font. Ils partent en Louisiane, en Californie, en Floride. Parfois en Amérique latine, si la famille ou des amis les attendent. Car j'ai oublié de te dire qu'ici, Libanais, Syriens ou coptes, musulmans d'Égypte ou chrétiens d'Irak renouent des réseaux d'amitié. Les sanglantes querelles qui nous ont forcés à par-

tir sont désormais oubliées : nous sommes tous des exilés. Les vieux réflexes de solidarité et d'hospitalité se réveillent...

Voilà le tableau. Réfléchis. Claire accepterait-elle de te suivre ici ? Je pense que oui. Le problème, c'est de savoir si toi tu pourrais y vivre. Moi, j'y suis venue pour Issam. Et puis, j'ai l'âme nomade. Je sais que je peux, comme l'ont fait mes ancêtres, parcourir le monde sans y perdre mon âme ou mon identité. Quand j'ai des doutes, je me regarde dans un miroir. J'y vois une fille chaude et colorée, aux cheveux fous et aux lèvres charnues. Canadienne, Scandinave, Américaine, ça ? Libanaise je suis, libanaise, je resterai. Toi, mon Nicolas chéri, tu es plus vulnérable, plus compliqué. Ne te fâche pas, c'est comme ça que je t'aime. Réponds-moi vite et embrasse Claire pour moi.

Ta petite sœur, Mona.

P-S. Idée ! Nous vous invitons tous deux à passer Noël chez nous, à Montréal. Notre propriétaire sera en Floride. Elle m'a déjà aimablement proposé de nous prêter l'appartement du rez-de-chaussée. De plus, Issam connaît un Palestinien dont la sœur possède une agence de voyages, il peut vous trouver des billets charter, pour une bouchée de pain. Venez, venez, je vous promets un très beau réveillon libano-canadien. Tu verras !

P-S. encore. Nicolas, tu connais notre proverbe qui dit : « Quand un Libanais tombe à l'eau, il en ressort avec un poisson dans la bouche. » Toi, tu as eu la chance d'émerger avec une petite sirène dans les bras. Ne la laisse pas s'enfuir. C'était mon dernier conseil, cette fois. Mille baisers.

Mona.

25 août 1981. Les Portes en Ré. Île de Ré. France.

Télégramme adressé à Mona Kanawati. N° 349, 53 rue Nord, secteur III. Montréal, Canada.

ACCEPTONS DE GRAND CŒUR INVITATION POUR RÉVEILLON MONTRÉAL. STOP. ESPÉRONS NOUS MARIER RAPIDEMENT. STOP. CANADA SERA VOYAGE DE NOCES, SOMMES HEUREUX COMME DES ROIS. STOP. BAISERS ÉMUS. CLAIRE ET NICOLAS.

Quand le soleil était chaud

Paris, 15 septembre 1981

Ma petite fille chérie,

Autant entrer tout de suite dans le vif du sujet. Nicolas et Claire se sont séparés. Mal. Si je t'assène cette nouvelle si brutalement, c'est par pure lâcheté. Quel gâchis! Je n'ai pas encore compris ce qui a pu se passer. Ou plutôt, je ne veux pas le savoir.

Mes pensées sont confuses. Je reprends cette lettre. Ne crois pas que je cherche à me dérober, mais il faut que mon chagrin et ma colère s'estompent pour pouvoir te raconter. Tu sais certainement que Claire et Nicolas, réunis à l'île de Ré par une innocente machination de tante Charlotte, sont tombés amoureux l'un de l'autre. Nous les avons vus débarquer à Paris, le 1er septembre, nimbés de bonheur et bourrés de projets. Pendant que tante Charlotte, rayonnante, recomptait dans l'entrée ses sacs et ses valises, Nicolas a mis son bras autour des épaules de Claire, et avant même de nous dire bonjour, il a lancé : « Maman, nous allons nous marier. » Ce fut quand même un choc. Pas vraiment une surprise, mais je n'attendais pas une issue aussi précipitée. Pour être franche, j'ai eu un pincement au cœur, le temps de penser : je perds mon fils... ce n'est pas très glorieux, mais c'est normal, tu comprendras cela avec tes propres enfants, je suppose. Est-ce que quelque chose s'est reflété sur mon visage? Tout de suite je me suis reprise, j'ai embrassé Claire. J'avais déjà oublié ce premier mouvement, mais elle l'avait senti, et elle s'est raidie brusquement dans mes bras. Nicolas nous regardait, étonné.

L'arrivée d'Antoine a tout arrangé. Il a poussé des cris de joie, débouché du champagne, embrassé tante Charlotte et Maud, soulevé Claire, tapé dans le dos de Nicolas. Il était vraiment heureux. Nous avons longuement bavardé. Tout allait bien. En nous quittant, Claire souriait. Elle m'a dit sur le palier : « Maman aussi va être surprise... » Elle était ravissante dans sa petite robe de toile bleue. En refermant la porte, Antoine a murmuré : « Comme je suis content! Maintenant, Nicolas est sauvé... » Moi aussi, j'étais contente. Mais oppressée par un pressentiment que j'essayais de chasser.

Ensuite... tout fut parfait. Nicolas semblait avoir complètement oublié Beyrouth. Il a commencé à chercher un appartement, Lili et Marc sont venus dîner, tante Charlotte pensait déjà à organiser un second mariage « à la libanaise cette fois », Claire passait à la maison chaque soir, et elle regardait Nicolas avec un regard ébloui et confiant, qui me réchauffait le cœur.

Trois jours après leur arrivée, je reçois un coup de téléphone de Mme Gercourt, la mère de Claire. Ton mondain, voix un peu haut

388

*perchée qui me rappellent aussitôt son visage : elle est grande,
blonde, un peu chevaline, avec un sourire qui montre trop de dents.
Je me souviens que lorsqu'elle venait chercher Claire, à la sortie de
l'École Alsacienne, elle était toujours vêtue « sport chic », mocassins
plats, tailleur de tweed ou pardessus beige. En fait, je ne l'ai pas
revue depuis que Claire et toi êtes entrées au lycée, et que les Gercourt ont habité Neuilly. Elle me demande de tes nouvelles, parle de
l'île de Ré et des « merveilleuses vacances » de Claire, nous invite à
dîner « tous les trois, puisque votre grand fils est là », le vendredi suivant. Rien d'autre. J'accepte et je remercie, sans plus. Je sais maintenant, après quelques déboires, qu'avec les Français, il ne faut pas
en faire trop. Ils se sentent si facilement agressés par nos bruyantes
et orientales manifestations d'amitié.*

*Le fameux vendredi soir arrive. Nous cherchons où garer la voi-
ture et Antoine s'énerve : « Je t'avais dit que nous serions en retard...
Je suis sûr que les Gercourt dînent tôt, pas aux heures libanaises... »
Nicolas, excédé : « Papa, je t'en prie... » Tout le monde est à cran.
Troisième étage gauche. Un maître d'hôtel – un extra, visiblement –
nous ouvre. Serait-ce un grand dîner ? Non. Seulement les deux
familles : Claire se précipite, nous présente son père, Paul, sa mère,
Claudia. Nous nous saluons et nous étudions mutuellement.
Comme beaucoup de gens mariés depuis longtemps, le père et la
mère de Claire se ressemblent. Tous les deux blonds, grands, légèrement voûtés.*

*La conversation démarre, à l'apéritif – champagne rosé et
whisky – sur des banalités : l'île de Ré. Les vacances qu'ils ont passées en Italie. Comme c'est agréable d'habiter Neuilly, un vrai village, mon mari apprécie le calme, il est agent de change, vous
comprenez, la Bourse, épuisant, le stress, mais il fallait bien
reprendre la charge de son père. Vous-même, docteur, où opérez-
vous ? La Clinique du Belvédère ? Mais je connais, ma mère y a été
soignée, et vous, chère madame ? Un magasin d'antiquités, boulevard Raspail, comme cela doit être amusant, mais très prenant,
non ? Claire, ma chérie, veux-tu passer le plateau. Et ce grand jeune
homme que fait-il ? Architecture ? Passionnant, où ça ? Beyrouth...
ah... mais peut-on encore travailler à Beyrouth ? Je veux dire avec
tous ces événements, ces horreurs... Je vois Nicolas pâlir. Heureusement, nous passons à table.*

*Tu connais assez les Gercourt pour imaginer la suite. Le dîner
est parfait. Plus conventionnel, pour six convives, que ne l'étaient à
Beyrouth nos dîners de cent personnes. Mais parfait. Paul parle peu.
Claudia parle trop. Entre eux et nous, on ne peut pas dire que le
courant passe. Mais nous sommes, Dieu merci, des gens civilisés.*

Pourtant, tout dérape au moment du rôti. Qui, le premier, évoque Louis Delamarre, l'ambassadeur de France, que des tueurs mystérieux viennent d'assassiner à Beyrouth, au Passage du Musée ? Je ne sais plus. Antoine dit qu'il le connaissait bien, que sa mort a traumatisé tous les Libanais, parce que en tuant son ambassadeur, c'est la France qu'on attaque. Claudia relève la tête, je regarde Antoine, nous sentons un danger. Trop tard, elle est lancée : elle est bien d'accord ! Que fait le gouvernement français ? Il faut riposter, œil pour œil, dent pour dent, comme les Israéliens. Ils ont compris, eux, comment traiter les Arabes, qui ne reconnaissent que la force, alors que nous, nous leur faisons des grâces...

Le silence s'épaissit. S'en rend-elle compte ? Claire bravement se lance : « Mais maman, les Libanais sont des Arabes... » avec un coup d'œil tellement clair, nous désignant, que nous en sommes gênés. « Je le sais, poursuit Claudia, je le sais, ma chérie. Naturellement, je ne parle pas pour nos amis, qui sont chrétiens. Eux peuvent comprendre mieux que personne, n'est-ce pas, chère madame ? Entre chrétiens, d'ailleurs, nous devrions nous entraider un peu plus, je le dis souvent à M. le Curé... » Regard d'Antoine vers Nicolas : ne bouge pas, reste calme. Nicolas pique du nez dans son assiette, les doigts crispés sur sa fourchette.

Je cherche fébrilement une diversion, lorsque le père de Claire, avec une hâte qui dénote une longue habitude, intervient : Beyrouth, quelle belle ville, quel paradis ! Il y allait souvent autrefois. Un de ses amis, Charles Mesmin, était banquier là-bas. Il avait épousé une charmante Libanaise, Danièle, Danièle... ouf, je vois : Danièle Khoury, une de mes lointaines cousines. Nous voilà en terrain solide. Le temps de démêler le lacis des relations familiales et mondaines, notre ciel s'est éclairci. Nous arrivons en douceur au dessert. Et aux choses sérieuses. C'est-à-dire l'avenir de Claire. Le croirais-tu, Mona, j'ai à ce moment-là songé avec nostalgie à nos vieilles marieuses, qui réglaient de famille à famille tous les problèmes triviaux d'argent, de préséance, de détails matériels. C'est cela, la civilisation. Alors que dans ce moderne appartement de Neuilly, j'avais l'impression de jouer du Labiche... Le vin aidant, le ton était pourtant devenu plus détendu, et nous respirions mieux, depuis que le père de Claire avait pris la direction de la conversation.

Jusqu'au moment où il s'est tourné vers Nicolas : « Alors, cher Nicolas, quand vous installez-vous à Paris ? Vous êtes français, n'est-ce pas ? Non, libanais ? J'ai des amis au ministère de l'Intérieur qui arrangeront cela très vite... D'ailleurs, nous avons le temps. Claire ne vous a pas dit qu'elle doit encore passer un an à Londres, dans une école de styliste ? Nous y tenons beaucoup : elle n'aura sa dote qu'à vingt et un ans, comme sa mère. Cette majorité à dix-huit ans, une foutaise... Il faut vous faire une situation en France, avant de songer à quoi que ce soit d'autre... Vous y arrive-

*rez, vous verrez. Car enfin, de vous à moi, le Liban, c'est fichu!
C'était prévisible : on ne fait pas un pays avec des banques et un
casino! Nos amis libanais ne voulaient pas me croire quand je leur
disais qu'ils gagnaient trop d'argent, trop vite. Ah, ils ont payé cher
leur aveuglement. Sept ans de guerre! C'était fatal, avec ce luxe et
cette misère autour. Tout se paie... »*

J'ai vu Antoine crisper les mâchoires et Nicolas serrer les accou-
doirs de son fauteuil Louis XV. A tout hasard j'ai lancé : *« Nous le
payons trop cher... »* Il s'est tourné vers moi, surpris que je puisse
exprimer un jugement vaguement politique. *« Comme vous avez raison! Tenez, puis nous sommes entre nous, pouvez-vous m'expliquer pourquoi cette guerre continue? Au fond, je crois que ces
jeunes gens aiment se battre, simplement... »* Antoine, blanc comme
de la craie, s'est penché en avant : *« Ils défendent le Liban. Sans eux,
ce pays aurait déjà sombré et serait aujourd'hui une province
syrienne... »*

Était-ce le son de sa voix? Le père de Claire s'est un instant
troublé. *« Cher ami, je ne parle pas pour des gens comme vous, qui
avez eu la sagesse de quitter ce pays de fous, mais enfin, ce Bechir
Gemayel, que veut-il? Pour moi, c'est un criminel... »*

J'ai su à ce moment que nous allions à la catastrophe. Nicolas s'est levé d'un bond, j'ai tendu la main pour le retenir, Claire
a poussé un cri. Qu'a dit Nicolas? Je ne sais plus exactement. Il a
parlé de ses amis, morts à Zahlé. Du complot international contre
le Liban. De l'attitude indigne des pays qui pleuraient des larmes
de crocodile et envoyaient des armes. De la France, sur laquelle
ils avaient si longtemps compté et qui, après tant de promesses,
abandonnait le Liban... Je voyais en gros plan le visage effaré de
M. Gercourt, dont les joues, puis le front, viraient au coquelicot.
J'avais peur qu'il n'ait une attaque, et pourtant au milieu du
désastre, j'avais envie de rire, d'applaudir : *« Bravo Nicolas! »* Je
n'ai rien fait de tel, rassure-toi. Nicolas est sorti sur un bref signe
de tête. Claire a couru derrière lui. Nous avons entendu claquer la
porte de l'entrée et nous nous sommes regardés tous les quatre.
Qui allait dire, le premier, qu'il était désolé? Sûrement pas
Antoine. Ni M. Gercourt, occupé à retrouver son souffle. J'ai donc
rassemblé mon courage et murmuré qu'il fallait excuser Nicolas,
que cette guerre l'avait durement secoué, que, bref, n'importe
quoi. Je savais que tout était inutile, que nous ne reverrions
jamais les Gercourt.

Voilà où nous en sommes. Nicolas a disparu depuis ce vendredi
fatal, en nous laissant un petit mot laconique : *« Pas s'inquiéter
pour moi, reviendrai plus tard. »* Claire, ce matin, m'a téléphoné en
pleurant. Elle semble croire que je lui cache l'adresse de Nicolas.
Peut-être auras-tu des nouvelles avant nous? Je t'envoie en express
ce long récit. Tiens-nous au courant. Antoine et moi sommes effondrés. Nous aimions bien Claire et puis, que va faire Nicolas? Je

t'embrasse ma chérie et je remercie Dieu de te savoir heureuse avec Issam, fût-ce au Canada.

Lola

P-S. Pourquoi ne rencontrons-nous qu'incompréhension ou bêtise? Pourquoi tous ces gens, qui hier encore encensaient le Liban, le regardent-ils mourir sans bouger un cil, nous accablant de leurs sarcasmes ou de leur indifférence? Étions-nous trop gais, trop heureux, trop riches? Trop libres peut-être? De quoi sommes-nous donc coupables? Bof... tout cela importe peu, à présent.

Paris 10 septembre 1981

Télégramme adressé à Claire Gercourt, 290, rue Perronet, Neuilly-sur-Seine.

CHÉRIE VEUX-TU PARTIR AVEC MOI POUR BEYROUTH SEMAINE PROCHAINE. STOP. AI RETENU DEUX PLACES MERCREDI MEADLE EAST. STOP. DONNE RÉPONSE LILI QUI SAURA OU ME JOINDRE. STOP. JE T'AIME. NICOLAS.

Paris 11 septembre
pour Nicolas, aux bons soins de Lili

Nicolas, mon amour, tu es fou. Je ne peux pas quitter mes parents si brusquement, laisse-moi un peu de temps. Et puis, j'ai peur d'aller à Beyrouth, j'ai peur de la guerre. Je n'ai jamais voulu te le dire, mais le Liban me fait froid dans le dos. Ne pouvons-nous vivre en France? Je sais que mes parents sont impossibles, tu ne les verras plus si tu le désires, mais ne me quitte pas. Reste à Paris. Je t'en prie, je t'en prie. Je pose cette lettre chez Lili comme tu l'as demandé, mais je voudrais te voir. Où es-tu? Je t'aime.

Claire.

Paris, 12 septembre

Télégramme adressé à Claire Gercourt, 290, rue Perronet. Neuilly-sur-Seine

MON AMOUR MA CHÉRIE. STOP. DOIS PARTIR ABSOLUMENT. STOP. ATTENDRAI MERCREDI ORLY 15 H 30 JUSQU'AU DERNIER MOMENT. STOP. VIENS OU OUBLIE-MOI MAIS JE T'AIMERAI TOUJOURS. STOP. NICOLAS.

Les années d'exil

Rome, Fiumiccino, le 15 septembre 1981

Mona,

Je te poste cette lettre à l'escale de Rome, sur le chemin de Beyrouth. Je retourne au Liban. Seul. Je n'ai pas su retenir ma belle sirène. Plus exactement, elle n'a pas voulu me suivre dans un pays trop brûlant pour elle. Je la comprends : moi non plus je ne supporte pas l'exil. Il me faut Beyrouth, la folie de Beyrouth, pour m'y engloutir et sombrer. Dans l'île atlantique j'ai un moment cru au bonheur. A Paris, j'ai compris que je n'étais pas doué pour la vie. Manque de souplesse, de liant, raideur excessive du dos et de la nuque, voilà ce que m'aura laissé la guerre. Une sorte de sclérose précoce qui me bloque le cœur. Beyrouth ouverte et déchiquetée, ma ville où rôdent tous les maléfices, voilà ce qu'il me faut, voilà ma drogue. J'y retourne sans tristesse ni joie, poussé par une nécessité.

Mais avant de disparaître, peut-être pour toujours, des horizons civilisés, je voudrais te demander une faveur, ma sœur. Prends cette place de chef de famille que je n'ai pas su assumer. J'ai retrouvé à Paris, dans le secrétaire de Lola, ce grand cahier de toile noire où quelques-uns de nos ancêtres ont calligraphié leur histoire, c'est-à-dire notre histoire, celle des Falconeri et des Boulad. Tu y suivras la trace des enfants de Damas, enlevés par Tamerlan, du grand-père traversant les mers avec pour tout bagage sa plume et son encrier, et celle de ce jeune officier, notre oncle, qui s'embarqua à Alexandrie, pour suivre Bonaparte vaincu par l'Orient. Lola l'a complété, mais brusquement, je ne sais pourquoi, son récit s'arrête. Veux-tu assurer la relève, être désormais la mémoire de notre famille ? Vois-tu, là où je vais, on ne sait plus très bien pour quoi ou pour qui on se bat. Peut-être pour témoigner de notre existence aujourd'hui en ce lieu. Mais qu'est-ce qu'un témoin sans mémoire ? A toi d'écrire la suite, d'empêcher cette seconde mort, l'oubli. Prends le livre noir, il a déjà tellement voyagé, il te rejoindra au Canada, tu le légueras à tes enfants — tu auras beaucoup de beaux enfants pleins de sève, qui essaimeront à travers le monde comme l'ont fait nos ancêtres.

Mona, ma chérie, tu vas tout rassembler, tout raconter, nous survivrons à travers toi. Comme je suis content. Maintenant, je peux retourner me battre dans mes ruines. Je t'embrasse de tout mon cœur et je te lègue ma part de bonheur.

Nicolas.

LIVRE V

Les années de cendres

29

Jérusalem, 3 juin 1982

A trois heures de l'après-midi, la piscine de l'hôtel King David était toujours déserte. C'était le moment où l'efficacité israélienne se relâchait, où le personnel s'autorisait une sieste, où les touristes, partis à l'aube, ouvraient leurs paniers-repas casher devant la mer Morte ou le lac de Tibériade. Nicolas quittait alors sa chambre, descendait les escaliers du jardin et se glissait dans l'eau. Là, enfin, il pouvait se laisser flotter, aussi inerte qu'une planche, vidé de tout sentiment, libre de toute pensée. Il regardait le ciel. Ciel bleu dur, ciel de Jérusalem. Le ciel de Beyrouth était rouge. Rouge feu, rouge sang. Et le ciel atlantique, gris strié de blanc, d'une douceur extrême, lui laissait au cœur un goût de cendres. Il ferma les yeux, s'abandonna, étendit les bras comme un noyé, offrant son visage au soleil de juin.

Une silhouette mince se pencha, à une fenêtre du troisième étage. Tamar, la femme de chambre, qui s'appelait en réalité Khadija, ne se lassait pas d'observer ce jeune homme brun aux yeux d'algue, qui chaque jour se laissait bercer par l'eau dans un étrange délire. Il n'était pas juif. Arabe? Il ne parlait que français, sans aucun accent, mais elle avait parfois surpris un éclat dans son regard vert lorsque les garçons d'étage lui criaient : « Ya Khadija, taa'la! » – « Khadija, arrive, viens là! » Il comprenait l'arabe, elle en était certaine.

Mais alors, s'il était arabe, pourquoi habitait-il dans cet hôtel, le plus grand de Jérusalem, où ne descendaient que des étrangers? Il était arrivé seul, deux mois auparavant, avec un maigre bagage et une machine à écrire. Elle avait regardé sa fiche : Paul Descours, journaliste français. Et elle avait tout de suite su que c'était faux : elle connaissait les journalistes, ils vivaient en bandes, se tutoyaient, riaient haut, s'enfermaient des heures pour taper à la machine, téléphonaient sans cesse et repartaient un beau matin sans crier gare. Ce Paul Descours lui aussi téléphonait. Mais il ne tapait pas à la machine et il ne voyait jamais personne, en tout cas à l'hôtel. Jamais elle n'avait trouvé dans sa chambre une photo de femme et, d'une certaine manière, elle s'en était réjouie. Il lui plaisait, l'intriguait. Vu d'en haut, ce grand corps mince et brun flottant, presque nu, offert, bras écartés, sur l'eau turquoise, avait une grâce fragile qui l'émouvait, comme l'aurait ému un enfant dormant seul sur une plage.

Était-elle amoureuse? Elle secoua ses épais cheveux noirs, les releva en chignon sur le haut de sa tête. Il faisait si chaud dans cette chambre, tout à coup. Il n'allait pas tarder à remonter chez lui. Que penserait-il s'il la trouvait là? Il ne serait peut-être pas mécontent. Elle se savait jolie, dans le genre brune farouche. Pourquoi diable semblait-il la voir sans même la regarder?

Quatre heures. Les touristes congestionnés par leur première journée de désert allaient bientôt déferler pour plonger dans l'eau fraîche. Déjà des voix aiguës cassaient le silence. Des voix américaines. Nicolas se retourna dans l'eau, nagea quelques brasses en direction de l'escalier. Les premières familles arrivaient, les hommes en bermudas fleuris, les femmes en maillots brillants. Caquetage international. Rires haut perchés. En deux mois, Nicolas avait eu le temps de connaître par cœur les programmes proposés par les agences de voyages aux juifs américains soucieux de concilier vacances et religiosité : mardi, mer Morte et Massada. Mercredi, Jérusalem et Yad Vachem. Jeudi, lac de Tibériade, Hébron, un kibboutz agricole. Vendredi matinée libre et dîner de sabbat avec bougies, dans la salle à manger de l'hôtel. Il oubliait, vendredi soir au coucher du soleil, le pèlerinage au Mur des Lamentations. Facile de savoir qui faisait partie du premier « tour », à quel moment apparaîtraient les souvenirs de voyage, kippas de velours ou calots de coton blanc frappés d'un « shalom » ou d'une étoile de David. Nicolas s'amusait parfois à deviner quelles seraient les riches veuves qui, la veille du départ, dépenseraient leurs derniers dollars en bas, chez le bijoutier Stern. Il se trompait rarement. La routine, en somme.

Séché, étrillé, il s'enroula dans son peignoir blanc et remonta vers l'hôtel. Ses activités à lui devaient rester discrètes. On ne lui demandait pas de se cacher. Seulement de ne pas trop attirer l'attention. Et d'éviter la ville arabe. Dommage, c'est là qu'on mangeait bien. Alors, pour faire simple, il supportait la cuisine casher de l'hôtel, qu'il s'imposait comme une mortification. Après tout, ne menait-il pas à Jérusalem une vie monotone mais agréable, au lieu d'affronter les dangers de Beyrouth?

Dans sa chambre il coupa la climatisation et ouvrit la fenêtre. D'ici, on voyait se découper les remparts de la vieille ville, presque blancs sous le soleil, où la porte de Damas creusait son arche d'ombre. Il aurait bientôt terminé son travail en Israël. Il avait pris les contacts prévus, assisté aux réunions à Tel-Aviv, envoyé ses rapports à Bechir. Il s'était même lié d'amitié avec Elie Drory, son officier d'escorte. Un agent du Mossad, évidemment. Et alors? Lui-même, Nicolas, que faisait-il ici, sinon du renseignement, ce que ses amis des forces libanaises appelaient des « liaisons extérieures », un grand mot pour désigner son rôle dans la machine dont les rouages bien huilés n'attendaient plus qu'un déclic pour se mettre en marche.

Sa mission, il l'avait acceptée un jour de janvier dernier. Il pleuvait comme il peut pleuvoir à Beyrouth, en longs traits serrés. Bechir, assis comme d'habitude au bord de son fauteuil, se penchait vers lui, le fixant de ses yeux d'olive noire. Pourquoi Nicolas s'enfermait-il chez lui, depuis qu'il était rentré de Paris? Personnel? Bon... mais maintenant on avait besoin de lui. Il devait s'engager de confiance. Était-il prêt? et en disant cela, Bechir pensait clairement : « Est-il encore fiable? » Nicolas avait souri : il était prêt, on pouvait lui faire crédit. Il venait de traverser une mauvaise passe, mais c'était terminé. Il songea en lui-même qu'en effet ses espoirs, ses projets de vie normale, étaient relégués pour toujours dans la boîte à chimères. Bechir s'était alors frotté les mains, signe chez lui d'une annonce importante.

« Voilà. Je vais recevoir tout à l'heure des visiteurs. Top secret, hein? D'ailleurs, tu ne sors plus d'ici jusqu'à leur arrivée. Je voudrais que tu les accompagnes pendant leur séjour. Tu comprendras très vite ce qu'ils attendent de toi...

— Donne-moi quand même une idée. Puisque j'ai déjà accepté...

— J'attends Ariel Sharon, le nouveau ministre de la Défense d'Israël. Il est accompagné du général Tamir et sans doute de David Kimshe, que tu connais, l'ex-patron du Mossad, celui auquel nous avons eu affaire depuis 1976, souviens-toi! Ils viennent à Beyrouth pour étudier le terrain. Inutile de te faire un dessin. C'est pour la grande opération, celle que nous attendons.

— Tu y crois encore? Les Israéliens nous promettent depuis des années de nous donner un coup de main et au dernier moment, rien du tout! Ils nous ont déjà fait le coup en 1978.

— Cette fois, c'est différent. Ils ont changé de gouvernement. Les travaillistes étaient des mous. Begin et surtout Sharon veulent à tout prix chasser Arafat du Liban. Ils en font un impératif de survie pour Israël. C'est notre chance, ils nous débarrasseront à la fois des Palestiniens et des Syriens!

— Je n'y crois pas...

— Quand un général comme Sharon se déplace sur le terrain, j'en tire des conclusions... Ils déclencheront une guerre au Liban et, crois-moi, ils ont l'intention d'arriver à Beyrouth. Même si Sharon jure le contraire. Voici ce que j'attends de toi : tu diriges l'escorte qui les protège, tu notes tout, où ils vont, quels relevés ils font, tu fais ami-ami avec eux. Ne prends pas de risques. Ils ne doivent circuler que dans Beyrouth-Est. Pour l'Ouest, tu confronteras leurs renseignements et les nôtres. Je compte sur toi. A propos : à partir de maintenant, tu deviens capitaine. Et tu fais partie de mon état-major. »

Ces trois jours avaient été passionnants. Nicolas fut surpris par Sharon. Moins impressionnant qu'il ne l'avait cru, avec sa brioche de bon vivant et ses cheveux blancs relevés à la Tintin. Ce type, pourtant, le mettait mal à l'aise. « Il est vraiment dangereux, ne lui fais pas confiance, avait-il dit un jour à Bechir. – Je le sais, mais c'est notre seule carte, et il faut faire avec », avait répondu celui-ci en ajoutant, goguenard : « Les Israéliens nous méprisent, ils nous appellent des "soldats en chocolat", mais leurs fameux experts sont nuls. Ils savent tout sur nous mais ne comprennent rien. Laissons-les nous sous-estimer... »

Depuis, le temps avait passé. Nicolas, appelé à Jérusalem le 15 avril pour une opération annoncée comme « imminente », avait été joint par Drory le 16 : « Tout est remis. Pas pour très longtemps. A la prochaine occasion favorable, on y va. Installe-toi au King David, en attendant.. »

Vivre à Jérusalem ou ailleurs, quelle importance ? Nicolas n'avait pas d'états d'âme. Il agissait, parlait, lisait, dans un monde décalé, un peu cotonneux, qui lui permettait de ne plus penser à lui-même. Dans sa dernière lettre, sa mère lui écrivait qu'elle était heureuse de savoir ses enfants à l'abri, Mona au Canada et lui en Israël. « Que veux-tu, c'est sans doute une lâcheté, mais je peux enfin regarder à la télé les affreuses images de Beyrouth sans me mettre à trembler. » Pauvre maman ! Nicolas savait qu'il retournerait au Liban. Il avait besoin d'affronter des dangers. Mais pour l'instant, il restait trop fragile. Il fallait attendre qu'un tissu cicatriciel se formât sur son cœur. Il n'oublierait jamais Claire. L'essentiel était de n'en plus souffrir à mourir.

« Pardon, monsieur. Je pensais que la chambre était vide. Sorry, je reviendrai. » La petite femme de chambre si mignonne, celle qu'un badge nommait « Tamar » pour ne pas effrayer les touristes juifs, faisait irruption bien souvent. Elle était palestinienne et s'appelait Khadija... Les Palestiniens le suspecteraient-ils ? Pas de panique : leurs réseaux de renseignements en Israël ne valaient pas ceux du Liban.

. « Nicolas ? Elie au téléphone. Je suis en bas. Au bar. Peux-tu descendre ? OK... »

Leurs conversations ne traînaient jamais en longueur. Elie détestait attendre. Le manque de ponctualité oriental le mettait hors de lui. Il y voyait la source de tous les malheurs qui accablaient les Arabes. « Ils ne seront jamais sérieux, jamais précis, comment veux-tu qu'ils gagnent des guerres dans ces conditions ? » Et il craignait que cette détestable dérive n'atteignît Israël. « Notre malheur viendra des juifs marocains. Pas moyens de les discipliner, ce sont des fous, des exaltés. Des Arabes, au fond... – Moi aussi je suis arabe, avait répondu Nicolas. – Toi ? je ne crois pas. Tu devrais vérifier ! » Malgré le ton de grosse plaisanterie, Nicolas s'était senti troublé.

Elie devait s'impatienter. Nicolas enfila en vitesse son jean délavé, passa une chemisette blanche à manches courtes, laça ses baskets. La glace de l'entrée lui renvoyait l'image d'un jeune homme mince, aux épaules larges, aux longues jambes moulées dans le jean étroit. Il rejeta en arrière la mèche de cheveux noirs qui lui tombait toujours sur l'œil gauche. Un touriste anonyme. Ce qu'on attendait de lui.

Le bar du King David voulait ressembler à un bar anglais, mais il n'en avait ni le confort ni la patine. Il y faisait sombre, et Nicolas ébloui ne vit pas tout de suite Élie, tassé dans un fauteuil. Au fond de la pièce, le comptoir d'acajou bordé de cuivre semblait désert. Des profondeurs de l'ombre, une main blanche, potelée, fit un signe. Malgré ses trente ans bien sonnés. Elie ressemblait encore au gros bébé qu'il avait dû être, un bébé aux yeux bleu pâle et aux cheveux roux frisés qu'il affirmait tenir d'un ancêtre irlandais, même s'il savait très bien qu'il était le portrait craché d'une grand-mère polonaise morte en déportation. Elie avait l'âme romanesque et l'esprit compliqué.

« Mon vieux Nicolas, cette fois c'est parti! Notre ambassadeur à Londres, Argov, a été mitraillé à treize heures, devant la porte d'un hôtel, par des types d'Abou Nidal. Nous sommes... le 3 juin. Fais tes valises. Nous montons cette nuit vers le Nord. Dans vingt-deux heures, les premiers blindés de Tsahal franchiront la frontière nord, à Metullah exactement, et nous déferlerons sur le Liban... oh, ne te frappe pas. Ce sera vite fait. Les Syriens croient que nous nous arrêterons à quarante kilomètres de profondeur, ils ne bougeront pas et ensuite, ce sera trop tard pour eux. Nous allons isoler les Palestiniens et les dérouter en fonçant directement sur Beyrouth. Je suis sûr que toi et moi serons accueillis en libérateurs...

— Je dois vous accompagner?

— Sinon, je ne te raconterai pas ça. On ne se quitte plus. Tu suivras Sharon comme cartographe. Tu fais partie de l'état-major, mon vieux! c'est la planque. Moi, je serai en première ligne, avec mon groupe de paras. »

Nicolas eut soudain la bouche sèche. Il but d'un trait la bière déjà tiède. Depuis le début, cette affaire le gênait. Il l'avait dit un jour à Bechir : avaient-ils vraiment besoin, eux, chrétiens, de s'allier avec Israël à ce point-là? Au risque de se mettre à dos tous les pays arabes? Bechir avait ri. « Pour libérer le Liban des Syriens et des Palestiniens, je suis prêt à manger la soupe avec le diable. Le tout est d'avoir une longue cuiller, et de savoir la tenir fermement. » A Beyrouth, le raisonnement semblait parfait. Mais ici, après des mois d'attente, l'idée d'entrer chez lui dans les fourgons de l'armée israélienne mettait Nicolas mal à l'aise. Elie devina, se pencha.

« Ce n'est pas parce que tu ne portes pas d'uniforme que tu n'es pas un soldat. En tant qu'officier, tu as des ordres à exécuter. Tiens, je t'offre un vrai dîner arabe. Les veilles d'opérations, moi, je bouffe et je bois. C'est bon pour dissiper l'angoisse. Je t'attends à sept heures en bas ou plutôt non, sur le parking de l'hôtel à sept heures quinze. D'accord? » Il fallait une circonstance vraiment exceptionnelle, pour qu'Elie tienne un aussi long discours.

Nicolas pensait à Beyrouth, déjà tellement blessée. Que lui restait-il d'autre que son pays, sa ville? Il revit Sanayeh, la grande maison de son enfance... Mon Dieu, et tante Charlotte! Il fallait l'éloigner. Il sauta sur ses pieds.

« D'accord, Elie. On se retrouve à sept heures. Je monte boucler mon sac. Tchao... »

Le téléphone sonnait dans le vide. A Paris, personne ne répondait. Avec le décalage horaire il devait être là-bas cinq heures de l'après-midi. Où était Lola? Nicolas s'énervait, feuilletait son agenda. Il avait les paumes moites et les tempes douloureuses. Enfin, le numéro de la boutique du boulevard Raspail. En tremblant un peu, il appela l'International. Peut-être les Israéliens l'avaient-ils mis sur table d'écoute... Tant pis!

« Maman? » Il criait presque, et là-bas Lola s'affola.

« Nicolas, où es-tu? Que se passe-t-il?

— Maman, où est tante Charlotte?

— A Paris, avec Maud. Elles habitent toutes deux chez Lili. Pourquoi?

— Rien. Je voulais seulement savoir... Embrasse-les pour moi. Tout va bien. Ne t'inquiète pas si je reste un moment sans donner de nouvelles. Je pars en voyage ce soir. Oui, dès que possible... Je te téléphonerai. Je vous embrasse tous. A bientôt. Ne vous faites pas de souci pour moi. »

Assis sur le bord du lit, il reposa doucement le combiné. Il faisait un bien piètre espion! Elie n'aurait pas été content de lui.

Pendant sept jours, l'armée israélienne ne fit que rouler, dans la chaleur et la poussière, sans pratiquement s'arrêter. Abruti de fatigue, Nicolas vêtu d'un treillis militaire entendit les enfants libanais pousser des cris de joie, il vit les jeunes filles de Baabda et d'Achrafieh jeter sur les chars des fleurs et des grains de riz. Ainsi, Elie avait raison! Le Liban les accueillait en libérateurs. La première fois qu'un gamin, au bord d'une route du Chouf, lui cria « Shalom! » Nicolas se pencha en dehors de la jeep et répondit « Salam! je suis un Libanais comme toi » mais la phrase se perdit dans le fracas des chenilles.

Tout étonnait Nicolas. Le comportement des soldats israéliens, qu'il n'avait vus que dans les camps d'entraînement, lui semblait aberrant. Où était la discipline de fer que leur prêtait la légende? Les appelés jouaient comme des gamins qu'ils étaient encore, à dix-huit ou vingt ans. Ils se baignaient en short kaki dans le Litani, torse nu, tenant au-dessus de la tête leur mitraillette Uzi. « Tu vois, chez nous un soldat peut tout faire, sauf lâcher sa mitraillette, ricana son compagnon de route, Shlomo, un grand gaillard blond, officier de réserve, psychiatre à Tel-Aviv. Il peut même discuter les ordres qu'il estime erronés. Mais quand on se bat, on se bat... »

Le pire, pour Nicolas, fut pourtant de découvrir ce Sud qu'il n'avait jamais vu, avec ses maisons en ruine et ses champs désertés, défoncés par des années de guerre et de bombardements. Pauvre Liban!

Le 13 juin, un para israélien, poussiéreux et barbu, descendit lourdement de sa jeep devant la villa qui, à Baabda, servait de quartier général. Elie n'avait plus rien du gros garçon joufflu et taciturne qui, à Jérusalem, transmettait les consignes. Il tomba dans les bras de Nicolas et se lança dans un discours enflammé, d'où il ressortait qu'il était tombé amoureux du Liban! Assis sur une cantine, Nicolas et lui attendaient que Tsahal et les forces libanaises opèrent leur liaison. Il faisait chaud, les cigales stridulaient, le ciel était si pur, la lumière si tendre. Le soleil exaltait l'odeur de résine des pins parasols. Elie soupira.

« Il n'y a pas à dire, vous autres Libanais savez vivre. C'est super, ce pays! regarde. » Du haut de Baabda, on apercevait Beyrouth, les montagnes et la mer. « Peux-tu me dire ce qu'on vient foutre là? » Elie frotta du dos de la main sa joue rugueuse. « Peux-tu me dire ce que c'est que cette guerre... cette guerre de cons? »

La guerre? En principe, elle se termine aujourd'hui, pensa Nicolas. L'avance israélienne, fulgurante, s'était déployée en mouvements tournants, laissant de côté les « poches » palestiniennes qu'on réduirait plus tard, afin d'arriver à Beyrouth le plus vite possible. Exactement ce qu'avait prévu Sharon, quand il était venu à Beyrouth en janvier. Seul petit accroc, du côté des Syriens. On leur avait fait dire de ne pas bouger, que la guerre ne les concernait pas. Ils avaient quand même essayé de stopper les colonnes israéliennes sur la route Beyrouth-Damas. Baroud d'honneur? Ou simplement un général syrien qui n'avait rien compris? Sharon en avait profité pour détruire au sol leurs rampes de missiles.

Quand il avait appris que les Syriens avaient laissé dans l'offensive cinquante avions de combat et cent chars, Nicolas s'était senti soulagé. Peut-être Bechir avait-il raison après tout. Peut-être que cette guerre ne serait ni totalement inutile ni tragiquement meurtrière, comme l'avaient été toutes les précédentes.

Mais Elie suivait sa pensée : « Cette guerre... je n'ai pas voulu te le dire, mais au début, je n'étais pas très chaud pour envahir le Liban. Vois-tu, nous nous sommes toujours battus en pensant " ein breira " comme on dit en hébreu " il n'y a pas d'autre choix ". Il fallait se défendre pour survivre. Mais aujourd'hui, j'ai l'impression de faire la guerre de Begin, ou celle de Sharon, pas la mienne. Je n'aimerais pas jouer les mercenaires pour des généraux en mal de gloire... »

A ce moment, un convoi militaire déboucha devant le palais. Le drapeau libanais flottait sur la première jeep, bourrée de phalangistes en armes. Un remous passa sur les Israéliens qui saisirent leurs mitraillettes. « Shalom! Salam! » Bechir Gemayel avait sauté à terre, il s'avançait vers Sharon. Nicolas eut l'estomac noué. Ils n'allaient quand même pas s'embrasser? Non, ils se serreraient la main. L'armée israélienne et les forces libanaises venaient de faire leur jonction. A leurs pieds, Beyrouth. Qui, de Bechir ou de Sharon, contrôlerait la ville? Elie tourna la tête vers Nicolas.

« Maintenant, à vous de jouer. Vous êtes malins, mais tu devrais dire à tes copains de ne pas essayer de nous flouer : on ne nous fera pas refaire deux fois la guerre pour vous autres, les chrétiens du Liban. »

Le brave Elie n'avait plus du tout l'air débonnaire.

Était-ce à ce moment que l'alliance entre juifs et chrétiens avait tourné à l'aigre? Nicolas réfléchit, remonta en arrière. Non, c'était plus tard. En juin, tout allait encore bien. Il avait retrouvé Achrafieh en liesse. Ses copains phalangistes l'accueillirent avec curiosité : « Alors, tu as fait la guerre avec les juifs? Comment sont-ils? Connais-tu Sharon? Est-ce qu'ils mangent tous casher? »

Les Israéliens tombaient dans les pièges de Beyrouth, comme des papillons attirés par une lampe. Un soir, Nicolas avait invité Shlomo à dîner dans un restaurant du bord de mer. Ils avaient bu beaucoup d'arak, trop pour Shlomo qui ne tenait pas l'alcool, et, à la fin du repas, devant les assiettes sales, la nappe maculée et les serviettes froissées, ils avaient tous deux glissé aux confidences. Sa mitraillette par terre, la chemise kaki ouverte sur un torse poilu, Shlomo craqua le premier.

« J'en ai marre de la guerre, grommelait-il en tordant une mèche de ses cheveux blonds, beaucoup trop longs pour un militaire. Tu comprends, la guerre ne me quitte pas. Je me suis payé le Sinaï en 67, et ma jeep a sauté sur une mine. Mauvaise fracture. Un an d'hôpital. En 73, j'étais réserviste et je me rongeais les sangs sur le Golan, en pensant à ma famille à Tel-Aviv. Elles aussi en ont assez, nos femmes, de nos départs continuels, trois ans de service militaire, un mois par an de service de réserve, et pendant ce temps-là ta clientèle fout le camp. D'ailleurs, les patients... » Sa langue devenait pâteuse. « Eux aussi la guerre les ravage. Je ne te dis pas les névroses, les psychoses qui fleurissent dans notre valeureux pays. Ça m'entoure, ça me cerne. Je me rends compte que je suis invivable... On n'est pas psychiatre par hasard! » Il s'était affaissé, les coudes sur la table. Ses yeux bleus brouillés fixaient Nicolas.

« Ma femme... elle est partie un jour avec un type comme toi. Enfin, je veux dire un Arabe, bien dans sa peau, lui! Il vit à Boston, c'est un confrère. Un Palestinien. Tu imagines le ridicule, pour moi? Doublement cocu! Je n'ose même pas demander le divorce... Et toi, tu es marié? fiancé? A ton âge et avec ta gueule, tu dois te payer toutes les filles que tu veux. Et puis tu n'es pas juif. Nous, on est doués pour le malheur, tandis que vous autres les Orientaux... »

Nicolas, ivre lui aussi, fut soudain pris de rage. Il déballa tout. Claire, la guerre, le camp palestinien, son enlèvement, encore la guerre, encore Claire, la France, pire qu'étrangère, infidèle, et le siège et Zahlé et maintenant qu'est-ce qu'il foutait là dans ce café, chez lui, en train de discuter avec un Israélien?

Du fond de son ivresse, Shlomo retrouvait ses réflexes professionnels : « Faudrait que je te soigne. Sérieusement. T'es atteint. Mais pas le temps maintenant. »

Ils terminèrent la nuit au bar de l'hôtel Alexandre. Étendu sur une banquette, la tête sur sa mitraillette, Shlomo ronflait par à-coups. Au petit matin il avait décampé en gémissant qu'il avait mal au crâne, qu'il allait se faire épingler pour avoir loupé l'appel.

Oui, tout allait encore bien au mois de juin.

On aborda juillet. Une chaleur de plomb écrasait la ville, une tension crispait les nerfs. Qui attaquerait les Palestiniens retranchés dans leurs camps? Qui entrerait enfin dans Beyrouth-Ouest? Bechir avait du mal à retenir ses troupes. Pendant une réunion houleuse, il avait longuement expliqué à son état-major qu'il devait laisser l'armée israélienne faire le sale boulot. Après tout, Sharon avait mené cette guerre à titre personnel, pour détruire l'OLP, chasser les Palestiniens vers la Jordanie et éliminer Arafat. Alors, répétait Bechir, à lui de jouer. Les chrétiens ne souilleraient pas leurs mains du sang palestinien. Il leur fallait ménager l'avenir : une fois l'engeance palestinienne extirpée par les bons soins de Sharon, lui, Bechir, pourrait enfin réunir le Liban sous son autorité. L'élection présidentielle aurait lieu en août. Il se présenterait, il serait élu président. Jusque-là, on se tenait tranquille.

Les jours passaient. Beyrouth-Ouest, soumis à un siège implacable, pilonné par les bombes antipersonnel, les F16, les missiles téléguidés et tout l'arsenal de destruction de l'armée d'Israël, ne pouvait que tomber. Question de jours. La ville, écrasée, agonisait, mais ne tombait pas. Et en Israël la population commençait à manifester contre cette guerre inutile, meurtrière et trop longue.

« Mais enfin, qu'est-ce que vous attendez pour attaquer? avait un jour demandé à Nicolas à Elie, redevenu un agent du Mossad.

– Je crains que nous n'ayons commis une terrible erreur, avait répondu Elie. Dès le début du siège de l'Ouest, nous aurions dû couper le central téléphonique et l'écraser comme le reste. Mais le Mossad voulait écouter l'OLP. Et en effet, toutes les conversations d'Arafat avec Ryad, Paris ou Tunis ont été soigneusement enregistrées. Si au moins cela nous avait permis de le repérer et de le neutraliser! Nous le suivions à la trace à travers la ville, mais lorsque nous avons écrasé l'immeuble où nous l'avions localisé, Arafat venait de le quitter. Pas de veine! Du coup, ce vieux roublard a réussi à alerter le monde entier en téléphonant aux chefs d'État étrangers. Dans un mois, il jouera les martyrs et nous serons obligés de le laisser filer... Sharon est fou de rage contre Bechir, qui ne veut pas bouger. C'est à qui n'attaquera pas le premier. Mais nous ne pourrons plus attendre au-delà du mois d'août. Reagan s'énerve. »

En effet, début août, Nicolas vit arriver, au quartier général israélien, des renforts d'artillerie lourde. Était-il possible de bombarder davantage le secteur Ouest, où les habitants privés d'eau, de pain, d'électricité, de fruits et de légumes, subissaient un terrible siège? Oui. Les bombardements s'intensifièrent, et les nuits succédèrent aux jours dans un même enfer. Nicolas se félicita d'avoir écarté tante Charlotte et Maud de ce piège de mort.

Un soir, alors qu'il montait vers Broumana avec Karim Pakradouni, le conseiller politique du président Sarkis, Nicolas se retourna, saisi : « Regarde, Karim... » La ville en contrebas était plus que jamais coupée en deux. A l'est brillaient les lumières du casino, des maisons d'Achrafieh éclairées a giorno, et les voitures sur la route de Jounieh dessinaient de longues traces lumineuses. A l'ouest, plongé dans le noir, on ne voyait que la lueur orange des incendies et les trajectoires rouges des obus qui retombaient en gerbes de feu.

« D'un côté la guerre, de l'autre la fête. Après cela, pourrons-nous encore vivre ensemble? »

Karim haussa les épaules.

« Quand nous étions bombardés par les Syriens, en 1978, et plus encore l'année dernière, ceux d'en face nous ont-ils aidés, ou seulement plaints? Mais tu as raison, il faut préparer l'avenir et cette situation doit cesser si nous voulons assurer l'élection de Bechir comme président de tout le Liban. Seulement, le temps nous est compté. Nous sommes le 13 août. Il nous reste exactement dix jours pour obtenir le départ des Palestiniens et faire élire Bechir. C'est court. »

Il fallut huit jours.

Le 16 août, au moment où l'on pensait à Paris que la négociation avec Arafat allait enfin aboutir –, il ne réclamait plus que des garanties, pour les civils palestiniens qui resteraient dans les camps, après le départ des troupes – Sharon ordonna un bombardement massif de Beyrouth-Ouest. « Jamais vu une telle quantité de bombes depuis 1944 en Allemagne », écrivit à Paris l'attaché militaire français.

Le 18 août, Reagan furieux, téléphona à Begin : il fallait cesser de bombarder Beyrouth. Plus rien ne le justifiait, puisque Arafat acceptait de quitter la ville avec ses huit mille combattants. Une demi-heure plus tard, le pilonnage de l'Ouest s'arrêta. Symboliquement. Puis il reprit.

Le 21 août, les premiers militaires français et américains de la Force Internationale d'Interposition débarquaient sur le port de Beyrouth.

Le 23 août, on réussit à rassembler, sous les bombes, soixante-deux députés qui, bravant les pressions et les menaces, parvinrent à élire de justesse un nouveau président du Liban, Bechir Gemayel.

Le 30 août, Arafat et ses fedayine quittaient Beyrouth, et s'embarquaient sous la protection des militaires français. Derrière eux, les femmes et les enfants palestiniens restés dans les camps pleuraient, en faisant quand même, de leurs doigts levés, de dérisoires signes de victoire.

Le soir même, le président sortant Elias Sarkis, enfin libéré de sa charge, confia à Pakradouni : « C'est le miracle ! Bechir Gemayel président de la République, et Yasser Arafat évacuant Beyrouth ! Dieu est grand ! Le Liban est sauvé ! »

Au fond, se dit Nicolas, n'est-ce pas à ce moment que l'Histoire a dévié ? Ariel Sharon avait atteint tous ses objectifs : l'armée syrienne brisée, le Sud-Liban conquis, les structures militaires et politiques de l'OLP détruites, Arafat et ses Palestiniens voguant sur la Méditerranée à la recherche d'un asile improbable. Le Liban venait de se donner comme président un homme fort, Bechir, qui devait beaucoup à Israël. Si Ariel-le Taureau était rentré chez lui fin août, il aurait été accueilli en héros. Pourquoi restait-il au Liban ? Que voulaient-ils de plus, ces Israéliens insatiables ? Aujourd'hui, Nicolas le sait. Il a assisté à la scène la plus incroyable, la plus décisive, la plus secrète aussi de ces années de guerre. Peut-être devrait-il la raconter, l'écrire ?

30

Beyrouth, 10 septembre 1982

« Ceci n'est pas un journal. Seulement quelques notes pour toi, Mona, si tu décides de continuer un jour le récit de notre famille, dans le cahier noir qui maintenant t'appartient.

« Après l'élection de Bechir, nous avons tous vécu dans l'euphorie. Le passage de Sodeco était ouvert, le téléphone, l'eau et l'électricité étaient rétablis, on passait de l'Est à l'Ouest... Je savais bien, moi, que rien n'était réglé.

« Un matin, j'ai vu Bechir sourire en lisant dans *l'Orient-le Jour* que Rafik Hariri, notre milliardaire national, offrait sept millions de dollars pour déblayer les ruines et reconstruire Beyrouth. " Si j'ai les musulmans avec moi, j'ai gagné! " s'est-il exclamé. Hariri est sunnite. J'ai failli ajouter : " Tu oublies que les Israéliens sont toujours là et que Sharon campe sur les hauteurs de la ville. " Je me suis tu. Pourquoi gâcher sa joie?

« Le premier dérapage s'est produit le 7 septembre. Nous étions réunis au quartier général des Forces Libanaises, lorsque nos observateurs ont annoncé que les troupes israéliennes avançaient en direction de Beyrouth, sous le prétexte de déminer les routes.

« Bizarre... D'après les accords, aucun mouvement n'était prévu. Que fallait-il faire?

« " Pourquoi ne pas leur rentrer dedans carrément? a lancé Fady Frem.

« – Je ne veux pas de bagarre sur le terrain, a répondu Bechir. D'ailleurs, ils n'iront pas plus loin. Regardez... " Il a pris un cendrier sur son bureau, l'a posé au milieu : " Voici Beyrouth " puis il a disposé des crayons : " Ici, nos forces. Là, les Israéliens. Ce n'est pas par hasard qu'ils déminent à cet endroit. Vous voyez bien qu'ils ouvrent un passage qui leur permettra, quand ils le voudront, d'envahir Beyrouth-Ouest. Je vois mal comment nous pouvons les en empêcher, avec nos simples forces, et alors que nous venons de conclure une alliance. Remarquez, je me trompe peut-être. Rien ne prouve qu'ils aient un tel projet. "

« A ce moment je suis intervenu. J'ai raconté ce que j'avais vu quatre jours auparavant chez les Israéliens, à Baabda, dans la salle des cartes, avant qu'on ne m'en fasse sortir précipitamment. De grands plans de Beyrouth couverts de punaises rouges et bleues, de transparents hachurés, de flèches, de numéros. Un plan d'invasion comme on en fait dans tous les états-majors, au cas où... Mais peut-être aussi un projet plus précis. Je n'en savais pas plus.

« " Tu aurais dû m'en parler ", a lancé Bechir, furieux. Ce fut tout pour ce jour-là.

« Nos craintes se sont précisées très vite : De toute évidence, les Israéliens s'installent et ne veulent pas partir.

« Le 9 septembre, au briefing d'état-major, Bechir a expliqué pourquoi :

« " Begin s'est mis dans la tête d'obtenir la signature d'un traité de paix entre Israël et le Liban. J'ai beau lui dire que ce n'est pas le moment, que je viens de prendre mes fonctions, que d'ailleurs Israël n'a rien à craindre de nous. Non, il tient à son traité, simplement pour montrer à son peuple que cette guerre était ' juste '. Comment le convaincre ? Je dois le voir ce soir. On pourra peut-être s'entendre. Le plus inquiétant, c'est Sharon. J'ai fait vérifier ce que tu m'as dit l'autre jour, Nicolas. Effectivement, Sharon a préparé un plan d'invasion de Beyrouth-Ouest, qu'il compte occuper dès le départ des troupes internationales. Les Américains s'y opposent, nous aussi, mais Sharon s'en moque. Il prétend qu'Arafat a laissé derrière lui des combattants clandestins, des munitions et surtout des documents que le Mossad voudrait bien posséder. "

« – Et alors, a interrompu Fady, qu'est-ce que Sharon attend de nous ?

« – Que nous l'aidions à occuper Beyrouth-Ouest et surtout à nettoyer, comme il dit, les camps palestiniens.

« – Pourquoi pas ? a demandé Fady.

« – Décidément, tu n'as aucun sens politique, a rétorqué Bechir. Désormais, je suis le président de tous les Libanais. Comprends-tu ce que ça implique ? Que nous devons cesser de nous conduire comme des milices incontrôlées, ou comme des arnaqueurs. "

« Fady s'est tu, vexé.

« Un peu avant minuit ce jour-là, nous roulions à toute allure sur une route sinueuse en direction de Jounieh. Là, deux hélicos de l'armée israélienne nous ont embarqués, Bechir, Fady Frem, un aide de camp et moi. Bechir était tendu.

« Au carrefour des routes de Safed, des Land-Rover israéliennes nous attendaient. Debout au milieu de la route, on devinait Sharon, massif, dans la pénombre. Derrière lui Shamir, petit et hargneux, comme un schnauzer à côté d'un bouledogue. Je n'avais jamais vu Shamir. Il m'a fait peur. J'ai pensé : des deux, c'est celui-là le plus dangereux. Le genre à ne jamais lâcher sa proie. Nous avons suivi les Israéliens jusqu'à Naharia. Begin nous y attendait, à l'hôtel Carlton.

« C'est là que tout s'est gâté. Begin semble vieux et malade. Il était très pâle. Au début, il a été relativement aimable : " notre opération ' Paix en Galilée ' est un réel succès, n'est-ce pas ? Grâce à nous, le Liban n'est plus menacé, il peut désormais être véritablement indépendant. " Je voyais Bechir opiner, tout sourires. Puis Begin s'est lancé : " Mon cher ami, pourquoi ne pas adopter maintenant une attitude plus positive à notre égard ? Qu'est-ce qui vous empêche de dire : ' Nous sommes prêts à signer un traité de paix avec Israël ? ' On pourrait faire cela assez vite. Mettons... le 15 septembre ? "

« Bechir était exaspéré, je le voyais à son nez pincé. Mais il s'est dominé et a commencé à expliquer, calmement, qu'après sept ans de guerre civile, signer dès le 15 septembre la paix avec Israël était tout à fait impossible... Qu'il devait d'abord réunifier son peuple, prendre ses fonctions, attendre... Là, Begin s'est mis à crier : " Attendre, mais quoi ? Vous m'aviez promis ! Vous saviez pourtant que ce ne serait pas facile, vous le saviez avant, et maintenant vous reculez... – Non, a coupé Bechir d'un ton sec, je ne recule pas, mais j'avais sous-estimé les résistances. Donnez-moi du temps. – Pas question ! " a hurlé Begin. Bechir s'est alors approché de lui les deux mains en avant : " Bon, alors allez-y, passez-moi les menottes si vous le voulez. Nous sommes sur votre sol. Faites-moi arrêter... "

« Begin a pris ses dossiers, s'est levé, est parti brusquement en criant : " Finissons-en ! " Sur le pas de la porte, il s'est tourné vers Sharon : " Partons, nous avons affaire à un escroc... " J'ai vu Bechir sursauter sous l'insulte. Il aurait tué aussitôt n'importe qui d'autre. Mais il n'a pas bronché. Fady avait la main sur son revolver. J'ai songé à l'avertissement d'Elie : " N'essayez pas de nous flouer, sinon... " Il y avait du danger dans l'air. Nous nous sommes séparés sans un mot. Les Israéliens sont repartis sur leurs automitrailleuses, et nous dans les hélicos.

« Bechir était sombre. Avant d'arriver à Beyrouth, il nous a dit : " Maintenant, c'est la guerre entre eux et nous. Pour l'instant, ils ne peuvent rien faire. Mais je me méfie de Sharon... Nous devons éviter les provocations, garder un profil bas... Surtout, que personne ne sache ce qui s'est passé ce soir. Ma crédibilité et mon avenir politique sont en jeu. " Nous avons juré de nous taire. Mais les Israéliens, eux, se tairont-ils ? Je connais assez leurs méthodes pour deviner qu'un jour ou l'autre, il y aura des fuites. »

« Beyrouth, 12 septembre

« J'avais raison. Dès le lendemain, la presse israélienne révélait, par bribes, des détails sur " l'entrevue secrète de Naharya ". Bechir était fou de rage. " Comment pourrais-je rallier les musulmans libanais à un gouvernement d'union nationale si on me soupçonne d'entretenir des liai-

410

sons étroites avec Begin? Ce type est inconscient. Intelligent, mais inconscient ", répétait-il sans cesse. Les Israéliens, si informés soient-ils, ne comprennent rien au Liban. »

« *Beyrouth, 13 septembre*

« Hier soir, à Bikfaya, dans la maison familiale des Gemayel, Bechir avait réuni quelques proches – Fady, Samir, Karim et moi. Il attendait la visite de Sharon. Celui-ci est arrivé, tout sourires. Il souhaitait visiblement renouer les liens et effacer l'offense. Plus question de traité de paix... En revanche, il a longuement insisté sur le fait que des fedayine, trois mille, affirmait-il, étaient restés au Liban. Il fallait les trouver, les tuer, faire fuir les civils vers la Syrie ou la Jordanie, et finalement raser les camps palestiniens, éternels foyers de subversion... Pour convaincre Bechir, il a sorti des rapports détaillés indiquant où se trouvaient les caches d'armes lourdes et les munitions des Palestiniens. Je ne sais pas comment les Israéliens ont établi ces plans, mais c'était drôlement précis, et j'ai vu que Bechir était impressionné.

« Sharon a proposé un marché : à une date convenue, les troupes israéliennes entreraient dans le secteur ouest et nettoieraient la ville de toute résistance armée. En même temps, les kataeb de Bechir investiraient les camps palestiniens, traqueraient les clandestins, démantèleraient les caches d'armes, feraient fuir les habitants... et puis, a-t-il ajouté en riant, vous ferez ensuite ce que vous voudrez... vous êtes chez vous, n'est-ce pas? Nous, nous pourrons partir tranquilles... J'ai remarqué aux côtés de Sharon deux officiers, sans grade apparent, qui notaient visiblement la conversation. Je connais l'un d'eux, il est au Mossad. Un jour ou l'autre, Sharon sortira le compte rendu précis de ce qui s'est dit ce soir-là à Bikfaya. Les Israéliens nous ont sans doute débarrassés des Palestiniens. Mais, le jour venu, qui nous débarrassera des Israéliens? »

« *Beyrouth, Hôtel-Dieu, 15 septembre, minuit*

« Il m'est difficile d'écrire dans ce lit d'hôpital. Ma jambe gauche immobilisée dans le plâtre est suspendue à une poulie et je glisse sans cesse sur mes oreillers. Mais si je ne raconte pas ici, tout de suite, ce qui vient d'arriver, je vais devenir fou.
« L'irréparable s'est accompli. Irréparable, je ne trouve pas d'autre mot. Bechir est mort. Je ne l'ai pas su tout de suite et pourtant j'étais là, enfin, tout près. Il était peut-être cinq heures, ou un peu plus tard – le soleil atteignait la ligne des montagnes. Je venais de quitter notre permanence d'Achrafieh et je marchais sur le trottoir depuis quelques minutes, quand une énorme poussée dans le dos m'a précipité par terre. Sur le moment, le choc m'a étourdi. Je me suis retrouvé sur le trottoir,

le nez dégoulinant de sang, avec un goût sucré et fade dans la bouche. C'est alors que j'ai entendu l'explosion, plutôt les ondes de choc de l'explosion, un tonnerre roulant, grondant, des cris derrière moi. Une poussière brûlante volait. Je me suis retourné. L'immeuble de la permanence était en train de s'effondrer. Les derniers étages s'ouvraient en bouquet. Ils tremblèrent, puis se désagrégèrent, presque au ralenti, dans un fracas de pierre et de plâtre. Je regardais sans comprendre, pendant quelques secondes.

« Il y eut tout de suite des hurlements. Quelqu'un criait d'une voix hystérique : " Bache! Bache! Bechir est là-dedans! " J'ai voulu me relever, mais mon genou, plié à angle droit, pesait comme un poids mort et quand j'ai bougé, une douleur fulgurante m'a transpercé la jambe. Je crois que je me suis évanoui.

« Quand je suis revenu à moi, j'étais assis, le dos appuyé à un mur. Autour de l'immeuble maintenant complètement déchiqueté, des hommes dégageaient les blocs de pierre, écartaient les débris d'escalier, sortaient un par un des corps qu'on posait sur des brancards. Des ambulances tournaient, sirènes bloquées, repartaient en soulevant des nuages de parpaing effrité. J'ai réussi à me mettre debout, en m'accrochant au mur. Les gens couraient en tous sens, criant et pleurant. Le grand Kassem à la moustache rousse m'a saisi par le bras, et secoué, en hurlant : " Bechir est sauvé, Dieu soit loué, on l'a vu monter dans l'ambulance, il n'a rien, tu entends, Nicolas, il n'a rien... " Puis il est parti comme un fou, me laissant retomber et là j'ai hurlé de douleur parce que ma jambe me faisait vraiment mal. J'ai encore perdu connaissance.

« Combien de temps? Je ne sais plus. Je me suis réveillé à la nuit tombante. Une angoisse me broyait les côtes. Je me suis rapproché du lieu de l'explosion en tenant ma jambe morte. Karim et Solange, la femme de Bechir, sont descendus de voiture : " Où, dites-vous? Quel hôpital? Hôpital Rizk? Non, nous y étions... l'Hôtel-Dieu? " Puis ils sont repartis.

« Sous la lumière jaune des projecteurs, les sauveteurs se passaient de main en main les blocs de pierre, sortaient avec précaution des corps disloqués. Parfois ils se précipitaient : " Vite, quelqu'un gémit là-dessous. Il vit encore... " Chacun pensait alors : c'est peut-être Bechir...

« Vers vingt et une heures, Karim est revenu, seul. Il s'est approché de moi, le visage défait. " Nicolas, tu étais là tout le temps? Tu n'as pas vu le corps de Bechir? Tu l'aurais reconnu? " Je secouai la tête. " Nous avons fait tous les hôpitaux... Solange est au quartier général, avec Amine... J'ai peur que... mais tu es blessé? – Je dois avoir le genou gauche cassé, ou tordu, mais la douleur est supportable si je ne bouge pas. Et puis, quelle importance? " Je murmurai, plus pour moi-même que pour Karim : " J'ai dû m'évanouir un moment. Peut-être que pendant ce temps, on l'a emmené quelque part... "

« Brusquement, Karim me saisit l'épaule : " Regarde, là... cette main. "

« Un bras émerge à peine des décombres, et au bout de ce bras une main crispée, à demi ouverte, comme quêtant un secours ou implorant une grâce. Le dernier geste de tous les ensevelis. Sur cette main blanche, déjà raide, brille une curieuse alliance hexagonale que nous connaissons tous : l'alliance de Bechir. Karim souffle : " C'est lui... " Je le sais. Nous nous regardons sans oser parler, tous deux saisis d'un même frisson glacé. Karim, bizarrement, dit d'une voix sans timbre : « Il est vingt et une heures vingt. » Autour de la main dressée, les hommes se hâtent, creusent, déblaient dans un silence de mort. La scène est d'une netteté particulière. Les silhouettes des sauveteurs se découpent, violemment éclairées, et leurs ombres s'étirent, à gauche, sur un pan de mur resté debout d'où sortent des fers tordus. Je m'approche. Sous les pierres, la forme d'un corps, qu'on dégage. Le thorax apparaît, complètement écrasé, et la tête, mon Dieu, le visage... Ça ne peut pas être Bechir...

« Je me cache les yeux. Trop tard. Jamais je n'oublierai cette image. La terre va s'ouvrir sous mes pieds, se fendre et m'engloutir. Un abîme m'aspire. Une douleur intolérable torture mon genou déformé. Mais plus rien n'a d'importance. Là-bas, dans les ronds de lumière crue, les sauveteurs soulèvent doucement une dépouille disloquée... Karim s'est précipité et crie : " A l'Hôtel-Dieu, vite. " Moi, je sais que tout est fini. Bechir mort, nous ne saurons plus lutter. D'autres le vengeront, ils croiront que le sang versé peut effacer le sang. Frappé d'une étrange faiblesse, je m'étends sur le trottoir. J'étais évanoui quand l'ambulance est venue me chercher et m'a ramené ici. »

« *Beyrouth, Hôtel-Dieu, 20 septembre*

« Je souffre de plus en plus. Le seul moment où je m'apaise, c'est le soir, lorsque l'infirmière vient me faire une piqûre de morphine, pour me permettre de dormir.

« " Vous avez de la chance d'être le fils du docteur Boulad, m'a-t-elle dit l'autre jour, nous n'avons déjà pas beaucoup de morphine ! " Cette phrase m'a plongé dans l'angoisse. Que ferais-je sans ma piqûre du soir ? La morphine m'allège, me fait oublier la douleur de mon genou, m'aide à tomber dans un engourdissement bienheureux et à chasser cette terrible vision qui revient dans mes rêves, le corps écrasé de Bechir...

« Je n'aurais rien su des événements terribles qui ont suivi, si Anne n'était venue me rendre visite, hier. Elle a passé la tête par la porte de la chambre, m'a vu, et a crié : " Enfin ! " en jetant son énorme sac par terre, et en se laissant tomber sur une chaise à côté de mon lit. " Je vous cherche partout, Nicolas. On m'a dit que vous aviez été blessé dans l'explosion d'Achrafieh, et je désespérais de vous retrouver... Comment allez-vous? " Elle n'a pas changé. Avec son jean poussiéreux, ses cheveux blonds tirés en arrière et retenus par un élastique, elle a même l'air plus jeune qu'autrefois. J'ai dû lui raconter brièvement la mort de Bechir et mon ridicule accident. Non, je n'étais pas avec les compagnons de Bechir quand l'immeuble avait été soufflé. Je marchais bêtement sur un trottoir et seul le souffle m'avait jeté par terre et cassé le genou... Idiot, n'est-ce pas? J'aurais dû rester là-bas, partager le sort de mes amis, au lieu de...

« Elle m'interrompt en levant la main : " Ne blasphémez pas, Nicolas! Vous n'avez pas seulement échappé à la mort. Vraiment, vous ne savez pas ce qui s'est passé ensuite? " Non, je ne savais rien. Elle a pris une inspiration, comme avant de plonger, croisé les mains sur ses genoux, et raconté. L'horreur. Au fil de son récit j'ai senti le froid gagner mon dos, ma poitrine. Je sais qu'elle dit vrai. Je les connais, j'imagine trop bien ce qui a dû se passer.

« La nuit même de la mort de Bechir, à minuit trente, le 15 septembre, l'armée israélienne est donc entrée dans Beyrouth-Ouest. Officiellement, pour assurer l'ordre et éviter les troubles. En fait, affirme Anne, Sharon exécutait un plan d'invasion depuis longtemps préparé, dont le nom de code, lui a-t-on dit, était " Moah Barzel ". " Cerveau d'acier. " Étais-je au courant? Moah Barzel, ce nom ne me disait rien, mais le plan, c'était sans doute celui que j'avais vu à Baabda, au début de la guerre...

« L'opération n'avait duré que quelques heures. Le jeudi 16 septembre au matin, les Israéliens occupaient Beyrouth-Ouest. L'après-midi du même jour, cinq cents kataeb des forces libanaises se rassemblaient sur l'aéroport. Pour quelle mission? Sous quel commandement? Venant de quelles unités? Dans Beyrouth recrue de sang et de larmes, frappée d'horreur par l'assassinat de Bechir, nul ne pose la question. Personne ne veut savoir. Anne se tait un moment. Elle me regarde droit dans les yeux. Et continue.

« A la tombée de la nuit, des miliciens des Forces libanaises, traversant les lignes israéliennes, entrent par petits groupes dans le camp palestinien de Chatila, puis de Sabra. Certains portent un crêpe noir au bras, d'autres ont des haches dans des sacs. Vers vingt heures, le carnage commence. De maison en maison, les miliciens égorgent et tuent, méthodiquement, tout ce qui vit, femmes, vieillards, enfants et même les chiens. Pas de pillage. Un massacre systématique et fou. Des réfugiés surpris dans leur sommeil sont assassinés dans leur lit. D'autres sont rattrapés sur le seuil de leur maison ou au hasard des ruelles... les cadavres s'entassent. A vingt-deux heures Elie Hobeika, qui commande l'opération, demande aux Israéliens, dont le PC est dans un immeuble à la limite sud du camp de Chatila " un peu d'éclairage ".

« " Nous leur avons alors envoyé des fusées éclairantes, avec des mortiers IDS de 81 millimètres, à raison de deux par minute jusqu'au matin ", a plus tard avoué à Anne le servant d'un mortier installé en bordure du camp, près de l'ambassade du Koweït. " Alors, vous saviez ? lui a-t-elle demandé. – Nous savions seulement qu'il se passait là-dedans du vilain, et que nos ordres étaient de ne pas intervenir ", lui répondra-t-il. A vingt-trois heures, un officier des FL sort du camp, lance à un planton israélien : " Nous en avons déjà tué trois cents. " " Et le planton ne fait rien ? – Si, il envoie un message à vingt-trois heures dix au général Drori, commandant du front nord. Qui ne réagit pas. Mais à l'aube du 16 septembre, quelques officiers israéliens écœurés décident malgré tout de prévenir des journalistes. " Quelque chose de très grave se passe dans les camps, disent-ils. Alertez la presse. "

« " Nous sommes arrivés bien trop tard, poursuit Anne. Moi j'ai été prévenue le 17 au matin. Quand je suis entrée dans Chatila, la première chose que j'ai vue était un cratère de terre rouge, hâtivement comblé avec un mélange, jaune pâle, de sable et de chaux vive. On devinait très bien la forme des cadavres à peine recouverts. Un pied chaussé d'une sandale de cuir dépassait. L'odeur, Nicolas, l'odeur ! Un brancardier du Croissant-Rouge m'a crié en passant : " Mettez votre mouchoir devant le visage ! Ne respirez pas... " A côté du charnier, un vieillard était assis par terre. Il m'a montré de petites photos d'identité de femmes, de fillettes. " Ils ont pris leurs corps avec le bulldozer, ils les ont poussés là dans le trou, avec d'autres. Ma femme, mes belles-filles... pas de sépulture ! Pas de sépulture ! " Je lui ai demandé comment il s'était enfui, il me regardait sans comprendre et répétait, complètement hébété : " Pas de sépulture ! " J'ai avancé dans la rue principale. Sur les marches des maisons on voyait les traces brunes du sang en rigoles. Plus loin, on sortait des cadavres qui s'entassaient dans les ambulances... Derrière, des bulldozers creusaient encore, mais nous n'avons pas pu approcher... " Faut-il que je continue, Nicolas ? Vous devez me croire, vous devez savoir. J'ai vu de mes yeux, je n'ai aucun doute, ils ont tué sauvagement... Pourquoi ? Vous qui les connaissez, pouvez-vous m'expliquer ? Quelle folie les a saisis ? Se rendent-ils compte de l'image qu'ils donnent au monde ? Sont-ils devenus des bêtes sauvages, ces hommes de Bechir, qu'on disait si disciplinés ?... "

« Je ne sais que lui dire. Oh, je devine ce qui a dû se passer. Fady Frem ou Elie Hobeika ont sans doute voulu exécuter l'accord passé entre Bechir et Sharon pour " nettoyer les camps palestiniens ". Mais Bechir, vivant, n'aurait jamais autorisé cela. Comment ne l'ont-ils pas compris ? J'ai honte, sous le regard d'Anne. Honte d'être étendu dans un lit blanc et propre, alors que je sens sur moi le contact gluant du sang des innocents. Aurais-je pu empêcher ce massacre, si je n'avais pas été blessé ? Je ne le crois pas. Mais comment en être sûr ? Anne s'est approchée de mon lit et m'a saisi la main. " Pardon, Nicolas.

Vous n'y êtes pour rien. J'ai été trop brutale. Moi aussi, je suis bouleversée... ”

« Je me sens tout à coup fatigué, plus fatigué que je ne l'ai jamais
été, fatigué à mourir. Je repousse l'angoisse, les questions. Si je
commence à m'interroger, à regarder derrière moi la longue théorie
des deuils et des guerres, je vais perdre la raison. Anne m'embrasse :
“ De la part de votre mère... ” Des larmes refoulées me brûlent la
gorge. Je ne pleurerai pas sur moi-même. Trop tard. Je sais que ma
vie est fichue, mais il ne me reste pas d'autre issue que de continuer.
La porte se referme sur Anne. Dans mon lit, j'attends. Ma piqûre de
morphine. Elle seule peut me donner l'apaisement. L'oubli. »

31

Beyrouth, 1989

« Nous amorçons notre descente sur Beyrouth. Il est onze heures quarante et la température au sol est de dix-sept degrés. »

Antoine remplit les fiches de débarquement. Stylo en l'air, il se tourne vers Lola :

« Chérie, quel jour sommes-nous ?

– Le 1ᵉʳ mars 1989... »

Dix ans déjà ! Dix ans et trois mois qu'Antoine a ouvert son cabinet à Paris. Paris est devenu leur ville, ils y ont leurs habitudes, leur travail, et de nouveaux amis. Pourtant, comme chaque fois qu'elle revient à Beyrouth, Lola se surprend à penser : je rentre à la maison. Quand apprendra-t-elle l'exil ?

Elle ferme les yeux, se laisse envahir par les images d'autrefois. Taches de soleil sur un couvre-lit blanc, jasmin du jardin, tintement des verres autour de la piscine du Saint-Georges dans la chaleur écrasante de l'été, senteurs des pins de Broumana. Antoine et Nicolas sortant de l'eau et courant sur la plage.

Nicolas... C'est pour lui qu'ils reviennent au Liban, chaque fois qu'ils le peuvent. En 82, après la mort de Bechir, il a traversé une période noire. S'est-il drogué, comme beaucoup de ses compagnons, pauvres soldats perdus d'une guerre insensée ? Antoine affirme que non. Lola l'a craint, en refusant d'y croire. Pendant huit mois, Nicolas avait vécu hors du monde, ne manifestant aucune émotion, étranger à lui-même. N'exprimant qu'un seul désir, une seule exigence : rester à Beyrouth.

Peu à peu, il s'était repris, se partageant entre une agence de voyages, où il travaillait sans enthousiasme, et de mystérieuses missions pour le compte de Samir Geagea, successeur de Bechir. Comme s'il ne pouvait se résoudre à rompre les liens du malheur, à quitter cette ville en ruine, décor familier de l'horreur quotidienne.

« Lola, prends ta fiche, et signe. Nous arrivons. »

Rien n'avait changé, rien ne changerait jamais. Dans l'aéroport, le même brouhaha de cris et de rires. Au-delà du portillon de sortie, les familles se bousculaient, tendaient le cou pour mieux repérer les arrivants et encombraient l'issue, ne laissant qu'un étroit chemin aux passagers aussitôt happés, embrassés, fêtés, qui s'éloignaient enfin, des enfants dans les bras. Les porteurs et les chauffeurs de taxi se faufilaient en offrant leurs services. Derrière les comptoirs de la douane, un homme maigre, aux cheveux blancs, leur faisait de grands signes. Tanos ! Le soleil brillait, l'air avait une douceur de miel, une légèreté de printemps, une gaieté oubliée.

Tout à coup, Antoine s'arrêta et saisit Lola par le bras.

« Les Syriens ! » Entre la police et la douane, des militaires syriens vérifiaient les passeports. Mitraillette en bandoulière, le béret noir penché sur l'oreille, ils repoussaient sans ménagement un vieux monsieur à l'air égaré. Lola sentit Antoine se crisper. Au-dehors, le soleil brilla un peu moins.

« Tanos ! Comment allez-vous tous ? Où est Nicolas ? »

Détendu, souriant, Tanos conduisait la vieille voiture d'une main nonchalante. Nicolas était en mission au Kesrouan, il reviendrait demain. Depuis la mort de Mme Charlotte, Zakhiné habitait la maison du square et Tanos lui rendait visite chaque semaine, mais on ne pouvait passer à l'Ouest qu'à certaines heures, à cause des barrages de toutes sortes. Beyrouth était calme, pour l'instant, mais on s'attendait à une reprise des combats, sans savoir encore qui la déclencherait. Les prix grimpaient sans cesse, la livre ne valait plus rien, cependant on trouvait ce qu'on voulait en payant en dollars. Ah, il allait oublier : il avait fait réparer le balcon touché par une roquette, pendant la guerre des chrétiens, à l'automne dernier. Une saleté, cette guerre. Voilà, on était arrivés.

Athina leur ouvrit la porte. Plus sculpturale que jamais, adoucie pourtant par d'épaisses mèches blanches dans ses cheveux noirs. Lola se trouva reportée au temps où elles ne sortaient pas de la cave de la grande maison, trompant leur angoisse par d'interminables parties de cartes, entre deux bombardements.

« Madame, oh, madame ! » Athina restait droite, des larmes plein les yeux, sans bouger d'un pouce. Allons, elle n'avait pas changé, l'émotion la paralysait toujours.

« J'ai servi la citronnade sur le balcon. Il fait si doux... »

Lola avança lentement dans la pièce. Près de la fenêtre brillait un des braseros de cuivre de tante Charlotte, débordant des fleurs roses qu'elle aimait. Et cette grande poupée aux jambes de satin blanc coincée sur un fauteuil, Lola la reconnaissait. Le Pierrot de Maud, son fétiche, son pauvre porte-bonheur qui ne l'avait protégée ni de la guerre, ni de la peur, ni de la mort. Maintenant, Charlotte et Maud reposaient côte à côte dans le cimetière de Saint-Elie. Maud était partie la première, emportée par une pneumonie en décembre dernier. Charlotte, huit jours plus tard, mourait d'une crise cardiaque, comme si elle n'attendait que la disparition de son amie des jours heureux pour quitter la vie à son tour. Ne restaient d'elles que ces objets dérisoires, abandonnés dans cet appartement étranger, aussi fragiles que l'écume jaunie laissée par la mer après les grandes tempêtes. Un sanglot se noua dans la gorge de Lola. Elle le repoussa. Charlotte n'eût pas aimé qu'on s'attendrisse.

Déjà, Antoine téléphonait à l'hôpital.

« Comment vas-tu, Jean ? bien ? Nous venons d'arriver. Je passerai demain dans le service. Dites à sœur Marie-des-Anges qu'elle m'attende, j'aimerais la revoir et la remercier. Si, si, je sais tout ce que Nicolas lui doit... à bientôt. »

Il rejoignit Lola sur le balcon. Une trace blanche, au milieu de la rambarde, marquait la brèche réparée par Tanos. De toutes parts s'élançaient les cent petites griffes du bougainvillier, végétation luxuriante et avide, dévoreuse d'espace, cache-misère de ruines. Les papyrus éclataient en gerbes vigoureuses, balançaient haut leurs têtes en plumeau. De l'autre côté de la rue, un buisson arborescent avait crevé la façade d'une maison détruite et recouvrait les éboulis de pierre d'une verdure en folie. Les vieilles ruelles descendant vers la mer, les terrasses plates où flottaient des draps et des chemises, recomposaient la ville de toujours avec ses ors et sa blancheur, ses odeurs de mouton rôti et ses parfums de fleurs. Immuable Liban toujours recommencé, acharné à vivre, oublieux de l'horreur, rapetassant sans cesse son paradis de soie, son berceau de langueur...

« Chérie, ne reste pas là. Il est deux heures et une longue journée nous attend. Nous avons un dîner ce soir. Reposons-nous un moment... »

Allongée dans la demi-obscurité filtrée par les volets, Lola flottait entre sommeil et veille. De la rue s'élevaient les discrètes rumeurs accompagnant la sieste. Miaulements de chats, radio lointaine, une sirène sur le port, bourdonnement cahotant du générateur électrique. Il suffisait de fermer les yeux pour imaginer la vie suspendue qui bientôt reprendrait. Les bruits et les odeurs éveillaient en Lola un désir d'épices, de saveurs fortes, un besoin de sentiments chaleureux et puissants. A sa grande surprise, elle se sentit légère et gaie, comme lorsqu'elle avait seize ans. L'oppression qui depuis si longtemps pesait sur elle semblait s'être évanouie.

Précautionneusement, comme on goûte une eau trop froide, elle tenta de ranimer ses anciennes souffrances. Elle évoqua Marie, Philippe embrassant Marie, serrant Marie dans ses bras, la protégeant de la pluie d'un geste tendre... Mais ces scènes, trop ressassées, se déroulaient ailleurs, dans un passé où Lola n'était plus qu'une spectatrice à peine intéressée. Images de vieux film. Musique grêle de disque usé. Brusque irréalité des souvenirs. Était-ce vraiment la fin de cet amour, qui l'avait si longtemps habitée?

Allongé à côté d'elle, Antoine se retourna, lança un bras et enlaça Lola dans un demi-sommeil. Habituellement cette étreinte affectueuse et légère la rassurait, mais la gênait. Elle se sentait coupable de ne pas aimer Antoine autant qu'il l'eût fallu. Aujourd'hui, Lola, soulagée, n'éprouvait plus que tendresse. Antoine la protégeait, Antoine l'aimait. Lola prit conscience du grand corps étendu auprès d'elle, regarda le profil beau mais un peu lourd de ce mari si proche. Antoine, généreux et doux. C'était toujours en lui qu'elle se réfugiait. Il était sa patrie, sa famille. Elle posa sa tête au creux de l'épaule musclée. Un vent chaud balayait remords et regrets. La vie était un cadeau du Ciel. Il fallait en jouir, comme si chaque jour risquait d'être le dernier. Telle était la leçon de Beyrouth. Dans l'ombre vibrante, Lola se surprit à sourire. Elle était libre! libre de revivre. D'aimer. D'oublier.

Une moto passa en vrombissant. Une voix de femme hélait, du balcon voisin, un enfant invisible. Les premiers concerts de klaxon annonçaient la reprise des embouteillages dans le centre ville. Des kebabs grillaient quelque part. Lola sut qu'elle avait retrouvé son Orient bien-aimé.

Ni le temps, ni la guerre, ni la fortune perdue n'entameraient jamais le cérémonial d'un dîner chez Fouad Boutros. Il habitait le quartier orthodoxe, cœur de l'aristocratie beyrouthine. Les grandes villas blanches, perdues dans les cyprès et les jacarandas, étaient à peine défigurées par les bombardements.

« Ahla, ahla! Lola, ma chérie! quelle joie! Nous t'attendions tous! » Tania Boutros surgissait du passé, toujours mince, sculpturale, vêtue de noir. Son brushing lui-même n'avait pas bougé. De sa voix chantante, elle ajouta comme pour s'excuser : « C'est un dîner intime, ma chérie. Nous ne sommes que dix! » Lola aperçut Michel el Khoury, Karim Pakradouni, le docteur Rizk, et Fouad, debout devant la cheminée. Dans un petit salon les femmes papotaient et Lola remarqua que Tania avait changé les canapés. Sans doute était-ce la seule innovation apportée par la guerre. Le cercle des amis pourtant s'était restreint. Les femmes, presque toutes en noir, portaient moins de bijoux. On sentait dans la conversation que le temps de l'insouciance était révolu et que les survivants des longues années de guerre ne plaisantaient encore que pour mieux résister au malheur. Lola ne pouvait faire moins que de sourire, elle aussi.

Le whisky circulait depuis un bon moment. On attendait quelqu'un. Déjà dix heures et demie! Lola, qui avait perdu l'habitude des horaires libanais, sentit sa tête tourner. Une voix s'éleva dans l'entrée. Anne.

Elle entre, on l'entoure. Alors? Anne semble épuisée. Elle arrive du palais de Baabda où Michel Aoun l'a reçue pendant plus de deux heures. Ce matin, elle a vu le patriarche à Bkerké, et, dans l'après-midi, Samir Geagea au quartier général des Forces libanaises. A table, les questions fusent.

« Comment avez-vous trouvé le patriarche?

– Prudent! Il a seulement insisté sur le fait que la survie du Liban ne passait pas par la guerre. De toute évidence, il souhaite un arrangement avec Damas. Mais de quel poids pèse-t-il aujourd'hui?

– Il n'a plus beaucoup de crédit, estime Michel, mais il reste sans doute la seule autorité morale du pays.

– Morale! » Fouad ricane. « Parler de morale en ce moment, c'est presque indécent. Drogue et commerce d'armes ne sont-ils pas ici à leur apogée? Chacun a sa filière. L'armée et les Forces Libanaises se disputent le contrôle des ports " illégaux " du Sud, par où passent tous les juteux trafics. Nos seigneurs de la guerre sont devenus des seigneurs de l'arnaque. Quant à nos fils de grande famille, ils ont converti leurs domaines de la Bekaa en plantations de haschisch. De la drogue, du sang, de la mort. Voilà tout ce que nous savons produire désormais.

– Grandes familles? Mais mon cher Fouad, il n'y a plus de grandes familles au Liban, s'exclame Karim en remontant sur son nez ses grosses lunettes-hublots. La guerre a laminé les féodalités. Où sont les patriarches? Les Gemayel, les Chamoun, les Frangié, les Eddé, les Helou chez les chrétiens, les El Sohl et les Karamé chez les sunnites, les Joumblatt et les Arslan chez les Druzes, ont perdu leurs vieux chefs. Et les fils n'ont pas chaussé les bottes de leurs pères... D'ailleurs, ceux qui ont tenté de prendre la relève sont morts assassinés. Aujourd'hui, qui nous gouverne? Samir Geagea, originaire d'une famille pauvre du Nord, et Michel Aoun, un officier né à Chiah et monté par le rang. Faut-il le regretter? Le Liban se démocratise... »

Geagea, Aoun, les deux noms s'entre-claquent avec un bruit de pierre à fusil. La tension monte d'un cran.

Anne le remarque. Elle se dit qu'elle devrait faire le point ce soir, avant d'écrire son papier. Les deux leaders chrétiens sont-ils au bord de la rupture? Cet après-midi, Samir Geagea semblait détendu, malgré la gêne que lui cause son bras, à demi paralysé depuis l'attentat d'Ehden. Il sait bien que ses miliciens ne sont plus populaires, même parmi les chrétiens qu'ils sont censés protéger. Il y a eu des passe-droits, des rackets et quelques exactions. Mais Geagea affirme qu'il mettra de l'ordre dans les rangs, que des sanctions sont prises. Il ne s'est départi de son calme apparent que lorsque Anne a prononcé le nom de Michel Aoun.

« Le général Aoun parle trop, a lancé d'une voix sèche le chef des FL. Je me demande où il veut en venir. Moi, en tout cas, je ne le suivrai pas dans une voie suicidaire. Pas question de monter dans une voiture qui roule à cent à l'heure, si je ne tiens pas le volant. » L'entretien s'était pratiquement terminé sur cette phrase.

Deux heures plus tard, au palais de Baabda, Anne voyait débouler dans les ors et les marbres de la présidence un général en treillis de campagne, silhouette carrée et courte, le béret crânement penché sur l'oreille. Michel Aoun lui avait longuement parlé de De Gaulle, de la France, du devoir de résistance contre l'envahisseur. L'envahisseur israélien au Sud, mais surtout syrien, partout ailleurs.

« Je suis aujourd'hui dans la situation de De Gaulle lorsqu'il s'est élevé contre l'occupation allemande, même si mon bureau est ici, à Beyrouth, et non à l'étranger. Car les Libanais ne sont plus chez eux nulle part au Liban, fût-ce dans leurs propres maisons. »

Le ton était exalté. Comment fallait-il interpréter cette déclaration? Anne interrogea Karim, grand décrypteur de la complexité libanaise.

« Aoun vous a parlé de De Gaulle et de la résistance? Prenez-le au pied de la lettre. Il se croit à Londres en 1940 et il va nous entraîner tous dans ce qu'il appelle la guerre de libération contre la Syrie. Fouad, te souviens-tu du dernier dîner à l'ambassade de France? Un dîner en l'honneur de Jean-François Deniau... Aoun nous parlait de la conférence de Tunis, des atermoiements arabes, des fausses promesses et de la lâcheté de ses interlocuteurs plus soucieux, disait-il, de ne pas indisposer la Syrie que de connaître la réalité de la situation libanaise...

– Je me souviens très bien. Deniau a évoqué longuement l'Afghanistan...

– Oui. Mais auparavant, Aoun nous a dit ceci, que j'ai noté : " Le processus de libération a commencé. Nous gagnerons la partie. Connaissez-vous un seul cas où la résistance ne l'ait pas emporté quand elle se bat pour l'indépendance? Notre résistance a commencé et nous vaincrons. " Il nous regardait tous dans les yeux, comme pour nous prendre à témoin d'un moment historique. Et ce moment l'était en effet. Je suis persuadé qu'Aoun est sur le point de passer aux actes...

– C'est-à-dire?

– Attaquer les Syriens. Fouad, je prends le pari à dix contre un.

– Folie! Avec quelles armes lourdes nous battrons-nous contre l'armée syrienne?

– Nous savons tous ici »... Michel avait baissé la voix. « Nous savons tous que Karim a obtenu de l'Irak la fourniture de chars, de canons et de missiles, pour protéger le réduit chrétien. Penses-tu, Karim, que ce soit suffisant pour mener une vraie guerre contre Hafez el Assad? »

Karim se gratta le nez, enleva ses lunettes, signe chez lui d'un grand embarras.

« Non, naturellement. Saddam Hussein vient de gagner sa guerre contre l'Iran, il n'est que trop heureux de contrer son vieil ennemi syrien en nous livrant quelques chars...

– Combien de chars? »

Anne rougit. La question, un peu trop directe, lui avait échappé. Karim fit un clin d'œil.

« Quarante-huit chars, vous pouvez l'écrire.

– Quarante-huit chars, cinquante canons, une dizaine de missiles, compléta Fouad. Et alors? Ce n'est pas avec·cela que nous pouvons entreprendre une guerre contre une armée régulière. D'ailleurs, Geagea ne suivra pas. Aoun sera défait. Le camp chrétien se divisera, se déchirera peut-être, les armes à la main. Ce sera un beau gâchis... »

Il se leva, jeta sur la table sa serviette brodée.

« Allons, parlons d'autre chose, et passons au salon. »

Il s'approcha d'Anne, la prit par le coude.

« Chère Anne, préparez vos stylos. Vous raconterez bientôt au monde indifférent, en des termes choisis, l'agonie du Liban. »

Le lendemain, Nicolas apparut. D'où venait-il? Athina l'accueillit avec des actions de grâces qui agacèrent Lola. Mais, au moment où il fut dans ses bras, elle pensa qu'elle aussi devait remercier Dieu. En ces temps de mort et de souffrance, savoir son fils vivant était un rare bonheur.

Nicolas parla peu. Quelque chose l'inquiétait. Lola tenta de le distraire. Elle imagina des visites à faire, des amis à revoir. Nicolas, étendu sur le canapé du salon, souriait d'un air las.

« Maman, je n'ai pas envie d'entendre parler des soirées beyrouthines, encore moins d'écouter tes amies se demander quelle robe elles vont mettre au gala du Lion's Club. Un gala pour la Cause, évidemment! Maman, vas-y sans moi.

– Alors nous pourrions sortir, demander à Tanos de pousser jusqu'à Jounieh, à Broumana, ou de longer la côte. J'ai tellement envie de revoir la montagne et la mer!

– Réfléchis, maman! Nous sommes dans ce qu'on appelle le réduit chrétien. Réduit, ça dit bien ce que ça veut dire. La route de la montagne est coupée à la sortie d'Achrafieh, on ne peut suivre la côte sans passer les barrages, et pas question pour moi d'aller à l'Ouest. Je ne suis pas persona grata, de l'autre côté. Sais-tu ce qu'ils feraient, s'ils me prenaient? »

Se promener dans ce réduit minuscule qu'était devenue la ville ne pouvait effectivement qu'éveiller la nostalgie ou susciter la fureur.

La veille, avant le dîner des Boutros, Antoine et Lola avaient fait le détour par Jounieh. La route, autrefois champêtre, qui montait à Kaslik, ressemblait maintenant à une caricature du Faubourg-Saint-Honoré. Vitrines tapageuses, Dior, Jourdan, Saint Laurent, façades de marbre des nouveaux immeubles construits à côté des ruines... Qui achetait ces robes? ces bijoux? ces appartements neufs? D'où venait l'argent? Comment ne pas opposer ce clinquant agressif aux rues de l'Ouest musulman, où se glissaient des femmes-fantômes cachées sous des voiles noirs?

Antoine y voyait une rage de vivre, un défi à la mort. « Treize ans de guerre! Beyrouth coupé en deux ne peut plus survivre que dans la folie ordinaire. Beyrouth chrétien se shoote aux dollars. Beyrouth musulman au fanatisme religieux. Nous ne pouvons plus comprendre, nous ne devons surtout pas juger, nous qui avons préféré l'exil... Tout au plus compatir, aider, soigner. »

Lola savait qu'il pensait à Nicolas, leur enfant ravagé par la guerre. Mais elle sauverait son fils, l'aiderait à oublier. Un jour, si Dieu veut! elle l'emmènerait avec elle, à Paris. Quand elle en parlait, Nicolas se taisait. Il refusait toujours de quitter le Liban, sans donner ses raisons. Ce Beyrouth ruiné restait son refuge, sa tanière. Et puis, il répugnait à se l'avouer, mais le cirque de la guerre, de la drogue, des attentats et de l'horreur absurde, l'effrayait moins que l'idée de voir réapparaître le fantôme de Claire, et de revivre à Paris le calvaire de la mort d'un amour.

Comment expliquer cela à sa mère? Pauvre maman! Elle ne saurait jamais de quel univers ténébreux il tentait de sortir. Il secoua sa torpeur, se redressa, fit l'effort de sourire à son tour.

On entendit un pas résonner dans l'entrée. Un pas un peu trop lent, trop lourd.

C'était Antoine. Debout dans l'embrasure de la porte du salon, il hésitait et restait appuyé au chambranle. Lola le trouva soudain vieilli, les épaules curieusement affaissées. Elle l'interrogea des yeux mais lui regardait Nicolas avec découragement, presque avec désespoir.

« Mauvaises nouvelles, dit-il d'une voix atone. Aoun vient d'ordonner la fermeture de l'aéroport. Nous sommes bloqués ici. J'ai bien peur que Karim ne gagne son pari. »

32

Beyrouth, 7 mars 1989

Quel calme étrange, aujourd'hui, sur Beyrouth. Un calme que rien ne justifie, si ce n'est l'attente anxieuse qui tend les nerfs et brouille les esprits. Comme toujours avant un affrontement, Beyrouth cent fois ressuscité se prépare au pire. Les enfants courent chercher du pain et de l'huile, les femmes installent les matelas dans les caves, les hommes comptent les munitions, cachent des boulettes de haschisch dans leurs sacs de toile, et jouent les bravaches, avec la peur au ventre.

Assise sur le balcon, Lola s'étonne du silence. La bataille continue, à Souk el Gharb, entre Libanais et Syriens, mais personne ne semble plus y attacher la moindre importance. Les radios hurlantes se sont tues. Aucune nouvelle, comme si toute information eût été désormais superflue. Lola pense qu'on attend un événement grave mais lequel? Une reprise des combats, perspective banale, ne suffit pas à expliquer l'angoisse qui pèse sur la ville...

Athina savait. Ce matin, elle avait lu les signes dans le marc de café, et prévu l'arrivée du malheur dans les ondulations noires figées au fond de la tasse. Sombres présages, disait un anneau près de l'anse. Trois étoiles sur le bord droit signifiaient mort violente. Il est vrai qu'elle eût pu interpréter cette longue trace blanche comme le symbole de la résurrection. Mais, après quinze ans de guerres annoncées sans jamais faillir, Athina ne croyait plus aux bonheurs et n'en pressentait plus. Tanos n'était-il pas passé pour dire qu'avant ce soir, le général Aoun déclarerait la guerre de libération nationale contre les Syriens? Tout le monde le savait, l'heure de la grande bataille, la bataille du destin, approchait enfin. Rien d'autre à faire que d'attendre. Instruite par l'expérience, Athina avait descendu dans la cave des matelas et les objets fragiles. Curieusement, il restait encore quelques opalines et trois verres rescapés d'un service de Baccarat, qu'elle commença à essuyer, comme l'avait toujours ordonné Charlotte, avec un torchon de lin. Sauver ces trois verres irremplaçables représentait, certes, le premier des devoirs. Mais Athina, un verre à la main, fut saisie d'un doute. N'aurait-elle pas dû avertir Lola de ce qui se tramait, du danger que traduisait cet apaisement soudain?

Un claquement lui fit dresser l'oreille. Puis des coups brefs, secs... rien, la routine. Un échange rituel de rafales sur la ligne verte, une simple conversation d'après sieste entre combattants de l'Est et de l'Ouest. La ville entière semblait retenir son souffle. Athina regarda sa montre. Cinq heures dix. Tanos avait dit : ce sera au coucher du soleil. Soudain, une déflagration proche fit vibrer la fenêtre de la cuisine. Athina, les jambes coupées, s'assit sur un tabouret. Voilà, c'était reparti. Elle pouvait enfin se laisser aller à la peur, qu'elle retrouva comme une vieille compagne de ses jours ordinaires.

Lola tressaillit. Quelque chose venait d'exploser tout près, sans doute dans la première rue à droite. Elle ne s'habituait pas aux détonations, aux obus, aux roquettes, elle ne savait plus distinguer un tir de mortier d'un tir de katioucha. Si au moins Nicolas était là, il lui expliquerait... Une colonne noire s'élevait maintenant, le vent rabattait une âcre fumée d'essence et de caoutchouc brûlé. Lola se pencha. Une ambulance tournait le coin de la rue, sirène bloquée. Lola pensa, machinalement : c'est une voiture piégée. Voiture piégée. Voiture. Piégée. Une brutale angoisse. Le cœur qui cogne. La question monstrueuse qui peu à peu prend forme. Où est Antoine?

A l'hôpital, se dit-elle. Pour dire adieu à sœur Marie-des-Anges. Il devait rentrer vers cinq heures. Cinq heures, c'est-à-dire maintenant. Et c'est par cette rue qu'il revient...

Lola essaie de ne plus penser, de ne plus respirer, de ne plus bouger, comme pour figer le sort. Mais la peur griffe sa poitrine. Une certitude traverse son esprit comme une lueur rouge. Il est arrivé quelque chose à Antoine.

Antoine! elle crie, elle descend l'escalier, elle court en se tordant les pieds sur le trottoir défoncé. Tourner à droite. Au milieu de la rue, un cratère d'où émergent des tôles tordues et noircies, dessinant un fantôme de voiture complètement calciné. A côté, un paquet sombre. Des éclaboussures rouges étoilent la chaussée. Des infirmiers descendent un brancard. Ils s'arrêtent devant cette femme qui hurle et qui se précipite. L'un d'eux esquisse un geste pour l'arrêter. Trop tard. Lola a vu.

Ce pantin désarticulé sur la chaussée, la face contre terre... La curieuse inclinaison de la tête, à demi séparée du cou... A côté, une trousse de cuir, une trousse médicale, à demi ouverte et tachée de sang. Antoine. Lola chancelle. Tombe à genoux. Une paralysie soudaine l'empêche de se relever, d'aller toucher Antoine, ce qui reste d'Antoine.

Cette scène, quand l'a-t-elle vécue? elle ne sait pas, elle ne sait plus. Le carrefour saccagé, la voiture calcinée, le corps d'Antoine, cette trousse ensanglantée, étaient en elle depuis toujours. Son esprit s'affole de ne plus mesurer le temps, brusquement fracassé.

Elle tremble. La civière a glissé vers les portes béantes. Un infirmier s'approche : « Montez avec nous, madame... » Lola fait non, de la tête.

L'homme en blouse blanche s'éloigne. Les portes de l'ambulance claquent et le bruit du métal broie le cœur de Lola. Antoine, mon amour, ma vie. Antoine. Non, ce n'est pas possible. Antoine...

Le soleil est encore chaud. Mais il n'éclaire plus que cette tache rouge, au milieu de la chaussée.

Beyrouth, le 13 mars 1989

    Ma petite fille chérie,

    Je ne sais ni quand ni comment tu recevras cette lettre. Je l'envoie par l'intermédiaire d'un homme d'affaires français qui quitte notre enfer en partant par Damas. Mona, ma chérie, Antoine est mort il y a six jours, dans l'explosion d'une voiture piégée, à quelques mètres de chez nous. Je voudrais t'affirmer qu'il n'a pas souffert – c'est ce qu'on dit, n'est-ce pas? Mais en vérité je n'en sais rien. Ma petite fille, j'aimerais pouvoir pleurer dans tes bras. Le monde s'est effondré et je souhaite mourir mais les obus syriens épargnent la vieille femme sans espoir que je suis devenue.

    Ton père t'aimait, Mona. Tu étais sa fierté, il te trouvait si belle. Tu l'émerveillais. Il me disait souvent que pas un enfant au monde n'avait ton intelligence ni ta grâce. Tu l'as rendu heureux plus qu'aucune autre femme.

    Ma chérie, ne reviens pas ici. Le Liban est mort. Notre pauvre pays a été saigné à blanc, il a perdu son âme, je n'y vois plus que ruines et malheurs. Peut-être suis-je injuste. A l'enterrement de ton père, malgré le danger et les bombes, tout Beyrouth était là, enfin tout ce qui reste de Beyrouth, des plus puissants aux plus humbles. Comme on l'aimait!

    Garde ce souvenir de lui. Apprends à ton bébé qui va bientôt naître quel homme bon était son grand-père. Mais ne cultive pas la nostalgie. Sauve-toi, Mona. Oublie Beyrouth. Refais ta vie là-bas au Canada. Tu portes notre avenir.

    Ta mère qui t'aime

                                                     Lola.

« Maman, Athina, vite, sous l'escalier ! » La maison oscillait sous d'invisibles coups de boutoir. Il était six heures et, comme tous les soirs, les Syriens pilonnaient le port de Jounieh.

Depuis deux semaines tous les trois vivaient là, dans l'appartement prêté par un ami. La « guerre du destin », déclenchée le 14 mars par le général Aoun, avait pour un temps estompé les querelles à l'intérieur du camp chrétien. En s'en prenant à la Syrie, Aoun savait qu'il tirait la barbe du diable. Il savait aussi que le peuple, en secret, l'approuvait. Quel Libanais n'avait pas rêvé de se libérer enfin de la lourde poigne que Hafez el Assad faisait peser depuis vingt ans sur le Liban ?

La riposte syrienne, attendue, surprit pourtant par sa violence. L'artillerie syrienne tapait pour écraser, pour tuer, pour effrayer. Les chrétiens de l'Est, du moins ceux qui le pouvaient, s'enfuirent vers Jounieh. Les autres, une fois de plus, restèrent terrés sous les ruines.

D'autorité, Nicolas avait décidé de quitter l'appartement d'Achrafieh, trop exposé. Après la mort de son père, il avait disparu pendant trois jours avant de revenir, le visage figé.

« Maman, je veillerai sur toi. Je vais tout à fait bien maintenant, ne t'inquiète pas pour moi. Mais ne me demande pas de quitter le Liban. Je reste. J'ai quelque chose à terminer ici. »

Lola ne posa pas de questions. Elle acceptait tout sans discuter. A quoi bon vivre, et pourquoi pas là plutôt qu'ailleurs ? Ils partirent pour Jounieh. A peine étaient-ils installés que l'armée syrienne commença à bombarder le port.

« Vierge Marie pleine de grâces, le Seigneur est avec vous... » Athina, le visage caché dans ses mains, se balançait d'arrière en avant à la manière des pleureuses antiques. « Tais-toi ! » Nicolas lui saisit le bras. Dans un court silence, on entendit un sifflement aigu, puis un roulement de tonnerre ébranla le sol, souffla les murs, fit éclater des vitres en une explosion sèche. Nicolas se jeta sur les deux femmes réfugiées sous les marches, les courba jusqu'à terre. « La maison est touchée, ne bougez plus. » L'escalier tiendrait-il ? Lola redressa sa nuque douloureuse. Ainsi, tout recommençait. Les bombes. Les fusillades. Les immeubles écroulés. Les blessés, les morts. Une odeur âcre la fit sursauter. Le feu ! Elle revit les murs calcinés de la rue Soliman Pacha au Caire, l'incendie des souks de Beyrouth, la voiture entourée de flammes, Antoine freinant puis s'arrêtant devant un cratère d'obus pendant que le feu dévorait un côté de la rue.

« Non, pas ça ! Antoine, sauvons-nous ! » Elle hurlait, se débattait en gestes convulsifs. Quand elle reprit conscience, Nicolas la berçait, lui caressait les cheveux en murmurant : « Ça va, ça va, n'aie pas peur. » S'écartant de la large poitrine, elle regarda son fils et pour la première fois elle remarqua le dessin dur de ses joues, les deux plis amers qui tiraient la bouche. Un homme, mon enfant est un homme, se dit-elle, avec autant de gêne que si elle s'était retrouvée dans les bras d'un parfait inconnu.

Une heure plus tard, ils montèrent pas à pas l'escalier jusqu'au premier étage. Dans la nuit, des morceaux de verre brillaient par terre. Le salon, béant dans le vide, semblait suspendu au-dessus du port. Une lueur rouge dansait. En bas, on voyait distinctement flamber les bâtiments de la douane, on entendait le ronflement des flammes, des hurlements, des cris.

« Ils ont osé, les salauds ! ils ont osé... murmura Nicolas. Il devait y avoir un embarquement ce soir, la douane était bourrée de gens, je le sais, j'y ai accompagné Ghassan qui était de garde. »

Lola pensa, ils sont morts. Mais apparemment non. Sous la lumière rouge du feu et blanche de la lune, on distinguait des silhouettes sortant de l'abri situé devant le port. Des ambulances arrivaient, chargeaient des blessés, repartaient en virant sec, insectes blancs pris de folie.

« Cette fois, c'est la fin. Ils veulent nous prendre au piège. Nous avons trop attendu. Maman, tu dois partir, tu dois quitter Beyrouth. Demain, nous irons à l'agence de voyages. Tu prendras le prochain bateau... s'il y en a encore un. »

Lola secoua la tête. Elle ne partirait pas, pas sans lui en tout cas. Nicolas lui serra, un peu trop fort, l'avant-bras. Il tremblait.

« Je ne veux pas... je ne veux pas que toi aussi... » Il ne pouvait prononcer les mots mais l'image d'Antoine, du corps déchiqueté d'Antoine, se lisait dans ses yeux. A cet instant, Lola sut qu'elle partirait. Non pour elle. Ce pays devenu fou n'était plus celui qu'elle avait aimé. Sa jeunesse, ses amours, son bonheur venaient d'exploser dans une voiture piégée. Mais Nicolas ne pouvait plus supporter de voir sa mère en danger. Elle partirait donc.

« Et toi, Nicolas ?

— Moi, je t'accompagnerai jusqu'à Larnaka. Là-bas, tu retrouveras tante Cathie. Elle t'attend depuis des années. Ou alors, tu iras chez Mona au Canada. Je ne sais pas. Moi je reviendrai à Beyrouth. Tu sais pourquoi. »

Elle savait. Nicolas voulait venger son père. Elle ne l'approuvait pas mais elle pouvait comprendre. En ces temps de meurtres, la vieille loi des clans et de l'honneur bafoué l'emportait sur le simple bon sens. Nicolas participait depuis trop longtemps de la folie de la ville pour ne pas se sentir obligé de rechercher, puis d'abattre, ceux qui avaient assassiné Antoine. Ensuite, seulement, il irait fleurir sa tombe au cimetière. Telle était la logique imbécile de cette fausse guerre. Lola était trop fatiguée pour la contester.

Dès le matin, la rumeur courut Beyrouth. Bravant le blocus, un bateau partirait ce soir. Le dernier bateau. Où le prendre ? Quand ? A combien de dollars la place ? Dans la foule qui assiégeait l'agence du port, on se regardait avec méfiance. Derrière un bureau de planches posées sur des tréteaux, une jeune femme en chignon consultait calmement ses listes :

« Je regrette, monsieur, nous n'avons plus que deux places.

– Mais j'ai trois enfants, nous sommes cinq. Nous n'allons tout de même pas les laisser.

– Impossible, monsieur. Pour un autre bateau peut-être.

– Quand, le prochain ?

– Je ne sais pas. »

Nicolas brutalement s'interposa, et sur son passage la foule s'écarta en murmurant. Il portait le treillis de combat des Forces libanaises.

« Ghassan est là ?

– Oui, derrière. »

Ghassan surgit, les emmena à l'écart. Une jeep attendait. Il y lança les sacs, fit monter Lola et Nicolas avant de démarrer sur les chapeaux de roue.

« Où est l'enregistrement ? demanda Nicolas.

– Au casino du Liban. »

Ils étaient au moins trois cents dans les sous-sols du casino, des familles en grappes, des gosses et des vieillards, des hommes d'affaires en cravate, des paysannes en fichu. Mais l'enregistrement se faisait dans les règles. Papiers, tickets, avez-vous réservé, cabine, ordinaire ou de luxe ? Comme si la guerre n'existait pas, comme si on était à l'aéroport de Paris. Pour donner le change à qui ? Les premiers obus du soir tombaient déjà en roulements lointains.

« C'est sur Jounieh ?

– Non, sur Kaslik. »

Ghassan revenait, les passeports à la main. Il fallait faire vite. Pas de valises, laissez-les-moi. Des sacs. Un par personne. La nuit tombait. La jeep fonçait, tous feux éteints, zigzaguant sur la route défoncée. Lola avait la nausée. Des pensées futiles lui traversèrent l'esprit. Avait-elle mis dans ce sac son écharpe de cachemire ? Non, mais un tee-shirt roulé en boule, ajouté au dernier moment. Elle s'en servirait pour dormir, ce soir, sur le bateau.

Il n'y avait pas de bateau. Dans une petite crique quatre grosses barques de pêcheurs se balançaient sur l'eau noire. Où était le ferry ? « A

431

quinze kilomètres, en pleine mer, au-delà des eaux territoriales », expliqua Ghassan. Il faudrait le rejoindre avec ces quelques barques. « Seuls les premiers partiront. Montez vite ». Nicolas attrapa sa mère, la souleva, la posa dans la barque, et enfin, mouillé jusqu'aux genoux, il enjamba la bastingage. Derrière lui, des miliciens armés faisaient la chaîne, hissant les passagers dans un silence étrange. Les ordres étaient : pas de bruit, pas de lumière. La barque, pleine à ras bord, commença à bouger.

Pour sortir de la crique, le marin avait mis pleins gaz. En trois minutes, tout le monde fut trempé. La barcasse sentait l'huile, l'essence, le mouillé. Elle tanguait. A côté de Lola, une petite fille brune, les yeux fixes, dodelinait de la tête. Sous son anorak rose, elle serrait quelque chose contre son cœur, une sorte de grande enveloppe. Tout à coup, elle se pencha et commença à vomir, sans bouger, sans pleurer, en murmurant : « Pardon, madame, pardon. » Lola la prit par les épaules, l'inclina vers un paquet de cordages, lui mit la main sur le front. Depuis combien de temps n'avait-elle plus tenu un enfant dans ses bras ? Ce petit corps contre elle, ces gestes retrouvés lui firent oublier la peur, le froid, son chemisier trempé sous lequel elle frissonnait déjà.

Le vent s'était levé. Sur la mer, de courtes vagues claquaient. D'autres barques suivaient. Tout à coup, un sifflement déchira la nuit, une brusque trajectoire lumineuse s'inscrivit sur le ciel bleu marine, suivi d'un éclaboussement d'eau sur la gauche. Lola mit quelques secondes à comprendre. Un obus était tombé dans la mer, à environ cent mètres. Presque aussitôt, un second obus, plus proche, tomba à droite. Tout le bateau frémit et de la masse humaine entassée dans l'embarcation s'éleva un grand cri. Une jeune fille hurla : « Ils veulent nous tuer ! » Le bateau tournait, penchait. Une vieille femme lança d'une voix stridente : « Implorez la Sainte Vierge, qu'elle nous prenne en sa miséricorde ! » Mon Dieu, pensa Lola, si la panique s'installe, c'est la fin. Nous finirons tous dans cette eau noire, si froide.

Autour d'eux, tout le monde priait, en arabe, en français, en latin, en grec. Une femme, cheveux au vent, se leva et tenta d'attraper la kalachnikov de l'un des miliciens. « Tire, mais tire sur la lune ! Elle fait trop de lumière, ils vont nous voir, ils vont nous tuer. » Encore un instant, et l'hystérie allait gagner.

Une heure du matin. Le marin semblait avoir perdu sa route. On voyait encore la côte, ourlée d'un chapelet de lumières. Ce ne pouvait pas être Beyrouth. Trop sombre. Alors, Djbeil peut-être. Pourquoi n'allaient-ils pas plus vite ? D'où tiraient les Syriens ? Avaient-ils des viseurs à infrarouge ? Sûrement. Ils auraient donc dû toucher déjà les barques. Étaient-ils maladroits ? Nicolas ne le croyait pas. Non, ils voulaient simplement terroriser ceux qui osaient partir, bloquer les Beyrouthins dans leur ville, les garder sous leurs canons, à leur merci. Ou alors, faire en sorte que ceux qui s'en allaient décident, dans leur frayeur, de ne jamais revenir. Nicolas sentit monter en lui la colère et la haine. Là-haut, derrière leurs orgues de Staline, les artilleurs syriens ajustaient, tiraient, visaient, jouaient avec les nerfs et la vie de ces pauvres gens qui tremblaient et ne savaient que prier. Il se jura de revenir au Liban. Et de les venger.

Enfin, à l'horizon, une petite lueur brilla. Le ferry! Ils avaient du retard. Les attendrait-on? La lumière se précisa, prit la forme d'un très long navire se reflétant sur l'eau.

Maintenant, le ferry était tout près, haut comme un immeuble, éclairé comme une ville de lumière. Le marin manœuvra au plus juste, se colla contre le flanc du navire, au-dessous de l'ancre énorme et de l'inscription *Larnaka Rose*.

« Mettez-vous sous le sabord, en milieu de coque », cria quelqu'un, du haut du pont, avec un porte-voix.

Le marin avança la barque aussi près qu'il le put.

Une minuscule porte de fer s'ouvrit, au flanc du navire. Deux hommes d'équipage descendaient une échelle métallique et lançaient des cordages. L'échelle, trop courte, ne touchait pas la barque. Il y eut parmi les passagers comme une hésitation. Le bateau semblait si instable, et l'échelle si fragile. Là-haut, la voix criait : « Les enfants, les femmes puis les hommes. Vite! »

« Nicolas, je ne peux pas, je ne pourrai jamais, ma jupe est trop étroite », gémit Lola, d'une petite voix qu'elle ne se connaissait pas. Nicolas se pencha, prit fermement à deux mains l'ourlet de la jupe noire, fit craquer la couture d'un coup sec. Le haut d'un bas-jarretelle apparut. « Vas-y », Nicolas la pressait. Elle restait immobile. Avec ses cheveux mouillés par l'eau et par le sel, ses vêtements collés, elle se sentait laide, indécente. Nicolas la saisit d'une main dure, la projeta en avant, et elle se retrouva avec lui sur l'échelle, une main sur chaque corde. Vertige. Nausée. L'échelle bougeait, la mer clapotait. « Monte, monte. » La voix de Nicolas était dure. De l'épaule, il la poussa carrément sous les fesses. Deux mains surgies du trou noir, à flanc de coque, l'attrapèrent et l'enfournèrent à l'intérieur. Elle ne sentit plus rien. Elle s'était évanouie.

Sur le *Larnaka Rose*, les marins grecs, ébahis, regardaient ces rescapés hagards, ces familles affolées, qui jetaient sur la moquette des salons leurs sacs informes, trempés d'eau de mer et tachés de goudron. Ces hommes d'affaires qu'ils avaient souvent accompagnés à leurs cabines de luxe, ces femmes du monde dont ils avaient autrefois porté les valises griffées, étaient-ce bien les mêmes qui débarquaient aujourd'hui dépenaillés, sales, avec des regards d'immigrants pourchassés?

Mais les habitudes reviennent vite. Rassurés par les sièges capitonnés, les coursives briquées, les chromes brillants et le cadre familier, les habitués du *Larnaka Rose* reprenaient leur souffle. Les garçons de cabine s'empressaient déjà et offraient leurs services. Même légèrement trempés, les dollars sont les dollars.

Quand Lola ouvrit les yeux, elle ne vit d'abord que le regard vert de son fils, fixé sur elle avec cette intensité étrange qui l'effrayait déjà quand il était enfant. « Maman, tu vas mieux? – Oui, ça ira. »

Elle reconnaissait maintenant la cabine du *Larnaka*, faux luxe anglais mâtiné de goût gréco-chypriote, le dessus-de-lit et les coussins à volants en polyester brillant, d'un turquoise agressif.

« Ne t'inquiète pas pour moi, Nicolas. J'ai été un paquet encombrant, c'est fini maintenant. Je vais bien. »

Tout à coup, il se jeta sur elle, l'embrassa dans le cou, sur l'oreille, sur la joue. Est-ce qu'il pleurait? Ses baisers étaient mouillés. Elle en fut bouleversée. Depuis bien longtemps, depuis des années, elle ne l'avait pas vu ému.

« Nicolas, mon petit, mon chéri, je t'aime plus que tout. Prends soin de toi. Je reviendrai à Beyrouth, dès que ce sera possible. »

Elle mentait. Beyrouth, désormais, lui faisait horreur. Mais Nicolas, lui, avait besoin d'y croire. Il ferma soigneusement la porte derrière lui. Aussitôt seule, elle se leva, arracha son chemisier mouillé, descendit sa jupe déchirée, enleva ses bas, son soutien-gorge, son slip et se précipita sous la douche. Pas de serviette. Longuement elle se sécha avec le drap, s'essora les cheveux, les tira en arrière, repassa des deux paumes son visage fatigué.

La glace lui renvoyait l'image d'une femme amaigrie, un peu molle. Où étaient ses bras ronds de jeune fille, les cuisses longues et musclées dont elle était si fière? Les seins étaient encore beaux, pleins et ronds. Elle scruta soigneusement, férocement, son visage nu. « Sans maquillage, ce pourrait être un visage d'homme », se dit-elle soudain. Sa séduction, autrefois, était dans son sourire, un sourire qu'elle savait moduler, de l'esquisse mince jusqu'au large éclat de dents et de gorge.

Mais qui, en ce moment, avait envie de sourire? Elle tira le dessus-de-lit turquoise, s'y enroula nue, s'étendit sur la couchette. Retrouverait-elle un jour ce féroce goût de vivre qui finalement l'avait toujours sauvée? Elle se tourna sur le côté, épuisée. Le sommeil la terrassa brusquement. Elle n'avait plus vingt ans.

L'aube la réveilla. Sa montre en or, définitivement arrêtée, marquait dix heures trente. Pourtant, cette lueur jaune et rose qu'on voyait du hublot ne pouvait être que celle du petit matin. A genoux sur le lit, elle risqua un regard. On apercevait le pont et la mer. Le bateau balançait doucement d'arrière en avant mais n'avançait pas. Elle s'habilla, remit sa jupe déchirée, changea le chemisier devenu informe pour le tee-shirt blanc, découvert au fond du sac. Chaussa ses ballerines de voyage. Roula ses cheveux en chignon serré, le fixa par des épingles. Elle se voulait austère, lavée à jamais de toute frivolité. Pour qui devrait-elle rester belle?

Dans le bar, sur les banquettes et les fauteuils, des passagers dormaient au milieu des sacs, sous quelques couvertures. Lola reconnut, près des fenêtres, la petite fille brune en anorak rose qui ronflait la bouche ouverte. L'anorak s'était ouvert mais la main de l'enfant tenait encore cette enveloppe beige que, dans la barque, elle serrait sur son cœur. De l'enveloppe s'échappaient quelques photos. Lola se pencha doucement : une maison de village, toute une famille qui pose, un grand-père moustachu, des enfants, un jardin. Ailleurs, une jeune femme émue, crantée et maquillée, un bébé dans les bras. Et un jeune garçon, cheveux noirs, foulard de scout autour du cou. La petite fille n'était pas seule. Une religieuse au voile gris dormait, les deux bras écartés, gardant sous ses ailes un garçon et deux fillettes. Qu'elle emmenait vers quel destin ?

Sur le pont, un marin scrutait l'horizon.
« Où sommes-nous ?
– Pas encore partis, chuchota le marin, mais taisez-vous, ne dites rien. Tout à l'heure, un type devenu fou a menacé de tuer le capitaine. Il croyait qu'on allait retourner à Beyrouth.
– Mais qu'est-ce qu'on attend ici ?
– Les passeports et les valises. »
Lola le regarda, sidérée.
« Ainsi, depuis au moins sept ou huit heures, le ferry a pris le risque de se faire repérer et bombarder, tout cela pour quelques valises ?
– Et pour les passeports, corrigea le marin. Que feriez-vous sans passeports, à Chypre ?

Vers midi, les passeports arrivèrent sur une petite vedette. Le ferry leva l'ancre.
Il débarqua à huit heures du soir à Chypre, dégorgeant sur les quais de Larnaka le flot de ses passagers épuisés, affamés, prêts à se battre pour un billet d'avion ou une chambre d'hôtel, prenant d'assaut les comptoirs des compagnies aériennes, tirant par la main des enfants abrutis de fatigue. Étrange troupe que les touristes allemands ou belges, attendant leurs vols de vacances, regardèrent comme les survivants d'un vaisseau fantôme.

A la sortie, Cathy attendait, tirant haut son cou de poule faisanne et roulant ses petits yeux bruns. Elle repéra vite Nicolas, mais elle eut du mal à reconnaître Lola, son élégante cousine, en cette femme en chignon noir, chaussures à talons plats, et jupe déchirée. Cette transformation l'affligea plus que tous les récits d'horreur qu'elle avait entendus. Elle éclata en sanglots. Il fallut la consoler. Elle continua longtemps à pleurer et à renifler, dans le taxi qui les emmenait tous trois vers la maison du bord de mer.
« Ma pauvre chérie, je vais t'installer dans la grande chambre, tu seras bien, non, vous allez manger d'abord, je suis folle moi, vous devez mourir de faim. Vous voulez quoi ? Du poulet, du riz, des fruits ? Attendez. Pierre, Pierre, où es-tu ? Ils sont arrivés... »

Nicolas venait de repartir pour Beyrouth, et Lola avait quand même pleuré. Étendue sur le grand lit de cuivre, Lola regardait devant elle. Sur le mur blanc, la fenêtre ouverte découpait un tableau serein. La mer, le ciel, aux bleus presque identiques. La tête verte d'un palmier bruissant au vent léger. La lumière était celle de midi. Elle avait dû dormir longtemps. D'en bas montaient des rumeurs de vie, un écho de conversation, un petit rire. Lola se sentait étrangement vide, comme si elle avait épuisé, en deux jours, toutes ses capacités de réaction. Que faisait-elle ici? Un nom oublié surgit. Hôtel Cactus, à Larnaka. Elle s'y était arrêtée, autrefois, lors d'un précédent voyage. Combien de fois avait-elle pris des bateaux, transporté des valises, quitté des lieux aimés? Comme toujours, lui revint alors le souvenir du port d'Alexandrie dans l'or et le rose d'un coucher de soleil. La côte s'estompe. N'est-ce pas, là-bas, la plage d'Agami, infiniment blanche, infiniment pure? C'était là qu'avait commencé son errance, quand elle avait quitté l'Égypte de sa jeunesse, le doux pays de ses amours et de son insouciance.

Peut-être qu'à Chypre, dans cette chambre inconnue, elle devrait faire le bilan de sa vie, essayer de comprendre ce qui avait fait sombrer leur vieille civilisation chrétienne des marches de l'Orient. Comme ils avaient été aveugles, indifférents aux signes! Pendant des nuits entières, sous tous les cieux, ils avaient discuté, parlé, tenté de cerner leur destin. Que pouvait-il leur arriver, à eux, les chrétiens des débuts du monde, les plus anciens, les plus enracinés, ceux du temps de la Bible, eux qui se baignaient dans les criques qu'avait foulées le pied du Christ? Qui pourrait leur ôter ce prestigieux passé, oser mettre en cause leur légitimité? N'étaient-ils pas depuis toujours les plus forts, les plus malins, les plus puissants? Il avait suffi d'un rien, d'une étincelle, pour que ces certitudes s'évanouissent en fumée.

Un rien? Non, le mal devait être plus profond. Malgré leur assurance, ils avaient vécu dans la peur. Peur de l'islam. Depuis toujours? Oui, du plus loin qu'elle se souvenait. Même aux moments glorieux, lorsqu'ils croyaient encore, avec un orgueil fou, que cette terre si belle n'appartenait qu'à eux, parce qu'ils avaient su la rendre aimable et douce, riche et prestigieuse. Ils avaient payé cher cette outrecuidance. Trop cher pour ce qui n'était, peut-être, qu'un excès d'amour.

Désormais, où Lola pourrait-elle se réfugier? Retourner à Beyrouth pour y chercher la mort? Nicolas ne le permettrait pas. Repartir pour Paris, retrouver dans l'appartement du boulevard Raspail le souvenir d'Antoine? A cette idée, Lola se sentait défaillir. Rejoindre Mona au Canada? Imposer à un jeune couple amoureux la présence d'une vieille femme qui n'aimait plus la vie? Quand elle arrivait à ce point de réflexion, une immense fatigue envahissait Lola et elle s'allongeait, inerte, trop épuisée pour penser. Elle voulait pleurer mais n'y parvenait pas. Les sanglots se bloquaient dans sa gorge, l'étouffaient. Elle haletait, cherchant son souffle, avec des sifflements qui faisaient se précipiter Cathy. « Lola, je t'en prie, prends mes sels! J'appelle le médecin. »

Cette crise dura huit jours. Puis, Lola put pleurer. Ses larmes coulaient en rideau, par accès brusques, la laissant meurtrie, vidée.

Un matin, Cathy entra dans la chambre un télégramme à la main. « Irène va très mal. Attendons Lola d'urgence au Caire. » C'était signé Bob, Bob Cariakis.

Le Caire, mai 1989

L'ombre du soir avait envahi le banian, la pelouse puis la grande maison des Falconeri, rue Ismaïl Pacha. Pas un souffle de vent, et cette chaleur lourde qui ne cédait pas... Dans le salon jonquille aux soies fanées, Mimi Williamson, Bob et Viktor, assis en rond, parlaient à voix basse en buvant à petits coups des cafés sans sucre, selon la tradition du deuil oriental. Ils étaient tous en noir.

D'une main sèche, marquée par le temps de minuscules taches brunes, Mimi dégraffa le premier bouton de son chemisier de soie. Quel âge avait-elle, se demanda Bob. Soixante-dix, non soixante-huit ans. Peut-être moins ? Le soleil d'Égypte n'est pas tendre pour les femmes.

Bob la revoyait à vingt ans, allongée sur la plage d'Alexandrie, dorée par le soleil, soyeuse dans son maillot blanc, le regardant avec au coin des yeux une malicieuse tendresse, pendant que le vent ébouriffait ses cheveux noirs. Ensorcelante Mimi, dont l'image se superposait maintenant à celle de cette vieille dame marmonnant « Un peu d'air, on étouffe ici ! » avant de s'effondrer en pleurs sur le grand canapé.

« Ma chérie, calme-toi. »

Bob était près d'elle, lui tendant un mouchoir.

« Je ne supporte plus les enterrements. J'en ai trop vu. Et maintenant, Irène... »

Bob n'eut pas le courage de la consoler. Il était inconsolable. Tout à l'heure au cimetière, lorsque la première poignée de terre lancée par le diacre s'était égrenée sur le cercueil, il avait brusquement réalisé qu'Irène s'effaçait, disparaissait vraiment. Avec ce bruit mat de la terre sur le bois, c'était toute une époque heureuse qui s'évanouissait à jamais, des souvenirs brillants dont ne restaient que de si rares témoins, au bord de la tombe où se pressaient aussi les fantômes des amis disparus. Où était la réalité ? Où étaient le présent, le passé ? Bob avait-il rêvé ces bonheurs d'autrefois, bonheurs sauvés de l'oubli, bonheurs sans cesse recomposés, trop souvent racontés ?

Il chercha Lola du regard. Mimi surprit son inquiétude.

« Elle est là-haut. Elle semblait fatiguée. Je lui ai dit de se reposer dans la chambre de Nadia. Nous dînerons ici, pour ne pas la laisser seule. Nicolas est prévenu de la mort d'Irène. A-t-il pu quitter Beyrouth ? La télé annonçait tout à l'heure une recrudescence des attaques syriennes contre le réduit chrétien. Ces pauvres Libanais n'en sortiront jamais... »

Otant son voile de deuil, Lola s'étendit sur le lit. Elle était épuisée. Un bruit de vagues tapait contre ses tempes, emplissait sa tête d'une sourde rumeur qui allait et venait, au rythme d'une marée. Lola reconnut les symptômes du malaise qui la prenait de plus en plus souvent, la laissant oppressée et sans voix. Où était-elle ? Au Caire, voyons, elle s'en souvenait maintenant. La mort d'Irène, la messe, l'enterrement, les prières sous un soleil de plomb, et autour d'elle toutes ces tombes dont le marbre blanc reflétait la lumière.

Dans ses oreilles, les coups sourds reprirent. Une odeur de cierge flottait dans la pièce. Silence et obscurité. Lola étouffait comme au terme d'une course trop longue. Le temps ne guérit pas les blessures, il les masque. Il détruit les corps et les visages. Cette fatigue extrême, était-ce celle d'un cœur usé par trop de deuils, trop de malheurs ? Elle allait peut-être mourir là, s'éteindre comme une bougie. L'idée lui plut.

On suffoquait dans cette chambre. Lola se retourna, balança ses jambes sur le côté comme le font les malades ou les vieux, et s'assit sur le lit. Allons, elle ne se laisserait pas sombrer. Il fallait ouvrir les persiennes, faire entrer l'air et la lumière. Voilà. Les fenêtres donnaient sur le jardin de son enfance. Les arbres avaient poussé, le gazon était devenu herbe folle. La chambre de Nadia n'avait pas changé. Le regard de Lola s'attarda sur la coiffeuse, les fauteuils bleus, la psyché d'acajou, décor d'un temps de légende. Ils lui parurent bien plus modestes que dans son souvenir.

Elle s'approcha des grandes penderies, ouvrit les deux battants de miroirs, orgueil de Nadia. Toutes les robes de sa mère étaient là, corps sans âme, témoins muets de tant de bals, de fêtes, de dîners de famille et de cérémonies aujourd'hui oubliées.

Soudain Lola avait mal, très mal à la tête. Cette scène lui rappelait quelque chose. Encore cette impression d'une vie antérieure, qui revenait régulièrement. Dans les grandes glaces flottait la silhouette d'une jeune fille que son père adorait, qu'il avait trouvée si belle dans une robe blanche plissée... la robe blanche, où était-elle ? La main de Lola écartait fébrilement les cintres. Entre un manteau et une cape noire, la robe blanche était là.

Quelle était donc cette musique qui battait ses tempes au rythme de la migraine ? Un saxo-jazz... la, la... la, la, la... Sidney Bechet. *Petite fleur* ! Elle ferma les yeux, chantonna, et tout un orchestre éclata dans sa tête avec ses cuivres, sa contrebasse et ses rythmes. Elle esquissa un pas de danse, celui du soir où son cœur avait battu plus vite dans les bras de Philippe.

C'est absurde, se dit-elle. Irène est morte hier et je danse, je dois être folle. Mlle Latreille le lui répétait sans cesse : « Lola, tu vas devenir folle à force de rester des heures devant ton miroir. C'est malsain. » Lola entendait encore son accent de Touraine.

Brusquement elle arracha sa robe noire, envoya valser ses chaussures, enleva ses bas, enfila la robe blanche qui retomba mollement sur son corps amaigri. Le collier, où était le collier-papillon ? Elle le prit sur la coiffeuse, l'agrafa en hâte.

Maintenant l'orchestre jouait de plus en plus fort. Maintenant Lola était prête. Une voix l'appelait, celle de Philippe. Souriante, à demi renversée, elle tournait dans ses bras. Et Philippe riait. Et les glaces lui renvoyaient l'image d'une jeune fille heureuse, une jeune fille de seize ans souple et brune, glissant sous les lustres. Quelque part une histoire s'enfonçait dans le temps, un cauchemar absurde sur fond d'exils, de morts, de guerre démesurée. Une histoire qui ne pouvait pas se passer autrement et qu'un oubli miséricordieux recouvrait enfin.

« J'ai mal », murmurait-elle en souriant. Qui lui parlait, qui lui tendait la main ? « Viens Lola, il est plus tard que tu ne penses. » Était-ce Philippe ? Était-ce Antoine ?

La porte de la chambre s'ouvrit doucement. Un jeune homme regardait Lola, un jeune homme aux cheveux noirs et aux yeux verts, figé devant sa mère détruite qui tournait en chantant, les yeux perdus, dans une robe jaunie. Nicolas pleurait. Lola le vit, tendit les bras, appela : « Philippe ! » Et elle passa de l'autre côté du miroir.

Dehors, dans la nuit, la voix du muezzin appelait les musulmans à la prière de l'aube.

TABLE

Cet ouvrage a été réalisé par la
SOCIÉTÉ NOUVELLE FIRMIN-DIDOT
Mesnil-sur-l'Estrée
pour le compte des Éditions Grasset
en décembre 1992